HANNS KNEIFEL

Die Ritter von Avalon

ROMAN

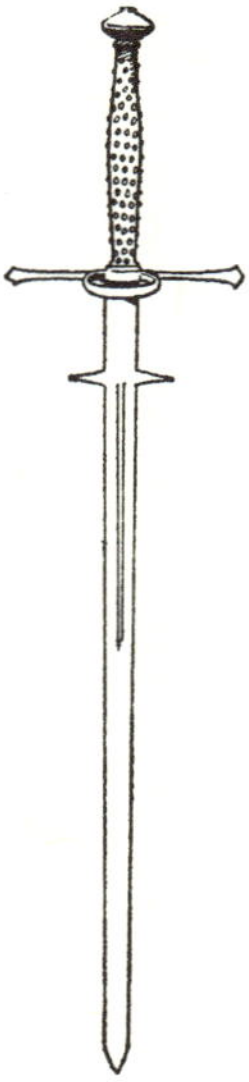

SCHNEEKLUTH

ISBN-3-7951-1741-0

Ein Unternehmen der Verlagsgruppe Droemer Weltbild
Gesetzt aus der 9,5 Punkt Janson
Druck und Bindung von Bercker, Kevelaer
Printed in Germany 2000

ERSTES BUCH

Tintagel und die Mauern von Akkon

Vor Akkon: 25. April A. D. 1190 bis 2. Juli A. D. 1190
(im Jahre 586 nach der Hedschra)
Britannien: Frühling A. D. 474 bis Frühling A. D. 492

1. KAPITEL

Erzählt, wie Ritter Troncas in Sultan Yussuf Salah al-Dins rosenduftendem Heerlager staunenswerte Fragen beantwortet

Über den Zweigen der Ölbäume schwebte die Morgensonne wie ein schmelzender Eisenschild. Ein schauerlicher Laut aus weiter Ferne zerriß die Stille des späten Morgens; es war, als würde ein Tier lebendig ausgeweidet. Ein Eselsschrei, dachte Troncas, oder der Hilferuf eines Menschen. Einige Atemzüge lang erstarrte die wellige Ebene zu einem Bild aus uralten Sagen. Als Troncas aus dem Schatten hinausritt, in dem sich Staubwirbel hinter den Hufen mit Nebelfetzen mischten, riß sein Rappe den Kopf hoch. Im dumpf pochenden Hufschlag stockte plötzlich der Takt. Unvermittelt fühlte Troncas, daß die frühsommerliche Landschaft eine Gefahr barg; er spannte seine Sinne, zügelte das Pferd, stellte sich in den Steigbügeln auf und vermied es, sich von der Sonne blenden zu lassen.

Er sah sich um. Zitternde Äste kratzten am Lanzenschaft. Das sonnendurchstrahlte Land unterhalb des Hügels, scheinbar reglos, veränderte binnen eines Atemzugs unter Troncas' Blicken seine Bedeutung: Felsen, Baumstämme, Mauerreste und deren Schatten schienen zu schroffen Gesichtern und drohenden Gestalten zu erstarren. Westwind schleppte üble Gerüche vom Hafen, den Mauern

Akkons und dem Kriegslager bis hierher, mehr als eine Stunde Ritt vom Meeressaum entfernt.

Sieben Bewaffnete ohne Schilde, Lanzen und Rüstung, vielleicht Kriegsknechte aus dem Christenlager, galoppierten, zwei Pfeilschüsse weit entfernt, auf den baumumstandenen Brunnen zu. Gleichzeitig verließ eine muslimische Karawane das Wäldchen aus Palmen und Tamarisken; Troncas sah blitzende Waffen, würfelförmig zusammengelegte Zelte auf den Kamelrücken und die wehenden, goldgesäumten Umhänge der Reiter.

Er gab die Zügel frei und kitzelte den Rappen mit den Sporen. Das Tier trabte den Hang hinunter, fiel in langsamen Galopp und wich, während Troncas den Lanzenschaft in der Achselhöhle festhielt und den Schild vom Sattelknauf hob, von selbst den Hindernissen aus. Die dahinpreschende Horde hatte die Muslime entdeckt, peitschte die Pferde und teilte sich; einige Reiter zeigten auf die Lastesel und stießen unverständliche Rufe aus. Die Luft war dünn wie eine Messerschneide; alle Laute waren klar zu unterscheiden. Troncas schob den Unterarm durch die Schildgriffe und schalt sich einen Narren, daß er ohne Beinpanzer und Streitkolben losgeritten war, nur in Kettenhemd, Halbrüstung und Kursit; unter dem dunklen Wappenrock war es unerträglich heiß geworden.

»Fränkisches Gesindel«, knurrte er und beugte sich im Sattel vor. Der Rappe fiel gleitend in schnellen Galopp und schien zu ahnen, daß Troncas in einem Halbkreis auf die Stelle zureiten wollte, an der das Räuberpack die sichernden Bogenschützen erreicht haben würde. Die Lederbänder knarzten, die Ränder der Rüstungsteile schabten aneinander wie rostige Feilen. Troncas murmelte: »Es ist Friede zwischen uns Rittern und den Muslimen. Waffenstillstand; Hudna! Ihr werdet ihn nicht brechen – ihr nicht …«

Die Franken hatten ihn noch nicht entdeckt. Er ritt auf einem Ziegenpfad zwischen grünenden Büschen und einem Sandwall zum Rand des Wäldchens. Das ausgefranste Fähnchen unter der dreifach gegabelten Kampfspitze der Lanze knatterte, auf dem harten Sand war der schnelle Hufschlag kaum zu hören. Troncas spannte seine Muskeln und befestigte das schlenkernde Kettenband der Vinteile über der linken Schulter, ehe er die Lanze fester packte und, als der Pfad eine kleine Anhöhe überwand, auf die Ebene hinausritt. Das Frühsommergras stand zwei Handbreit hoch, nur noch an wenigen Halmspitzen glitzerten Tautropfen. Die Karawane versuchte zu flüchten, nach Südosten, auf Tiberia zu. Troncas zählte sechs Muslimreiter, vielleicht sieben Rennkamele und ein Dutzend schwer beladene Esel. Er galoppierte, die Sonne halb im Rücken, auf die Franken zu und brüllte:

»Haltet an! Der König und die Fürsten haben's verboten! Niemand raubt, keiner plündert!« Er wechselte vom Britannischen ins Romanische. »Das sind einfache Leute. Nicht Saladins Krieger!«

»Kümmre dich um deinen eigenen Arsch, Ritter!« schrie der Anführer der Plünderer. Im Rücken und zwischen den Schenkeln spürte Troncas die Muskeln des starken Pferdekörpers. »Wir wollen nicht am Hunger verrecken. Wir nehmen ihren Proviant und den Wein. Aus dem Weg, Britannier!«

Troncas verzichtete darauf, das Visier zu senken. Er hatte den Anführer erkannt, einen flämischen Soldaten unter Ritter Jacob von Avesnes. Er zog das Ende der Lanze aus dem Steigbügelschuh und hielt die Waffe schräg. Dann brüllte er:

»Auch ihr Flamen müßt euch an den Waffenstillstand halten. Du hast es nicht anders gewollt. Zum letztenmal: Haltet an!«

Ein einzelner arabischer Reiter war in rasendem Galopp davongestoben. Ein zweiter zerrte die Kamele, die mit blitzenden Ketten zu einer Reihe verbunden waren, mit sich; die Lasten und Zelte schwankten erbarmungswürdig. Wahrscheinlich klammerten sich hinter den ledernen und leinenen Wänden Frauen und ihre Sklavinnen an alles, wovon sie sich Halt versprachen. Drei muslimische Reiter mit Pfeilen auf den halb gespannten Bögen galoppierten hinter den Kamelen her, deren Hufe lange Sandfahnen aufwirbelten; die Esel drängten sich abseits des Pfades zusammen. Troncas sah versilberte Kettenhemden, Gold an den Helmen und Handgelenken; die Karawane war zweifellos der Besitz eines bedeutenden Muslimfürsten. Die Reiter hatten zwei oder drei Pfeile aus den Köchern gezogen und drehten sich immer wieder nach den Verfolgern um.

»An mir müßt ihr zuerst vorbei, Flame!« Troncas fällte die Lanze. Er galoppierte, die Franken links vor sich, auf die Reiter zu. Es ist immer das gleiche, dachte er halb traurig, halb in kaltem Zorn. Seit zwanzig Jahren, seit ich meinen ersten Mann aus dem Sattel gerammt habe: Wer das Schwert schwingt, schindet die Schwächeren. Und auf die gleiche Weise werde ich's ihnen heimzahlen. Seine Gegner waren mit Streitäxten, Armbrüsten, Schwertern und kurzen Lanzen oder Wurfspeeren bewaffnet. Er holte tief Luft und verstärkte den Griff um die Lanze, schwang den linken Arm mit dem Rundschild vor die Brust, schrie dem Wallach einen Befehl zu und setzte die Sporen ein. Nach fünf Galoppsprüngen stob der Rappe, ohne den Rücken zu heben und zu senken, auf den schwitzenden Apfelschimmel des Flamen zu. Ein Armbrustbolzen summte an Troncas' Helm vorbei. Die Spitze seiner Lanze malte Schlängelfiguren in der Luft, zerteilte sie in irreführenden Kreisen; Troncas schien an dem gegnerischen Anführer vorbeizugaloppieren. Einen kurzen Atemzug, drei Lidschläge vor dem Zusammenprall stemmte sich Troncas in die Waffe, zielte und traf den Reiter zwischen Halsgrube und Brust.

Die fingerlange, geschliffene Spitze zerfetzte Kettenhemd und Rüstung, zerriß Hals, Kehlkopf, Knochen und Adern, brach dem Flamen das Genick, warf ihn aus dem Sattel und schleuderte ihn rückwärts über die Pferdekruppe. Das Tier prustete gurgelnd und brach aus. Der tote Flame schien, als Troncas die Lanze nach links hob und, so schnell und kraftvoll er es vermochte, nach rechts und wieder zurück schwenkte, noch immer zu fallen oder zu schweben, als der Schaft der Lanze mit voller Wucht, wie ein Keulenhieb, den zweiten Reiter an der Brust traf. Er kippte nach hinten, riß mit dem Zügel den Kopf seines Pferdes hoch, die Streitaxt wirbelte aus seiner Hand blitzend in die Luft, aber er ließ die gestrafften Zügel nicht los. Klirrend, mit endgültigem Krachen, schlug der erste Tote zu Boden.

Der Schmerz im Maul des Pferdes ließ das Tier grell wiehernd durchgehen. Es schleifte den Reiter, dessen eisenbeschlagener Stiefel sich nicht aus dem Steigbügel löste, durch aufwirbelnden Sand und auseinanderspritzendes Geröll zwischen peitschende Dornenbüsche. Troncas war mitten durch die Gruppe hindurchgaloppiert und lenkte den Rappen im Halbkreis zurück, schloß geblendet die Augen und sah zwei Atemzüge später, als eine Abfolge undeutlicher Schattenrisse vor dem lodernden Gestirn, wie ein Schwert oder eine Streitaxt herunterfuhr und seine Lanze traf. Die Spitze senkte sich nach dem prellenden Hieb und fuhr ins Erdreich; Troncas löste den Griff seiner Finger, ließ die Lanze los. Das Metall des Steigbügels traf den Schaft, das Ende schlug hart gegen den Schulterschutz. Troncas fluchte leise, lenkte das Tier weiter nach links und entging der Sonnenblendung; dann erst schloß er das Visier.

Um ihn waren Geschrei, Wiehern, das pfeifende Heulen von Pfeilen, der scharfe Schlag einer Armbrustsehne und der Einschlag eines Bolzens in seinen Schild, das Brennen in seinem linken Unterarm, das ölige Schleifen, mit dem sein Schwert aus der Scheide glitt, ein dünner Chor langgezogener Triller, Flüche und Hufgetrappel: Er drehte den Kopf und sah drei Reiter auf ihn eindringen. Seine Knie gaben dem Rappen Hilfen, die Sporen kratzten, und als Troncas am Zügel zog, stemmte der Wallach die Vorderhufe ein, senkte den Kopf zwischen die Beine und keilte zugleich mit beiden Hinterläufen aus. Die eisenbeschlagenen Hufe trafen Nüstern, Nase und das weiße Auge eines Pferdes, das vor Schmerz rasend wieherte, buckelnd und auskeilend umhersprang, einen zweiten Reiter zur Seite drängte und weder Zügeln noch Sporen gehorchte. Als sein Reiter, der mit dem Tier kämpfte, nahe genug herangekommen war, führte Troncas einen waagrecht ziehenden Hieb von weit links nach rechts.

Erz dröhnte auf Erz. Er traf den Reiter an der Schulter. Die Schwertschneide rutschte feilend über die Ringe des Kettenhemdes, zersägte einen Teil des fränkischen Kollers und drang mit leisem Kreischen durch das Hersenier. Mit einem Ruck riß Troncas das Schwert aus dem rotsprudelnden Gemenge von Knochen, Leder, Stoff, Metall, Haut und Knorpeln heraus und renkte sich beinahe den Arm aus; sein Rappe sprang mit aller Kraft vorwärts. Troncas spürte salzigen Schweiß, Sand und Blut auf der Zunge. Das nächste Bild, das Troncas durch die ovale Öffnung des Visiers erkannte, war ein anderer Teil dieses Kampfes: Umgeben von den schweißgeschwärzten Säumen des Kopfschutzes aus Kettengewebe, stierte ihn ein fahlweißes Gesicht aus aufgerissenen Augen an, die nur noch wenig Menschliches hatten. Über der Nasenwurzel wippte ein Pfeil, helles Blut lief aus Nasenlöchern und Mund. Die drei Abschnitte der Befiederung und die knöcherne Nock zeigten Troncas – er wußte es, ohne nachzudenken –, daß es der Pfeil eines muslimischen Reiters war. Der tote Reiter rutschte seitwärts aus dem Sattel.

Troncas warf sein Pferd herum, ließ den Rappen drehen und sah, daß die Araber in langsamem Galopp ihn und die Plünderer umkreisten und in lautlos blitzender Eleganz Pfeil um Pfeil abschossen. Dann erkannte er zwischen den Muslimen einen Reiter, der eine fast armlange, zweischneidige Streitaxt über dem Kopf schwenkte und auf ihn zugaloppierte. Troncas brachte den Schild hoch, sah das Blut aus seinem Unterarm auf Schenkel und Sattel tropfen, packte das Schwert und zwang den Rappen aus dem holprigen Kanter in trommelnden Kampfgalopp. Er packte den Schild fester und starrte seinen Gegner über den narbig gewellten Schildrand hinweg an; sie näherten sich einander in gerader Linie auf einer Fläche aus frühlingsgrünen Grasbüscheln, grobem, honigfarbigem Sand, kantigen Gesteinsbrocken mit rußigen Schatten und phantastischen Schlierenmustern aus Laub und Splittern von Palmwedelrispen. Sie prallten, scheinbar allein auf dem Kampfplatz, mit voller Wucht zusammen. Die Pferde schoben sich halb aneinander vorbei. Troncas' klirrender Schwerthieb kappte den Helm dicht über der Schädeldecke des Gegners. Metallfetzen wirbelten umher. Die Schneide der Kampfaxt hackte ein halb handgroßes Dreieck aus dem Schildrand. Einen Lidschlag lang dachte Troncas an den schwarzsilbernen Fisch, die Sterne und den Untergrund in loderndem Rot auf der ihm abgewandten Seite des Schildes, dann waren sie aneinander vorbeigeprescht.

Das zweite Treffen in gestrecktem Galopp hatte ihn und den Unbekannten in die Nähe der Esel gebracht, die mit gesenkten Köpfen an Disteln knabberten und die Welt um sich herum vergessen hatten. Troncas schlug zu, traf seinen Gegner hart an der Vorderseite des Helms; dessen Waffe schrammte schnarrend über den Schild und zerhackte in der geflochtenen Mähne des Rappen dessen Hals, zwei Handbreit tief. Blutstrahlen pumpten aus der Wunde. Das Tier starb mitten im Sprung.

Der Helm zerbrach in drei Teile. Troncas schlug keuchend von rechts nach links und spaltete den Schädel des Angreifers von der Schläfe bis zum Oberkiefer. Ein Schlag traf Troncas an der Schulter. Sein Rappe torkelte geradeaus weiter. Dann verschwanden Mähne und Ohren und der tief klaffende, dreieckige Einschnitt aus Troncas' Blickfeld; er wurde aus dem Sattel geschleudert und aus den Steigbügeln gerissen. Er ließ die Zügel los, kippte nach vorn, fühlte, wie er sich zu überschlagen begann, starrte mit schmerzenden Augäpfeln in die schmelzende Sonnenscheibe und erlebte, wie Umgebung, Zeit, Bewußtsein und die savannenhafte Ebene, die Wirklichkeit und alles, was er kannte und wußte, auseinanderschwirrten wie ein Schwarm Sperlinge.

Der Ablauf der Zeit änderte sich. Jahre wurden unbedeutend, Lidschläge dehnten sich in ungewohnter Kälte zu Fetzen der Ewigkeit, ein Jahrhundert erstarrte binnen eines Atemzugs. Er schwebte, sich überschlagend, in der kühlen Luft, sich windend-wendend, über sich oder neben sich; in einem fernen, spinnwebstaubigen Winkel seines Verstandes wußte er, daß dies das Sterben war, das endgültige Ende, das verweilende Sein jenseits aller Hoffnungen, vielleicht das Eins-Werden mit dem Heiligen Gral oder an der Schulter seines Vaters; in lichterfülltem Flug wob eine milde Fee

Bilder aus fünfunddreißig Jahren. Er lallte oder schrie, lernte, ritt und kämpfte, las Schriften und sah Bilder aus Vaters Erzählungen von Freund Geoffrey und vom ersten ›Weg nach Jerusalem‹, von der mühseligen Reise seines Vaters zurück nach Caer Laverock und seiner Liebe zur dunkelhäutigen Kriegsbeute, von deren Krankheit und Tod, der verzweifelten Leidenschaft zwischen dem Greis und der jungen Sklavin, Troncas' Mutter, der gazellengleichen as-Zharâ.

Dann das Ende: Irgend etwas in ihm fühlte, daß er mit todbringender Wucht auf dem Boden aufschlug, daß sich scharfe Steine in seinen Körper bohrten. Knochen brachen, Muskeln und Sehnen rissen. Ein breiter Lichtspalt blendete jäh auf, als das Visier abbrach: er sah zwei Dutzend arabische Reiter in rasendem Galopp auf ihn, auf die Toten, die Esel, die schaukelnden Rennkamele und die Brunnenoase zustieben. Er sah den Panzerhandschuh König Richards, erlebte dessen Krönung, streichelte die Brüste seiner Geliebten, ritt nördlich des Hadrianswalls, inmitten des verfallenen Besitzes derer von Caer Laverock, fühlte das Leder des Helmbandes reißen, den Helm davonwirbeln wie vom wütenden Fußtritt eines Titanen getroffen, spürte Lederbänder reißen und die Teile der Rüstung in alle Richtungen fliegen, spürte, wie im Aufprall das Leben aus ihm hinausgeprellt wurde, wie seine silbernen Sporen lange Spuren in den Sand zeichneten und der Schild davonflog wie ein Teller, im trunkenen Gelage nach einem Hund geschleudert. Sein Leben endete in einer Reihe klirrender, schmetternder Donnerschläge: Es gab, als er starb, keinen Schmerz, nur überwältigende Verwunderung.

Das Schicksal, wenige Atemzüge vor dem Jüngsten Gericht, ließ Ritter Troncas noch in einer hellen, stillen Umgebung verweilen. Die kühle Luft roch nach Rosen. Das Paradies, dachte er ungläubig. Seine Gedanken krochen unendlich langsam dahin, als bahnten sie sich ihren Weg durch Treibsand. Er war tot; er spürte keinen Schmerz. Er versuchte sich zu erinnern, was er erlebt und gesehen hatte, bevor der Aufprall und der Felsen sein Genick gebrochen hatten. War es immer so, daß die Seele in ihren Körper blieb, während sie auf das Urteil wartete, in großer, unirdischer Stille? Er war halb gelähmt, aber plötzlich bewegte sich die linke Hand, seine Finger berührten sein Knie, seinen Oberschenkel, tasteten über sein Gemächt; unter den Fingerkuppen spürte er öligen Stoff. Tücher? Binden? Er versuchte die Augen zu öffnen, aber die goldene Helligkeit veränderte sich nicht; ihm war, als schwebe er ausgestreckt in einem Nebel, der dichter war als jeder andere, den er jemals gekannt hatte. Von fern ertönte undeutlicher Lärm. Seine Seele hatte den Körper noch nicht verlassen, dachte er schläfrig. Er hungerte, sein Magen rumorte, Nase, Lippen und Gaumen waren trocken. Er konnte den rechten Arm nicht bewegen. Die Finger der Linken ertasteten straffen Stoff, klebrige Nässe an den Schenkeln, harte und ölige Säume über der Brust, Holz zwischen Binden am rechten Arm, ein Tuch über seinem Gesicht und Bartstoppeln an Hals und Kinn, die schon weich geworden waren. Seine Gedanken schlichen ziellos umher, und mit jedem Fingerbreit, den sie zurückkrochen, wuchsen Troncas' Verwunderung, Erschrecken und Enttäuschung: Er faßte den Rand eines Tuches, zupfte kraftlos daran und zog es von seinem Kopf. Es wurde heller. Ein klebriges kleines Kissen war über der einen Hälfte seines Gesichts festgebunden; mühsam erkannte er mit dem rechten Auge einzelne Zeltbahnen mit Mustern getrockneten Schmutzes, schwarze Spannseile und, jenseits einer Öffnung, ein Viereck aus Blau. Er lag in einem Zelt; dachte, atmete, fühlte Schmerzen.

Troncas begriff: Er lebte. Bevor er mit dieser Erkenntnis zu ringen begann, lenkte ihn außerhalb des Blickfeldes seines gesunden Auges ein Hüsteln ab, Rascheln, Schritte, seltsames Klappern. Eine große, weiß gekleidete Gestalt näherte sich seinem ausgestreckten Körper, ein Dunkelhäutiger, der Troncas riesenhaft erschien; eine heisere Stimme sagte:

»Sala'am. Der Hakîm schickt mich, Ritter; ich bin Achmad, der Hammâmi. Es ist nötig, daß du dich erleichterst, und dein Trunk ist fertig.«

»Inshallah.« Troncas formte mühsam jedes Wort in der Sprache der Araber. »Sala'am. Ich heiße Troncas von Caer Laverock. Wo bin ich?«

Der Dunkelhäutige lächelte überrascht, mit schneeweißen Zähnen; er verbeugte sich und hob einen Ledereimer. »Durch die unbegreifliche Gnade Allahs und des Waffengefährten unseres Herrn, des trefflichen Beha ed-Din, im Kriegslager des großen Sultans al-Malik al-Nasir Salah al-Din Abu'l-Muzaffer Yussuf ibu Ayyub ibn Shadi; so lautet sein voller Name, Ungläubiger.«

»Ah! Salah al-Din! Hilf mir. Ich spüre meinen Körper kaum.«

Der Meister der Bäder zog eine dünne Decke von Troncas' ausgestrecktem Körper, hob und drehte ihn auf dem stinkenden Lager in sitzende Stellung und schob den Eimer vor das Lager. Erst jetzt spürte Troncas seine feuchten, entzündeten Schenkel und die pralle Blase; er suchte die Wörter der fremden Sprache zusammen und fragte stöhnend:

»Wie lange habe ich eure Gastfreundschaft schon ausgenutzt, Achmad?«

»Fünf Tage und Nächte, Effendi. Musa ibn Maimûn, der Leibarzt des Großen, versucht dich zu heilen. Er hat dir einen sehr starken Betäubungstrunk gegeben. Wie kommt's, daß du unsere Sprache sprichst?«

Troncas reinigte sich mit einem feuchten, weichen Tuch, mit der linken Hand, und sagte: »Meine Mutter war eine eurer Sklavinnen. Fünf volle Tage! Ich lebe also und – hab kaum Schmerzen.«

Achmad half ihm, sich auf dem Lager auszustrecken. Mit dem guten Auge sah Troncas, daß das Laken in mehreren Farben von Blut, Eiter, Urin und dem Öl der Salben getränkt und verschmutzt war; trotzdem roch das geräumige Zelt noch immer nach Rosen und anderen Wohlgerüchen. Achmad bedeckte den Kübel mit dem Tuch, das er mit spitzen Fingern der linken Hand ausbreitete, dann nahm er einen kleinen Krug und eine halbvolle Schale von einem Tischchen und hob sie an Troncas' Mund.

»Trink, Effendi. Es besiegt die Schmerzen und löscht deinen Durst. Morgen oder übermorgen, Inshallah, werden dich der

Hakîm und Beha ed-Din besuchen.« Er wartete, bis Troncas die Schale zum zweitenmal geleert hatte. »Dein Pferd fressen die Geier. Den Sattel und alles andere haben die Reiter eingesammelt; bald wirst du erfahren, warum sie dir nicht die Kehle durchgeschnitten haben. Wie den anderen Ifrandsch, den Franken, die du am Leben gelassen hast.«

»Inshallah«, murmelte Troncas. »So Gott will.« Von seinem Magen aus kroch einschläfernde Wärme langsam in seine Glieder, lähmte auch sein Auge, löschte sein Bewußtsein aus; wieder versank er in schweren Schlaf und vergaß sein abgrundtiefes Erstaunen darüber, daß er Kampf und Sturz überlebt hatte.

Beha ed-Din, schwarzbärtig und weiß gekleidet, vielleicht fünfzig Jahre alt, älter als Troncas also, hob die Hand und wedelte unsichtbare Fliegen von seinem Gesicht weg. Seine Augen blitzten; er versenkte seinen Blick in Troncas' Gesicht und schüttelte langsam den Kopf. Sein sorgfältig gestutzter Bart und die Locken an seinen Schläfen waren ergraut; an seinen Fingern und Handgelenken schimmerte schwerer Goldschmuck.

»Sala'am, christlicher Frankenritter. Man hat mir gesagt, Ungläubiger, daß du unsere Sprache fast so gut sprichst wie einer von uns; es würde die Rinnsale unserer Worte wohltuend dahinplätschern lassen. Denn eure seltsamen Sprachen ... ich kenne nur wenige Worte davon.«

»Sala'am, mächtiger Beha ed-Din. Ich habe Arabisch lange nicht gesprochen, o Amir«, sagte Troncas mühsam. »Ich brauchte auch lange nicht in deiner Sprache zu denken.« Als er sprach, schmerzte seine Kehle nicht mehr. Aus seinem Mund kam ein schauerlicher Geruch, auch sein Körper stank unter den Decken hervor; Laken, Brust und Kissen waren voller trockener Reste des Breis, mit dem man ihn gefüttert hatte. »Mein Vater brachte aus dem Heiligen Land eine Sklavin mit. Deren Dienerin as-Zharâ, noch blutjung, wurde meine Mutter. Ihre kranke Herrin und sie lehrten mich die Sprache und, sehr viel schlechter, sie auch zu schreiben. Ich bin der

Sohn des William of Caer Laverock. Britannischer Fürst, bettelarmer Herr über einen unbedeutenden Landstrich. Sonst hätte mich niemand zum Ritter schlagen dürfen.«

Beha ed-Din nickte. »Daher also dein helles Haar, die blauen Augen und die bräunliche Haut. Warum hast du gegen deine eigenen Leute gekämpft? Etwa um ›Sarazenen‹ oder ›Ungläubige‹ zu retten?«

»Weil ich mein Leben lang gelernt hab, daß Absprachen und Verträge zu halten sind. Meine Eide und die Ritterehre, sage ich. Weil ich so oft gesehen hab, wie Stärkere sich an Schwachen und Wehrlosen vergriffen haben.« Er holte tief Luft und spürte plötzlich viele Schmerzherde in seinem Körper stechen. »Weil ehrlicher Kampf eine Sache ist und ein feiger Überfall eine andere.«

Beha ed-Din sah zur Deckenöffnung des runden Zelts, schien lange nachzudenken und sagte:

»Die Karawane war auf dem Weg hierher. Zwei Lieblingsfrauen aus dem Harim Salah al-Dins, sein dreijähriger Sohn und zwei Töchter Malik-al-Dils, unter den Heubündeln der Esel viel Gold und Waffen. Drei der tapfersten Anführer seiner Soldaten. Du hast, ohne es zu wissen, beiden Amirs ein unübertreffbares Geschenk gemacht. Deshalb befahl der Sultan, für dich alles zu tun, was in Allahs Macht steht. Lob sei ihm, dem All-Erbarmer.«

»Ich hab's wirklich nicht gewußt, o Qa'id.« Troncas' rechter Arm war bis zum Handgelenk gesalbt, geschient, umwickelt und nicht zu bewegen, ebenso wie der linke Oberschenkel und der Fußknöchel. »Die Freude und die Verwunderung, mich unter den Lebenden wiederzufinden, mindern meine Bereitwilligkeit, meine … Fähigkeit, mich überströmend zu bedanken.«

Beha ed-Din zupfte lächelnd an seinem Bart. Mit einiger Mühe stopfte Troncas einige Kissen in seinen Rücken und hinter den Nacken. Er richtete sich ächzend auf; neuer Schmerz stach bis in seine Zehenspitzen.

»Deine Genesung liegt in Allahs Hand, wie so vieles andere. Die Stunde indes, in der du wieder springen kannst wie ein Füllen oder eine Gazelle, ist unnennbar weit entfernt, trotz der Künste des Hakîms.« Er füllte grinsend zwei Pokale mit starkem Wein, wie der Duft bewies. »Ich habe viele Fragen, die, denke ich, nur wenig mit der Belagerung Akkons durch euch Ifrandsch zu tun haben.«

»Du scheinst genügend Macht zu haben, o Amir«, sagte Troncas und schloß unsicher die Finger um den Rand des Pokals. »Bist du ein Anführer im Heer des Großen?«

»Ich bin Salah al-Dins Gefährte, der Qadi seines Heers: Beha ed-Din ibn Shaddad.« Er hielt den Becher an Troncas' Lippen und verzog das Gesicht, als Troncas schluckte und Wein aus den Mundwinkeln auf den eingetrockneten Schmutz tropfte. »Ich versuche, eine Geschichte der Kämpfe und Schlachten um dieses Land, um unsere Städte, zu schreiben. Als ich, jünger und viel kräftiger, Schwert und Bogen führte, war ich Waffengefährte an der Seite des Sultans.« Er setzte den Pokal ab und starrte in Troncas' verwüstetes, bartstoppeliges Gesicht zwischen den Binden. »Ist der König, der vor wenigen Tagen landete, jener Wiedergeborene, Mächtige, Gerechte, der uns Muslime vernichten und das endgültige Christenreich errichten wird?«

»Ich weiß es nicht.« Troncas ließ sich erschöpft zurücksinken. »König Richard Löwenherz? Lionheart? Cœur de Lion? Das kann ich nicht glauben.«

»Nicht Löwenherz. Sein Name ist anders. Der Gefangene nannte ihn König Artus. Mit zwölf mal zwölftausend Rittern seiner Tafelrunde.«

An zwei Dutzend Stellen seines Körpers folterten Troncas stechende und dumpfe Schmerzen. Er versuchte ein Lächeln, schloß sein heiles Auge und sagte leise:

»König Artus! King Arthur! Er ist seit mehr als sechs Jahrhunderten tot; eine Legende, wie seine Ritter. Aber viele Barden, Sänger und Dichter sagen, daß er lebt. Unsterblich, auf der Insel Avallon. Er käme, singen sie, um Britannien zu retten, wenn die Not am größten ist. Welcher Gefangene, Qa'id?«

»Man fand vor einer Handvoll Jahren einen kranken, verwundeten Ritter aus deinem Land. Er redete viel, im Fieber, und bevor er starb, drohte er uns Muslimen mit diesem König und seiner göttlichen Macht.« Beha ed-Din nippte an seinem Wein und hob einen Krug, dessen Außenseite mit winzigen Tröpfchen beschlagen war. »Weißt du etwas über diesen mächtigen König, den wir fürchten müssen?«

Auch nachdem Troncas den Weinpokal geleert und viel kaltes Wasser getrunken hatte, waren die Schmerzen nicht geringer geworden. Der Schädel unter dem Schorf der Kopfwunden dröhnte. Troncas war jetzt sicher, daß Beha ed-Din wirklich ein Qa'id war, ein hoher muslimischer Würdenträger. Er sagte mühsam:

»Ich weiß vieles über König Artus, denn ich bin dort aufgewachsen, wo er lebte und seine Schlachten schlug. Mein Vater war mit einem Chronisten befreundet, der Artus' Leben beschrieb.«

Beha ed-Din legte die Hand auf Troncas' schweißbedeckte, schmutzige Stirn und nickte bedächtig.

»Ich sehe, daß du leidest; deine Wunden und Verletzungen, sagt der Hakîm, sind bedrohlich. Ich lasse ihn wieder holen, und man wird dich behandeln und heilen, wie es einem geehrten Gast zukommt.« Er betrachtete seine Handfläche, als wäre sie voller Blut und Eiter. »Sammle deine Gedanken, Ritter Troncas, die noch wie staksende Lämmer über die Weiden vieler Hügel verstreut sind. Wenn sich die buntscheckige Herde deiner Erinnerung am Brunnen versammelt hat, werde ich dir wieder Fragen stellen – Allah hat uns, so scheint's, zur rechten Zeit zusammentreffen lassen.«

Troncas atmete keuchend. »Er hätte es auf weniger schmerzhafte Art tun können, o Amir.«

Er schloß das Auge und hörte undeutlich die Pokale und Krüge klirren und dann Beha ed-Dins leichte Schritte. Raschelnd schloß sich der Ledervorhang des Zelts.

Troncas konnte nicht sicher sein, daß er richtig gezählt hatte: Mindestens siebenmal wechselten Tag und Nacht. Nur an wenigen Stunden der Tage und Nächte konnte er die Geräusche des Heerlagers deutlich unterscheiden; meist schlief er oder lag durch den Schlaftrunk halb betäubt da. Schmerzen kamen und gingen. Zweimal wachte er auf und merkte: Vier Männer trugen ihn aus dem Zelt und durch verwinkelte Lagergassen in ein Bad aus Holzplanken, das in den Boden eingelassen war und in dem einige Dunkelhäutige seinen Körper reinigten, Binden und verkrustete Salben von seiner Haut entfernten und so behutsam, daß er es kaum spürte, den Bart im Gesicht und am Hals schoren und das Haar rund um die Kopfwunden. Der Arm, das Bein und die Brust wurden frisch geschient und verbunden, salbentropfende Pflaster hefteten sich auf andere Stellen der Haut; Binden wickelten sich um seinen Kopf. Ein weißhaariger, weißbärtiger Mann – wirklich der Leibarzt Salah al-Dins? – betastete und untersuchte murmelnd jede Fingerbreit seines Körpers, ließ verschiedene Muskeln mit einem Öl kneten und walken, das schmerzend heiß zu sein schien. Ein Teil der bohrenden, pochenden Schmerzen wich, ein anderer Teil nahm zu; aber das Gefühl, schmutzbedeckt, schwärend und stinkend dazuliegen, war vergangen. Die Luft trug wieder einen leichten Rosenduft. Troncas hatte versucht, Beha ed-Dins Rat zu folgen und die weit verstreuten Schäfchen seiner Gedanken zusammenzutreiben, um sich zu erinnern, wieviel er wirklich über König Artus oder King Arthur wußte; so nannten ihn die Britannier, und nicht anders hatte ihn der zweite Henry genannt, der König von Britannien und Aquitaine. Aber es gelang Troncas nicht, seine Gedanken und Erinnerungen zu sammeln.

Wieder verdämmerte er in einem Schlaf, der seine Muskeln schlaff werden ließ und von dem er hoffte, daß er ihn, vielleicht, heilen konnte; mit Hilfe von Musa ibn Maimûn, dem weißhaarigen Hakîm des großen und überaus mächtigen Sultans.

In einer hellen Stunde an einem der ereignislos dahintreibenden Tage, irgendwann ... nein, es war Nacht, denn einige Ölflämmchen erhellten das Zelt, saß Salah al-Dins Waffengefährte wieder an Troncas' Lager. Troncas spürte eine seltsame Klarheit der Gedanken. Es war kalt geworden, die Luft schien reiner und ließ sich leichter atmen. Eine Gelöstheit, von der er wußte, daß sie nicht lange andauern würde, erfüllte ihn und verhinderte, daß er Schmerzen fühlte. Wie von selbst fanden sich Worte und Bedeutungen, fügten sich zu Sätzen, und ohne daß er sich dazu gezwungen sah, begann er mit trockenen Lippen zu erzählen.

Höre, o Amir: Denn eigentlich beginnt meine Geschichte mit einem offensichtlichen und wahren Wunder, nämlich mit der Rettung eines geschlagenen Heeres verzweifelter Christenritter. Von Anfang an: Mein Vater William war dem Ruf gefolgt, das Heilige Land zu befreien.« Troncas entsann sich der mühseligen Umrechnung. »Er ritt im Jahr des Herrn 1147, nach eurer Rechnung 542 nach der Hedschra, im Frankenheer, als euer Feldherr Nur ed-Din die Stadt Bosra nahm oder sie ihm übergeben wurde. Als ein geheimnisvoller fremder Schimmelreiter mit dem scharlachroten Banner den traurigen Rest des Frankenheeres nach Gadara führte, hat auch mein Vater einsehen müssen, daß sie gegen euch nicht gewinnen konnten. Mit einem Freund aus dem Heer König Balduins machte er sich auf den Rückweg. Dieser Freund, Falco, hatte eine junge Frau, Alifa, und ihre Sklavin gekauft oder geschenkt bekommen. Er wurde im Kampf gegen Piraten getötet, jenseits von Cypern. Vater William of Caer Laverock schickte sich darein. Er reiste mit den Frauen zurück nach Britannien, zu unserem Besitz.«

Je länger Troncas redete, desto leichter fiel ihm der Gebrauch jener Sprache, die er gleichzeitig mit dem Britannischen gelernt hatte.

»Er fand Helen, seine Frau, auf dem Krankenlager. Sie litt an Auszehrung. Sie ist langsam und unter Qualen gestorben, obwohl sich die schöne Alifa ihrer annahm.«

»Unser aller Leben ist in Allahs Hand«, sagte Beha ed-Din und senkte den Kopf. »Ich kenne die Geschichte Bosras. Nur ed-Din, der zum erstenmal Nachrichten mit Tauben hierhin und dorthin sandte, Sohn des glanzvollen, grausamen Feldherrn Zengi, hat damals zugesehen, wie euch der Fremdling über den Jordan und nach Gadara führte. Ist es jener König Artus gewesen?«

Troncas zuckte mit den Schultern und stöhnte leise. Beha ed-Din redete weiter.

»Also – die mächtige Burg deines Vaters steht auf dem Land, über das jener König Artus herrschte?«

»Nicht mächtig, o Amir. Nicht einmal eine Burg. Zwei große, drei kleine Häuser. Ein Stall und zwei Scheunen, mit Reisig und Stroh gedeckt und ohne jeden prunkvollen Inhalt. Genug zum Überleben, aber verschuldet. Vater begrub seine Frau Helen. Er versuchte, eine Weile lang, Trost im Glauben zu finden. Er muß damals lange durch das Land geritten sein. Dabei lernte er einen alten Chronisten kennen, Geoffrey von Monmouth, einen gelehrten Mönch, der vieles Wichtige niederschrieb. Die alten Sagen und Legenden unseres Landes kannte Vater indes wie jeder andere Einheimische.«

Teile seiner Erinnerung tauchten aus dem nebligem Dunkel auf, in dem ihn die arabische Medizin festhielt. Es war, als trüge ein Unsichtbarer herrlich gemalte Bilder an ihm vorbei, auf denen nicht nur alle Menschen zu sehen waren, sondern auch all die Jahre, die er mit ihnen verbracht hatte und die längst samt ihrer Bedeutung vergangen waren. »Bevor ich dir die Wahrheiten und Legenden berichte, das Gesagte, Gesungene und später Hinzugefügte erzähle, das die Welt von König Artus weiß, sollst du wissen, wer ich bin.«

»Ein wenig kenne ich dich schon.« Beha ed-Dins Lächeln schien ehrlich zu sein. »Du kämpfst wie eine rasende Löwin und erträgst Schmerz mit der trunkenen Langmut eines Weisen.«

»Ich hab in meinem Leben noch nie so viel geschlafen wie in deinem Zelt, Qa'id. As-Zharâ, meine junge Mutter, und mein Vater mußten zusehen, wie auch die schöne Alifa nach langer Krankheit starb. An der gelben Seuche, die unser Land heimsuchte. As-Zharâ wurde mit mir schwanger. Nach ein paar Jahren, Anno Domini 1155 oder 1156, nahm William of Caer Laverock as-Zharâ zur Frau. Elf Bauern sorgten für uns, unsere Untertanen also. Wir waren arm, aber as-Zharâ brachte es fertig, daß mein Vater wieder lachte, wenn auch nicht allzu häufig.«

Beha ed-Din mischte Wein und half Troncas beim Trinken. Später brachte ein Sklave weiches, frisches Brot, in Würfel geschnittene Früchte, eine Schale voll Brei mit geschabtem Fleisch; Troncas aß mit schmerzenden Zähnen und geschwollenen Muskeln. Er erzählte vom Steinwall des römischen Kaisers Hadrian, fünfhundert Jahre vor der Hedschra errichtet, vom Bach, vom Fluß und vom Solvay-Fjord, von den kleinen Pferden der Britannier und den kargen Feldern und Weiden, von großen Quadern, die im Boden versanken, und dicken, bis zur Unkenntlichkeit überwucherten Mauerresten aus der Zeit, als Britannien eine Insel am Außenrand des Römischen Reiches gewesen war. Beha ed-Din hörte schweigend zu, nur hin und wieder schrieb er mit Fettkohle Zeichen auf Pergamentfetzen und zerknittertes Papier. Troncas spülte den letzten Bissen mit einem Schluck Wein hinunter und stellte den Pokal auf das Tischchen links von seinem Lager.

»Als ich zehn war, begann ich mehr von den Erzählungen zu verstehen. Vater berichtete von seinem langen Ritt ins Heilige Land, as-Zharâ von ihrem Leben als Sklavin einer Sklavin, im Haus eines reichen Kaufmanns. Vater züchtete mit den großen, starken Pferden, die er mitgebracht hatte, und so kam etwas Silber und Gold ins Haus. Ich durfte manchmal in seinem Sattel reiten und fragte ihn nach dem Wall, den Hügelgräbern, den Quaderfundamenten und den Mauern, über das Kleine Volk, die Druiden, Alben und Barden. Er erzählte, daß er und ich die Letzten eines Geschlechts von Lanzenreitern waren, deren erste noch im Heer von König Artus gekämpft hatten. Es mag zutreffen oder nicht. Aber er lehrte mich auch, mit dem Holzschwert zu fechten.« Troncas gähnte, nahm einen Schluck Wein und sah in Beha ed-Dins schwarze Augen. Die Ölflämmchen flackerten, die Rußfäden über ihren Spitzen schienen sich zu verknoten. »Die blökenden Lämmlein meiner Gedanken zerstreuen sich wieder, o Qa'id. Nun, ich sollte die Schriften des Magister Geoffrey of Monmouth lesen, wenn ich etwas über jene versunkene Zeit erfahren wollte, sagte Vater. Geoffrey, einer seiner Freunde, war aber vor meiner Geburt gestorben, als Bischof von Sankt Asaph – ihr würdet ihn Imam, Chalifa oder Chatib nennen –, einem Ort einige Tagesritte südlich von Caer Laverock. Davon aber berichte ich dir später.«

Beha ed-Din rollte vorsichtig das Pergament zusammen, stand auf und verbeugte sich. »Allah bewache deinen Schlaf, Ritter. Das nächste Mal werde ich nur fragen und zuhören; ich habe vorzügliche Schreibsklaven.«

»Hoffentlich enttäusche ich dich nicht mit der Geringfügigkeit meines Wissens und meiner Erinnerungen.« Troncas gähnte krampfhaft und schloß die Augen. »Der König, den ihr so fürchtet, hat hundert Jahre vor der Hedschra gelebt.«

Beha ed-Din blieb stehen, den Zeltvorhang in der Hand. Leise sagte er: »Wahre, tiefe Furcht vermag viele Jahrhunderte zu überdauern, o Ritter.«

Mitten in der Nacht wurde Troncas von undeutlichem Lärm aus der Mitte des Lagers geweckt; es hörte sich an, als kämen verwundete Krieger zurück. Mühsam fügten sich Erinnerungssplitter zusammen; er versuchte, seine Lage zu überdenken: Anno Domini 1190, also 586 Jahre nach der Hedschra, der Übersiedlung des Propheten Mohammed nach Medina, am 22. des zweiten Rabi, einige Tage vor Beginn des Mondes Mai, war Troncas of Caer Laverock zu Schiff am Dünenstrand vor Akkon eingetroffen und hatte erfahren, daß die uneinsichtigen Herren Guido von Lusignan, König von Jerusalem, und Markgraf Konrad von Montferrat in der Stunde der größten Not des Belagerungsheeres eine Übereinkunft zustande gebracht hatten, wer von ihnen zukünftiger Herrscher sein würde. Dem einzelnen Schiff aus Cypern, das Troncas zusammen mit einigen Männern aus der Ritterschaft von Richard Löwenherz, ihren Pferden und dem wenigen Gepäck verließ, südlich der hohen Stadtmauern auf dem Dünensand des Ufers, folgten die Schiffe Konrads aus Tyros und entluden, nachdem sie eine Flotte der Muslime besiegt hatten, viele Lebensmittel, Holz und Teile von Belagerungsgeräten. Wenige Tage später versuchten einige Abteilungen des christlichen Heeres, mit Hilfe der rasch gezimmerten Belagerungstürme die Stadt zu stürmen.

Aber die muslimischen Verteidiger, angeführt von Amir Beha-ed-Din Qara-Qûsh, schleuderten Krüge mit griechischem Feuer und brannten die Türme nieder. In der Stadt und im Lager der Franken herrschten Verwahrlosung, Hunger und Krankheit; mitunter gelang es wenigen Schiffen des Sultans Salah al-Din, den geschützten Hafen von Akka zu erreichen, das die Franken Akkon nannten, und Nahrungsmittel in die Stadt zu bringen. Späher berichteten im christlichen Heer, daß der Sultan seine Krieger sammelte und durch Nachschub aus allen Teilen des Umlandes verstärkte. Am Pfingstsonnabend, dem 19. Mai, begann der Sultan das christliche Belagerungsheer anzugreifen; acht Tage lang tobten erbarmungslose Kämpfe, bis alle kämpfenden Gruppen erschöpft waren: die muslimische Besatzung der Stadt, das christliche Belagerungsheer und Sultan Salah al-Dins Truppen.

Troncas und drei andere Ritter waren von Richard Löwenherz dazu bestimmt worden, das Land östlich von Akkon und die Straße nach Jerusalem zu erkunden und den besten Platz für das Heer zu finden, das noch auf der Insel Cypern wartete. Troncas hatte die Stille der Erschöpfung im Schatten der Mauern genutzt, die ausgerufene Waffenruhe der Tage, in denen die Gefallenen begraben und die Verwundeten versorgt wurden, doch schon der erste Ritt ließ ihn mit den halbverhungerten Flamen zusammentreffen.

Daß sich die siegreichen Muslime vor dem legendenhaften König und seinem Ritterheer fürchteten wie vor einer Legion Dschinnis, verwunderte Troncas zutiefst; seine Gespräche mit Beha ed-Din würden dieses Rätsel vielleicht aufzuklären vermögen. Troncas lauschte den langsamen Schritten der Wachtposten, bis die Müdigkeit und der einschläfernde Trank des Hakîms die Schmerzen überdeckten und Troncas in einen schweren, schweißtreibenden Alptraum zwang.

Es mag hundertfünfzig Jahre vor der Hedschra gewesen sein, als jener Artus geboren wurde. Du mußt wissen, o Beha ed-Din, daß unsere Inseln weit im Norden der Meerenge von Dschebel al-Tariq liegen, vom Festland durch einen breiten Meeresarm getrennt.«

Troncas sprach leise und sah zu, wie Sklaven oder Handwerker neben dem Zelteingang eine Puppe aus Rohrgeflecht aufstellten und mit einigen seiner Kleidungsstücke, dem Kettenhemd und der Rüstung behängten. Er glaubte deutlich zu sehen, daß alle Teile gewaschen, ausgebessert und geputzt worden waren; Auge und Schuppen des Fisches blitzten. Beha ed-Dins nächste Worte beseitigten seine Zweifel.

»Der Sultan hat befohlen, deine Waffen und den Sattel mit gebührender Sorgfalt instand zu setzen. Wenn du wieder gehen kannst, wirst du vor dem Sultan, meinem Freund, erscheinen müssen.«

»Er kann meines tiefen Dankes gewiß sein, o Amir. In den wenigen Tagen, die ich vor Akkon kämpfte, hab ich viel Verwunderliches gehört und erlebt: Fränkische Ritter und muslimische Krieger sind zu Freunden geworden, obwohl sich vorher Ungläubige und Sarazenen wie die Rasenden bekämpft haben.«

»Viele Namen für wenige Unterschiede. Alle eure Ritter und Kriegsknechte, aus vielen Ländern und Königreichen, heißen bei uns ›Ifrandsch‹, also ›Franken‹«, sagte Beha ed-Din leise. »Was du Ritterehre und Ritterschwur nennst, kennen wir ebenso, auf unsere Weise. Viele Suren des Qur'an – des Koran –, handeln davon.« Er wartete, bis der Diener den umgefallenen Schild an die Puppe gelehnt und das Zelt verlassen hatte. »Beide Heere rüsten für den nächsten Kampf. Taki, der Sultan, sein Bruder Malik al-Dil und ich. Vielleicht wird Salah al-Din das Lager abbrechen und weiter entfernt von Akka aufschlagen müssen.«

»Akkon-Akka ist wie das einzige Tor auf der Straße nach Jerusalem«, sagte Troncas. »Die Verteidiger sind mutig und tapfer, trotz Hunger, Entbehrungen und der langen Belagerung.«

»So ist es.« Beha ed-Din zupfte an seinem Bart. »Wir sind sicher, daß ihr die Stadt nicht einnehmen werdet. Die Mauern sind hoch und unzerstörbar.«

»Man sagt, daß auf der Mauerkrone zwei Gespanne aneinander vorbeifahren können«, sagte Troncas. »Seit ich Britannien verließ, hab ich viele herrliche Bauwerke bestaunt. Stadtmauern, Türme, Burgen und Kathedralen – ihr nennt sie Moscheen. Und mächtige Brücken über reißende Ströme. Ich glaube, Akkons Mauern sind stärker und höher.«

Beha ed-Din lehnte sich zurück.

»Einige Amire haben dem Großen Sultan geraten, Akka dem Erdboden gleichzumachen. Solange Akka steht, sagten sie, werden die Ungläubigen versuchen, die Stadt wieder einzunehmen. Andere bestärkten seinen Entschluß, das schöne Akkon und den sichersten Hafen dieser Küste wiederaufzubauen. Er ließ aus Ägypten den Amir Qara-Qûsh mit schwerem Werkzeug kommen. Viele christliche Kriegsgefangene haben schwitzend und betend Akkas Türme, Mauern und Molen wiederaufgebaut. Qara-Qûsh wartet in der Stadt und bessert aus, was ihr zerstört – ihr Franken rennt, in gewisser Weise, gegen eure eigenen Mauern an.«

»Die Gesetzmäßigkeiten – wenn sie denn diesen Namen verdienen – des Krieges sind undurchschaubar, o Amir. Vernunft solltest du von den meisten Herrschern nicht erwarten; ich hab längst aufgegeben, sie zu finden.«

»Zwei, drei Monde wird es dauern, sagt der Hakîm, bis du wieder – mit kunstvoll geschnitzter Gehhilfe – humpeln kannst. Deinen Mut im Sattel, in voller Bewaffnung, wirst du lange nicht zeigen können.« Der Chronist des Großen Sultans lächelte zögernd. »Mir scheint, du weißt viel von jenem König Artus?«

»Die weit verstreuten Schäflein meiner Gedanken und das eine oder andere Falkenpärchen meiner Erinnerungen werden sich in einer gewissen guten Stunde am Burgturm meiner Vergangenheit versammeln – ich liebe es, die gaukelnden Schmetterlingsworte eurer Rede zu gebrauchen.« Troncas nickte langsam und bohrte seinen Blick in Beha ed-Dins Augen. »Du findest wahrscheinlich rund um Akkon niemanden, der mehr über diesen fernen König weiß als ich.«

»Jener britannische Chronist ...«

»... Geoffrey von Monmouth?«

»Er und ich, also ein anderer, der eine wahre Chronik schreiben will ... wir wissen gewißlich und unveränderbar, daß jegliche Geschichte viel früher anhebt als ihr scheinbarer Anfang.«

Wieder nickte Troncas. »Das Leben eines Helden beginnt manchmal lange vor seiner Geburt. Ich weiß, was du meinst, Amir. Ich werde dir und euch allen, die ihr jenen König Artus wirklich zu fürchten scheint, die Wahrheit berichten – so wie ich sie kenne.«

»Auf daß wir unsere Furcht besiegen? Oder anders: daß wir durch Wissen und Einsicht erfahren, wie es wirklich war – ein Jahrhundert, ehe Mohammad unzählbar viele Stämme von Kamelnomaden und Beduinen einigte und uns mächtig werden ließ?«

»Ich schildere, was ich weiß.« Troncas streckte ächzend den linken Arm nach dem Becher aus und nahm einen Schluck warmen, süßen Kräutersud. »Was ihr, du und der Große Sultan, aus dieser fragwürdigen Wahrheit herauslest, liegt bei euch.«

Ein Diener trat ein und verbeugte sich vor Beha ed-Din. Er legte die Lanze auf den Boden und krönte die Puppe mit dem entrosteten, halbwegs schimmernden Helm des Ritters. Beha ed-Din stand auf und bedeutete dem Dunkelhäutigen, das Tischchen auf die linke Seite von Troncas' Lager zu stellen.

»Morgen zur Mittagsstunde will ich mit den Schreibern kommen und fragen, Ritter Troncas.« Durch den Zelteingang drang kühle Luft ins Innere. »Vielleicht hindert mich ein überraschender Waffengang, dann wartest du vergebens. Wenn du den Lärm hörst, wirst du's wissen.«

Er senkte den Kopf, duckte sich und ging mit leisen Schritten durch den Zelteingang. Troncas leerte den Becher und ließ sich zurücksinken. Er wartete auf den Augenblick, an dem er wieder einschlafen würde; die Zeiten der Wachens, in denen seine Gedanken sich klärten, zwischen den langen Stunden heilenden Schlafs, schienen von Tag zu Tag zahlreicher zu werden.

Ferne und nähere Vergangenheit mischten sich, einzelne Menschen und deren Bedeutung wirbelten durch Troncas' Gedanken. Magister und Bischof Geoffrey of Monmouth, einst Kanoniker im Stift der Augustiner Saint George zu Oxford on Thames, oder Wace, oder Chréstien de Troyes, die Schriften *Historia Regum Britanniae* und *Vita Merlini* in der alten Kirchensprache, die ihm übersetzt wurde, die Gesänge von Perceval an den Höfen der Alienor von Aquitanien, der Barde Caradoc von Llancarvan und dessen Geschichte von Wales und die Krönung von Richard Löwenherz in London. Hinter Troncas' Stirn wütete ein Stechen wie von glühenden Nadeln. Geschichte fügte sich aus wahren Erinnerungen und unwahren Erzählungen zusammen, wie es an Alienors Hof geheißen hatte, aus Geschwätz und Legenden, aus Vorstellungen, Vorlieben, Ausschmückungen und dem geringen oder machtvollen Wissen des Sängers oder Erzählers.

In jenen nebligen Schatten der fernen Zeit, die Geoffrey von Monmouth »die langen, dunklen Jahrhunderte« genannt hatte, waren Gedanken gedacht, Leidenschaften gelebt und in wütenden Kämpfen blutige Wunden geschlagen worden, ohne daß die Britannier jemals aufgehört hätten, einen großen König für ihre geschundene Insel herbeizubeten.

Die römische Besatzung hatte die Druiden und Druidinnen längst gezähmt; die Furien besänftigten ihre Götter nur noch mit symbolischen Opfern, nicht mehr mit Neugeborenen und Jungfrauen. Die Kämpfe, einst trunkene Schauspiele nach Bardengesang und Met-Trinken, waren zu tödlichen Auseinandersetzungen zwischen Britanniern, die sich oft noch *cives*, Bürger, nannten, und Eindringlingen geworden. Vom ordnenden Einfluß der römischen Legionen hatten sich nur Straßen, Brücken, halb verschwundene Fundamente erhalten – und der Begriff der Romanitas.

In dieser Zeit waren ein Mann und eine Frau einander in rasender

Leidenschaft verfallen und hatten ein Kind gezeugt; niemand konnte ahnen, ob der Säugling verhungern, in frühen Jahren sterben oder gesund heranwachsen würde.

Plötzlich wußte Troncas trotz der Schmerzen und des betäubenden Trunks, wie er seinen Bericht beginnen würde.

2. KAPITEL

Schildert, wie Troncas of Caer Laverock sich erinnert und dem muslimischen Chronisten Beha ed-Din ibn Shaddad die wahrhaftige Historie vom Geschehen auf Burg Tintagel erzählt

O Ygraine mit den schlehenfarbenen Spitzen deiner prallen weißen Brüste!« Uther Pendragon, die Finger der Rechten im Bart verkrallt, starrte die brennenden Kloben der Feuerstelle an.

»O Feuerblume Ygraine mit dem Haar in der Farbe der Flammen!« Die Halle voller wuchtiger Tische und schwerer Schemel war schon vor Mittnacht fast menschenleer geworden. Nur das Bodenmosaik, die Säulen, das Portal und die Mauer aus hellen Quadern erinnerten noch an die Kunst der römischen Baumeister und an die Zeit, in der die Anführer der Legionen und Ambrosius, der Kriegsführer oder *Dux bellorum*, in dem prächtigen Bau gelebt hatten. Kalter Regen peitschte gegen die Mauern und aufs Strohdach und wütete in den lehmigen Gassen.

Uther Pendragon riß die Hand aus dem Bart; ein paar Haare blieben in den Fassungen der Ringsteine hängen. Er spürte den jähen Schmerz und fluchte unhörbar. Der Schmerz brachte ihn zurück in die rohe Wirklichkeit. Er hob den Kopf und sah die leeren Sitze an den Tischen, von denen Dienerinnen leise die Reste des

Mahles wegräumten. In seiner Brust schien ein wütender Drache seine Krallen zu spreizen.

»Ostern in Caerleon. Naß, dreckig, kalt, ärmlich und ohne Freude. Die Stadt angefüllt mit mürrischen Fürsten«, murmelte Pendragon. Etwas lauter sagte er: »Gib mir viel kaltes Bier, Seonaid. Keltisches Bier.«

Die Magd füllte einen dünnwandigen Becher aus einem Krug und beugte das Knie, als sie Pendragon das Gefäß reichte. Er dankte zerstreut mit einem Nicken und blickte sie länger als gewohnt an; ihre Haut war sahneweiß wie Ygraines Körper, ihre vollen Brüste bebten unter dem Stoff, und ihr Haar war feuerfarben, wenn auch strähnig.

Der Schaum und der erste Schluck des Schwarzbieres schmeckten bitter; bitter wie die Zeit seit dem Rückzug der Legionen, die Jahre verwaister Siedlungen, Häfen und Bäder, das Jahrhundert, an dem nur wenige Jahre fehlten und das ein Jahrhundert des gräßlichen Umbruchs, der Unruhe und des Vergessens war. Und der Kämpfe.

Der riesige weiße Hund Cabal, der sich neben dem Feuer ausstreckte, knurrte in einem Beißtraum und fletschte die gelben Zähne.

»Ambrosius Aurelianus in seinem Grab!« Pendragon hob den Kopf und sah dem Rauch nach, der zwischen mächtigen Dachbohlen verschwand, deren Schnitzwerk von einer Rußschicht bedeckt war. »Ich wünschte, er wäre jetzt hier und nicht vor so langer Zeit gestorben. Im gleichen Jahr, als ich geboren wurde.«

Sein Murmeln ging im Heulen des Mittnachtwindes unter. Mägde und Diener verließen den Saal und schleppten Geschirr, Tücher und Essensreste in Körben zur Küche. Einige Kienspäne und Öllampen erloschen zuckend und rauchend; ein Windstoß fauchte, mit Regen gemischt, durch das Gefüge der Deckenbohlen zischend in die Glut. Pendragons Wut wuchs und drängte ihn, sich ihrer zu entledigen.

Als er den Becher hob, glitt eine Hälfte des Vorhangs zur Seite.

Ein schlanker, hoch aufgeschossener Mann in Lederkleidung, ein wenig älter als fünfundzwanzig Jahre, trat in den Saal und blieb drei Schritte vor dem steinernen Podest stehen. Er verbeugte sich und sagte:

»Du solltest schlafen, Kriegsführer. Tiefer, satter Schlaf in Regennächten ist gesund und vertreibt mürrische Gedanken.«

»Hörst du den Lärm, den die Fürsten und ihre ungewaschenen Krieger machen? Da soll ich schlafen, Merlinus? Diese nassen Nächte – wieder ist ein Jahr angebrochen, in dem wir im Norden und Osten werden kämpfen müssen. Brände und Kämpfe und Überfälle! Vor fünfzig Jahren haben sie Ambrosius begraben! Keine fünf Jahre lang war Friede im Land!«

Pendragon deutete auf einen hochlehnigen Stuhl und winkte Seonaid. Merlinus setzte sich und streckte die Beine zum Feuer aus. Die knielangen Stiefel waren bis zu den Waden durchnäßt und lehmbeschmutzt.

»Die Fürsten und ihre besten Krieger haben sich versammelt. Sie wissen, was uns der Sommer bringen wird, o König Pendragon.« Merlinus streckte seine Hände aus und wärmte die Finger in der Nähe der Glut. Seine Handgelenke und Hände waren schmal, schienen aber ungewöhnlich kräftig. »Danke, Feuerhaar. Auch das Bier verhilft zu tiefem Nachtschlaf. Oder ist dein Ärger größer als die Müdigkeit, Pendragon?«

Uther Pendragon, den viele seiner Vertrauten und die mutigsten Krieger schmallippig »furchtbares Drachenhaupt« nannten, hatte die Fürsten der Britannier und Kelten zum Osterfest geladen. Jedes Jahr zum gleichen Zeitpunkt, am ersten Sonntag nach dem ersten Vollmond im Frühling, hielt er Heerschau in der befestigten Stadt, die Fürsten tauschten Geschenke aus und redeten über Grenzen, Wälle, Palisaden und Burgen; seit Hochkönig Vortigern den Kampf der Römertruppen gegen die Eindringlinge und Räuber mit ebenso wenig Erfolg wie jene Legionen fortgesetzt hatte, fanden diese Treffen statt. Merlinus trank, wischte sich etwas Schaum von der Nase und blickte in Pendragons dunkle, große Augen.

»Es ist kein Ärger, Freund.« Pendragon drehte sich halb herum und deutete mit der Hand, die den Becher hielt, auf den Wandteppich. Der rote Drache, der eine Feuerzunge ausspie, schien den Männern mit der rechten Pranke und dem hochgekrümmten Schweif zu drohen. »Es ist kalte Wut. Das Volk, gleich welcher Sprache, lebt in einem regnerischen Jammertal. Es sehnt sich danach, in Ruhe und Frieden seine Ernte einzubringen, ohne Überfälle vom Meer oder Mord aus dem Piktenland. Ich fange an zu verstehen, daß wir nicht stark genug sind. Wie damals die Legionen, die Vortigern und Ambrosius Aurelianus befehligten. Die anderen Fürsten sind kampfesmüde geworden, unlustig; sie wollen Ruhe, keinen Ruhm.«

Merlinus hatte seine grünen Augen auf die Finger des Königs gerichtet. Sie schienen das dünnwandige Holzgefäß zerdrücken zu wollen. Pendragon begegnete dem prüfenden Blick, zuckte mit den Schultern und beugte sich vor. Der Ausdruck in Merlinus' falkennasigem Gesicht beunruhigte ihn; seine hilflose Wut drohte sein Inneres zu verbrennen.

»Besonders Herzog Gorlois scheint weder Ruhm an deiner Seite noch die hitzige, blutige Schlacht gegen Jüten und Angeln zu suchen.«

Pendragon hob die Stimme. »Was soll das heißen?«

»Mit seinen zwei Dutzend Lanzenreitern hat er Caerleon nach dem Königsmahl verlassen, bevor die Tore geschlossen wurden. Es war ein Anblick wie aus der Dämmerung unserer Geschichte: Regen, Flammen und Funken der Fackeln, spritzender Schlamm, Dampf aus den Nüstern der schweren Pferde und molkige Mondstrahlen auf Helmen, auf der südlichen Römerstraße.«

Pendragon sprang auf, schleuderte mit einem unbeherrschten Ruck des Handgelenks den Becher weg; dann holte er pfeifend Luft und bezwang sich. Er ließ sich schwer in das schwarzbraune Bärenfell fallen, das sich über Sitz und Lehne spannte, und sagte mit einer Stimme, die Merlinus zu fürchten gelernt hatte:

»Herzog Gorlois von Terrabil und Tintagel. Gorlois aus Dumnonia. Gorlois der Eifersüchtige von den Klippentürmen.« Er schloß die Augen. »Es wäre sinnlos, zu spät und lächerlich, ihn jetzt zurückholen zu wollen. Morgen, Merlin. Oder übermorgen.«

Merlin sagte leise: »Er weiß längst von dir und Ygraine, mein Freund.«

»Trotzdem: übermorgen.« Pendragon packte die Armlehnen, als wolle er sie aus dem Sessel reißen. Ungläubig sagte er: »Er weiß es? Alles?«

»Vieles. Ygraine ist immerhin seine Gattin, König, nicht deine.«

»Woher weiß er ...?«

»Das Gesinde. Hundert Augenpaare in Caerleon und andernorts. Sie wußten's auch damals bei Ambrosius, sie wissen's mitunter auch von mir. Du und Ygraine, im Zelt, im Sommer zwischen den Felsen, in den Nischen Caerleons, in den Brombeeren am Wall des Hadrian und im Schiff. Wenn die Diener betrunken sind, ahmen sie Ygraines Lustschreie nach.«

»Die Gorlois nie gehört hat.« Pendragon lachte kurz und grinste verächtlich. Seine Schläfenadern pochten. Der Regensturm riß und rüttelte an den hölzernen Schlagläden. An der Wand hinter dem Thronsitz lief ein schmales Rinnsal bräunliches Wasser herunter. Uther Pendragon hing im Sessel, als lauere er auf einen Angriff. Er schien sich an jedes Mal zu erinnern, an jeden Ort, an dem er Ygraine genommen hatte, seit drei Jahren. »Nun: Man weiß es. Nicht zu ändern, nichts mehr zu verbergen. Was sagst du, was rätst du, Merlin-Myrddin?«

»Die Befehle, die Sitte und der Brauch – und die Notwendigkeit, sich zu versammeln, wenn der König ruft –, sind unabhängig vom Ziel deiner Leidenschaft, sind geradezu heiliges Gesetz. Daß sich Gorlois deinem Befehl widersetzt und das Gesetz bricht, wird jedermann in deinem Königreich verstehen.« Merlins Stiefel dampften, aus der bronzeumkleideten Esse rauschte ein Wasserguß senkrecht ins Feuer und verschwand in einer Dampfwolke. »Zwing ihn, zurückzukehren. Die Burg Terrabil, in der er sich verschanzen wird, ist schwer einzunehmen. Ich habe von einem seiner betrunkenen

Axtkämpfer gehört, daß er seine begehrenswerte Gemahlin in Tintagel zurückgelassen hat.«

»Tintagel. Die gischtumtosten Klippen in Dumnonia. Hätte er ihr beizeiten ein paar Kinder gemacht, hätt' sie mich nur über die Schulter angesehen.«

»Das mag so sein oder nicht«, sagte Merlin leise. »Mein Vater hat Ambrosius geraten, ich rate dir: Befiehl Gorlois, deinem Befehl zu gehorchen. Gehorcht er nicht, zwing ihn dazu. Dies bedeutet wüsten Kampf; die Überzahl deiner Krieger wird ihn besiegen, wird ihn töten. Überlaß die Belagerung mir und deinen Besten. Für die wenigen Wachen auf Tintagel sollst du aussehen und dich kleiden wie Gorlois.« Er kicherte und strich mit dem Zeigefinger über seine Raubvogelnase. »Mach deiner sahnehäutigen und feuerhaarigen Geliebten ein Kind und nimm sie zur Frau – für alles andere sorge ich.«

»Wie schon so oft. Wie zumeist, Freund.« Seonaid näherte sich zögernd dem Feuer und schob langsam, nacheinander, vier schenkeldicke Kloben zersägtes Treibholz in die bröckelnde Glut. Pendragon knurrte: »Bei Sonnenschein und trockener Straße brauchen wir vier Tage zu Pferd nach Terrabil oder Tintagel.«

»Nach Tintagel, dessen Rundturm Ambrosius hat errichten lassen. Bei diesem Regen, König, wird es länger dauern. Der Sturm wird stärker, sagt mein alter Diener; er spürt es im rechten Arm, obwohl er ihn vor einem Jahrzehnt im Kampf verlor.«

Pendragon löste seinen Blick von Merlins Gesicht. Die Schatten eines Viertagebartes verliehen Merlin das Aussehen eines Halbverhungerten, der aus dem Moor kam. Ein paar Dutzend Atemzüge lang schwiegen die Männer. Pendragon blickte unruhig im Saal umher und entdeckte im Spalt der Vorhanghälften die junge Dienerin. Er holte scharf Luft und sagte leise:

»Ruf alle Unterführer im Morgengrauen hier zusammen. Frische Pferde! Laß mich wecken, ehe die verfluchten Hähne krähen.« Der Hund am Feuer rührte sich, wedelte mit dem Schwanz und grollte, die Augen weit geöffnet, ins Leere. Sein Gebiß klackte aufeinander. Unvermittelt rief Pendragon Seonaid zu: »Bring Wein in mein Schlafgemach! Lampen anzünden! Schnell! Geh ins Bad und laß dich waschen, Frau! Zieh ein Kleid an, in dem ich dich nicht gleich erkenne!«

Er machte einige befehlende Gesten und war mit wenigen Schritten zwischen Merlinus und der gemauerten, von bronzenen und eisernen Gittern umgebenen Feuerstelle in der Mitte der Halle. Die Dienerin verbeugte sich schweigend und ließ die Vorhangsäume los. Der Hund wich aufjaulend einem Tritt Pendragons aus, der nur seinen Schenkel traf. Merlin stand auf und legte die Rechte auf Pendragons Schulter; der König spürte die beruhigende Kraft der Finger, an denen rote, blaue und grüne Steine in silbernen Fassungen glommen.

»Macht«, sagte Merlinus wie leichthin. »Sie zu haben bedeutet, deinen Willen und deine Ziele gegen Widerstand durchzusetzen. Die kleinen Fürsten und Herzöge müssen erkennen, daß du die Macht nicht verloren hast und daß du sie nicht aufgibst. Tu, was du tun willst, was der König tun muß.«

Pendragon packte Merlins rechtes Handgelenk und sagte rauh:

»Noch bin ich mächtig, aber ich werde alt. Wenn ich einmal die Macht in die Hände eines Sohnes legen kann, der Vortigern, Ambrosius oder mir gleicht, lehne ich mich gern dösend gegen einen der vielen Druidensteine im Land. Noch sehe ich keinen solchen Erben, Freund.«

»Wenn Ygraine ihn dir gebiert und wenn ich ihn erziehe, o Hochkönig eines armen Landes voller halsstarriger, stolzer Fürstlein, wird ihn Britannien voll ehrfürchtigem Staunen bewundern.« Merlin legte die ringstarrenden Finger aufs Herz. »Trink Bier, aber nicht zuviel, Uther, wasch dein Gemächt und bereite dich auf den Ritt nach Tintagel vor: übermorgen.«

Uther Pendragon stieß ein dröhnendes Gelächter aus. Sein schwarzer Bart, in dem er in jedem Mond mehr graue Haare fand, fühlte sich fremd an. Er hob den Arm, als wolle er etwas beschwören, und rief unterdrückt: »Ich gebe mein Bestes, kluger Emrys-

Merlin. Wie immer. Danach zeigen wir's Gorlois und seinen dumpfen Axtschwingern. Morgen, übermorgen!«

Er nickte Merlin zu, schob sich an ihm vorbei und verließ den Saal. Die Schritte waren schnell, weit und sicher, wie die eines gut abgerichteten Kampfrosses. Hinter sich hörte er das Rauschen des Vorhanges; ein Scheit knackte laut und schleuderte Funken in den Raum, die er nicht mehr sah.

Seonaid preßte sich mit dem Rücken gegen die Tür und drückte sie mit zitternden Händen zu. Uther Pendragon stand zwischen dem Tisch, auf dem Wolldochte in Fettschalen brannten, und dem Bett. Die Laken waren frisch, die Decken und Felle zurückgeschlagen. Pendragon trug einen bodenlangen Leinenmantel; sein Haar, noch vom Bade feucht, lag ebenso wie ihres straff am Kopf und war im Nacken mit einem Lederband zusammengefaßt.

»Komm her«, sagte Pendragon leise. Seine Finger zitterten. »Bis zum Morgengrauen. Du bist nicht Ygraine, von der ihr alle sprecht. Aber ich bin der König.«

»Du bist der König.« Sie ging mit zögerndem Lächeln auf ihn zu. »Aber ich fürchte dich nicht. Ich will gern bei dir liegen.«

Ihre Blicke flirrten; Pendragon wußte, was sie sah: Es schien Seonaid, als würde er sich verändern, je näher sie ihm kam. Trotz der breiten grauen Strähnen im Bart und im Haar schien er jünger geworden, die Haut war straff; aus den Augen leuchteten Begehren und das Versprechen einer Nacht voller Leidenschaft. Er starrte sie an, sie fühlte seltsame Schwäche in den Knien, sein hungriger Blick glitt an ihr hinunter und wieder hinauf und blieb auf ihren halb verhüllten Brüsten haften. Dann streckte er die Hand aus, legte sie um ihren Nacken und zog Seonaid an sich. Sein Atem roch nach Minze.

Er küßte sie, sie spürte seine warmen Hände, als er den Umhang von ihren Schultern zerrte und sie um die Hüften packte. Er hob sie von den dicken Strohmatten und Fellen hoch, riß in ihrem Rücken den Saum des Kleides auseinander und beugte sich über sie, als er sie auf das Bett fallenließ. Seine innere Glut wandelte sich in scharfes Begehren, sein hartes Glied berührte ihren Bauch.

»Zieh sie aus, die Fetzen«, murmelte er und öffnete seinen Mantel an der Schulter. Der weiße Wollstoff, den die Goldstickerei in den Säumen herunterzog, ringelte sich um Pendragons Füße. Sein stämmiger Körper, schwarz und grau behaart, zeigte die Muskeln eines Mannes, den sie in seiner Jugend ›Bär‹ und ›Hammer‹ genannt hatten. Seonaid streifte das Gewand von den Hüften, ihre Kniekehlen stießen gegen Holz und Stoff. Pendragon warf sich neben sie auf das krachende Bett, stieß seine Zunge zwischen ihre Lippen und legte die Pranken auf ihre Brüste; das Knie zwängte er zwischen ihre Schenkel. Sie öffnete ihre Beine und legte die Arme um die Schultern, auf denen graue Haarbüschel sprossen. Ihre Haut begann zu brennen, sie atmete schwer und begann den schweißfeuchten Körper auf ihren Schultern und Schenkeln nicht mehr als Last zu spüren. Sie schien die kalte Glut, die er verströmte, aufzusaugen. Sein Mund und die Bisse seiner Zähne auf ihren Brüsten, seine Finger zwischen ihren Schenkeln und das weiche Haar seines Bartes auf ihrem Bauch tranken den letzten Hauch Widerstand aus ihr heraus und erfüllten sie mit dem rasenden Wunsch nach einer leidenschaftlichen Nacht.

Mit einem gleitenden Stoß drang er in sie ein, seine Hände packten sie an den Hüften und hielten sie fest, bis sie leise schrie und die Stunden ebenso vergaß wie die Umgebung des königlichen Schlafgemachs. Pendragon nahm sie zweimal, nahm sie wie eine starke, große Stute und ließ sie nicht zur Besinnung kommen, bis sie sich keuchend voneinander lösten. Sie tranken gähnend und schwitzend Quellwasser und starkes Bier; vor dem Morgengrauen schlief sie mit erschöpftem Lächeln ein und versteckte ihre Schultern unter den weichen Fuchsfellen.

Nur noch ein Talglämpchen brannte. Der steinerne Turm des Rauchabzugs, der von der Halle bis hoch über das Dach reichte, strahlte dumpfe Hitze aus. Das Fenster und die Hälfte des Vorhanges waren offen; das unablässige Rauschen des Regens, den einzelne

Sturmstöße peitschten, vermochte nicht, Pendragon den Schlaf zu bringen. Das Laken unter dem Fell kitzelte seinen Hals, der Körper neben ihm lag bewegungslos da. Seonaid war nicht Ygraine, trotz ihres Keuchens, der schweren Brüste und des flammenden Haars. Pendragon verdrängte die Gedanken und überließ sich seinem Zorn, den die Hitze des willigen Körpers kaum gemindert hatte, seiner Enttäuschung und dem Gram – dem Wissen, daß er alterte und daß keines seiner königlichen Vorhaben seinem kleinen Reich den früheren Glanz hatte wiedergeben können: die Kastelle der Legionen, die Straßen und das Gesetz, große Bauwerke, deren Böden und Bäder im Winter geheizt waren; Brücken und eine Ordnung, die winkelig behauenen Quadern glich und an deren Kraft alle Eindringlinge scheiterten: Jüten, Sachsen, Angeln, Pikten und Iren und die langhaarigen Schiffsleute, die halb Britannien umsegelten und von Westen angriffen. Seine Verbündeten redeten in drei verschiedenen Sprachen, waren trotz der Schwüre und Eide unwillig; ihre Krieger, die keinem Schlachtruf gehorchten, kämpften regellos wie Betrunkene oder Rasende. Pendragon herrschte im schwärzesten, armseligsten Teil der dunklen Jahrhunderte, die auch der neue Glaube aus Rom nicht erhellen konnte. Wenig von der Kunde und Kunst des Krieges, die Ambrosius gelehrt hatte, galt in diesen Jahren – und Herzog Gorlois wagte, sich unerlaubt aus der königlichen Versammlung zu entfernen!

Pendragon warf die Felldecke zur Seite, tappte über die zusammengehefteten Schaffelle zum Tisch und öffnete den Krug, schüttete Wein in den zerschrammten Goldbecher, der schon Ambrosius, den Römersohn, bei jedem Kampf gegen die Grenzverletzer begleitet hatte. Noch immer strömte der Regen; in der Stadt herrschte jetzt Totenstille. In einem kalten Luftzug schrumpften, als er sich aufs Bett setzte, seine Hoden. Er kratzte sich, trank den starken Wein in kleinen Schlucken und versuchte zu erkennen, ob ihn das Glück verlassen hatte, ob Merlin ein schlechter Berater war oder ob in diesem Sommer die Britannier siegen würden – mit der Hilfe des Herrn.

Er schlief eine Stunde oder zwei. Der Regen wich kaltem Westwind. Bevor Pendragon sich wusch, anziehen und rüsten ließ und hinunterging, rüttelte er Seonaid aus dem Schlaf und nahm sie schweigend ein drittes Mal; im Osten rötete sich ein fadendünner Streifen des Himmels. Zehn Dutzend seiner besten Krieger in schweren Waffen, mit zweirädrigen Pferdekarren voller Belagerungsgerät und unter Merlins Führung, ritten nach Terrabil.

Pendragon befahl, daß Merlin einen Tag später folgen würde, und suchte aus seinen Besten ein Dutzend erfahrene Reiter aus. Als er sich um Mittag auf das Reitfell schwang und die Zügel packte, hatte ihn Merlins Kunst verändert: Für die Türmer und Brückenwächter Tintagels mochte er aussehen wie ihr Herr Gorlois – aber nicht für Ygraine.

Die Belagerung der Mauern, hölzernen Palisaden, der Klippenbrücke und beider Türme von Terrabil dauerte nur vier Tage«, sagte Troncas heiser. »Herzog Gorlois fügte seinem verständlichen Trotz und seiner erklärbaren Wut die Todsünde der Dummheit hinzu: Er wagte einen Ausfall und wurde von Uther Pendragons treuesten Kriegern zusammengehauen. Wenige Überlebende ergaben sich. Der Sturm hatte während zweier Tage und Nächte Stunde um Stunde an Heftigkeit zugenommen, die Sonne zeigte sich nur wie ein Zwinkern; während der ganzen Zeit peitschte Regen die Belagerer und die Männer auf den Mauern. Der Regen schmeckte salzig, was das Unbehagen und die Wut unter den Mannen des Königs steigerte.«

Er ließ sich in die Kissen zurückfallen. Beha ed-Din nickte beifällig. Beide Schreibsklaven, von denen der links Kauernde die erste, der rechts Hockende die zweite Hälfte des Satzes schrieb, hoben die Köpfe, entspannten die Armmuskeln und spreizten die Finger. Pergament und Papierbögen aus el-Andaluz raschelten. »Nach kurzem Zögern ließen die Wächter König Uther Pendragon nach Tintagel ein, und als Sturm und Regen am grausigsten wüteten, wahrscheinlich in derselben Nord-Sturmflut-Brandungsnacht, als Amir Gorlois seinen Wunden und dem Blutverlust erlag, da zeugte Uther Pendragon seinen Sohn Artus, den späteren König.«

»Mit Ygraine, deren Haut von der seidigen Weiße der Sahne und deren Haar wie Feuer war. Und mit jenen köstlichen Brüsten, über die man Ghazel singt«, meinte ohne zu lächeln Beha ed-Din, »und deren Spitzen das Aussehen solcher Früchte hatten, wie sie in unserem Land nicht wachsen.«

Troncas nickte. »Reife Schlehen. Ygraine, Artus' Mutter, war die Tochter eines römischen Anführers und einer Britannin oder Waliserin aus einer reichen Familie. Sie hat Uther Pendragon, das Drachenhaupt, wohl leidenschaftlich geliebt.«

»Wenn es so war – welch befremdlicher Brauch! –, mag vielleicht Uthers Leidenschaft die klare Kühnheit seiner königlichen Gedanken gemindert haben?« Beha ed-Din mischte selbst Troncas' Wein und träufelte vor dessen Augen rötlichen Mohnseim oder eine ähnliche Schlafhilfe hinein. »Morgen wirst du in guter Luft, in der Sonne und im Schatten, liegen und erzählen dürfen, Ritter. So hat's der Hakîm bestimmt.«

Troncas griff nach dem Pokal. Die linke Schulter schmerzte nicht mehr, aber noch war der Griff der Finger kraftlos. Beha ed-Din deutete auf die jungen Sklaven und zum Eingang; sie zogen sich fast lautlos zurück. Troncas flüsterte:

»Danke, o Amir. Nun kennst du den Anfang einer wahrhaftigen Legende.«

Beha ed-Din verbeugte sich. »Du bist, wie ich erfahren durfte, ein guter Erzähler; die ganze Zeit fühlte ich, als wäre ich Zeuge jener Zeit und jener Geschehnisse. Dir gebührt größerer Dank als mir dumpf Lauschendem, Ritter – aber nun sollst du schlafen wie auf den seidigen Fellen jener Herde versammelter Gedanken-Lämmer.«

Während seine Krieger in den steinernen Hütten und in den unteren Räumen des Rundturms die ratlosen Wachen Tintagels entwaffneten, bündelte Uther Pendragon drei brennende Fackeln, hielt sie mit der Linken und stürmte, die blanke Schneide des Schwertes auf das Kettenhemd über der Schulter gelegt, durch die erste Falltür die Bohlentreppe hinauf. Der Sturm fing sich im steinernen Rundgemäuer, drehte sich im Kreis und erzeugte ein hohles Summen, wie einen unirdisch lauten Eulenruf. Die Felsklippen, auf denen die Fundamente aus der Zeit Vortigerns ruhten, schienen im Anprall der Brandung zu beben. Einige Mägde huschten angsterfüllt an Pendragon vorbei, andere versuchten sich zu verstecken, als seine Schritte über die nächste Treppe dröhnten. Er zog eine breite Spur lehmiger Tropfen hinter sich her und sprang in den obersten Raum hinein.

»Hinaus, ihr alle!« brüllte er; seine Blicke suchten nach Ygraine. Drei Dienerinnen flüchteten zur Falltür und stolperten die Stufen hinunter. Pendragon trat den Stützbalken zur Seite, und die tischgroße Platte aus schenkeldicken Balken kippte und verschloß krachend die Öffnung im Boden. Die Erschütterung löste die Riegel des Ladens vor einer Maueröffnung, der Sturm schmetterte die Klappe gegen die gekalkte Wand, blies die Öllämpchen aus und riß aus den Köpfen der Fackeln einen knatternden Schweif aus Flammen, Funken und Rauch quer durch den Raum. Pendragon warf die Fackeln in die weiße Glut des Kamins und schob das Schwert in die Scheide.

»Es war nicht schwer, dich zu finden«, sagte er und riß die Schnallen des Mantels auf. »Gorlois hat dich vergeblich vor mir versteckt, Ygraine.«

»Ich hab geahnt, daß du mich suchst.« Ygraine breitete die Arme aus und senkte den Kopf. »Im Turm von Tintagel, der heut nacht mit uns zusammenbrechen wird, mein König Uther.«

Pendragon schleuderte den triefend nassen, dreckbespritzten Reitermantel über einen Schemel und zerrte den Kesselhelm vom Kopf. Ygraine, in einem schwarzen Kleid, das bis zu den Knöcheln reichte, lehnte an der Kante des klobigen Tisches und blickte Pendragon schweigend an. Der Blick aus den grünen Augen traf ihn wie eine Pfeilspitze mit Widerhaken, die sich in seiner Brust drehte. In den Silbertropfen der Ohrgehänge, der Halskette und dem römischen Geschmeide an den Handgelenken brach sich der Widerschein der Kaminflammen. Die Säume der Ärmel, schwer von Silberstickerei, schwangen langsam und schwer zurück, als tröffen sie vor Nässe. Ygraine umarmte Uther Pendragon.

»Wird Gorlois dich verfolgen? Kommt er hierher?« flüsterte sie. Pendragon preßte sie an sich und schüttelte langsam den Kopf.

»Gorlois, der Verräter, hat das Gesetz gebrochen und meinen Befehl mißachtet. Meine Krieger belagern ihn in der anderen Burg.«

»In Terrabil also?« Ygraines Finger fuhren durch sein nasses Nackenhaar. Sie atmete schwer und stöhnte: »Gorlois! Dieser Wahnsinnige! Die Nacht gehört also uns, Drachenhaupt?«

»So wie unzählbare Nächte, die auf den nächsten Morgen folgen.« Pendragon küßte sie wild und vergrub seine Finger in den Locken ihrer feuerroten Haarflut. »Die Türme Tintagel und Terrabil gehören schon morgen dem König. Und du gehörst mir.«

Ihre Finger nestelten an den Riemen und Schnallen der eisernen Teile seiner Halbrüstung. Klirrend fiel das Schwertgehänge zu Boden. Ygraine zog das eisenbeschlagene Lederwams von Pendragons Schultern und preßte ihre Brüste gegen das nasse Hemd. Langsam glitt das schwarze Gewand von ihren Schultern; Rüstungsteile, Stiefel, Schmuck und Kleidungsstücke lagen binnen weniger Atemzüge in einer Reihe zwischen dem Kamin und dem Bett. Unter Pendragons Schritten schien der Turm vom Fundament bis zur obersten Plattform zu beben, aber als er und Ygraine nackt nebeneinander lagen, merkte er, daß es die Brandung der Springflut war. Der rasende Nordsturm peitschte Regen gegen die Klippen und die Schichten aus Stein, schmetterte im Abstand von drei Atemzügen unsichtbare, gewalttätige Brandungsbrecher gegen die steil zerklüfteten Abgründe des Landesendes, ließ den Gischt bis fast zum obersten Mauerring schäumen, in den Rauchabzug des Kamins und durch das Fensterchen auf die Matten des Schlafraums sprühen; die Fackeln verloschen, die Glut zeigte rote und schwarze Fleckenmuster, die letzte Flamme ertrank im siedenden Fett.

Pendragon, den Kopf zwischen Ygraines Brüsten, fühlte das Bett, den Boden und den Turm unter sich beben. In seinen Ohren heulte sein Blut lauter als der Sturm. In einem Takt, der sich auf seltsame Weise mit dem Krachen der Brandung mischte und sie überlagerte, bewegte Pendragon seine Hüften und stieß zu, zog sich zurück, genoß ohne jeden Gedanken an die Zukunft seine und Ygraines Leidenschaft und zuckte, ohne den Schmerz zu spüren, wenn der Sturm weißglühende Funken durch den Raum auf seinen Rücken und die Lenden wirbelte.

Mitten in der Sturmnacht kamen sie zu sich. Verständnislos starrte Pendragon die schrundigen weißen Wände an und die Bilder, die auf Holztafeln gemalt waren. Über den Lampennischen zogen sich breite Rußzungen in die Höhe. Es roch nach kaltem Rauch, erloschener Glut, totem Fisch und nassem Tang. Der weiße Ostermond schob sich aus dem Gewölk hervor, das über den Himmel hetzte. Sein Licht warf einen breiten Strahl quer über das Bett und ließ Ygraines Augen leuchten wie die eines Nachtvogels.

»Ja, ich gehöre dir, Drachenkönig. Für immer«, flüsterte sie und setzte sich auf. »Ich werde Gorlois verlassen, Uther.«

Sie bündelte das Haar im Nacken.

»Du brauchst ihn nicht zu verlassen«, murmelte Pendragon und vergrub seinen Kopf in ihrem Schoß. Er ächzte. »Meine Krieger belagern Terrabil. Vielleicht kämpft er gerade seinen letzten Kampf.«

Sie schwieg. Er fühlte, wie ihr Körper erstarrte, und sagte langsam, in leisen Worten, deren harter Klang ihn selbst erstaunte: »Er hat den Kampf bewußt herausgefordert. Vieles, was in den nächsten Jahren geschieht, entscheidet sich in diesen Sturmnächten. Stirbt Gorlois, wirst du meine Königin!«

Sie zog seinen Kopf an ihre Schulter und streichelte seinen Nacken. Schließlich sagte sie:

»Wenn du mich schwängerst – dann … es sind Königskinder, mein großer, einzigartiger Drache! Unser Sohn, dein Thronfolger?«

»Wenn es ein Sohn wird. Wenn er das Kindbett überlebt. Wenn er zu einem großen Mann heranwächst. Wenn, wenn ...«

Er hielt sie umschlungen, lauschte auf das schneidende Heulen des Sturms und spürte die Schläge der Meereswellen gegen die Turmklippen. Sie dröhnten aus den Mauern hervor, lauter hämmernd als sein Herzschlag.

Troncas dachte an seine Suche nach der Burg Tintagel. Die Landschaft, die einer Halbinsel gleich weit nach Südwest ins Meer ragte, am südlichen Rand Britanniens, hatte ihre Namen geändert: Das Dumnonia der Römer war später West-Wales genannt worden, schließlich Cornwall; in grauer Vorzeit hatte der Landstrich den Namen Lyonesse getragen, und manche Troubadoure am Hof zu Poitiers nannten sie heute noch so. Wie Burg Tintagel einst ausgesehen haben mochte, wer auch immer und in welchen Jahrhunderten am Rundturm und auf den Klippenfundamenten gebaut hatte – nur kümmerliche Reste kündeten von früherer Pracht und Größe. Troncas hatte seine Pferde zurückgelassen und sich auf lebensgefährlichen Pfaden und Simsen an den Abstieg gewagt: Er hatte nur Mauerreste gefunden, Wälle aus Schwemmgut, Steine am trockenfallenden Felsstrand und Spuren bemeißelter Felsen. Als die Flut kam, trennten ihre Wasser einen Teil der Klippen vom Festlandsrand und schufen eine Insel von erhabener steinerner Trostlosigkeit, auf der kreischende Tauchervögel nisteten. Caer Tintagel, Burg Dundagil oder Tintagel Castle, wo Uther Pendragon und Ygraine den späteren König gezeugt hatten, war ebenso zur Legende geworden wie König Artus selbst.

Legenden, Sagen, eine Unzahl britannischer, römischer und keltischer Namen und wenige Kapitel der ehrwürdigen Chroniken: Troncas hatte nicht erfahren können, was in jenen Jahrzehnten und Jahrhunderten wirklich geschehen war. Das Wohl seines Landes war schwer erkämpft worden, damals, als Germanen auf der Insel lebten und Vortigern sächsische Händler und Söldner anwarb und sich in Hengists Tochter Rowena verliebt hatte. Hengist rief Schiff um Schiff voll mit seinen furchtbaren Vettern ins Land, und während eines Friedenstreffens beging er den »Verrat der langen Messer«; neunhundert britannische Anführer ließ er niedermetzeln. Darin stimmten die Legenden und die geschriebenen Chroniken überein, und dies erklärte auch die wütenden, haßerfüllten Kämpfe zwischen den Einwohnern der Insel und den Eindringlingen.

Morgen oder übermorgen, dachte Troncas, würde er dies alles dem erstaunten Chronisten berichten.

3. KAPITEL

Malt ein Bild davon, wie Merlin – auch Merlinus, Amhyr, Emrys oder Myrddin genannt – an bestimmten Zeichen Artus' künftige Größe erkennt und ihn fünfzehn Jahre lang erzieht

Troncas spürte, als er sich aufrichtete, jeden Muskel und jeden einzelnen Knochen, und in den meisten nistete dumpfer Schmerz. Er hob den Kopf und sah in die aufmerksamen Gesichter der Schreibsklaven und Beha ed-Dins. Langsam wie der Sand in einer Sanduhr rieselten die Gedanken und Erinnerungen, die er in den letzten Nächten festzuhalten versucht hatte, in den Tag hinein, den er bewußt erlebte. Merlin, dachte er, der Zauberer, Berater von Königen, eine Gestalt, ebenso aus der Sehnsucht der Menschen und der Dämmerung der Legenden gewoben wie jene frühen keltischen und walisischen Könige, die mit ihren mutigsten Getreuen in der Runde, im Kreis des Feuers, des Mets und der trunkenen, prahlenden Erzählungen gesessen hatten. Er holte Luft, schloß die Augen und sagte leise:

»Du solltest immer an Merlin denken, o Amir, den Grünäugigen mit den vielen Namen und Masken. Den Zauberer. Ohne ihn ist die lange Geschichte von König Artus nicht zu denken. Er war sein Vater, sein Freund, sein Erzieher und der einzige, der ihn lachen ließ und zur Mäßigung brachte. Ein Mann, vielleicht nicht aus unserer

Welt; jedenfalls schien er klüger gewesen zu sein als jeder andere zu seiner Zeit.« Troncas senkte den Kopf und sah Beha ed-Din offen in die Augen. »Wenn du meine Erzählung von Anfang bis zum Ende gehört hast, wirst du mir beipflichten müssen.«

»Immer wieder, nach langen, dürren und fruchtarmen Jahren, läßt Allah etwas Wunderbares geschehen, in seiner unfaßbaren Weisheit.« Beha ed-Din hob beide Arme. »Er stellt Männer von großer Weisheit und unglaublichem Können mitten zwischen uns, die wir nur staunend und bewundernd zuschauen können. Was tat Merlin, um einen König zu erziehen, vor dem sich selbst das riesige Heer Salah al-Dins heute noch fürchtet?«

»Ich glaube«, sagte Troncas, »er liebte ihn, als ob es sein eigener Sohn gewesen wäre.«

Merlin hielt die Zügel locker; sein Schimmel suchte sich trittsicher den Weg zwischen den Felsen. Zwei Krieger, in Pelze gehüllt und schwer bewaffnet wie Merlin, Pendragon und alle anderen, ritten am Ende der kleinen Gruppe, die fünf Siebentage nach dem Fest von Christi Geburt, durch Schneetreiben und mit Westwind im Rücken, die Burg Tintagel verlassen hatte. Artus, der Säugling im Tragetuch der Amme, schlief, durch das Schaukeln auf dem Pferderücken eingelullt. An Ygraines Tränen wollte sich Merlin nicht mehr erinnern; seine Gedanken streiften durch die Gefilde der nahen Zukunft. Als die Reiter ebenes Gelände erreichten, trieb Merlin den Hengst an und ritt an die Seite des Königs.

»Niemand weiß von unserem Ritt, Pendragon«, sagte er. »Dein Sohn wird so zuverlässig geschützt sein wie kein anderes Kind in Britannien.«

»Bist du sicher?« Pendragon hob die Schultern. Die Eisenteile unter dem Pelzkragen klirrten dumpf. »Es gibt so unendlich viel zu bedenken, bis das kleine Wurm ein Mann ist.«

»Ich bin sicher.« Merlin hob die rechte Hand. Sie steckte in einem Lederhandschuh, auf dessen Rücken schmale Eisenplatten aufgenäht waren; ihre Ränder zeigten Rostspuren. »So sicher, wie man sein kann. Du hast die Gewißheit, daß Artus überlebt. Vieles ist schon bedacht worden, ehe du ihn gezeugt hast.«

»Von dir, Myrddin?«

»Von wem sonst, mein königlicher Freund?«

Pendragon nickte schwer. Den Blick, den er unter dem Helmrand hervor Merlin zuwarf, zeugte von tiefem Vertrauen; die Spur des Verwunderns und der Unsicherheit darin erkannte nur Merlin. Der König hustete und sagte:

»Du wirst ihn erziehen und aus ihm einen jungen König machen?«

»Ich lehre ihn mehr, als ich selbst weiß. Ob er König wird, liegt in den Sternen, im Rätselgesang der Barden und in den zauberischen Sprüchen der Druiden.« Merlin duckte sich unter einem Schneeschauer und lächelte dünn. »Niemand, der ein windstilles Meer besegelt, denkt dabei an den Sturm. Wir leben in unruhigen Zeiten, o Drachenhaupt. Ich denke stets wie drei oder vier Menschen gleichzeitig und bin gewappnet, denn ich erwarte Sturm, Krieg und alles Üble: Geschieht dies nicht, siehst du mich glücklich.«

Pendragon stieß die angehaltene Luft aus. Vor seinem Gesicht zerfaserte der Wind eine große Atemwolke. Das Pferd riß den Kopf in die Höhe und schleuderte Wassertropfen aus der Mähne.

»Im Sommer kommt Ygraine mit all ihrem Gesinde und Hausrat nach Caerleon. Auch sie wird nicht erfahren, wo mein Sohn aufwächst. Ich vertraue ihn dir an; vielleicht … bringst du ihn von Zeit zu Zeit zu uns?«

»Nur, wenn er es selbst wünscht, König. Vertrau mir: Ich schütze ihn mit meinem eigenen Leben.«

Und mit einem wehrhaften Einsiedler und einer Amme, Meisterin geschleuderter Dolche und Messer, und einem schottischen Bauernjungen, dem ich das Leben gerettet habe, dachte Merlin grimmig. Pendragon senkte den Kopf und zauste die Mähne seines Pferdes.

»Niemandem vertraue ich mehr als dir, christlicher Druidenzauberer.«

Merlin nickte. Was vorzubereiten war, hatte er lange bedacht und auf den Weg gebracht, wie er es von seinem Vater gelernt hatte und von den klugen Männern, an deren Torffeuern er oft und lange saß: Eineinhalb Jahrzehnte Zeit gab er sich, Artus und Uther Pendragon – Zeit genug, um von ihren Träumen zu retten, was zu retten war. Sich selbst sah er als Fährmann in den Wellen der Jahre, voller Kämpfe, Tod und möglichem Sieg. Merlin brauchte Uther Pendragon nicht daran zu erinnern, wie wenig wert ein Leben war – nicht nur in dieser Zeit –, aber vielleicht zeugten Pendragon und Ygraine noch einige Königssöhne oder -töchter. Lange genug hatte er den Säugling angesehen, den Blick der großen blauen Augen und das zahnlose Lächeln voller Rührung erwidert; sie hatte sich rasch in sorgenvolle Vorsicht verwandelt, als ihn sein druidisches Wissen, tief verborgen im Gespür für Größe, Kraft und Macht, an andere Kinder erinnerte, die zu großen Männern herangewachsen waren. Die geheimen Zeichen trogen nicht; wenn Pendragons Hände das Schwert und den Königsstab nicht mehr halten konnten, mußte ihn ein junger, starker Thronfolger ablösen: Artus. Bis zu jenem Tag würde der Knabe in sicherer Umgebung aufwachsen und alles lernen, was er als Hochkönig brauchte. Alles? Merlin lachte bitter. War *alles* genug für dieses Land?

Schweigend trabten sie weiter durch Schneeschauer, Kälte und Sonnenschein. Seit er den Gesängen der keltischen Barden gelauscht hatte, die ohne ein Wort schreiben zu können die Erinnerung an Ambrosius und Vortigern lebendig hielten, war Merlins Gefühl nie so stark gewesen. Artus, während mittnächtlicher Springflut im Sturm gezeugt, war der König, dessen Macht und Gerechtigkeit ganz Britannien herbeiflehte.

Drei Tage lang ritten sie, dann trennten sie sich am Kreuzweg der alten Römerstraße. Das Ziel des Königs und seiner Reiter hieß Caerleon; Merlins Ziel lag weiter im nebligen Norden und, wohlverwahrt, im unruhigen Dunkel seiner Gedanken.

Südlich von Luguvallium-Carlisle und dem Hadrianswall, im

Fürstentum oder Kleinkönigreich Rheged, besaß Merlin ein Königslehen, weitab von den Pfaden räuberischer caledonischer Stämme. Er hoffte, daß Pendragon es längst vergessen oder wenigstens aus den Augen verloren hätte. An einem Berghang mit Blick auf das Meer im Westen lagen halb versteckt langgestreckte Häuser auf den Steinfundamenten eines winzigen römischen Kastells und ein kleines Dorf; ein sehniger, weißbärtiger Einsiedler verwaltete und übersetzte Merlins – der auch hier Myrddyn genannt wurde – Bücher und Schriften. Die Bauern, seßhaft gewordene, vor Dutzenden Jahren ausgewanderte Pikten mit Stammesnarben, in die sie blauen Färberwaid rieben, und wenige Schotten mit farbigen Stichbildern in der Haut, kaum weniger abergläubisch, waren an Myrddins Besuche gewöhnt und betrogen ihn nicht; er blieb ihnen ein gerechter Herr.

Die Dörfler, vielleicht sechs Dutzend, konnten sich in drei Höhlen verstecken, in die sich schon Angehörige der Legion Secunda Augusta zurückgezogen hatten.

Hier verbrachte Artus die ersten sieben Jahre seines Lebens.

Er ist in einem kargen, rauhen Land aufgewachsen, Amir«, sagte Troncas. »Ich muß es wissen, denn meine ärmliche Heimat liegt nicht sehr weit davon, auf der nördlichen Seite jener steinernen Mauer, die sich von der östlichen Küste hügelan, hügelab und ungerade wie die Spur eines Trunkenen zur anderen Küste zieht. Bauern, Viehhüter, Beeren- und Pilzesammler, Fallensteller und Waldarbeiter, ein paar Fischer an der Nith – ein wildes, schmutziges Volk ohne Wissen und Bildung. Ihre kleine, dunkle Welt ist voller Dämonen, Dschinnis, Elfen und Feen, und jedes Gewitter sagt ihnen, daß der Himmel bald auf ihre Köpfe herunterkrachen wird.« Troncas seufzte und schirmte seine Augen mit der linken Hand ab. »Die Amme, ich glaube, sie nannten sie Malwynn, säugte Artus und tröstete ihn, als er seine ersten Zähne bekam; er schlug sich Nase, Ellbogen und Knie blutig wie jeder Junge, kletterte auf Bäume, lernte Dolche und Messer treffsicher schleudern und fiel von hohen

Eichen herunter, stahl Vogeleier und spielte mit den jungen Hunden, bis sie von Wölfen und Fischadlern gefressen wurden. Der Eremit, halb Heide, halb christlicher Mönch, ließ ihn Buchstaben und Wörter malen, begleitete ihn – bewaffnet – ins Moor und auf den Waldpfaden und beantwortete Artus' Fragen, bis sein Bart zu kleben begann.«

»Und dir, Ritter? Erging es dir ebenso?«

»Nicht viel anders. Aber ich bin mit Vater, Mutter und Stiefmutter aufgewachsen. Artus hielt lange Zeit Merlinus für seinen Vater. Vieles, sagen die Chronisten, in Artus' späterem Leben geschah so, wie es geschah, weil er keinen Vater hatte und wirklicher Mutterliebe entriet.«

Als Beha ed-Din ibn Shaddad seinen Schreibsklaven ein Zeichen gab, verbeugten sie sich vor ihm und Troncas und verließen den Schatten des Vorzelts; sie würden ohne Eile die Hälften der Sätze zusammenfügen und ihrem Herrn eine tadelfreie Niederschrift vorlegen. Beha klatschte in die Hände. Eine junge Frau kam aus einem der benachbarten Zelte und trug auf einem Tablett silberne Becher und eine kopfgroße Silberschale.

»Kühl wie unsere Gedanken.« Der Chronist lachte tief in der Kehle. »Süß wie die Sünde, über die der Prophet lächelnd hinwegsieht, zugleich gesund, nahrhaft und ein Beweis, daß kaum Armut im Lager des Sultans zu finden ist.«

»Ihr Muslime verwöhnt mich, einen Wehrlosen, auf erstaunenswerte Weise, o Amir.«

»Eine wenig bedeutsame, durstlöschende Geste.« Beha ed-Din winkte ab. »Genug für heute. Wie schrieb einer eurer Königschronisten? Das Kitab, das Buch endet, ein neues beginnt …?«

»Explicit liber primus.« Troncas grinste. Aus dem schmalen Kopfverband war Salbe ins Auge getropft; er wischte sie weg und sah der Sklavin ins unverschleierte Gesicht. »Das erste Buch endet, schrieb Beda der Ehrwürdige. Incipit liber secundus – das zweite Kitab beginnt.«

»Morgen, in der Kühle zwischen Hahnenschrei und Mittag.«

Das Getränk, das die schweigende Sklavin ihnen einschenkte, ohne einen Tropfen zu verschütten, war Troncas völlig unbekannt. Er glaubte die Säfte verschiedener Früchte, Wein, Honig und Zimmet herauszuschmecken; es war kühl und so süß, daß sein Backenzahn schmerzte.

»Hast du verstanden, was der Hakîm befohlen hat?« sagte Beha ed-Din. Troncas schüttelte den Kopf.

»Die Sonne hilft deinen Wunden, aber nur, wenn du ihre heilenden Wohltaten mit Vorsicht und ohne Maßlosigkeit genießt.« Der Chronist ließ seinen Becher halb füllen, strich lächelnd über die Hüfte der Sklavin und stand auf. »Das ist Crysaide, wenn ich ihren Namen richtig behalten habe. Sie wird dich in den nächsten Siebentagen bedienen. In einer Stunde trägt man dich wieder ins Zelt.«

Troncas wandte ihm sein ölglänzendes Gesicht zu. Schweiß tropfte aus seinem Haar, das fast überall einen Fingerbreit kurz geschnitten und an einigen Stellen völlig abgeschabt worden war.

»Allah liebt euch und ein wenig auch mich«, sagte er schläfrig. »Salah al-Dins Lager ist voller Reichtum und Schönheit.«

»Und voller Krieger, die sich gegen die Ungläubigen rüsten.«

Beha ed-Din ließ seine Hand einen Atemzug lang auf Troncas' Schulter ruhen, lächelte in sich gekehrt und betrat die Lagergasse, in deren Sand zwischen den Spuren des Rechens nur wenige Sohleneindrücke zu sehen waren.

Jene Insel im Westen Britanniens, die schon zu Artus' Zeit den Namen Avalon trug – oder schreib Avallon, wie die alten Schriften –, an deren Eroberung sich kein Pikte, Ire, Schotte, Sachse und keiner vom Schiffsvolk wagte – denn alle fürchteten den Meeresgott Manannan mac Llyr –, hatte auch Troncas vom Strand aus bei klarer Luft am Horizont sehen können, wenn er im Schatten hoher Kiefern saß, unter strahlend blauem Himmel voll riesiger Wolken hoch über sanften Stränden. Alles, was mit König Artus in Verbindung gebracht werden konnte, erhielt nach dessen Tod die Bedeutung von Legenden, die Troncas' Vater kannte: Artus' Heer, das Schwert

Caliburn und die Burgen, das Dutzend seiner strahlenden Mitstreiter, seine Liebe, die Siege und die letzte Wunde.

Troncas betrachtete aus halbgeschlossenen Augen die Sklavin, die am Fußende seiner Liege auf einem Schemel saß und wartete, daß sie den Rest des duftenden Trunks in seinen Becher schöpfen dürfte.

»Und nur sehr wenig von all seinem Glanz, nicht einmal das stolze, weiße Camelot, hab ich wiedergefunden. Nicht einmal ihre überwachsenen Ruinen.«

Crysaide zuckte zusammen und blickte ihn verständnislos an; er hatte britannisch gesprochen. Troncas wechselte fast ohne Mühe ins Arabische und sagte:

»Gib mir den Rest, Crysaide, bitte. Ich hab gesagt: In sechs Jahrhunderten verrostet sogar Gold, und selbst steinerne Burgen, die man für die Ewigkeit gebaut hat, verschwinden ohne Reste im Boden.«

Sie leerte die Schale in den Becher und sagte leise:

»Im Leben geht's manchmal noch schneller, Inshallah. Von einem Tag zum anderen: Umschwärmte, behütete Tochter eines reichen Vaters, jetzt Vollwaise und Sklavin. Den Becher hol ich, wenn du schläfst, Fremder.«

Er blickte ihr nach und wünschte, ihre Hand halten zu können. Oder wenigstens über ihre Hüfte zu streichen, so wie es Beha ed-Din getan hatte. Er nippte an dem klebrig süßen Saft, und seine Gedanken kehrten zurück zu Gildas, Beda venerabilis, dem verehrungswürdigen Beda, und Geoffrey of Monmouth, dem bischöflichen Freund seines Vaters.

Wo waren die Burgen und Städte geblieben? Caerleon, die befestigte Hauptstadt Uther Pendragons? Caer Legionis oder das einst riesige, von Mauern umgebene Isca im westlichen Wales, im früheren Königreich Powys? Oder die einstige römische Kastell-Stadt Viroconium zwischen Powys und Gwynedd? Wo fände man die Ruinen von Camelot und Caer Myrddin? Weder Beda noch der alte Bischof hatten es gewußt.

Im Jahr des Herrn 477 – die Legionen der Christenheit bestanden damals nur aus einigen mehr oder weniger sonderbaren, aber tief gläubigen und lateinkundigen walisischen Mönchen, siedelte die feuerhaarige Ygraine nach Caerleon um und wurde Hochkönig Uther Pendragons Gattin. Ob sie einander liebten, verschweigen die Barden und Druiden, aber zweifellos beherrschte tiefe Leidenschaft einen großen Teil ihres Lebens. Im dem Jahr, als Artus seinen siebenten Geburtstag am Sterbelager der geliebten Amme Malwynn verbrachte, unhörbar und ungehört nach seinem Vater schrie, schrie auch im königlichen Gebärzimmer ein Säugling. Ein grünäugiges, rothaariges Mädchen, Artus' Schwesterlein; sie erhielt den Namen Sangive.

Artus wußte nicht, daß ein Mönch namens Victorius von Aquitanien für den Papst Milarius einen Kalender mit 365 Tagen berechnet hatte, der mit dem Jahr der Kreuzigung Christi begann. Aber Artus kannte jeden Wassergeist, der in wirren Bachläufen hauste oder unter den bemoosten Steinen, zwischen denen Fische standen. Wasser- und Waldgeister bevölkerten die Moortümpel und die Birkenwälder. Nicht auf jeder Lichtung, nicht unter jeder Wurzel uralter Eiben hausten Alben und Feenkönige, aber es gab für ihre unterirdischen Reiche mehr als genügend Zeichen. In großen Erdhügeln waren einfache Menschen oder mächtige Krieger begraben, in steinernen Kammern, in denen sie schliefen und darauf warteten, sich mit den Geistern der Verstorbenen unterhalten zu können, bevor sie sich im Zwielicht oder zwischen den Sternen verloren. Jedes piktische Wegzeichen und die wenigen runenartigen Figuren und deren Bedeutung kannte er; Piktisch und Keltisch sprach er besser als das Latein des Einsiedlers und dessen Britannisch.

Der siebenjährige Artus hackte und schaufelte an Malwynns Grab. Die Rede des Eremiten tröstete ihn nicht, die wirren Beschwörungen des keltischen Druiden betrachtete er mit trotziger Neugierde. Voller Verwunderung sah er zu, wie alle Erwachsenen des Dörfchens drei übermannsgroße Findlinge auf Rollen und Kufen herbeizerrten, sie mit Hilfe von gekreuzten Balkenstapeln aufrichteten und, nachdem sie einen Hügel aus Sand, Erde und Geröll aufgehäuft hatten, mit einer Steinplatte krönend bedeckten, die schwerer zu wiegen schien als alle Dörfler zusammen.

Vier Tage danach – und einen Siebentag zu spät! – kam Myrddin-Merlinus auf einem abgehetzten Rappen, über und über mit Schaum aus dem Maul des Tieres bedeckt. Ein geschecktes und ein falbes Tier trugen das Gepäck und einen Käfig voller gurrender Brieftauben. Artus erkannte Merlin kaum; er schien gleichermaßen jünger und reifer geworden zu sein. Diesmal war sein Haar länger und weiß, und er trug einen weißen Bart, drei Fingerbreit lang.

»Ich hasse dich, Vater«, sagte Artus.

»Wäre die Welt, wie du glaubst, daß sie es ist, würde ich dir zustimmen.« Merlin packte Artus' Handgelenk. »Sie bewegt sich mit und ohne deinen Haß, auch ohne meine Liebe – die Sonne geht auf und unter, ohne daß sie an dich, den Königssohn, denkt.«

»Ich – ein Königssohn? Bist du der König?«

Artus verstand nichts. Das Wort hatte für ihn eine märchenhafte Bedeutung. Merlin nickte und half den Bauern, die nach Gruserich, schlechtem Honigwein und Wildschweinbraten stanken, die Pferde zu tränken und trockenzureiben.

»Wir werden sieben Tage und Nächte zusammen reiten. Zu einem anderen feinen Haus, das mir nicht gehört.« Merlin fuhr durch Artus' blauschwarzen Haarschopf; Artus stieß die Hand weg. Merlin lächelte und sah dabei aus wie ein zorniger Falke. »Zu der kleinen Morganna, die du lieben wirst. Zu drei Männern wie aus alten Sagen: Schwertmann, Buchmann und Pferdemann. Auf dem Weg nach Camelot bekommst du Antwort auf jede kluge Frage, die du mir stellst.«

»Was ist Camelot?« Artus starrte in das beherrschte schmale Gesicht. Sein Haß wich; er würde Merlin Fragen stellen, bis dieser erschöpft vom Pferd in den Morast fiel.

Merlin blickte lächelnd auf den fernen Schattenriß der Insel, die vor dem farbenfließenden Sonnenuntergang auf dem Meer zu liegen schien. Dann ruhten seine Blicke auf dem niedrigen Erdhügel unter den drei steingedeckten Menhiren. »Ein Name nur; etwas aus der großen Vergangenheit, das eine Brücke sein mag zwischen dem erbärmlichen Jetzt und dem Glanz der zukünftigen Jahre, die deinen Namen tragen werden.«

»Malwynn ist tot, Vater Merlin! Dort ist sie begraben!«

»Ich weiß.« Artus sah die Tränen, die zwischen den Stoppeln und neben den Mundwinkeln in Merlins Kinnbart versickerten. Sein Haß verging. »Mein Herz ist voll schwarzer Trauer. Wir werden Malwynn und ihre weichen, nahrhaften Brüste nie vergessen; sie gab dir mehr Liebe als deine Mutter.«

Er wandte sich um und ging breitbeinig in seinen kniehoch geschnürten Reiterstiefeln auf den Eremiten zu, der neben der eisenbeschlagenen, von abblätterndem Rost bedeckten Haustür stand.

Troncas hörte nahe Stimmen und Schritte. Das Band seiner Erinnerungen und gedanklichen Zusammenfügungen, schon brüchig durch den Sonnenglast, die Schmerzen und seine Müdigkeit, riß; vier Männer trugen ihn ins Zelt zurück. Der letzte Blick, bevor er einschlief, fiel auf seine wiederhergestellte Rüstung. Nun hatten die sarazenischen Handwerker auch den runden Schild erneuert. Er sah die Sterne, den schuppigen Meeresfisch und den Caer-Turm vor sich. Im gedämpften Licht, das durch den Zeltstoff drang, schien sich der Turm in einen Donjon von sagenhaft strahlender Schönheit zu verwandeln.

Zum erstenmal trug Artus einen Köcher und einen Bogen, den ein königlicher *fletcher* gefertigt hatte; mit Bögen aus Haselgerten, Eibenästchen und gedörrten, gedrehten Sehnen schoß er ebenso schlecht oder gut wie die Bauernjungen. Er saß ebenso zum erstenmal auf einem »großen« Pferd, nicht auf dieser struppigen Bestie, die ihn bei zehn Versuchen achtmal abgeworfen hatte; einem »Inselpferd«, wie der Eremit gesagt hatte. Merlin ritt, mitten im Heumond, abseits der alten Straße, behielt sie aber stets wachsam im Auge. Sie ritten nach Mittag, nach Süden.

Artus schwieg. Seine Gedanken wirbelten: Merlin war nicht sein Vater, er selbst war ein Königssohn. Was war, was tat ein König wirklich? War er ebenso gezeugt und zur Welt gebracht worden wie die Säuglinge der Pikten? Der Stier besprang die Kühe, die Katzen kreischten in den Nächten auf dem Dachfirst, der Schafbock jagte die Lämmer, aber es war ein König gewesen, ein Mächtiger, der seine Mutter über einem Tisch, einer Truhe oder im Bett grunzend genommen hatte wie die Bauern, wenn sie die Röcke ihrer Frauen oder Töchter hochschlugen und sie nach dem Essen an den Brüsten packten.

»Nein, Artus.« Merlins Stimme klang wie ein Messerstich. »Dein Vater und deine Mutter, sie liebten sich, und sie lieben sich noch immer. Vergiß, woran du denkst – es ist unendlich schön, und nichts daran ist tierisch. Um dies zu verstehen, brauchst du noch sieben oder zehn Jahre.« Er gab Artus kaum Zeit, über den Sinn der Worte nachzudenken. »Eine Kette scharfkantiger Glieder, eine heiße, beschwerliche Straße, zehntausend Stufen zu einem Gipfel, das sind die Jahre, in denen wir erwachsen werden.« Er seufzte und klaubte eine Klette aus der Pferdemähne. »Voller Zweifel, Schmerzen, Einsichten – aber niemandem bleibt der Weg erspart. Auch dir nicht, Königssohn. Sohn eines Hochkönigs.«

»Du bist ihn etwa auch gegangen, du, der du nicht mein Vater bist?« Artus' Blicke verfolgten ein Habichtpärchen, das einen Vogelschwarm verfolgte.

»Ja. Ich schwör's, Artus: Er war überaus schwer. Ein Weg, den nur die Allerbesten überleben.«

Artus dachte lange nach, dann sagte er:

»Dann gibt es also in Britannien – oder auf der Welt, wie du sagst, die ich mir nicht recht vorstellen kann – zwei Arten von Menschen? Pikten, Iren, Schotten, ungewaschene Stinkende ... und unsereinen? Dich und mich und solche wie meine königlichen Eltern?«

Merlin deutete mit der Lanzenspitze auf eine dünne graue Rauchsäule hinter dem Waldrand. »Dort schlafen wir heute. Ja!

Warum es so ist, sag ich dir morgen. Aber: Jene sauberen, liebenden Könige sorgen für die Ungewaschenen, Barfüßigen. Seit Beginn der Welt. Manchmal glückt's, meistens nicht. Du und ich und Uther und zahlreiche andere – wir leben dafür, daß sich Ungewaschene waschen und Barfüßige in Schuhen laufen können. Auf einen Königlichen kommen mitunter fünftausend Ungewaschene.«

»So viele? Überall?«

»Eher viele mehr.« Merlin trieb seinen Hengst mit Fersenstößen an und winkte Artus. Sie galoppierten auf den Waldrand zu. »Du wirst die ganze gewaltige Last der Ungleichheit und Ungerechtigkeit begriffen haben, bevor du über ein einziges Leben wirst bestimmen können. Und ab jetzt – laß mich reden!«

Ein großer weißer Hund sprang auf sie zu. Die Römer hatten solche Kampfhunde aufgezogen und abgerichtet, hatte der Eremit gesagt. Aber dieses Tier war alt und wedelte mit dem Schwanz, als Merlin drei scharfe Worte aussprach. Der Fellvorhang vor dem Eingang eines langen, halb versteckten Hauses wurde zur Seite geschoben; eine Frau trat heraus, hob den Arm und rief mit heller Stimme, in Keltisch:

»Zu jedem Vollmond wart ich auf dich, Amhyr. Alles ist bereit: Essen, Beerenwein und Nachtlager. Auch für deinen Kleinen.«

Merlin ritt heran und ließ sich vom Pferderücken gleiten. Er verneigte sich tief, breitete die Arme aus und umarmte die Frau. Vorsichtig kletterte Artus vom Pferd und hielt es am Zügel.

»Schönste Druidin der Pilzwälder«, sagte Merlin laut. Der Hund schnüffelte an Artus Oberschenkel und schmiegte dem Jungen seinen mächtigen Schädel an die Hüfte. »Auch wenn es mich ein dutzendmal gäbe, käme ich niemals zur rechten Zeit an angenehme Orte.«

Er schwenkte sie im Kreis, ließ sie los und zog sie an der Hand zu Artus; eine schlanke, grauäugige Frau mit langem, schwarzem Haar und weißer Haut. Sie roch nach Holunder und Fichtennadeln.

»Wen hast du mitgebracht, Weißbart?«

»Artus. Ein liebenswerter Sproß aus edlen Häusern, der alle

Wasser- und Waldgeister kennt. Er wird heut und morgen nur uns zuhören und danach hoffentlich gute Träume haben.«

Die Frau neigte den Kopf und streckte die Hand aus.

»Von ein paar anderen Nachtgeistern kann ich ihm erzählen. Willkommen, Artus, bei Frymurgan, der Einsiedlerin. Für uns gibt's leckere Pilze, mit Vogeleiern und Kräutern, Wildschweinschinken ...«

»Und gutes Brot aus unserem Gepäck«, sagte Merlin. »Hilf mir ein wenig mit den Pferden, Artus.«

Abends und nachts verbreitete das Torffeuer gelbrotes Licht, in dessen Schein und Schatten jedes Wort eine geheime Bedeutung erhielt. Merlin und Frymurgan redeten über den Krieg, der seit der Landung der Sachsenhäuptlinge Horsa und Hengist nicht aufgehört hatte, von Merlins Vater und Merlins Absicht, sich hinter den verschiedenen Namen, unter denen man ihn kannte, zu verstecken. Der zweite Schluck Beerenwein berauschte Artus. Nach Mittnacht hörte er Stimmen und sah Frymurgan in Merlins Armen. Sie redeten und lachten leise und spielten mit einer kleinen Eule mit hellem Gefieder und leuchtenden Augen, die abwechselnd auf Frymurgans Schulter oder auf Merlins Unterarm saß.

Vielleicht, dachte Artus in der Dämmerung seiner Träume von Königen und Schiffen, würde er einmal verstehen können, was in diesen Nächten wirklich geschehen war. Er begann einzusehen, daß ihn Merlin-Ambrosius-Emrys-Myrddin in einen neuen Teil des Lebens führte.

Seit dem Abzug der Römer, die bis auf wenige Ausnahmen ihre Handwerker und deren Werkzeuge mitgenommen hatten, verfielen ihre kunstvoll errichteten Brücken. Dreimal hatten Merlin und Artus abseits solcher Brückenreste gangbare Furten durch Bäche und einen Fluß suchen müssen. Ein Moor, durch das weder Pfade noch Wassergräben führten, erstreckte sich im Norden des Verstecks. Erst als Merlin und Artus den Wald verlassen hatten und zwischen Weißdornbäumchen, einzelnen Eichen und Haselbüschen ritten, sahen sie die Gebäude und Mauern des großen Gutshofs. Camelot, ein kaum erklärbarer Begriff aus der Sprache eines anderen Landes und der fernen Zukunft, so erklärte Merlin mit träumerischem Lächeln, war steingewordene Sehnsucht vieler Menschen nach Schönheit, Ruhe, Größe, Gerechtigkeit und dem Besten aus Vergangenheit, Gegenwart und Zukünftigem. Solche Gebäude standen stets inmitten großer Wälder und ausgedehnter Moore in wenig fruchtbarem Hügelland, dessen Kargheit den wenigen, die hier siedelten, doch immerhin ein gutes Auskommen sicherte. Der versteckte Hügel lag abseits einer Stelle, an der sich vier Römerstraßen trafen, auf seinen Flanken waren sieben Abstufungen aufgetürmt; Artus sah Wassergräben, Palisaden, Türmchen aus Holz und Stein, eine Straße und weißes Gemäuer auf der Hügelkuppe. Schon der Name versprach viel Aufregendes, Unbekanntes. Als sie näher kamen, erkannte Artus: Auch sein zukünftiges Zuhause schien eine Ruine zu sein.

Säulenreihen endeten in Dächern aus Binsen und Stroh. Bögen aus Quadern reckten sich wie zerbrochene Brücken in den Himmel. Die Fenster einer großen Wand aus Kalksteinblöcken waren teilweise von morschen Schlagläden verschlossen. Einige viereckige Säulen schienen hohl zu sein; aus ihnen quoll Rauch. Schwalben und Falken kreisten um einen runden und einen viereckigen Turm. Aber die meisten Mauern aus flachen Steinen und steinhart gebackenem Lehm waren mit Kalkbrei verputzt. Mächtige Bäume – Eiben, Buchen, Eichen, Eschen – erhoben ihr rauschendes Blattwerk über die Stufungen der treppenartigen Hügelflanke.

Die Straße endete nach einer letzten Windung vor einem Tor, das sich langsam und fast lautlos am Ende einer Schlucht aus Granit- oder Basaltwänden öffnete, die aufeinander zuzustürzen schienen.

»Niemand kann hier eindringen, Merlin!« rief Artus.

»Die Römer haben es einst zu bauen begonnen. Ich fand Handwerker. Sie konnten nach einiger Übung so gut bauen, als ob sie für die Legionen gearbeitet hätten. Ich ließ es fertigbauen. Innen ist es anders, schöner – warte ein wenig, und sieh selbst!«

Sie ritten durch die rechte Hälfte des schmalen Tores, das sich mit hohlem Poltern schloß, ohne daß Artus jemanden an den eisenbeschlagenen Bohlen sah.

Jeder Tag brachte für Artus etwas Neues und Staunenswertes. Mindestens einmal jeden Siebentag, meist viel häufiger, trafen Boten oder Brieftauben ein. In jener wenig bekannten Welt, die sein Vater beherrschte, kämpften die Britannier in allen vier Himmelsrichtungen: Im nördlichen Wales waren die irischen Eindringlinge vertrieben worden, im Süden der großen Insel hatten sich die Britannier gegen die Sachsen freigekämpft, aber deren Anführer gaben sich nicht geschlagen. Im Norden – zusammen mit Kriegern der Votha-dini, Novantae, Selgoviae und der Damnonii – überrannten die Männer Uther Pendragons die eingedrungenen Angeln. Die Eindringlinge krallten sich ebenso wie die Alteingesessenen an jeden Fußbreit Boden und verteidigten ihn erbittert. Seit acht Jahren gab es auch das Westliche Römische Reich nicht mehr; jenseits des Meeres und fernab der Grenze des Landes Armorica wanderten gewaltige Mengen hungriger Menschen auf der verzweifelten Suche nach einem Stück Land aus ihrer Heimat fort, und allerorten baute man kleine Klöster mit Betkapellen zu Ehren des neuen Glaubens. Die vielleicht hundert Menschen auf dem abgestuften Hügel lebten wie auf einer Insel inmitten der strömenden Zeit.

Merlin ließ Pferde züchten und einreiten, um sie zu Uther Pendragon zu bringen oder zu verkaufen. In den Ställen und in Gattern am Fuß des Hügels weideten die Reittiere; ebenso die Schafherde, die Ziegen und die wenigen Rinder. Zweimal im ersten Sommer erreichten Lasttiere und Wagen voller Korn, Schinken, Salz, Bier und Wein die weiße Burg; die Wälder waren voller Wild, das Merlins Freunde jagten. Die Körbe füllten sich mit Beeren, und die Äste der Fruchtbäume im Hügelgarten, zwischen den Brunnen, der Treppe zu einem der Fluchtgänge und dem Kampfplatz, hingen schwer vom Obst: Äpfel, Birnen und Nüsse. Mägde, Koch und Köchinnen sorgten in der großen Küche nicht nur für das tägliche

Essen, sondern kochten, salzten, trockneten und bereiteten Vorräte für den Winter zu – oder für eine Belagerung.

Artus lernte langsam und verstand gründlich, denn jede zweite Beobachtung zeigte es ihm, wieder und wieder: Ebenso wie Mauern, Tore, Quader und Ziegel waren die römischen Begriffe seit mehr als sieben Jahrzehnten das einzig Verläßliche – gemeinsam mit vielen festen Begriffen des Christentums eine Sprache, eine Art Gesetz, eine bestimmte Sicht der Dinge des Lebens –, und zugleich erkannte er die wahre Bedeutung des Unterschiedes zwischen dem Piktendorf und dem Ort, in dessen Sicherheit er jetzt lebte.

Wieder hatte Merlin die kleine Besatzung Camelots verlassen. Dieses Mal wußten sie, wohin er hatte reiten müssen: an den Wällen des Ambrosius nordwestlich der sächsischen Küste, im ärmlichen Fürstentum der Atrebates sammelten sich die Heere nahe dem Fluß Mearcredesburna; der sächsische Anführer Aelle war noch stärker und listiger, als Merlin und Uther Pendragon befürchtet hatten; er und seine Krieger hatten das Dorf Cymenesora überrannt und hielten es besetzt.

Die Nacht stank nach dem trockengefallenen Meeresgrund am Südende der Insel Britannien, nach Rauch, dem Schweiß der Tiere und der Krieger; aus der Ferne hörten sie das Röcheln der Brandung. Merlin hielt sein Pferd neben Uther Pendragon und Dux Ector an, Uthers Freund und Heerführer, hob den Arm und zeigte mit der Streitaxt auf die Feuer hinter dem Wall. Die Dunkelheit verschluckte den Bewuchs auf der uralten, halb eingeebneten Verteidigungsanlage aus den Jahren der Römer; Erlen, Ebereschen und vom Sturm verkrüppelte Eichen wuchsen zwischen dornigem Gestrüpp. Die Reiter sahen mehr als fünf Dutzend flackernde oder rot glühende Punkte in der Schwärze und im fahlen Nebel, der mit Südwind vom Meer herangekrochen war.

»Wir sollten nicht den furchtbaren Aelle fürchten, sondern die Überzahl seiner Männer«, sagte Merlin leise. »Wenn die Gebete helfen – meine frommen Brüder liegen auf den Knien.«

»Sie würden uns mehr nützen, wenn sie bewaffnet hier stünden«, sagte Herzog – »Dux« – Ector. Er hob die Fackel und knurrte wie ein großer Hund. Unter dem Rand des schwarzen Kesselhelms spiegelten seine kleinen Augen die Fackelflamme. Seit sechs Jahren kannte und fürchtete Merlin diesen Blick des *Dux bellorum.* »Lassen wir sie über den Wall?«

»Die Hälfte oder zwei Drittel von ihnen. Dann solltest du die Signale für deine Reiterei geben, König.«

Noch lagen die Schiffe der Sachsen am Strand. Große Gruppen neuer Eindringlinge hatten sich mit den Kriegern verbündet, die hier seit Jahren siedelten. Jenseits des Walles, der südöstlich von Caer Camm als erster Verteidigungsversuch gegen die Legionen von einem längst vergessenen Fürsten aufgeworfen und später von den Römern befestigt worden war, standen mehr als zwölfhundert Krieger. Nur eine Handvoll von ihnen verfügte über Pferde; auf diese Nachrichten der Späher konnte sich Uther Pendragon verlassen.

»Sie haben nicht einmal Zelte, die wir in Brand schießen könnten«, sagte Merlin. »Mein Rat, Hochkönig: Zwinge ihnen den Kampf auf. Bestimme den Beginn. Im ersten Tageslicht.«

Pendragon nickte schwer und blinzelte in die Flammen. Es war fast windstill, hinter den Nebeln glomm der Halbmond, kaum mehr als ein verwaschener Fleck. In beiden Lagern herrschte Ruhe; jeder, der nicht schlief, spürte die Erregung des unausweichlichen Kampfes. Und wer schlafen konnte, träumte Gräßliches.

»Ja. Ich warte nicht, bis sie den Wall überwunden haben. Dieser verdammte Barbar! Aus welchen Löchern sind Aelles tausend Krieger gekrochen?«

»Dort, woher sie kommen, muß es ihnen zu eng geworden sein«, sagte Fürst Ector und schnalzte scharf mit der Zunge. Ector, ein massiger Dreißigjähriger mit einem runden Kopf, schien fett und schwerfällig, doch Merlin wußte, daß unter der sommersprossigen Haut starke Muskeln spielten, hart wie Bronze, ebenso hart wie Ectors Siegeswille. Sein Pferd drehte sich langsam herum. Merlin schob den Schaft der Waffe in die Lederschlinge und murmelte: »In vier Stunden müssen wir angreifen. Zuerst wecken wir die Reiter, die Bogenschützen und die Schleuderer.«

Zehn Pfeilschüsse von der Stelle, an der sich der Wall und eine Reihe neuer Palisaden zwischen kreidigen Felsen verloren, gab es die fast unkenntlichen Reste eines römischen Kastells. Hinter dem Graben und dem Erdwall lagerten, kaum geschützt, Pendragons zehn Hundertschaften. Pendragon und Merlin folgten Ector, dessen Fackel den Pfad gerade noch beleuchtete. Die Hufe seines schweren, falben Pferdes, einer Kreuzung mit einer riesigen Noriskerstute, hoben sich schmatzend aus dem feuchten Boden. Die Feuer, über denen Kessel voll heißem Kräutersud und fetter Brühe hingen, glühten hinter geflochtenen Wänden, so daß sie Aelles Männer riechen, aber nicht sehen konnten. Merlin ließ sich eine Schale füllen, schlürfte und brummte nach einer Weile schweigenden Nachdenkens:

»Wenn sich der Nebel auflöst, König – wenn! –, müssen wir mit der Sonne im Rücken angreifen. Und wenn wir uns zurückziehen müssen, tun wir dies in die Sonne hinein; zwar werden unsere Männer geblendet, aber Aelles Männer ebenso.«

»Aber Bogenschützen und Schleuderer drehen sich um und sehen ihr Ziel um so deutlicher.« Ector klatschte beide Hände auf die Eisenplättchen, die auf seine Reiterhosen aufgenäht waren. »Beim frommen Patrick von Wales! Wir müssen sie ins Meer zurückwerfen, König.«

»Mag sein, daß es uns gelingt«, sagte Pendragon so leise, daß nur Merlin und Ector es verstehen konnten. »Ich fürchte, es sind zu viele. Wir kämpfen viel zu weit entfernt von unseren sicheren Grenzen, im Land, das schon den Sachsen gehört.«

»Unsere Männer wissen, daß sie für ihre Familien und ihre Ernte kämpfen. Jeder von ihnen hat ein Dutzend Gründe, die Eindringlinge zu hassen.« Merlin erwiderte Ectors Nicken. »Und: Wir kämpfen wohlüberlegt, wie wir es von den Römern gelernt haben.«

Pendragon, Merlin und Ector warfen sich abseits des Feuers auf schmale Liegen aus geflochtenen Weidenzweigen, aber keiner konnte schlafen. Ihre Gedanken kreisten um die aufeinanderfolgenden Schritte des Kampfes und die Frage, welches Heer siegen und wer tot oder zu Tode verwundet liegenbleiben würde.

Der Nebel klebte über dem Land, schien dicker geworden zu sein. Als der helle Klumpen im Dunst, der Mond, sich bis auf eine Handbreit dem Horizont genähert hatte, waren alle Feuer gelöscht und das Lager geräumt. Pendragons Fußkrieger standen nördlich der Baumreihe bereit. Die Reiter hatten ihre Pferde im weiten Bogen nach Osten geführt und waren kampfbereit, ebenso wie die Bogenschützen, die sie begleiteten. Die Stunden krochen jetzt langsamer dahin, so schien es. Weit im Westen, als das Morgenlicht gerade zu ahnen war, fingen die Litus-Bläser mit ihren langgezogenen Signalen an; sie klangen wie eine Totenklage. Gleichartiges Heulen und Greinen erscholl aus dem Osten. Im Norden, hinter der Mitte von Pendragons Heer, antworteten dumpfe Hornstöße und dröhnende Trommelschläge. Merlin spürte die Erregung in den Eingeweiden; sie würde sich unaufhaltsam zum rasenden Drang steigern, den Gegner zu verwunden und ihn zu töten. Selbst den eigenen Leuten gerann das Blut in den Adern. Merlin bezwang sich; er durfte den klaren Blick und den kalten Verstand nicht einen Atemzug lang verlieren.

Pendragons Reiter schwangen sich auf die Pferderücken, die Bogenschützen packten die Gurte der Decken und Reitfelle und ließen sich mitziehen. Die Pferde gingen im Schritt, die Schar näherte sich ohne viel Lärm dem Lager der Sachsen, während die Geräusche der Morgenflut lauter herandrangen und die Geisterschreie der Bronzehörner quälender erschollen. Die Späher sahen, wie sich die Sachsen sammelten. Sie waren überrascht worden und rannten durcheinander; ihre Anführer brüllten unverständliche Befehle oder Flüche.

Pendragons Reiter trieben die Pferde zum Trab. Die Bogenschützen, deren Pfeile in den Köchern raschelten und klapperten, begannen zu rennen. Auch seine Fußkämpfer rückten im Viertelkreis vor. Fast jeder trug einen übermannslangen, zugespitzten Pfahl. Das Morgenlicht im Nebel, in dessen vager Helligkeit keine Schatten zu sehen waren, nahm zu. Als die Reiter inmitten von Gestrüpp und hohem Gras auf Pfeilschußweite vor dem Lager der Sachsen angelangt waren, lösten sich die Schützen von den Reitern, liefen einige Schritte und rissen die Pfeile aus den Köchern. Noch während die Pferde in Galopp fielen und die Reiter mit den Wurfspeeren ausholten, heulte eine Wolke aus Pfeilen im hohen Bogen aufwärts, wurde ein paar Herzschläge lang unsichtbar und hagelte auf das Lager nieder. In das Geheul aus Schmerzensschreien und Flüchen mischten sich das Trommeln der Hufe, das Schnauben der Tiere und die gellenden Schreie der Speerschleuderer. Mit einzelnen Schüssen trafen die besten Bogenschützen jene Sachsen am Lagerrand, die sich aus der Menge hervorgewagt oder noch nicht erkannt hatten, woher die Britannier angriffen.

Pendragons Speerreiter konnten nicht mehr als drei Geschosse tragen und schleudern; sie warfen die Pferde herum, duckten sich tief neben die Hälse und preschten zu den Bogenschützen zurück, die sich an die Gurte klammerten und neben den Pferden her rannten und sprangen. Merlin wartete schweigend neben Pendragon, einen Pfeil auf der Bogensehne. Sein Blick suchte den gegnerischen Anführer. Der Nebel im Osten, aus dessen Tiefe noch immer Trommelschläge und Litusrufe drangen, glühte gelbweiß auf. Halb verborgen zwischen Buschwerk und Bäumen auf dem Wall, zwei Mannshöhen über dem gegnerischen Lager, sahen Pendragon und seine Begleiter, daß der erste Angriff die Sachsen überrascht, viele verwundet und einige getötet hatte. Sie erkannten aber auch, daß sich die Krieger des Aelle schnell gesammelt hatten und in einzelnen Gruppen vorrückten. Die Anführer rannten brüllend und waffenschwingend heran; breitschultrige Gestalten mit hellen Bärten und flatterndem Haar. Die wenigsten trugen Helme. Über die Schildränder hoben sich Gesichter, die von breiten Farbstreifen halbiert waren; waagrecht und senkrecht, rot, gelb und schwarz. Ein halbes Dutzend Krieger, die riesige Kampfäxte trugen, schirmten einen Hünen ab, der mit einem fast armlangen Schwert, länger als Dux Ectors Waffe, zum Wall deutete. Sein kalkweißer Schild trug ein schwarzes Gittermuster. Hinter ihm bildeten die Krieger einen breiten Stoßkeil und hoben die Schilde, um sich vor den Kieseln und Steinbrocken der Schleuderer zu schützen.

»Dort ist er! Aelle!« sagte Merlin, beruhigte sein Pferd und zog den Bogen bis zum Kinn aus. Der Pfeil fauchte davon, die Sehne hämmerte gegen den Armschutz, und im gleichen Herzschlag wandte sich Aelle nach seinen Männern um. Merlins Geschoß drang dem Krieger hinter Aelles Schultern unter dem Halsschutz in die Brust. Der Sachse riß die Arme hoch, strauchelte und kippte hintüber. Aelles Wutschrei übertönte das Gebrüll und den Trommelschlag. Während Merlin in kaltem Zorn den nächsten Pfeil aus dem Köcher zog, zuckten die ersten Sonnenstrahlen aus dem waagrechten Spalt des Nebels und überschütteten die Landschaft. Alles zerfiel in ein Muster aus endlos langen Schatten und grellem Licht.

Die Schatten wuchsen in die wirbelnden Staubwolken hinein, als die Reiter und Bogenschützen zum zweiten Mal angriffen. Die Sachsen erkletterten den niedrigen Hang und drangen zwischen den Büschen vor. Sie sahen sich den Spitzen der Pfähle und den Verteidigern gegenüber, die aus den Zwischenräumen herausrannten und sich auf die Sachsen stürzten. Binnen weniger Atemzüge lösten sich beide Reihen in hundert, zweihundert Einzelkämpfe auf. Die Luft und der Staub schmeckten nach Blut, Raserei und Tod. Ector stieß einen dumpfen Schrei aus, trieb sein Pferd mit heftigen Fersenstößen an und hob den rechten Arm. Sein langes schwarzes Schwert beschrieb weite Halbkreise; mit der Linken hielt er den Zügel unter dem Schild und sprengte den jenseitigen Hang des Walls hinunter. Die Hufe des Pferdes wirbelten kopfgroße Brocken Erdreich in die Luft, als er quer zur Reihe der Sachsen galoppierte und wie ein Rasender seine Waffe gebrauchte. Die Schneiden zerspellten Schilde, schmetterten Schwerter und Lanzen zur Seite, hieben furchtbare Wunden und spalteten Schädel. Ein Huftritt schleuderte einen sterbenden Mann vier Schritte weit in die eigenen Reihen zurück, ein Vorderhuf zertrat den Brustkorb eines Sachsen, der sich dem schäumenden Tier entgegengeworfen hatte. Schwerter und Schilde flogen durch die Luft; hinter dem Reiter entstand eine Gasse, in die sich von beiden Seiten brüllende Britannier und Sachsen in erbarmungslosen Zweikämpfen warfen.

Eine Hälfte des Angriffskeils rannte nach rechts, geriet zwischen vorrückende Fußkämpfer und stolperte den Hang hinunter. Ein Dutzend Männer rissen die Pfähle hoch, stemmten die Enden in den Boden und hoben die Schilde. Vom eigenen Rennen und Stolpern vorwärts geworfen, rammten sich die Sachsen die Pfähle in die Körper und krümmten sich schreiend und sterbend am Boden. Drei gelbhaarige Männer blieben eine Weile ungläubig schweigend stehen, hielten sich an den Pfählen fest und brachen tot zusammen, als ihr Blut an den schrägen Spießen entlanggelaufen und im Boden versickert war. Geblendete Männer mit blutüberströmten Gesichtern irrten kreischend über das Schlachtfeld hinter dem Wall; einige Sachsen waren von Wurfspeeren an Eichenstämme geheftet worden. Am Ende der Schlachtreihen hielt Ector sein Pferd an, wendete es und blickte sich suchend um. Von der Schwertspitze tropfte gerinnendes Blut.

Zwischen den Felsen war Uther Pendragon hervorgeritten und führte seine besten Krieger an. Er trabte auf Aelle zu, dessen Kämpfer ihren Keil tief in die Reihen der Britannier getrieben und sie nach den Seiten abgedrängt hatten. Zersplitterte Pfeile steckten in Aelles Schild. Pendragons Reiter und Bogenschützen hatten das Lager der Sachsen überrannt, setzten die Schiffe in Brand und schwenkten nach Norden. Pfeile und Speere trafen die Rücken der Angreifer; als sie sich umwandten, flüchteten die Reiter mit gesenkten Köpfen in die gelbrote Grelle hinein. Die Bogenschützen duckten sich und überschütteten die Sachsen mit einem Pfeilhagel.

Auf mehr als tausend Schritten in der Länge und Breite, nördlich des Walls bis zum Rand eines Wäldchens, waren die meisten Krieger beider Heere aufeinandergetroffen. Fünf Wege führten in das wirre, dröhnende Durcheinander: Entlang dieser fünf Pfade lagen Tote, Sterbende und Schwerverwundete. Einige Pferde trotteten zwischen den reglosen Körpern zum Rand des Schlachtfeldes und zupften an den Blättern der Sträucher. Die Luft war voller Staub, dessen Wolken im Geschrei und Gegröle der Kämpfenden zu zittern schienen. Die Hornstöße schwiegen, nur die unsichtbaren Trommeln dröhnten weiter. Hoch über dem Feld stießen mehr und mehr schwarze Vögel zu dem Schwarm, der sich unruhig über den Nebelfetzen drehte. Wieder verfehlte Merlins Pfeil den gegnerischen Anführer, der sich schneller bewegte und mehr Männer verwundete und tötete als Ector.

Als Pendragon, von zwei Dutzend Schwertkämpfern umgeben, angegriffen wurde, ritt Merlin auf ihn zu und fegte nacheinander mit sieben Pfeilschüssen fünf Sachsenreiter von den Pferden; als er sich umsah, war Aelle wieder verschwunden. Er galoppierte zum Wall zurück und versuchte zu erkennen, ob die Britannier weiter vom Sieg entfernt waren als die Sachsen. An vielen Stellen schienen zwei Sachsen gegen einen von Pendragons Männern zu kämpfen. Merlin sah mehr Tote und Verwundete aus dem eigenen Heer als aus den Reihen der Eindringlinge. Ein Reiter zog Dux Ectors Pferd am Zügel hinter sich her, ein anderer stützte den verwundeten Heerführer des Königs. Wieder hatte Aelle mehr als fünf Dutzend Krieger gesammelt und rannte auf die Gruppe um Pendragon zu, die in der Mitte des Feldes kämpfte und fast eingeschlossen war.

Überall war Blut. Der zertrampelte, tief aufgerissene Boden und die blutüberströmten Körper schienen zu dampfen. Als Merlin über die Schulter griff, merkte er, daß er seinen letzten Pfeil verschossen hatte. Er hob das linke Bein durch Bogen und Sehne, zog die Streitaxt und schob den Unterarm durch die Schildschlaufen, dann galoppierte er an, stob auf Pendragon zu und hieb nieder, was sich ihm in den Weg warf. Die Signalbläser warteten auf den Befehl des Königs und hielten die Hörner in die Höhe. Einen Steinwurf von

Pendragon entfernt brach Merlin über die Sachsen herein, hieb sich den Weg frei und schrie zwischen dem Klirren und Dröhnen der Hiebe:

»Gib Befehl zum Rückzug, Uther! Sonst sind wir alle tot.«

Er selbst blutete aus einigen Schnittwunden, die er nicht spürte. Pendragons Gesicht war weiß, schweißübergossen und mit Blut gesprenkelt wie sein Körper und sein Pferd. Merlin ritt einen Angreifer nieder, und Pendragon stemmte den zerhauenen Schild in die Höhe und bewegte ihn hin und her.

Einen Atemzug danach dröhnte das mehrstimmige Signal der Cornu über das Schlachtfeld. Die Britannier gehorchten und erinnerten sich an die Befehle: Sie rannten auf die Sonne zu, in ihr betäubendes Licht hinein. Das Gestirn stand vier, fünf Handbreit über dem Meer und den Nebelresten. Die Bogenschützen hatten sich mit Schilden, Schwertern und Kampfhämmern getöteter Sachsen bewaffnet und halfen den Kriegern, Verwundete vom Schlachtfeld zu schleppen. Zwei Männer Pendragons, die gefüllte Köcher gefunden hatten, deckten den Rückzug mit einzelnen Schüssen, die geblendete Sachsen trafen und daran hinderten, den Flüchtenden nachzurennen.

Die wenigen Pfade, die nach Caer Camm und weiter in den Norden führten, gingen durch alten Wald. Hier warteten Fuhrwerke, mit Stroh und Decken gepolstert, und Bauern mit frischem Wasser. Merlin und die Veteranen aus Caer Camm sicherten den Rückzug und schickten alle noch kampffähigen Männer zu Pendragon, der das Stück Land zwischen dem Schlachtfeld und den Wäldern abriegelte.

Merlin ritt zu Ector, der halbnackt auf Stroh, Decken und blutigem Leinen lag und bei jeden Stich, mit dem seine Hüftwunde vernäht wurde, einen piktischen Fluch ausstieß.

»Aelle und seine Sachsen haben gesiegt«, sagte Merlin. »Ein dunkler Tag, Freund Ector.«

»Wir haben verloren.« Ector versuchte ein Grinsen und heulte auf, als die Wunde, der Schenkel und sein Gesäß mit einer sauer riechenden Flüssigkeit gewaschen wurden. »Jetzt ist das mühevoll gehaltene Unentschieden dahin. Das macht den Tag noch dunkler.«

Er leerte gierig einen Krug Wasser oder Sud. In seinem runden Gesicht sah Merlin neue Falten. Auf die Wunde kam ein Brei aus Pflanzen und geriebenen Wurzeln; Misteln und anderes Geheimnisvolle, dann wickelte die Druidin eine handbreite Binde um den Oberschenkel.

»Schlaf dich gesund, Fürst«, sagte Merlin. »Du warst heute der große Sachsentöter.«

»Es waren nicht genug. Der König ...?«

»Kaum verwundet, aber am Ende seiner Kräfte. Nicht einmal die vielen Legionen Roms haben die Angeln, Sachsen und Jüten zurückschlagen können.« Er wandte sich an einen Dorfältesten. »Bringt sie alle in die Häuser, die wir vorbereitet haben. Und zuerst – schnell aus dem Wald hinaus. Mag sein, daß Aelles Blutrausch noch nicht vorbei ist.«

Die ersten Wagen knarrten davon. Merlin wartete nicht ab, bis der Schlaftrunk wirkte und Ectors Schmerzen vertrieb, sondern ritt aus dem Halbdunkel des Waldes hinaus und auf die Reste des Heeres zu. Er schätzte, daß die Hälfte des eigenen Heeres unverwundet oder so wenig verwundet war, daß die Männer würden weiterkämpfen können – die andere Hälfte lag tot oder sterbend auf der Ebene zwischen Wall und Wald.

»Wieder ein Teil der Insel für uns verloren, Merlinus«, murmelte Pendragon. Merlin senkte den Kopf. »Sie waren in der Überzahl, entschlossener und hungriger.«

Aus der Ferne sahen sie zu, wie sich die Sachsen über den Wall zu ihren Schiffen zurückschleppten. Die Brände schienen gelöscht worden zu sein oder waren von selbst erloschen. Britannische Reiter suchten, ohne daß sie jemand daran hinderte, zwischen den Toten und Reglosen nach Überlebenden. »Holen wir unsere Toten, König. Wir schulden ihnen ein würdiges Begräbnis.«

»Viel mehr als nur das, Merlinus. Wir bringen sie alle dort weg – heute, morgen und nachts.«

Merlin nickte schweigend und stieg vom Pferd. Er hängte Bogen, Köcher, die Streitaxt, an deren Schneiden das Blut getrocknet war, und den zerhauenen Schild in die Lederschlingen und lauschte den verhallenden Siegesschreien der Eindringlinge. Heute gehörte ihnen der Sieg, und sie würden dessen Früchte viele Jahre lang kosten dürfen. Bis zu dem Tag, an dem jeder einzelne Gefolgsmann sämtlicher Fürsten freiwillig zum Kampf drängte und noch besser zu kämpfen verstand.

Als einen halben Tag und eine ganze Nacht später alle Toten geborgen und am Waldrand begraben waren, kannten Merlin und Uther Pendragon die Zahl der Getöteten: Vierhundertelf meist junge Männer aus allen Siedlungen zwischen Caerleon und Caer Camm.

4. KAPITEL

In dem Troncas berichtet,
wie Artus älter wird und zu verstehen beginnt, was ein Königssohn
zum Leben, Kämpfen und Herrschen braucht

Die letzte Binde war von Troncas' Kopf entfernt worden. Dickkrustig saß Schorf auf den Wunden. Das Jucken an vielen Stellen des Körpers war unerträglich, und Troncas sehnte sich allein deshalb bisweilen nach dem Schlaftrunk. Seine Müdigkeit war unangemessen groß; er fühlte sich, als habe er zehn Stunden lang schwere Steine geschleppt. Leise sagte er:

»Manche Britannier sagen, sein römischer Name wäre ›Artorius‹ gewesen. Später schrieb man sogar ›Arcturus‹; der Name eines Sterns, o wissenskundiger Amir. An vielen Stellen des Landes soll es seltsame, aber unzweifelhafte Zeichen gegeben haben; ich habe keine mehr gefunden: Artus' schneeweißer Hund Cafal oder Cabal soll, nachdem er den walisischen Eber Twrch Trwyth gejagt hat, in einem Stein einen Fußabdruck hinterlassen haben. Aber daß viele schwarze Raben Artus umflatterten – die Raben sind Symbole des Todes –, das ist wohl die Wahrheit.«

»Noch sprichst du von der Jugend des späteren Königs, Ritter«, sagte Beha ed-Din. »Erschöpft es dich zu sehr, o Verwalter mitreißender Legenden, weiter zu erzählen?«

»Nein.« Troncas setzte sich auf. »Euer Hakîm hat magische Salben und wunderkräftige Hände. Es geht mir von Tag zu Tag besser.«

Im zweiten Sommer hatte Artus die Mutprobe gewagt und versucht, durch dieses Wagnis sich selbst zu bestätigen. Wenn er den höchsten Punkt erreichte, hatte Merlin nicht gelogen. Wenn er sich die Knochen nicht zerschmetterte oder das Genick brach, war er wirklich ein Königssohn.

Er zog sich über die Mauerkante, wickelte das Seil von seiner Brust und band sich fest; zwei Dolche als Kletterhilfen steckten in den Löchern, in denen die Enden der Eisenzange gefaßt hatten, als man damals den Schlußstein der Hauptmauer in die Höhe zog. Artus lag auf der zwei Ellen breiten Mauer und blickte auf Wälle, Dächer, Menschen und Getier hinunter. Eine heiße, stille Freude erfüllte ihn; der Wind kühlte den Schweiß auf seiner Haut.

»Frommer David von Wales!« Er drehte langsam den Kopf und sah über das Moor hinweg bis zu der riesigen Gewitterwolke im Westen und wieder zurück in den Raum zwischen Mauern und Palisaden. »Ich bin wirklich der Sohn eines Hochkönigs! Ich hab's geschafft.«

Er spähte aus der Höhe von vielleicht zwölf, vierzehn Mannslängen oder fünfzig Ellen auf Garten, Burghof und freie Flächen. Morganna rannte kreischend und unbeholfen hinter einem jungen Hund über den Sand des Übungsplatzes. An der Mauer unter Artus, wie an der Oberfläche einer senkrecht gekippten Wasserfläche, jagten Schwalben. Gordion und Bruder Dugald fochten mit nacktem Oberkörper, mit leichten Schilden und Holzschwertern; ächzend, schreiend und keuchend. Friedlich grasten die Pferde und die Rinder. Der Rauch aus dem Küchenkamin zog schräg nach Osten. Artus' Blicke suchten die Straße ab, die nahe und ferne Umgebung, die Ränder der Birkenwäldchen am Moor, die Luft über den Hügelwäldern. Nirgendwo ein Feuer, kein Rauchzeichen, nur rüttelnde Raubvögel und ein schnürender Fuchs mit steil erhobener Rute.

»Es muß eine herrliche Zeit gewesen sein«, flüsterte er und fühlte, wie der Wind die Worte von seinen Lippen wegsog, »als noch überall die Römer waren.«

Niemand suchte ihn, keiner blickte zur Mauerkrone. Artus prägte sich all das ein, was er auf dem Boden nicht genau gesehen zu haben glaubte, zog schließlich einen Dolch aus dem gemeißelten Steinmetzloch und ließ sich am Seil bis zum ersten Sims hinunter. Plötzlich wehte von den offenen Küchentüren der Geruch frisch aufgegossenen Kräutersuds an der Mauer hoch. Es roch nach Sanddorn, Hagebutten und Lindenblüten. Schwitzend, mit aufgeschürften Knien und Knöcheln, kletterte Artus aufs Dach, über Stroh und Schieferplatten, lief über den First zur Handwerkerleiter und stieg, sich mit Zehen und Fingerspitzen in die Vertiefungen krallend, an der Wand des Rundturms hinunter.

Im vertieften Badebecken aus Stein kühlte er sich ab, wusch sich, schlüpfte in eine helle Leinentunika und brachte die Dolche zurück in die Waffenkammer.

Er bat in der Küche um einen Becher Aufguß, süßte ihn mit Honig und dachte flüchtig an die Ärmlichkeit des Piktendorfes. Erst in zwei Stunden mußte er mit Gordion kämpfen und die richtige Abwehr der Schläge lernen.

Schwertmann Gordion, einer aus der Reihe römischer Kämpfer, die man einst »Gladiator« genannt hatte, vielleicht dreißig Jahre alt und schwarzhaarig, war einer der vielen Freunde eines Freundes von Merlinus. Er vermochte mit jeder Waffe zu kämpfen und besaß mehrere Stücke all jener geschliffenen Dinge, mit denen seit hundert Jahren irgendwo auf der Insel oder auf dem Festland der Gallier und Römer gekämpft worden war. Artus lernte sie alle kennen und wurde von dem sehnigen Kämpfer an drei Dutzend unterschiedlicher Waffen ausgebildet.

Kampf mit Dolchen, Mann gegen Mann. Er schleuderte Messer und Dolche aus jeder Stellung auf feste oder laufende Ziele, bis er im Dunkeln traf, ebenso gut wie mit der Steinschleuder. Jedes Jahr erhielt er einen stärkeren Bogen und längere Pfeile; er kämpfte mit dem Kurzschwert der Legionäre, einem Zweihänder und einer

Langwaffe, warf kurze Speere und focht mit der zweischneidigen Lanze. Keule, Kampfhammer und Streitaxt hob und wirbelte er, als seine Kräfte es zuließen, und daß jeder Schild als Waffe zu gebrauchen war, verstand er bald: Gordion überforderte ihn nicht, aber er lehrte Artus, nicht nur zu kämpfen, sondern zu überleben.

In den langen Monden, in denen Merlin nicht auf dem Hügel war – er verschwand und erschien wie ein Waldgeist –, lernte Artus von der schönen Aurelia und von Bruder Dugald, dem Buchmann, fließend zu lesen und zu schreiben: Latein, Britannisch und Keltisch. In den stürmischen Nächten des Herbstes und des feuchtnebligen Winters, in denen unter dem Fußboden die heiße Luft der Feuer durch gemauerte Kanäle strömte, lasen und schrieben sie schweigend, oder sie lasen einander laut vor, aus Vergils Schriften oder der Übersetzung des Griechen Xenophonos, sprachen über die Geschehnisse, die das Leben auf ihrer Insel beherrschten und tranken sich am warmen Dunkelbier müde.

Kilydd, der rothaarige irische Pferdemann, noch vor zwei Jahren Reiterei-Anführer von Uther Pendragons Kriegern, kannte und heilte alles Vieh und half den Menschen. Aurelia, Merlins Gefährtin auf Camelot, hatte eine schwierige Geburt gehabt; Kilydd hatte sie und das Kind Morganna gerettet. Von ihm lernte Artus vieles über Körper, Wille und Verstand der Tiere, lernte zu reiten, richtig zu stürzen, das Tier und dessen Verhalten zu verstehen und zu beherrschen, vom eingetretenen Stein im Huf bis zum Schmerz der Trense im Maul. Kilydd und Gordion erklärten ihm mit Hilfe bunter Holzfigürchen, auf welche einzig mögliche Weise leichtbewaffnete und schwergewappnete Reiter den Feind besiegten und in welchem Gelände ein Reiterangriff nackter Selbstmord war.

»Es gibt mehr als drei Welten«, dachte Artus, als er das erstemal den Versammlungsraum unter dem Gebälk des Dachstuhls betreten durfte. »Die Welt der Ungewaschenen, unsere Welt auf dem Hügel, geregelt und frei, überschaubar und dennoch überraschend. Und alles andere, in Carlisle, am Hadrianswall, an den Ufern unserer

Insel – oder hieß es an den Stränden? –, und in Armorica, im riesengroßen Gallien, in den Ländern des vergangenen Römischen Reiches?« Er starrte die hellen Wände an. »Aber – was ist das?«

Er brauchte lange, bis er den Sinn einiger Pergamente verstand, die am gekalkten Lehmverputz befestigt waren, bis er die Bilder auf glatten Holztafeln deuten konnte. Es waren gezeichnete und gemalte Bilder; Ausschnitte der Insel Britannien, einige vielleicht noch von den Legionären Roms angefertigt. So wie das Land von der Mauerkrone zu sehen war, in schräger Sicht, so daß verborgen blieb, was hinter dem nächsten Wald oder dem Hügel lag. Die schwarzen Schlängelstriche, neben denen römische Zahlen standen, waren unzweifelhaft Römerstraßen. Blau waren Seen, Bäche und Flüsse, hellgrün die Wälder, dunkler grün die Moore. Zahlen und Wörter, zu Vierecken angeordnet, waren an vielen Stellen dieser Bildteile angeordnet – Fragmente, würde Bruder Dugald sagen.

»Eine unvollkommene Darstellung des größten Teils Britanniens«, sagte eine wohlvertraute Stimme in Artus' Rücken. Er wirbelte herum und wollte zu Merlin laufen, hielt an, machte wieder ein paar schnelle Schritte und erkannte plötzlich, daß er sich freute, Merlin zu sehen. Der trug die vierjährige Morganna im Arm, streckte die Rechte aus und ergriff Artus grüßend am Handgelenk.

»Sieh dich um. Sieh dir alles genau an«, sagte er. »Manche Fragmente sind so genau gemalt, daß du die Landschaft sofort erkennen würdest, wenn du dort wärst.« Er zuckte mit den Schultern und ging auf vier Holztafeln zu, die nebeneinander hingen. »Viele andere Bilder zeigen, was wir zu wissen glauben, nicht was wir gesehen haben. Hier siedeln die Nordangeln, hier die östlichen Angeln und die östlichen Sachsen. Jüten, Kenter, Victuarier – sie landeten, nahmen Land in Besitz und sind zu Bauern geworden. Das ist die sächsische Küste; gegen diese Fremden, die längst keine mehr sind, kämpfen wir schon lange nicht mehr.«

»Gegen wen kämpfen wir denn?«

»Gegen neue Eindringlinge aus dem Norden, an vielen anderen Stellen, gegen manch anderes Gelichter und Schiffsleute, die über das Meer kommen und uns sogar im Königreich Gwynedd und in Dumnonia von Sonnenuntergang her angreifen.«

Morganna strahlte Artus an; er lächelte zurück. »Und überall dort muß Hochkönig Uther Pendragon jetzt kämpfen?«

»Jedes Jahr. Darüber ist er alt und kampfesmüde geworden«, sagte Merlin. »Und so viele Männer sind dabei getötet worden. Du kannst immer, wenn du willst, diese Mosaikteile des Landes ansehen und lesen, was Dugald und ich geschrieben haben. Aber verändere nichts! Dugald hilft dir gern – aber jetzt wollen wir essen. Ich habe Nachrichten mitgebracht, und einige andere feine Sachen.«

»Warst du bei … meinem Vater?«

»Ich komme, auf etlichen Umwegen, von ihm. Er weiß, daß sein einziger Sohn im Schutz der besten Freunde aufwächst und alles lernt, was er braucht. Aber er weiß nicht, daß du hier bist.«

»Warum sagst du es ihm nicht?« Artus starrte in Merlins Gesicht. »Warum darf ich nicht nach Caerleon reiten?«

»Er könnte es ungewollt verraten. Um dich zu schützen, würde ich ein Heer brauchen. So viele Männer haben weder ich noch er.«

Artus sah verwundert zu ihm auf.

»Aber wer will mich töten?«

Merlin legte die Hand zwischen Artus' Schulterblätter und schob ihn zur weit offenen Tür. Sein Lachen klang rauh und bitter.

»Jeder, der nach der Macht des Königs greift. Nicht jeder, nein, aber viele.« Er zögerte, weiterzusprechen und sagte schließlich leise: »Einige Fürsten, denen er zu alt und zu schwach erscheint. Manche, die nicht seine Größe haben. Besonders jene, die nicht ahnen, daß ein Größerer ihm auf dem Thron folgen soll … folgen muß.«

Artus schüttelte den Kopf und spürte nicht, daß Merlin die Hand sinken ließ. Morganna wollte hinunter zu ihm; er nahm sie bei der Hand und folgte Merlin in den Eßraum.

Begleitet von drei Lanzknechten ritten sie einige Tage später, nur mit Bogen, Dolchen und Speeren bewaffnet, in einer weiten Spirale den Hügel hinunter. Das Sommerlaub vieler Bäume begann sich zu verfärben; am Bach sahen sie einen Marder, der sie lange beäugte und mit einem Satz verschwand.

»Ist das ein Zeichen?« fragte Artus. »Ich hab den Marder bisher immer lange belauern müssen.«

»Ein Zeichen, daß er in uns nicht die Jäger sieht«, sagte Merlin, und Gordion fügte hinzu: »Und ein sicheres Zeichen, daß ihn kein anderer bisher gestört hat. Camelot ist noch immer ein sicheres Versteck.«

»So scheint es«, murmelte Merlin und nahm den gespannten Bogen von der Schulter.

Während Artus hinter Kilydd trabte und sich nur hin und wieder an dem Griff festhalten mußte, den der Pferdemann in die lange Mähne des braunen Wallachs geflochten hatte, während er seine Umgebung mit den Blicken zu durchdringen versuchte, kreisten seine Überlegungen nur um eine Frage. Bruder Dugald hatte ihm gestern vorgerechnet, daß er einen Mond älter war als zehn Jahre. Die Helden unzähliger Geschichten, die jedermann auf dem Hügel erzählte und von denen die vielen Pergamentrollen berichteten, waren kaum älter als fünfzehn oder sechzehn Jahre: Binnen dieser Zeit also wuchs auch er vom Jungen zum Mann.

Fünf, sechs lange Jahre also noch, in denen endlos viel geschehen würde. Dann mußte er seinem Vater gegenübertreten, an dessen Stelle über viele kleine Könige herrschen, würde zum erstenmal, als Sechzehnjähriger, seine Mutter ansehen, seine Schwester und tausend andere Menschen. Sollte er sich auf diesen Tag freuen? Oder würde es ein Tag des Erschreckens sein, der ihn dazu brachte, sich zu verkriechen?

Er sah, wie Merlin und Gordion die Bogen spannten. Am Waldrand äste ein Rudel Rehe. Ein fetter Bock hob den Kopf und äugte die Reiter an, ebenso wachsam, wie Merlin ihn, Artus, beobachtete. Artus vertraute ihm uneingeschränkt, das wurde ihm in diesem Augenblick klar, als beide Sehnen hart gegen die ledernen Armbänder der Schützen schlugen.

Er glaubte an Merlin und all die anderen, die er gut kannte. Sie würden ihm helfen, nicht nur an diesem zukünftigen Tag der Freude oder des Verkriechens. Aber vertraute er ihnen deswegen, weil er nicht zu mehr als einem guten Dutzend Menschen Vertrauen haben konnte? Denn er kannte nicht mehr als ein gutes Dutzend.

Das schwirrende Heulen der Pfeile nahm er nicht wahr. Das Rehrudel floh in erschreckten Sprüngen; der Bock brach zusammen. Gordion und Merlin hoben die Fäuste und galoppierten auf die Beute zu. Kilydd zügelte sein Pferd, drehte sich um und sagte:

»Eigentlich hätte das dein Schuß sein sollen, Artus.«

Artus holte tief Luft, hob die Schultern und lachte. Dann sagte er laut:

»Für einen guten Schuß muß ich noch sechs Jahre üben, Kilydd. Bis dahin sammle ich lieber Beeren und Pilze.«

Kilydd starrte ihm schweigend ins Gesicht; kopfschüttelnd und voller Verwunderung lenkte er sein Pferd auf den Pfad zurück.

Es war wie ein herrlicher Traum von weiten Landschaften und großzügigen Gebärden, von Sauberkeit, Sattheit, Freundschaft und Freiheit, und der Traum bestand weiter; so wie man nachts einige Male aufwachte und, von Freunden und Mauern beschützt, daraufhin einen ganz anderen Traum träumte. Merlin, Schwertmann Gordion, vier graubärtige Lanzknechte, zwei junge Diener mit ihren Packpferden und einem Dutzend Pferden aus Merlins Zucht hatten Camelot verlassen und ritten nach Caer Myrddin. Artus' Abschied vom versteckten Hügel war endgültig; sie alle trugen Waffen und ritten schnell.

Noch waren viele Pfade naß von den Frühlingsregen, aber die Sonne schöpfte schon die Kraft des Sommers. Das christliche Osterfest war vorbei, und Artus zählte vierzehn Jahre. Zum erstenmal trug er, während er ritt, einen Schild und ein Schwert. Aber auf dem elftägigen Ritt bis in die Nähe von Caerleon-Isca – die Römer hatten den Namen von dem walisischen Wort *uisge* oder *usige* abgeleitet, dem Wort für Wasser –, brauchte keiner von ihnen auch nur nach dem Schwert zu greifen. Die Straße nach Südwesten, einst von

Legionären und Britanniern gebaut, war ausgebessert und gefahrlos zu benutzen: Einödhöfe, Viehweiden, Äcker, Weiler und Dörfer waren zwar sauberer und weniger armselig als das Piktendorf, aber mit Merlins Camelot und dessen heller Ordnung nicht zu vergleichen.

Artus schnalzte mit der Zunge, spannte seine Muskeln und bewegte mit leichtem Fingerzug den Zügel. Er ritt auf dem nassen Gras neben der Straße zur Spitze des Zuges, neben Gordion und Merlin.

»Mein Kopf platzt von Bildern und Bedeutungen, Merlinus«, rief er. »Ich hab jedem Bauern ins Gesicht und in jeden Winkel der Hütten gesehen. Sie haben Dachstühle aus römischen Palisaden gebaut und die Wassergräben der Kastelle eingeebnet. Aber was erwartet mich – uns – in Caer Myrddin? Noch mehr Ruinen?«

Merlin lachte. »Ein alter Fürst, junge Freunde, abermals gut erhaltene römische Halbruinen, ein paar Erdgeister und der lange Abendschatten eines alten Hochkönigs.«

»Du sprichst schon wieder in Rätseln, Merlinus!«

»Bisher hast du jedes rasch gelöst. Morgen um Mittag sind wir bei Herzog Ector, Gawain und Kay.«

»Und was soll ich dort? Was wollt ihr dort tun?«

»Was wir tun, ist von mäßiger Wichtigkeit«, rief Gordion vergnügt; er grinste wie ein toter Hase. »Du wirst, wie Merlins zahme Eulen, auf einem dicken Ast hocken und nach der fetten Maus spähen. Und damit dir's Spähen nicht fade wird, wirst du das wenige lernen, das du noch nicht kennst.«

»Ihr macht euch ein Vergnügen daraus, mich im Ungewissen zu lassen, Schwertmann!« Artus spürte weniger Zorn als Enttäuschung. »Was kenne ich noch nicht? Sag's! Die Aufzählung – sie wird uns die nächsten Stunden beschäftigen!«

»Bisher haben wir dich geführt, Artus«, sagte Merlin mit unüberhörbarem Ernst. »Jetzt wirst du lernen müssen, Menschen zu führen. Nicht einen, sieben oder zwei Dutzend – Hunderte! Tausende!«

»Noch etwas, Prinz Drachenköpfchen.« Gordion hieb ihm kameradschaftlich auf die Schulter. Artus hatte den Schlag erwartet und rührte sich kaum. »Noch führen wir dich. Bald wirst du befehlen, und wir beugen das Knie vor dir. Genieße die Zeit zwischen jetzt und dann – Vergangenheit ist unwiederholbar.«

»Ja. Auch wieder solch ein Satz, mit dem nur ihr alten Männer etwas anfangen könnt.«

Merlin winkte dem Lenker eines Gespanns, das von vier Ochsen gezogen wurde und Schieferplatten geladen hatte. Die breiten Bronzefelgen knirschten an den Reitern vorbei. Er richtete den Blick in die Wolken und knurrte, fast verächtlich:

»Du wirst dich wundern, Söhnchen!«

Artus ließ sich zurückfallen, als er in den Gesichtern der Freunde las, daß sie ihm keine Erklärungen mehr geben wollten. Als in fast ebenem Land das Ziel ihres Rittes auftauchte, war er weder enttäuscht noch erstaunt: Auf Resten römischer Gebäude erhoben sich britannische Dächer. Wuchtige Umfriedungsmauern, sechs, acht Ellen hoch, bestanden aus vermauerten Feldsteinen, der mächtige, aber niedrige Rundturm war aus Quadern, Feldsteinen und Felsbrocken aufgerichtet. Auf den ersten Blick war zu erkennen, daß auch hier jene Ordnung herrschte, wie sie sich Merlin vorstellte. Sie ritten durch das Tor von Caer Myrddin; die »Burg« war nur zwei Tagesritte von Caerleon entfernt.

Die beiden letzten Jahre haben aus dem Knaben Artus einen Mann gemacht, o Amir«, sagte Troncas. »Ohne Vater und Mutter. Irgendwann in dieser Zeit hat er vieles begriffen oder jedenfalls für sich eine einsame Entscheidung getroffen. Vielleicht so: ›Vierzehn oder sechzehn Jahre sind wir ohne einander ausgekommen. Vater und Mutter sind für mich, Artus, so fremd wie ein Druidenpaar in Strathclyde. Merlin und andere, die ich auch nicht viel besser kenne als meine Eltern, haben mich ausgesucht und dazu ausgebildet, der kommende Hochkönig zu sein. Also werde ich tun, was ich gelernt habe.‹ Für einen Sechzehnjährigen eine Entscheidung von erwachsener Klugheit – ich selbst hätt's nicht gekonnt. Ich dachte nicht einmal solche Gedanken.«

Beha ed-Din ibn Shaddad ließ sich viel Zeit mit der Antwort. Dann sagte er: »Es ist wunderbar, wie wenige Worte so viele Lasten schleppen können; wie rüstige Kamele, auf deren Höckern Sagen, Legenden und überaus köstliche Umschweifungen gesattelt sind. Bevor ich aufschreibe, was du erzähltest, Ritter, werde ich alles lange und tief bedenken.«

Er verbeugte sich.

»Bedenke auch, daß eineinhalb Jahrhunderte nach der Herrschaft des Artus bei uns Christen ein anderes Jahresmaß eingeführt worden ist. Von einem italienischen Mönch, Dionysius Exiguus, der die Geburt unseres Christengottes, nicht sein Todesjahr, als Beginn nahm. Es sind einunddreißig Jahre Unterschied, und daher zählen wir jetzt das Jahr elfhundert und neunzig. Zittert euer Heer noch immer vor dem furchtbaren und unsterblichen König, dessen sattellose Reiter die halbe Welt niederrennen werden?«

»Ein Teil der Furcht ist gewichen.« Beha ed-Dins Geste scheuchte die Schreiber aus dem Zelt. »Der mächtige König deines Landes ist erst vierzehn oder sechzehn Jahre alt. Vielleicht kehren Besorgnis und Furcht zurück, wenn er zwanzig ist – wer weiß?«

»Ich weiß nur«, seufzte Troncas, »daß mein rechtes Bein geschwollen sein muß wie ein Kadaver im Wasser, und wenn ich mich nicht bald überall kratzen kann, packt mich der Wahnsinn.«

»Diesem Wahnsinn trabender Gesundung ist leicht abzuhelfen!« Der Chronist lachte und klatschte dreimal in die Hände. Der Badesklave Achmad und Crysaide kamen ins Zelt und warteten auf seine Befehle.

Als der Schlaftrunk endlich, nach Stunden hilflosen Sinnierens und der Versuche, das Bein auszustrecken und die Schulter durch Kissen abzustützen, die Schmerzen unterdrückt hatte, sank Troncas in einen Schlaf, der einer Bewußtlosigkeit ähnelte. Vergangenheit und Gegenwart umschlangen sich im jäh einsetzenden Traum zum unentwirrbaren Geflecht.

Merlin und Artus ritten durch das dunkle Land östlich von Akkon, das mehr und mehr den baumlosen Hügeln des Königreiches Rheged glich. Merlin deutete auf einen Reiter, der auf einem sattellosen Schimmel saß und ein scharlachrotes Banner hochhielt, das länger als zwei Pferdekörper hinter ihm herflatterte. Der Reiter trug einen römischen Brustpanzer und den Helm eines römischen Reiters, den der Schädel eines schwarzbraunen Bären umfaßte. Merlin sagte zu Artus, daß die Not und das Sehnen von Tausenden das göttliche Wunder dieses Reiters erschaffen und ihm seinen, Artus', Namen gegeben hatten. Hinter dem Reiter schleppte sich ein dunkles Heer durch die dunkle Landschaft, und als der Traum auf eine ebene, dunkle Hochfläche hinausführte, trat zwischen deren Heiligen Steinen die Druidin hervor, breitete die Arme aus und sagte zu Merlin, daß sie ihn liebte, so wie ihre Mutter seinen Vater Emrys-Myrddin geliebt habe; Merlin lachte und antwortete, während er sich ihrer Umarmung hingab, daß auch sein Sohn diesen Namen tragen würde, wenn er fähig wäre, ein unruhiges Leben wie sein Großvater und sein Vater zu führen und Könige zu beraten.

An den Stränden Gwynedds schritt die Frau von den brandenden Ufern auf und ab und suchte im Sand zwischen Felsen und angeschwemmtem Seegetier nach den Bruckstücken des Schwertes Caliburn, und in einer Flußmündung tauchte im Vollmondlicht der Wassergeist auf und reichte ihr den Griff, den er im See gefunden hatte. Die weißhäutige Uferfrau dankte und versank mit dem Wassergeist zwischen Steinen im Röhricht. Im Wald kämpften brüllende Bären miteinander um ein paarungswilliges Weibchen. Während der Mond sank und die Morgenröte ihr Licht in der Farbe von Rosenblättern über das Land warf, nahm Merlin die Hand des jungen Königs und ritt mit ihm zur Insel Avallon; es war, als galoppierten die Pferde durch flaches Wasser. Gerüste und gewaltige Stapel Eichenbalken umgaben wachsende Türme und Mauern.

Merlin rief mit hallender Stimme, daß er das Tor der Träume bauen ließ, daß der unzerstörbare Turm der Zeit am heiligen Strand Avallons entstünde, für Artus und Merlin und die Getreuen, und daß Artus, wenn er denn noch immer von Camelot träume, seine eigenen Camelot-Burgen bauen solle. Plötzlich ritten Merlin und Artus wieder durch einen lichten Wald uralter Buchen, deren Geäst sich gegen den Morgenhimmel in Form unzähliger Spitzbögen abzeichnete. Aus den Schatten kamen andere Reiter hervor, auf großen, starken Pferden und in funkelnden Halbrüstungen: Ein silberner Schimmelreiter mit rundem, silbernem Schild, einer mit rotem Umhang, rotem Fuchskopf umd weißem Blitz auf rotem Schild, einen Rotfuchs reitend, und andere: in Blau, Grün, Gold, Schwarz und Bronze; ihre Kettenhemden rasselten, und die Metallplatten der Halbrüstungen klirrten. Sie folgten schweigend Artus und verschwanden hinter ihm in einem niedrigen, runden Turm, der sich neben der Feenquelle erhob. Am morgendlichen Horizont zeichnete sich ein Felssturz ab, dahinter breitete sich das Meer bis in die Endlosigkeit aus. Die zwölf Reiter sprengten in krachendem, polterndem und klirrendem Galopp auf den Rand des Traumes zu, mitten in die riesige Sonne hinein, und Troncas wachte auf. Einige Atemzüge lang lag er reglos da, befreite sich aus den Resten des Traumes und versuchte, sich die wichtigsten Teile zu merken. Das Lärmen endete nicht; wieder einmal unterschied er die Geräusche eines großen Teils des muslimischen Heeres, das zu einem Kampf um Akkon aufbrach oder geschlagen von dort zurückkam.

5. KAPITEL

Berichtet, wie Merlin die Zeichen aus der Vergangenheit mit jenen der Zukunft verknüpft und Artus bis zum Treffen mit Pendragon verantwortungsvoll ausbildete

Unter Roms Herrschaft haben Verurteilte in den Zinngruben geschuftet, später, zur Zeit des Ambrosius, Pendragons und Artus', wurden Bergleute und Metallschmelzer für ihre Arbeit entlohnt. Schiffe voller Zinn fuhren damals und fahren noch heute nach Armorica, das heute Bretagne heißt, also ›kleines Britannien‹, und zu anderen Häfen. Womit hätten Uther Pendragon und all die Fürsten, die sich Könige nannten, die Waffen bezahlen können, die Getreidesaat, den Wein und vieles andere? Aus Kupfer und Zinn schmilzt man Bronze; im Gestein einiger kleiner Inseln und im südlichen Teil Britanniens finden sich auch andere Metalle, freilich nur in wenig bedeutender Menge.« Troncas holte Luft und deutete auf die Schreibbretter der Sklaven. »Im holprigen Lauf der Erzählung hab ich versucht, dir zu erklären, daß vierhundert Jahre römischer Herrschaft ein wahrer Gottessegen waren, damals, als unsere Insel eine Provinz dieses mächtigen Reiches war. Danach flüchteten viele Britannier nach Armorica, wo sie sich Ruhe und Eigenständigkeit erhofften.«

Troncas of Caer Laverock überlegte, ob er Beha ed-Din von

seinem Traum berichten sollte, bevor er ihn ganz vergaß; er schüttelte den Kopf und schloß im grellen Licht des Nachmittags die Augen. Die Sonne brannte mitleidslos; nur das Öl der Salben verhinderte, daß sie Troncas' Haut versengte.

»Damals aber, vor sechs Jahrhunderten, galten zugleich mit den Namen, die uns die Römer gaben, andere Zustände – und andere Sprachen. Sie nannten die Iren Scotti; das bedeutet ›Räuber, Plünderer‹. Aus römischen Landschaftsbezeichnungen – Dumnonii, Deceangli, Novantae – wurden kleine Fürstentümer und Königreiche: Cornwall, Gwynedd und Rheged. Das Land glich einer Decke aus vielen Flicken. Uneinigkeit der Fürsten erschwerte den Kampf gegen die Eindringlinge. Mehr als zehntausend römische Soldaten, die besten und tapfersten der Welt, hatten nicht an allen Abschnitten der Küste die Eindringlinge abwehren können. Ahnen wir, welche Not die Eindringlinge aus ihrer Heimat vertrieb? Jeder einzelne Mann, jede Familie, selbst die Pferde und Rinder kamen in Schiffen über das Meer der Gallier.

Als Artus, zusammen mit Kay und Gawain, in Caer auf den Tag wartete, an dem Uther Pendragon zu schwach für sein Herrscheramt sein würde, waren Ostangeln, Jüten, Scotti-Iren, Ostsachsen und die Eindringlinge der sächsischen Küste längst zu Siedlern, zu Einwohnern geworden und hatten sich, durch Heirat und Frauenraub, mit den Britanniern vermischt; auch ich bin, trotz des Bluts meiner Mutter, ein britannischer Ritter. Manche Männer aus Familien der Eindringlinge kämpften sogar in Uther Pendragons Heeren.«

»Es müssen gewaltige Heere gewesen sein, Ritter der Gelehrsamkeit!«

»Es waren kleine, beinahe winzige Haufen, o Amir. Der eine Fürst brachte vielleicht hundert Reiter und Fußkämpfer, der andere fünfhundert, jener nur ein Dutzend. Wenn sich in einer der großen Schlachten angeblich drei-, viertausend Männer gegenüberstanden, so würde ich eher sagen: So viele waren es niemals. Die Hälfte? Vielleicht. Denn es gab kaum Söldner, nur wenige Männer, deren

Beruf der Kampf war; fast alle waren Bauern und Handwerker, die der Fürst oder König ausbildete und zum Kampf rief. Dies galt nicht für Merlins Freunde und Pendragons engste Wachen und seinen Schutz. Viele kamen freiwillig, als späte Legionäre eines bedeutungslos gewordenen Römischen Reiches.«

Beha ed-Din sah gedankenvoll zu, wie Achmads dunkle Finger das linke Bein des Ritters von den Zehen bis zur Hüfte mit stechend riechendem Öl kneteten und walkten. Wo der Schorf abgefallen war, schimmerte neue Haut. Troncas' Kopf, der keine Binden mehr trug, befand sich im Schatten. Von Zeit zu Zeit erneuerte Crysaide das feuchte, rosenduftende Tuch, das seinen Kopf und den Nacken bedeckte. Lächelnd bat Beha ed-Din:

»Bevor ich dir berichte, mit welch entschlossener Tapferkeit wir Muslime und ihr ungläubigen Franken um Akkas Mauern kämpfen, möchte ich erleben, wie das Maß deiner Freigebigkeit überfließt – sprich vom zauberischen Überfluß deines Wissens über jene weit entfernte Zeit.«

Troncas wischte Schweiß und Rosenwasser von der Stirn und grinste. »So gut ich es vermag, mein Lebensretter.«

»Wie kommt es, daß du so viel über die Vergangenheit weißt, über Artus und das, was vor ihm war?«

»Ich bin mit all den Erzählungen aufgewachsen; mit hundert und mehr Märchen, Sagen und Legenden. Mein Vater erzählte von den alten Königen und den Druiden und Druidinnen. Ich las in einigen Klöstern alte Chroniken; was ich nicht verstand, übersetzten die Mönche für mich: der verehrungswürdige Beda und der Nachfolger des Geoffrey of Monmouth trugen keltische und walisische Gedichte vor; *Gododdin* oder *Preiden Annwn*, *De excidio* von Gildas, dann die Chronisten und Barden; William of Malmesbury, Wace aus Jersey, Chréstien de Troyes. Die Namen sind wenig wichtig, Amir, und dazu kommen hundert Geschichten, die ich in mehr als zwanzig, fast fünfundzwanzig Jahren auch in anderen Ländern gehört hab. Von Bauern, Barden oder Schiffsleuten, die noch abergläubischer sind als die Pikten, Iren und Schotten es waren und die von Wasserweibchen, Feen, Alben, Heiligen und Wundern berichten. An den Höfen der Mutter König Richards singen sie Artus' Lieder womöglich lauter und einfallsreicher als in den Jahren kurz nach seinem spurlosen Verschwinden.«

»König Artus war ohne jeden Zweifel ein mächtiger und gerechter König und ein großer Zermalmer von Feinden«, sagte Beha ed-Din unruhig. Er hatte Troncas' Aufzählung schweigend zugehört; er wirkte nachdenklicher als sonst. »Und weil die Welt voller Wunder ist, gibt es Unzählige, die ihn und seine Heere fürchten – noch immer. Der Schimmelritter mit dem Purpurbanner, sagen viele, war König Artus, aus langem Wunderschlaf erwacht.«

Troncas zuckte vorsichtig mit den Schultern.

»Damals verbarg sich in Britannien in jedem großen Baum und jedem Wasserfall ein Dschinn, ein Geist, ein Alb oder eine Fee. Seit es Kirchen und Klöster gibt, die für die Ausbreitung des Christusglaubens sorgen – und sie gab es schon, als Artus herrschte –, seither wissen wir von vielen anderen Wundern. Manchmal glaubte auch ich, Geister oder Alben gesehen zu haben.«

Troncas wußte nicht mehr, seit wie vielen Tagen er im Lager Salah al-Dins lebte; er hatte das Gefühl für die leise verrinnende Zeit verloren. Ob König Richard und seine Galeeren die Insel Cypern schon verlassen und hier an Land gegangen waren, wußte er nicht. Der König hatte sein Kommen angekündigt; der Bote war auf dem Schiff gewesen, von dem Troncas nach Akkon oder St. Jean de Acre gebracht worden war. Aber es ging das Gerücht, daß Richard seine Anverlobte Berengaria auf Cypern heiraten würde, die ihm dorthin zusammen mit seiner Mutter Alienor folgen sollte. Es mochten, dachte Troncas, die letzten Maitage angebrochen sein. Ob König Richard morgen landete, später oder nie, beeinflußte seine eigene Genesung nicht. Aber da er Richards Auftrag nicht hatte erfüllen können, fühlte er sich wenn nicht schuldig, so doch mindestens verantwortlich. Es würde indes kein Wunder sein, wenn er sich in zwei Monden – an Krücken – wieder frei bewegen könnte, hatte der Hakîm gesagt. Troncas sah, daß die Schreibsklaven und Beha ed-Din geduldig warteten, und sagte:

»Merlin hatte eine kluge Entscheidung getroffen. Das erkannte auch Artus schnell. Innerhalb von zwei, drei Tagen konnten sie von Caer Myrddin nach Caerleon reiten. Nicht länger würde jede Nachricht aus Caerleon zu den weit im Land verstreuten Fürstentümern brauchen; Brieftauben flogen binnen weniger Stunden hin und her. Und nicht nur Merlin ließ diese tüchtigen Vögel auch zu anderen Zwecken als für den Kot von Taubentürmen und für die Feiertagsküche züchten.«

»Artus lernte also, was ihm noch zum Thronfolger fehlte?« fragte Beha ed-Din. Troncas nickte.

»Abgesehen von Merlin oder vielleicht Ambrosius wurde er so sicherlich einer der klügsten Männer seiner Zeit. Klüger und gebildeter als sein Vater, der vor lauter Kämpfen keine Zeit zum Lesen fand. Kaum klüger als Merlin, aber stark, wild und entscheidungsfreudig. Später machte ihm seine Klugheit zu schaffen; er wurde leicht ungeduldig. Aber … ich will dir nicht das Ende vor dem Anfang berichten, Amir.«

»Dann berichte oder erzähle von den Jahren vor der Thronbesteigung, Ritter. Ein Bericht und eine Erzählung sind zweierlei.«

»Wohl wahr. Das Wichtigste war: Artus traf in Caer Myrddin zum erstenmal Gleichaltrige, die ähnlich aufgewachsen waren wie er, Kay und Gawain. Kay oder Caius war Dux Ectors Sohn, Gawain der Sohn König Loths von Lothian. Die drei Jungen musterten sich mißtrauisch, mit der zähnebleckenden Freundlichkeit junger Wölfe …«

Nach dem langen Ritt hatte Artus die Wohltaten eines römischen Bades genossen: heißes und kaltes Badewasser, Kneten und Walken mit Nußöl, das nach überreifen Himbeeren gerochen hatte, leichtes Essen und einen Becher Wein, der ihm in seinem hellen, sauberen Zimmer geholfen hatte, schneller einzuschlafen und, traumlos, lange auszuschlafen. Er war nach einem kurzen

Rundgang durch Caer Myrddin der erste im Speisesaal und bewunderte das Bodenmosaik, das jagende Wölfe zeigte, stolze Hirsche, kämpfende Bären, ringende und schwertkämpfende Männer und zierende Bänder jener Spiralen und Mäander, die er an Hunderten alter Gräbersteine und Menhire überall im Land gesehen hatte. Sechs Plätze am Kopfende eines Tisches, der für zwei Dutzend Tafelnde Platz hatte, waren vorbereitet. Merlin, an seiner Seite eine braunhaarige junge Frau, trat durch die Hoftür ein und ließ beide Flügel weit offenstehen. Sonnenlicht und kühle Luft fluteten in den kleinen Saal.

»Artus«, sagte er und lächelte. »Sohn Uther Pendragons und Ygraines von Tintagel. Der zukünftige Hochkönig. Begrüße ihn, Morgause; sie ist die Tochter meiner ersten Frau, der vortrefflichen Nymurge, die starb, als Morgause sieben war. Auch meine Tochter wuchs nur mit der ungeschickten Liebe ihres Vaters auf.«

Artus verbeugte sich, ergriff Morgauses Handgelenk und suchte ihren Blick. Sie hatte schmale, hochgezogene Brauen, wie die Fühler eines Schmetterlings, und offene, goldfarbene Augen.

»Willkommen, Artus.« Ihre Stimme klang dunkel, fast männlich. »Ich bin an der Seite Herzog Ectors die junge Herrin von Caer Myrddin und versuche, das Leben für alle angenehmer zu machen. Wenn du etwas brauchst, Essen oder Gewänder, wenn Lampenöl fehlt oder Salz zum Brei: Frag mich.«

Sie war nur wenige Fingerbreit kleiner als er. Ihr glattes, dunkelbraunes Haar fiel bis zu ihren Hüften; sie waren schlank wie die Merlins. Artus starrte sie und Merlin voller Bewunderung an. Der Griff ihrer Finger um sein Handgelenk war sicher und kühl. Sie schien drei, vier Jahre älter zu sein als er und besaß schon die Selbstsicherheit ihres Vaters. Sie deutete mit einer Geste voll Anmut auf den Tisch und sagte:

»Gawain und Caius – wir nennen ihn Kay – werden gleich kommen. Ihr müßt Freunde werden! Ich werde alles tun, daß es euch leichter fällt. Sie zählen zu den zwei Dutzend junger Männer, die mein Vater überall im Land ausgesucht hat.« Sie blickte Merlin mit offenkundiger Verehrung an, machte zwei Schritte zur Seite und schlug mit einem Eisenstab an eine Spirale aus einem daumendicken Bronzestab, die von der Decke hing. Das Signal hallte unüberhörbar durch Caer Myrddin.

»Setzen wir uns«, sagte Merlin. »Heute wird nicht gelernt. Wir essen, wandern umher, trinken ein wenig Bier und reden miteinander.«

Artus ging rückwärts, bis er an die Tischkante stieß. Merlin hatte sich abermals verändert: Er sah aus wie ein junger Held, beneidenswert schlank und muskulös, mit beherrschten, sicheren Bewegungen und auffallender, aber nicht schwelgerischer Kleidung: Kurze, weiche Stiefel, enge Strümpfe, eine wollene, fast weiße Tunica mit weiten Ärmeln und Purpursäumen, eine goldene Halskette, ein paar Ringe und zwei breite Goldarmbänder, die uralt aussahen. Er war wieder bartlos, das Haar war kurz und fast überall grau, das schmale Gesicht trotz der Lachfältchen und Falten und der Narbe das eines jungen Mannes. Ein mittelgroßer, dicker Mann kam herein; er hinkte stark, bewegte sich aber anscheinend ohne Schmerzen. Von ihm ging die Kraft eines mächtigen Stiers aus, der im Alter mit seiner gefürchteten Stärke behäbiger umzugehen verstand. Merlin sagte leise:

»Mein guter, zuverlässiger Freund. Dux Ector. Großer Sachsentöter, Gefährte vieler Kämpfe, Vertrauter deines Vaters.«

Artus begrüßte ihn mit zurückhaltender Höflichkeit. Ectors Stimme war ungewöhnlich tief und schien aus dem mächtigen Brustkasten heraus nachzuhallen.

»Der euch jungen Wilden von allen Fehlern berichtet, die wir in unseren Kämpfen gemacht haben.« Sein Lachen klang, als falle ein Baumstamm zu Boden. »Und, beim mutigen Patrick – es waren viele Kämpfe!«

Morgause hob den Becher und sagte: »Caer Myrddin und seine Bewohner sind etwas Besonderes. Wir alle zählen dazu, sind diejenigen, die alle Träume unserer Großväter und Väter wahr machen sollen. Wir werden andere Menschen führen müssen, solche, die für

Britannien sterben, und andere, die fortführen, was Rom uns hinterlassen hat.« Ruhiger Stolz klang aus jedem ihrer Worte. »Jeder, der die Männer sieht, die der Herrscher um sich schart, soll auf den ersten Blick sehen, wie vortrefflich sie sind.«

»Hat dein Vater dich auch dies gelehrt?« sagte Artus zaghaft. Merlins Blick glitt über ihn hinweg in die grüne Ruhe des Gartens.

»Ja. Mein Großvater Merlin-Myrddin, der einst als Dux Gwertheyrn bekannt war, begann damit, eine Legende in die Welt zu setzen.« Merlins Hand schien in die Vergangenheit zu deuten. »Vater Emrys-Merlin beriet Vortigern und Aurelianus Ambrosius, der junge Merlin war Berater Uther Pendragons und ist, wie ich weiß, mehr als nur ein Berater des Artus.« Merlin verzog das Gesicht. »Ein anderer Merlin, vielleicht mein Sohn, wird vielleicht deine Söhne beraten, Artus.«

»Merlin hat das gewaltige Grabmal des Aurelianus Ambrosius bauen lassen«, sagte Dux Ector stolz. »Kennst du's schon, Artus?«

Er schüttelte den Kopf. Diener und Mägde brachten Essen, Brot, eine Lachssaite, die würzig nach kaltem Rauch roch, Krüge und Schalen und teilten Becher voll Beerensaft, Bier und Wein aus. Das frische Brot duftete. Zwei Jungen kamen herein und begrüßten Merlin und Morgause; Kay, Ectors Sohn, war älter, Gawain, der andere, jünger als Artus und der jüngste Sohn des »streunenden Witwers Loth, Hochgraf von Carlisle«, wie Merlin Artus erklärt hatte. Beide starrten Artus verwundert, fast herausfordernd an.

»Es gibt so viel, was ich noch nicht kenne, Herrin«, sagte Artus und erwiderte den Handgruß der jungen Männer. »Ich glaube, ihr werdet mir noch vieles zeigen müssen.«

»Das ist meine feste Absicht.« Merlin deutete auf den Tisch und die Scherensessel, über deren Ledergurten weiße Schaffelle lagen. »Das gleiche gilt für Gawain und Kay.«

Während der nächsten Siebentage und Monde machten Artus, Kay und Gawain hauptsächlich eine einzige Art von Erfahrungen, die oftmals vertieft wurde: Obwohl die römischen Legionen, als Eroberer gekommen, kaum vier Jahrhunderte lang geblieben waren, hatten sie allein mit den einfachen Mitteln, die das Land hergab, unzählige Dinge zum Besseren verändert. Die Wasserführungen, die von der Quelle bis zu den Häusern frisches und sauberes Wasser leiteten, und die Abflüsse, die tief im Boden durch Tonröhren oder gemauerte, gedeckte Kanäle den Kot und alles andere in geschlossene Gruben lenkten, hatten schon vor Jahrhunderten Krankheiten und Seuchen verhindert, und jene Häuser, die die Römer hinterlassen hatten oder die man nach römischem Vorbild errichtete, ließen Sonnenlicht und Luft herein, waren kühl, trocken und sauber. Die Menschen, die darin wohnten, verstanden sich als keltische Britannier, die Rom nicht vergessen und viele Vorzüge des Christentums annehmen wollten.

Die Zeit im Dorf der Schotten und Pikten erinnerte Artus mahnend an das häßliche Gegenteil, die dunkelste Vergangenheit und einen Teil der Träume Vortigerns, Ambrosius', Merlins und Pendragons – und erklärten einige seiner eigenen verworrenen Träume.

Sie lernten von Merlin und Herzog Ector alles über Angriff und Verteidigung und darüber, ob es klüger war, einem angebotenen Kampf auszuweichen oder die Gegner dann zu überraschen, wenn sie sich noch nicht gesammelt hatten. Bald waren ihnen die Namen aller Fürsten und kleinen Könige bekannt. Sie wußten, wie viele Reiter und Fußkämpfer jeder einzelne mitbrachte, wenn sie der Hochkönig zusammenrief; sie lernten, wie Späher ausgebildet sein mußten, um unerkannt die Feinde beobachten zu können, lernten auf römischen Instrumenten und deren Nachbauten die Signale zu blasen; die schrillen Kriegs-*signa* auf Litus und Tuba, die Tonfolgen auf der Bucina und dem Cornu, die dunkler und schauerlicher klangen.

Bisweilen kamen aus Caerleon erfahrene ältere Männer, die von Uther Pendragon und Königin Ygraine berichteten und mit den Jungen übten. Während sie miteinander rangen, gemeinsam ritten und mit allen Waffen kämpften, hatte Merlin längst ungesehen die Burg verlassen und ritt wohl wieder einmal durch das Land, vielleicht zu anderen braunhaarigen Druidinnen oder zu den Fürsten von Brycheiniog, Buellt oder Gwent, oder entlang unsichtbarer Grenzen zwischen Sachsen und Britanniern, die niemals festgelegt worden waren; wo er sich zu erkennen gab, raunte man bald, daß er die zauberische Fähigkeit besaß, überall zur gleichen Zeit sein zu können – dies sagte Morgause in geheimnisvollem Tonfall. Ihr Lächeln war kaum zu deuten: Meinte sie es ernst oder wollte sie den jungen Männern nur andeuten, wie wichtig Merlin für Britannien war?

In diesem Jahr gab es kaum schlimme Nachrichten und, von wenigen unbedeutenden Überfällen abgesehen, keine verlustreichen Kämpfe an den Grenzen. Uther Pendragon war alt geworden und matt; eine unbekannte Krankheit, sagte man, zehrte an ihm, schien ihn auszudörren, obwohl sein Verstand nicht gelitten hatte. Artus lag halbe Nächte wach und dachte darüber nach, ob es klug sei, zu seinen Eltern zu reiten, aber noch verwirrter fragte er sich, warum ihn nichts an den Königshof von Caerleon zog. In Merlin hatte er einen Erzieher gefunden, der ihn mit Strenge, Wohlwollen und Wissen geleitet hatte, aber weder seine weichbrüstige Amme noch die schöne Morgause erkannte er in den dunklen Bildern wieder, wenn er von seiner Mutter träumte.

Der Rauch der Herbstfeuer zog mit dem ersten kühlen Wind vom Meer durch die Eichenwipfel. Im Wald hämmerten die Spechte, Kiebitze, Eichelhäher und Elstern zeterten, auf Weiden und in Ställen standen Jungtiere. Ein strahlender, glückhafter Sommer war ins Land gegangen. Caer Myrddin barst vor Lärm und Gelächter; in großen Tonkrügen gärten Beeren im Honig. Die Beute der letzten Treibjagd, drei Dutzend Wildschweine, einige Rehböcke und ein junger Hirsch, war an die Bauern verteilt worden oder wurde in der Küche zerlegt, gekocht, gebraten oder eingesalzen; die Felle trockneten ausgespannt an Holzrahmen. Taubenschwärme, von Falken verfolgt, flogen ihre verwirrenden Muster über den Türmen des wehrhaften Gutshofes. Gordion und Kilydd hatten die Traglasten ihrer Pferde ausgepackt und wollten einige Monde des Winters hier verbringen. Ein irischer Barde hockte in einem windstillen Winkel und sang mit geschlossenen Augen, die Saiten der Harfe mit gichtigen Fingern zupfend, ein wenig trauriges Lied vom Tod einer Elfe.

Ein warmer Morgen mit kühlem Wind: Gawain, Artus und Kay zäumten ihre Pferde und zogen die Gurte stramm, von denen die Decken und Reitfelle auf den Pferderücken festgehalten wurden. Kilydd führte seinen Hengst und die kleine braune Stute aus dem Stall und sagte:

»Morgause wird mit uns reiten. Obwohl eine fette Ernte eingebracht ist, geben die Sachsen bisher Ruhe – nehmt trotzdem Waffen mit, Dolche, Schwerter und Lanzen.«

»Morgause? Zu den Mönchen?« sagte Gawain und flocht den Zaum für Morgauses Pferd auseinander.

»Vielleicht will sie fromme Reden hören und andächtige Blicke sehen.« Kilydd grinste. »Statt eures kindlichen, leidenschaftlichen Gestammels und der feuchten Augen, die aus euren Gesichtern quellen, wenn ihr sie anstarrt.«

»Das meinst du nicht im Ernst, Pferdemeister!« rief Kay. »Für mich ist sie wie eine schöne Schwester.«

»Und man sagt auch, daß mein Vater um sie geworben hat.« Gawain strich die Decke auf dem Rücken der Stute glatt und legte das Fell mit den beiden Wülsten darüber. »Aber ich? Feuchte Augen? Merlin würde mich vergiften!«

»Schon gut.« Kilydd deutete zum Haus. Artus lehnte sich an den Hals seines Pferdes und hob die Hand, als er einen Knecht mit ihren Waffen sah. Morgause lief auf die Reiter zu; ihr langes Haar war zu einem armdicken Zopf geflochten. »Wir sind erst in einem Siebentag wieder zurück. Oder später. Wir reden darüber, wie wir die frommen Brüder besser schützen können.«

»Dazu braucht es mehr als uns Jünglinge und dich, Pferdemann«, sagte Artus. Kilydd half Morgause auf den Pferderücken und ließ die Zügel los.

»Viel mehr, Prinzlein«, sagte Kilydd. »Wir wissen es – ohne Eile! Los!«

Artus wartete und ritt als letzter zum Tor. Als er am Küchenhaus vorbeikam, blickte Catriona vom Flachskämmen auf. Artus lächelte und senkte die Lanze; die Vorsteherin der Mägde und jungen Dienerinnen errötete im Gesicht und auf dem Hals bis tief zwischen die Halssäume des Kittels. Artus war sicher, daß Merlin sie beide beobachtete. Er fühlte den kühl prüfenden Blick zwischen den Schulterblättern.

Hierher, in die Mitte des Königreiches Dyfed, wagte sich kein Eindringling. Auf einer römischen Straße, von Linden im sonnenflirrenden Herbstlaub gesäumt, ritten sie auf Maridunum zu. Die Bauern brachten das letzte Heu ein, Schafherden weideten im Grasland zwischen den Äckern, die umgepflügt und eingesät wurden. Hoch über den Wipfeln flogen Wildgänse in gewinkelten Reihen nach Süden. Die Menschen auf den Feldern winkten den Reitern zu; die roten Drachenköpfe auf den weißen Schilden waren die Zeichen des Hochkönigs, der das Land schützte und den Frieden erhielt.

Im Dorf und eine Nacht später, in einem einsam gelegenen großen Gehöft, bewirtete man die Reiter freundlich und freigebig. Merlin mußte von den Schlachten bei Cymenesora berichten, vom Sachsenführer Aelle, der zum König gewählt wurde, von seinem Sieg am Fluß Mearcredesburna und seinem Sturm auf die Burg in Anderia. Bretwalda Aelle, großer Herr der Sachsen, wurde getötet, als König Octha nach Süden in das Königreich Kent zog und dort mit dem westlichen Nachbarn Aelle Krieg um geraubtes Land führte.

Am Nachmittag des dritten Tages erreichten sie die Küste und den Hügel über dem Meeresarm zwischen Dumnonia und Dyfed. Das Versammlungs- und Bethaus aus Stein und Holz und die langgestreckten, niedrigen Gebäude der frommen Brüder lagen halb versteckt zwischen Fichten, Ahorn und Eichen.

Merlin zügelte sein Pferd und deutete auf den Wehrturm, dessen schiefergedeckte Spitze ein steinernes Kreuz trug.

»Unter den Häusern und der Kirche gibt es Gewölbe aus der

Römerzeit. Einst standen hier ein Beobachtungsturm und ein winziges Kastell.«

»Warum sind wir hier, Merlin?« sagte Artus.

»Weil wir sehen, fragen und verstehen wollen. Um einen klugen Einsiedler scharen sich Bauern, die lernen wollen. Um ein Dutzend kluge Brüder scharen sich wißbegierige junge Anführer, denn dort gibt es Pergamentrollen, dort gibt es Antworten auf Fragen, die selbst Ector, Kilydd und ich stellen, und herrscht jene Stille, in der Gedanken wachsen wie eßbare Pilze oder nützliche Weidenzweige.«

»Und wir bringen ihnen Essen und Wein, Werkzeuge und die Sicherheit unseres Schutzes«, sagte Kilydd. Morgause lächelte und fügte hinzu:

»Sie sind einsam. Wir bringen ihnen Nachrichten aus der Welt – aus jenem Land, Artus, das du die dritte Wirklichkeit nennst.«

»Nun hat endlich jemand meine Fragen so beantwortet«, sagte er, »daß selbst ich es verstehe. Ich glaube, sie haben uns gesehen.«

Sie galoppierten die leichte Anhöhe hinauf. Links mündete der Fluß, und die Mündung breitete sich zu einem langgezogenen Meeresarm aus. Rechts drängte sich der Wald an den Pfad heran, dann lagen viereckige Felder und Weiden zwischen hohen Hecken, ein Garten voller Obstbäume, ein Küchengarten, an dessen Stangen und Querschnüren allerlei unbekannte Ranken wucherten, ein Taubenturm und die wuchtige Ostmauer der Kirche. Aus den winzigen Schallöchern des Türmchens drangen die Schläge eines Bronzestabes über die Lichtung, die am Bachufer endete. Männer in bodenlangen Kutten liefen auf die Reiter zu.

»Vater Merlin!« riefen sie. »Wir wußten, daß du im Herbst kommen wirst. Aber wer sind all die anderen …?«

Auch hier, erkannte Artus, war er wieder in eine Ordnung eingetreten, die einherging mit zielbewußter Arbeit fleißiger, bedürfnisarmer und selbstloser Männer, hervorgegangen aus bedachtem Fleiß und Wissen, das klug angewandt wurde, und stand in einem ummauerten Bezirk, aus dem Kenntnisse hinausgetragen wurden oder mitgenommen werden konnten. Als die Pferde versorgt und die Lasten abgeladen waren, setzte er sich zwischen den Uferkiefern auf eine Holzbank und blickte über das frühabendliche Meer, umgeben von schlichter Freundlichkeit und einer Ruhe, die von etwas Unbekanntem, Köstlichem erfüllt war.

Dreizehn Männer, zwischen neunzehn und fünfzig Jahre alt, wohnten hier und nannten ihre Einsiedelei Lar Davit. Sie übersetzten Schriften ins Volkslatein und daraus in die alte keltische Sprache, beteten zum Christengott, tranken mit Druiden deren kräutergewürzten Honigwein und redeten mit ihnen über die Geheimnisse des alten Glaubens und die Einfachheit des neuen. Im kargen Speisezimmer, das ein Kamin erwärmte und in dem Flämmchen aus Nußöl und dem Fett der Schlachttiere mit wenig Ruß wohlige Helligkeit verbreiteten, berichteten die Einsiedler vom Leiden und der Lehre des Christus, erzählten von den mächtigen Kaisern Roms, vom Großen Alexander aus Griechenland, von Geboten und Verboten, von den Wahrheiten und Irrtümern, die sie im uralten Wissen der Druiden gefunden hatten, von Vergangenem und von den grausigen Prophezeiungen des heiligen Seamus-Johannes von Patmos, der Apokalypse, von den Mahnungen, die Christi Stellvertreter auf Erden nach dem Konzilium von Nicæa an alle Glaubensbrüder versandt hatte, und von der schneckenhaften Langsamkeit, mit der sich neues Wissen und jede Art von Nachrichten verbreiteten. Merlin war ihr Freund, beteuerten sie, ihr Vater und Bruder im Geiste; die brüchige Sicherheit ihres Lebens verdankten sie nur ihm.

Artus hörte wie gebannt zu und bemühte sich, nur solche Fragen zu stellen, die sein Unwissen nicht allzu deutlich zeigten. Ihm erging es ebenso wie Gawain und Kay, und selbst Kilydd ließ erkennen, wieviel Neues, Anderes er erfuhr. Zwei lange Nächte vergingen im Gespräch, von verdünntem Würzwein begleitet.

Merlin hatte Pergamente und Tusche mitgebracht, ein Säckchen Weihrauchharz, Äxte und Messer, anderes Werkzeug, Leder aus

Rinderhaut, eiserne Ahlen, Nadeln und Pech; sie packten Samen und Schößlinge ein, von Pflanzen, deren Heilwirkung erkannt worden war.

»Ich nehme anderes, vielleicht wichtigeres mit«, sagte Artus gähnend zu Morgause. »Mir ist, als habe sich ein Tor in eine neue Wirklichkeit, wie auch immer: in eine andere Welt geöffnet.«

»Ein Flämmchen, das wachsen möge?«

»Wenn ich etwas zu befehlen habe, wird es wachsen. Vielleicht nicht zu hochlodernden Feuern in jeder Siedlung meines Vaters. Aber das Richtige, Gute soll wachsen, soll Früchte tragen – es sind gute Menschen, weise Männer. Was sie tun, bringt Licht ins schmutzige, stinkende, schwärende Dunkel der Ungewaschenen. Verstehst du, was ich sagen will, Morgause?«

Sie nickte und drückte seine Hände.

»Ich versteh's. Diese Mönche, wir alle, das ganze Land – nachdem Rom uns achtlos weggeworfen hat wie ein ausgewrungenes Tuch mit Purpursäumen – wir schicken uns an, aus der Finsternis herauszuklettern. Es wird sehr, sehr lange dauern, bis wir wieder so im Licht stehen wie damals.« Morgause hob die Schultern und deutete auf die breite Bahn aus winzigen Silbersicheln, die der satte Mond wie einen Pfad des Versprechens über das Meer zog. »Ich und du, wir werden es wohl nicht mehr erleben.«

»Bin ich ein Kind der Düsternis?« sagte er leise. »Ich weiß es nicht. Frag mich in zehn Jahren, ob es heller geworden ist in Britannien oder nicht. Das furchtbare Drachenhaupt Uther Pendragon, mein großer, mir unbekannter Vater, scheint über diesem Versuch alt und kraftlos geworden zu sein.«

Ihre Finger strichen kühl über seine Wange.

»Trag's ihm nicht nach.« Sie duckte sich, als Fledermäuse über ihre Köpfe zu den Mistelnestern der Eichen hinzuckten. »Er hat mehr Stunden im Kampf verbracht als im Bett Ygraines oder in der Gesellschaft kluger Männer – aber mein Vater, dein bester Freund, dein Erzieher, er hat dir dies alles gezeigt, weil er wünscht, hofft, betet, daß dir alles gelingt, was Pendragon versäumte.«

Artus stützte die Ellbogen auf die Knie und das Kinn in die Handflächen. Undeutlich sagte er:

»Ihr alle, die ihr mich belehrt und mir alles zeigt – seid ihr sicher, daß ich es kann?«

Morgause wartete ein Dutzend Atemzüge lang, bis sie antwortete. Ihre dunkle Stimme hatte einen ungewohnt heiseren, ausschließlichen Klang.

»Du bist nicht sicher, ob du's kannst. Wir aber sind sicher, sind zuversichtlich, daß es dir gelingt.« Die Tür des Speisezimmers öffnete sich, Stimmengewirr und unterschiedliche Gerüche drangen in die Nacht hinaus. »Alle, die du kennst, und viele, die du bald kennen wirst, sind an deiner Seite. Mit Rat, Schwert, Waffenbrüderschaft und viel gutem Willen.«

»Dann werde ich es wagen müssen«, flüsterte er. »Ich bin noch so jung und glaube, daß ich zu schwach bin für all das, was ihr erwartet.«

»Du wirst älter, Artus.« Morgause stand auf und strich ihren Reitrock glatt. »In mir hast du eine Freundin. Nur mach niemals den Fehler, dich in mich zu verlieben.«

»Fehler? Ihr alle sagt, ich darf keine Fehler machen.«

»Halte dich daran – und noch, wenn wir unsere letzten Atemzüge tun, werd ich zu dir halten. Wie eine Schwester, wie ein Freund.«

Artus stand auf und breitete die Arme aus. Sie hielten einander einige Herzschläge lang fest, dann sagte er:

»Bei all dem, was ihr von mir erwartet, brauch ich tausend Freunde. Gut zu wissen, von deinem Schwur. Reite zu König Loth und bleib meine Freundin.«

»Ja. Das will ich beschwören, junger Hochkönig.«

Artus sah ihr nach, ging zu Merlin, der sich vor dem kaltleuchtenden narbigen Antlitz des Mondes abhob wie einer der Menhire über dem Grabhügel der Amme Malwynn beim Piktendorf. Merlin legte seinen Arm um Artus' Schultern und stand schweigend da, den Blick auf die Windfelder im Flutwasser des großen Meeresarms gerichtet.

Zwei Siebentage lang, oder während zweier Wochen in den neuen Begriffen keltisch-christlicher Einsiedler, hatte sich Catriona ihm genähert, mit flüchtigen, verstohlenen Zärtlichkeiten. Aber ihr grauäugiges Lächeln und ihre Bewegungen versprachen viel mehr. Lange, atemlose Nächte, dachte Artus, und die Auflösung der Rätsel zwischen Männern und Frauen. Er zitterte vor Aufregung, als er in seinem Zimmerchen auf Catriona wartete. Sie war sieben, acht Jahre älter als er, und weich, warm, herausfordernd. Zwei Talglichter brannten neben den Krügen und den Tonbechern; eisiger Herbststurm, in dem Schneeflocken trieben, heulte um die Häuser und warf den Sand des Übungsplatzes wie Hagelkörner gegen die Mauer.

Die Tür öffnete sich halb, Catriona schlüpfte herein und verschloß die Tür mit dem dicken Bronzeriegel. Artus lehnte an der Tischkante und hob die Arme. Die Frau trug einen knöchellangen Mantel aus weißem, körnig gewebtem Wollstoff, den sie am Hals zusammenhielt. Sie kam auf Strohsandalen über Felle und leise knarrende Dielen auf ihn zu, ließ die Mantelsäume los und legte die Arme um seine Schultern. Der Mantel raschelte auf die Dielen.

»Die Nacht gehört uns beiden, mein Prinz«, flüsterte sie. »Die ganze lange Nacht.«

Artus nickte. Sein Herzschlag raste. »Ich weiß, was wir tun werden.« Sie trug ein langes Leinenhemd mit weiten Ärmeln. Er umarmte sie und spürte ihre Brüste auf seiner glühenden Haut. »Aber … es ist fremd, ganz neu, es wird anders sein als im Morgentraum – fühlst du, wie meine Hände und Knie zittern?«

»Das Zittern wird vergehen«, sagte sie und küßte ihn. Ihre Lippen und die Zungenspitze berührten ihn, die Zunge öffnete seine Lippen, der Kuß dauerte schier endlos, und danach lösten sie sich atemlos voneinander. Catriona sah ihm mit ihrem hellen Blick in die Augen, lächelte und hauchte:

»Dein Kuß, Prinz – als hättest du schon hundert Frauen … geküßt.«

»Du bist die erste, ich schwör's«, sagte er und schob seine Hände in ihr dunkles Haar, dessen Fülle ihn verwirrte. Es war wie ein glatter, schwerer Vorhang und duftete nach Haselnüssen und Kamillenblüten. Er zog sie an sich, streichelte ihren kühlen Rücken, ihre Hüften und den Hals und merkte, daß sein Glied hart zu werden begann. Er drehte sich halb aus der Umarmung und hörte ihr Flüstern.

»Es wird wunderschön sein, Artus. Für mich ist es nicht das erstemal, und wir werden alles richtig machen.«

Catriona zog die Lederschnüre aus den Löchern des Hemdsaums, half ihm, die Wolltunica auszuziehen, und schlüpfte aus dem Hemd, dann schob sie ihn zum Bett, setzte sich und kreuzte die Arme im Nacken. Die Brüste hoben sich ihm entgegen, er strich mit den Handrücken über die bräunlichen Spitzen, starrte sie an, tastete mit den Augen und den Fingerspitzen über ihren Körper; die Finger zitterten nicht mehr.

»Küß mich, Prinz.« Ihre leise Stimme klang heiser. »Auf den Mund und hierhin – und überall ... dorthin ...«

Sie ließ sich langsam auf den Rücken fallen und streckte sich auf dem schmalen Bett aus, nahm seine Hände und legte sie auf ihre Brüste, öffnete die Lippen und die Augen weit und hielt seine Schultern. Als ihre Finger über Artus' Rücken glitten, stöhnte er leise. Während sie in einem tiefen, langen Kuß versanken, kroch ihre Hand zu seinem Gemächt und begann es zu streicheln. Er spürte, wie sich die Brustspitzen unter seinem saugenden Kuß aufrichteten und hart wurden; verwirrt und im Versuch, jede Handbreit Haut des Körpers gleichzeitig zu ertasten und zu erforschen, richtete er sich halb auf.

»Langsam, mein junger Geliebter«, sagte sie und führte seine Hand zwischen ihre Schenkel. »Langsam, ganz ruhig. Wir haben alle Stunden der Nacht.«

Catriona führte und lockte ihn, hob sich auf die Knie und küßte die Spitze seines Gliedes, lenkte seine Fingerspitzen zu ihrem Schoß und öffnete sich. Er hielt ihre Brüste, wich zur Seite, als sie sich halb unter ihm ausstreckte und ihm die Hüften entgegenhob. Von ihren

Fingern geführt, schwer auf ihr liegend, mit weit offenen Augen, glitt er in sie und begann sich stoßweise zu bewegen. Sie schob seinen Oberkörper an den Armen zurück, erwiderte seine Bewegungen, zwang ihn, sich ihr anzugleichen, und murmelte beruhigende Worte. Einige Atemzüge später verstand er den Takt, stützte sich auf und merkte, wie aus allen Teilen seines Körpers sich die Empfindungen an wenigen Stellen sammelten und in sein gleitendes Glied strömten. Catriona lächelte, atmete schwer, rief in seltsam unterdrücktem Wimmern seinen Namen, schlang ein Bein um seine Schenkel und bäumte sich auf; zweimal, dreimal, viermal. Schmerz, Wohltat, Hochgefühl, heißes, stoßweises Ausströmen, Erschöpfung, Lächeln und kurze, nadelfeine Schmerzen – Artus sank mit zitternden Ellbogen neben ihrer Schulter zurück. Catriona schloß die Schenkel und hielt ihn fest.

»Ich hab's gewußt, daß es schön wird, mein Prinz. Du brauchst nichts zu sagen; hör in dich hinein und ruh dich aus.«

Sein Gesicht lag auf dem Kissen, in der Flut ihres Haares. Unzählbar viele Gedanken schwirrten durch seinen Kopf; keinen von ihnen vermochte er festzuhalten. Seine Lippen glitten über ihre Schulter, zur Halsgrube, zu ihrem Mund und den Augen, zu den weichen Knospen der Brüste. Dann sagte er stockend:

»Ist es immer so, Catri?«

»Nur wenn man verliebt ist, wenn man sich liebt. Oder wenn man sehr traurig ist. Und wenn man, auch ohne Liebe, einander unbedingt haben will.«

Sie blieben, jeder im Arm des anderen, eine Weile liegen und schwiegen. Dann löste sich Catriona von ihm und wusch sich hinter dem Wandschirm aus Rohrgeflecht. Artus mischte Wein, vergorenen Beerensaft und eiskaltes Wasser und füllte die Becher. Die Kopfwand des Zimmers grenzte an den Kaminturm des Hauses und wärmte den Raum. Plötzlich, als hätten sie zeitweise einen Teil der Welt vergessen, war wieder das schneidende Heulen des Sturms zu hören. Catriona nahm einen Becher und blieb zwischen Tisch und Bett stehen. Artus' Blicke saugten sich an ihrem Körper fest.

»Du bist schön«, sagte er rauh. »Ich hab nicht einmal von so viel Schönheit geträumt.«

»Du bist der erste, der mir das sagt, Prinz.« Sie starrten einander lächelnd über die Ränder der Becher hinweg an. »Nimm mich in die Arme und sag's mir immer wieder.«

Artus leerte den Becher, wusch sich und erkannte überrascht, daß weder ihn noch Catriona seine Nacktheit störte und daß sich sein Glied nach ihrem Schoß zu sehnen begann. Er trat hinter Catriona, legte einen Arm unter ihre Brüste, den anderen auf ihren Bauch und preßte seine Wange an ihren Kopf.

»Du hast mich, wie Merlin, belehrt«, murmelte er. »Gelenkt und geführt. Ich hab es gerade erkannt; bedeutet es, daß ich jetzt ein Mann geworden bin? Oder daß ich wieder mehr Erfahrungen hab, mit denen ich richtig umgehen muß?«

»Bald wird aus dir ein Mann geworden sein, Prinz.« Sie lachte leise, bewegte langsam ihre Hüften und drehte den Kopf, bis sie in sein Gesicht sehen konnte. »Du wirst ein guter Mann werden und lernen bis zum letzten Atemzug.« Ihr Lachen kam tief aus der Kehle. »Ein paar wunderschöne … Dinge lernst du heut nacht von mir.«

Sie packte seine Handgelenke und zog ihn zum Bett. Wieder erregten die Küsse und das Spiel der suchenden Finger ihn und seine Gefährtin, so daß sie zu reden vergaßen. Catriona kniete über seinen Hüften, senkte ihren Schoß auf sein Glied und brachte ihn in eine Stimmung, machtvoll und hilflos zugleich, die ihm bisher völlig fremd gewesen war; schweißnaß brach sie auf seiner Brust zusammen und schien einzuschlafen. Später schliefen sie wirklich, vielleicht eine Stunde, tranken und küßten sich wieder. Als das erste Talglicht verschwelt war, kauerte Catriona auf den Knien, den Kopf auf den Unterarmen, die Brüste in seinen Händen. Eine Stunde vor dem Morgengrauen liebten sie sich ein viertes oder fünftes Mal; erschöpft, leise und zärtlich. Als Artus gegen Mittag von Kay geweckt wurde, fand er auf dem Kissen einige Haare Catrionas und die Flecken im Laken.

Am zweiten Tag des Taumondes, in der Februar-Mittnacht, schleppte sich Merlins Rappe durch das Tor. Der Reiter war ebenso durchgefroren, naß und erschöpft wie das Tier. Herzog Ector im ledernen Mantel, das Gesicht tief in der Bärenfellkapuze, schloß den Torflügel und schob das Schwert zurück. Er nahm den Zügel und hinkte in den Windschatten.

»Willkommen, Nebelwanderer«, sagte er brummig und gähnte. »Geh ins Haus. Ich bring das arme Vieh in den Stall. Wie steht es in Caerleon?«

»Windschief und dürftig, Herzog.« Merlin wischte Schlammspritzer und Wasser aus dem Gesicht. Als Ector Merlins Miene zu deuten versuchte, schloß er die Augen.

»König Pendragon?«

»Ich hoffe, ich behalte nicht recht. Wenn ich die Zeichen richtig deute – der Sommer wird furchtbar.« Merlins Stimme klang wie das Knurren eines verwundeten Tieres. Sie blieben unter dem Vordach stehen, im schütteren Licht, das aus dem Türrahmen fiel. »Spätestens neun Monate später, zu Ostern oder Pfingsten.«

Ector senkte den Kopf, half Merlin vom Pferderücken und führte das Tier durch Sturm und Schneeregen in den Stall, ließ es saufen und rieb es trocken, während der Hengst fraß. Catriona schleppte drei Kessel heißes Wasser in den Badekeller und schob frische Kloben ins Kaminfeuer. Merlin wuchtete einen Ledersack auf den Tisch, zerrte sich die tropfenden Stiefel von den Füßen und versenkte die Beine, wohlig grunzend, ins dampfende Wasser. Er kramte in dem Sack aus geöltem Leder und brachte einen kleinen Krug zum Vorschein, dick mit Wachs versiegelt.

»Nun, schönste Catriona?« sagte er und gab ihr das Gefäß. »Sehe ich ein zufriedenes Lächeln oder irre ich?«

»Ein glückliches Lächeln, Herr der Herzen. Niemals habe ich einem dringenden Wunsch so gern gehorcht.« Sie lachte, halb summend, halb gurrend, dann kicherte sie. »Und so oft.«

»War ... ist er verständig? Wie ich es dir prophezeit habe?«

»Er war ... ist alles, o Merlin: voller Kraft wie ein Bär, wie ein

Kätzchen zärtlich; seine Finger habe ich kundig gemacht. Ein schöner Jüngling, und er hat alles gleich verstanden. Weißt du, daß sein Haar manchmal wie Bronze schimmert?«

»Nun weiß ich's.«

Sie lächelte mit nachtverhangenen Augen und rührte mit dem Arm prüfend im Badewasser, träufelte dann aus einem Kupfergefäß honigfarbenen Seim hinein. Einen Atemzug später füllte betäubender Minzeduft das Gewölbe. Merlin öffnete grinsend die Gürtelschnalle und zog aus einer versteckten Innentasche eine goldene Kette, unterarmlang und aus zierlichen Gliedern gearbeitet.

»Aus einem Elfenschatz. Ein Geschenk, kein Lohn, Schönste. Im irdenen Töpfchen ist ein geruchloser, aber bitterer Saft. Du weißt, was du damit tun sollst. Die Zeiten sind zu roh, als daß wir einen Artussohn hier aufziehen könnten.«

»Von einer deiner weisen Druidinnen? Danke, o ferne Schwester!« Sie sah zu, wie sich Merlin des schmutzigen, verschwitzten Wamses und des Hemdes entledigte, legte sich beide Kleidungsstücke über den Arm und hob die Stiefel auf. »Ich werd die Kette nicht umlegen, Artus würde es merken.«

Merlin nickte. »Zweifellos. Geh morgen nacht zu ihm und bleib. Es gibt wichtiges zu besprechen – ohne ihn. Ein paarmal hab ich gewünscht, ich wäre an seiner Stelle. Laß mir trockene Sachen bringen und träum weiter vom Bärenkätzchen, Catri.«

Er blinzelte, gähnte, wandte sich ab und entkleidete sich völlig, mit den behutsamen Bewegungen eines Sechzigjährigen. Vorsichtig glitt er bis zum Kinn ins Wasser und sog, die Augen geschlossen, den herben Duft des Pflanzensuds tief in die Lungen.

Der triefende Weststurm war einem böigen, schneidenden Wind aus Nord gewichen; eine Eisnacht hatte begonnen, in der die Raben tot aus dem Himmel fielen und Mistelzweige im Frost barsten. Merlin hatte den schweren Tisch und die Sessel zum Kamin rücken lassen, in dessen Glut schenkeldicke Stücke Wurzelholz brannten. Halb in die Glut gerückt stand ein Eisenkessel mit drei Beinen, mit

Würzwein gefüllt. Herzog Ectors Ellbogen lagen auf der weißgescheuerten Platte; er stützte sein Kinn in die rechte Handfläche und blickte der Reihe nach in die Gesichter: Merlin, Morgause, Kilydd, Gawain und Kay.

»Fang an, Myrddin«, sagte Ector. »Was hat der Nebelwanderer in Caerleon und im Land gesehen?«

»Viele Fröstelnde und Frierende.« Merlin hatte sich in einen schweren, blauen Wollmantel gehüllt. Der Widerschein des Feuers glänzte auf der Silberstickerei der breiten Säume; dem rechten und linken Auge des Tages, der Sonne und den Gestalten des Mondes und der Sterne. Merlin sprach leise und bestimmt. »An mehr als einem Dutzend Stellen der Grenzen scharen sich die Eindringlinge um junge, wilde Häuptlinge. Uther Pendragons Krieger sind erschöpft; sein kleines Heer besteht aus Unerfahrenen, Genesenden und Männern, die zu alt zum Kämpfen sind.«

»So wie ich«, knurrte Ector. Sein Sohn und Gawain lauschten, ihre Gesichter schienen zu glühen. Merlin nickte Ector zu.

»Es war ein Jahr voller Seltsamkeiten.« Merlin sah zu, wie Gawain aus dem dampfenden Kessel die Becher füllte. Ein Windstoß sog einen Funkenschauer durch die Esse. Morgause schob die Schalen voller Walnüsse und Haferbrötchen in die Mitte des Tisches. »An vielen Orten herrschte tiefer Friede. Die Bauern hatten eine gute Ernte, die Handwerker arbeiteten ungestört; man wußte von keinem Schiff voll neuer Landnehmer. Am Westende des Walls, bei den Gwyr y Goggled, den Männern des Nordens, bis zur südlichen Küste, sogar in Dumnonia-Cornwall nisten sich Fremde ein, erschlagen selbst die Bewohner der sächsischen Küste. Sie brauchen Zeit, zumal Pendragon sie bekämpft, wo er sie trifft.«

»Ich habe staunenswerte Berichte gehört«, sagte Kilydd dumpf. Er knackte eine Walnuß, schob sie zwischen die Zähne und warf die knisternden Schalen in die Glut. »Mit Wind und Strömung segeln die Schiffe der Fremden an unserer Ostküste nach Norden und zwischen den großen Inseln wieder südwärts, selbst in den Flußmündungen aufwärts.«

»Noch sind es wenige. Pendragon läßt sich in den Kampf tragen, lockt die Fremden in Hinterhalte und nimmt ihre Schiffe weg, läßt sie an Land verstecken; es gibt keine britannischen Schiffskrieger. So schwach ist er geworden, daß er die Befehle meist flüstert. Eineinhalb Jahre, sage ich, dann stehen wir am Wendepunkt: Selbst wenn Pendragon noch lebt, muß ein neuer Hochkönig die Fürsten und kleinen Könige vereinen und führen. Sonst ist es zu spät – das Land fällt zurück in die Barbarei der Pikten, Scotti, Sachsen, Jüten und Angeln.«

»Also – Artus!« sagte Kay leise. Morgause nickte langsam.

»Wer sonst.« Merlin fischte Kräuterstückchen aus dem Würzwein und blies auf seinen Finger. »Deswegen sitzen wir hier. Bei Artus liegt jetzt Catriona; er wird nicht hören, was wir reden.«

Kilydd hob die Hand und suchte Ectors Blick.

»Was wir bereden, weiß er längst. Artus ist Pendragons Sohn, der Thronfolger. Wir haben ihn alles – nun gut, vielleicht nicht alles, nur das Wichtigste! – gelehrt. Er ist vorbereitet auf seine Aufgabe.«

»Er ist es nicht!« Zum erstenmal sprach Gawain, der mit drei klackenden Walnüssen spielte. »Wenn er Hochkönig wird, muß er so viele verschiedene Männer sein. Zu viele? Ich weiß es nicht. Ein König, der befiehlt. Ein Anführer, dem alle gehorchen. Ein gerechter Herrscher, zu dem alle aufblicken. Ein Mann, an den alle denken, auch wenn er nicht bei ihnen ist. Ein großer Töter, Bewahrer des Friedens, der beste Freund derer, die ihn mit dem Schwert schützen. Artus muß die Romanitas bewahren, unser Brauchtum mit dem neuen Glauben verbinden, die Priester ebenso schützen wie die Druiden.«

»Das alles wird er sein«, sagte Merlin. »Und noch viel mehr. Aber noch nicht in achtzehn Monden.«

»Artus ist noch zu jung«, sagte Morgause leise. »Auch wenn es euch vorkommt, als wäre er schon ein Mann!«

»Und wenn – wenn! – wir ihn in achtzehn Monden zum neuen Hochkönig wählen?« Ectors Becherfuß hinterließ auf der Tischplatte einen offenen Kreis; Ector machte mit weiteren Weinringen eine Kette daraus. Das Knacken der Nußschalen war ebenso laut wie das der Funken im Kamin.

»Dann beginnt erst seine Aufgabe.« Merlins Arm beschrieb eine umfassende Geste; er redete, als erzähle er einen Traum. »Er wird ein Artus für viele werden. Er wird unsere Völker an alle Helden erinnern, die vor ihm waren; er muß ein König für alle Gedanken und Sagen des Großen Gedächtnisses sein. Die Welt, die ihn herbeigebetet hat, muß trauern und sich nach seiner Wiederkunft sehnen, wenn er gestorben ist.«

Gawain und Kay wirkten, als verstünden sie nicht einmal jedes zweite Wort. Merlin drehte an seinem Becher und sagte:

»Ihr werdet es bald verstehen. Artus wird nicht allein deshalb herrschen, weil ihm der Thron zufiel. Er wird das Königtum mit seinem Schwert und eurer Hilfe erobern und mit seiner eigenen Tüchtigkeit verteidigen.«

»Und tüchtig ist er, ebenso listig; kein Zweifel«, sagte Gawain lachend. »Mich besiegt er jetzt schon, wenn wir ringen, trotz meiner Stärke.«

»Wir, die ihm helfen, zählen gerade ein halbes Dutzend, Merlin!« sagte Kilydd. »Er braucht ein Heer treuer Gefolgsleute!«

»Dafür werde ich sorgen.« Merlin legte eine Goldmünze zwischen die Becher und Weinringe. »Der Drang, Land und Reichtum zu erobern, ist uns Menschen angeboren, auch den Sachsen und Angeln und all den anderen. Auch wenn es nur darum geht, einem Moor fruchtbaren Ackerboden zu entreißen. Ambrosius und Pendragon haben, als sie noch in jeder Schlacht Sieger blieben, sich die Schätze der Fremden ausliefern lassen. Es ist viel Gold da, auch von Gwertheyrn-Myrddin, meinem Vater. Für Pferde, bessere Waffen, für jene Fürstensöhne, die keine Bauern werden wollen, für Männer aus Armorica und Galliens Ländern, die zu kämpfen wissen. Und für Schiffsbauer, Steuermänner und meeresfeste Krieger. Für Mauern, Wälle und bewohnbare Häuser. Bald wird aus dem halben Dutzend ein kleines Heer.«

»Ich sehe, Freund, deine Weisheit reicht weit in die Zukunft«, sagte Ector. »Hast du mit Pendragon und seiner Königin darüber geredet?«

»In langen Nächten.« Merlin legte die Hand auf die römische Münze, die wie frisch geprägt glänzte. Als er die Finger hob, schimmerten runde Goldplättchen im Fünfeck ums sechste. »Sie wollen nichts anderes. Wir haben uns geeinigt: Beim Königstreffen dieses Jahres wird Pendragon allen Fürsten sagen, was beschlossen wurde. Beim Treffen im nächsten Jahr übergibt er nach der Wahl Schwert, Krone und Königsstab seinem Sohn, unserem Artus, der den scharlachroten Mantel tragen wird.«

Er hob die Hand und deutete auf die Münzen; jetzt waren es drei. Ector grinste und stieß Kay an, der ebenso wie Morgause, Gawain und Kilydd auf Merlins kleine Wunder starrte. Kay füllte die Becher, nachdem er den Kessel aus der Glut gezogen hatte.

»An Ostaras Fest? An Ostern? Oder am Pentekostetag?« sagte Ector. »Freudenfeuer? Reiterspiele? Am keltischen Jahresanfang, wenn das Siebengestirn aufgeht? Bärenkämpfe? Und alles Volk strömt zusammen.«

Merlin zuckte mit den Schultern. »Uther Pendragon wird den besten Tag dafür bestimmen. Zuvor, an einem anderen Tag, werden Pendragon, Ygraine und Sangive zum erstenmal ihren Sohn und Bruder umarmen.«

Der weißhaarige Fürst seufzte. Sie alle liebten Artus und würden ihr Leben opfern, um ihn zu schützen. Aber niemand vermochte zu erkennen, ob ihn die Weise, wie er aufwuchs, schmerzte und wie groß der Verlust der elterlichen Liebe für ihn wog. Artus schien es gleichmütig hinzunehmen, vielleicht weil es ihm in der Gesellschaft seiner Freunde an nichts mangelte und jeder freundlich war. Oftmals schien es, als ahne er, daß nach jenem Tag des Fürstentreffens für ihn ein unwirkliches Leben anfing, eine Reihe staunenswerter Kämpfe losbrach, in denen er siegen mußte; mitunter verlor sich sein Blick in der Ferne, sein Gesicht wurde hart, und er schien durch die sieben eisigen Regionen der Hölle zu wandern, im Sturm, in Flocken aus Funken und Ruß, zwischen verstümmelten Kriegern, die, als er sie erkannte, tote Engel in zerbrochenen Waffen waren; selten sprach er darüber. Ector hob den Becher und murmelte einen keltischen Fluch.

»Dein Fluchen hilft Artus auch nicht«, meinte Kilydd. »Ebensowenig wie unser Bedauern. Es ist, wie es ist: Artus wird sich nicht nur viele Caers oder Dunns bauen, nach jedem Sieg eines, er wird, weil er nicht bei einem hinfällig gealterten Vater aufwuchs, im Mannesalter stark sein und bleiben. Ein satter Habicht ist zu faul und jagt nicht.«

»Nicht einmal meine Druidentränke und heilkräftigen Wurzeln und Blätter haben Pendragon helfen können«, murmelte Merlin und fuhr mit der Hand langsam dicht über den Tisch. Neben dem Handteller erschienen viele Goldmünzen, mindestens fünfzehn Stück. »Aber unser Artus: In tosender Sturmnacht gezeugt, im Blütenmond; im eisigen Mond des Januarius geboren, von einer wohlbrüstigen Amme mit sahniger irischer Milch gesäugt und zwischen Wassergeistern, Alben und Druiden aufgewachsen – daraus kann nur ein großer Mann werden. Artus der Bär. Artus, der rote Sachsentöter. Artus der Hammer; das werden sie sagen.«

Er ließ die Münzen verschwinden und hieb die flache Hand auf die Platte. Nüsse rollten nach allen Richtungen. Ector nahm Kays und Morgauses Hände, legte sie auf Merlins Finger, preßte seine Hand darüber; Gawain und Kilydd schlugen ihre Hände darauf, und Merlin sagte:

»Für Artus! Wir tun alles für ihn – und für Britannien!«

Wie im Chor antworteten sie: »Alles!«

Gawain bückte sich und hob eine Walnuß auf. Sie teilte sich in seinem Griff; die Frucht war schwarz und verschrumpelt. Er starrte sie wortlos an und schleuderte sie ins Feuer.

Als der knöcheltiefe Schlamm vieler Wege trocknete, die langen Zweige der Bachweiden zu grünen begannen und die Habichte und Falken satt zu sein schienen, schrieb Merlin viele Botschaften, manche zweifach, und wickelte die Birkenrindefetzchen um die Füße fluglustig gurrender Brieftauben. Artus sah zu, las, fragte und deutete auf verschiedene Punkte und Linien der roh gezeichneten Kartenteile. Stets nickte Merlin. Schließlich, nach Stunden, sagte Artus:

»Reitest du mit, Vater Merlinus? Ohne Zweifel bedeuten deine Botschaften, daß alle oder möglichst viele unserer Wege bewacht und geschützt werden sollen – du zeigst mir jene Orte, an denen in diesem Jahr die Krieger meines Vaters und im nächsten Jahr ich gegen die Eindringlinge kämpfen müssen. Ich werde mich auf diesem Ritt also nicht zu erkennen geben. Nichts sagen, viel sehen und bedenken, ja?«

Merlins Hand erstarrte mitten in der Bewegung. Er starrte Artus an, als habe dieser beiläufig die Lösung aller Welträtsel ausgesprochen. Dann erhob er sich halb, nahm Artus' Gesicht in beide Hände und küßte ihn auf die Stirn.

»Genau so ist es, Söhnchen. Dir soll es besser ergehen als mir, deinem Großvater und deinem Vater. Du wirst so gut vorbereitet sein wie keiner zuvor. Ich reite als Druide, der selbst den Männern des Saex unverletzlich ist. Saex heißt in ihrer Sprache das Schwert; die Schwertmänner-Sachsen. Daß du erkannt hast, was wir tun werden – würde Klugheit töten, wärst du schwerkrank, o Artus.«

»Zuletzt hat mir Catriona die Augen über euch geöffnet.« Artus Gesichtsausdruck war undeutbar.

»Wie das? Ausgerechnet deine reife Geliebte?«

»Gerade sie. Als sie sagte, wie sie verhindert, daß sie vom Königssohn schwanger werden und einen Bastard gebären müsse. Ihr seid um mich herum wie jene Engel, von denen die frommen Brüder sprechen.«

»Ha! Bärtige Schutzengel, gekleidet in Leder, die Schwerter tragen und nach Schweiß stinken. So ist es, Artus.« Merlin sah, daß Artus' Augen feucht geworden waren. »Von der ersten bis zur letzten Stunde sind wir deine Männer. Und – nach deiner Wahl durch die Fürsten wirst du in Caerleon andere Männer treffen. Jüngere, ältere, blonde und schwarzhaarige. Meine Freunde oder Freunde von zuverlässigen Freunden. Die Väter deines Heeres. Sie werden, selbst kleine Helden, andere Helden zeugen. Für dich und Britannien.«

»Lauter Helden. Und ich, viel zu jung und unerfahren, als ihr Anführer?«

»Jede Stunde findet ihren Mann. Du wirst nicht allein sein; gibt es Kampf, sind die Besten an deiner Seite. Du weißt, wofür wir kämpfen.« Merlin tunkte den Gänsekiel tief ins Tuschkännchen. »Wo wir siegen werden, zeige ich dir.«

»Dann werden wir also weit und lange reiten müssen.« »Ja. Fünf, sechs Monde lang.«

»Wann brechen wir auf?«

»In zwei Siebentagen. Oder zwei Wochen, wie du willst.«

Merlin schrieb die letzten Nachrichten und warf die Tauben behutsam in die Luft.

Von Dunn Camelot kam Schwertmann Gordion mit drei Lanzknechten, auch Fürst Ector rüstete sich und verbarg, wie alle, die Waffen unter weiten, flickenreichen Umhängen. Die Saumtiere wurden mit dem Nötigsten für den langen Ritt und mit Geschenken beladen, die Merlin in Pendragons Auftrag den Fürsten überbringen wollte. Artus ließ sich von Catriona das Haar ein Fingerbreit kurz schneiden und bereitete sich darauf vor, schweigend zu beobachten und niemandem zu verraten, daß er Pendragons und Ygraines Sohn war.

Ein Dutzend Männer, junge und erfahrene Krieger, die auf einen möglichen Sachsenspäher wie wehrhafte Händler wirkten, verließen Caer Myrddin. Artus ritt neben Gawain. An jedem Abend schrieb er einige Zeilen auf die Rolle aus dünnem Leder; Bemerkungen über den Weg und die Orte, einige Namen und das Wichtigste, von dem er glaubte, es sich merken zu müssen. Zuerst ritten sie nach Norden, über den Hadrianswall und drei Tagesritte über den Antoniuswall hinaus, dann nach Westen und im Zickzack eines großen Kreises nach Süden, Osten und bis zu einer Wassermühle vor den Palisaden und Mauern Caerleons. Dort streifte Artus unerkannt an Gawains Seite durch die Stadt. Nach hundertvierundsechzig Tagen, im Herbst, ritten sie wieder in Caer Myrddin ein. Die Männer waren ebenso erschöpft und ungepflegt wie die Pferde. Drei Tiere waren weitab menschlicher Behausungen verendet; eines war vom Bären gerissen und von Wölfen gefressen worden.

6. KAPITEL

Worin Troncas dem muslimischen Chronisten von der Wahl des allzu jungen Artus' durch die Fürsten und Könige zu Caerleon erzählt

Achmad, der dunkelhäutige Meister des Heilknetens und der Bäder, hielt den Zeltvorhang weit geöffnet. Beha ed-Din wartete, bis Troncas mühsam zu seinem Lager gehinkt war, sich an den Krücken heruntergelassen und auf den Rand gesetzt hatte, dann nickte er Achmad zu und setzte sich Troncas gegenüber.

»Noch gleicht dein Gang nicht dem Trab der Lieblingsstute des Propheten, o Erzähler feingewobener Geschichten, aber du wirst fürderhin nicht als Krüppel durchs Leben hinken müssen.«

»Von Tag zu Tag geht es besser.« Troncas wischte sich den Schweiß von der Haut. »Will sagen: Jeden Tag gehe ich ein wenig besser. Und ein paar Schritte weiter.«

Er streckte sich ächzend. Achmad schloß das Zelt und nahm Troncas die Krücken ab. Die frischen Binden, straff und schmal, bedeckten nur noch seinen Brustkorb und wenige andere Stellen seines Körpers. Seine Augen waren klar; die Sonne hatte die unbedeckte Haut gebräunt.

»Die Zeit bringt Gutes und Schlimmes«, sagte Troncas mit traurigem Lächeln, »manchmal scheint sie zu kriechen, oft jagt sie dahin. Herbst, Winter und Frühling vergingen auch für Artus scheinbar schneller oder langsamer. Zweifellos hat er sich auf Pfingsten vorbereitet, auf den Tag des keltischen Jahresanfangs. Ich habe dir, o Amir, von jenem Christen-Konzilium erzählt; damals bestimmte der Glaubensrat, daß *Pentekoste* am fünfzigsten Tag nach Ostern gefeiert werde. Dieser Tag war zum Königstreffen in Isca-Caerleon bestimmt worden.«

Troncas schloß die Augen. Schmerzliche Erinnerungen suchten ihn heim. Er sprach leiser weiter, verhaltener und in anderem Tonfall.

»Von solchen Tagen, an denen das Volk zusammenkam und fröhlich feierte, erzählte mein Vater, William von Caer Laverock. Aber das war mehr als sechshundert Jahre nach Artus.«

»Du denkst an deine Heimat, Ritter Troncas«, sagte Beha ed-Din weich. »Erzähl mir ein wenig von ihr.«

Troncas nickte und holte tief Luft. Er blickte über Beha ed-Dins Kopf auf die Zeltleinwand. In den getrockneten Spuren von Regenfällen, Schmutz und Nähten glaubte er Landkarten zu erkennen.

»Drei Dutzend römische Feldlager soll es einst an den zwei Wällen im Norden gegeben haben. Ich selbst fand nur unbedeutende Reste und Teile von Ruinen; schnell sind hölzerne Burgen niedergebrannt, und es gab immer Feuer und Brände in diesem kriegszerfurchten Land. Und es regnet oft und viel. Wo der Wall des Kaisers Hadrian im Westen die Küste erreicht, erstreckt sich ein großer Meeresarm, ein Fjord; heute heißt er Solvay Firth. Der Fluß Nith mündet ins Meer, wo sich Schwemmsand, Salzmarsch und Sumpf ausbreiten. Auf einem Hügel stand einst ein Beobachtungsturm der Römer, hoch über dem Dörfchen, das meinem Vater gehörte. Uther Pendragon wollte die Ruinen zu einer Burg ausbauen lassen. Caer, Burh oder Dunn – so nannte man damals Burgen und befestigte Orte.

Nach Caer Laverock, so der piktische Name, übersiedelte später, als alte Frau, Artus' Mutter Ygraine. Vom Fluß bis zur Burg zogen sich Mauern und Palisadenwälle hin, denn der Nith ist bis hoch hinauf mit kleinen Schiffen zu befahren. Diese Wälle aus Holz und

Erdreich, fast unkenntlich zugewachsen ... dort hab ich gespielt, dort trieben wir unsere ›niedere Minne‹, ich und meine feurige piktische Geliebte mit ihrem herrlichen Körper ohne blaue Ziernarben und Stichbilder.« Er lächelte träumerisch und zuckte mit den Schultern. »Längst vorbei, aber unvergessen. Auf Kanälen konnte man zu Pendragons Zeiten Caer Laverock umfahren, es hat einen römischen Hafen gegeben, und sowohl Pendragons als auch Artus' Männer versteckten viele erbeutete Schiffe auf dem Fluß. Eine römische Straße führt zu einer Brücke, die durch die Zeiten hundertmal zerstört und hundertein Mal aufgebaut wurde; die einzige im weiten Umkreis. Die Straße geht zu einem Ort, der heute Dumfries heißt. Ein flaches Land von seltsamer Schwermut.« Wieder lächelte er in alten Erinnerungen. »Ach, jeder große Stein hatte fünf verschiedene Namen, von denen drei vergessen sind. Lyonesse, Lethowstow, Leonais, Loonois, Dumnonia oder Cornwall – ein und dasselbe felsige Stück Land. Und ob die Menschen zu Pendragons Zeit das spätere Carlisle auch Caerleon nannten, weiß heute niemand mehr.«

»Allah hat es gefallen, die Menschen durch Verminderung ihrer Erinnerungen und mit vielerlei Sprachen zu verwirren. So könnte man also sagen, daß Ritter Troncas dort als Knabe fischte und tollte, wo jener mächtige König Artus aufwuchs, focht, kämpfte und siegte, mit seinem Heer und den Getreuen seiner Ritterrunde?«

»Man kann es sich so vorstellen.« Troncas grinste kurz. »Wir haben einander nie getroffen. Aber ... manchmal war mir, als ob ich in seinen gewaltigen Schatten hineinritte.«

In fast jeder Nacht wachte Artus aus den Strudeln grausiger Träume auf und wußte, warum dies so war: Er fürchtete sich vor der Königswahl, sieben Siebentage nach Ostern. Wenn Catriona bei ihm war, klammerte er sich an sie, und sie summte alte keltische Heldenlieder, bis er einschlief. Oder sie verführte ihn mit mondverblichenem Gesicht und flüsterte immer wieder, daß er stark, klug und besonnen sei; der beste Mann für das schwere Amt des *Dux bellorum.* Wurden seine Träume oder die Schmerzen hinter den Schläfen in den langen Stunden der Schlaflosigkeit unerträglich, glaubte er im nächtlich stillen Haus zu hören, wie Mäuse an den Saiten unsichtbarer Harfen knabberten, mischte sie Säfte, aus Johanniskraut und Baldrianwurzeln gepreßt, in warmes irisches Bier. Manchmal schien es, als schnarrten kleine Trommeln oder als ob jemand auf einer keltischen Flöte zaghaft blies; dann träumte er von Halblingen hoch im piktischen Norden, die ihm im Kampf beistanden. An einem Abend, als Kilydd und Artus vom Einreiten junger Pferde für Lanzenreiter aus den Bädern zurückkamen, fanden sie alle Bewohner Caer Myrddins in der Speisehalle versammelt; Merlin und Morgause deuteten auf Artus' Platz am langen Tisch.

»Ich mag mich um einen Tag oder zwei verrechnet haben«, rief Merlin. »Aber vor sechzehn Jahren bist du geboren worden, Artus!«

»Es muß so kalt gewesen sein wie heute.« Artus blickte sich um. Er sah verwirrt in mehr als fünfzig lächelnde, fröhliche Gesichter. »Ich erinnere mich ganz genau. Wollt ihr wirklich diesen meinen Tag feiern?«

»Nicht gerade drei Tage und Nächte lang, Freund Artus«, sagte Morgause lächelnd. »Aber alle freuen sich mit dir. Hier! Der erste Becher ist für dich.«

Kienspäne, Kaminflammen, Talglichter und zwei Öllampen beleuchteten und wärmten den Raum. Binnen weniger Atemzüge drängten sich Ector, Gawain, Kay und die anderen um Artus. Merlin saß auf der Tischkante, schlenkerte mit den Beinen und zog, als das Lärmen und Lachen leiser geworden war, Artus zu dem Platz, an dem die Geschenke lagen: kniehohe Reiterstiefel, eine Tunica aus weißem Leinen mit Purpursäumen und fingerschmaler Goldstickerei. Er hob einen breiten Schwertgürtel mit vergoldeter Bronzeschnalle und leerer Scheide hoch und sagte leise:

»Für die Tage, die du heute noch fürchtest und bald nicht mehr aus deinem Leben wirst wegdenken können, Söhnchen.«

»Ich danke … wem eigentlich? Dir, mein Vater?«

»Es ist von uns allen. Die Tunica haben deine Eltern geschickt.«

»Kein Brief? Keine Nachricht?«

»Sie warten auf dich. Glaub mir: Sie sind halb krank vor Erwartung. Sie lieben dich, auf ihre Art, und weil sie dich nur aus meinen Berichten kennen, sind sie leicht zu erschrecken – es sind gute Menschen, Artus.«

»So hab ich sie gesehen, in Caerleon. Zwei Tage lang bin ich ihnen nachgeschlichen.«

Merlin legte Artus die Hand auf die Schulter und packte zu. Er schien diese Antwort erwartet zu haben.

»Ich hab gewußt, daß du sie beobachten wirst. Nun – noch sechzig Tage, und wir werden vor den Fürsten in Caerleon stehen.«

»Wo wir all die Grafen, Herzöge, Fürsten und Könige treffen, die wir auf dem langen Ritt besucht haben.«

»Mehr oder weniger alle.« Im Eingang der kleinen Halle schlug jemand die Trommel. Harfenklänge vermischten sich mit Rufen und Gelächter. »Genug davon. Freu dich mit uns, Söhnchen. Dein Tag heute; fünfzigmal noch, mindestens, wirst du deinen alten Freunden ein königliches Fest ausrichten. Heut nacht ist es ein junges, unkönigliches Fest.« Er tätschelte Artus' Wange. »Geh zu Morgause und bedank dich, geh zu Catriona und umarme sie!«

Artus lachte leise.

»Kein schlechter Rat, Myrddin. Noch einmal: Ich danke euch .«

Artus verbeugte sich tief vor der jungen Herrin, packte Catriona um die Hüften und schwenkte sie in den schnellen Drehtanz. Er sah ihre Überraschung und flüsterte mit breitem Grinsen: »Habt ihr euch nicht gedacht, nicht wahr? Beim frommen David von Wales: Ich hab's an den qualmenden Feuern der gelbbärtigen Herzöge gelernt, deren Achselhöhlen weitaus übler stanken als ihre ungeschorenen Schafböcke. Bei meinen Schlachtenführern der kommenden Jahre.«

Catrionas Gesicht erstarrte zu einer kaum deutbaren, uralt scheinenden Maske. Einige hastige Atemzüge später preßte sie ihren Bauch an ihn und sagte gurrend:

»Ich bin gewaschen, Königssohn. Wenn du nach Caerleon reitest – soll ich mitkommen und deine Hand halten? Damit du so sicher bleibst wie in den Stunden, in denen du mich glücklich machst?«

Sie wirbelten zu den Klängen der Harfe, der Flöten, der kleinen und großen Trommel auf den gewachsten Eichendielen an Morgause vorbei, die Kay an den Armen hielt. Artus, die Lippen über ihrem Ohrgehänge aus Silber, Gold und Schiefertropfen, rief durch den Lärm:

»Das werd ich lange begrübeln, o Fürstin meiner Träume. Dein hilfreiches Anerbieten vergeß ich dir nie. Wahrscheinlich, um den bitteren Sud bis zum letzten Schluck zu trinken, geh ich allein: Danach bin ich frei und kann tun, was ich will.« Sie prallten gegen Gawain und eine junge Magd mit hochrotem Kopf und offenem Mieder. »Heut nacht reden wir über anderes; es ist genug Zeit.«

Sie wirbelten zur Tischkante, lösten sich voneinander und setzten sich erhitzt zwischen Becher und Krüge auf die mächtige Platte. Leise sagte Artus: »Es ist schwer, Catri. Bin ich König, werde ich befehlen, daß viele meiner Träume wahr werden sollen. Wird man mir gehorchen? Wird man erkennen, was Merlins Vater, Merlin und ich wirklich wollen? Oder werde ich mit den vielen Caers und Dunns mit Namen Camelot scheitern? Und – werde ich überleben, wenn ich nur der Sachsentöter bin und nicht der Errichter von weißen Mauern und Burgen?«

Sie legte ihre Hand auf seinen Nacken, streichelte ihn mit heißen Fingern und flüsterte in sein Ohr: »Sieh dich um! Lauter Freunde! Und ich. Pendragon hat weniger Hilfe gehabt. Aber er ist nicht Artus. Sie lieben dich alle; am meisten lieb ich dich. Sie warten auf deine Befehle, und Merlin, der Klügste, wird mit jeder Druidin, bei der er lag, jedem christlichen Klosterbruder, kurzum: mit jedem der Tausend, die er kennt, hinter dir stehen. Hundertmal haben wir's beredet – ich mag's nicht mehr wiederholen, Artus! Wollen wir uns fortstehlen wie Mäuslein, in deine Kammer? Wo meine Leidenschaft dir sagt: Vergiß die Furcht! Hab keine Angst! Zieh das

Schwert aus dem steinernen Amboß! Richte den Blick kühn in die Zukunft, in alle Himmelsrichtungen!«

Er hob ihre Hand an seine Lippen und küßte ihre Finger.

»Wenn ich in deine Augen sehe«, sagte er mit fremder, sandrauher Stimme, »finde ich strahlende Bestätigung. Blick ich in den Spiegel, sehe ich einen Zwerg, der nur sehr früh oder spät abends einen langen Schatten wirft.«

Der lockende Griff ihrer Finger um seinen Nacken verstärkte sich; Catriona lachte laut und sagte: »Merlin, ich und andere – wir treiben auf gute Art alle deine Zweifel aus. Vergiß deine piktischen Quellweibchen, die Waldgeister und das christliche Brabbeln der braunbekutteten Klosterbrüder – geh nach Caerleon und zeig's ihnen allen.« Ihre Hand strich über seine Brust und legte sich um sein Kinn. »Zeig's ihnen! Mach's richtig! Sie warten nur auf einen wie dich!«

»Auch das, Schönste«, murmelte er nach einer Weile, »muß ich noch begrübeln. Mir fehlt Merlins Weisheit und Ectors Erfahrung.«

»Dafür hast du, was sie niemals hatten.«

»Was habe ich?«

»Du strahlst, Prinz. Du leuchtest. Deine Hand wird das Schwert packen, das keiner zu ziehen vermag. Du bist der *Dux bellorum*, auf den alle warten, auch wenn sie's nicht wissen. Sie haben um einen König gefleht, zu ihren alten und neuen Göttern – wußten nicht, um welchen. Sie werden's erkennen: Du bist es.«

»Das weißt du von Merlin?«

»Und von vielen anderen.«

»Wenn ich siege ...?«

»Siegt Britannien über die Eindringlinge.«

»Wenn ich verliere, falle, getötet werde ...?«

»Fangen die dunklen Jahre an, mein schöner Prinz.«

»Nur ich, sagt ihr, kann sie aufhalten?«

»Nur du, Prinz, mit der Hilfe deiner Freunde.«

Er senkte den Kopf, nahm Catrionas Hand und zog sie, ohne daß es die anderen sahen, zur Treppe aus wuchtigen Eichenbohlen. Seine Gedanken und Empfindungen wirbelten und kreiselten; er wünschte sich die Stunde herbei, in der alle Zweifel aufhörten.

Anno Domini 492, als Frühling über der Insel leuchtete, vor Pfingsten, näherten sie sich Caerleon, das einst ein *vicus* gewesen war, ein Kriegslager der Römer, von dem noch eine Holzbrücke auf Steinfundamenten zeugte. Die Stadt, deren steinerne Tortürme an vielen Stellen mit gekalktem Lehmputz verschönert waren, breitete sich in der Ebene von Galloway aus, im Nordosten durch unwegsame Wälder, gegen die Umgebung aus fruchtbaren Feldern und Weiden durch die römische Mauer geschützt, die immer wieder ausgebessert und verstärkt worden war. Merlin und Artus hielten die Pferde auf der letzten Hügelkuppe an und blickten in das Tal vor der Stadt.

Sieben Straßen trafen sich hier. Ein Bild aus vielen Farben und Bewegungen breitete sich vor den Reitern aus. In den Höfen der Bauern und entlang zweier gekrümmter Wege standen Zelte und waren Wagen aufgefahren; zahlreiche Feuerstellen qualmten diesseits und jenseits der Stadttore, die von wenigen Türmen, Dächern und Baumkronen überragt wurden. Merlin beruhigte seinen Rapphengst.

»Jeder Fürst hat Krieger, Diener oder erwachsene Söhne vorausgeschickt«, sagte Merlin, dessen Blicke sich auf jedes Feldzeichen, jede Schildfarbe und jede Besonderheit richteten. »In Caerleon werden Winterkinder gezeugt und viele Heiraten … vorbereitet.«

Bedächtig schüttelte Artus den Kopf.

»Wenn ich einmal Camelot erbaue, wird es nicht hier sein.« Er wandte sich zu seinen Gefährten um. Langsam ritten sie weiter. Dux Ector und Merlin schienen unzählige Männer zu kennen; sie winkten und riefen sich Grußworte zu. »Ich träume von einem Fluß durch die Stadt und von einem Hafen.«

»Und von einem Palast aus weißem Marmor, mit goldenem Dach«, meinte Gawain grinsend. »Vielleicht gleicht Pendragons

Stadtburg deinem Traum. Jedenfalls wohnen wir dort; Gawains Platz ist bei seinem Vater.«

»Bei Loth of Lothian, so war es ausgemacht.«

Gawain winkte zwei jungen Männern, die auf ihn zugaloppierten. Der Troß des Fürsten Loth of Lothian, Graf von Carlisle und der Burg Traprain Law, lagerte um einen stattlichen Bauernhof inmitten eines Halbkreises alter Bäume. Artus schlug Gawain auf die Schulter und sagte leise:

»Ich sehe Feldzeichen, Schilde und Banner vieler Fürsten. Sie kennen mich nicht. Sie haben mich nicht erkannt, als wir bei ihnen waren. Sag deinen Brüdern noch nichts, Gawain. Verrate ihnen nicht, wer ich wirklich bin.«

»Beschworen, Artus. In ein paar Tagen werden es alle wissen.« Er wendete sein Pferd und nickte Artus über die Schulter zu.

»Aber erst in ein paar Tagen. In der Stadtburg des Königs.«

Agravaine und Gaheris nahmen ihren Bruder in die Mitte und sprengten auf das Gehöft mit den gekalkten Lehmmauern zu. Artus erkannte die Farben gewebter Stoffe, roh gemalte Zeichen auf Schilden und unterschiedliche Arten der Rüstungen und Waffen; er erinnerte sich an den langen Ritt durch die Fürstentümer. Hier im Bauerngarten hatte König Ban seine schwarzen Zelte aufgeschlagen, dort bereitete man das Haupthaus für König Maelgwyn von Gwynedd vor, dessen Wappentuch unter dem Giebel aufgespannt war; auf der anderen Seite der Straße, am Dorfteich, rasteten um eine große Scheune die Diener und Knechte Fürst Hoels aus Galloway zwischen blühenden Apfelbäumen und Feuern, über denen sich Braten drehten. Das riesige Zelt von König Magach aus Viroconium in Powys wurde im Kreis einer Wagenburg aufgerichtet; sein Feldzeichen blitzte. Fürst Bau of Dyfed, der kleine keltische König vom Tywyfluß, dessen Männer Umhänge aus Viereckmustern trugen, erhielt seine Wohnstatt im westlichen Torturm, von dessen Zinnen breite Bänder wehten.

Artus lockerte die Zügel. Der Hufschlag der Pferde wurde lauter und schärfer. Die Römerstraße wand sich am Bach vorbei und führte über die Brücke. Auf fünfhundert Schritt lag die steingepflasterte Straße im Schatten der großen Bäume. Artus blickte hinter Merlins Rücken auf die niedrigen, langgestreckten Bauernhäuser und sah die fellbekleideten Männer König Gwyls von Elmet und die blonden, bärtigen Hünen des Urian von Rheged; viele Familien würden innerhalb der Mauern wohnen, aber für die Krieger, Diener, Knechte, Gespanne, Pferde und das Schlachtvieh war nicht genug Platz in Caerleon. König Edum von Manau Guotodin vom östlichen Caledonien und der junge Fürst Urien von Gorre, aus Murray im westlichen Schottland, lagerten vor dem Nordtor, und in Zelten und kleinen Häusern vor der Mauer am Westtor striegelten die Gefolgsleute der Fürsten von Brycheinioh und Buellt ihre kleinen, stämmigen Pferde.

Artus erinnerte sich an jeden von ihnen, und er wußte, daß alle zusammen keine zweitausend kampftüchtigen Männer befehligten; nur als Leibwachen einige Dutzend ältere, erfahrene Krieger. »Es sind alle gekommen«, sagte er. »Wissen sie, was geschehen wird?«

»Sie haben dem Ruf des Hochkönigs gehorcht.« Merlin ritt neben Artus in den Schatten hinein. »Wahrscheinlich glauben sie zu wissen, daß Pendragon sie von ihren Eiden entbinden wird.«

»Er kann sie nicht mehr aus eigener Kraft befehlen. Er braucht zum Herrschen fremde Hilfe. In offener Schlacht kann er sich mit keinem mehr messen. Ist es das?«

»Das ist es«, sagte Merlin schroff. »Bald wirst du es selbst sehen.«

»Wer weiß? Vielleicht träume ich auch bald von meinem Camelot.« Artus lachte; er spürte, wie sein Herz bis in den Hals schlug. Das Tor war weit geöffnet. Vier Wächter mit langen Lanzen standen an den Torflügeln. Sie erkannten Merlin und Ector und verbeugten sich auch vor Morgause; die Gruppe ritt auf der sauberen Sandstraße geradeaus, die an den Rändern mit flachen Steinen gepflastert war. Die Eigenart eines römischen Lagers hatte sich bis in diese Zeit erhalten: Alle Gebäude und Plätze gliederten sich zu Vierecken; die Straßen und Querstraßen bildeten ein Muster wie ein

Gitter. Merlin und auch Artus fanden den Weg zur Stadtburg und stiegen vor dem Tor ab. Sie waren erwartet worden. Diener brachten die Pferde weg und trugen Packen und Felleisen über einen von Apfel- und Birnbäumen bestandenen Hof, vorbei an einem Brunnen, zu einem zweistöckigen Gebäude. Wie bei vielen anderen Häusern erhoben sich auf halb mannshohen, altersgrauen Quaderfundamenten die Mauern aus Lehmziegeln und Balken.

»Du wirst dich fragen, ob die Römer auch die Quader der Häuser mitgenommen haben.« Merlin und Ector lächelten grimmig. »Soldatenlager mußten so gebaut werden, daß sie mitunter schnell aufgegeben werden konnten. Dann bauten sie nur das Notwendigste: Brunnen, Aquaeducte, Kloakenleitungen und, wo kein Sumpf war, brauchbare Weinkeller unter ihre Tempel.«

»Weiß ich«, sagte Artus. »So wie in Dunn Myrddin.«

Ein würdiger, weißhaariger Alter, dem der linke Unterarm fehlte, umarmte ungeschickt Fürst Ector, verbeugte sich vor Merlin und wies den Besuchern geräumige Zimmer zu, deren kleine Fenster zum Hof wiesen. Sein Blick blieb auf Artus haften.

»Der König will, daß ein junger Herr, den man Artus nennt, ein geräumiges Gemach am Königshof bewohnt. Drüben, beim Ziergarten der Königin.«

Er schien keine Zweifel zu haben, wer Artus war. Das Haus war erfüllt vom Lärm arbeitender Menschen und roch nach frisch gesägtem Holz und Sauberkeit. Artus nickte und sagte: »Ich bin Artus.«

»Dann komm mit mir. Du weißt, Vater Merlin, wo ich zu finden bin; euch wird jeder Wunsch von den Lippen abgelesen.«

»Du kennst uns, Waffengefährte Agwyd. Du weißt, daß sich unsere Wünsche auf Weniges, aber Notwendiges beschränken.«

Agwyd lächelte; ihm fehlten mehr als ein halbes Dutzend Zähne. »Ich weiß es. Auch ob eurer Zurückhaltung habt ihr in Caerleon nur Freunde. Obwohl, jetzt, zu Pentekoste …?«

»Wir wissen es, Freund«, sagte Merlin. »Unsereiner kennt die Stadt, das Land und die Fürsten. Sind schon viele da und fluchen über den Mangel an weißen Tüchern, Dirnen und Wildschweinbraten?«

»Diesmal sind sie stiller.« Agwyd berührte Artus an der Schulter. Ectors Lachen dröhnte durch den niedrigen Korridor bis zur Treppe. »Verwegene Gerüchte, hämische Mutmaßungen und wütende Trauer über Pendragons Schwäche machen die Runde – mir scheint, alle warten auf ein Wunder oder das Eingeständnis, daß bald alle Britannier vertrieben, tot oder heimatlos sein werden.«

»Es wäre besser, sie würden kein Wunder erwarten«, sagte Merlin schroff. »Geh mit ihm, Söhnchen, du weißt, wer dich erwartet.«

Artus senkte den Kopf und folgte dem alten Agwyd. Erst jetzt sah er, daß der Mann den rechten Fuß, der nach außen wies, recht geschickt nachzog.

Im Mittagsschatten einer wahrhaft riesigen Eiche, aus deren Astwerk an langen Schnüren weiße, bläuliche und braune Steine mit seltsamen Mustern verziert hingen, saßen an einem runden Steintisch ein Greis mit schlohweißem Haar, eine vielleicht vier Jahrzehnte alte, rötlichblonde Frau und deren jüngeres Ebenbild mit kupferfarbenem Haar und blauen Augen. Ein junges, braunhaariges Mädchen stellte Schalen, Becher, Krüge und halb handgroße, geschnitzte Figuren auf die mattschimmernde Basaltplatte. Artus schloß die Augen und dachte an Catrionas fröhlichen Lustlaut, wenn er in ihren Schoß eindrang. Er ging geradeaus durch den frühlingshaft blühenden und duftenden Garten, blieb hinter dem leeren Sitz stehen und sagte:

»Ihr seid meine Eltern, du bist meine Schwester. Ich bin Artus, euer Sohn und dein Bruder – hier bin ich.«

Sie starrten ihn schweigend an. Seine Lippen und seine Kehle wurden staubtrocken. Er hielt sich an der Eichenholzlehne des Scherensessels fest und sprach weiter, stockend und leise:

»Ihr habt mich nicht gerufen. Merlin sagte, es ist besser, wenn mich niemand kennt. Ich habe oft und viel von euch geträumt – jetzt reden wir und sehen uns an. Die Träume sind vorbei.«

»Du bist groß und stark, mein Sohn«, sagte Pendragon. Aus seiner heiseren Stimme hörte Artus Schwäche und Schmerzen heraus. »Mich erstaunt, wie ruhig und gefaßt du bist.«

»Bin ich gar nicht.« Artus lächelte in das faltige, gelbe Gesicht des Greises. »Ich versuch nur, mich zu beherrschen, Vater.«

Uther Pendragon nickte und deutete auf den Sessel.

»Unser Sohn.« Ygraine legte die Hand auf Pendragons Unterarm. Sangive hüpfte im Sitz auf und nieder und strahlte ihn an. Pendragon schien mühsam nach Worten zu suchen, obwohl Artus sicher gewesen war, daß der König sich seine Rede lange bedacht und sorgfältig zurechtgelegt hatte. Am meisten verblüffte ihn, daß seine Gefühle weder seine Gedanken verwirrten noch ihm die Sprache verschlugen. Ygraine machte fahrige Gesten.

»Beim guten Gott. Sechzehn Jahre und fünf Monde! Du bist schön und groß und ... Merlins Berichte waren karg und farblos. Komm zu mir, Artus! Umarme deine Mutter!«

Ygraine war eine schöne, reife Frau; vielleicht würde ihr Catriona in zwanzig Jahren gleichen. Uther Pendragon, Hochkönig und *Dux bellorum* Britanniens, war ein großer, wahrhaft kräftiger Mann und ein gefürchteter Krieger gewesen, mit einem Verstand, der einer Schwertschneide nahekam; nun vermochte Artus unter grauer und weißer Asche nicht viel mehr als einen kleinen Haufen Glut zu erkennen. Er ging zu Ygraine, ließ sich von weichen Armen an große Brüste pressen und von feuchten Lippen küssen: auf die Stirn, die Wangen und den Mund. Er merkte, daß er stocksteif dastand, und ließ Schultern und Arme sinken, dann machte er zwei Schritte und sank vor seinem Vater auf die Knie. Pendragons Beine waren in eine Decke aus den Fellen von Fuchsjährlingen eingewickelt. Pendragon nahm Artus' Hände, und sein Blick forschte tief in seinen Augen. Pendragon war von der Krankheit ausgezehrt, aber seine Augen stachen wie die eines Habichts; sein Verstand schien klar wie Quellwasser.

»Es war ein schwerer Entschluß, Artus, vor sechzehn Jahren, dich wegzugeben. Im Turm Tintagel, als du ein Säugling warst, haben wir dich liebgewonnen und lange nach einem Namen für dich gesucht. Ygraines Tränen – sie versiegten sieben Jahre lang nicht.« Pendragons Stimme blieb ruhig und bestimmend. »Dann fanden wir uns damit ab. Merlins Botschaften und seine Berichte haben uns beruhigt. Ich mag meine Zweifel gehabt haben, mein Sohn, ob du stark genug bist, all den kleinen Fürsten und Königen zu befehlen, ob sie dich als Kriegsführer und, wenn du mit ihren Kriegern zusammen gesiegt haben wirst, als Hochkönig annehmen.«

»Wenn du ihnen sagst, daß ich dein Sohn bin, wenn Merlin für mich spricht, wenn sie mich als den schweigsamen Knaben in seiner Begleitung wiedererkennen«, Artus zögerte vor dem nächsten Wort, »dann, mein königlicher Vater, werden sie zustimmen. Ich brauche sechshundert ihrer Männer und ein Jahr, vielleicht zwei, ein Dutzend Siege. Dann werden die Fürsten mich zum neuen Hochkönig wählen.«

Artus saß wie erstarrt in seinem Scherensessel und hielt sich an den Löwenköpfen der Armlehnen fest. Er war voller Staunen, sich reden zu hören, und bereute seine Kühnheit, als er verstand, was er gesagt hatte. Ygraines und Pendragons Blicke schienen ihn durchbohren zu wollen; seine Schwester musterte ihn mit aufgerissenen Augen und offenem Mund. »Große, deutliche Worte meines groß gewachsenen Sohnes«, sagte Pendragon. »Wir sind überrascht. Aber wir haben lange Zeit gehabt, uns auszumalen, was du sagen würdest; nun kommt auf einmal, was wir sonst schrittweise erfahren hätten. Zehn Jahre Merlins und Ectors Erziehung, und die vieler Freunde.«

»Und mehr als sechs Jahre Dreck, Aberglaube und Wanzenbisse im piktischen Dorf«, sagte Artus. »Ich wäre glücklich gewesen, deine Hand halten zu dürfen, Vater. In meinen Träumen hab ich nach einer Mutter geweint. Mit meiner Schwester hätte ich Beeren, Pilze und Kräuter gesucht. Ihr dürft nicht verlangen, daß ich ein Sohn wie andere Söhne bin. Große Fremdheit trennt uns. Ich weiß nicht, wie andere Söhne mit Vater und Mutter reden.«

Ygraine weinte schweigend und flocht ihre Finger ineinander;

Pendragon betrachtete ihn wie ein uralter Falke. Artus holte tief Luft und schloß: »Ich bin euer Sohn, dein Bruder. Man hat mich zu deinem Thronfolger erzogen, Vater Pendragon. Ich kenne meine Aufgabe. Ich werde für sichere Grenzen und für Frieden sorgen. Laß die Fürsten ihre Eide und Schwüre auf mich ablegen, Vater Pendragon.«

Er ließ die Armlehne los. Die Schnitzerei hatte sich tief in Finger und Handteller eingegraben. Er griff nach dem Becher und trank durstig, mit trockenen Lippen. Der Wein, hellrot und stark, schmeckte nach reifem Herbst.

»Merlin und die Druiden sagen, daß mir noch ein oder zwei Jahre bleiben.« Pendragons Stimme schien aus großer Ferne zu kommen. »Für einen Kampf um den Thron bin ich zu schwach. In sieben Tagen versammeln sich die Fürsten. Ich fühle, daß in dir königliches Feuer brennt ...«

»Es strahlt wie der Himmel aus deinen Augen, mein Kind«, rief Ygraine und trocknete die Wangen mit den Ärmelsäumen. »Das Haar deines Vaters! Meine Augen! Die Gestalt deines Großvaters.«

»Ruh dich aus, mein Sohn.« Pendragons Arm hob sich schwach. »Sangive wird dir jeden Winkel Caerleons zeigen. Sie hat sich fünf lange Jahre auf dich gefreut, ebenso wie wir. Komm zu uns, wenn du ruhig geworden bist, erzähl uns, wie es im Piktendorf war, in Caer Camelot und Caer Myrddin, was du mit Dux Ector erlebt hast ... erzähl uns alles. Diese Stunde hat uns über Gebühr verwirrt.«

Artus leerte den Becher und spürte leichte Trunkenheit. Er stand auf und verbeugte sich. Nicht nur Fremdheit trennte die beiden Erwachsenen auf der anderen Seite des Tisches und ihn. Er wußte, daß Pendragon ihn gezeugt und Ygraine ihn geboren hatte, aber er fühlte nicht, daß sie seine Eltern waren. Sein Herz schlug nicht schneller, wenn er sie ansah, es sagte ihm nicht, daß sie ihn liebten und er sie lieben mußte. Sein Verstand malte klare, seltsam mattfarbene Bilder: Jetzt trat er zögernd und unsicher abermals in eine andere Wirklichkeit ein, und sie erschien ihm wie ein Tagtraum. Er war unzweifelhaft Artus, Sohn von Ygraine und Uther Pendragon, der zukünftige Hochkönig, und viel zu jung und unerfahren für jene Art von Kampf, in der vor vierzig, dreißig oder zwanzig Jahren sein Vater oft gesiegt hatte. Ihm war, als falle jäh ein Schatten über ihn.

»In Caerleon endet meine Jugend«, sagte er. »Ich muß ein Mann sein, wenn ich den Kriegern befehle.« Er schwankte ein wenig und wurde plötzlich todmüde. »Ja. Wir werden lange miteinander reden müssen, Vater Pendragon, Mutter Ygraine. Nicht heute – später. Wir sind hart geritten. Morgen, übermorgen, werden Sangive und ich umherreiten und Freunde suchen, nicht wahr, liebliche Schwester?«

»Ja. Am liebsten jetzt gleich.« Sangive war aufgesprungen und lachte. »Morgen, ja? Ich sorg für alles, Bruder Artus. Und du mußt mir alles über Merlin erzählen, deinen Freund mit den hundert Gesichtern und seinen Geheimnissen.«

»Wenn er es erlaubt, Sangive.« Artus nickte, verbeugte sich tief und ging langsam aus dem Schatten der Eiche hinaus und zu seinem Zimmer. Die Tür stand offen. Am Rand der Liege saß Catriona in einem weißen Kleid und blickte ihn an, verlegen, hoffnungsvoll, mit verstecktem Lächeln, als ob sie sich entschuldigen müßte.

»War es schlimm, mein Prinz?« flüsterte sie. »Merlin befahl, daß ich dich trösten soll.«

Artus' Kehle wurde rauh; er vermochte nur heiser und undeutlich zu sprechen. Er schmetterte die Tür zu, setzte sich neben Catriona und nahm ihre Hand. Er küßte die Fingerspitzen, legte den Arm um ihre Schultern und schloß die Augen. Tief in seiner Brust entstand ein rauhes Würgen, bahnte sich den Weg in seine Kehle und schoß brennend in seine Augen. Seine Gedanken flackerten und wirbelten taumelnd; es war, als würden sich Arme und Beine von seinem Körper lösen. Als er zu weinen begann, stockend und schluchzend Luft holte, das Zittern seines Körpers spürte und hin und her schwankte zwischen schwarzer, abgrundtiefer Verzweiflung und der tröstlichen Wärme eines lebendigen Körpers, an den er sich klammern durfte, merkte er nicht, daß es dunkelte. Erschöpft zog er sich an

Catrionas Schulter hoch, blickte in ihre feuchten Augen und sagte heiser:

»Es war das letzte Mal, daß man mich hat weinen sehen.« Er kniff die brennenden Lider zusammen. »Ich glaube, daß ich niemals wieder in meinem Leben weinen werde.« Er lächelte angestrengt. »Ich weine nur noch an deiner Brust, schönste Freundin.«

7. KAPITEL

Berichtet, wie eineinhalb Dutzend Fürsten und kleine Könige dem jungen Dux bellorum die Treue schwören, und versucht, deren Erstaunen über ein großes Wunder zu beschreiben

Nun müssen wir – bevor ich dir vom Wunder des Caliburn berichte – ein wenig abschweifen, o lauschender Fürst der Aufmerksamkeit«, sagte Troncas und stemmte sich probeweise an den breiten Armlehnen seines Sessels in die Höhe. »Es geht um die Heilige Feile. Genauer: um die Kunde von Waffen. Vor Zeiten und Jahren waren alle Waffen aus Kupfer, danach aus Bronze, was eine Schmelzmischung aus Kupfer und Zinn ist, wie jedermann weiß. Eisen erfand man viel später; das lehrte mich Ritter Grant MacLeod.«

»Jedermann?« Beha ed-Din erwiderte Troncas' Grinsen. »Schwerlich. Ungern hab ich die Regenflut deiner Erzählung im trockenen Wadi erhellender Neugierde unterbrochen. Rede weiter, betrachte das Siegel, das nunmehr meine Lippen verschließt.«

»Eigentlich«, sagte Troncas und schwenkte den Weinbecher, »genieße ich, Abu-el-Haul, Vater des Erschreckens, die knospenden Schmetterlingsblüten muselmanisch rankender Rede. Aber – zurück zur eisernen Wirklichkeit früher britannischer Geschichte. Also …«

Er trank, reichte den leeren Becher an Crysaide und erwiderte Beha ed-Dins vergnügtes Lächeln.

»Wieland der Schmied ist ein Held jener Sagen, die mit den Eroberern auf unsere Insel kamen. Er soll, schon damals vor einer Ewigkeit, minderes Eisen in harten, federnden und schartenlosen Stahl verwandelt haben. Dazu mußte er zwangsläufig Eisen zu Spänen feilen. Ein Werkzeug, das Eisen in winzige Späne zerspleißt, muß viel härter sein als Eisen – also wird es wohl der Stahl sein müssen, den angeblich Wieland erfand. Die alten nordischen Götter, sagt die Sage, zeigten jenem Wieland die Kunst, aus schnödem Eisen Stahl zu schmieden. Soweit, so gut: Sie müssen ihm auch jenes Werkzeug übergeben haben, das er benutzte, um einzigartige Schwerter schmieden zu können, sechs Jahrhunderte, bevor diese Kunst allgemein bekannt wurde. Also war das Göttergeschenk des Odin, Balders oder eines anderen Asen die Feile, mit der Wieland eiserne Dinge schabte, die Feilspäne in Gänsefutter einbuk, den Kot der Gänse einsammelte, in die Glut warf und dieses seltsame Tun zweimal wiederholte. Ich zweifle nicht daran, daß Wieland der Schmied das Schwert Caliburn ebenso gut schmiedete wie einer eurer Kunstschmiede das Schwert des Propheten, bei dem ihr Muslime schwört – aber das Wunder der göttlichen, eisenraspelnden Feile geschah vor dem Wunder aller stählernen Waffen. Vermagst du mir, o Amir, zu folgen, Recht zu geben und zuzustimmen?«

Troncas holte tief Luft.

»Nicht nur mir dünkt bisweilen, daß nicht jedes Wunder ein solches ist, o Troncas der Pfiffigkeit.« Beha ed-Din winkte Crysaide; sie holte schweigend einen vollen Krug von irgendwoher außerhalb des Zelts. Zum erstenmal schenkte sie Troncas ein, wie es schien, herzliches Lächeln.

»Allah – er sei gepriesen – und dein Christengott vollbringen zweifellos Wunderbares, aber schwerlich ununterbrochen und an jedem Ort für jedermann.«

Troncas nickte und hielt Crysaides Finger fest, während sie den Becher füllte. »Recht hast du, Amir. So betrachten klügere Männer als du und ich ebenso Abu Wielands wunderbare Feile, seine schnatternde Schar, Caliburn – ohne jeden Zweifel eine herrliche, wertvolle und wunderbare Waffe! – und sogar das Erscheinen dieses sagenhaften Schwertes. Höre also zu, Amir, und schreibt fehlerlos auf das Papier aus el-Andaluz, ihr beiden.«

Die Gassen Caerleons hatten sich kurz nach Sonnenaufgang gefüllt; an vielen Blattspitzen blitzten Tautropfen. Ein wolkenloser Himmel spannte sich über das Land. Aus Gassen und hinter Mauern hervor ertönten Trommeln, Harfensaiten und Flöten. Durch die vier Tore ritten die Fürsten in die Stadt und stapften, umgeben von ihren Söhnen oder den würdigsten Kriegern, durch die Gruppen der Bewohner und den Lärm des Morgens zur Königsburg. Taubenschwärme kreisten über den Mauern, Mauersegler schrillten, Sperlinge flatterten zwischen den Pferdehufen umher, kläffende Hunde liefen durch die Gassen. Das Portal der großen Halle, eines Rundbaus aus römischer Zeit, stand weit offen, die Mauern waren mit Tüchern und frischem Grün geschmückt. Hinter den Stadttoren, wo Pendragons Knechte die Pferde der Fürsten wegführten, Bauern mit ihren Karren hereinrumpelten, herrschte Gedränge; aus dem Wehrturm neben der Klosterkirche klangen die Schläge der Klöppel auf eiserne und bronzene Ringe über die Mauern hinweg bis zum Waldrand.

Artus beobachtete schweigend seine Eltern und Merlin. Er lehnte an der Wand aus hellen Quadern und blickte zum Wappenteppich über dem Podest. Der eingewebte und gestickte rote Drache schien ihn mit dem Feuerhauch aus seinem Rachen zu verbrennen. Pendragon sah gesünder und zehn Jahre jünger aus als gestern nacht, als sie an dem klobigen Tisch lange geredet hatten. Merlins Salben und Kräutertrunke hatten den Greis scheinbar verjüngt, ebenso Ygraine, die neben ihm saß, in einem knöchellangen, weißen Kleid, einen breiten Goldreif über der Stirn; trotzdem erkannte Artus, daß Pendragons Erschöpfung in ihm glomm wie ein zehrendes Feuer. Hinter Pendragons hochlehnigem Sessel lag ein alter Köcher voller benutzter Pfeile. Langsam füllten sich die Bänke entlang der Wände, auf die sich die Begleiter der Fürsten setzten und leise miteinander redeten.

Einzeln durchschritten die Fürsten und Könige das Portal, gingen zwischen Hockern und Tischen bis zu den Stufen vor den geschnitzten Sesseln Pendragons und Ygraines und begrüßten König und Königin, verbeugten sich, tauschten Fragen und Antworten und rauhe Freundschaftsbeteuerungen aus und schüttelten einander die Handgelenke, verbeugten sich daraufhin vor Merlin und zögerten, als sie Artus sahen. Manche schienen ihn wiederzuerkennen, andere warfen ihm unsichere Blicke zu. Artus versuchte, allen mit ruhigem Lächeln zu begegnen, und wiederholte schweigend, für seine Erinnerung, Namen und Bedeutsamkeit der Fürsten. Alle Versammelten, die ganze Stadt, schienen zu spüren, daß ein besonderer Tag bevorstand.

König Loth von Lothian trat, Zufall oder Absicht, als letzter ein, schritt mit klirrender Halbrüstung zu den Thronen und breitete die Arme aus.

»Sag schon, schreckliches Drachenhaupt, was du dir für heute ausgedacht hast!«

»Ihr werdet es erleben«, sagte Pendragon mit fester Stimme. »Bezähme deine Neugierde, König von Lothian.«

»Und du, Merlin, Vater zweier schöner Töchter, Berater des bisher versteckten Sohnes, wie wir wissen?« Loth stemmte die Fäuste in die Hüften. Sein blonder Bart schien zu zucken. »Was wirst du unserem Hochkönig und uns raten?«

»Das Beste und Richtige.« Merlin nickte. Sein falkenhafter Blick streifte Artus. »Laßt uns darauf hoffen. Sind wir vollständig? Dann schließt das Portal.«

Pendragons Diener schlossen die Türflügel und legten den Sperrbalken in die Bronzelager. Als das Eichenholz gegen das Metall krachte, zuckte Artus zusammen. Merlin, der bisher neben ihm gestanden hatte, löste sich von der Wand und ging, während Murmeln, Gelächter und Gespräche leiser wurden, zu Pendragons

Thron hinüber, wo er sich auf die unterste Stufe stellte. Langsam hob er den rechten Arm, blickte ins Dreiviertelrund und sagte:

»Als ich ein Kind war, beriet mein Vater Vortigern und Ambrosius Aurelianus. Jeder von euch weiß, ihr Stammesherrscher, Herzöge und Könige, daß ich seit langen Jahren Hochkönig Uther Pendragon berate und an seiner Seite gekämpft, gesiegt und verloren habe.« Während er redete, bohrte er seine durchdringenden Blicke in die Gesichter der Fürsten; jeden Mann betrachtete er einige Herzschläge lang. Artus schwor sich, es ebenso zu tun. »Was immer ich dachte, plante und tat, oder was ich mit Wissen unseres Königs und mit seinem Siegelring befahl, geschah zum Wohl von uns allen, zum Nutzen unseres Reiches, das von Jahr zu Jahr kleiner wird. Ist es so, ihr Herren?«

»Ja! So ist es!« riefen und murmelten die Männer. Einige schlugen die Hände zusammen, andere hieben sich auf die Schenkel. Merlin trat einen Schritt zur Seite.

»Wir sind gegen alle Unternehmungen, die Kampf, Entbehrungen, Verwundungen, Siechtum oder Tod erwarten lassen. Auch unsere Angriffe gegen Herrscher, die ihren Besitz wohl geschützt haben und nicht bei ihrem eigenen Volk verhaßt sind, werden nie zum Erfolg führen, nie zum Sieg.«

»Wohl wahr!«

»So ist es!«

»Richtig gesprochen!«

Merlin wartete, bis sich das Lärmen gelegt hatte. Er trat auf die nächsthöhere Stufe und rief:

»Dreimal ein Jahrzwölft lang zogen Drachenhaupt Uther Pendragon und seine besten Männer gegen die Eindringlinge der östlichen, südlichen und westlichen Küsten zu Felde. Länger als sechsunddreißig schmerzvolle Jahre kämpften unsere Männer tapfer wie die römischen Legionen. Die Nachfahren der Fremden siedeln längst auf unserem Land. Aber, verglichen mit den Legionen, deren Beruf der Kampf war, schickten wir nur eine Handvoll Ungeübter in die Schlacht. Oft siegten wir, aber ebenso oft unterlagen wir;

unzählbare viele tapfere Männer starben. Und jetzt ist unser Waffengefährte Pendragon, der in seiner Faust die Krieger von fast zwei Dutzend Herrschern zusammenfaßte, krank geworden. Krank, alt und kampfesmüde.«

Die Fürsten und ihre Begleitung hörten ratlos zu. Ygraine starrte abwechselnd Merlin und Pendragon an, der sich zurückgelehnt hatte und mit dem weißen Herrschaftsstab und dessen goldenem Kugelknauf zu spielen schien. Merlin nickte und deutete auf Pendragon, der sich mit einem Ruck aus den Armlehnen hochstemmte und mit überraschend lauter Stimme sagte:

»Unser Freund Merlin-Myrddin, dem wir Britannier so viel zu verdanken haben, spricht die reine Wahrheit. Ich kann nicht mehr; es wäre vermessen, von einem kranken Greis mehr verlangen zu wollen als stilles Altern und Sterben in Würde. Vor fünfzehn Jahren gebar meine Königin uns die Tochter Sangive, und vor fast achtzehn Jahren zeugte ich einen Sohn. Wir versteckten ihn. Merlin erzog ihn, fern unserer Schlachten, zum Nachfolger auf meinem Thron, zum Dux bellorum, und, wenn ihr ihn später wählt, zum Hochkönig Britanniens. Es ist das Kind unserer Liebe; er ist würdig, meine Krone zu tragen. Auch wenn es scheint, er wäre zu jung. Bedenkt, meine königlichen Freunde, daß auch er in jedem Mond dreißig Tage älter wird.« Er wandte sich halb um, hob die Arme, breitete sie aus und rief:

»Her zu mir, Artus, Königssohn und Thronfolger!«

Es gibt kein Zurück mehr, dachte Artus. Tief atmen, Augen auf; du mußt alles durchstehen, was du hundertmal geträumt hast. Merlin sagt: Es geht alles, wenn man es nur will. Er war mit fünf weiten Schritten auf dem Podest beim Sessel seines Vaters. Ein paar Atemzüge später spürte er Ygraines Finger in seiner heißen Hand und Pendragons Greisenarm um seine Schultern. Er wußte, daß er wie ein junger König aussah; Catriona, die ihm beim Anziehen geholfen hatte, rief es immer wieder mit leuchtenden Augen. Die hellbraunen Reiterstiefel und die weißen Hosenstrümpfe unter dem purpurnen und goldbestickten Saum der Tunica, der breite Ledergürtel mit dem Dolch und dem leeren Schwertgehänge, die halb handtellergroßen Bronzeschuppen auf dem alten römischen Muskelpanzer aus eisenhartem Leder, darüber das Wams aus caledonischem Wollgewebe. Sein Gesicht, das nackenlange Haar – es machte ihn älter –, auf dem ein bronzener Schimmer lag, und seine strahlendblauen Augen. Er rief in den malmenden Stimmentumult hinein:

»Hier bin ich, mein Vater Pendragon!«

Merlin hob beide Arme, Pendragon bewegte den weißen Stab mit der Linken. Zögernd verebbte das Gewirr aus Geräuschen und Ausrufen. Artus sprach mit lauter Stimme:

»Ich, Artus, will euer Werkzeug, euer Schwert und Schild sein. Die besten Männer des Hochkönigreiches haben mich erzogen: Merlin, Pendragons Kampfgefährten Dux Ector, Schwertmann Gordion und Pferdemann Kilydd; viele andere. Wählt mich oder wählt einen anderen! Wählt ihr mich, ändert sich vieles. Wählt ihr einen anderen, segle ich nach Armorica, und mein Name wird weniger sein als vom Sturm verblasene Asche.« Er spürte zwischen den Schulterblättern wie eine Dolchspitze Merlins und Pendragons ungläubiges Erstaunen. »Bestimmt mich zum Dux bellorum mit der Befehlsgewalt, die mein Vater hat – und in zwei, drei Jahren werdet ihr mich zum Hochkönig wählen.«

Er erkannte Merlins Stimme. »Sie werden dich wählen, Königssohn Artus, wenn es dir gelingt, das Schwert aus dem Amboß zu ziehen. Caliburn, gefertigt vom germanischen Wieland, dem Schmied der Alten Könige.«

Ohne sich umzudrehen, sagte Artus:

»Welches Schwert, o Merlin? Welcher Amboß?«

»Später.« Merlins Stimme klang, als käme sie aus einem tiefen Erdspalt. »Schritt um Schritt. Ich weiß es, Uther Pendragon und Herrin Ygraine beschwören es! Ebenso zwei Dutzend Krieger, die im Regensturm vor Erdebil und Tintagel fochten; sie leben noch. Zweifelt einer von euch daran, ihr Herren, daß Artus der Sohn Pendragons und Ygraines ist? Beschuldigt einer von euch Hochkönig und Königin der Lüge?«

Fast gleichzeitig riefen Loth, Maelgwyn von Gwynedd und Bau von Dyfed: »Niemals hat Pendragon gelogen. Sagt er, daß Artus sein Sohn ist, so ist Artus sein Sohn. Seht ihn an! Er ist groß wie Drachenhaupt und hat seine Schultern, sein Haar! Sein Gesicht – unverkennbar: die Augen seiner Mutter. Gestern hab ich ihn mit Sangive galoppieren gesehen: kein Zweifel.«

»Artus, Pendragons Sohn, ist sein Thronfolger!« schrie Merlin. »Niemand wird es wagen, daran zu zweifeln!«

»So ist es! Kein Zweifel. Aber er ist zu jung!«

Der Rundbau begann zu stinken wie ein Ziegenpferch. Ebenso wie Pendragon und Merlin starrte auch Artus in zwölf Dutzend Gesichter; Artus glaubte zu sehen, wie Körpergeruch, kalter Achselschweiß, die Gerüche nassen Leders, feuchten Stoffs und schlimmere Dünste zu den Fensterchen unter den kunstvoll gefügten Balken und Bohlen des Innendaches hinaufwaberten. Das Läuten vom Kirchturm verklang. Pendragon hämmerte mit dem Stab gegen den Boden und rief:

»Als ich Ambrosius aus einem Haufen tollwütiger Jüten herausgehauen hab, war ich fünfzehn!«

»Er hat recht«, dröhnte Edum von Manau Guotodin. Artus rief:

»Ich bin mit Merlin zu euch allen geritten, hielt mich abseits, redete wenig und hörte zu. Ich kenne das Land, eure Königreiche und die Grenzen. Ich war stets an seiner Seite; mancher Fürst wird sich an mich erinnern. Wenn ich herrsche – meine Herrschaft wird anders sein als die meines Vaters.«

»Was willst du ändern, Artus?« brüllte Loth durch den Lärm.

»Vieles. Längst nicht alles. Britannien braucht ein kleines Heer erfahrener Krieger, keine Bauern, die den Pflug loslassen und nach dem Schwert greifen. Ich will dies alles mit euch besprechen, in langen Nächten. Ich will, daß ihr zustimmt, daß mein Vater mir die Herrschaft überträgt. Daß ihr Fürsten euch entscheidet, was euer Land braucht und was ihr selbst wollt.« Er starrte in verwitterte, narbige, bärtige und schwitzende Gesichter, und überall sah er graue Unsicherheit. »Wollt ihr unter der Herrschaft der Sachsen,

Jüten, Angeln und der anderen leben, ihnen Abgaben zahlen und euer Land abtreten, oder wollt ihr, was Vater Pendragon stets erkämpfte und dabei so viele Wunden empfing, daß ihn noch nach dem Tod die Narben schmerzen?«

»Du hast viel gelernt, Söhnchen«, flüsterte Merlin hinter seiner linken Schulter. »Verdammt mehr, als ich dir beibrachte.«

»Ich hab nur länger nachgedacht, Myrddin.« Auch Artus flüsterte. In der Halle war Lärm ausgebrochen. Jeder redete und schrie mit jedem. Männer stapften hin und her, Waffen klirrten, Hocker fielen um; die Empore mit den Thronsitzen wurde zu einer merkwürdigen Insel der Ruhe und Bewegungslosigkeit. Pendragon zog Artus kraftvoll an sich heran; er sagte in Artus' Ohr:

»Sie sind verwirrt. Sie haben mir vertraut, als ich jung und stark war; dir vertrauen sie noch nicht. Weil sie dich nicht kennen. Du ... sie müssen denken, ein römischer Feldherr sei zurückgekehrt.«

»Sie werden davonreiten oder mich trotzdem wählen, wenn sie erfahren, was ich von ihnen will«, sagte Artus. »Mehr, als du je verlangt hast, Vater. Hilf mir, wenn ich zu ihnen spreche.«

Uther Pendragon nickte; in seinem Gesicht wuchs ein hoffnungsvoller Ausdruck. Merlins Augen funkelten, er lächelte schief. Artus zog den Köcher hinter dem Königssessel hervor, wartete eine Weile und rief unvermittelt:

»Seht her, ihr Fürsten! Seht und versucht zu verstehen!« Er hob einen Pfeil, deutete mit dessen Spitze auf Loth von Lothian und zerbrach mühelos das Geschoß.

»Ein kleiner König ist gefallen!« rief er, zog den zweiten Pfeil hervor und zielte auf Edum von Manau Guotodin. »Ein zweiter zerbricht im Kampf gegen die Fremden, gegen das Schiffsvolk. Ein dritter.« Er zerbrach die beiden Pfeilschäfte, faßte Gwyl von Elmet ins Auge und zog deutlich sichtbar drei, dann fünf und danach sieben Geschosse aus dem Köcher. »Sieben sind schwer zu zerbrechen, vierundzwanzig zerbricht nicht einmal der Stärkste. Entweder wir alle oder jeder einzeln: Sprecht heute nacht mit mir.« Er hielt etwa zwei Dutzend Pfeile in die Höhe und tat so, als wolle er sie zerbrechen; es würde, wußte er genau, ihm nicht gelingen. Die Fürsten sahen murmelnd zu, wie er sich vergeblich bemühte, das Pfeilbündel über dem Knie zu brechen. »Oder morgen. Oder übermorgen. Wenn ihr die Untergebenen der Eindringlinge werden wollt, reitet zurück in eure kleinen Königreiche.« Artus schob die Pfeile wieder in den Köcher und warf ihn achtlos an die Wand. »Wollt ihr mit mir zusammen siegen, hört euch an, was ich brauche – schon jetzt: Es ist viel mehr, als Pendragon je forderte!«

Er drehte sich um. Merlin und Pendragon standen hinter ihm. Der Hochkönig hielt eine Hand am Schwertgriff, mit der anderen hatte er den Stab erhoben. Sein Gesicht und die Körperhaltung drückten Stärke, Würde und Macht aus, und plötzlich verstand Artus, warum sie seinen Vater Schreckliches Drachenhaupt nannten.

»Was fordert dein Junge von uns Königen?« rief Loth von Lothian, der Herr von Carlisle. Artus wartete, bis er sich gegen das Stimmengewirr durchsetzen konnte.

»Ich will: Sechshundert Reiter in schweren Waffen, auf jenen starken Pferden, wie sie Merlin züchten läßt, mit Troß und Kriegsknechten. Jeder Krieger wird ausgebildet, zur Härte und zum Gehorsam. Fünfhundert ausgebildete Späher an allen Grenzen. Dreihundert Bogenschützen, jeder ein Meister seiner Waffe. Dazu: Helme, Schilde, Körperpanzer und alle Arten von Waffen; hierfür die besten Waffenschmiede.« Die Unruhe steigerte sich. Die Männer starrten einander an; sie verstanden die Worte, aber weigerten sich, die Wahrheit dahinter zu erkennen. »Und in den stillen Monden der Jahre jeden Mann, der einen Stein bemeißeln, Mauern, Brücken oder Türme bauen kann. Es sind genug Münzen, Silber und Gold in den Schatztruhen – alles kann der neue Kriegsführer bezahlen, selbst die Söldner, die euch zeigen werden, wie man kämpft.«

Seine Forderungen waren ungeheuerlich. Einige Fürsten saßen da, als habe sie ein kaltes Fieber gepackt. In einigen Gesichtern sah Artus wütende Röte, andere waren weiß vor Zorn oder Ratlosigkeit. Weder Loth von Lothian und Carlisle noch Maelgwyn von Gwynedd schienen gewillt, die Beleidigung zu schlucken, die im letzten Satz steckte. Artus schloß einen Atemzug lang die Augen, holte tief Luft und wartete darauf, daß sich seine Gedanken klärten. Es war leiser geworden. Ruhig sagte er:

»Entweder gewinnen wir jeden Kampf, schlagen wir alle Schlachten in den nächsten Monden, blitzschnell nacheinander, oder wir zeigen den Feinden unseren Mangel an Entschlossenheit und unsere wahre Größe im Kleinmütigen. Die Königreiche, die uns noch geblieben sind, haben die Wahl: ein Vierteljahrhundert Friede oder zahllose Kämpfe während fünfundzwanzig Jahren.«

Pendragon ließ den Fürsten keine Zeit zum Überlegen. Noch während sie zwischen der Ahnung langen Friedens und der Last des neuen Heeres schwankten, reichte er Merlin den Stab und zog langsam das Schwert.

»Artus!«

Pendragon nahm die fast armlange Waffe in beide Hände und reichte sie Artus, der sie auf den Handflächen hielt, die Arme streckte und verstand, was sein Vater rief:

»Mein Sohn soll künftig hier sitzen. Ich gebe das Schwert des Dux bellorum an Artus weiter. Er wird fortführen, was mir einst Ambrosius zu tun befahl. Ich kann's nicht mehr, nach so vielen Jahren.«

Artus hielt das Schwert waagrecht vor seinem Gesicht, faßte schließlich den Griff und stieß die Waffe senkrecht durch den Teppich in den Boden. Er hörte, wie sich Pendragon schwer atmend setzte. Loth von Lothian, Pendragons gewählter Vertreter und Erzieher der Königskinder, wenn Pendragon starb, schien sich mit anderen Fürsten beraten zu haben. Er stemmte sich hoch und bedeutete seiner Begleitung, zu schweigen.

»Ich und ein paar andere Fürsten sagen, es ist richtig, daß Uther Pendragon den Thron freimacht für seinen Sohn. Uther und Ygraine, wir glauben, daß der junge Artus euer Sohn ist. Aber wir haben keinen Beweis, daß er und sein kaum bezahlbares Heer siegen werden. Das Heer, das es noch nicht gibt, das wir stellen müssen. Ein

Dux, der uns noch keinen Sieg gezeigt hat. Ihr verlangt zuviel von uns, Merlin, Pendragon und Jung-Artus.«

»Ohne Kampf kann ich nicht siegen«, sagte Artus laut. »Ohne Heer kein Kampf. Ich weiß, daß ich über die Krieger nicht schon morgen oder im nächsten Mond befehlen kann. Ich will, daß ihr schwört, mir diese Männer zu geben. Innerhalb eines Jahres.«

»Willst du, Gevatter Loth, gewählt werden?« Merlins Worte klangen spöttisch, er lächelte lauernd. »Oder du, Urian von Rheged? Du, Bau von Dyfed? Wer will die Verantwortung? Wer von euch Fürsten ist jung genug, fünfundzwanzig Jahre Frieden zu erkämpfen?«

»Nicht einer von ihnen«, sagte Artus. »Und ihre Söhne?«

»Nicht einen ihrer Söhne habe ich zum Dux bellorum und zum künftigen Hochkönig ausgebildet.« Merlin deutete in die Gesichter der Fürsten und Könige. »Ich sehe keinen, der stark genug ist, die gallischen Barbaren zurückzuschlagen. Ich sehe niemanden mit Artus' Mut, seinem Ehrgeiz, seiner Stärke und seiner Waffenkunst. Artus ist Pendragons Sohn, Ambrosius Aurelianus' Enkel, Vortigerns Urenkel. Wer anders könnte ein *Comes* oder ein *Dux Britanniarum* sein?«

»Seht ihn an!« polterte Pendragon. »Wer sonst? Nur er, Artus. Er steht nicht hier für Rheged oder Dumnonia, Dyfed oder Powys, sondern für ganz Britannien.«

Der Gestank, verstärkt durch den Schweiß und die Gerüche feuchter Mauern und Stoffe und alten Leders, war unerträglich geworden. In mehr als der Hälfte der Gesichter glaubte Artus Zustimmung zu erkennen, doch er sah auch in viele zornige, abweisende, ratlose und verständnislose Augen. Langsam schüttelte er den Kopf, hob das Schwert und trieb es mit einem wilden Ruck knapp eine Handbreit tief in die Bohlen, so daß die lange Schneide zitterte und der Griff schwankte. So laut, daß es jeder in der Halle verstehen mußte, sagte er:

»Dein Verzicht war unnötig, Vater. Du hast mich vergeblich sechzehn Jahre lang ausgebildet, Merlinus. Sie wollen alle ihren eigenen Met trinken; Britannien geht sie nichts an.« Er lächelte und hob die Schultern. »Ich werde diese Insel verlassen und dorthin gehen, wo man mich braucht, ohne Wunder oder kniefällige Bettelei.«

Ygraine, Merlin und Pendragon sahen einander unschlüssig an. Sie schienen zu Tode erschrocken. Artus sprang die niedrigen Stufen hinunter und ging, ohne jemanden anzusehen, zur Doppeltür. Verwirrt öffnete ein Diener den Sperrbalken. Als Artus die Halle verließ, wehte eine übelriechende, heiße Wolke in den Garten hinaus. Das Portal schloß sich. Artus ging bis zum Brunnen und setzte sich im Schatten der Eiche auf die steinerne Umrandung. Kühle Luft kam von irgendwoher, und Artus fröstelte in der Stille des Gartens, in die, ohne daß er zuhörte, der ferne Lärm der Stadt hereindrang.

Was hatte er erwartet? Als er neben Sangive im Sattel in den Gassen Caerleons mit Fremden und Freunden geredet hatte, in den Nachtstunden am Kamin der Königsburg, bei den Mönchen im Kloster, schien es sicher zu sein, daß jeder auf den Anbruch einer neuen Zeit wartete, auf Stunden und Tage der Entschlossenheit, in denen jeder Fürst, jeder König wußte, an wessen Seite er kämpfen mußte. Vielleicht dachten viele der Krieger aus der Begleitung der Fürsten so, auch einige der erwachsenen Söhne und eine Handvoll Fürsten. Weder von Loth, noch von Edum oder Urian hatte Artus rasche Zustimmung oder gar Begeisterung erwartet. Keinen der drei würden die Fürsten wählen, auch auf keinen anderen aus ihren Reihen würden alle den Eid ablegen. Die roten, bärtigen Gesichter, von harten Jahren gezeichnet, zeigten in den Falten und Narben vieles, was Artus nicht verstand, weil er zu jung war und nichts von den Erfahrungen der Könige wußte; waren es Stolz, Feigheit, Uneinsichtigkeit oder Klugheit, die ihnen verboten, einen Sechzehnjährigen zum Kriegsführer zu wählen? Oder störte Gawains Vater die Freundschaft seines Sohnes zu einem anderen Jungen, zum Königssohn? Ein Vogel zwitscherte, ein Blatt segelte schaukelnd aus der Baumkrone und fiel auf seine Schulter. Er streifte es ab, sah auf und blickte sich um. Er war allein, am Fuß des steilen Hanges seines Lebens, an dem ihn sein harter Fall zurückgelassen hatte. Aber mit Merlins und Pendragons Hilfe und trotz ihrer abgrundtiefen Enttäuschung würde er die Insel verlassen und sich in Armorica durchschlagen können. Er plätscherte mit der Hand im eiskalten Wasser und glaubte Schritte zu hören, drehte sich aber nicht um, bis er spürte, daß sich eine Hand schwer auf seine Schulter legte. Er stand auf und starrte in Loths bleiche Augen.

»Der Streit um dich ist zu Ende, Junge«, sagte der Herr der Festung Traprain Law düster. »Glaub mir, ich hab nichts gegen dich. Mir wäre es lieber, du wärst zwanzig, fünfundzwanzig und solch ein Bär wie dein alter Vater, damals.«

»König Loth of Lothian.« Artus war ebenso groß wie Gawains Vater. Er bohrte seinen Blick in die Augen zwischen schweren Lidern und dicken roten Tränensäcken. Selbst Loths Bart und sein Haar rochen, wie die Kleidung, nach Lagerfeuer, Ziegenstall und kaltem Schweiß. »Niemand muß mich lieben wie den eigenen Sohn. Aber alle müssen mir vertrauen. Ich brauche die Macht für den Frieden unserer Herzogtümer, Stammesländer und Königreiche.«

»Schon gut. Sie sind jetzt alle für dich!« Loth legte den Arm um Artus' Schulter und zog ihn zum Portal. Wüster Lärm, Becherklirren und das Poltern der Sesselbeine auf den Fliesen drangen aus der Öffnung. Als Loth ihn hineinschob, bildete sich bis zum Thron eine Gasse in der Menschenmenge, und mit jedem weiteren Schritt Artus' wurde es stiller. Sein Fuß schob eine Schale, die ihm in den Weg rollte, sacht zur Seite. Er packte das Schwert, zog es aus dem Holz und drehte sich herum.

Loth stand noch immer dicht vor ihm. Nacheinander schoben sich die Fürsten, Becher in den Händen, zwischen den Männern ihrer Begleitung hervor. Loths Blicke und Gesten bedeuteten Artus, die Waffe wie zuvor in beide Hände zu nehmen. Als sie waagrecht lag, legte König Loth seine Rechte auf die Schneide; sein Blick schien in Artus' Gesicht nach List, Betrug oder flackernder Unsicherheit zu suchen. Loths Stimme beherrschte den Raum bis zu den Füllbrettern unter dem Strohdach.

»So wähle ich dich, Artus, Uther Pendragons Sohn, zum Kriegsführer aller Britannier. Meine Treue gehört dir; ich gehorche, wenn du uns als Dux bellorum zusammenrufst. Ich, Loth von Lothian, Herr von Carlisle und Traprain Law, unterstelle dir meine Söhne Gawain und später Gaheris, zweihundertvierzig Männer, einundzwanzig Pferde und einen guten Schmied!« Leiser fügte er hinzu: »Mehr habe ich nicht.«

»Ich danke dir, König Loth«, sagte Artus ohne Schärfe, aber voll Entschiedenheit. »Du wirst mich beraten wie ein Kriegervater. Ich schwöre dir und allen Fürsten, so wie sie es mir schwören, daß eure Feinde meine Feinde und die Britanniens sind. Jeder Kampf, den wir kämpfen, jeder Mann, der getötet wird – es ist für den Frieden des Landes. Das sollten wir beschwören, König. Schwörst du's?«

»Ich schwöre es, Dux Artus. Den Schutz deines Throns übernehme ich gern.«

Nach ihm berührte der alte Maelgwyn von Gwynedd das Schwert und schwor; ihm folgte König Urian von Rheged. Als letzter von eineinhalb Dutzend, eine Stunde später, klammerte sich der Stammesfürst von Brycheiniog an das Schwert und versuchte mit schwerer Zunge seinen Treueeid zu leisten.

Rostig gellende Hahnenschreie und wütendes Hundegebell weckten vor dem Morgengrauen die Stadt. Aus dem Namen Caer Legionis – Stadt der Legion – war in der gewöhnlichen Sprache Caerleon geworden; es gab viele ehemalige Kriegslager südlich des Hadrianswalls, viele Orte, die Caerleon genannt wurden. Auch deshalb, weil Caer Leonis »Stadt des Löwen« bedeutete und Erinnerungen an römischen Helmschmuck, Feldzeichen oder Steinfiguren erahnen ließ. Stadtmauer, Tore und manche großen Gebäude waren seit dem Abzug der Römer verfallen, ihre Steine zum Bau anderer Häuser verwendet worden. Aber in dieser Stadt der Königsburg hatte schon

Ambrosius Aurelianus das Kloster errichtet und dessen Häuser auf römischen Fundamenten aufbauen lassen. Zum Kloster gehörten ein Betsaal und ein Wehrturm, die sich auf den Resten eines Tempels erhoben; gedrungene, braungraue Bauwerke mit schießschartenkleinen Fensterlöchern, kaum eine Elle hoch und eine halbe Elle breit. Mäuerchen, hochgewachsene Bäume und gestutzte Büsche umgaben das Kloster mitten in der Stadt, und zwei weiße Säulen trugen das Vordach der Kirche. Im Gras, neben dem Weg, waren vier granitene Sockel im Boden halb versunken, auf denen kniehohe Säulenreste standen, aus Kalkstein, mit Moos bedeckt, das unbekannte Schriftzeichen und keltische Figuren und Spiralen überwucherte. Im Holzgerüst der Turmplattform hingen drei unterschiedlich große Ringe und Stäbe aus Bronze oder Eisen, an die ein Mönch abwechselnd mit einem eisernen Schlegel hämmerte. Das Geläut rief die Fürsten eine Stunde nach Sonnenaufgang zur Messe, die der junge Bruder Gildas hielt. Viele Stadtbewohner schlossen sich ihnen an.

Seine Predigt war kurz; Gildas war ein Mann guter Worte und verständlicher Gleichnisse, die dem Hochkönig, den Fürsten und den Gläubigen empfahlen, in Kampf und Krieg auch an den Herrn Christus und dessen mindere Legionäre, die Klosterbrüder und Priester, zu denken und für den Sieg zu beten. Als Artus, der auf dem kalten, ausgetretenen Steinboden des dunklen Raumes kniete, wieder aufgestanden war, sah er links von sich Merlin, der den einzigartigen blauen Mantel mit den eingestickten Monden, Sonnen und Sternen trug. Merlin blickte ihn an, dann kniff er ein Auge zu.

Gildas schlug das Zeichen des Kreuzes in die Luft und segnete die Versammelten. Artus wartete, zusammen mit Schwester Sangive und Mutter Ygraine, bis sich das Gedränge vor dem Eingang aufgelöst hatte und sich die Gläubigen zu zerstreuen begannen. Als er die wuchtige Steinschwelle überschritt, begann sich um einen der Säulensockel ein freier Kreis zu bilden.

»Was tut Merlin mit dem Hammer?« sagte Sangive leise und griff nach Artus' Arm. Artus zuckte mit den Schultern und sah genauer hin. Mit wehendem Mantel, den Stiel eines fast armlangen Eisenhammers in beiden Händen, stand Merlin breitbeinig neben dem Säulenrest; die Fürsten umgaben ihn. Hinter ihnen drängten sich ihre Familien, einige Lanzknechte und viele Bewohner Caerleons. Merlin schwang den Hammer gegen die Seite des verwitterten Säulenstumpfes und schlug zu. Der scheinbar massive Stein zerbrach krachend, dicke weiße Stücke fielen wie die Schale eines eingetrockneten Eis auseinander. Der zweite Schlag sprengte die Oberfläche in drei Teile auseinander und ließ viele kleine Bruchstücke auf die Granitplatte fallen.

Merlin stellte den Hammer zwischen weißen Staub und Trümmer, stützte sich auf das Ende des Hammerstiels und hob den Kopf.

»Mein Vater Gwertheyrn aus Carmarthen, oft auch Myrddin genannt wie ich, teilte dieses Geheimnis nur mit mir«, rief er unterdrückt. »In Zeiten der Not und wenn die Zweifel größer sind als die Zuversicht – das sagte er –, soll ich das Alte zerspellen und dem Würdigsten das Schwert der Alten Könige überreichen. Nicht nur die Keltengeschlechter, sondern auch die Mönche um Gildas und die Äbtissin Bridget von Hibernia sagen uns: Glaubt an Wunder!«

Die Umstehenden drängten sich näher heran und wichen zurück, als Merlin wieder den Hammer packte. Artus begegnete Merlins kühlem Blick. Merlin winkte, schlug die Mantelsäume über die Schultern zurück und holte weit aus. Mit jedem Schlag prasselten die Teile der hohlen Säule zur Seite und zeigten einen kleineren, würfelförmigen Granitblock mit einer kantigen Eisenhaube, die in mehrere Rostschichten zu zerfallen drohte. Als sich Artus einen Weg durch die Zuschauer gebahnt hatte, erkannte er Gawain und Kay in der ersten Reihe; sie starrten auf den rostbedeckten Block und Merlins Hände, die von dem gespaltenen Amboß kleine Bruchstücke und Staub wegscharrten.

»Ein Schwert … ein Schwertgriff!« sagte Häuptling Ceamlynn von Buellt. Merlin nickte, lachte in die Runde und zeigte darauf.

»Jeder kennt die Erzählungen von unseren alten Stammeshäuptlingen und Königen, denen Wieland der Barbarenschmied ein

Schwert aus unzerstörbarem Eisen, aus Stahl schmiedete. Sie nannten es Caliburn. Da ist es. Willst du es aus dem Amboß im Stein ziehen, Hochkönig Pendragon?«

Die Umstehenden schienen den Atem anzuhalten. Nur die Vögel, der Wind in den Baumkronen und undeutliches Geräusch, zusammengesetzt aus zahllosen Lauten der Stadt, waren zu hören. Einige Männer wichen hastig zur Seite, als Pendragon sich dem Sockel und dem Schwertgriff näherte. Der Griff, die Querstangen und der Knauf der Waffe bildeten ein von Staub und Rost bedecktes Kreuz. Pendragon wandte sich an Loth und Merlin und lächelte, als ob er um Nachsicht bäte.

»Gerade ich, der Älteste, ein kranker Mann, soll so viel Kraft haben, Merlin?«

»Du bist der Hochkönig«, sagte Merlin. »Du hast das uralte Recht des Ersten.«

Pendragon bückte sich leise ächzend und stemmte einen Fuß gegen den Sockel. Seine mageren Finger schlossen sich um den Schwertgriff, dann holte er tief Luft und hustete. Sein Gesicht und die Falten am Hals waren wieder die eines kranken Greises, aber seine Muskeln spannten sich, als er zog und zerrte; das Schwert glitt nicht um eine Haaresbreite aus dem Spalt im braunen, blätternden Rost. In einer letzten Kraftanstrengung, in der sich sein Mund verzog und die Augen tränten, zog Pendragon mit beiden Händen, dann ließ er den Griff los und richtete sich mühsam auf.

»Das Wunder, wenn es denn eines ist, o Myrddin, gilt nicht mehr für mich«, sagte er. Wieder erschütterte ein Hustenanfall seinen Körper. Ygraine und Gwyl von Elmet führten ihn weg. Merlin machte eine Bewegung, als wolle er Loth von Lothian die Hand reichen.

»Versuch du's, Herr von Carlisle!«

Loth nickte knapp. Er trug keinen Helm; für den Gottesdienst hatte er Haupthaar und Bart stutzen lassen. Er steckte in frischgewaschenen Gewändern, trotzdem ging von ihm ein Ruch nach schierer Kraft, unüberlegtem Mut und heißem Würzwein aus. Er warf den Umhang ab, musterte die schwarzen Lederbänder des Griffes, die unter dem Staub zum Vorschein gekommen waren, strich mit dem Zeigefinger feuchten Schmutz von einem Edelstein, der rotglühend aufstrahlte. Dann packte er zu, beide Stiefel auf dem schwarzen, überstäubten Sockel. Murmelnd und raschelnd schloß sich der Kreis enger um Merlin und Loth. Unter dem Lederwams und dem Leinenhemd wölbten sich die Muskeln des Königs, als er zuerst tief atmend am Griff zog, wild den Kopf schüttelte, dann mit beiden Händen die Querstange ergriff, den Rücken straffte und, als er die Waffe aus dem gespaltenen Granit herauszuwuchten versuchte, einen ächzenden Schrei ausstieß.

Er löste die Griffe, blies und spuckte in die Handflächen und funkelte Merlin an.

»Wunder? Piktischer Schluchtenzauber? Was hat dein Vater sich dabei gedacht, Merlin? Und warum zeigst du uns dieses – Caliburn erst heute?«

Merlin wies auf Artus. Artus senkte den Kopf, starrte den taubeneigroßen Rubin und die vertieften, offensichtlich vergoldeten Verzierungen der Querstange an und sagte leise: »Weil die Not noch nie so groß war, Siegelbewahrer Loth.«

Maelgwyn von Gwynedd versuchte es erfolglos, Hoel vom nördlichen Galloway folgte auf Bau von Dyfed, der auf den Rücken fiel und keltische Flüche schrie; Furcht und Fassungslosigkeit wichen aus den Mienen der Umstehenden. Artus sah schweigend zu, wie es König Edum versuchte, danach Urian von Rheged, schließlich, nach fast allen anderen, Merlin selbst: ebenso vergeblich.

»Wieland schmiedete Erz aus dem hohen Norden«, rief Merlin und drehte sich langsam herum. »Weißglühend, rotglühend und immer wieder faltend schmiedete und schreckte er das Eisen in Blut, Jauche und Wasser aus schmelzendem Thule-Eis, dann feilte er das kalte Eisen zu Spänen, kleiner als Sägemehl des Tischlers, mischte es mit Gänsefutter und mästete seine Gänseherde damit. Komm zu mir, Artus.«

Artus machte drei Schritte und hob den Blick nicht vom Schwertgriff. Glänzende eiserne Krallen umfaßten an beiden Enden der Querstange grünlichgolden schimmernde Edelsteine, wie Halbkugeln geschliffen. Im Knauf sah er drei Beine, die innerhalb eines Ringes zu rennen schienen. Wie durch einen nassen Vorhang hörte er Merlin reden.

»Die Gänse rupfte und briet der alte Wunderschmied Wieland, ihren Kot warf er ins Feuer und schmolz daraus seine Eisenspäne zurück. Dreimal tat er dies, und aus dem letzten Eisen schmiedete er Caliburn oder Caledfwlch. Zieh Caliburn aus dem Amboß, Thronfolger Artus, denn wenn es nicht dein Schwert ist, kommt noch viel größere, schlimmere Not über Britannien.«

Artus blickte in Merlins Gesicht. Es war glatt wie das eines Mannes in mittleren Jahren, es war uralt wie das von Gwertheyrns Vater; Merlins Augen wurden zu Höhlenlöchern, in deren Tiefe Artus unglaubliche Dinge zu sehen glaubte. Er stolperte, fand in die Wirklichkeit des sonnigen Vormittags zurück, hielt sich an Merlins Arm fest und beugte sich zum Schwert. Als sich seine Finger um die harten Lederbänder schlossen, spürte er einen kurzen Schlag, als ob die unsichtbare Schneide gegen Stein schlüge. Artus' Sicherheit war vollkommen; er wußte, daß auch er das Schwert nicht würde bewegen können. Er faßte zu, zog, spürte Widerstand und dann ein öliges Knarren, und langsam glitt die weißsilbern funkelnde Schneide aus dem Riß im Amboß und im Granit. Sein Herzschlag setzte aus, eine eisige Hand berührte seinen Rücken zwischen den Schulterblättern, als das Schwert, insgesamt so lang wie sein Arm, aus dem Amboß glitt und die Spitze zeigte, zugleich mit dem Valz, der dreifach gekerbten Blutrinne, auf der unlesbare Ruinen zu sehen waren. Artus hatte zuviel Kraft eingesetzt, als die Seiten des Spalts, der in vorrömische Jahrhunderte hinabzureichen schien, die Schneide freigaben. Hochschnellend beschrieb die Spitze der Klinge einen Halbkreis. Artus verharrte, das Schwert Caliburn in die Sonnenscheibe gebohrt, einen Atemzug lang.

Die lastende Stille barst. Merlin sprang vier Ellen weit zurück. Artus stand wie gelähmt da und blickte geradeaus. Zwischen den

Schultern von Kay und Gawain sah er in Catrionas Gesicht; ihre brennenden Augen wurden größer, bannten ihn, füllten sich, wie seine Augen auch, mit Tränen. Artus lachte, weinte, holte Luft, schüttelte sich und ließ das Schwert sinken. Aus der Menge ertönten Schreie, Frauen sanken wimmernd zu Boden; ein gewaltiges Stöhnen schien ganz Caerleon zu durchwehen. Merlin war auf die Knie gefallen, ebenso wie Loth und zwei Dutzend anderer Männer. Er rief:

»Das Wunder aus der Vergangenheit! Wielands stählernes Schwert der Alten Könige in Artus' Hand. Loth, Hoel, Urian – wir haben den richtigen, wahren Dux bellorum gewählt. Jeder Zweifel ist Lästerung des Schicksals.« Er stand auf, blieb an Artus' Seite stehen und wischte über sein Gesicht. »Gildas und seine Mönche werden uns die wahre Art des Wunders erklären. Sag du, Loth von Lothian – haben wir eine falsche Wahl getroffen?«

Artus stand neben dem Säulensockel inmitten weißlicher Brokken und Splitter, die Spitze von Caliburn im Gras, vor seinem rechten Stiefel. Er war unfähig, einen einzigen klaren Gedanken festzuhalten. Er wünschte, er wäre weit fort: in Caer Myrddin, nachts, im Wintersturm, an Catrionas Seite, in einem anderen Land und weit entfernt von dem Tag, an dem dieses Wunder ihn endgültig gezwungen hatte, Verantwortung zu tragen, der er sich nicht gewachsen fühlte. Loth fiel auf die Knie und hob die Arme.

»Es ist ein Wunder. Wer bin ich, daß ich zweifeln dürfte. Ein Wunder aus alter piktischer, scottischer, britannischer Zeit. Ein Wunder vor der Christenkirche. Es soll sein, Artus – es ist so: Kämpfe mit uns, siege mit uns, bring dem Land den Frieden.«

Artus hörte sich sagen: »Das werde ich tun, Oheim Loth. So gut, wie ich es vermag.«

Er starrte einige Atemzüge lang den Griff und die Schneide des Schwertes an. Es war, ohne daß er etwas von Waffen dieser Art hätte verstehen müssen, eine edle Waffe, ein Schwert der Edlen. Schwert der Alten Könige; nun sein Schwert. Er hielt es unterhalb der Querstange fest, ging zu Catriona und spürte warm und voll stillen Dankes, daß ihr Arm sich um seine Hüften legte und sie ihn schweigend zur Königsburg und durch den mittäglich warmen Garten zu seinen Zimmern führte.

Wohl eine Viertelstunde lang schwiegen Ritter Troncas und Beha ed-Din ibn Shaddad. Troncas' Gedanken kamen langsam und schwankend, wie ein Schiff aus einem anderen Land zurück zum Lager des Sultans; es war, als lasse guter Wind die Segel des Gedankenschiffes prall schwellen. Müde und erinnerungsleer sagte er:

»Dies, sagte man, geschah zu Pfingsten im Jahr des Herrn 492, o Amir.« Er leerte mit leisem Schlürfen den Becher; das kalte, nach Rosen duftende Quellwasser erfrischte ihn. »Artus war von Stammeshäuptlingen, Grafen, Herzögen und sogenannten Königen zum Schlachtenführer gewählt worden. Ein Wunder bestätigte die Wahl. Dieses Schwert Caliburn – schon damals hatten besonders edle Waffen auch besondere Namen – beseitigte jeden Hauch eines Zweifels: Gott hatte ihn auserwählt, Britannien endlich den Frieden zu bringen. Es gab weder Fragen noch offene Widerrede. Vielleicht schäumten manche Fürsten im stillen, weil nicht sie der erwählte Held waren. Aber Artus bekam, was er brauchte, und er bewies in den folgenden Jahren, daß er mehr konnte und vermochte, als er gelernt hatte.«

»Wahrhaftig ein Großer, o Ritter. Groß wie Allahs Prophet, wie manche unserer Feldherrn, wie mein Herr, Freund und Waffengefährte al-Malik al-Nasir ...«

»... Salah al-Din Abu'l Muzaffer Yussuf und so fort«, sagte Troncas. Als er gähnte, knackten seine Kiefer. »Wenn ich ausgeschlafen habe, schulde ich dir die Erzählung von der scheinbaren Wahrheit und, hinter oder jenseits von ihr, der reinen, nackten Wahrheit. Wie dem auch immer sei: Die Bilder und Geschehnisse etwa eines Drittels des mühseligen, langen Weges, den Artus zurücklegen mußte, habe ich dir berichtet. Ich beschwör's: Selbst wenn der spätere Heilige Gildas hier im Zelt säße, der immerhin zusah, wie Artus wunderbarerweise das Schwert aus dem Amboß zog – viel mehr, viel anderes vermöchte auch er dir nicht zu erzählen. Oder zu berichten.«

Der Chronist stand auf, verbeugte sich und schob, trotz der Hitze, die Hände in die Ärmel über den Unterarmen.

»In baldiger Zeit, Ritter vorzüglicher Erinnerungen, vermagst du krückenlos zu gehen und, einmal in den Sattel gehoben, trefflich auf mildtrabenden Stuten zu reiten. Im leicht federnden Ritt, fernab vom bitteren Kampf um Akkas Mauern, werden wir gemeinsam die Tiefe deiner lichtvollen Schilderungen mit dem schäbigen Senkblei der alten Erinnerungen ausloten. Bei Allah! Ein glückseliges Treffen!«

Troncas grinste schiefmäulig; er ahnte, daß Beha ed-Din im schwindenden Licht des Öllämpchens den Gesichtsausdruck mißdeuten würde. »Glückselig? Meine gebrochenen und wundenstarrenden Finger, Arme, Schultern, die Kopfhaut, der Kiefer und tausend andere Brüche sagen mir jede Nacht: Keine Glückseligkeit, Ritterlein! Es tut weh. Es schmerzt. Es heilt vielleicht nicht. Wir, so wispern sie, sind die unheilbaren Bestandteile deiner zukünftigen Krüppelhaftigkeit.«

Beha ed-Din klatschte in die Hände. Die Sklavin und der Meister aller Bäder und des öligen Heilknetens standen wenige Atemzüge später im Zelteingang.

»Du unterschätzest, Ritter, die Künste unserer Hakîms. Denke nach, erinnere dich, laß dich gesundpflegen. Ich muß ein wenig meinen Mannesmut beweisen und etliche Dutzende christlicher Franken töten.« Er schien Troncas' müdes, verinnerlichtes Lächeln nicht zu bemerken. »Kampf um Akka, du weißt. Im Gegensatz zum Propheten Merlin gibt es hier kaum jemanden, der zur rechten Zeit ein kriegsentscheidendes Wunder aus dem Kaftanärmel gleiten läßt – unsereiner sieht sich gezwungen, noch mit eigener Hand kämpfen und töten zu müssen.«

Troncas vollzog ruhig die Geste der Verabschiedung.

»Oder, wenn Allah grämlich ist, im Kampf getötet werden zu

müssen. Versuch es zu vermeiden, o Qadi und Chronist. Ich verlöre ungern einen Freund endlos langer Gespräche.«

Beha ed-Din flüsterte eine Weile lang mit den Sklaven, dann sagte er: »In meinem Alter vermeidet man bewußt, Heldentaten zu vollbringen. Klugheit im Gespräch, Klugheit auch im Kampf. Man wird sehen, Inshallah.«

»Geh mit Gott«, sagte Troncas. »Und komm lebend, womöglich unverwundet zurück.«

Beha ed-Din verbeugte sich flüchtig. »Ich tu mein Bestes. Wie immer oder mindestens zumeist.«

Troncas ließ sich zurücksinken und bedienen. Sein Blick irrte von Crysaides Gesicht zu ihrem seidenen Mieder, in dessen abendlicher Tiefe sich ihre köstlichen Brüste schwankend verloren. Er schloß die Augen und erging sich in undurchführbaren Vorstellungen; bald würde er ohne Hilfe für sich selbst sorgen können. Und dann? Er zuckte, ohne den übrigen Körper zu bewegen, mit den Schultern; so lange er redete und durch eine wahre Chronologie die Furcht der Muslime vor Artus, Caliburn und den unzählbaren, unverwundbaren Rittern zerstreute, war er sicher, als unentbehrlicher Erzähler, als Freund der zwei mächtigsten Männer dieses Heerlagers.

Er versuchte, sich das Aussehen jenes Schwertes vorzustellen. Ein riesiger Rubin? Grünsilberne Jade als Ziersteine der Querstange? Zwiefach geschliffene Stahlschneide, unrostbar? Und Wielands schreckliche Feile, die zwangsläufig aus härterem Eisen bestand als die rohen Schneiden der Vorläufer Caliburns; schon lange vor Wieland kannten Eingeweihte jenes Über-Eisen! Ohne Wunderfeile keine Eisenspäne – Gänseherde oder nicht: Schließlich war Caliburn doch ein Wunder. Ein Wunder deshalb, weil es keine glaubhaften Erklärungen gab. Er dachte an den hohlen Säulenrest, an Merlins Klugheit, würdig eines Kynikers, seinen trefflichen römisch-druidisch-keltischen Verstand und die völlige Abwesenheit der meisten Männertugenden jener Zeit: Stolz, trunkene Nächte im schädelsprengenden Vergessen durch vergorenen Honigtrunk, endlose Gespräche mit Stammeshäuptlingen, deren inneres und äußeres Reich jenseits des nächsten Waldes endete – bevor ihn die Müdigkeit übermannte, dachte er: Welch ein Mann!

Troncas träumte viel, schwitzend, lallend und manchmal um sich schlagend. Einen Teil dieser Träume merkte er sich und schrieb das Wichtigste auf raschelnde Papierfetzen. Elf Tage lang blieb er allein mit seinem geheilten Körper, machte jene Übungen, die ihm Achmad zeigte, und erfuhr von dem, was außerhalb des Lagers vorging, nur sehr wenig.

ZWEITES BUCH

Richard Löwenherz und der Weg nach Camelot

Vor Akkon: Vom 26. Juli A. D. 1190 bis Januar A. D. 1191
(im Jahre 586/587 nach der Hedschra)
Britannien: Sommer A. D. 493 bis Sommersonnenwende A. D. 500

1. KAPITEL

Schildert, wie Troncas of Caer Laverock
sich frei zwischen beiden Heerlagern bewegt und dem Beha ed-Din von den
ersten Herrscherjahren des Kriegsführers Artus erzählt

Das Große Traumtor auf der Straße nach Jerusalem öffnete sich mit schauerlich düsterem Knirschen. Die rußgeschwärzten Oberkanten berührten die Nachtwolken, blutgerötete Meereswellen überspülten die rostigen Schwellen. Troncas schwebte zwischen den schwarzvernarbten Mauern auf die Hafenstadt zu, in wirbelndes Brodeln, Flammen und Funkenschauer hinein. Der Rauch schmeckte nach Tod, und in glimmenden Schwaden trieb der Gestank von schmorendem Fleisch und Horn, verkohlendem Holz, glühenden Mauerquadern und schwelenden Zelt- und Kleiderstoffen von den Mauern herunter, vom Hafen heran und durch die Ausläufer des Christenlagers. Feuer und Fackeln blakten, Ballisten, Scorpione und Manganen schleuderten Glutbälle über die Mauerkanten und von den Türmen hinunter auf die Zelte der Belagerer. Die glühenden Gerüste dreier Belagerungstürme, die wie unlesbare Zeichen in der Dunkelheit aufragten, zerfielen langsam und prasselnd; manchmal erschlugen herabbrechende Teile in mächtigen Funkengarben einen Verwundeten oder Gespannpferde. Von den eisengepanzerten, roten Balken hingen wie die Lumpen von Bettlern essiggetränkte Felle von den sechzig Ellen hohen Turmruinen und lösten sich in glimmende Fetzen auf. Im auflandigen Wind drehten sich mißtönend die Flügel der Mühle, die längst kein Korn mehr mahlte. Rauch verhüllte die Sterne und den eitergelben Mond über den Bergen. Hinter den Mauern, auf den Tortürmen und im Halbrund um Akkon tobte ein Sturmwind aus Geschrei, Geheul, Wimmern, Wiehern und Krachen. Troncas von Caer Laverock wußte, daß er in einem wüsten Schreckenstraum gefangen war und sich nicht daraus befreien konnte, aber er wachte nicht auf: Erzählungen und eigene Beobachtungen marterten ihn in der Traumwirklichkeit, die ihn in eine der schrecklichsten Nächte der Belagerung zurückstürzte; er hatte diesen Kampf selbst nicht erlebt, aber das Sterben, die Verwundeten und die Zerstörungen waren vor ihm ausgebreitet gewesen, als sein Schiff aus Cypern einige Tage danach den Bug in das Sandufer gerammt hatte.

Wieder spaltete eine flammende Bahn griechischen Feuers die Nacht, die voll giftiger Dämpfe war. Gepanzerte Ritter galoppierten dröhnend und klirrend hin und her, in seltsamer Planlosigkeit. Troncas hörte sich keuchen; er schrie und kämpfte sich aus dem Flugsand peinigender Empfindungen heraus, schlug nach einer eiseskalten Hand über seinem Kopf und riß die Augen auf.

Ein einzelnes Flämmchen neben seinem Lager ließ ihn erkennen, wo er war. Er fand schweißüberströmt ins Bewußtsein zurück, zitterte in einem Fieberstoß und tastete nach der Hand; sie gehörte der Sklavin Crysaide. Er blinzelte, entließ keuchend die Luft aus den Lungen und flüsterte:

»Ich wollte nicht nach dir schlagen, verzeih. Ein grauenhafter Traum.«

»Du hast dich herumgeworfen, gestöhnt und geschrien, Ritter; davon bin ich aufgewacht. Beha hat gesagt, ich soll nachts nach dir sehen. Du bist immer noch nicht gesund.«

Sie tauchte ein Tuch in eine Schüssel, wrang es aus und legte es kühlend über sein Gesicht, den Hals und die Brust.

»Danke, Crysaide«, flüsterte Troncas und wischte sich den

Schweiß aus den Augenwinkeln. Was ist das für ein Lärm da draußen?«

»Die Krieger. Sie bringen ihre Toten und Verwundeten. Und viele Gefangene. Große Beute. Gestern haben die Ifrandsch beim Lager des Amirs Taki uns wieder eine Schlacht aufgezwungen.«

Troncas ließ sich zurücksinken. Alle Verrenkungen, Verstauchungen, Brüche und Wunden schienen verheilt zu sein; nur über einige Stellen der Haut klebten Pflaster oder waren dünne Binden gewickelt. Aber ein Teil der Krankheit schien sich ins Innere des Körpers zurückgezogen zu haben und trotzte den Heiltränken. Die duftende Kälte des Tuches tat ihm wohl und vertrieb das Zitterweh.

»Du mußt wieder schlafen«, sagte Crysaide leise. »Morgen will Beha ed-Din mit dir ein paar Stunden reiten. Sie haben schon weiche Stiefel und leichte Kleidung gebracht. Willst du etwas trinken, Ritter?«

Er nickte und leerte zwei Schalen einer säuerlichen Flüssigkeit, sah in Crysaides dunkle Mandelaugen und hustete sich die Kehle frei. Er flüsterte:

»Ich hab nichts, womit ich dir danken könnte, Crysaide. Du mußt meinen Schlaf nicht länger bewachen.«

»Beha hat's befohlen. Ich darf am Tag schlafen, Ritter.«

»Schlaf jetzt.« Troncas sah im Halbdunkel, daß sie lächelte. »Die Träume, glaub ich, haben mich genug geschunden.«

Während er darauf wartete, daß sie das Flämmchen löschte und das Zelt verließ, zerstreuten sich seine Gedanken, und er versank in einen tiefen, langen Schlaf der Erschöpfung.

In der Mittagssonne begannen die Leichen der Krieger und die Kadaver der Pferde zu stinken. Heißfeuchter Westwind, der in heftigen Brisen fauchte, wehte den ekelerregenden Gestank auf die Reiter zu, die von der Flanke des Hügels aus das Schlachtfeld des gestrigen Tages überblickten. Troncas of Caer Laverock senkte den Kopf und sagte leise:

»Sie sind alle zur Beute des Schreckens geworden, unsere und eure Krieger.«

»Man hat den Anführern abgeraten, die rechte Flanke unseres Heeres anzugreifen, sagten die Gefangenen. Takis Lager war zu gut gesichert. Salah al-Din und Bruder Malik al-Adil kamen zur rechten Zeit.« Beha ed-Din zuckte mit den Schultern. »Jeder hat es gewußt.«

»Aber allzu viele in unserem Heer hofften vergeblich auf den Sieg.«

Der Sultan hatte nicht in einen Waffenstillstand eingewilligt; muslimische Reiter versuchten mit Pfeilschüssen jene Knappen und Knechte zu vertreiben, die ihre Toten bergen wollten. Die Schlacht des gestrigen Sankt-Jacobus-Tages, sechs Tage vor dem Ende des Monats Juli, hatten mehr als 10 000 fränkische Soldaten entgegen den Befehlen der Anführer begonnen. Sie hatten ihre Freisassen gegen den Ayyubitenfürst Taki ed-Din und die Verschanzungen seines Lagers geführt; in stundenlangen, erbitterten Kämpfen erlitten die Franken eine verheerende Niederlage, die vielen das Leben kostete. Der Erzdiakon von Colchester, Ralph von Alta Ripa, galoppierte ihnen mit seinen gepanzerten Rittern zu Hilfe und wurde im Kampf getötet, als Salahs und Maliks Krieger über sie herfielen. Das Lager der Franken hatte sich mit unzähligen Verwundeten gefüllt; mit Pfeilen, Schilden und Schüssen aus Armbrüsten wehrten sich die Helfer auf dem Schlachtfeld gegen die galoppierenden Muslimreiter.

Troncas, der im Sattel einer gutmütigen Stute saß, und Beha ed-Din ritten langsam hinaus aus dem Bereich des Gestanks. Ein Dutzend lanzenbewehrter Bogenreiter beschützte beide Männer, den Heeresrichter, Qadi Beha ed-Din, und dessen Gast. Noch immer trugen bewaffnete Kriegsknechte ihre Toten vom Schlachtfeld, um sie begraben zu können. Troncas erinnerte sich daran, wie ein Medicus im christlichen Heer jenen Verwundeten, denen nicht zu helfen war, einen Nadeldolch ins Herz stieß. Die Myriaden Fliegen und die Raben, Fischadler und Geier, die über den Leichen und

Kadavern hackten, ließen sich auch von den blitzschnell angreifenden Muslimreitern nicht stören.

Troncas murmelte: »So lange liegen sich die Heere schon halb bewegungslos vor Akkon gegenüber. Du hast mir berichtet, daß es kleine Kämpfe gab, aber auch Verbrüderung zwischen Rittern und Muslimkriegern. Sie haben sich gegenseitig eingeladen, haben freundschaftlich miteinander geredet und Feste gefeiert. Und nun dieses Gemetzel!«

Das Heer der Christen, das die Halbinsel mit den ragenden Stadtmauern auf der Landseite belagerte, war seinerseits in weitem Abstand von den Lagern des Sultans eingekesselt. In der kampffreien Zeit hatten Salah ad-Din und Marquis Konrad de Montferrat in ritterlichem Großmut viele Gefangene und Geschenke ausgetauscht, obwohl Lebensmittel und Wasser knapp waren und die Christen hungerten.

»Noch eines sollst du wissen, Ritter Troncas.« Beha ed-Din hielt sein Pferd auf der Kuppe des Hügels an und deutete auf die Schwärme der Aasvögel. »Während du deiner Heilung entgegengeschlafen hast, erreichten Botschaften deine Anführer und den Großen Sultan. Einer eurer Könige, der Erste Friedrich, angeblich ein rüstiger Greis von siebzig Jahren, den ihr Rotbart oder Barbarossa nennt, ist tot. Mash'allah! Wundersam! Er ertrank im Fluß Selef oder Kalykadnos, vor mehr als einem Mond.«

Troncas zuckte zusammen, wandte sich halb im Sattel herum und starrte den Chronisten an.

»Böse Botschaft reitet schnell. Der Deutsche mit dem größten Einzelheer! Er ist König der Könige gewesen – der Kaiser. Ertrunken? Seit wann weißt du das, Qadi?«

»Seit weniger als zwei Siebentagen.«

Troncas schwieg einige Atemzüge lang und betrachtete, ohne wirklich zu verstehen, was er sah, die muslimischen Reiter und das große Gebiet, auf dem die Schlacht stattgefunden hatte. Das riesige Feld aus welkem, staubbedecktem Gras war zwischen den verstreuten Felsbrocken von vielen reglosen Klumpen übersät: tote Ritter,

Knappen, Kriegsknechte und Pferde. Dazwischen bewegten sich die Muslime und die verzweifelten Helfer der Frankenritter. Beha ed-Din sagte leise:

»Als Salah al-Din erfahren hatte, daß Kaiser Friedrich sich mit dem Heer auf Konstantinopolis zubewegte, schickte er mich nach Bagdad. Dort hab ich den Kalifen Nasr auffordern müssen, daß er allen Verbündeten befiehlt, dem Sultan zu helfen. Das war in der Zeit, in der ich an deinen lichtvollen Erzählungen nicht teilhaben konnte.«

»Wo ist dieser Fluß, in dem Friedrich ertrank?«

»Südlich der Taurus-Pässe, auf dem Weg zum Hafen Seleukia, in einer tiefgelegenen Ebene. Im Land der Seldschuken.«

Nach einer Weile sagte Troncas: »Das mag mancherlei bedeuten. Vielleicht kommt sein Heer trotzdem nach Akkon. Oder es zerstreut sich, und Salah al-Din hat plötzlich weniger Feinde. Oder alle Belagerer Akkons verdreifachen ihre wütenden Angriffe. Sie warten auf König Richard mit dem Löwenherzen.«

Beha ed-Din lächelte. »Aber nicht mehr auf König Artus und sein zahlreiches Heer, wie du sagst? Wie fühlst du dich, wieder im Sattel und im Gewand der ›hassenswerten Mamelucken‹?«

»Meine Verwirrtheit könnte nicht größer sein, Amir der Mildtätigkeit. Bin ich Gefangener oder Gast, Erzähler oder Feind? Ich leb im Überfluß eures Lagers. Aber meine Leute vor Akkon hungern und dürsten, so wie die Muslime hinter den Mauern. Bin ich ein Verräter, weil ich nicht zu fliehen versuche?«

Beha ed-Din strich grinsend seinen Bart und schüttelte bedächtig den Kopf.

»Du bist umsorgter Gast Salah al-Dins. Von der Verpflichtung der Muslime, den Gast zu ehren und zu schützen, wird dir schon deine Mutter viel erzählt haben?«

»Ein lebensrettender, edler Brauch; ich weiß es längst.« Troncas lenkte das Pferd an die Seite Beha ed-Dins. »Zumindest bleib ich euer Gast, bis du die ganze lange Geschichte von König Artus aufgeschrieben hast.«

»Das ist gewiß, Ritter Troncas.«

Aus dem Lager der Franken, hinter dem in unwirklicher Einsamkeit und Größe die ummauerte Stadt aufragte, stiegen nur wenige Rauchsäulen schräg in den wolkenlosen, schmelzenden Himmel. Einen Atemzug lang stellte sich Troncas vor, das Pferd herumzureißen und über das staubige Schlachtfeld, durch den Graben und über den Wall zu den Zelten der britannischen Ritter zu galoppieren, aber ohne jedes Erstaunen verspürte er weder das Bedürfnis noch irgendeine Notwendigkeit dafür. Der Gedanke ließ ihn gleichgültig. Er merkte, daß ihn Beha ed-Din aufmerksam betrachtete; vielleicht ahnte er, was ihm durch den Kopf ging.

»Was ich mehr bewundern soll, bei den zusammengewürfelten Heeren der Kreuzritter – die Hartnäckigkeit, den Mut, Hunger und Durst zu ertragen, in der Demut des Glaubens, die Hoffnung auf den Sieg – ich weiß es wirklich nicht.« Troncas hob die Schultern und setzte sich ächzend im weichen Sattel zurecht. »Sie haben nur den kargen Nachschub, den die Schiffe bringen, von Cypern, Sidon oder Tyrus. Jeden Scheffel Korn müssen sie mit sechzig Golddinaren bezahlen.«

»Wir aber besitzen das ganze Land, bis zu den Bergen, bis weit hinter al-Kadisiya, das ihr Jerusalem nennt.« Beha ed-Din winkte dem Anführer der Schutzgarde und deutete zum eigenen Lager. »Von dorther kommen Korn, Hammel, Früchte und alles andere. Die Bauern, die euch bisweilen teures Essen verkaufen, werden auf Kosten ihres eigenen Hungers reich, weil ihnen fehlt, was sie verkaufen.« Er wendete das Pferd und lockerte den Zügel. »In unserem Heerlager gibt es keinen Mangel. Strengt dich das Reiten an?«

»Ich bin schneller müde geworden, Amir.« Troncas galoppierte neben Beha ed-Din den Hügel hinunter, gefolgt von den Wachen. Er lachte kurz. »Nein, keine großen Schmerzen mehr, aber jeder Muskel tut weh. Das kommt, weil ich so viel geschlafen habe.«

»Erholsamer Schlaf, eines von Allahs schönsten Geschenken, wartet nicht jeden Tag auf uns.« Beha und Troncas ritten durch das

Niemandsland, das sich vor dem Tal des Flusses Belos und den ersten Verschanzungen ausbreitete. »Mitunter mögen die Stunden davor köstlicher sein, wenn es gelingt, die Leidenschaft einer glutäugigen Sklavin zu genießen.«

»Inshallah! Von solcherlei Stunden hab ich, seit ich in diesem Land bin, nur geträumt«, knurrte Troncas und versuchte, die dünnen Rauchsäulen aus dem Lager Salah al-Dins zu zählen. Er gab es bald auf: Es waren zu viele.

Einige Teile des riesigen, halbmondförmigen Lagers Salah al-Dins reichten bis zu den Hängen des Berges Ajadhia. Der Fluß Belos, den Sklaven der Muslime an einigen Stellen gestaut hatten, führte jetzt, im heißesten Sommer, nur wenig Wasser. Die Straßen, die sich im Mittelpunkt vor den Verschanzungen der Sultanszeltburg kreuzten, waren viel breiter als jene im Christenlager, aber auch entlang der schmalen Gassen standen die Zelte in größeren Abständen zueinander. In der Mitte befand sich ein weiter Platz, den hundertvierzig Stände von Waffen- und Hufschmieden säumten; dazu gab es fast tausend Bäder, mit zwei Ellen tiefem Wasser in Tonbecken, von Mattenzäunen umgeben, durch die niemand blicken konnte, von schwarzhäutigen Africanern betrieben. Brieftauben aus Akkon landeten flatternd auf den Simsen der Taubenhäuser. Beha ed-Din, den Troncas gefragt hatte, schätzte die Zahl der Verkäufer und ihrer Stände oder Verkaufswagen, auf denen alles zu finden war, was im Land wuchs und gedieh, auf sechseinhalbtausend. Das Holz für Feuer und alle übrigen Zwecke kam mit Gespannen und Eselslasten aus Gärten und Wäldern, die zwei oder mehr Tagesritte entfernt waren. Nur wenige Male hatte Troncas am Tag Sklaven gesehen, die das Lager säuberten und die Zeltgassen mit Rechen zu gleichmäßigen Mustern glätteten. Aber selbst auf den Sammelplätzen der mehr als sechzigtausend Krieger und in den überdachten Ställen herrschten so viel Ordnung und Sauberkeit, wie sie Troncas in allen Ritterlagern seines Lebens nie erlebt hatte; wahrscheinlich schufteten die Lagersklaven nur nachts. Wo der Sultan die christlichen Ritter gefangenhielt, wußte Troncas trotz aller Fragen nicht, und auch Salah al-Din hatte er nicht ein einziges Mal erblicken können.

Vom Lagertor aus versuchte er sich den Weg zu seinem Zelt zu merken, aber er hätte sich wieder verirrt, wenn nicht Beha ed-Din vorausgeritten wäre. Feldzeichen und Fahnen auf langen weißen Stangen markierten Anfänge und Enden der Gassen und Quergäßchen. Die Wachen, die den Qadi ehrfürchtig begrüßten und Troncas mit gelassenem Mißtrauen betrachteten, halfen ihm aus dem Sattel. Mühsam unterdrückte er sein Stöhnen. Die Reiter führten die Pferde weg; vor dem Zelt wandte er sich an den Chronisten.

»Ich bin müde ... ihr habt mich so gesundgepflegt, daß ich wieder herumlaufen und sogar mit Mühe reiten kann, o mächtiger Amir. Ich glaube, daß ich mich bald langweilen werde. Darum frage ich: Gibt es etwas Sinnvolles, das ich tun kann? Als Dank für deine Großzügigkeit und die Kunst des Hakîms?« Er blickte einer Schar Reiter nach, die johlend durch die Gasse trabte. »Aber verlange nicht, daß ich meine eigenen Leute verraten soll. Ich weiß ohnehin nicht, was bei den Belagerern geschieht, nur daß sie große Not leiden und trotzdem kämpfen.«

Beha ed-Din legte seine ringgeschmückte Hand auf Troncas' Unterarm und tippte dann mit dem Zeigefinger gegen die Brust des Ritters.

»Von den Gefangenen erfahren wir viel mehr, als du uns sagen könntest. Crysaide wartet in deinem Zelt: Eßt, trinkt und ruht ein paar Stunden. Am Abend komme ich mit den flinkfingrigen Schreibern; nach unserem blutigen Sieg ist gebührend Zeit für Fragen und Antworten, Erzählungen und Niederschrift. Bist du nun beruhigt, Ritter?«

Troncas nickte und wollte antworten, aber er schwieg; seine Unruhe war kaum geringer geworden. Er als einziger von allen Feinden Salah al-Dins konnte sich im Lager der Muslime frei bewegen, aß sich satt, kräftigte seine Muskeln und genoß viele andere Annehmlichkeiten. Bisweilen schien ihm, als würden ihn Beha ed-Din und dessen unsichtbarer, aber allgegenwärtiger Herrscher genau beobachten und prüfen. Er lächelte knapp, verbeugte sich vor Beha ed-Din und schlug den ledergesäumten Zeltvorhang auf.

Crysaide und ein hellbraunhäutiges Mädchen, noch ein Kind, das ihr half, hatten das Zelt verlassen. Troncas zog die Stiefel aus und zuckte, als er das weiche Leder in den Fingern hielt, nachdenklich mit den Schultern: Schon in seiner Jugend hatten sein Vater und, nächtelang, seine Mutter erzählt, wie viele Dinge im Reich der Muslime besser oder zumindest staunenswert anders waren als in den Ländern der Christen: In der Kleidung aus dünnem Stoff, im weichen Leder der Stiefel und Handschuhe und im sehr viel leichteren Sattel eines Pferdes, das edler und beweglicher war als sein Wallach, fühlte sich Troncas wohl – jene Erzählungen entsprachen also der Wahrheit. Er streckte sich ächzend auf der breiten, viel zu weichen Liege aus, schloß die Augen und versuchte, diesen überraschenden Teil seines Lebens zu überdenken.

Wie konnte er erfahren, ob König Richard endlich vor Akkon gelandet war? Ihm, Richard Löwenherz, dem Sohn der Alienor von Aquitaine, schuldete Troncas den ritterlichen Gehorsam; in London hatte er den Treueeid geleistet. Wahllos aneinander haftende Bilder schleppten sich durch seinen Kopf, eine Karawane tiefempfundener Eindrücke, die er nie würde vergessen können: Die feierliche Krönung Richards im September des vorigen Jahres und die ehrliche Begeisterung des Volkes. Heilkneter Achmad und Hakîm Musa ibn Maimûn hatten ihm bereitwillig Antworten auf seine zögernden Fragen nach Akkon, Jerusalem und der Macht des Großen Sultans geben. Akkon, vor zwei Jahren von Salah al-Din zurückerobert, wichtigste Stadt am letzten Stück der Straße nach Jerusalem, die nicht durch wasserloses Gebirge führte, für beide Gegner zugleich Schlüssel und Schloß, Tor und Hafen, Symbol und Stachel im Fleisch. Einzelheiten und Gegensätze in beiden Heerlagern, die stürmische Überfahrt nach Cypern und das ruhige Segeln zum Südstrand von Akkon, mitten hinein in das Elend von Belagerung, Ausfällen der muslimischen Besatzung, Hunger, Durst und Krankheiten. Und: Sein eigener Kampf, die langwierige Heilung und die scheinbare Freundschaft zu Beha ed-Din, die sich in einigen Monden als Trugschluß erweisen mochte. Der fünfzigjährige Salah al-Din, den Allah mit siebzehn Söhnen und einer Tochter gesegnet und mit vielen Frauen in seinem Harîm beschenkt hatte, wußte von der Erzählung, die Beha ed-Din aufschrieb; fürchtete auch der Sultan, Anführer von hunderttausend Kriegern, das geisterhafte Heer des Königs Artus? Im Halbschlaf schüttelte Troncas den Kopf und fragte sich wieder einmal vergeblich, ob Heeresrichter Beha ed-Din bisweilen die nächtliche Leidenschaft der schwarzäugigen Crysaide genoß.

In der Erinnerung meines Volkes heißt es: ›Vor langer Zeit‹ oder ›Damals‹. Wenn man den Chronisten glaubt und gewissenhaft lange genug rechnet, muß es im Jahr 493 gewesen sein. Damals also war es Artus schon gelungen, die Hälfte der Anführer und viele Krieger des Heeres versammelt zu haben. Du weißt, o Amir der Gastfreundschaft, daß ihn die kleinen Könige und die Fürsten nicht zum König, sondern zum *Dux bellorum* gewählt haben und er das nimmer rostende Schwert Caledfwlch oder Caliburn aus dem Amboß gezogen hat.«

Beha ed-Din grinste, schlug die Beine übereinander und gab den Schreibern mit einem Fingerschnippen das Zeichen, noch nicht jedes Wort aufzuschreiben.

»Das Schwertwunder, ja. Trotz meiner geringen Fähigkeit, in die Vergangenheit deines Landes zu schweifen und dort nach der reinen Wahrheit von Legenden zu forschen, habe ich lange über den jungen König nachgedacht.« Er starrte seine Zehen in den Sandalen an. »Wie auch jener Merlin scheint Artus hinter seiner Maske versteckt leben zu wollen, aber er ist einfach zu entdecken. Vielmehr hinter einigen Masken, die leicht zu durchschauen sind, weil er noch so jung ist. Aber ihm war es mit jedem Atemzug ernst, nicht wahr? Mit jedem Schritt auf seinem Weg, sein Land, die Insel, vor den Eroberern zu schützen?«

»Dazu hat ihn Merlin erzogen.« Troncas blickte auf seine Rüstung und hob die Faust. »Nicht nur ich bin sicher, auch alle Chronisten und, damals, das Volk waren sich gewiß, daß er selbst nichts anderes wollte.«

»Und vielleicht neben seiner königlichen Macht ein wenig Wohlleben. Prunk, schöne Frauen, bereitwillige Sklavinnen der Lust, edle Rösser, die Falkenjagd, auch den Genuß von Musik und Wohlgereimtem?«

Troncas lachte; ein kurzer, heiserer Laut.

»Wohlleben?« sagte er. »Das bedeutete damals gutes, fettes Essen, Braten, Bier und Met, ein Dach über dem Kopf und vielleicht ein Fäßchen Wein aus Armorica. Die Burg eines Königs war größer, sauberer und wärmer als eine Bauernhütte, beherbergte wohl auch weniger Flöhe, Wanzen und Ratten. Es gab Diener und Mägde, aber keine Sklaven. Die neu gezüchteten Pferde waren größer und stärker als die Inselpferdchen, eine Elle mehr im Ristmaß, aber keine edlen Renner, und ob der Gesang der Barden wohlklingend war, das weiß ich nicht. Falken jagten Kaninchen, Mäuse und Tauben, aber kein König hielt Jagdfalken. Es war eine rauhe Zeit deftiger Genüsse, Amir, nicht zu vergleichen mit all dem Schönen, das ich bei euch finde. Wie es wirklich zuging, wirst du aus meinen Erzählungen heraushören können.«

»Die briefetragenden Täublein deiner und vieler anderer Erinnerungen – laß sie rastlos über die Wellen der Jahre und Jahrhunderte dahinfliegen, unbehelligt von den räuberischen Sperbern und Habichten mißmutiger oder weiser Beurteilung.« Beha ed-Din lehnte sich zurück. »Mash'allah! Schon mit siebzehn Jahren war Artus *Dux bellorum?* Das ist kein Wort aus deiner Sprache, nicht wahr?«

»Aus dem Lateinischen, der Sprache der Römer. Bei ihnen gab es einen Obersten Befehlshaber, den sie *Comes Militum Britanniarum* nannten, einen *Comes Litoris Saxonici* und einen *Dux Limitum Britanniarum*, die über Tausende Fußkämpfer und Berittene und über zweiundachtzig Festungen bestimmten. Damals. Und weil einige aus dem Volk und die Fürsten noch an die römische Ordnung erinnerten, verwendeten sie oft solche Namen und Bezeichnungen. Als *Dux bellorum* und später als Hochkönig führte Artus zwölf Schlachten, bis er schließlich die Sachsen endgültig besiegen konnte. Selbst beim Befehlen hatte er's schwer: ein wenig Latein, das Britische und das Keltische oder Walisische, das *Cymraeg*; drei Sprachen gab es zu Artus' Zeit im mittleren Teil der Insel.«

»Wie kann man ein Volk einigen, wenn nicht durch eine Sprache, eine Schrift?« Beha-ed-Din schüttelte den Kopf, als wehre er unverständliche Empfindungen ab. »Und durch einen gemeinsamen Glauben? Sicherlich durch einen Herrscher, den alle anerkennen.«

»Ein solcher König wollte Artus werden«, sagte Troncas. »Er handelte, wie es ihn Merlin gelehrt hatte: Schwertmann Gordion sammelte die besten Fußkämpfer, Pferdemann Kilydd lehrte die Reiter richtig zu reiten und dabei zu kämpfen. Das Gold Uther Pendragons und Merlins gab Webern, Näherinnen und Schmieden Arbeit und gutes Einkommen, Kay kaufte und versorgte alles, was Artus und die wachsende Zahl der Anführer in seiner Hälfte der Stadtburg von Caerleon brauchten, und Gawain kaufte Pferde und Futter, gegerbte Häute, Eisen, gutes Holz für Speerschäfte; er befahl, Bögen, Pfeile und Köcher herzustellen, und ließ Häuser für Krieger, Wehrtürme und auch Ställe für Pferde bauen, auf dem wenig fruchtbaren Land außerhalb der Stadtmauern. Die Fürsten hielten ihr Wort und schickten ihre besten Krieger, Mann um Mann.«

»Es wird ein wilder, rauher Haufen gewesen sein, nach allem, was ich von dir weiß.«

»Tausend Befehle und die Nachdrücklichkeit, mit der sie durchgesetzt wurden, haben in nicht allzu langer Zeit aus metsaufenden, prahlerischen Fürstensöhnen brauchbare Krieger gemacht. Hochkönigin Ygraine brachte die Männer dazu, das verfilzte Haar zu waschen und die Bärte zu kürzen. Catriona richtete Küchen und Wäschereien für die Männer ein, von denen viele zum erstenmal in einem Bad saßen, das nach römischem Vorbild gebaut worden war.

Gawain und Kay ließen runde Schilde fertigen, die größer, leichter und besser waren als jene, mit denen sich die Krieger bisher abschleppten; feuerrote Schilde, mit Drachenköpfen und Stammeszeichen darauf. Und so kam eines zum anderen, in kleinen, aber sicheren Schritten. Manche Fürstensöhne lernten sogar von Bruder Dugald und dem jungen Mönch Gildas ein wenig schreiben und lesen.«

»Nach diesem ersten Jahr – wie groß war das Heer des Artus?«

»Man sagt, daß es kleiner war als tausend Männer, davon keine dreihundert zu Pferde. Aber alle übten, auch die Späher und Bogenschützen, ununterbrochen von Ostern an jeden Tag bis zur Erschöpfung. Und selbst Pendragon und Loth von Lothian sahen ein, daß Artus und Gawain die besten Reiter, Schützen und Kämpfer waren und jeden Mann lehren konnten – und es auch taten! –, was ihm an Kampfkunst fehlte. Es sprach sich rasch herum, bis nach Armorica. Von dorther kamen einige Krieger, die sich freiwillig Artus anschlossen: Blamore, Nerovens und Kehydius, mit Pferden, Knechten und Waffen. Daß ein neues Heer gerüstet wurde, dessen Krieger nicht erst aus allen Fürstentümern zusammengerufen werden mußten, erfuhren auch die Sachsen, die *Saeson*, und die übrigen Eindringlinge. Und so sammelten sie sich an der Mündung des Flusses Glein, was wiederum die Späher meldeten. Dort mußte Artus, obwohl er unvorbereitet war, die erste von einem Dutzend Schlachten schlagen.«

Du bist dort aufgewachsen. Du kennst, wie du sagst, jeden Baum. Du wirst uns führen müssen – also erzähl uns, Prudeyn …« Artus stützte die Ellbogen auf die Tischplatte, »… berichte uns einfach alles, was du weißt!«

»Der Glein ist kein Fluß, Dux Artus.« Der Späher blies auf den dünnen Schaum seines Bieres und nahm einen tiefen Schluck. »Es ist ein Bach, der nur im Frühjahr und nach heftigem Regen viel Wasser führt. Bei uns im armen Norden regnet's viel. An der Mündung, die nach Osten hin liegt, an beiden Seiten, sind Ebbestrände, so weit man sehen kann. Für die Schiffe der Fremden ein Leichtes, weit ins Land hineinzufahren, bis zum Glein, der sich in einem kleinen bewaldeten Tal schlängelt. Niemand lebt dort. Der beste Weg für jeden Eroberer, um in die Ebene im Norden des Hadrianswalls einzudringen.«

»Wie lange bist du geritten, Prudeyn?« fragte Merlin. Er war ebenso beunruhigt wie jeder Anführer dieser Tischrunde.

»Sieben Tage und viele Stunden in Vollmondnächten, Vater Myrddin. Auf Straßen, die ich kenne, guten Römerstraßen. Ihr werdet einen Zehntag brauchen, auch wenn du nur Reiter schickst, Dux Artus.«

Vor Artus lag Caliburn, das fast armlange Schwert, mit silberglänzend geschliffener Doppelschneide und unlesbaren Zeichen auf der Blutrinne. Artus lehnte sich zurück, schob die dünnen Buchenbrettchen zur Seite, hob den Arm und sagte: »Du wirst vielleicht mit mir reiten, an der Spitze eines kleinen Heeres. Wie viele Gegner hast du zählen können?«

»Zweihundert, dreihundert. Aber die Glein-Mündung ist ein guter Treffpunkt.« Prudeyn schien darüber verwundert zu sein, daß Artus die Krieger anführen wollte. »Ich hab zwei Männern Gold versprochen, damit sie sich verstecken und sie zählen. Wenn sie nicht auf dich warten, ist es nicht meine Schuld.«

Artus schüttelte den Kopf. Sie saßen in der alten römischen Rotunde Ehangwen, in der seine Wahl stattgefunden hatte. Der Raum glänzte vor Sauberkeit, mit frisch gekalkten Wänden, vor den Fenstern waren dünne Tücher gegen die Fliegen auf Holzrahmen gespannt. Dutzende rot leuchtende Schilde, Lanzen, Speere, Kampfäxte, Dolche und Schwerter hingen auf Holzzapfen an den Wänden, Körbe und Flechtwerktruhen standen, gefüllt mit eisernen Pfeilspitzen, neben den Sesseln. Artus' junger Baumeister Glwyddin hatte die Thronsitze auf der steinernen Erhöhung durch einen Tisch mit niedrigen Stühlen ersetzen und mitten in der Halle einige der größten Tische, die in der Burg zu finden waren, zu einem Viereck zusammenstellen lassen. Es war früher Abend; von den Dochten der talggefüllten Schalen wendelten Rußfäden ins Gebälk. Durch die weißen Vorhänge drang der Geruch eines kurzen, spätsommerlichen Gewitters. Nachdenklich blickte Artus in die Gesichter seiner Freunde und Kampfgenossen.

»Schon wieder zwingen uns die Fremden einen Kampf auf«, sagte er leise, aber mit kaum überhörbarer Schärfe. »Noch bin ich nicht so weit, so zu kämpfen, wie wir's gelernt haben.«

»Es wird jeden Mond besser, Artus.« Zum erstenmal an diesem Abend sprach Merlin. »Entschlossenheit, Wendigkeit und Schnelligkeit – die haben wir schon heute.«

Kay murmelte: »Verpflegung aller Männer? Futter für die Tiere? Ersatz für Waffen, Heiler für die Verwundeten? Und denk an die Schiffe, Artus, für die wir keine Steuermänner und Besatzungen haben.«

»Auch daran denke ich.« Artus straffte seinen Rücken und suchte die Blicke von Nerovens, Kehydius und Blamore; er hatte alles mit ihnen beredet. »Du, Gawain, wirst mit zwölf Dutzend erfahrenen Reitern in drei Tagen nach Norden aufbrechen. Schnell, aber ohne verderbliche Hast. Die Bauern sollen euch helfen und uns erwarten. Wir nehmen keine Fußkämpfer mit. Kay sorgt für Essen, volle Trinkschläuche und all das übrige.«

»Wie ihr es jahrelang gelernt habt.« Merlin nickte. »Du hast fünf kampferprobte Begleiter. Ich vergewissere mich, daß nichts vergessen wurde. Du mußt diese Gegner völlig unterwerfen, Artus, aber einige Überlebende sollen ihren Leuten von der schrecklichen Schlacht berichten. Bald beginnen die Herbstregen; uns bleibt nur noch der Winter, um das Heer zu vergrößern und zu verbessern.«

Artus nickte. »Ich reite mit den Armoricanern und zwölf Dutzend weniger erfahrenen Männern einige Tage hinter dir, Gawain.«

»So ist es gut.« Gawain schlug mit der Faust auf den Tisch. »Eines Tages, der nicht fern ist, werden wir keinem Angreifer mehr genug Zeit und Land lassen. Wir zwingen die Eindringlinge, an Stellen und zu Zeiten zu kämpfen, die allein wir bestimmen.«

»Das war von Anfang an unser Ziel.« Merlin wartete, bis der

Diener die Becher frisch gefüllt hatte. »Um Artus zu schützen, habe ich Blamore, Kehydius und Nerovens gebeten, mit ihm zu reiten. Keine zu große Bitte, ihr Herren?«

»Ich hätt's selbst vorgeschlagen«, sagte Blamore, streckte die Arme aus und packte seine Sitznachbarn an den Handgelenken. »Wir bringen ihn heil und als Sieger zurück, Merlinus.«

Artus überlegte noch immer, was ihm die Drei bedeuteten: Freunde? Er kannte sie nicht gut genug. Söldner? Er hatte ihnen keine Reichtümer versprechen können, und sie erwarteten auch kaum große Beute. Krieger? Im Reiten und allen Waffenkünsten übertrafen sie jeden Mann seines Heeres außer Kilydd, Gawain und Gordion. Er sah zur Wand über der Thronplattform. Dort hing sein Schild: rot in einem weißen Ring, mit dem Bild des Drachen darin. Daneben lag auf zwei Zapfen die Schwertscheide, das Geschenk Merlins; es grenzte an ein Wunder, wie genau die Waffe in die Hülle aus Leder, Holz und Bronze paßte.

»Ich vertraue euch, Kämpfer aus Armorica«, sagte Artus und lächelte ihnen zu. »Wir werden einen bösen Kampf in einem kargen Land gegen verzweifelte Gallier bestehen müssen, an der Seite vieler Männer, die noch nie einen Waffengang erlebt haben. Mit mir, einem Anführer, der seine Gegner nur im Traum getötet hat.«

»Glaub mir, junger König«, sagte Nerovens, »das gibt sich. Schneller als du ahnst.«

Die Armoricaner, alle drei kaum älter als dreißig Jahre, Nachfahren einstmals geflohener Britannier, überragten jeden der Einheimischen um einen halben Kopf. Ihr langes Haar war gepflegt, sie schabten jeden fünften Tag ihre Bartstoppeln und vertrugen von allem viel: Sie badeten mit reiner Wollust, tranken selbst alte Schmiede nieder, kämpften meisterhaft mit einem halben Dutzend verschiedener Waffen und ritten, als wären sie mit dem Pferderücken verwachsen. Ihr Gelächter hallte durch Caerleon und die Stadtburg, und die Mägde flüchteten kreischend vor ihren blitzschnellen Griffen. Sie bewunderten Merlin, achteten Gawain und den sparsamen Kay und wurden in Artus' Gegenwart zurückhaltend, fast scheu und weich. Der rothaarige Nerovens sang gut und laut unbekannte Lieder zur Harfe; Kehydius und Blamores grölender Gesang beschränkte sich hingegen auf zotige Strophen und fremdartige Kriegslieder.

»Ich bin froh, daß ihr mit mir reitet«, sagte Artus. »An Mut wird es mir nicht fehlen, aber an Erfahrung. Trinkt aus, Freunde! Morgen fangen wir mit schwierigen Vorbereitungen an; wir sollten ausgeschlafen sein. Vielleicht träumt einer davon, wie wir erfahrene Mannschaften für die erbeuteten Schiffe am Waldrand säen und in einem Jahr an den Ufern ernten können!«

»Es bedeutet Unheil, wenn man vom Wasser träumt«, sagte der Späher und leerte den Becher. »Welche Gruppe soll ich führen, Herr Artus? Deine oder die vom jungen Feldherrn Gawain?«

Artus stand auf. »Gawains Reiter, Prudeyn. Er wird dafür sorgen, daß wir uns nicht verirren. Morgen wirst du die Namen aller Dörfer und Städtchen aufsagen, durch die wir reiten; ich brauche eine Aufzählung ohne Lücken.«

Prudeyn verbeugte sich. Artus hob grüßend beide Arme und begleitete die Männer zu den Türvorhängen. Kay löschte ein Talglicht nach dem anderen, bis auf eines vor Artus' Platz. Artus grinste flüchtig. Er brauchte an diesem Abend kein Licht, nur ein Bad, einige Schalen Wein und die wohlige Nähe Catrionas, die seine heißen Gedanken kühlte; die Geliebte wurde in Caer Myrddin gebraucht und blieb nur noch wenige Tage in der Stadtburg zu Caerleon.

Hinter den sechs Reitern ertönte Stunde um Stunde nichts anderes als das Poltern von tausend Hufen. Die Dörfler und Jäger meinten, es wäre der Donner eines Wetterleuchtens hinter den Wäldern. Zwölf Dutzend berittene Krieger in einzelnen Gruppen und drei Dutzend schwer beladene Inselpferde folgten Artus und seinen Reitern; sie trabten nach Nordosten. Die Lanzenschneiden und die geschliffenen Pfeilspitzen funkelten, und wenn Sonnenstrahlen auf die Schilde fielen, schienen die Reiter zu brennen. Auch Artus' Reiter schonten ihre Pferde; jeder war für sein Tier verantwortlich. In weiten Abständen warteten einzelne Reiter auf Artus und den zweiten Teil des Heeres und schlossen sich ihm an, nachdem Artus ihre Botschaften angehört hatte. Die wenigen Wehrbauern abseits der Römerstraße teilten mit den Kriegern das karge Essen, das sie hatten, die Pferde bekamen Futter und gutes Brunnenwasser, die Krieger schliefen im Heu oder auf ausgebreiteten Strohbündeln. Artus erkannte große Teile der Landschaft wieder, doch einige Abschnitte der alten Straßen waren ihm völlig fremd. Das Land war dünn besiedelt, aber dort, wo fleißige Bauern seit mehr als einem Jahrhundert Wälder gelichtet und Felder gepflügt hatten, trabten die Reiter entlang fruchtbarer Felder und Weiden, durch Gärten voller Obstbäume. Sechsmal hatte Artus nachts in Bauerngehöften oder in kleinen Dörfern vor den wenigen Stunden Schlaf seinen Rappen gewaschen und gestriegelt; je näher er dem Fluß oder Bach Glein kam, desto weiter entfernte er sich von Ortschaften und Pfaden, die er wiedererkannte.

Gordion hob den Arm und galoppierte an Artus' Seite. Artus und seine Begleiter ritten von der Straße herunter und hintereinander auf einem Ziegenpfad durch niedriges Brombeergestrüpp einen Hügel hinauf. Kilydd rief:

»Die Späher sagen, daß die Sachsen von den Hügeln zur Ebene absteigen werden. Wenig Wald ist auf dem flachen Land; sie glauben, dort können sie siedeln, ohne daß wir es merken.«

»Auf der Ebene sind wir im Vorteil«, sagte Artus. »Denn wir sind zu Pferde.«

»Nicht mehr, wenn wir sie durch die Hügel, den Wald und das Flußtal verfolgen müssen, Prinz.« Blamores Blicke suchten die Landschaft ab und verloren sich am Waldrand jenseits der welligen Fläche aus Heidekraut. Weit rechts und im Süden, dem Hadrianswall zu, bewegte sich eine große Schafherde über einen Hügel. Dann schoben sich Wolken vor die Sonne, und das Land wurde dunkel, eintönig und traurig.

»Wir kennen das Ziel«, sagte Kehydius. »In zwei Tagen sind wir dort. Gawain wird unsere Kampfaufstellung vorbereitet haben.«

Artus winkte und zeigte nach links. Einige Anführer winkten zurück. Auf der uralten Straße zog das kleine Heer in weit auseinandergezogenen Windungen nach Nordost; die meisten Römerstraßen, die Artus kannte, waren so angelegt, daß sie ohne Engpässe und die Möglichkeit von Hinterhalten das Land durchquerten.

»Eine sanfte Landschaft voller Geducktheit, Prinz«, sagte Nerovens versonnen. »Ohne Sonne ist sie traurig. Ganz anders als die Welt in Armorica.«

»Du hast recht, Lanzenreiter Nerovens.« Artus schnupperte; er glaubte den Geruch des Meeres in der Luft schmecken zu können. »Viele Bauern und Hirten – und natürlich zuerst Merlin – haben mir gesagt, daß dort, wo jahrein, jahraus Winde und Stürme wehen, keine großen Bäume gedeihen. Es ist ein Land für Moosheidelbeeren, Moorhühner, Hasen und Kaninchen, für Wolken und Regen.«

»Gut genug für Eindringlinge.« Kehydius klopfte den Hals des Pferdes, dessen Fell von breiten Schweißbahnen getränkt war. »Hast du schon einmal daran gedacht, Prinz Artus, einen Teil der Landnehmer zu richtigen Britanniern zu machen? Sie würden Abgaben entrichten, unseren Gesetzen gehorchen und in unserer Sprache reden müssen.«

Artus nickte. »Schiffbauer brauchen wir, gute Tischler und Zimmerleute, Steuermänner und Ruderer und meereskundige Besatzungen. An der westlichen Küste, östlich von Caer Laverock, haben mein Vater und Dux Ector ein Dutzend erbeuteter Schiffe versteckt. Wahrscheinlich sind sie schon halb vermodert. Bis wir eigene Schiffe und Steuermänner haben – das wird viele Jahre dauern.«

»An den Küsten von Armorica kannst du gute Steuermänner und Schiffsbauer finden, Artus«, sagte Blamore. »Schick Kay zu ihnen, mit genug Gold, dann kannst du bald mehr tüchtige Schiffe bemannen als die Jüten und Angeln.«

»Darüber reden wir nach der Schlacht.« Artus trieb seinen Hengst mit Fersenstößen an und stob auf das Ende des Reiterzugs zu. Über die Schulter rief er: »Dank für den Rat, Blamore!«

Auch am nächsten Abend warteten Meldereiter aus Gawains

Heer. Als sie am Waldrand rasteten, in einem hastig errichteten Lager, erfuhren sie, daß Artus' Freund die Eindringlinge entdeckt und seinen Teil des Heeres auseinandergezogen hatte. Es schien, daß die Fremden nichts von den britannischen Verteidigern wußten. Gawains Späher hatten mehr als zweihundert Männer gezählt – und drei Schiffe in einem Küstenversteck. Artus stellte Wachen auf und versuchte, seine Krieger zu beruhigen; die eine Hälfte fürchtete sich vor der Schlacht, die andere sehnte den Überfall herbei.

Das erste Treffen fand auf einer Fläche statt, an der vier verschiedene Teile der Landschaft aufeinanderstießen: im Quellgebiet, wo der Glein sein Wasser sammelte, am Ende eines offenen Fjords, der sich zum Meer hin zwischen Felsen verengte. Dort, am Fuß der Hügel und am Rand einer leidlich trockenen Ebene, ragten in deren Mittelpunkt zwei Kreise übermannshoher, keilförmiger Himmelssteine aus dem verfilzten Bewuchs.

Die Hälfte der Reiter war abgestiegen; die Krieger trugen Schilde, Lanzen und Schwerter. Hundert Schritt hinter den Fußkämpfern führte jeweils ein Mann zehn oder zwölf Pferde mit sich und hielt sorgfältig den Abstand ein. Beide Heeresteile hatten sich vereinigt und zu einem weiten Kreis auseinandergezogen. Am nebligen Morgen, noch bevor die Fremden den ersten Schild gesehen hatten, drangen die Fußkämpfer von den Rändern der Hochebene langsam und ohne Lärm vor. Ihr gemeinsames Ziel war die Stelle, an der die Schlucht begann, jene schüsselartige Falte zwischen den Hügeln, die im Mündungsdreieck des Glein und am Meeresstrand endete. Die Sachsen hatten in großen Gruppen bei den uralten Himmelssteinen gelagert, und als im Morgengrauen ihre Wachen die Näherrückenden sahen, begannen sie zum Lager zu rennen. Wenige Atemzüge danach schrillten die Bronzehörner über die Ebene.

Artus ritt inmitten eines Dutzends seiner Anführer und hielt die Lanze senkrecht, der Schild am ausgestreckten linken Arm deckte Knie und Unterschenkel. Die Sachsen schienen vorbereitet zu sein und sammelten sich binnen kurzer Zeit in den Steinkreisen. Artus wußte, daß seine Krieger nur auf sein Zeichen warteten; für ihn selbst war es nicht der rechte Tag für dumpfen Trommelschlag und Litusgeheul. Er sah sich ruhig um. Hinter den Büschen und dem hohen Gras erschienen seine Männer, einer nach dem anderen, wie gleich gekleidete Nachtgeister, die am Morgen in der Wirklichkeit auftauchten: Bogenschützen, Krieger mit Schilden und Lanzen, und dahinter Lanzenreiter. Nach einiger Zeit, als die ersten Sonnenstrahlen aus dem tiefhängenden Gewölk hervorzuckten, war die Ebene von unzähligen roten Kreisen umgeben, den feuerroten Schilden der Britannier.

Artus reckte den Arm und schwenkte den Speer über dem Kopf, hob den Schild und senkte ihn. Aus allen Richtungen erscholl wüstes Geschrei.

»Mit Artus! Mit Artus für Britannien!«

Die Bogenschützen kämpften sich fünfzig Schritte weit durch die Ranken und Büsche, spannten ihre neuen, starken Waffen und überschütteten die Sachsen mit einem schwirrenden Hagel aus Pfeilen, deren Länge ebenso zur Tödlichkeit der Geschosse beitrug wie die schweren Eisenspitzen. Die Sachsen zogen sich zurück, wehrten sich mit Schleudersteinen und Pfeilen und duckten sich zwischen die kantigen heiligen Steinpfeiler. Von den Steinkreisen bis zum Anfang des Gleintals zog sich ein breiter Pfad aus niedergetretenen Gewächsen und Lehm. In den tiefen Fußeindrücken stand fauliges Wasser.

Schritt um Schritt rückten die Britannier näher und verkleinerten den Ring. Steine und Pfeile prasselten auf die Schilde; kein Krieger verließ seinen Platz. Aus den Haufen der Sachsen erscholl wildes Geschrei und Kriegsgeheul. Gordion lächelte Artus grimmig zu und rief:

»Mir scheint, die Unseren haben's richtig gelernt! Bis jetzt, wenigstens!«

»So scheint es jetzt«, sagte Artus und holte mit dem Speer aus. »Noch leben wir alle. Heute abend wissen wir mehr.«

Die Sachsen wichen langsam zurück und wehrten sich erbittert. Je näher Artus den ersten Toten neben den Himmelssteinen kam, desto genauer konnte er sehen, daß die Fremden mit den gleichen Waffen kämpften wie seine eigenen Krieger. Sie schlugen mutig zurück, aber als der Pfeilhagel aufgehört hatte und zwischen Artus' Fußkämpfern die Lanzenreiter auf die Eroberer eindrangen, erkannten sie, daß die Bewaffnung schlechter war und die Fremden trotz des Todesmuts ihrer Anführer die berechnende Art und Weise des Kampfes nicht verstanden. Die erste Gruppe wandte sich zur Flucht und rannte zum Pfad; wieder gab Artus ein Zeichen mit dem rotleuchtenden Schild.

Niemand schrie; der Befehl wurde befolgt.

Drei oder vier Dutzend Reiter tauchten aus dem Versteck auf und hieben die Flüchtenden nieder. Das Kriegsgeschrei »Für Artus!« hallte über den Kampfplatz. Die Waffengefährten ritten neben ihm, hoben die Schilde und senkten die langen Lanzen. Gawain und Gordion schrien wie aus einem Mund:

»Wir überrennen sie! Los! Galopp! Für Artus!«

Sieben Schilde schwangen nach rechts, sieben Pferde rissen die Köpfe hoch und fielen in Galopp, sieben Lanzenspitzen suchten ihre Ziele; polternd, prustend, knarrend, brüllend und klirrend, durch aufstiebende Wassersäulen und im Geflatter zerfetzter Pflanzen schob sich wie eine unaufhaltsame Woge die Reiterreihe durch schwirrende Steinbrocken, Pfeile und Wurflanzen auf die Fremden zu. Schon beim ersten Zusammenprall starben sieben gegnerische Axtkämpfer.

Vor dem letzten Sonnenlicht, als die Ebbe abgelaufen war und die Schiffe schräg im trocknenden Sand und Schlick lagen, hatten fünfzig, sechzig Reiter ihre Tiere durch Wasser und Gestrüpp der Glein-Schlucht und bis zwischen die tangstinkenden niedrigen Steinriffe geführt und kletterten auf die Pferderücken, als zwei Späher auf sie zugaloppierten. Die Hufe der triefenden Pferde wirbelten Wassersäulen und graue Schlammbrocken hoch; flüchtig hatten

Artus und seine Reiter sich im Glein den Schmutz und das Blut der Schlacht abgewaschen.

»Hinter uns her, Dux Artus«, riefen die Späher. »Ein paar Krieger sind noch in den Schiffen. Und viele Truhen und Körbe!«

Artus' Schultern sackten nach vorn. Sein Pferd trabte an, die Hufe versanken bis zu den Fesseln im Ebbesand. Über dem grauen Horizont des Meeres loderten im Widerschein der sinkenden Sonne gewaltige Wolkengebirge, Möwen flatterten auf und schrien mißtönend. Die Reiter zogen sich zu einer unregelmäßigen Linie auseinander und trieben die Pferde zur letzten Anstrengung. Nach einem kurzen Ritt, der die Reiter vom Leder des Helms bis zu den Stiefelspitzen in grauen Schlick tauchte und die Pferde schier unkenntlich machte, erreichten sie die Schiffe, deren Buge jenseits der Flutlinien aufs Ufer geschoben worden waren. Elf junge Männer, starr vor Schreck, ließen Schilde und Äxte fallen und flehten schreiend um Gnade. Die Reiter fesselten sie an die Ruderbänke, öffneten die Truhen und leerten durstig die Wasserfässer; beim Licht des halben Mondes, als die Flut den höchsten Stand erreicht hatte, wurden die Schiffe in die Mündung des Glein und weit aufwärts gerudert, vorbei an den Leichen der Erschlagenen, die im Wasser der niedrigen Brandung trieben.

Kehydius, Blamore und Nerovens erboten sich, mit Wind und Strömung die breitbauchigen Schiffe in den Fjord von Caer Laverock zu bringen, wenn genügend mutige Männer sie begleiteten. Während sich Artus' Heer sammelte und sich Gawain mit der ersten Hälfte auf den Heimweg machte, verteilte Artus die magere Beute: wenige Waffen, viele Werkzeuge aus Holz oder Eisen und ungemünztes Silber und Gold. Neun Sachsen hatten die Schlacht überlebt; drei sächsische Steuermänner, fünf Ruderer und die drei Besitzer der Schiffe würden ihr Leben behalten, wenn sie mit den Armoricanern das Ende des Hadrianswalls bei Caer Laverock erreichten, nach ein, zwei Monden, noch vor den Herbststürmen, wenn die Schiffe an der Westküste flußaufwärts in Sicherheit waren. Artus versprach, die

Schiffsmannschaften von seinen Reitern abholen zu lassen. Mit der übernächsten Flut legten die Schiffe ab und entfernten sich quälend langsam die Küste entlang nach Norden. Artus befahl, die Leichen der Fremden in die Steinkreise zu legen und den Raben und Füchsen zu überlassen. Er gönnte den Kriegern und Reittieren drei Tage Nichtstun und Erholung, dann ritten sie viel langsamer jene Wege zurück, auf denen sie gekommen waren. Artus erinnerte sich, hielt das Pferd an und zog langsam das Schwert aus der Scheide, hielt es ins Sonnenlicht und sah, daß beide Schneiden vollkommen unversehrt waren, ohne die winzigste Scharte.

Die Nacht roch nach gärendem Apfelmost, nach reifem Korn und den Brotlaiben, die auf dem Tisch vor der Küchentür auskühlten. Artus hatte sich auf der Bank ausgestreckt; er lehnte an der Wand, die noch ein wenig Tageshitze in sich hielt. Der Bauer und seine Frau, Kilydd, Gordion und der Späher Prudeyn saßen am Tisch und tranken den säuerlich-süßen Saft gepreßter Äpfel. Mücken sirrten um die Flammen der Kienspäne.

»Ich kann's noch immer nicht glauben, Herr. Prinz. Dux Artus. Ihr habt gekämpft und viele Männer getötet – und ihr alle seid noch selbst so jung. Bis auf Kilydd und Gordion.«

Drei Tagesritte vor Caerleon: Auf den Weiden des Bauern grasten vier Dutzend Pferde aus Artus' abermals verkleinertem Heer. Artus kannte die durchschlagende Wirkung von frischem Most und trank ihn mit viel Brunnenwasser gemischt. Er stach die Dolchspitze in einen Käsewürfel, hob die Schultern und sagte leise:

»Drei Männer hab ich getötet. Es ... es war so leicht, scheinbar, in der heißen Wut des Kampfes. Die Lanzenschneide gleitet durch Leder, Fell, zwischen Eisenschuppen in die Brust, als wäre es eine Strohpuppe. Aber unter der Bronze der Helmkappe haben mich die Augen der Sachsen angestarrt, voller Haß, aber auch voll Todesangst; ich weiß, daß der andere meinen Schädel mit seiner Axt gespalten hätte, wenn ich nicht schneller und hoch auf dem Pferd gewesen wäre.«

Der Bauer seufzte und fügte einen keltischen Fluch hinzu. »Herr. Ich hab mit Dux Ector gekämpft, verloren und gewonnen, weiter im Osten. An solcherlei hat keiner von uns gedacht. Ihr habt sie alle totgeschlagen?«

»Bis auf ein Dutzend Gefangener«, brummte Gordion. »Und all die jungen Männer, die noch nie Todesangst gehabt haben oder Angst vor dem Töten, wissen nun, daß sie töten und siegen können.«

»Bis sie ein ruhiges Alter haben, so wie du – laßt es uns hoffen! –, werden sie noch oft kämpfen und töten. Und viele werden sterben müssen.« Artus deutete mit dem halbvollen Becher auf den Späher. »Es ist keiner entkommen. Also wird auf dem Festland niemand erfahren, daß wir ohne Erbarmen gekämpft haben. Ich muß mich auf dich und deine Freunde verlassen, Späher. Daß wir im Niemandsland gekämpft haben, war unser Glück.«

»Daß lange Teile der Küsten in der Hand der Sachsen sind, weil sie im Land dahinter siedeln und sich nicht vertreiben lassen, weißt du seit Jahren, Dux Artus.« Artus nickte schweigend und spuckte einen Kern aus. Der Späher lachte verlegen. »An allen Küsten werden Späher stehen, mit Brieftauben, wie Herr Merlin versprach. Aber keiner kann schreiben, Herr.«

»Wir werden bestimmte Zeichen entwickeln«, sagte Gordion. Es klang wie ein Versprechen. »Ein Schwert: zehn Sachsen. Ein Schiff: hundert Sachsen. Und so fort.«

»Und das Zeichen des Spähers, damit ich weiß, an welchem Ort er die Taube in die Luft geworfen hat.« Artus hatte sich im kalten Brunnenwasser gewaschen und spürte die Hitze seiner Haut. »Du mußt daran denken, Bauer Tjordy, daß deine Familie, deine Leute, das Vieh und die Ernte ungeschützt sind. Was tust du, wenn die Sachsen kommen?«

»Wir rennen nach Caerleon oder Luguvallium, hinter den Wall. Oder bis nach Carlisle.«

»Wir werden Wehrtürme bauen für euch Bauern«, sagte Artus. »Aber der Bau braucht Steine, Arbeiter und Gold. Es gibt keine

Legionäre mehr; mein Leben ist nicht lang genug, um ein paar tausend Türme im ganzen Land bauen zu lassen.«

Der Bauer stieß ein Grunzen aus. »Dann mach mehr Gefangene, Dux Artus, und treib sie mit der Peitsche an.«

Artus schloß die Augen und roch am Most. Platzende Bläschen kitzelten seine Nasenspitze. Seit seinen Nächten in Merlins Camelot und in Caer Myrddin träumte er von uneinnehmbaren Burgtürmen und hellen Häusern, von sicheren Häfen und hohen, weißen Stadtmauern, von Fahrten zur Insel Avallon und einem großen Heer, das die Feinde abschreckte und dessen Männer all diese Türme und Häfen bauten, wenn er sie nicht als Krieger zusammenrufen mußte. Er zuckte mit den Schultern; köstliche, kaum erfüllbare Träume. Er öffnete die Augen, sah in die Gesichter der Tischgenossen und erkannte, daß sie von ihm ein Versprechen erwarteten oder einen Schwur, an den sie sich halten konnten. Leise sagte er:

»Bei allen keltischen Wassergeistern, bei den alten Göttern und dem Christengott, bei meinem Vater und den Riten der Druiden – ich werde Türme und Burgen bauen! Sie lassen sich nicht vom Kleinen Volk oder den Riesen bauen, von denen so viele Menhire und Himmelssteine stammen. Jedes Jahr ein paar, Freunde, und bisweilen eine Brücke und eine Straße.« Er hob beide Arme in einer halb verzweifelten Geste. »Bis zu dem verdammten Glein haben wir durch dreiundzwanzig Furten reiten müssen!«

»Ganz zu schweigen von verdammten Mooren, Sümpfen und anderen Einöden«, murmelte Kilydd. »Noch einen Becher, Tjordy, dann schlaf ich gut im Stroh deiner feinen Scheune.«

»Auch zwei, drei oder mehr, Pferdemann Kilydd.« Der Bauer und die Bäuerin griffen gleichzeitig nach dem Tonkrug. »Und nochmals Dank für deine schwarze Salbe und dafür, daß du meine braven alten Noriskerpferde besprochen hast.«

Kilydd grinste und leerte den Becher. »Frauen, so sagt ein Spruch in Klein-Britannien, sind keine Menschen. Und Pferde sind keine Tiere. Behandle sie wie Menschen, und ihre Geschwüre heilen schneller.«

»Ich werd's mir merken«, sagte der Bauer und vermied es, seine Frau anzusehen. Artus wickelte sich in die Decken, die tagsüber zwischen den Apfelbäumen aufgehängt und trocken geworden waren, und er erinnerte sich bei Sonnenaufgang an den Traum, in dem er gesehen hatte, wie schwarzbehaarte Riesen die Himmelssteine aus einer Bergflanke gebrochen und inmitten der Ebene aufgerichtet hatten; auf der Fläche weideten Schafe und Rinder, und riesige Kornfelder rauschten unter einer strahlenden Sonne.

Die Bewohner Caerleons und viele Frauen und Männer erwarteten Artus und seine Reiter vor dem Tor der Stadt. Der Sieg und das Wagnis der Umschiffung der Insel im Norden hatten sich herumgesprochen; dennoch klang der Jubel verhalten. Viele Kriegsmänner, besonders Merlin, Dux Ector, Uther Pendragon, selbst Ygraine und Schwester Sangive wußten, daß schon der nächste Waffengang in einer Niederlage enden konnte. Im weiten Umkreis Caerleons waren Kornfelder und Obstbäume nach einem reichen Sommer abgeerntet. Artus erschrak, als er in Uthers Gesicht blickte. Sein Vater starb langsam, kämpfte mit Merlins seltsamen Trunken gegen den Tod und verfiel zum hilflosen Greis, der unter der Erinnerung an seine Bärenkräfte litt und darunter, daß sein klarer Verstand scharf wie Caliburns Schneiden blieb. Als Artus, nachdem er – so kam es ihm vor – hundertmal tausend Befehle, Anordnungen, Berichte, Namen, Eingebungen, Zeichnungen, Bilder, Schriftstücke, Klagen und Entscheidungen aller Art hinter sich gebracht hatte, mitten in einer mond- und windlosen, sternenstarrenden Nacht sich auf den Rücken seines schwarzen Hengstes schwang und durch den Spalt im Nordtor ritt, fühlte er sich wie befreit, ohne jede Verantwortung, wie vor zwei Jahren. Er galoppierte in der milden Herbstnacht allein nach Caer Myrddin, zu Merlin – und zur Geliebten, zu Catriona. Er merkte nicht, daß ihm Gawain und Kilydd folgten, in Sorge und in Waffen.

2. KAPITEL

In dessen Ausführlichkeit der Chronist Beha ed-Din von Troncas zu erfahren versucht, während wie vieler Jahre Artus jene zwölf Schlachten schlug und was dem jungen Prinz zwischen den Waffengängen widerfuhr

Catrionas Zeigefinger, der nach Honig und Nußöl roch, strich Artus' Haar aus der Stirn. Sie feuchtete die Fingerkuppe an der Unterlippe an und strich lächelnd seine Brauen glatt. Es war in der Nacht des Abschieds; die Böen eines späten Herbststurms, die durchs halboffene Fenster hereinfauchten, kühlten den Schweiß ihrer Körper.

»Auch wenn sich die Frauen um dich drängen, mein erschöpfter Prinz, wirst du dich immer an deine erste Geliebte erinnern. Bald wird dein Leben ganz anders sein, glaub mir.«

Mitunter war es Artus, als blicke er in einen Druidinnenspiegel, in eine Mondin-Silberscheibe, die im schwarzen Wasser eines Moortümpels glomm; so auch jetzt, als er in Catrionas nebelgrauen Augen versank und die weichen Spitzen ihrer Brüste auf seiner Haut spürte. Was er sah, glich der fremden Ruhe, die ihrer Verzweiflung gefolgt war. Er flüsterte:

»Meiner Freunde, meiner kleinen Siege bin ich mir sicher, Catri. Kann ich mir auch deiner … Liebe sicher sein? Ich frage, weil ich nichts anderes kenne – Dank den Göttern! Obwohl es mir oft schwerfällt, an sie zu glauben. Die Männer aus Armorica! Wären sie an meiner Stelle, wüßten sie alles besser!«

Sie küßte seine zuckenden Augenlider und sagte rauh: »Sie sind deinetwegen gekommen, Prinz! Sie sahen zuerst die Flamme, dann sahen sie, daß du leuchtest. Glaub Merlin und mir – wir wissen's! Auch Bedwyr, der unterwegs nach Caerleon ist. Ebenso viele tapfere Männer, die von dir gehört haben – sie kommen deinetwegen. Weil sie wissen, daß dort, wo du kämpfst, ihre Träume wahr werden.«

Artus starrte ins Halbdunkel zwischen den Deckenbalken des Zimmerchens, das er so lange bewohnt hatte. Er schüttelte sich und rief sich die Stunden und Tage nach seiner Wahl und dem seltsamen Auffinden des Schwertes Caledfwlch oder Caliburn ins Gedächtnis zurück. Plötzlich schien es, als könnten auch seine Träume wahr werden: Hochkönig Uther Pendragon öffnete die Beutetruhen, Silber und Gold schafften Eisen für die Handwerker herbei, Grobschmiede kauften und tauschten Leder, Bronze, Holz und alles andere, was sie brauchten, um Artus' und Merlins Wünschen zu entsprechen. Verwahrloste Steinbrüche füllten sich mit meißelnden Tagelöhnern; Pferdehändler mit ihren Tieren kamen aus den Siedlungen anderer Fürstentümer. Boten fuhren nach Armorica, um Krieger anzuwerben. Merlin zählte Artus und Gawain die Namen und Orte halb vergessener, verfallener römischer Kastelle und Grenztürme auf, und bald erfuhr Artus, daß es sich lohnen konnte, mehr als zwei Dutzend von ihnen wieder aufzubauen; einige konnten ihm und vielen Kriegern als Wohnstätte dienen. Jeden Befehl des *Dux bellorum* bekräftigte der Hochkönig, die Stadtburg wurde ausgebaut und vergrößert, Gawain, Kilydd und Gordion suchten im wilden Haufen der Krieger nach besonnenen, kampferfahrenen Männern, die sie zu Anführern ausbilden konnten. Kay sorgte dafür, daß die Männer Essen, Kleidung und festes Schuhwerk erhielten; an manchen Tagen glichen Caerleon und der Kranz der Dörfchen in der nahen Umgebung einem Heerlager, in dem nur die Feldzeichen fehlten. Späher und Boten durchstreiften das Land, um

Artus berichten zu können, wie weit die Fremden vorgedrungen waren. In manchen Nächten schlief er wie betäubt neben Catriona ein, noch bevor er sie berührte.

Jetzt richtete er sich halb auf, strich über ihr Haar und sagte mit rauher Stimme: »Und manche nennen mich Dunn Artus: Bergfestung Artus. Sind sie alle wahnsinnig? Ich bin achtzehn Jahre, zu jung, um allen gerecht werden zu können. Die Nachfolge Uthers fordert von mir mehr, als ich leisten kann.«

»Du forderst es von dir selbst! Du bist die Eiche, Prinz, nicht die Mistel in ihren Zweigen! Wenn hundert Männer ihre Lanzen hochrecken und nur eine einzige Doppelschneide blitzt und funkelt: warum? Dein Weg ist dein Ziel. Nein. Du bist der Mann zur richtigen Stunde, am besten Tag, der herbeigesehnte König. Es ist zu spät: sinnlos, wenn du dich dagegen sträubst. Unsere schöne Insel und die Jahre sind im Umbruch. Du bist für die Britannier das Zeichen des Aufbruchs.«

»Es hätte auch ein anderer sein können, nicht wahr?« Artus schloß seine Arme um Catrionas Schultern und drückte sie an sich. »Wie du sagst: Nur ein Stern kann der hellste sein.«

»Du bist Britanniens Stern. Wunder begleiten deinen Weg. Du wirst aberhundert Freunde haben, die an deiner Seite kämpfen, und wirst bleiben, wie du bist. Deswegen werden sie dich hochschätzen, werden dir folgen.« Sie lachte girrend, das Knie zwischen seinen Schenkeln. »Du wirst auch gegen Neider, ränkeschmiedende Kleinfürsten und Feiglinge kämpfen müssen, Artus. Caliburn und deine Freunde werden die Meute besiegen. Und deine Geliebte wird alt und runzlig geworden sein.«

Artus räkelte sich, lauschte dem Nachtwind, ließ die Bedeutung von Catrionas Worten in sich hineinsickern, prüfte sie und sagte:

»Auf der Klippe meiner Felsenburg wird immer ein Leuchtfeuer für dich lodern, Schönste. Wenn meine Selbstzweifel übermächtig geworden sind, wirst du sie zerstreuen oder auflösen?«

»Ich versuch's. Manche Frauen erkennen schnell, ob ein Mann etwas taugt. Da gibt's keine männlichen Regeln, das hat viel mit

Zauberei zu tun. Bevor du vom Rand der Wirklichkeit fällst, fangen dich deine Freunde auf.«

Artus schob seine Hände durch Catrionas Haar und lächelte. Leise sagte er:

»Irgendwann wird man mich zum Hochkönig krönen. Willst du meine Königin sein, Catri?«

Ohne daß ihr Lächeln brach, schüttelte sie den Kopf und sagte leise, aber mit endgültiger Bestimmtheit: »Nein, mein geliebter Prinz!«

Einen Siebentag zuvor waren drei Brieftauben in Caerleon gelandet. Kay las Artus die gleichlautenden kurzen Botschaften vor. Fast zwei Monde nach Artus' Sieg am Glein brachten seine Reiter Kehydius, Nerovens und Blamore zurück, mitsamt den zehn Gefangenen. Der elfte und zwei Britannier waren im Sturm vor den nördlichen Klippen der Insel in die Wellen gerissen worden und ertrunken. Artus erwartete sie, ließ drei Tage verstreichen, bis sich alle Männer der Schiffsbesatzungen erholt hatten; dann rief er sie in die Rundhalle der Burg zusammen. Die gefangenen Jüten standen ohne Fesseln in der ersten Reihe, zwischen ihnen zwei junge Männer, die beide Sprachen genügend gut beherrschten.

»Meine Britannier, die mit euch die Insel halb umfahren haben, sprechen gut von euch, und ich glaube ihnen. Eure Schiffe sind bei den anderen am Flußufer versteckt. Ihr könnt wählen, aber nur einmal: Werdet britannische Bürger, sagt euch von den Germanen los, helft mir, eine kleine Flotte zu bauen und zu bemannen.«

Die Sprachkundigen übersetzten, die Jüten begannen wild durcheinander zu reden; schließlich hob ein Übersetzer beide Hände und rief:

»Sie fragen dich, Herr Artus, welche Wahl sie haben! Uns haben sie gesagt, wenn sie sich zwischen uns Britanniern frei bewegen können, gehorchen sie deinen Befehlen.«

Artus nickte, suchte in den Gesichtern der drei Armoricaner nach Bestätigung oder Ablehnung und sagte:

»Ich habe geschworen, die Feinde Britanniens zu töten und das Land zu befrieden. Kämpft an meiner Seite, als Bürger Britanniens, und ihr bleibt am Leben.« Er deutete auf Gawain und Kay. »Ich brauche zwei Dutzend tüchtige, schnelle Schiffe und wehrhafte Mannschaften. Ihr könnt Steuermänner dieser Schiffe sein. Wenn ihr zu fliehen versucht, kostet es euer Leben.«

»Was sollen wir tun?« Der Sprachenkundige blickte sich ratlos um. »Das fragen die Fremden, Herr.«

»Sag ihnen, daß wir beraten. Es sollen zwei Häfen gebaut werden und zwei Stellen, an denen sich genug Holz und Handwerker finden, für Schiffe und Wehrtürme. Bis dahin bringt sie zu den Kriegerhäusern in Caerwent. Dort sollen sie leben und arbeiten.«

Artus wartete, bis die zehn Männer den Saal verlassen hatten, dann sagte er: »Es wird vielleicht nötig sein, sie zu töten. Wenn sie sich aber weiter so verhalten wie auf der Seefahrt, haben sie ein gutes Leben. Im nächsten Jahr werden wir am westlichen Ende des Hadrianswalls eine Burg bauen, östlich von Caer Laverock, und ebenso in Carleon ar Wysc, am Südufer des Flusses. Von dort werden unsere Schiffe auslaufen.«

»Das scheint ein guter Entschluß zu sein«, sagte Blamore. »Aber aus uns drei Reitern werden sicherlich keine Steuermänner, Dux Artus! Der feste Boden zittert noch unter unseren Sohlen. Uns reicht dieses eine Meeres-Abenteuer.«

»Für unser ganzes Leben, Prinz!« sagte Nerovens. »Eines Tages, wenn ich wieder sicher auf der Erde stehe, werd ich dir ein schauriges Lied davon singen.«

»Im Winter.« Artus stand auf und breitete die Arme aus. »Am Kaminfeuer. Laßt uns essen, beraten und trinken – hat jemand die Quelle des Gerüchts gefunden, daß ein heldenhafter Krieger mit Namen Bedevere auf dem Weg zu mir ist?«

»Bedevere?« Die Männer schüttelten stumm die Köpfe.

Das Lodern der untergehenden Sonne legte düsteres Rot auf die Mauern Caerleons. Der erste Wintersturm wirbelte und fegte altes

Laub, Staub und Abfälle durch die Gassen, als Merlin im Hof der Königsburg vom Pferderücken glitt. Er hob Morganna vom Pferd, half Aurelia herunter und wartete, bis im Heulen des Sturms eine Pause eintrat.

»Dank euch für die Begleitung«, sagte er zu den Lanzknechten und verbeugte sich kurz vor dem alten Agwyd. »Er wird für eure bequemen Lager sorgen und für gutes Essen. Später treffe ich euch im Speiseraum dort drüben.«

»Willkommen, Herr Merlin.« Agwyd nahm Morganna mit der rechten Hand einen Korb ab, dessen Inhalt von einem dicken Tuch verhüllt war; die hölzerne Hand im Ärmel des linken Arms stützte den Korb. »Was ist das?«

»Ein Geschenk für meinen Freund«, sagte Morganna, ebenso dick in nasse Fellkleidung gehüllt. »Für Artus.«

Als Agwyd mit dem Korb unter das tropfende Vordach hinkte, drang zwischen den Tüchern ein leises Jaulen und Wimmern hervor. Agwyd schlug einen Zipfel des Tuchs zurück und sah den weißen Schädel und die dunklen Augen eines Hundewelpen. Er hielt die schwere Tür mit dem Fuß offen und wartete, bis als letzter ein Lanzknecht eingetreten war.

»Glaubst du, daß Artus schon schläft?« sagte Morganna. Agwyd, Kays erfahrener Burgverwalter, musterte sie erstaunt. Sie war, obwohl höchstens neun Jahre alt, fast zu groß für ihr Alter, mit langem schwarzem Haar und großen, goldfarbenen Augen. Er schüttelte den Kopf.

»Er geht selten vor Mittnacht zu Bett. Aber stör ihn jetzt nicht; ich sag's dir, wenn ich ihm Essen und Bier bringe.«

»Vielleicht nimmt mich mein Vater mit. Er darf immer, wenn er will, zu Artus.«

»Das dürfen nur wenige«, sagte Agwyd grinsend. »Aber Merlin stört niemals, sagt der junge Prinz.«

Morganna nickte ernst und lief hinter den Bewaffneten und ihrer Mutter durch den Korridor, vorbei an den Talglichtern und den vielen neuen Schilden an den Wänden. In der Wärme innerhalb der

Mauern begannen die Fellmäntel zu dampfen. Morganna schlüpfte durch die Öffnung, die sich in der schweren, mit Bronzeblech beschlagenen Doppeltür auftat, und sah sich in der Halle um. Auf großen Tischen lagen gegerbte Felle, harte Rinder- und Pferdehäute und Stoffballen; schräg an den Wänden lehnten Stapel unfertiger Schilde. Aurelia schob die Kapuze zurück und schnürte den Mantel auf. In einer Ecke stand ein ausgestopfter Bär mit fast schwarzem Fell, räudig und verstaubt, und starrte aus blinden Augen, den Rachen aufgerissen und die Pranken ausgebreitet, die Frau und ihre Tochter an. Merlin machte eine flüchtige Geste und deutete auf einen Korb voll mit roh geschmiedeten Schwertklingen.

»Die Stadtburg Pendragons hat sich verändert«, sagte er. »Sie ist zu einer Art Kriegswerkstatt geworden, zu einem Haus für Männer, für Krieger und Anführer.«

Agwyd nickte schwer, führte die Gäste in den Speisesaal und fragte: »Wie groß ist euer Hunger und Durst? Und womit fütterst du den kleinen Hund?«

»Er wird so groß wie … ein Kalb, oder wie ein Schafbock.« Morganna nahm ihm den Korb ab und stellte ihn vor den Kamin. »Ich füttre ihn mit eingeweichtem Brot, mit weichem Fleisch. Aber er hat schon Zähne.«

»Wie heißt er?« Agwyd winkte die Köchin und zwei Dienerinnen heran. Morganna zuckte mit knochigen Schultern und sagte:

»Er hat noch keinen Namen. Artus muß ihm sagen, wie er heißen soll.«

Merlin, Aurelia, Morganna und ihre Begleiter hängten die nassen Mäntel an die Kaminwand und setzten sich an den langen Tisch. Nach einer Stunde stellte Agwyd mit Hilfe eines Dieners Krüge, Becher und Essen auf eine große Platte aus gekalktem Flechtwerk und nickte Morganna zu.

»Gehen wir zu Artus? Mit dem weißen Hündchen ohne Namen.«

Morganna lief zum Kamin, nahm den Welpen auf die Arme und folgte dem Diener. Am anderen Ende des Saals öffnete sich eine

Tür; Gawain, Kay und Gordion kamen lachend herein und begrüßten Merlin und seine Gattin. Agwyd und Morganna stiegen eine steinerne Treppe hinauf und kamen am Ende des Ganges, der unter dicken Dachbalken verlief, an eine geschlossene Tür.

Agwyd trat ein, ließ Morganna an sich vorbeigehen und sagte: »Bis in die hinaus Küche haben wir das mächtige Knurren aus deinem Bauch gehört, Artus. Ein junger Mann wie du muß viel und gut essen!«

Zögernd trat Morganna näher, in den großen Raum hinein, auf Artus' Tisch zu. Unter den Deckenbalken und dem riedgedeckten Bretterdach waren aufhellende Leinenbahnen gespannt. Der schwärzliche Rauch vieler Flammen aus Talglichtern und Ölschalen sammelte sich vor den Schilden und dem roten Drachen, der auf Lederstücke gemalt hinter Artus an der Stirnwand glühte, und zog durch kleine Maueröffnungen ab. Artus stand auf, kam hinter dem Tisch hervor, erkannte Morganna und breitete lachend die Arme aus.

»Morganna!« Er eilte mit großen Schritten auf sie zu und blickte von ihrem Gesicht zu Agwyd, sah wieder in ihre Augen und lachte, als er den Hund entdeckte. Ihm wurde warm ums Herz; Morganna verkörperte die Erinnerung an unbeschwerte Tage und an ein schwer zu begreifendes Einverständnis zwischen ihm und ihr, die sechs Jahre jünger war. »Merlin hat euch endlich hierher mitgenommen! Du wirst immer schöner, bist gewachsen ... so groß, Morgan! Hast du mir das Hündchen mitgebracht?«

Agwyd klapperte mit den Tonbechern, in der Glut des Kamins knackte ein Scheit. Der Diener stellte den Korb vor den Kamin. Morganna strahlte Artus an und hob ihm den Welpen entgegen, der ein ersticktes Kläffen ausstieß und nach Artus' Hand schnappte, als der ihn streichelte. Artus spürte den Biß der winzigen Zähne, lachte und nahm das zappelnde Tier in die Armbeuge. Morganna stellte sich auf die Zehenspitzen, küßte Artus auf die Wange und nickte mehrere Male.

»Ich will nicht schön werden, sondern weise, Artus! Wenn er dich beißt, liebt er dich, Artus. Merlin hat gesagt, daß der beste Hund aus diesem Rudel damals schon Pendragon beschützt hat.« Sie kicherte. »Nun ist der alte Cabal tot, und darum soll dir der Kleine beim Jagen helfen, wenn er groß geworden ist.«

»Ich danke dir für dein Geschenk, Morgan«, sagte Artus und zog einen Sessel zum Tisch. »Vielleicht nenne ich ihn auch Cabal. Oder Cafal? Setz dich zu mir; wir warten auf Merlin und Aurelia. Es gibt so viel zu bereden.«

Er trug den Hund zum Korb, setzte ihn ab und tippte ihm leicht auf die Schnauze, die wieder nach ihm schnappte. Morganna streckte sich und versuchte zu erkennen, was Artus gelesen und geschrieben hatte. Neben einem tuscheverschmierten Krüglein steckten in einen Becher Dutzende farbiger Gänsekiele; doppelt handgroße Täfelchen aus gebleichtem Buchenholz bildeten schiefe Stapel. Artus goß Wein in einen Becher, mischte süßen Beerensaft und Wasser in einen zweiten, lehnte sich zurück und schob raschelnde Pergamente zusammen.

»Erzähl mir von Camelot, Morgan«, bat er und deutete auf die gekalkte Wand zu seiner Rechten. Dort hingen alle Tafeln und Bilder, mitsamt den Beschreibungen, die Merlin im Versammlungsraum Camelots aufbewahrt hatte. Viele neue Tafeln und Pergamente waren hinzugekommen. »So oft sehne ich mich dorthin zurück. Nach Camelot und Caer Myrddin.«

»Seit du fortgeritten bist, ist es langweilig geworden, Prinz Artus«, sagte Morganna und nippte an dem Becher, der zu groß schien für ihre Fingerchen. Das Licht der unruhigen Talgflämmchen tanzte in ihrem Gesicht und blitzte nachtblau auf dem feuchten schwarzen Haar. In wenigen Jahren würde sie eine junge Frau mit Aurelias Schönheit und Merlins Verstand sein, aber noch war sie ein Kind und lächelte verschmitzt-ernsthaft, als sie zu erzählen begann. Eine Stunde später kamen Aurelia, Merlin, Kay und Gawain mit zwei schweren Krügen voll Armoricawein. Erst im Morgengrauen, nachdem Artus Morganna zu ihrem Bett getragen hatte, waren sie zu müde, um noch weiter über neue Schiffe, wuchtige Türme, Straßen und Brücken, Pferde und Krieger und Anführer und Späher und Brieftauben und Fluchtburgen zu reden.

Nachdem vier junge Mönche, unter ihnen Huail, Gildas' Bruder, eine türgroße, handdicke Steinplatte am östlichen Ende des Betsaales in die Höhe gewuchtet hatten, waren Gildas und Artus mit Fackeln und Talglichtern in die Gewölbe unter den römischen Tempelfundamenten hinuntergestiegen. Zwei Stunden lang wanderten sie zwischen uraltem Geröll, wieder hergestellten Kavernen, mehrfach mannsdicken Säulen und schrundigen Wänden umher, die Meißelspuren, unkenntliche Reste rotbrauner Bemalung oder frischen Kalkputz trugen. Lange Rußspuren an den niedrigen Decken bewiesen, daß Artus nach Öffnungen gesucht hatte, oder nach einem anderen Beweis für seinen Verdacht: Zwei Männer, die mit Schmiedezangen die Schwertschneide festgehalten oder ein Druidenfreund Merlins, der ihr Hinausgleiten durch einen Keil verhindert hatte – an diese Art Zauberei glaubte er, ohne lange zu grübeln! Aber an keiner Stelle der Gewölbedecken gab es Spalten, Risse oder Löcher. Nur sorgfältig bearbeitete Steine, über denen sich die Mauern des Wehrklosters hochreckten, und Weinfässer, aufgehängte Schinken und Trockenfisch, rostige Waffen, Werkzeug, Stroh, unzählige Krüge voller Korn, Schrot, Mehl, Honig und Öl.

»Merlin wird wohl einen seiner Höhlengeister herbeigerufen haben. Oder ein Dutzend vom Kleinen Volk.« Artus grinste ein dünnes Grinsen. »Unbemerkt von euch hätte wohl niemand hinuntersteigen können.«

Gildas hob die Schultern und blies kopfschüttelnd das Talglicht aus. Schweigend stieg Artus die ausgetretenen Steinstufen hinauf und zählte die grauen Lichtbalken, die durch die schmalen Maueröffnungen und die pergamentenen Fenster ins Bethaus drangen.

»Du hast nicht gefunden, was du gesucht hast, Dux Artus?« Gildas ging zum Portal voraus. »Warum glaubst du nicht an dieses Wunder?«

»Wo Zweifel sind, tief im Herzen und noch tiefer im Verstand,

Bruder Gildas von Strathclyde, kann der Glaube schwerlich wurzeln.«

»Wahr gesprochen. Aber auch der Gegenbeweis fehlt, Artus.«

»Gewiß, noch fehlt er.«

Ein Windstoß rüttelte an dem schweren Halbportal, als sie ins Freie schlüpften. Dröhnend schloß sich die Tür.

Im Sturm, der Schneeflocken umherwirbelte und ins vergilbte Gras fallenließ, wo sie alsbald schmolzen, hatten Bruder Gildas und Dux Artus die Mantelsäume über die Köpfe geschlagen; ihre Worte drangen dumpf zwischen den knatternden Kapuzenrändern hervor. Die Kronen der Bäume knarrten und knirschten, und jede Spur zeichnete sich schwarz auf der Fläche vor dem Eingang des Klosters ab. Für einen Augenblick schob sich Gildas' Hand aus dem Mantel hervor. Er zeigte auf den Säulenfuß und die mannshohe Kalksteinsäule, die an der Stelle des zerhämmerten Bruchstücks aufgestellt worden war.

»Christus, der Herr, hat nachweislich viele Wunder bewirkt. Er machte Blinde sehend und vermehrte gesottene Fische und Brot. Warum soll er nicht ein Schwertwunder bewirken?« Gildas las schweigend die frischen Lettern der Römerschrift, die von dem Tag berichteten, an dem Artus das Schwert aus dem Amboßstein gezogen hatte. »Auch wenn du ein Geringerer als Lazarus wärst, dürftest du nicht daran zweifeln.«

»Dieses Schwertwunder hätte keine Stunde später und an keinem anderen Tag stattfinden dürfen«, sagte Artus und sah in Gildas dunkle Augen. Der schriftkundige Mönch war kaum älter als er selbst, und aus seinem bärtigen Gesicht sprach keineswegs blinder Wunderglaube. »Bedenke: Merlin nennt sich selbst einen Zauberer. Druiden sind seine Freunde. Mit seinen Absuden und Tropfen hält er meinen Vater am Leben. Sein Vater beriet Vortigern, er selbst schuf Ambrosius' gewaltiges Grabmal.«

»Die Einwohner Caerleons und, mittlerweile, das ganze Volk glauben an das Wunder«, sagte Gildas starr. »Also glaub auch du daran!«

»Also werd auch ich daran glauben.« Artus lachte. Hinter ihnen erklangen langsame, dumpfe Huftritte. »Wenn's Britannien hilft.«

Er drehte sich um. Ein Reiter hielt sein dampfendes Pferd und ein schwer beladenes Saumtier an; ein riesenhafter Mann, in einen weißen Reitermantel mit roten Säumen gehüllt, einen Rundschild auf dem Rücken und einer sieben Ellen langen Lanze, die neben dem Reiter aufragte. Er sprach weiches, fast reines Britannisch mit walisischen Untertönen.

»Ihr edlen Herren. Ich komme von weither und suche die weiße, warme Wehrburg des jungen Königs Artus. Bedevere heiße ich, und Bedwyr nannte mich mein Mütterchen. Rastloser Regen! Und bald werd ich erfroren, vom Pferd gefallen und dem Medicus eine Last sein.«

Artus nickte, seine Finger suchten unter Gildas' Mantel nach der Hand des Mönches und drückten sie. Dann hob er den Kopf, blickte in Bedeveres eckiges Gesicht und sagte:

»Ich bringe dich ins Warme, zu einem Humpen Scotti-Bier, dampfendem Braten und heißem Badewasser. Mir scheint, der eine oder andere in Caerleon hat dich schon erwartet.«

Er griff nach dem Zügel des breitbrüstigen Schimmels, dessen schlanke Läufe bis zu den Schenkeln dreckverkrustet waren.

»Komm mit, Lanzenreiter Bedevere.«

»Das erste hoffnungsfrohe Wort an diesem gräßlichen Tag. Selbst die Torwachen wollten nicht mit mir reden.«

»Weil an solch gräßlichen Tagen keine Fremden angreifen«, sagte Artus. »Ich weiß, daß deinem Kommen Gerüchte von maßloser Großartigkeit vorauseilen. Dux Artus erwartet dich voll Neugierde. Aber zuerst warmes Essen, warme Bäder ...«

»Zuerst warmer Stall für die wackeren Kreaturen.«

Artus grinste im Schutz der Kapuze und führte die Tiere durch das halb offene Tor in den Hof der Königsburg. Er brauchte nicht einmal den Arm zu heben, denn einige Stallknechte rannten durch den knirschenden Kies, als Bedevere scheinbar federleicht vom Rücken des Schimmelhengstes sprang und die Lanze auffing.

Es war auch ein Einfall des Königs Loth von Lothian gewesen, die wichtigsten Anführer des wachsenden Heeres so zu kleiden, daß sich die Krieger untereinander und alle Britannier die Männer von Artus' Heer erkannten. Viele Könige und Fürsten erinnerten sich noch an Berichte vom gleichartigen Aussehen und der Bewaffnung der römischen Legionäre. Auch die Anführer hielten sich, mehr oder weniger, an diese neue Regel. In der zwölften, der kürzesten Stunde der kurzen Wintertage, versammelten sie sich auch an diesem Abend in der Rotunde. Sie trugen ihr Haar nackenlang und hatten genug Zeit, den Bart jeden zweiten Tag zu scheren oder zu stutzen. Manche trugen Hemden aus Hirsch- oder Rehleder, andere aus dickem Leinen, meistens weiß oder hellgrau. Darüber ein farbiges Wams, das auf den Schultern und der Brust mit großen Eisenschuppen benäht war und auf dem Rücken das Stammeszeichen zeigte, gestickt, eingebrannt und in hellen Gerberfarben: Falken, eine Eule, einen Blitz oder einen Baum, eine Blume, Widder-, Fuchs-, Wolfs- oder Bärenkopf. Unter den breiten Gurten mit Dolch- und Schwertscheide trugen sie weite, lederne Reiterhosen oder faltenreiche Röcke aus Wollstoff, der in farbigen Kreuzlinien und Vierecken gewebt war. Artus blieb neben der Tür stehen, die von den Zimmern der Burg in die Rotunde führte, und wartete, bis Bedwyr-Bedevere am Ende des Korridors zu sehen war. Langsam kam er näher und überragte Artus fast um einen Kopf; ein vielleicht dreißigjähriger Mann mit mächtigen Schultern und prallen Muskeln.

»Die Bäder haben mich zu einem anderen Mann gemacht. Ah! Der junge Mann, der mich zum Palast führte! Dank dir!« Die Metallplatten seines knielangen Wamses glänzten wie poliertes Silber. Sein Schwert in einer weißen Lederscheide war fast zwei Ellen lang. Artus grinste ihn an und sagte:

»Der Kriegsführer will nicht, daß man beim Umtrunk seiner Freunde Waffen trägt, Herr. Halte dich an die Regeln, und du bist wohlgelitten.«

»Schon schnall ich schamhaft, ohne Schaden, das Schwert ab;

schaff's in einen schattigen Winkel.« Er öffnete die silberglänzende Gürtelschnalle und reichte Artus das Schwertgehänge. Artus deutete in den hell beleuchteten Raum, in dem Mägde aus kupfernen Krügen die Becher aus Ton, Holz oder Bronze füllten.

»Alle warten auf dich. Erzähl ... nein: berichte ihnen, wer du bist, edler Bedevere«, sagte Artus so laut, daß es jeder verstehen konnte. Er hängte den Gurt und die schwere Waffe an einen Holzzapfen und ging um das Tischviereck herum zu seinem Platz; Merlin hatte Bedevere am Handgelenk gepackt und zum leeren Sessel an seiner Linken gezogen. Artus setzte sich. Bedevere zeigte auf ihn, wandte sich an Merlin, zuckte mit den Schultern und sagte:

»Ich verstehe. Zuletzt setzt sich der König. Aber wer ist dieser junge Mann, der sich auf den einzig freien Platz setzt?«

Merlin wartete, bis sich das brüllende Gelächter gelegt hatte, stand langsam auf und hob den bronzenen Becher in Artus' Richtung. Artus griff nach dem Silberbecher und zwang sich dazu, weder zu grinsen noch zu lächeln. Einige Herzschläge lang starrte ihn Bedevere aus grauen Augen an, lauschte auf Merlins Worte und schlug die Hände vors Gesicht. Merlin sagte:

»Es ist Uther Pendragons einziger Sohn Artus, gewählter Kriegsführer, kaum älter als achtzehn Sommer, der kommende Hochkönig Britanniens, unser aller Freund und die Hoffnung des Landes. Sein Ruf drang über das Meer, sonst wärest du nicht hier, Bedevere. Ich bin Merlin oder Myrddin, die anderen Herren sind ...« Er zählte die Namen der Sieben und deren Herkunft auf, setzte sich und schloß:

»Und nun, Krieger Bedwyr, wirst du uns berichten, woher du kommst, was du suchst und warum wir dich, deiner Meinung nach, in unseren kleinen Kreis aufnehmen sollen.«

Bedevere nahm die Hände herunter. Sein Gesicht war plötzlich aschgrau geworden. Er senkte den Kopf und sagte mit versagender Stimme: »Ihr Herren. Ich komme geradewegs aus dem Herzen der höllischen Schwärze. Aus Gallien, mit kurzem Umweg, dreimal hat man mich überfallen, bin durch Armorica geritten und hab im Wintersturm übergesetzt, in einem löchrigen Schiff, in dem außer mir nur Selbstmörder fuhren. Weil ich's nicht besser wußte, hab ich mich über Strände, durch Sachsendörfer, über alte Straßen und mitten durch Räuberbanden gekämpft, die in stinkende Felle gekleidet waren; nun bin ich hier, und abgesehen von meinem tölpelhaften Antritt meine ich, ich wäre in jenem strahlenden Palast, den sie in Armorica *Camelot* nennen.«

»Willkommen!« Artus trank ihm zu. »Willst du einer von uns Zehn sein, Bedwyr?«

Langsam und schwer nickte der Krieger. Sein langes weißgelbes Haar, im Nacken mit einem Silberring zusammengefaßt, zeigte über dem rechten Auge eine drei Finger breite schwarze Strähne.

»Ja, ich will. Deswegen hab ich all die Abenteuer überlebt. Daß ich dich, junger König, nicht erkannt hab – du wirst es verzeihen?«

»Ja. Aber nur unter einer Bedingung.« Artus klatschte in die Hände. Mägde und Diener brachten das Essen und neu gefüllte Krüge. »Du wirst uns in dieser naßkalten, langen Nacht alles berichten, was du auf dem Weg hierher erlebt hast. Diese Burg ist Caerleon, nicht Camelot; über Camelot werden wir in zehn Jahren reden.«

Bedwyr ließ seinen Becher füllen, hob ihn, verbeugte sich vor Artus und trank; diese Gesten wiederholte er rundum, bis er bei Merlin angelangt war. Er stand halb aus dem Sessel auf, ließ sich schwer zurückfallen und brummte: »Alles, Prinz Artus? Auf diese Weise wird es Ostern, und ich werde nicht einmal halb fertig sein.«

»So entgehen wir der Langeweile«, rief Nerovens und schlug auf die Tischplatte. »Und ich muß Harfe und gefällige Reime vergessen.«

»Unsere Langeweile, die keine ist, wird im Frühling der erste Angriff der Sachsen verscheuchen.« Merlin zerriß einen heißen Brotfladen und tunkte ihn in den fetten Bratensaft. »Du bist in den stillsten Stunden des Jahres durch unser Stadttor geritten, Bedwyr.«

»Mir ist, Myrddin, als wäre ich, ohne zu wissen, was ich suche, in mein Heimatland zurückgekehrt. Giftiger Ginster! An euch liegt es, edle Krieger, mich davor zu bewahren, abermals vom schorfigen Rand der Lebensklippe zu stürzen.«

»Verlaß dich darauf, mein weizenhaariger Freund«, sagte Merlin schneidend. »Auf jeden von uns warten tausend Gegner. Unser Ziel ist der Friede, und sei er nur zu erreichen, wenn man den Krieg im Blut der Feinde ersäuft.«

Bedwyr senkte den Kopf. »Der Friede scheint fern. Das harte Handwerk der Kämpfe fordert entschlossene Krieger. Hier bin ich, um das Land meiner Mutter zu befrieden. Es mag bessere Helden geben; ich bin keiner der schlechten. Du, junger Artus, hast mein Wort: Ich kämpfe mit all meinem Mut an eurer Seite.«

»Also wirst du mit uns zusammen auf die nächste Schlacht warten, Bedwyr«, sagte Artus leise. »Die Sachsen greifen nach den Winterstürmen an. Wir bereiten uns darauf vor. Das Jahr wird blutig werden, und verlustreich. Du sprachst von Camelot? Camelot, Symbol der Schönheit und des Friedens – Camelot gibt es nur in unseren Träumen.«

Bedwyr leerte den Becher und rief:

»So laßt uns alle von Camelot träumen! Den Weg zu diesem Ziel galoppieren wir mit unseren Lanzen und Schwertern, von denen das Blut der Feinde tropft!«

Artus flüsterte: »Ja. Vielleicht. Mit Caliburn.«

Ja, Amir, das ist die Wahrheit: Britannien, dort wo Artus aufwuchs und kämpfte, ist ein Land vieler Hügel und niedriger Berge, mit viel Wind und Regen, oft von Schnee bedeckt. Ich kenne schroffe Felsküsten mit weißer Brandung, lange Sandstrände und tiefe Einschnitte des Meeres, die wie riesige Flußmündungen aussehen und vielfach inmitten waldreicher Schluchten enden, voll von Pilzen, Kräutern, Wild und Vögeln. Und von Wölfen und Füchsen.« Troncas von Caer Laverock schloß die Augen und holte tief Luft; einen Atemzug lang glaubte er Britanniens Geruch zu schmecken. »Lange vor unserer Zeit, lange vor Artus, selbst vor der Eroberung durch die Römer, lebten schon Menschen auf den Inseln. Sie haben ihre

Toten unter mächtigen Hügeln in Steinhäusern begraben. Die Landschaft starrt von Steinkeilen, manchmal größer als zwei Männer, in Kreisen, Mehrfachkreisen und seltsamen Reihen. Sie sind uralt; die Legenden wollen uns sagen, daß Menschentöchter jene Riesen geboren haben, die diese ungeheuerlich schweren Steine gesetzt haben.« Troncas lächelte halb ungläubig. »Die Engel des Christengottes sollen jene riesengebärenden Menschenfrauen geschwängert haben; darum wurden sie verstoßen und zu gefallenen Engeln. Viele Bauwerke, die nach dem Abzug der Römer verfielen, ließ Artus wieder aufrichten, und viele andere dazu. Aber Jahr um Jahr drangen landhungrige Germanen vom Osten ein, und viel Schiffsvolk landete im Westen Britanniens.«

Beha ed-Din hatte sich zurückgelehnt, betrachtete Troncas, warf flüchtige Blicke auf seine Schreiber und schien über das Gehörte nachzusinnen.

»Von zwölf entscheidenden Schlachten des Artus hast du gesprochen, Ritter, von einer hast du berichtet. Du und ich, wir kennen das Grauen des Kampfes und auch jene närrische Freude, die den Krieger überfällt, den Rausch des Galopps, der Farben, die unbezwingbare Stärke, wenn die Waffe in unserer Hand zum Leben erwacht.« Er murmelte etwas, das Troncas nicht verstand. »Von Artus' erstem schweren Kampf hast du berichtet; sprich nun von seinem schweren Weg zum ersten wirklichen Sieg.«

»Ein sehr langer Weg, Amir ed-Din«, sagte Troncas und stemmte sich aus dem Sitz. Langsam ging er hin und her und schlug die flache Hand auf die Schulter der gerüsteten Puppe. Das Kettenhemd und die Rüstungsteile klirrten. »Die Chronisten schrieben, daß er in einem Jahr vier schwere Schlachten zu bestehen hatte. Er, seine Freunde und das Heer, größer und besser geschult. Am Fluß Dubglas, nahe … Ilchester, in einem Landstrich, der heute Northumberland heißt.«

»Vier Kampfgänge innerhalb eines Jahres!« murmelte Beha ed-Din und deutete auf den leeren Sessel aus Leinwand, Leder und Holzstäben. »Für die Heere vor Akka nichts Ungewöhnliches. Aber hundert Jahre vor der Hedschra? Rede, o leichtzüngiger Ritter der Erinnerungen.«

Troncas lachte, setzte sich und streckte die Beine aus. »Ein bresthafter Reiter fremder Erinnerungen aus dem fernen Jahr 495. Wie so vieles andere im Leben Artus' eine Zahl, die stimmen kann oder auch nicht, o Chronist.«

»Fremde Erinnerungen, die mitunter genauer, aber auch weniger eintönig sein mögen als die eigenen«, sagte Beha ed-Din ruhig und klatschte in die Hände. »Und kürzer als die Wirklichkeit, die sie beschreiben. Inshallah! Tunkt den Schreibhalm in al-usâra, die Blaugrünliche, und schreibt gewissenhaft die Worte des Ritters, o ihr Aufmerksamen, auf das feine Papier des Sultans, das zugleich mit goldfarbenem Wein aus Sherish kommt, vom almohadischen Herrscher!«

Im fünften Mond des Jahres berichteten die Späher, daß viele Schiffe im Norden des Hadrianswalls landeten und ihre Last ausluden: Schlachtvieh, Palisadenholz, Seile und Waffen. Hunderte Krieger, die schweren Proviant schleppten, wateten an Land. Die Schiffe warteten die nächste Flut ab und segelten davon, zurück ins Land Scandia. Aus Caledonia, dem Piktenland im Norden, und aus dem Süden, dem Siedlungsgebiet der Angeln, zogen kleine Gruppen und Stämme zur Mündung des Dubglas. Der Flußfjord lag nördlich des Flusses Glein, in einem Land niedriger Hügel und kleiner, menschenleerer Ebenen. Artus schickte Gawain, Bedwyr und dreihundert Berittene nordwärts, zur Römerstraße des Walls. Er befahl ihnen, langsam zu reiten, jeden Kampf zu vermeiden, der dem Heer Verluste zufügen konnte, und den Weg für das Hauptheer vorzubereiten.

Einen Siebentag später landeten die angeworbenen Schiffsbauer, Schiffseigner, Steuermänner und Handwerker am westlichen Ende des Solvay-Fjords; Artus, Kay und die Drei aus Armorica ritten über Carlisle bis zum Ende eines breiten Holzstegs in der Flußmündung, um die freiwilligen Siedler und Handwerker zu begrüßen.

Abermals sah und erkundete Gawain den Streifen des Walls, der sich, vielleicht siebzig römische Meilen lang, quer durchs Land wand: Die Erdwälle südlich der sieben oder acht Ellen hohen Steinmauer – an vielen Stellen hatten Bauern und Knechte im Winter die Mauer ausgebessert oder erneuert – und die Straße zwischen Erdwall und Steinbarriere waren in ausgezeichnetem Zustand. Aber keines von einigen Dutzend Kastellen, von denen die Reiter nur Reste fanden, konnte besetzt werden. Es fehlten Menschen, sowohl Krieger als auch die Ansiedler, die sie ernährten oder ihnen halfen. An der günstigsten Stelle, beim Weiler Amboglanna, schufen Gawain und Bedwyr einen Durchgang, ein bewachtes Tor, von Graben und Palisaden geschützt. König Loth von Lothian schickte Boten, Proviant, volle Metfässer und Knechte, die sich auf den Bau von Lagern und Palisaden verstanden. Auch an der eingestürzten römischen Brücke über den Fluß Theyinne ließ Gawain Wachen, Boten und Werkzeug zurück, ein Dutzend Brieftauben, zwei Schreiber und Proviant.

Artus bestimmte Kay zum Aufseher über alles, was mit den Schiffen zusammenhing. Sie beschlossen, daß die morschen Beuteschiffe und alles andere, was Mast und Kiel besaß, zu einer namenlosen Fischersiedlung geschafft und dort neu ausgerüstet werden sollte. Schon während er diese Anordnungen traf und Uther Pendragon eine weitere Goldtruhe öffnen ließ, trabte und marschierte bis auf hundert Reiter der Rest des Heeres nach Norden, mit beladenen Saumtieren, Pferdegespannen und überlasteten Wagen. Zuletzt, als der sechste Mond begann, verließen Artus und seine engsten Freunde Caerleon; die Stadt blieb im Schutz ihrer Mauern fast ohne Krieger zurück.

Artus schwor sich, während er auf dem Reitfell über der Decke und den Gurten saß und sich am geflochtenen Haargriff der Pferdemähne festhielt, Merlins nüchterne Ratschläge und Ermahnungen zum Maßstab seines eigenen Verhaltens zu machen.

Kämpfe nur auf ebenem Land, wenn du wählen kannst! Oder an Flußmündungen bei Ebbe! Oder bei Flußfurten! Locke die Feinde aus der

Verteidigung heraus, wenn sie dir zahlenmäßig gleich oder überlegen sind! Nach dem offenen Kampf renne und reite ihnen nach und töte sie alle: Erschlagene kämpfen nie wieder gegen dich! Unterwirf sie völlig, nimm ihnen alles, auch ihr Leben. Alles, was ihnen gehört, fällt an dich: Waffen, Frauen, Silber, Gold und Werkzeug. Eines Tages mußt du die Fremden dazu zwingen, den Tag der Schlacht anzunehmen, den du bestimmst! Bevor du angreifst, sichere deinen eigenen Rückzug! Laß ihnen nicht eine Stunde der Ruhe! Denke im Krieg stets an die Wohltaten des Friedens, in dem fern vom Schlachtfeld Handwerk und Künste blühen! Tu's nicht für dich, tu's für Britannien!

Mit den spärlich bewaldeten Kreidehügeln im Rücken gewann Artus die erste Schlacht. Am Mittellauf des Dubglas schlug er gegen die überlebenden Sachsen und Jüten die zweite, die einen halben Tag dauerte und die er gewann, einen Siebentag danach. Bedwyr wütete mit seinem Langschwert unter den Eindringlingen. Auf einen Toten seines Heeres kamen fünfundzwanzig Sachsen, Jüten, Pikten und Scandier, auf einen Verwundeten zwei Dutzend Gefangene. Man trieb sie zum Hadrianswall, wo sie steinerne Wachtürme bauen mußten. An der Mündung des Dubglas, an zwei sengend heißen Tagen, erschlugen Artus' Krieger in der dritten Schlacht 258 Männer, deren nackte Leichen die zurückweichende Ebbe aus der Flußmündung ins Meer sog.

Die vierte Schlacht wurde Artus aufgezwungen, als er befahl, zum Sammeln des Heeres zu blasen. Während mehr als tausend Krieger in einem heulenden, kalten Oststurm weiter flußaufwärts kämpften, hatte derselbe Sturm eine kleine Flotte voller Angreifer in der Hochflut an Land getrieben; Artus wandte sich gegen sie und gewann dank seiner Übermacht und einer klugen Kriegerführung. Die Eindringlinge starben in der Brandung der einkommenden Flut, deren salzige Tropfen, vom Sturm zum Land gepeitscht, in den Wunden der durchnäßten Krieger brannten. Schäfer, Jäger und Holzfäller, König Loths Krieger und die britannischen Bauern schauerten, und die Legenden wucherten wie fahle Pilze; ein Teil des Raunens wurde zur blutigen Wirklichkeit. Aasfresser und krächzende Raben, Seeadler und Falken, Sperber und wenige kreischende Möwen waren die Begleiter des Heeres, als es sich endlich vom Dubglas in drei Siebentagen beutebeladen zurückwälzte – ohne die sieben wichtigsten Anführer. Erst in der Mitte des achten Mondes, nach der Ernte, ritten Artus und seine Freunde durch Caerleons Stadttore.

Merlin lauschte einige Atemzüge lang dem Rauschen im Eichengeäst und dem Rascheln des Laubes, das der Winterwind über das Hofpflaster trieb. Vor dem Kamin hob Cafal den breiten Schädel und knurrte. Bedwyr stützte den Kopf in die Hand und sagte leise:

»Es ist alles so gekommen, wie du es vorhergesagt hast, Merlin. Heiliger Hammer! Fünfmal haben wir verhindert, daß die Grenze durchbrochen wird.«

»Vom Frieden im ganzen Land sind wir noch weit entfernt«, sagte Artus und rührte Honig in den heißen Kräutertrunk. »Was wissen wir, nach einigen Jahrhunderten wütender Kämpfe, jetzt über die Eindringlinge? Ein Drittel sind Eroberer, also Seeräuber und Uferplünderer. Zwei Drittel werden aber von bitterer Not aus ihren Ländern getrieben.«

Merlin zuckte mit den Schultern. »Was nichts daran ändert, daß sie uns ausplündern, unser Land nehmen, sengen und morden, seit die Römer gegangen sind. Sie werden es immer wieder versuchen.«

»Und wir werden viel besser vorbereitet sein!« murmelte Artus. »Ihr wißt, wie gut sich unser Land bis Pfingsten gerüstet haben wird.«

Merlin und Bedwyr hoben die schweren Becher und nickten. Auf der Insel Avallon wurden Quader und Mauersteine gebrochen, für Wehrtürme, einen Hafendamm und Fundamente. Sieben Schiffe fuhren, wenn es das Meer zuließ, zwischen der Flußmündung und der Insel hin und her, beladen mit Männern, Nahrungsmitteln und Werkzeugen; Baumeister Glwyddin zeigte den Arbeitern, was sie zu tun hatten. Die am wenigsten verfallenen Kastelle am Hadrianswall waren so gut wie möglich aufgebaut und mit Kriegern besetzt worden, die nach einem Mond durch ausgeruhte Männer aus der Umgebung abgelöst wurden. Handwerker bauten Gerüste und fällten zwei Zehntage nach dem christlichen Jahreswechsel die höchsten Bäume; während des Geringwassers im Fluß wollte Artus die römische Brücke über den Theyinne wieder aufbauen lassen.

An vielen Orten, wo Artus besonnene Männer als Verwalter eingesetzt hatte, meist einst verwundete Krieger, die sich im Kampf ausgezeichnet hatten und zu alt zum Kämpfen waren, wurden römische Hinterlassenschaften wieder aufgerichtet. In die halb verfallene Stadt Viroconium an der »Straße der Königreiche« zwischen Powys und Rheged zogen abermals Handwerker und Landlose und begannen auf den römischen Ruinen die Stadt zu bauen.

Jeder junge Mann erhielt einen Bogen und Pfeile und wurde von den Alten ausgebildet. Freiwillige aus Armorica, arbeitswillige Handwerker und Bauern ließ Artus in jenen Orten siedeln, in denen es genügend Land gab, das nicht mehr bestellt werden konnte, seit Eindringlinge die Bauern erschlagen und die Häuser niedergebrannt hatten.

Vielleicht gewährte der Gott des neuen Glaubens abermals ein Wunder, und die Ernte des nächsten Jahres wurde ebenso reich wie jene, die dieses Jahr das Volk erfreut hatte; Artus verteilte Land an die Mönche, rund um deren Klöster, und mit großem Fleiß gingen sie daran, Felder und Weiden anzulegen.

Artus' Blicke wurden abgelenkt. Cafal war aufgestanden, schüttelte Asche aus dem weißen Fell, trottete zum Tisch und legte den Kopf auf Artus' Schenkel.

»Einen Siebentag lang«, sagte Artus, »mitten im Winter, kann ich Britannien beruhigt allein lassen. Ihr alle seid ja hier. Ich reite morgen zu Catriona, nach Caer Myrddin. Cafal begleitet mich.«

»Ja«, sagte Merlin lächelnd. »Ich schicke Boten, wenn du in Caerleon gebraucht wirst.«

»Und wenn ich an einer anderen Stelle gebraucht werde?« Artus grinste und tätschelte den Kopf des weißen Hundes, der verblüffend schnell gewachsen war. »Hoffentlich braucht niemand meine Befehle. Aber ich brauche Catriona.«

Cafal hob den Kopf und stieß ein drohendes Knurren aus; es war, als ob ihn dieser Name wütend machte. Artus packte das breite, mit Bronzescheiben beschlagene Halsband und verabschiedete sich gähnend von Merlin und Bedwyr.

3. KAPITEL

Beschreibt, wie viele Mühen, Jahre und Schlachten es Artus und die wachsende Schar seiner Lanzenreiter kostete, die Eindringlinge zu besiegen, und welche anderen Abenteuer sie in dieser Zeit erlebten

Am Ende des neunten Mondes im Jahr 586 nach dem Beginn arabischer Zeitrechnung hatte der Himmel schon am Morgen sengende Glut zu Boden gestrahlt. Jede Wolke, die sich über dem Saum des Meeres bildete, verging über dem heißen Land. Die Sonnenstrahlen schienen wie Pfeilspitzen alles zu durchdringen und an den Boden heften zu wollen; selbst die Schmeißfliegen summten erschöpft. Staunend und schweigend sah Troncas zu, wie Lagersklaven am wüstenhaften Ostrand des Lagers, unweit der Gerberbottiche, Kot und Urin in großen Gefäßen mit milchigem Wasser aus den Bädern und zischendem Kalk mischten, in tiefe Löcher kippten und eine dicke Sandschicht darüberschaufelten. An anderen Stellen waren über den kreisförmigen Kloaken mannshohe Baumschößlinge mit schrägen Stützstangen gepflanzt: Ihre Blätter, im verwunderlichen Gegensatz zu allen Gräsern, Ranken und Büschen ringsum, waren von aufdringlichem Grün. Der Fliegenschwarm kreiste über den schwitzenden Schwarzhäutigen und senkte sich ins nächste Schüttloch. Troncas wandte sich ab und ging in den Schatten eines Leinensegels; die Hitze des knirschenden Sandes drang durch die Sohlen der wadenhohen Reiterstiefel. Beha ed-Din hielt die Zügel der Pferde und wischte Schweißtropfen von seinen Oberarmen.

»Nun hast du's gesehen, Troncas – wären wir nicht so reinlich, würde auch in unseren Lagern die Seuche wüten, und es gäbe wohl wenig Wohlgerüche.«

Troncas nickte, griff nach dem Zügel und stellte den Fuß in den Steigbügel. Für diesen Ausritt um *Asr*, der Zeit des Nachmittagsgebets, hatte Beha ed-Din Troncas einen lebhaften Wallach überlassen; trotz der mörderischen Hitze im Zelt übte und kräftigte Troncas jeden Tag zwei Stunden lang schwitzend und keuchend seine Muskeln.

»Das behaupten eure Späher und die Gefangenen«, sagte er und folgte Beha ed-Din. »Seuchen und Wahnfieber. Hunger und Durst. Mir scheint, daß die Christenheit den Besitz der Heiligen Stadt auch mit weniger Opfern erlangen könnte.«

Die Pferde gingen im Schritt zwischen den Bäumen am Waldrand auf einem ansteigenden Pfad. Über den muslimischen Heereslagern kochte die Luft. Die Stadt und die Zelte der fränkischen Belagerer schienen zitternd zwei Handbreit über dem Horizont der gleißenden Wellen einer gläsernen Brandung zu schweben, fast eine Farsach entfernt; sechstausend Schritte. Beha ed-Din zog ein Pergamentröllchen aus dem Stoffgürtel, las mit halb geschlossenen Augen und sagte:

»Allah akhbar! Groß ist der Allerbarmer! Obwohl sie hungern, Durst und Seuchen erleiden, füllt sich ihr Lager mehr und mehr. Aber die Sterndeuter des Sultans haben's berechnet. Tausende eurer Ritter und Knappen sind gekommen, um das Tor nach Jerusalem zu berennen.« In Beha ed-Dins Sprache gab es nur ein Wort für Ritter und Reiter. Er versuchte, die Worte richtig abzulesen und auszusprechen. »Zungenbrecherische Namen, Troncas: Graf Tibald von Blois. Stephan von Sancerre. Graf Ralph von Clermont. Graf Johann von Fontigny. Alain von Saint-Valéry. Der Erzbischof von Besançon. Bischof von Blois, von Toul, der Anführer Heinrich von

Troyes, Graf der Champagne. Viele Männer, viele Namen; gewiß ist, daß sie weiterhin untereinander streiten.«

»Henri de Troyes' Mutter ist die Schwester von König Richard Löwenherz«, sagte Troncas und bückte sich unter einem schenkeldicken Ast. »Die anderen Herren hab ich vielleicht einmal gesehen, aber ich kenne keinen von ihnen. König Richard besitzt eine kostbare Handschrift: Das prunkvolle *liber*, von Mönchen abgeschrieben, ein *Kitab* vom Leben des King Arthur, von Artus. Ich hab's aber nicht in der Hand gehalten oder gar darin gelesen. Was haben die Weisen sonst noch in den Sternen erkannt?«

»Mancherlei. Wenn sich die zwei Mächtigsten treffen, wird Freundschaft zwischen den Heeren sein.« Er wechselte einen unschlüssigen Blick mit Troncas. »Wir beide schreiben ein eigenes *Kitab* von König Artus.«

»Und dies alles versprechen die Sterne? Wirklich?« Von seiner Mutter und von Crysaide wußte Troncas, daß die nächtelangen Berechnungen jener Gelehrten am Astrolabium, auf Tafeln mit Linien, Dreiecken und Kreisen ausgeführt, zu Weissagungen benutzt wurden, nach denen viele Muslime ihre Lebensführung ausrichteten. »Ras al-gûl, euer eselsbeiniger, menschengestaltiger Wüstengeist, oder al-fard, der Alleinstehende, at-tâir, der fliegende Adler, oder Fumm al-hût, das Maul des Walfischs – solcherlei Sterne sprechen zu euch?«

»Wie könnte es anders sein, wenn die Gestirne so paradiesische Namen tragen: Sadalzabih, Glücksstern des Schlächters oder Sad al-sud, der Jedermanns-Glücksstern, al-shain, Waagebalken, al-azeel, des Löwen Hinterbein, und Celbalrai, der Schäferhund.« Beha ed-Din deutete zum Himmel und machte eine seltsame Geste. »Es gibt viele hundert Sterne, und die Weisen al-Bhattani und al Sufi haben ihre Eigenschaften beschrieben. Ihr Christen glaubt an unsichtbare Wunder, wir glauben den strahlenden Sternen.«

Troncas zuckte mit den Schultern und grinste. »Haben eure Gelehrten mein Schicksal im Lager Salah al-Dins auch berechnet, Amir?«

»Sehr gewissenhaft, ohne Zweifel. Aber es hat der Weisheit des kränkelnden Sultans gefallen, mir dieses kleine Geheimnis nicht zugänglich werden zu lassen; doch ich vergaß – auch wir warten auf viele Krieger, die zu uns stoßen werden, nachdem eure Burg Beaufort gefallen ist. Vergessen wir eine Handvoll kleinerer Streitereien in schweren Waffen, in zu großer Hitze, zwischen Hitzköpfen beider Seiten! Es ist bittere Not, nicht Übermut, die deine fränkischen Freunde hinter den Palisaden hervortreibt.«

»Aber in – fast hätte ich ›unserem‹ Lager gesagt – den Lagern der Muslime herrscht kein Mangel? Oder muß jemand hungern?«

»Noch nicht, Ritter.« Beha ed-Din strich die Mähne seines Rappen glatt und schickte lange, sorgenvolle Blicke über das Gewimmel im Heerlager. »Bis auf das Wasser kommt alles, was wir brauchen, längst nicht mehr aus der Nähe. Manche Händlerkarawanen sind fünf, sechs Tage unterwegs.«

»Würde es hier so oft und viel regnen wie in Britannien«, meinte Troncas, »könnten wir durch weite, kühle Hochwälder reiten, voller Beeren, Pilze und Wild.«

»Es hat Allah gefallen, euch Franken an eine heiße Stelle der Weltkugel zu locken.« Beha ed-Din lachte und kitzelte sein Pferd mit den Sporen. »Über das Meer in den Sand der Wüste, unsere Heimat!«

Er galoppierte zum Lager. Troncas beugte sich im Sattel weit vor, schloß die Augen, um dem blendenden Sonnenlicht zu entgehen, und trabte hinter Beha ed-Din aus dem Schatten. Die Hitze schlug zu wie ein Streitkolben. Troncas rief: »Wasser ist nicht rar, sagst du. Ich werde ein kühles Bad nehmen und zu schlafen versuchen. Willst du nach Sonnenuntergang wieder aus Artus' Leben hören?«

»Ich bin begierig darauf, Ritter.« Beha ed-Din schirmte die Augen mit der flachen Hand und ließ den Zügel los. Sein Pferd witterte Wasser, Futter und Schatten und galoppierte auf das Palisadentor zu. Über die Schulter rief er Troncas zu: »Inshallah! Wenn nicht die ungläubigen Ifrandsch aus Durst, Zorn und Lebensmüdigkeit einen Angriff versuchen.«

Ein halbes Hundert Arbeiter und Steinhauer hatten sich um Artus versammelt und blickten, ebenso wie er und Bedwyr, den drei Reitern entgegen. Sie folgten dem Pfad, der sich von der Mündung des Nith zum Hügel heraufschlängelte, am Nordufer des Fjords, zugleich der Nordgrenze des Königreichs Rheged in Strathclyde. In schattigen Winkeln schmolzen die letzten Schneereste. Am Fuß des Hügels hatten die Baumeister das Ufer mit Pfählen und waagrechten Brettern befestigt und dahinter hohe Palisaden eingerammt; auch der Weg war verbreitert und eingeebnet worden. Artus sah drei kreisförmige und eine Anzahl viereckiger Steinfundamente zwischen den ausgegrabenen Resten des einstigen Römerkastells, zwischen Balkenstapeln, Handwerkerhütten und Werkzeugen. Von dieser Erhebung aus und erst recht dann, wenn die Wohntürme errichtet waren, konnten die Männer bis zum versandeten römischen Hafen blicken.

»Ein verlassener Landstrich«, sagte Bedwyr. Der Wind vom Meer strich über weite Inseln aus Schlick, Schwemmsand und zurückflutenden Ebbewassern, nahm deren strengen Geruch an und zauste die Mähnen der Pferde. »O mißlicher Met! Aber nur ein paar Pfeilschüsse weit vom Ende des Walls. Du sagst, das war früher Piktenland?«

»Es ist noch immer Piktenland. Caer Laverock nennen's die wenigen Jäger. Von hier aus ist jedes Schiff zu beobachten, jeder Mann, der an Land geht. Verlassen, Bedwyr? Nicht mehr lange.«

Gawain, Gordion und Blamore lenkten die Pferde durch die letzte Kehre des Wegs, weit vor einem Ochsengespann, das roh behauene Balken zog, von Stämmen, die nach dem ersten Wintervollmond gefällt worden waren. Vor der Lücke der Palisaden und den Erdhaufen dahinter erweiterte der Weg sich zu einem breiten Stück Sandstraße, von ellengroßen Steinen gesäumt. Artus hob die Hand, seine Blicke glitten über das Mündungsdreieck des Flusses und das Ende des Fjords: niedriges Gebüsch, Ranken, schilfbewachsene Ufer, Wälder und Sonnenlicht, das auf einem See spiegelte, sonst nichts außer kreisenden Vögeln, unsichtbaren kleinen und großen Wildtieren. Von der Stelle aus, an der er stand, waren weite Teile der Ufer binnen eines oder zweier Tage zu erreichen. Gawain glitt vom Pferderücken und schlug den Mantel zurück.

»Wir haben die beste Stelle ausgesucht. Den einzigen kleinen Berg weit und breit«, sagte er und rieb sich die Augen. »Wann sollen die Paläste fertig sein? Und wer wird hier leben wollen – fast am Ende der Welt?«

»Eine Besatzung aus mutigen Männern mit scharfen Augen«, sagte Artus und zeigte die Zähne in einem kühlen Lächeln. »Von Carlisle aus werden sie abgelöst. In zwei, drei Jahren stehen die Türme.«

Gawain und Blamore begrüßten Glwyddin, den Baumeister, die Handwerker und deren Helfer. Der warme Wind aus Südwesten schmeckte abwechselnd nach Salzwasser, Fäulnis und nassen Pflanzen. Gawain fragte den Vorsteher, der über drei Dutzend Männer gebot:

»Ihr habt alles, was ihr braucht? Ist jemals ein fremdes Schiff in den Fluß hineingesegelt?«

»Kein fremdes Schiff. Und auch keines von uns.«

Blamore lachte rauh. »Weil wir noch keines haben.«

Artus hörte schweigend zu, wandte sich dann ab und betrachtete die durchwühlte Hügelkuppe. Die Hälfte der Steine war ausgegraben, die andere Hälfte und die Baumstämme waren als Traglasten und mit dem Gespann aus dem Tiefland der Mündung heraufgeschafft worden. Ebenso mühevoll wie an hundert anderen Stellen, dachte Artus, oder an vielleicht zwölf Dutzend Orten im ganzen Land, an denen Türme, Mauern und Häuser errichtet wurden. Der Winter schien vorbei, die Zeit drängte beängstigend, jeder Tag konnte die Botschaft einer drohenden Schlacht bringen, nach einem glückhaften halben Jahr ohne Blutvergießen.

Artus balancierte auf der Rundung des breiten Turmfundaments zu den Freunden und Arbeitern. Die Fugen zwischen den Bruchsteinen waren mit trocknendem Lehm ausgestrichen; er sprang über die Aussparungen für die Enden der Tragebalken und rief:

»Auf die Pferde, Freunde! Auch wenn es hier nicht von Fremden wimmelt – wir müssen nach Carlisle. Und auch in Caerleon warten sie auf uns!«

»So vieles andere wartet auf uns«, sagte Gawain laut. »Ja, laßt uns reiten. Ich bin unruhig.«

»Ich auch.« Bedwyr packte sein Pferd am Zaumzeug und zog sich auf den Rücken des Reittiers. »Alle Stunden des Tages bleibt diese Unruhe.«

Artus und der Baumeister schüttelten einander die Handgelenke, die Arbeiter winkten und riefen wild durcheinander. Langsam wendete Artus sein Pferd und folgte Bedwyr. Die Huftritte waren auf dem Sand und dem schwarzen Erdreich kaum zu hören, als die Reiter auf dem Schlängelpfad abwärts trabten. Am Fuß des Hügels, bei den ersten Palisaden, schlossen sich ihnen die wartenden Berittenen mit den Saumtieren an: drei Dutzend Männer in Helm und eisenbeschupptem Wams, mit roten Schilden und voller Bewaffnung. Ihr Ziel war das westliche Ende des Hadrianswalls und die Römerstraße nach Carlisle.

Zwei Kundschafter waren vorausgaloppiert. Vor Artus trabten Gawain und Bedwyr, sein Pferd folgte ihnen, ohne daß er Zügel oder Fersen brauchte. Er zog die Enden des Mantels hoch, rückte das Schwert zurecht und verknotete den schweren Stoff über den ledernen Reiterhosen; trotz der Frühlingssonne führte der Wind in den schattigen Talsenken feuchte Kälte mit. Artus zog die Schultern hoch und überließ sich seinen Gedanken.

König Loth von Lothian nahm seine Pflichten als Vormund ernst, ritt durch sein Land, sorgte für zuverlässige Boten und hatte in Caer Myrddin lange und erfolgreich um die schöne Morgause geworben, Artus' schwesterliche Freundin, und nun war das Streunen des Witwers zu Ende: Morgause lebte in seinen Burgtürmen zu Carlisle und Dunpelder oder Traprain Law.

Die Sachsen schienen sich von der vierfachen Niederlage noch nicht erholt zu haben, denn während der Wintermonde war es an allen Grenzen ruhig geblieben. Entweder hatte sich kein Schiff vom

Festland an die Küste gewagt, oder die Späher waren blind oder erschlagen; einige der einsam wartenden Männer zeichneten mächtige Wellen auf die Fetzen aus Birkenrinde, die Kay und Merlin von den Füßen der Brieftauben abwickelten. Artus zweifelte nicht daran, daß er auch dieses Jahr würde kämpfen müssen – nach den Winterstürmen, wenn sich die Eroberer wieder sammelten.

Er dachte an Merlins Erzählungen. Schwertmann Gordion und zuletzt Bedwyr hatten sie bestätigt: In den langen Jahren, seit Eindringlinge mordend, sengend und plündernd durch Britannien gezogen waren, hatten viele Familien Britannien verlassen und waren mit Hab und Gut nach Armorica geflüchtet, mit kleinen Schiffen nach Süden, der Sonne entgegen. Es waren so viele gewesen, daß man mitunter von der neuen Heimat als der Bretagne, also Klein-Britannien sprach. Seit Uther Pendragon die Fremden bekämpfte, wagten sich einzelne Mutige zurück auf die Insel, und die Schiffe, die Artus ausschickte, brachten im Sommer tüchtige Handwerker und fleißige Bauern über das ruhige Meer. Artus glaubte fest, daß auch aus der Bretagne mutige Krieger in größerer Zahl kommen und sich ihm anschließen würden, und vielleicht kam eine Zeit, in der er selbst hinübersegeln und das Land kennenlernen würde. Wenn Bedwyr und Gordion von Klein-Britannien erzählten, begannen ihre Augen zu leuchten.

Kilydd hatte versprochen, Cafal für die Hetzjagden abzurichten, denn das Tier war staunenswert gewachsen: eine weiße Bestie mit Bärengebiß und groß wie ein Kalb. Artus lächelte, als er an Morgannas tapsiges Geschenk dachte, aber plötzlich verschwand sein Lächeln. Es verkroch sich in seinen Körper und erwärmte ihn. Ein paar Herzschläge später hatte er sich entschlossen, nur eine Nacht in Carlisle zu bleiben und am nächsten Morgen nach Caer Myrddin zu reiten. Zu Catriona, dem einzigen Menschen außer Merlin, der ihm half, die Selbstzweifel zu vertreiben. Er, Kay und Gawain waren die Jüngsten, achtzehn-, zwanzigjährig, unerfahren, und alle anderen Anführer, Lanzenreiter, Freunde ... sie waren um so vieles älter und klüger. Daß sie ihn berieten und schützten, wußte er, und deshalb dachte er von ihnen als Freunde. Aber er, der Jüngling, mußte Männern befehlen, so wie es Merlin und Catriona vorhergesagt hatten.

Vater Pendragon lag im Sterben, ohne Schmerzen zu spüren. Er vermochte seine Beine noch zu bewegen, konnte aber sein Lager aus eigener Kraft nicht mehr verlassen; Knochen und Muskeln trugen ihn nicht mehr. Sangive und Mutter Ygraine wechselten einander an seinem Bett ab, wenn er nicht mit Gildas, dessen Bruder Huail und Merlin nächtelang redete. Artus wünschte sich manchmal, wahrhaftig trauern zu können, aber für Hochkönig Uther Pendragon fühlte er nichts anderes als für einen Verwandten, mit dem ihn zeitlebens nicht mehr verband als ein paar gemeinsam geleerte Krüge Wein.

Als in der letzten Stunde des zweitägigen Ritts der Wehrturm hinter dem Palisadenwall von Carlisle zu sehen war, erkannte Artus wieder einmal, daß ihm Merlins Erziehung etliche wertvolle Werkzeuge in die Hand gegeben hatte: Er, Artus, würde weiterhin zwischen sich und der Welt eine Schutzmauer stehenlassen müssen, um unverletzlich zu sein. Das Schwert Caliburn, zweischneidig geschliffenes Symbol des *Dux bellorum*, bedeutete ebensoviel wie Pendragons Stab und seine Krone: das Zeichen für jeden Britannier, daß Artus alles für sein Land tat. Als er mit seinen Freunden durch das weit geöffnete Tor der Stadt ritt, wußte er mit Gewißheit, daß er sein Heer auch diesen Sommer gegen die Eindringlinge würde führen müssen.

»Caer Myrddin ist nicht mehr dasselbe, seit Morgause mit König Loth gegangen ist.« Catriona lehnte sich an seine Schulter. »Stiller, mein Prinz. Anders; weniger Glanz, weniger Fröhlichkeit.«

»Nun bist du die Herrin des Hauses«, sagte Artus leise und legte die Hand auf ihre Finger. Gawain und Bedwyr hoben die Becher und tranken Artus zu. Artus blickte in Catrionas Augen, in denen sich grün die Flammen spiegelten, und sprach lächelnd weiter, während die brennenden Scheite knisterten. »Es liegt an dir, für fröhlichen Glanz zu sorgen.«

»Sei gewiß«, sagte sie leise. Ihr Lächeln verkroch sich zögernd.

»Ich tu alles, was ich vermag.«

Sie drehten sich um, als jemand die Tür mit dumpfem Krach schloß. Merlin trat ein, und seine Erregung war bis zum Kamin zu spüren. Sein Haar war wieder schwarz, in seinem Gesicht sproß ein grauer Zehntagebart. Er trug den bestickten Druidenmantel und die goldene Kette und roch nach den Kräutern des Badewassers. Breite Ringe glänzten an seinen Fingern; es schien, als habe er mit dem Anlegen des Schmucks seine Wut dämpfen wollen. In weichen Halbstiefeln glitt er näher und begrüßte die Freunde mit einem schrägen Grinsen.

»Die Ungewaschenen! Bauern! Brüder der Scholle! Ein Sturzbach – nicht nur ein Quell! – des Aberglaubens und der Dumpfheit. Trotzdem ...«

Er ließ sich auf einen Hocker fallen. Catriona füllte wortlos einen Becher mit heißem Würzwein. Merlin erwiderte die prüfenden Blicke der Freunde, leerte den Becher und setzte ihn hart ab. Schließlich sagte er:

»Ich hab's seit hundert Jahren gewußt. Die meisten sind schmutzig, voller Geiz und Aberglauben. Sie stehlen wie die Elstern, sind dumm und uneinsichtig wie das Vieh, waschen sich nur, wenn's im Sommer regnet. Ihre Hütten – voll Ruß, Mäusen, Ungeziefer, Krankheit und dem Kot von Hühnern, Hunden und Katzen. Aber – es sind unsere Bauern.« Er wirkte erschöpft; länger als einen Mond war er nun allein durchs Land geritten. »Nur die frommen Mönche und die Druiden oder Druidinnen bringen es zuwege, daß sich dieses Volk ändert. Sie bestehlen einander, treiben es mit Schafen und Ziegen, prügeln Kinder, Tiere, Knechte und Mägde, und uns betrügen sie ebenso wie jeden Handwerker. Für sie gibt es nur Mißernten, Viehsterben und verdorbenes Korn.« Er trank hastig und deutete mit dem leeren Becher auf Artus. »Du kennst das alles aus deinem Piktendorf. Was muß sich ändern? Was können wir tun? Von tausend und abertausend Bauern hängen Wohl und Wehe des Landes ab!«

»Mehr Klöster«, sagte Artus. »Wir sprechen mit Gildas und

Huail. Und ein Gesetz, dem alle gehorchen müssen. Wenn die Bauern nur an Feen und Geister und unsichtbare Dämonen glauben, sollen die Klosterbrüder und die Druiden ihnen sagen, was sie tun müssen, um ohne Furcht zu leben. Die Dorfvorsteher müssen wir schwören lassen, die Bauern müssen lernen!«

»Du hast die Macht, Artus!« Bedwyr hieb die flache Hand auf die Tischplatte. »Deine Macht ist dein Recht, Macht und Recht machen Gesetze.«

»Aber um ein Gesetz überall zur Geltung zu bringen, wirst du mehr Männer brauchen, als dein Heer zählt.« Catriona mischte heißen Wein zu dem Rest im Krug und rührte um. »Oder ein Jahr voller Wunder.«

Merlin nickte und machte lachend eine flüchtige Handbewegung. »Wunder oder keines, wir haben nur für eine Sache Zeit: Wir schlagen die Eindringlinge zurück, oder wir schaffen mehr Ordnung. Was sagt ihr dazu, Freunde?«

Bedwyr starrte in die zuckenden Flämmchen. »Eines nach dem anderen. Du, Artus, und wir alle warten auf die Nachricht, daß die Fremden wieder landen und unser Land verwüsten. Da bleibt keine Zeit, Ungewaschene zu waschen.«

Gawain hatte bisher geschwiegen und am heißen Wein genippt. Nun beugte er sich vor und faßte Merlin ins Auge. Leise sagte er:

»Du bist, Vater Myrddin, der Älteste und Klügste hier. Auch wir, Freunde und Anführer, kennen das Land und die Sitten der Britannier. Die Römer haben uns vieles gelehrt, das inzwischen vergessen wurde; ich seh's an den Straßen, Brücken und Häusern. Sie wußten mehr als wir – dich ausgenommen, sage ich –, aber ihre Zeit ist vorbei. Die Legionäre, erzählen die Alten, wußten besser als wir, wie gut das Leben sein kann.« Er suchte nach Worten und sprach nach einigen tiefen Atemzügen weiter. »Artus und wir, das sind zwei Dutzend Männer, nicht mehr. Wenn tausend von uns durchs Land reiten, dann erst können wir etwas ändern!«

»Du hast recht«, sagte Merlin. »In Caerleon erfahren wir die letzten Nachrichten. Morgen oder übermorgen.«

»In drei Tagen.« Artus zog Catriona an sich. »Nicht eher.«

Er schloß die Augen und stellte sich vor, wie er und all die anderen auf hellen, breiten Straßen durch ein friedliches Britannien galoppierten und die neuen Gesetze ausriefen. Das Bild löste sich flirrend auf; diese Zeit verbarg sich weit in der Zukunft.

In der Stunde vor der Abenddämmerung flatterte eine Brieftaube in den Schlag der Königsburg. Moray, einer der Burschen, die die Tauben fütterten und den Kot sammelten, löste das Bändchen am Fuß der Taube, rollte das Stückchen Birkenrinde auf und rannte zu Kay. Der Verwalter betrachtete die Schrift und lief zu Artus hinauf. Artus strich auf der Tischplatte behutsam die Rinde glatt und deutete die einfachen Schriftzeichen.

»Von König Loth«, sagte er. »Er schreibt: Pikten kommen aus dem Norden. Eindringlinge landen im Forth-Fjord, beim Felsen Bassas im Norden und beim Bassas-Fluß, der im Süden mündet. In drei Siebentagen haben sie sich gesammelt. Komm, Artus, und hilf mir siegen.«

Gawain knurrte tief in der Kehle und sagte: »Wir helfen und siegen, Dux Artus!«

»So weit im Norden!« Artus hob die Schultern. Mit beiden Armen machte er wegwerfende, hoffnungslose Gesten. »Und an zwei Stellen zugleich!« Dann rief er:

»Agwyd! Schnell!«

Wenige Atemzüge später öffnete der Weißbärtige die Tür. Artus sagte:

»Laß alle Anführer in den runden Saal zusammenrufen! In zwei Stunden. Boten an alle Krieger – wir reiten in den Norden!«

»Ja, Herr. Bei den Tränen der frommen Bridget!« Agwyd umklammerte die hölzerne Hand mit den Fingern der gesunden. Cafal stand auf, schüttelte sich und bellte dreimal. Der Diener warf die Tür zu und rannte zur Treppe. Plötzlich schien die Wärme des Feuers zu versiegen; feuchte Kälte sickerte durch das Dach und die Mauern.

Boten hetzten dem Heer voraus. Auf gewohnten Wegen ritten die Krieger zum Hadrianswall und auf der Wallstraße zum östlichen Ende der Befestigung, von dort aus auf Pfaden und schmalen Straßen, von König Loths Spähern geführt, nach Norden, zum Land der Scotti und Pikten. Vor dem Zug ritt ein Krieger, der einen Lanzenschaft mit einer Tafel als Feldzeichen vorantrug. Ein Querholz unter der Lanzenschneide bildete ein Kreuz, und auf der weißen Tafel krümmte sich ein roter, feuerspeiender Drache. Fußkämpfer und Gespanne folgten ein wenig langsamer. Elfhundert Mann hatte Artus zusammenrufen können; er ritt an der Spitze der ersten großen Reitergruppe, hinter seinem Feldzeichen. Seine Anführer, von Gawain bis Merlin, blieben bei ihren Abteilungen. Die Späher berichteten, daß sich die Eindringlinge mit piktischen Häuptlingen beraten hatten und deren Krieger mit Schiffen und Booten vom nördlichen Ufer zur Felseninsel Bassas brachten und von dort aus zum Südufer, wo sie den Hügel mit der Ruine eines römischen Kastells und die Ufermündung des Bachs besetzten. Artus stellte sein Heer im weiten Halbkreis auf, ließ kleine geschützte Lager aufschlagen und einige Wege verbreitern; er hoffte, daß die Eindringlinge seine Pläne nicht durchschauten. In dieser Schlacht konnte er im unebenen, waldigen Gelände die Lanzenreiter nur an wenigen Stellen einsetzen. Als der Hügel und das Lager der Fremden erstürmt wurden, trug jedes Pferd zwei oder drei Reiter zur vordersten Linie, dann saßen die Männer ab. Nur die Anführer und König Loth, der am letzten Abend zu Artus gestoßen war, blieben auf den Pferderücken sitzen.

Die Schlacht dauerte vom nebligen Morgengrauen bis zu den ersten Stunden der Dunkelheit, als nur noch Brände und Fackeln die Nacht erhellten. Der Sieg war für Artus teuer erkämpft: im eigenen Heer mehr als siebzig tote Männer und viele Verwundete, deren Zahl erst bei Tageslicht feststehen würde. Aber die Eindringlinge waren zurückgeschlagen, getötet, ins Meer geworfen, gefangengenommen worden. An der Übermacht von Artus' Heer waren selbst die Pikten gescheitert, trotz ihrer blinden, brüllenden Raserei im Kampf. Alle ihre in Felle gehüllten Krieger aus dem Land der schwarzen Schafe, die narbigen Körper voller Färberwaid-Stichbilder, lagen tot und von furchtbaren Wunden entstellt zwischen den Wurzeln der Bäume am Ufer.

König Loth und Artus schickten die Hälfte des Heeres unter Führung Merlins und Bedwyrs zurück: Die Männer wurden bei der Aussaat und in den Ställen gebraucht. Auf den Resten des Hügelkastells errichteten zahlreiche Helfer oberhalb des Grabes der eigenen Toten eine mächtige Holzburg, rodeten Teile des Waldes für eine Straße und verluden die Beute auf die Wagen des Trosses. Als der Hauptteil der Bewaffneten wieder das Land um Caerleon erreichte, ritten sie meist im warmen Sonnenschein durch grünendes, blühendes Land; jetzt begann der Frühsommer.

Vier Reiter und Merlin erwarteten Artus weit vor dem Stadttor. Merlin trabte an Artus heran, legte ihm die Hand auf die Schulter und sagte leise:

»Hochkönig Uther Pendragon ist tot. Er starb gestern im Schlaf.« Er deutete in eine unbestimmte Ferne. »Ich habe berittene Boten überall hin geschickt.«

Artus nickte langsam und senkte schweigend den Kopf. Als er die Augen öffnete und zur Stadt blickte, schien ihm das weit offene Tor wie ein weit aufgerissener schwarzer Rachen zu sein, der selbst junge Sieger und deren Freunde verschlang.

Drei Meilen östlich jenes Punkts in der Ebene, an dem sich sieben römische Straßen trafen, erhob sich ein gleichmäßig gewölbter, grasbewachsener Hügel, den die Bauern Ambryi nannten. Auf seiner südlichen Flanke, neben der Straße zur Hügelkuppe, duckten sich die halb steinernen, halb hölzernen Häuser eines Mönchsklosters, dem auch die Schafherde und einige Felder und Äcker gehörten. Die Herde weidete im Gras der Hügelflanke. Die Straße führte in drei vollen Windungen zu dem kreisrunden Bauwerk auf der Hügelspitze, die völlig frei von Buschwerk und jungem Wald war; zwischen wenigen alten Bäumen umgab ein Kreisring aus kleinen

Buchen, Eichen, Birken und Kiefern den Fuß des »Berges Ambryi«. Von Caerleon und Carlisle aus brauchte ein Mann, der gut zu Fuß war, dreieinhalb Tage dorthin.

Am Morgen des siebenten Tages nach Uther Pendragons Tod rollte ein vierrädriger Wagen, von zwei Paaren Rappen gezogen, durch Caerleons Stadttor. Ygraine, Artus und Sangive folgten zu Pferde dem Sarg, der geöffnet auf Strohballen lag. Tücher wallten vom Sarg bis zum Boden. Uther Pendragon trug seine Kleidung, das eisenbeschlagene Wams, den Lederhelm und alle seine Waffen; der Schild lag auf seiner Brust. Nur das Gesicht, dessen Haut Merlin mit geheimnisvollen Flüssigkeiten getränkt hatte, war frei. Ein schweigender Zug schloß sich den Reitern und ihren Feldzeichen an, und je mehr sich der Wagen von der Stadt entfernte, desto größer wurde das Gefolge, das dem toten Hochkönig das letzte Geleit gab.

Niemand schien zu fehlen: Gawain im schwarzen Mantel auf einem Rappen, Kilydd in fahlem Weiß ritt einen Schimmel, Gordion saß auf einem Rotfuchs und trug seinen Mantel aus düsterrotem Wollstoff. Kehydius, der schwarze Blamore, Merlin auf einem Apfelschimmel und mit silbrigen Waffen und rotem Schild; in schwarzen Kutten ritten Dugald und die Brüder Huail und Gildas. Alle Krieger aus Caerleon und den Häusern außerhalb der Stadtmauern folgten; hier stieß eine Gruppe bärtiger Bauern hinzu, dort ein Jäger, ein Hirte, ein paar Frauen. Jeder trug einen Zweig, einen dicken Ast oder einen wuchtigen Holzkloben. Zwischen Nacht und Morgen war ein kurzes Sommergewitter durchgezogen; noch jetzt hingen regenschwere Wolken über dem Land.

Zwei Tage lang blieb die Sonne ein verwaschener Lichtkreis hinter dem Gewölk. Die Nächte waren ohne Sterne und Mond, aber voller Fackelflammen; Feuer am Wegrand begleiteten den geisterhaften Totenzug. An den Lagerfeuern sangen traurige Barden zur Harfe; mitunter dröhnten die Rufe unsichtbarer Hörner durch den Wald, aus dem das Heulen der Wölfe antwortete. Um Merlin versammelten sich Druiden und Druidinnen, mit denen er während des Ritts und der Nachtlager lange Gespräche führte. Als Artus und Gildas abends das Kloster erreichten, wartete ein Dutzend Mönche mit blakenden Fackeln, heißem Würzwein und einem kärglichen Imbiß – es reichte gerade für ein halbes Dutzend Männer.

Zwischen Mittnacht und Morgengrauen, von der Lücke des steinernen Kreises aus, sahen Artus und seine Freunde, wie die Fürsten und Könige mit ihrem Gefolge, den Hügel dreimal umrundend, im Fackelschein heraufritten. Jeder Fürst, jeder Krieger trug Zweige und Scheite. Die schweigenden Männer stiegen ab, begrüßten Artus und gingen ins Innere des Steinwalls, wo entlang der Mauern aus Menhiren, zerbrochenen Quadern und Bruchgestein in talggefüllten Schalen fingerdicke Dochte loderten. In der Mitte des Walls, neben dem Grab des Ambrosius, stützten steinerne Platten das Erdreich eines zweiten, tiefen Grabes ab; auch der Boden der Graböffnung bestand aus den gleichen dicken Steinplatten, wie sie neben dem Grab lagen. Hochkönig Uther Pendragons Sarg war geschlossen worden und ruhte auf weißen Balken über der Vertiefung.

»Ist dein Vater friedlich gestorben?« König Loth legte einen armlangen Kloben auf Ambrosius' Grabhügel und umarmte Artus, der wortlos nickte. »Das Volk hat ihn geachtet und geliebt. So viele sind gekommen.- Sieh dich um, Artus.«

»Er starb im Schlaf, in den ihn Merlin versenkte«, sagte Artus. In der fast windstillen Nacht trieb der Rauch zahlloser Fackeln und Lichter an den Hügelflanken herauf. »Es haben sich Tausende versammelt, Oheim Loth.«

»Keiner von uns fehlt.« Loth trat zur Seite und zog Morgause in den flackernden Flammenschein. Sie war schwanger und setzte sich schwerfällig auf einen roh behauenen Quader, nachdem sie Artus, Ygraine und Sangive mit schmerzlichem Lächeln begrüßt hatte. »Wir werden Uther ein großes Begräbnis schenken, als letzte Ehrung.«

»Ein mächtiges Feuer«, sagte Ygraine leise und legte den Arm um Sangive. »Das Holz und das Laub für die Flammen kommen aus allen Dörfern unseres Landes.«

Nach den Fürsten und den Anführern folgten, Stunde um Stunde, die Britannier und wanderten entlang der eingerammten Fackeln langsam und schweigend dreimal um den Hügel. Aus tausend flackernden Flammen quollen Ruß und stinkender Rauch in die Höhe. Schwärme kreischender Vögel, nur schattenhaft zu erkennen, kreisten über den Baumwipfeln. Während im Steinkreis die Haufen aus Holzstücken, Laub und Ästen wuchsen, breitete Merlin die Arme aus und rief:

»Ihr Fürsten! Helft mir, den toten Hochkönig in die Erde zu senken!«

Artus trat einige Schritte näher zum Sarg. Die Fürsten, mehr als eineinhalb Dutzend, bückten sich und hoben die Bohlen an, packten die Enden der Seile und ließen den schweren Holzkasten in das Erdloch hinunter. Mit Hilfe der Balken wurden die Steinplatten hochgewuchtet und zur Seite geschoben, bis sie sich auf den steinernen Kasten senkten. Mit Schaufeln und Schildrändern häuften die Krieger Erdreich und Geröll zwei, drei Fuß hoch auf die Platten. Artus gab die Schaufel an Kay weiter und trat zurück ins Halbdunkel. Er wartete, bis auf dem Grab ein länglicher Erdhügel lag, den die Fürsten mit großen Flußkieseln bedeckten, Stein um Stein. Die Reihe der Britannier, die mit gesenkten Köpfen von König Pendragon stillen Abschied nahmen und Holz auf das Grab legten, riß nicht ab. Merlin und Gildas stellten sich neben Artus, und nach einiger Zeit sagte Merlin:

»Mein Vater hat Ambrosius begraben und vorher den Hügel höher aufgetürmt, mit vielen tausend Traglasten. Ich war damals ein Kind, aber nie hab ich ein größeres Feuer gesehen.«

Artus nickte. Innerhalb des Steinkreises war kein Platz mehr für ihn und die Fürsten; die mächtigen Holzstöße begannen den Raum bis zum Rand zu füllen. Ygraine und Sangive führten Morgause auf die Straße hinaus. Auf dem sandigen Vorplatz standen die Menschen in Gruppen zusammen. Viele Britannier verließen die Hügelstraße, setzten oder stellten sich ins abgeweidete Gras. Noch immer kamen Männer und Frauen zum Eingang und warfen Holz auf den Berg über den Gräbern; Merlin, Gildas, die Mönche und sieben Druiden und Druidinnen warteten länger als eine Stunde.

An manchen Stellen lichteten sich die Wolken. Sterne blinkten und vergingen. Für lange Augenblicke war der Vollmond zu sehen. Schließlich versiegte der Strom der Trauernden. Als es um den Grabhügel ruhiger geworden war, stellte sich Merlin in den roten Lichtschein, hob die Arme und rief, mit Pausen zwischen den Worten:

»Myrddin-Merlin hat Ambrosius Aurelianus hier auf dem Ambryiberg begraben. Merlin begräbt heute Uther Pendragon, Britanniens ruhmreichen und gerechten Hochkönig. Sein Sohn Artus wird den Holzstoß anzünden, die alten Götter und der Gott des neuen Glaubens werden Pendragon dorthin führen, wo die verstorbenen Helden unsterblich auf ihre Wiederkunft warten!«

Vom Murmeln der leisen Gespräche einiger tausend Menschen schien der Hügel zu beben. Vom Fuß des Hügels dröhnten schwere Trommelschläge über das flache Land, dazwischen erschollen die langgezogenen Litus-Rufe und die schrillen Signale der Cornu. Die Druiden stimmten ihre Gesänge an, rasselten mit den Klangsteinen in hölzernen Gefäßen, gossen Honig, Wein und Met über dem Grabhügel aus und vollführten, während sie im eng gewordenen Zwischenraum in einem Schreittanz schwankten, beschwörende Gesten. Gildas sprach abwechselnd mit Bruder Dugald laute Totengebete in Lateinisch, der »ewigen Sprache«, und sie stimmten in den dumpfen Chor der Mönche ein. Schließlich schritt Merlin, eine Fackel hoch über dem Kopf, auf Artus zu.

»Zünde den Holzstoß an, zur letzten Ehrung deines Vaters!«

Die Mönche verließen in langer Reihe den Innenraum. Artus nahm die Fackel und näherte sich mit zwei Dutzend Schritten dem Rand des riesigen Holzhaufens, der sich über den Gräbern türmte. Einige Zweige, die an den Flammenschalen Feuer gefangen hatten, schwelten mit hellgrauem Rauch. Artus senkte die Fackel. Späne und Reisig begannen zu brennen. Er schob die Fackel zwischen die dürren Äste und ging zurück zu Bedwyr, Kay und Bruder Dugald.

Die Flammen züngelten nach allen Seiten, wuchsen prasselnd in die Höhe, breiteten sich summend und wimmernd aus und übertönten Trommeln und Hörner. Binnen weniger Atemzüge hatten sich alle Flammen zu einer heulenden Spirale vereinigt, die knatternd Fuß um Fuß höher in die Nacht wuchs, mit einer wirbelnden Spitze aus Rauch und Funkengarben.

Jedes Gesicht, das sich der Hügelkuppe zuwandte, wurde zu einem von Tausenden hellen Flecken in der Dunkelheit. Die Hitze des Feuers trieb die Wartenden Schritt um Schritt zurück, die Quader und Steine der Rundmauer und der kalkige Lehm der Ausfugungen begannen zu knacken, Splitter klirrten zu Boden. Artus blinzelte in die Flammenbündel und fühlte, wie er ohne Trauer in seinem Herzen auf den Rand der Wirklichkeit zutrieb; nichts in seinem Leben würde sich ändern, wenn vom großen Ehrenfeuer nur noch kalte Asche übriggeblieben war. Asche, die der nächste Sturm wegblies und wie Nebel zerstreute. Aber etwas war geschehen, unsichtbar neben Worten und Flammen einhergehend: Zugleich mit Uther Pendragon war Artus' Empfindung begraben worden, seinem Vater auf tiefgründige Weise Rechenschaft schuldig zu sein, vielleicht mit ihm verglichen zu werden, Dinge tun oder lassen zu müssen, ganz anders als Pendragon. Daß er über die Beute einiger Kriegszüge und Pendragons goldgefüllte Truhen verfügen konnte, zählte nicht mehr als einige Funken im Totenfeuer, dessen Flammen einen Teil der Vergangenheit brennend mit den tiefen Wolken vermischten. Merlin klopfte ihm auf die Schulter und hielt ihm einen Krug vors Kinn.

»Trink, mein königlicher Freund«, rief er in Artus' Ohr. »Totenfeuer, Totenreden, Totenmahl und Totentrunk – jeder wird trunken von Mount Ambryi weggehen.«

Artus trank warmen Met. Der vergorene Honigwein wirkte in seiner Kehle wie ein Wespenstich. Unverändert strudelte die funkensprühende Flammensäule zum sternenlosen Himmel, als Artus vom Rand des Vorplatzes das Gras betrat und zwischen Bauernfamilien, Handwerkern und Schäfern, angepflockten Pferden und windschiefen Zelten hangabwärts ging, in Richtung des Klosters, wo für ihn und seine Freunde Stroh und Decken warteten. Feuerschein erhellte den Hügel bis hinunter zum Wäldchen.

Überall saßen Britannier, aßen und tranken und warfen bisweilen lange Blicke zur lodernden Hügelkuppe. Artus ging an Bedwyr vorbei, der leise mit Ealasaid, der Tochter eines Bogenmachers aus Caerleon, an einem winzigen Bratenfeuer schäkerte; die beiden erkannten ihn nicht. An Dutzenden Stellen tranken müde Männer und Frauen; Artus roch Beerenwein, Bier, Met und Wein. Ab und zu verbeugte sich einer aus der unübersehbaren Schar der Begräbnisgäste vor ihm. Er erwiderte die Grüße und folgte zuletzt den glimmenden Lichtern der Fackeln, die ihn zum Kloster führten. Ein Mann lehnte an der Mauer, wühlte im langen roten Haar einer hochgewachsenen Frau im Druidinnengewand, die ein Bein um seine Schenkel geschlungen hatte. Spät erkannte Artus, daß es Merlin war, und setzte sich auf die Holzbank neben dem Kräutergarten der Mönche. Aus dem Schatten schlurfte ein Bruder herbei und füllte Artus' Becher mit schwach schäumendem Bier, dunkler als die Nacht. Harfenklänge und Gesänge drangen zerrissen durch laute Reden, Gelächter und Geschrei. Das Bier roch harzig-süßlich nach Gagelwürze: Frauen und Männer taumelten, berauscht und kreischend, am Eingang des Klosters vorbei, zurück in die Nacht; auf einem Schimmel galoppierte Kilydd vorüber, die Zügel zwischen den Zähnen und eine hell lodernde Fackel in der Linken, eine halbnackte Frau im Arm, die lachend den Kopf zurückgeworfen hatte und deren spitze Brüste wippten. Irgendwo hinter der Mauer brach lärmender Streit aus. Aufgescheuchte schwarze Vögel flatterten über die strohgedeckten Giebel der Dächer; längst krachten die Trommeln in einem wirren Takt.

Artus leerte den Becher, gähnte und streckte sich auf der Bank aus. Er wünschte sich weit fort: zur Insel Avallon, auf ein Schiff, an die warme Seite Catrionas oder in die Wärme des Festlandes, wo roter Wein wuchs und gekeltert wurde, in jenen unbekannten Teil des Festlandes, nach Klein-Britannien, der Bretagne.

Er merkte nicht, daß König Loth, Bedwyr und Merlin bei ihm stehenblieben, andere Freunde schweigend Mäntel und Decken holten, um ihn darin einzuwickeln, als sei er ein Kind. Ohne daß er erwachte, viele Stunden nachdem der graue Morgen schütteres Licht auf das Land geworfen hatte, kamen Morgause, Sangive und Ygraine, betrachteten lange sein Gesicht und gingen zurück ins Kloster.

Owein, König Urians ältester Sohn, ritt mit drei Lanzknechten in Caerleon ein und schwur Artus und Britannien seine Treue als Lanzenreiter. Am heißesten Tag des Sommers führte ein Krieger, dessen Aussehen dem einer Frau von schlankem Wuchs und herbem Gesicht glich, kaum älter als Artus, sein lahmendes braunes Pferd durch das Stadttor und zum Hof der Stadtburg. Er sagte, sein Name sei Lanzeloth und seine Heimat der Forst von Cat Coed Celyddon auf dem Hochland der Scotti. Während die Wehrtürme am Solvay-Fjord aufgebaut und teilweise eingerichtet wurden und schon elf Bauernfamilien in der Nähe siedelten, zählte die Schar der Späher an der Ostküste zwölf Dutzend; Prudeyn, der jeden von ihnen ausgebildet und ihm seinen Platz zugewiesen hatte, überreichte Artus ein vollgeschriebenes Ziegenleder mit allen Namen. Das Heer – Artus ließ mitten im Sommer zählen – bestand aus dreizehnmal hundert erfahrenen Männern, von denen mehr als ein halbes Tausend als berittene Kämpfer ausgebildet waren und eigene Pferde besaßen. Nicht weniger als zwei Dutzend seetüchtiger Schiffe konnten mit Kapitänen, Steuermännern und rudernden Kriegern bemannt werden.

Mauern, Türme und der Hafendamm Avallons wuchsen ebenso wie die Gärten und Wälder der Insel. Artus ließ für die frommen Schwestern der Mönchin Bridget die Gebäude für ein Kloster errichten; er bezwang seine Ungeduld und sah ein, daß sich weder Mauern noch Gärten oder Türme durch Gebete oder Wunder selbst erbauten. Der Sommer kam und verging; er war weder besser noch schlechter als der des zurückliegenden Jahres. Drei Monde lang sah er keinen seiner Freunde. Sie waren in alle Richtungen ausgeschwärmt und berichteten den Bauern, daß nach dem Tod des Hochkönigs Pendragon eine neue Zeit angebrochen war, mit Abgaben für die Händler, mit einem königlichen Gesetz und mit mehr Verpflichtungen für jeden Britannier, der sein Land, seine Töchter und sein Vieh nicht an die Sachsen, Angeln und Jüten verlieren wollte.

Trotz der verheerenden Niederlage der Eindringlinge am Bassas sammelte sich abermals ein Heer fremder Angreifer in einem Wald, der sich abseits bewohnter Gebiete ausdehnte, einem verfilzten, menschenleeren Forst, dessen dunkle Tiefe nur wenige Jäger und der Krieger Lanzeloth kannten, der Sohn des Fürsten Briadan, Enkel des Galahad. Mitten im Erntemond mußte Artus seine Krieger zusammenrufen.

Artus legte die Hand auf die Mitte des Schwertes, strich mit den Fingerkuppen über die Runenzeichen des Schmiedes Wieland und starrte in Merlins hageres Gesicht.

»Eine Druidenzahl, mein Freund. Es droht die siebente Schlacht. Im Wald von Celidon, im Cat Coed. Abermals weit jenseits der Grenze unseres friedlichen Landes.«

»Ich bin in diesen Wäldern aufgewachsen; die Jäger und Holzfäller gaben mir den Beinamen.« Lanzeloth schob mit beiden Händen die weizenfarbenen Locken in den Nacken. »Ich kann euch führen, Dux Artus. Nicht, daß ich jeden Kaninchenbau kenne …«

»Dann wirst du neben mir reiten, Lanzeloth vom See«, sagte Artus entschieden. »Die Zahl der Feinde ist nicht groß. Kilydd, Gordion, Kay und Gawain, glaube ich, werden hier bleiben und für die Stadtburg, für die Burg meiner Mutter, für etliche Brücken und die Wehrtürme auf Avallon sorgen.«

»Brauchst du mich, Artus?« Merlin lehnte sich zurück und sägte eine Scheibe vom Brotlaib. Er stieß die Dolchspitze in die Tischplatte. Artus schüttelte den Kopf.

»Nicht für den Kampf. Zwei Drittel des Wegs kenne ich selbst, und wir reiten schnell auf guten Straßen.«

»Einverstanden.« Merlin tunkte das Brot in die dampfende, sämige Brühe und schien die braunen Fleischbrocken zählen zu wollen. »Kay hat alle Kleinigkeiten bedacht. Wann brichst du auf?«

»In zwei Tagen. Wie immer bei Sonnenaufgang.«

»Ein beschwerlicher, zumindest weiter Ritt, o hinkender Huf!« sagte Bedwyr und lächelte grimmig. »Durch das Land zwischen den Wällen und in den Norden, hinter den Ambrosiuswall, bis in die Nähe von Traprain Law, zu König Loth.«

Artus lachte. »Und zu Morgause. Ich hoffe, daß wir die elenden Räuber nie am Stadttor bekämpfen müssen. Also – auf einen harten Kampf und den siebten Sieg!«

Er hob die Schale, roch am warmen Kräutersud und trank. Ein Druide am Mount Ambryi hatte mit verschleiertem Blick und heiserer Stimme dem Königssohn zwölf schwere Schlachten prophezeit; die zwölfte sollte die furchtbarste werden, aber dem Land den Frieden bringen. Artus würde so lange kämpfen, bis das Ziel erreicht und das Land sicher war; zwölf, fünfzehn oder vierundzwanzig Male und an allen Orten, an denen sich die Fremden sammelten.

Das Heer verließ Caerleon, ritt nach Deva in Gwynedd, weiter nach Penrith und Carlisle, von dort durch das Königreich Rheged nach Luguvallium und durch piktisches Ödland nach Corstonicum, durch bergige, tälerreiche Wälder und nasse Hochmoore nach Caer Eidyn und über die einstmalige römische Reichsgrenze durch zahlreiche Furten am Forth-Fjord in die caledonischen Wälder. König Loths Männer hatten berichtet, daß die Sachsen von zwei Stellen kamen und Dumbarton erobert hatten; an der engsten Stelle des Landes, wo die Insel zusammengeschnürt war wie der Hals einer Strohpuppe. Rauchsäulen wiesen Artus, Bedwyr und Lanzeloth den Weg: Die Sachsen hatten die geplünderten Einödhöfe und Weiler niedergebrannt. Auf den Spuren des Raubzugs erreichte Artus die Eindringlinge, verfolgte sie, schloß sie ein und erschlug sie bis auf den letzten Mann. Noch vor der Schlacht, die viele Kämpfe während dreier Tage und Nächte brauchte, erkannten Artus und seine Anführer, daß sie Alcluith, *Civitas Alclud* am Großen Schroffen Felsen zurückerobern und befestigen mußten; nach seiner Rückkehr würde Artus befehlen, daß nahe dem westlichen Ende des Vallum Antonini seine erste bewaffnete Flotte einen sicheren Hafen erhielt.

Das Heer, mit karger Beute und wenigen Verwundeten – einunddreißig eigene Krieger waren getötet worden –, ritt zurück nach Caerleon. Bei den Mönchen in Candida casa blieben Artus und seine Freunde eine Nacht länger und hetzten den Reitern hinterher: In der ersten Nacht, in der sie in einem Gutshof schliefen, der wie ein römisches Landhaus aussah, aber inmitten großer Gärten lag und von Mauern geschützt war, traf Artus zum erstenmal die schöne Gwenhwyfar.

Fürst Leodegrane Craggan besaß ausgedehnten Landbesitz, der ans westliche Meer grenzte; seine Familie stammte von römischen Offizieren ab. Gwenhwyfar bediente die Krieger bei Tisch, und selbst im Licht der wenigen Öllämpchen leuchtete ihr hüftlanges Haar wie dunkles Gold.

4. KAPITEL

In dem Troncas sein kärgliches Wissen von König Artus' achter und neunter Schlacht offenbart und zu verstehen beginnt, daß auch er im Sturm um Akkon nur ein Sandkorn ist

Dies ist wahrscheinlich geschehen im Jahr 496, wenn alle Chronisten richtig gerechnet und geschrieben haben; meist waren sie über Namen, Orte und Jahreszahlen unsicher, o aufmerksamer Qadi Beha«, sagte Troncas leise. »Es war eine dunkle Zeit, in der Gesetz, Wissen und Weisheit wenig galten; kluge Männer wie Merlin, Gildas oder Lanzeloth waren überaus selten. Deswegen erinnert sich noch heutzutage fast jedermann im Volk an sie.«

»In Britannien, wohlgemerkt.« Beha ed-Din wartete, bis die Schreibsklaven Streusand auf das Papier geschüttet hatten. Sie warteten und rüttelten den Sand in die goldene Büchse zurück. Schweigend und sich mehrmals verbeugend verließen sie das Zelt. »Noch nach sieben Jahrhunderten erinnert man sich? Mash'allah! Es muß eine erbarmungswürdig schlimme Zeit gewesen sein.«

»Ein Jahrhundert im Umbruch, Amir. Viele sahen Artus' Heer, neue Straßen, sichere Furten und Brücken und all die Bauwerke, die er errichten ließ. Er war die Hoffnung des Volkes und der Schrecken seiner Gegner.«

Beha ed-Din schlug die Hände zusammen. »Er und seine ritterlichen Freunde.«

»Damals – in den Jahren der Qual – hatte das Land nur einen Namen, einen Mann, auf den sich alle Hoffnungen richteten: der junge, ungekrönte Hochkönig. Anders als im Heer der Kreuzritter. Hier herrschen Dutzende eifersüchtiger Fürsten.« Troncas richtete die Augen zur Zeltdecke. »Was hörst du heute, o Qadi der Gerechten und Unwilligen, vom Kampf um Akkon?«

»Immer das Gleiche.« Beha ed-Din al Shaddad stieß einen langen Seufzer aus. »In der Zeit der kalten Winterstürme wagt sich kein Schiff aufs Meer. Die Franken belagern Akka, und unsere Heere versuchen, die Franken zu schwächen. Der große Sultan hat's die Sterndeuter errechnen lassen: Der Entscheidungskampf bricht im Frühling aus, am Anfang des Sommers.«

»Und bis zu dieser Entscheidung rennen die Kreuzfahrer gegen die Mauern und schreien ›Deus le vult!‹«

Beha ed-Din hauchte die Ringe an und rieb sie an seinem Wollmantel. »Unsere Rufe sind ähnlich, und ebenso laut: ›Für den wahren Glauben!‹«

In klaren Nächten bei Westwind waren die Geräusche der Belagerung deutlich zu hören, dachte Troncas. Die Ballisten hämmerten gegen Amir Qara-Qûshs wuchtige Mauern; die französische Wurfmaschine, die »Böse Nachbarin«, schleuderte unaufhörlich schwere Steine über die Mauern, die »Schlimme Cousine« der Muslime antwortete mit gleichartigen Geschossen, in den »Verfluchten Turm« schlugen die Wurfsteine große Breschen, die »Balliste des Herrn« legte die Hälfte eines Torturms nieder. Nur die Flügel der Windmühle standen meist still; es gab kein Korn, das sie hätte mahlen können.

Beha ed-Din stand auf und wickelte sich in den Mantel.

»Die Feldherrn treffen sich, Ritter Troncas. Ich sitze in ihrem Kreis, berate mit ihnen und schreibe das Wichtigste auf; bald werde ich wohl – wegen der gefangenen Ungläubigen – die unzweifelhafte Großartigkeit deiner Sprachkünste brauchen.«

»Also sammeln Imad ad-Din Zengi ibn Maudûd und Ala ad-Din, Izz ad-Din Masud ibn Madûd ibn Zengis Sohn und Zain ad-Din Jusuf ihre Krieger?«

Beha ed-Din tat, als wollte er sich verneigen.

»Du hast scharfe Ohren. In winterlicher Kälte, Ritter, kämpft es sich gut; nur zögerlich rinnt der Schweiß unserer untadeligen Krieger. Bald werde ich dir von einer großartigen List des Sultans berichten, mit der wir die Ifrandsch – Allah schicke sie ins Verderben, aber nicht alle! – täuschten und die Muslime von Akka erfreuten.«

Troncas erwiderte Behas breites Grinsen. »Sprichst du vom überladenen Schweineschiff?«

»In der Tat. Du weißt es schon?«

»Ich darf mich im Lager frei bewegen«, sagte Troncas. »Also schlendre ich mit offenen Augen und Ohren durch die Gassen, sehe und höre so manches.«

»Und machst dir deine Gedanken über dies und das.«

»Über jenes und allerlei anderes Besonderes auch, o Qadi unterschiedlicher Nachrichten.« Troncas grinste. »Ihr wißt mitunter mehr aus dem Christenlager, glaub ich, als die Belagerer selbst.«

Beha ed-Din nickte, lächelte zerstreut und verließ das Zelt. Ein kalter Schwall frischer Luft wehte herein und durchwirbelte den ätzenden Rauch des Holzkohlebeckens; einige Atemzüge lang sog ihn die Zeltöffnung fauchend am mittleren Zeltpfosten vorbei. Troncas setzte sich in Behas Sessel, hielt die Fußsohlen zur Glutschale und knetete die kalten Zehen. Die Episode des Schweineschiffs hatte unter den Muslimen nicht endenwollendes Gelächter hervorgerufen: Als der Mangel unter den Belagerern unerträglich zu werden begann, bemannten Muslime in Beirut ein Schiff, das sie der fränkischen Flotte abgenommen hatten. Sie beluden es mit 400 Säcken Korn und Mehl, Käse und Lämmern, Zwiebeln und vielen anderen Nahrungsmitteln, schoren ihre Bärte und kleideten sich wie Franken. Unter ihnen waren viele, denen die Sprache und die Gebräuche der Belagerer nicht fremd waren, und so stellten sie Käfige mit Schweinen, lebenden Hühnern und Gestelle voller

Weinkrüge an Deck. Unterwegs folgte ihnen in weitem Abstand ein Kreuzfahrerschiff bis zur Christenflotte, die Akkons Hafen absperrte. Als deren Galeeren heranruderten und sich die Schleudergeschütze auf das falsche Christenschiff richteten, fragten die Christen, ob der fleischbringende Fremde in den Hafen von Akkon einlaufen wollte.

Ob denn die Christen die Stadt noch nicht eingenommen hätten, fragten die falschen Verbündeten; die Schweine grunzten, und die Hühner gackerten aufgeregt. Noch nicht, antworteten die Christen. Die Muslime zeigten auf das folgende Christenschiff und sagten den Männern der Blockadeschiffe, daß sie auch das andere Schiff davor warnen sollten, in den Hafen zu segeln. Die Flotte ruderte unverzüglich auf das andere Schiff zu, und als dadurch die Hafeneinfahrt frei wurde, lief das Schweineschiff mit gutem Wind in Akkons sturmsicheren Hafen ein. Das höhnische Freudengetriller der hungrigen Muslime erschütterte die Mauern, als ihre Geschütze die Schweine, die in Todesfurcht zappelten, quiekten und schrien, in hohem Bogen ins Christenlager schleuderten. Dort warfen die lebenden Geschosse Zelte um, sprengten Gruppen scheuender Pferde auseinander und verendeten zuckend in großen Blutlachen.

Eine Stunde später hörte Troncas die Nawaqis – Holzschlegel, die gegen die Klanghölzer gehämmert wurden wie gedämmte Glokken – durch die Lagergassen hallen. Er legte den Mantel, das Geschenk des Chronisten, um die Schultern und blickte prüfend in den Spiegel. Sein Haar, keine drei Fingerbreit nachgewachsen, war ebenso grau geworden wie sein Zehntagebart. Er zuckte mit den Schultern, zog den Saum als Kapuze über den Kopf und ging hinaus. Aus allen Zelten strömten die Muslime zum Rüstplatz. In einem windgeschützten Winkel kauerte ein weißbärtiger Alter; er schien den Vorbeigehenden ein Gedicht oder einen Singsang zuzurufen. Troncas blieb stehen.

»… was der Schreiber seltsamer Bräuche mir erzählt hat: Mit einem Schiff sind dreihundert schöne fränkische Frauen, im

Schmuck ihrer Jugend, nach Akka gekommen. Jenseits des Meeres haben sie sich gesammelt und der Sünde verschrieben.« Troncas verstand jedes Wort des Erzählers und schob sich näher. »Sie haben ihr Vaterland verlassen, hatten sich gerüstet, die Unglücklichen, die in der Fremde weilen, glücklich zu machen, und sie brannten vor Lust auf das Zusammensein und die fleischliche Vereinigung. Zügellose Dirnen waren sie, hochfahrend und spöttisch, fest im Fleisch und sündig, Sängerinnen und kokett, feurig und entbrannt ...«

»Mir ist keine von ihnen begegnet«, brummte Troncas und beugte sich vor. Im heiseren Singsang des Erzählers entstand eine Pause; einige Männer blieben stehen und hörten zu.

»Gefärbt waren sie und bemalt, reizend und begehrenswert, von erlesener Anmut, die auf Abwege führten und Blicke warfen, entkräfteten, raubten, trösteten und hurten; verführend, schmachtend, begehrend und begehrt, Freude gebend und nehmend, erfahrene junge Mädchen, die sich leidenschaftlich glühend verkauften, schamlos, schwarz- und großäugig, mit vollen, schlanken Körpern, näselnder Stimme und festen Schenkeln, mit blauen und grauen Augen, deren Farbe vom Genuß des Fleisches unreiner Schweine kommt; die Keuschesten verkauften Gunst um Gunst und wollten in ihrer Glut überwältigt sein.«

Troncas wandte sich ab und ging weiter, auf die großen Zelte hinter den Palisaden zu; die Worte der sinnenbrünstigen Schilderung Imad ad-Dins ließen ihn an leere Nächte denken. Von Crysaide wußte er, daß die Truppen des Sultans nach einem der ständigen Scharmützel viele Frauen in Rüstungen gefangengenommen hatten; als man ihnen die Kettenhemden heruntergerissen hatte, erkannten die Muslime das wahre Geschlecht der Krieger und verkauften sie als Sklavinnen. Die Erzählung des Alten verlor sich im Geräusch der Schritte und der Gespräche. Über die Zeltspitzen, aus deren Öffnungen dünner Rauch waberte, zitterte in der kalten Luft die Stimme des Gebetsrufers. Troncas blickte zum Großzelt des Sultans hinüber, das von vielleicht zwei Dutzend kleinerer Zelte umgeben war, sah darüber flatternde Fahnen unter Lanzenspitzen und dahinter die treibenden Wolken unter dem grauen, niedrigen Himmel, der mit den schneebedeckten fernen Berggipfeln verschmolz. Plötzlich blieb er stehen, sah sich um und setzte sich zwischen zwei Zelten auf einen Sattel, der von gelbem Staub bedeckt war. Er senkte den Kopf. Schattenhaft huschten Gestalten an ihm vorbei, ein Windstoß fegte Staubschleier um die Zelte, die farbigen Leinenwände knatterten. Troncas gähnte, seine Augen tränten, und plötzlich war es, als würde der sonnenlose Tag noch dunkler. Seine verschwimmenden Blicke verfolgten einen kreiselnden Stoffetzen, bis er an einem Spannseil hängenblieb und sich flatternd in die Trugbilder seltsamer Erscheinungen verwandelte. Troncas verstand, daß einer der Schatten Fragen an ihn richtete. Er antwortete zögernd, nach langem Überlegen.

»Ich dachte, ich hätte endlich ein Ziel, als ich Alienors Sohn traf.« Troncas hörte sich sprechen und lauschte seiner brüchigen Stimme. »Ich bin ihm gefolgt, bin mitgelaufen, mitgeritten, in stinkenden Schiffen gefahren. Bin vor der Ärmlichkeit Caer Laverocks und meiner Mutter geflohen. Die scheinbare Leichtigkeit des Lebens in Alienors Burgen hat mich verwöhnt; daß der Weg nach Jerusalem und die Suche nach dem Heiligen Gral in Wirklichkeit eine beschwerliche Seelenstraße sind, weiß ich erst jetzt – ich ahnte es schon lang zuvor.«

Er versuchte die nächste Frage richtig zu verstehen, überlegte lange und sagte mit kalten Lippen:

»Ich zweifle, so wie Artus lange gezweifelt haben mag. Ich sehe uns Christen, die für freien Zugang und Besitz der Stadt des Heiligen Grabes mit verbissener Wut kämpfen – oh! so viele Sterbende, so viele Wunden, so viel Leid, so endlos viele Tote. Auf beiden Seiten, denn die Muslime verteidigen ihr Land. Gott hat es gefallen, mich mitten hineinzuwerfen in diesen schwärenden Reigen des Tötens.«

»Ja«, erwiderte er nach einer Weile. »Ich habe gebetet. Um meine Gesundheit. Um das Erkennen, was ich tun soll. Um das Leben meiner Mutter, die allein ist und wartet. Und um das Ende aller

Kämpfe. O Grant MacLeod, der mich kämpfen lehrte! O Sänger, dessen Liedern ich lauschte, Liedern, die mein Herz mit Bildern von unendlicher Schönheit füllten! Und nun lebe ich nur noch von der unberechenbaren Gnade eines muslimischen Chronisten, der sich vor Artus fürchtet – mein Gott, zu dem ich bete, hat mich gesunden lassen und zugleich in tiefste Verwirrnis gestoßen. Was soll ich tun?«

Der Wind fauchte und winselte durch die Lagergassen. Mächtige Balken aus Sonnenlicht brachen durch die Wolken und verwandelten den fernen Schnee in Flächen aus blitzendem Silber. Die vielfältigen Geräusche des Lagers vermengten sich zu einem bohrenden Malmen, das in den Schädel eindrang wie ein Dolch, der sich langsam drehte. Troncas ächzte.

»Was unveränderlich fest schien, wurde zu schleimigem Tang. Mein Glaube zittert, wankt und geht dahin. Wofür hab ich gekämpft?« In seinen Ohren dröhnte der Herzschlag. Schweiß überzog seinen zitternden Körper; Gluthitze und Eiseskälte marterten ihn. »Allah, der Gott der Muslime, ist er ein Bruder meines Gottes? Was, o Gott, soll ich tun? Wem soll ich mich unterwerfen? Wessen Gebote gelten?«

Jemand beugte sich zu ihm nieder. Eine Hand berührte ihn.

Er stöhnte: »Ich lebe wieder. Ich bin ganz allein. Niemand hilft mir. Meine Gebete verbläst der Winterwind. Ich verstehe nichts mehr. Mir ist übel – ich möchte sterben.«

An seinem Arm, der gefühllos geworden war, riß und rüttelte eine schmale Hand mit hartem Griff. Langsam, als müsse er einen Quader aus Akkons Mauer hochstemmen, hob er die Lider und blinzelte. Er glaubte die verschleierte Crysaide zu erkennen, über deren schwarzes Haar die Kapuze heruntergeglitten war. Sie packte seine Hände, zog ihn in die Höhe und sagte:

»Wach auf, Ritter! Beha ed-Din will dich in seinem Zelt sehen. Geht es dir nicht gut? Komm, ich helfe dir; stütz dich auf meine Schulter.«

Halb willenlos stemmte er sich mit zitternden Knien hoch, stand einige Herzschläge lang aufrecht und schwankte an Crysaides Seite zwischen den Zelten entlang, die wie Menhire im Nebel aufragten. Crysaide mit den Mandelaugen! dachte er, auch du gehörst zu meinen sinnlosen Träumen. Und auch deine Gebete erhört kein Gott, denn wir alle sind nicht wirklich: Wir stolpern, laufen und reiten durch brennende Tore quälender Träume und suchen nach dem Licht der Wirklichkeit, das uns zu überleben hilft. Durch fiebrige Nächte voll fahler Ginsterfelder und wuchtiger druidischer Steinkreise im purpurnen Heidekraut; nur die Wärme deiner Hand und der Wohlgeruch deines Körpers unter dem muslimischen Mantel beweisen mir, daß wir nicht stürzen, obwohl ich stolpere.

Ein Zeltvorhang bewegte sich; ein zweiter. Gelbliche Lichtfülle umgab Troncas. Er atmete warme, duftgeschwängerte Luft, starrte in die farbige Umgebung eines Paradieses und setzte Schritt um Schritt geradeaus, auf das hellste Licht zu. Harfenklang, Geschwirr wohltönender Saiten einer al-Aût, schäumende Wolken über Flammen, die sich im windlosen Zelt wiegten, umgaben ihn; er hob lächelnd den rechten Arm und brach zusammen; eine dicke Schicht muffiger Teppiche dämpfte seinen Fall. Wuchtiges Ambradunkel mit einem fingerschmalen Lichtspalt löschte seine Gedanken und sein Bewußtsein aus.

Troncas erwachte, als Zugluft über sein Lager hinwegwehte; seltsame Luft, einmal eiskalt, dann warm, dann wieder kühl und feucht. Es schien früher Morgen zu sein. Er richtete sich auf und erkannte in mühsamen kleinen Schritten, daß er nicht mehr in jenem Zelt war, in dem er gesundgepflegt worden war. Dicke Teppiche bedeckten den Boden; der Innenraum des Zeltes war kleiner, jedes Stück der Einrichtung war unvergleichlich kostbarer als die Faltsessel und die Truhen seiner bisherigen Behausung. Er sah sich um: Sattel, Waffen und Rüstung umgaben die Flechtwerkpuppe an einer der Zeltstangen. Die Stange war aus fast schwarzem, gemasertem Holz, mit breiten Goldbändern, selbst die Liege hatte vergoldete Füße. Troncas fand auf einer anderen Puppe frische Gewänder; sie schienen ungebraucht zu sein wie die Stiefel und der Gürtel. Hinter einer Faltwand wusch er sich und zog sich an. Seit er aufgewacht war, hörte er leise Musik und Geräusche, Laute, die er kaum deuten konnte. Er öffnete die Zeltklappe und näherte sich durch einen Verbindungsgang mit einem Dutzend Schritten dem nächsten Vorhang, zögerte und schob ihn zur Seite.

Er blickte in ein ungewöhnlich großes, helles Zelt hinein, an dessen Wänden, vor farbigen Teppichen, Musiker saßen und spielten. Junge Frauen in halb durchsichtigen Gewändern glitten barfuß über Matten und Teppiche, die eine Handbreit hoch übereinander lagen. Die warme Luft war voll Rosenduft und anderer Wohlgerüche. Troncas wagte ein paar Schritte vorwärts und erkannte Crysaide, die ihn im gleichen Atemzug entdeckte. Sie drehte den Kopf; Troncas folgte ihren Blicken und sah Beha ed-Din hinter einem breiten Klapptisch sitzen. Sein rechter Arm lag um die Hüften einer braunhaarigen Sklavin; unter dem weißen Stoff bewegten sich seine Finger wie gierige kleine Tiere. Die Frau hielt die Augen geschlossen und stand starr. Auf Behas Gesicht lag ein gleichmütiges Lächeln. Vor ihm kauerten vier Krieger und lauschten seinen Worten. An kleinen Tischen rechts und links schrieben die beiden Sklaven, die Troncas kannte. Beha ed-Din hob den Kopf, winkte Troncas und deutete auf einen Haufen praller Kissen, die verstreut auf den Teppichen lagen. Crysaide füllte eine Silberschale, kam zu Troncas und sagte:

»Mein Herr wird mit dir reden, wenn er seine Befehle erteilt hat. Setz dich und trink, Ritter.« Sie flüsterte: »Dich hat das Lagerfieber gepackt. Ist alles wieder gut?«

Er nickte und fragte ebenso leise: »Wo sind wir?«

»Im Zelt Beha ed-Dins, neben den Zelten des Sultans.«

Beha zog die Sklavin auf sein Knie und begann ihre Brüste zu streicheln. Troncas' Kehle war wie ausgedörrt. Er leerte die Schale, setzte sich und zog den linken Fuß unter sich, um weder mit dem Knie noch mit der Fußspitze auf seinen Gastgeber zu zeigen, der ihn nicht beachtete. Troncas' Hand lag auf einem silberbestickten Kissen; ihm war, als befände er sich im Vorhof des Paradieses. Er blickte zwischen Crysaide und Beha ed-Din hin und her und wartete darauf, daß die Krieger das Zelt verließen.

Nachts, in Beha ed-Dins Zelt, saßen sie im Kreis um die Reste des Essens, zwischen denen Öllampen brannten und die Tische der Schreiber standen. Zwei Becher Wein hatten Troncas' Schwermut vertrieben. Zwei Tage und Nächte lang hatte er gefiebert, und in den Stunden zwischen den rasenden Träumen der Erschöpfung war die Erinnerung über ihn gekommen und hatte ihn an Dinge und Erzählungen, Orte und Landschaften denken lassen, die er in England und der Bretagne und im großen Land Aquitaine gehört, gesehen und erlebt hatte. Beha ed-Din ibn Shaddad saß ihm gegenüber, lehnte gegen eine Zeltstange und hörte zu, dann lächelte er mehrdeutig.

»Setz dich näher zu ihm, Crysaide; der Reiz deiner Schönheit mag seine Rede befeuern.«

Die Sklaven kauerten wartend vor ihren Tischchen. Durch die gefütterten Zeltwände drang kaum ein Laut herein. Troncas begann:

»Noch fünf Schlachten hat Artus schlagen müssen, ehe er sein Königtum beherrschen konnte.«

»Also vergaß er die goldhaarige Frau, deren Namen meine ungefüge Zunge nicht zu stammeln vermag?« Beha ed-Dins Hand bewegte sich auf dem Rücken der Sklavin. Sie erschauerte unter den Berührungen. Langsam schüttelte Troncas den Kopf.

»Es schien, als habe er sie vergessen. Guanhumara nannten sie die Briten. Gwenhwyfar hieß sie bei den Kelten und Walisern: Erst sehr viel später wurde Guinevra-Guinevere und schließlich Jennifer daraus. Nein, o Amir, er vergaß sie nicht, obwohl er nach dem Kampf in den caledonischen Wäldern schon neun Monde später bei der Burg Guinnion stritt und siegte, einem römischen Kastell südlich des Hadrianswalls, halb wieder aufgebaut, mit dem Namen Binchester – was weder dir noch mir viel sagt. Es war eine Schlacht, in der es auch galt, zwei kleine Klöster zu schützen. Denn es waren vor allen anderen die Mönche, die dem Volk aus seiner schmutzigen Dumpfheit halfen.«

»Sie scheinen wichtig gewesen zu sein, all eure kleinen Propheten und Mullahs?«

»Sie waren unendlich fleißig. Schon Vortigern gab ihnen Land, das sie bestellten. Der heilige Patrick – Patricius – und seine Schüler haben den Glauben auf ganz Hibernia verbreitet, das heute Irland heißt. Als Sechzehnjährigen haben Seeräuber Patrick dorthin verschleppt, er mußte als Sklave Schafherden hüten. Er floh, hat dann in Gallien das Klosterleben kennengelernt und gründete nach drei langen Jahrzehnten den Bischofssitz Armagh. Als er starb, gehörte zu jedem irischen Clan ein Kloster. Von Irland, auch aus Gallien, kamen viele Mönche nach Britannien. In Caledonien, im keltischen Schottland, hat ein irischer Abt, der ältere Kolumban, zur Zeit des Artus den neuen Glauben gepredigt und die hartleibigen Pikten getauft; sein Kloster erbaute er auf der Insel Iona, die heute Mull genannt wird. Nebeneinander gab es gläubige Christen und Druiden, die Aberglauben lehrten, und viele Getaufte, selbst Mönche, verehrten sie zu gleichen Teilen nebeneinander: die alten Götterhelden und Heidengötter und unseren Herrn. Das Land muß damals von Klöstern gesprenkelt gewesen sein wie eine Frühlingsweide von wilden Lilien.«

»Ich verstehe, daß Artus und seine lanzenschwingenden Freunde besorgt gewesen sind.« Beha ed-Din beugte sich vor und hob die Hand. Das Kratzen der Federn auf dem Papier hörte auf. »Versuch mich zu verstehen, Ritter. Ohne daß man es dich hat erkennen lassen, kauert noch heute wie ein scharfer Jagdfalke die Furcht in den Herzen vieler Muslimkrieger. Sie wissen, daß Artus lange vor ihrer Zeit gekämpft hat, aber ihr Wunderglaube, oder nenn's Aberglaube, ist schwer zu erschüttern. Wiedergänger und Ritter, die euer Gott mit Waffen ausrüstet und aus dem Paradies geschickt hat – davor fürchten sie sich und suchen nach Zeichen. Ich sehe dein verwundertes Kopfschütteln, o genesender Troncas.«

»Auch wenn die Ritter vor Akkon kämpfen wie die Rasenden, trotz Hunger und Seuchen, sind sie sterblich wie du und ich.«

Troncas schwieg eine Weile.

»Du weißt es, ich weiß es, der Sultan ist davon überzeugt, aber nicht alle Männer des Heeres.« Beha ed-Din seufzte, ließ die Sklavin los und deutete auf die Krüge und Becher. »Dies ist nur Rankenwerk einer Geschichte; wenden wir uns dem starken Stamm deines Berichts zu, Ritter – der Geschichte des jungen Königs.«

»Dem *Dux bellorum*, der keine zweiundzwanzig Jahre alt war, als er gezwungen wurde, Carlisle zu verteidigen.«

»Obwohl er, wie es scheint, jeden erschlug, der seinen Fuß auf Britanniens Ufer setzte.« Beha ed-Din hob den Kopf und schien fernen Lärm wahrzunehmen, von dem Troncas nichts zu hören vermochte. Mit schläfrigen Bewegungen füllte die Sklavin die Becher.

»So schien es nur«, sagte Troncas. »Die Schiffe der Fremden landeten wahrscheinlich niemals zweimal an der gleichen Stelle. Diesmal schienen die Eindringlinge sich nördlich des Hadrianswalls und in Buchten der felsigen Westküste in Wales gesammelt zu haben.«

Troncas nahm einen tiefen Schluck, einen zweiten; das rötliche Getränk schmeckte wie dünner, säuerlicher Würzwein. Crysaide war eingeschlafen, von Müdigkeit übermannt. Ihr Kopf lag halb auf seinem Oberschenkel, seine Gedanken zuckten über ein halbes Jahrtausend von der warmen Gegenwart in Behas Zelt bis nach Carlisle; damals.

Gleichzeitig mit den Bemühungen der zwei Dutzend Anführer, das Heer zu vergrößern und dessen kämpferische Wucht zu schleifen wie die Schneide eines guten Kampfbeils, vollzogen sich in allen Teilen der Fürstentümer und Königreiche andere Entwicklungen: Klöster erhielten starke Mauern und Wehrbauten, der Hafen und die Türme Avallons wuchsen ebenso wie die Obstbäume, deren Schößlinge Merlin und Morganna in erdgefüllten Körben zur

Insel bringen ließen. Avallons Hafen war nahezu fertig, ebenso die Wehrtürme und Mauern der Burg, und Artus' kleine Flotte sicherte das Meer westlich und nördlich der Insel. Die Einfahrten in Straßen, Furten, Brücken und Beobachtungstürme wurden, meist auf den Fundamenten römischer Hinterlassenschaften, neu errichtet, ebenso wie Palisaden, Gräben und Hügelabstufungen vor Carlisle und hinunter bis zur schroffen Westküste und zum Ende des Fjords. Artus gebot über tausend Berittene, deren Lager verteilt an fünf verschiedenen Orten standen. Morgause war nach der Geburt von Kondrie wieder schwanger und schien König Loths rothaarige Wildheit gezähmt zu haben.

Fünf Männer, von Gallien, Hibernia, Armorica und dem Piktenland, hatten sich nach Caerleon durchgeschlagen, um in Artus' Dienste zu treten. Amasis Fischersohn, den muschelüberwachsenen Klippen Armoricas entflohen, Lamorak, der getaufte Pikte, Lantymer von der westlichen Insel, Boso und Owain aus Gallien und Percevale aus Tourones, dessen Vater an der Seite von Flavius Aëtius gegen ein hunnisches Riesenheer des Attila gekämpft und gesiegt hatte; er berichtete, daß nach ihm noch eine Handvoll besserer Krieger käme, die von Artus und dem Wohlleben auf der Insel gehört hatten. Jeder von ihnen, außer Percevale, war älter und schien erfahrener als Artus, keiner zweifelte daran, sich nach den Winterstürmen als Anführer bewähren zu müssen. Artus verpflichtete sie und schickte sie, paarweise zusammen mit einem seiner Vertrauten, in fünf verschiedene Heerlager.

Er selbst ritt mit Merlin, Kay, Baumeister Glwyddin und einigen Reiteranführern zur Stadt Viroconium, Burh Viroc auf Walisisch; niemals hatte er aufgehört, an weiße Städte und Burgen zu denken, an das Camelot seiner Jugendträume.

Auf der Kuppe des Wrekin hielten die Reiter die Pferde an. Aus sechshundert Ellen Höhe sahen sie auf die Dächer und die Mauern der größten Stadt im Königreich Powys hinunter und auf die vier Mauern, jede fünfhundertfünfzig große Schritte lang, tausendfach ausgebessert und an vielen Stellen frisch gekalkt. Merlin schob die Lederkappe aus der Stirn, rieb das rote Druckmal und sagte:

»Du weißt alles über Viroconium, Artus?«

Artus stützte sich auf den Hals des Rappen und nickte langsam. »Vieles, vielleicht nicht alles. Uther hat nächtelang davon erzählt. Wir sind zweimal in Eile hindurchgeritten.«

»Jetzt siehst du Burh Viroc im hellen Sonnenschein.«

Die Gräben waren noch wasser- und fischlos, der Aquaeduct mit Steinplatten abgedeckt, die unterirdischen Schmutzwasserkanäle mündeten unter einem kleinen Wasserfall in den Fluß. Artus schätzte, daß mehr als siebenhundert Familien in der Stadt lebten. Er hob den Arm und ritt an.

»Große Hallen, Holz auf römischen Fundamenten, breite Straßen.« Er lachte. »Vergleichen wir, was wir sehen werden, mit meinen Träumen.«

Seit den Jahren, als Vortigern kämpfte, war Viroconium neben dem Severnfluß langsam wieder zu einer befestigten Stadt gewachsen, durch deren Mitte die römische Straße führte, dreimal so breit wie vor den Stadttoren und dem Graben. Als sich die Römer aus diesem Teil des Landes zurückgezogen hatten, waren Palisaden und Gebäude verfallen, obwohl die Stadt noch bewohnt gewesen war. Vortigern begann sie wieder aufzubauen, und die Arbeiten gingen, oft unterbrochen, während der Herrschaft Uther Pendragons weiter. Artus hatte Kilydd und Bruder Dugald mit dreihundert Fußkämpfern und fünf Dutzend Reitern hierher geschickt, die den Handwerkern und den Bauern halfen.

Artus und seine Freunde näherten sich der Stadt von Westen, auf einer steingesäumten Sandstraße, an deren Flanken mehrere Reihen uralter Eschen und Tannen standen; an einigen waren abgestorbene Äste abgesägt worden. Die Stadt, die Weiden und Felder im weiten Umkreis und die Bauerngehöfte waren voll quirligen Lebens. Rauch quoll aus vielen Dächern und aus den Essen der Schmiede.

»Vielleicht haben alle Städte im alten Land der Römer so ausgesehen«, rief Blamore. »So weiß und weiträumig, voller Obstbäume.«

»Fauler Fisch! Fahr in die Bretagne!« Bedwyr winkte einer jungen Frau, die eine kleine Ziegenherde trieb. »Viele römische Dörfer wirst du sehen, denen Burh Viroc ähnlich ist.«

Die wichtigste Römerstraße Britanniens traf nahe der Stadt auf den Fluß zum Meer, einen ebenso wichtigen Wasserweg. Es würde schwer sein, die vier langen Mauern zu halten; dazu reichte die Zahl der Verteidiger nicht. Aber hier hatte Artus den Vorteil der kürzesten Wege zu drei Landesteilen; dort sammelten sich die Eindringlinge zu ihren Angriffen.

Glwyddins Blicke tasteten Bauwerke, Straßen, Brücken und Mauern ab; er rief durch das Summen aufdringlicher Fliegenschwärme Artus zu:

»Es ist wenig zu tun, Dux. Uthers Männer haben gewußt, wie man Wälle und Mauern baut.«

Bruder Dugald, Kilydd und eine Handvoll Reiter stoben winkend durch das Tor auf die Krieger mit den schwer bepackten Saumtieren zu. Bewaffnete Wachen, ein Schwarm Kinder und kläffende Hunde folgten ihnen. Staub wirbelte im trägen Mittagswind auf, die Schwalben strichen dicht über dem Boden dahin. Im Schatten mächtiger Buchen, Eichen und Pappeln ritt Artus auf das Torhaus und den eckigen Turm zu, auf die eisenbeschlagenen, weit offenen Torflügel.

»Warte, bis du die Wohnburg siehst«, sagte Merlin. »Sie ist auf der Ruine eines unglaublich großen Bades errichtet. Steinerne Säulen wirst du kaum finden.«

»Aber viele Wände aus Ziegeln, wie ich sehe.«

Artus überließ sich seinen Empfindungen. Erker, die aus verputzten weißen Mauern ragten, große Vordächer über Straßen, deren gepflasterte Oberfläche gekrümmt war, um den Regen in unsichtbare Kanäle rinnen zu lassen, ein Schmelzofen und viele Verkaufsstände im Schatten der Dächer aus Stroh und dicken Schilfbündeln, kleine Plätze, von Arkaden gesäumt, und immer wieder Gärten voller Obstbäume. Eine Elster kicherte im Geäst eines Kastanienbaums. Es roch nach hundert Dingen, Schmiede lärmten, Vögel schrien und im Inneren mancher Gebäude knarrten Räder und Achsen, glühten Ziegelöfen und sägten und hobelten Tischler. Die breite Pflasterstraße führte zu einem Platz, um den eckige Ziegelgebäude standen, und gegenüber dem mächtigen Wohnhaus sah Artus vor dem Stadtwäldchen zu seiner Verwunderung eine lange Reihe heller Säulen, die den Platz abgrenzten; er konnte nicht unterscheiden, ob sie aus Ziegeln oder Stein bestanden. Er ritt zur Mitte des Platzes und glitt zu Boden. Knechte kamen herbeigerannt und führten die Pferde durch ein Tor in die Ställe neben dem Wohngebäude.

Artus drehte sich einmal um sich selbst, musterte jede Einzelheit der Umgebung und sah in die Wolken, die in einen Gewitterturm hineintrieben. Ein Falke rüttelte über einem flatternden Taubenschwarm. Artus' Blick fiel auf Bedwyr und den Baumeister.

»Ich glaube«, sagte Artus, »es ist eine reiche Stadt voll fleißiger Bauern und Arbeiter.«

An den Rändern des Platzes, dem *Forum*, sammelten sich Grüppchen und kamen näher. Hundert Atemzüge später waren die Männer um Artus von einer kleinen Menschenmenge umgeben. Mägde brachten hölzerne Humpen voller Bier und Brunnenwasser. Kilydd nahm zwei Becher, hielt den größeren Artus entgegen und sagte:

»Wir werden ein paar Tage durch die Umgebung reiten. Ich zeige euch das fruchtbarste Stück Land in ganz Britannien.«

»Die Stadt hat schon einen Namen.« Artus leerte langsam den Humpen und holte tief Luft. »Ob ich Burh Viroc zu meinem Camelot machen werde – ich weiß es nicht.«

Artus und seine Freunde schienen die einzigen Bartlosen in Burh Viroc zu sein. Merlin trug den kurzen, weißgrauen Bart, den offensichtlich jeder Britannier kannte. Das Gedränge um die Reiter nahm zu; Artus drückte viele Hände und ließ sich von jedem der Bärtigen, deren Handgelenk er schüttelte, berichten: Wie hieß er, was tat er, was brauchte er, und was würde er ändern, wenn er könnte? Langsam drängelte und schob sich die Menschenmenge, aufgeregt, lachend und rufend auf die weiße Burg zu. Bedwyr rief: »Bittere Birne! Sie zerquetschen uns! Laßt Platz, Freunde!«

Stadtwächter und Torwachen schufen eine schmale Gasse, in der sich die Ankömmlinge zum Eingang kämpften. Artus stieg fünf niedrige Steinstufen hinauf und sah durch Mauerbögen und zwischen schlanken Säulen eine hellblaue Wasserfläche, in der sich ein halb offenes Balkendach spiegelte. Der Baumeister zog ihn weiter und rief:

»Das Becken haben die Römer hinterlassen. Es war voller Schutt und Erde, und wir haben's abgedichtet. Hier kannst du schwimmen, Dux Artus. Kannst du's?«

»Wie ein piktischer Wassergeist«, brummte Artus und ging weiter. »Hört ihr, was sie rufen?«

Bedwyr schlug ihm lachend auf die Schulter.

»Sie wollen mit dem Sieger vieler Schlachten ein Fest feiern! Wir sollten uns nicht lange sträuben!«

Bisher schien das Bauwerk kaum bewohnt gewesen zu sein. Während Artus langsam durch die lichtdurchfluteten Hallen, Korridore und Räume ging, treppauf und treppab, über unterschiedlich gut erhaltene Mosaiken aus einer verschwundenen Zeit, sah er Gerüste, Werkzeuge und Bottiche von Handwerkern. In einem Kamin lagen Holzreste und erkaltete Glut. Jeder Raum des langgestreckten Bauwerks rief nach Bewohnern, nach Leben und Unordnung; hier gab es fünfmal mehr Platz als in Caerleons Stadtburg. Artus stieß die Holzläden eines Fensters im obersten Geschoß auf, setzte sich auf das breite Sims aus dunklem, geschliffenem Stein und blickte zum Forum und auf die Dächer der niedrigen Häuser. Er gähnte. Das Bier hatte ihn müde gemacht. Tief in sich glaubte er eine andere Art Müdigkeit zu spüren, ein säuerliches Gebräu aus Enttäuschung, Mutlosigkeit und Ziellosigkeit. Ihm war, als hielten die Stunden ihren Lauf an, während die Gewitterwolke wuchs. Eine Kette, deren Glieder aus Erinnerungsfetzen bestanden, rasselte durch seine Gedanken, verwirrend und schwer, als sollte sie ihn fesseln und zu Boden drücken.

Und plötzlich, als das Sonnenlicht schwand, verstand er, daß ihn das Schicksal umherwirbelte wie eines seiner Schiffe in den Meereswellen. Er war Anführer und Werkzeug des immerwährenden Krieges. An acht Schlachten und blutige Siege erinnerte er sich, an acht schnelle, erschöpfende Ritte und acht lange Züge zurück, während derer sich das Heer auflöste und die Krieger in ihre Heimatdörfer ritten. Caliburn und die anderen Waffen hatten viel Blut getrunken, und nur sein Schwert war scharf geblieben. Tausend Dörfer, tausend Wehrtürme, Palisaden, Straßen und Äcker hatte er gesehen, und alles, was er und die wachsende Schar seiner Freunde befahlen, schufen und in die Zwänge aus Einsicht und Gesetz fügten, diente dem Kampf gegen die Eindringlinge. Jetzt besaß er die Macht, deren Kraft zur Veränderung er so oft erträumt hatte, aber er brauchte sie nicht, gebrauchte sie nicht mehr bewußt. Alte Bauersfrauen und Handwerker taten mit zahnlosem Lächeln, als sei er ihr Sohn, junge Frauen gaben sich ihm hin. Wenn er vor Müdigkeit einschlief, bedrängten sie seine lachenden Freunde, deren Schilde blutbespritzt waren. Er erinnerte sich nicht an ein Gesicht, nur an Brüste, Schenkel, Schöße und keuchende Hingabe. Er war unfähig geworden, die Wonnen seiner Macht freudig zu genießen und in Wohlwollen und Begeisterung einzutauchen wie in ein duftendes Bad. Das Ende der Jugendträume?

Jetzt träumte er nur von Hufgetrappel, dem Klirren der Schwerter, Äxte und Kriegshämmer. Wenn er nach Caer Myrddin ritt, zu Catriona, so war es, als rette er sich aus brüllender Brandung auf festes Land. Sie liebten sich, wußten aber, daß die Entfremdung begonnen hatte, denn Artus war nicht mehr der junge Prinz; sein Haar, sagte sie, schimmere nicht mehr wie schwarze Bronze. Tiefe Verwirrung in den Nächten und scheinbare Sicherheit an den Tagen wechselten einander ab wie Ebbe und Flut in den Fjorden. Nur Merlin kannte die Zweifel, die ihn befallen hatten wie Räude – nein, nicht alle, nur jene, die Artus in Worte zu kleiden vermochte. Artus war älter geworden; seine Gedanken griffen über den Rand der ihm bekannten Welt hinaus, die Britannier und Eindringlinge bewohnten, ins Gallien jenseits von Druiden, Steinkreisen und Zinngruben. Von dieser Welt wußte er kaum mehr als von der seines Inneren; jenes Armorica war ihm fremder als die Inseln des hohen Nordens, über denen die Sonne, so sagten die Legenden, niemals unterging. Er hob den Kopf: Die Wolke hatte die Sonne verschlungen und sich in eine rußschwarze Ballung verwandelt.

»Du sinnierst, Söhnchen?« Artus drehte sich um. »Dein Gesicht ist wie Herbstsumpf im Regen.« Artus hatte die Schritte hinter sich nicht gehört, erkannte aber Merlins Stimme. »Kann ich dir helfen?«

»Selbst du mit deiner Klugheit, Vater – ich weiß es nicht.«

In Artus' Rücken schmerzten die Abdrücke des körnigen Mauerbewurfs. Merlin hatte die Hände in die Ärmel seines Hemdes geschoben; sein schwarz gefärbtes Haar glänzte vor Nässe.

»Das Schwimmwasser des römischen Beckens ist rein und warm«, sagte er leise. »Du leidest wieder? Vielerlei Gedanken, kannst keine Auswege erkennen? Es geht dir nicht anders, als es deinem Vater erging.« Er deutete mit verschlossenem Lächeln auf den brodelnden Gewitterturm. »Nichts ist schlimmer als die Ruhe vor dem Sturm. Das Warten auf den Anfang der Schlacht, den ersten Schwerthieb.«

Artus schwang die Beine vom Fenstersims und versuchte die ölschimmernden Dielenbretter hinter Merlin zu zählen. Sie schienen sich bis zum Horizont zu erstrecken.

»Vielleicht ist es, weil … so viele sagen, daß ich der König sein werde, von dem man noch in tausend Jahren singt und erzählt. Catriona sagt es, sogar Morganna, deine Tochter.« Seine Stimme war zu einem krächzenden Murmeln herabgesunken. Er starrte in Merlins leuchtendgrüne Augen und sah die Falten im schmalen Gesicht. »Ich glaub es nicht, will es nicht glauben. Ich fühle mich, als wäre ich ein Stein auf einem großen Spielbrett mit tausend Feldern und Regeln.« Er senkte den Kopf und verschränkte die Finger. »Hilf mir, Merlin. Denn auch du bewegst Spielsteine, hast mit mir gespielt, bewegst mich noch immer hin und her und im Zickzack.

Wofür ich dir manchmal danke. Ich bin allein. Das Königtum drückt mich zu Boden.«

Merlin nickte ernst, streckte die Hand aus und zog Artus aus der Fensternische. Es wetterleuchtete weit im Westen, an der Küste, jenseits der Mündung des Severn.

»Das alles weiß ich, Söhnchen.« Seine Stimme, tief und warm wie eine Brise am Frühlingsstrand, senkte sich beruhigend auf Artus' Verstörtheit. »Ein Schritt nach dem anderen. Wir werden mit den wichtigsten Männern der Stadt essen. Schöne Frauen werden uns bedienen. Das Heißbad ist bereit. Die begehrenswerteste Frau von Burh Viroc wird dein Lager teilen.« Er hob die Hand. Sein Lächeln verwandelte sich in ein verschwörerisches Grinsen. »In einer Stunde wird es gewittern; denk an den Regen des Lebens: Viele Tropfen, ein Strom aus dem Gewölk, aus Rinnsalen werden Bäche, die Abgestorbenes und Liegengebliebenes in die Flüsse und zum Meer schwemmen. Du, Prinz Artus, den ich liebe wie Morganna und Jung-Myrddin, der irgendwo im Norden aufwächst, zwischen Druiden und Moosheidelbeersträuchern – du sitzt in einem winzigen Boot in dieser Flut, aber unter einem Regenbogen.«

Sie hatten die Gabelung zweier Treppen erreicht. Merlin deutete auf einen offenen Kreis aus vielen Tischplatten, die auf Böcken in der Mitte der großen Halle standen, bedeckt mit weißem Linnen, dann auf eine offene Tür, die den Blick in einen Raum freigab, in dem Artus nichts anderes als ein großes Bett sah.

»Deine Weisheit, Merlin, bewundere ich. Seit fünfzehn Jahren.« Erst jetzt merkte Artus, daß er nach dem langen Ritt wie ein Pferdeknecht stank. »Wenn morgen unsere Köpfe klar sind, beim Ritt um Viroconium, sage ich dir, ob deine druidische Listigkeit mir geholfen hat. Versteh mich recht, Väterchen: Ich muß abwägen zwischen dem erkämpften Frieden und der Ruhe meines Herzens.« Er blieb stehen und zuckte zusammen, als der erste Blitz die Räume in kreideweißer Helligkeit weitete. »Ich will beides verbinden, aber ich bin zu dumm; ich weiß nicht, ob ich mit meiner Macht richtig umgehe.«

»Du hast zwei Dutzend Freunde, o Dux bellorum, die dir dabei helfen.« Merlin ließ Artus' Handgelenk los und deutete auf die andere Treppe. »Sie würden ihr Blut für dich geben. Daß du über die Zukunft nachdenkst, hebt dich über alle hinaus, von denen du überzeugt bist, daß sie besser sind. Und jetzt – säubere dich, schwitz deinen Ärger aus, iß und trink mit uns; jeder, der besser ist als Uther Pendragon – und er war einer der Besten! –, muß auch an sich zweifeln. Nur dann kann er das Schwert des Siegers schwingen.«

Artus versuchte, aus Merlins Augen neue Zuversicht zu schöpfen; er atmete schwer aus und holte tief Luft. Der erste Donner rollte über das weite Land. Leise sagte Artus: »Wenn dieses Zweifeln meinen Schwertarm stärkt, druidischer Myrddin, bin ich zum Siegen bestimmt. Aber – wer bestimmt?«

Merlin hob die Hand voller blitzender Ringe. »Das blinde Schicksal, mein Prinz.«

Wieder spaltete ein Blitz den Abendhimmel. Drei Atemzüge danach krachte der Donner.

Artus, bis zum Hals im heißen Badewasser, dachte an das flammende Begräbnis seines Vaters und daran, daß tausend Druiden ein gutes Jahr beschworen und tausend christliche Mönche für ein segensreiches Jahr beteten. Er wußte, daß er die nächste Schlacht – trotz tausender Vorkehrungen – verlieren konnte und daß ihn dann als Letzten des Heeres die Sachsen totschlagen würden.

In der Finsternis verlor sich das Spinnwebenmuster der schwarzen Deckenbalken. Das Bett stand, umgeben von zwei Dutzend Flämmchen, in der Mitte des Raumes, dessen Wände mit dem Dunkel verschmolzen. Die Fenster standen offen, die Vorhänge wehten, blähten sich knatternd; draußen wütete seit Stunden das Gewitter, dessen schnell aufeinanderfolgende Blitze die Bewegungen der Körper in einer magischen Folge einzelner Erstarrungen festhielten. Artus' Finger umfaßten die schlanken Oberarme der Frau und tasteten zu ihren Brüsten. Windstöße peitschten die Flämmchen hin und her. Bei jedem Donnerschlag, der Artus und Mairead halb taub machte und die Hälfte ihrer Worte überdröhnte, zuckte der Körper der Frau. Endlich verstand Artus, was sie rief:

»Es war noch nie so wild, junger König.« Sie atmete schneller. »Warum hältst du die Augen geschlossen?«

»Ich fürchte das Licht.« Artus lachte und spürte Maireads Fersen auf seinen Rücken trommeln. »Die Blitze blenden mich. Ich kann dich nicht mehr sehen.«

»Willst du mich denn nicht sehen? Jeder sagt, daß ich die Schönste in Burh Viroc bin.« Sie schlang die Arme um seinen Hals und zog ihn an sich, bis sich ihre Gesichter berührten. Artus rief, halb von ihren schwarzen Locken erstickt:

»Du bist die Schönste. Du gleichst allen Frauen, von denen ich träume.« Die kalkige Grelle der Blitze drang durch Artus' Lider. Die Farbe von Maireads Augen hatte er schon vergessen. Er vergrub seine Finger in das schweißfeuchte Lockenhaar und dachte an Morgannas Haar von der gleichen Farbe; Morgannas Augen waren hellbraun, goldfarben. Während sich seine Lenden hoben und senkten, versuchte er sich an die ersten Nächte mit Catriona zu erinnern und wußte im gleichen Augenblick, beim nächsten Blitz und beim lustvollen Stöhnen Maireads, daß es niemals wieder so sein würde. Einige Atemzüge lang schien es, als sei das Gewitter vorbeigezogen. Regen prasselte gegen die Mauern und rauschte von den Dachschrägen. Mairead zuckte; die Anspannung verließ ihren Körper. Artus richtete sich halb auf und sah sie schweigend an.

»Deine Augen«, sagte er. »Sie sind von der Farbe alten Goldes.«

»Sie erinnern dich an eine andere Frau.«

Er schüttelte den Kopf. Für einen Augenblick glich Mairead Merlins Tochter Morganna, einer viel älteren, reiferen Morganna, der zukünftigen Fürstin der Insel Avallon. Das Trugbild verging, als Mairead ihr schweres Haar aus dem Gesicht in den Nacken schob. Kühler Wind winselte durch den Raum, trocknete den Schweiß und löschte einige Flammen. Leise sagte Artus:

»Andere Frauen, das sind Träume. Du bist jetzt und hier, schön wie Waldschatten und wild wie ein Falke.«

Sie stand lächelnd auf und ging auf Zehenspitzen zum Fenster, beugte sich weit hinaus in den strömenden Regen. Verwundert sah er ihr nach, tastete nach dem Krug und den Bechern und füllte sie; der Regen lief von den Schultern über ihren Rücken und tropfte aus dem halb hüftlangen Haar. Mit den gleichen Bewegungen wie Catriona trocknete sie sich mit einem weichen Tuch ab, eine helle Gestalt vor dem dunklen Viereck. Als sie sich halb herumdrehte, spaltete ein langer Blitz die Finsternis; wieder glänzte schneeiges Silberweiß auf dem feuchten Körper und färbte das Haar goldgelb, die Farbe Gwenhwyfars. Artus starrte Mairead an, der Wein lief über den Becherrand und seine Finger. Mit ruhigen Schritten kam sie auf ihn zu und nahm den Weinbecher.

»Du siehst mich an, König, als wäre ich eine Fee aus dem Druidenwald.«

Als Artus zur Antwort ansetzte, tobte ein Dutzend Herzschläge lang der Donner und ließ Dach und Mauern erzittern. Ihre Blicke trafen sich über den Silberrändern der Gefäße, stumm tranken sie, dann setzte Artus den Becher ab und legte den Arm um Maireads Hüfte.

»Kommst du mit zum Badebecken? Das Wasser ist warm; du mußt nicht schwimmen können, um mich mit deiner Schönheit zu erfreuen.«

Sie nickte und ließ sich mitziehen, trug den Krug und den Becher. Artus stellte zwei Lämpchen an den steinernen Rand des Beckens, half Mairead die wenigen Stufen hinunter und tauchte vor ihr tief ein. Von der Dachöffnung plätscherte senkrecht, wie eine Säule aus unzähligen winzigen Blitzen, der Regen auf die Mitte der Wasserfläche; unbeholfen schwimmend ließ sich Mairead von Artus in den seltsamen Wasserfall ziehen.

Blitze und Donner krochen nach Osten. In der Dunkelheit liebten sie sich ein zweites Mal; als der Regen aufhörte, schliefen sie schon. Im Grau der schwindenden Nacht weckte Mairead Artus mit einem leidenschaftlichen, langen Liebesspiel, das in Stöhnen und verzücktem Schluchzen endete, als ein gleißendes Viereck auf der

Wand langsam zu wandern begann und die Sonnenstrahlen Maireads Körper erfaßten. Mit weit offenen Augen sah Artus, daß sie weder Morganna noch Gwenhwyfar glich; sie betrachtete ihn aus halb geschlossenen Augen: Zum erstenmal nach vielen Monden wollte er eine Frau ansehen, mit ihr reden und viele Stunden verbringen, weil er ihre Nähe suchte und in ihrem Umkreis endlich eine Wirklichkeit zu finden hoffte, mit der er umgehen konnte.

Mairead hatte sieben Jahre in Viroconium verbracht, kannte das Land ringsum und ritt mit Artus und seinen Freunden fünf Tage lang, lärmend und lachend, über gut erhaltene und überwucherte Römerstraßen, breite und schmale Pfade, Karrenwege und Lichtungen, auf den feuchten Streifen zwischen wogenden Kornfeldern, Äckern und Weiden, durch kleine Herden weidender Rinder hindurch und an Schafherden vorbei. Maireads und Artus' Lachen vertrieb jegliche grämliche Stimmung und alle Waldgeister; dies rief jedenfalls ein ums andere Mal der weizenhaarige Bedwyr. Am Abend des sechsten Tages brachten die Torwächter einen Boten auf erschöpftem Pferd zu Artus. Keine der beiden Brieftauben aus Caerleon war in den Schlag der Königsburg zurückgekehrt; es gab zu viele Habichte und Falken.

Der Bote berichtete, daß sich in den Wäldern um Carlisle ein Heer der Eindringlinge versammelte. Kay und der hinkende Agwyd hatten ohne zu zögern von Caerleon aus die verstreuten Teile des Heeres zusammengerufen – noch vor dem Morgengrauen brachen Artus und seine Freunde nach Carlisle auf.

5. KAPITEL

Berichtet von der Belagerung Carlisles, von Artus' Schiffen und davon, daß sich Sultan Salah al-Din in der gleichen gefahrvollen Lage befindet wie einst Dux bellorum Artus, im dritten Jahr seiner Schlachten

Abgehetzte Späher auf schwitzenden Pferden, über und über dreckbespritzt, stießen zu Artus' erschöpftem Heer, als die Reiter am Mittag des letzten Tages in einer Staubwolke anhielten. Jenseits der Wipfel eines Waldes aus Buchen und Eschen und hinter den Mauern Carlisles war der Rauch großer Feuer zu sehen. Die Späher scharten sich um Artus; einer brüllte stockend:

»Die Wälder sind voller Jüten und Sachsen.«

»Herr Kay hat die Straße freigekämpft«, schrie ein anderer. »Jetzt verteidigt er Carlisle!«

»Es kommen noch mehr Krieger aus Caerleon!«

Artus zog das Kinnband des Helms fest und sagte heiser: »Wir helfen Kay. Freunde – geradeaus durch den Wald! Laßt euch nicht von den Pferden hauen!«

Einst war Carlisle, ebenfalls eine römische »Stadt der Legion«, von einem Ring befestigter Kastelle umgeben gewesen. Inzwischen war die Hälfte der Bauten verfallen, und die Mauerreste dienten als Windschutz. Die andere Hälfte, westlich der Stadt, war wieder aufgebaut worden und ragte fremdartig, zwischen Verfall und Neuerrichtung, über Feldern, Buschwerk und Weiden auf. Auch zum Südufer der trichterförmigen Mündung des Solvay-Fjords, im Tiefland, schoben sich ausbesserte Verteidigungsanlagen, hinter deren Palisaden grasbewachsene Stufenwälle bis zu den Ufern reichten. In vielen Kämpfen hatte König Uther das Land nördlich des Fjords in Besitz genommen. Zwei römische Straßen führten von Carlisle bis nach Chester und York; Artus' Heer hielt auf jener Straße, die von Traprain Law durch Edinburgh, Torwoodley und Stirling führte, und hatte auf dem Ritt, der weder die Pferde noch die Männer schonte, kleine Abteilungen seines Reiterheeres eingeholt. Er sah sich um und schätzte die Zahl seiner Krieger auf nicht mehr als zehn Dutzend.

»Beim heiligen Ambrosius«, sagte er und sah zu, wie sich die Reiter zu Gruppen zusammendrängten. »Meine neunte Schlacht! Seid ihr bereit, Freunde?«

Zustimmendes Murmeln antwortete ihm. Die Reiter senkten die Lanzen und hielten die Schilde an die Körper. Artus hieb dem Pferd die Fersen in die Flanken und ritt als erster an. In zwei Windungen führte die Straße in den Wald hinunter, und plötzlich polterten und dröhnten zahllose Hufe den Hügel abwärts; Reiter drängten sich zwischen den Stämmen hindurch, deren Wurzeln sich in weiten Abständen aus dem laubbedeckten, moosigen Boden verknoteten. Zu Fuß kämpfende Männer mit schwarzen Linien von den Stirnen bis zur Brust warfen sich den Reitern entgegen. Lanzen bohrten sich in Körper, Schwerter und Kampfbeile schlugen blitzend auf Schilde und fetzten Rindenstücke von den Bäumen, ließen Schilde bersten oder hieben handgroße Teile aus den Rändern; die Kämpfenden droschen schreiend aufeinander ein. Blutüberströmte Männer brachen zusammen, Pferde keilten aus, Lanzenspitzen bohrten sich in Buchenstämme. Die Reiter warfen Fußkämpfer um und rammten sie mit Wurfspeeren in den Boden. In einzelnen Sprüngen und im Zickzack kämpften sich Artus' Männer durch den Buchenwald, der vom Waffenklirren und dem Gebrüll der Kämpfenden widerhallte. Wütende Reiter ließen eine breite Spur Verwundeter und Erschlagener zwischen den feuchten Wurzeln zurück, zerhauene, blutige Schilde und zerbrochene Waffen. Ein Pferd lag zuckend mit gebrochenen Läufen im niedergetrampelten Gebüsch. Das Geschrei und der Lärm entfernten sich zögernd in Richtung der Stadtwälle; einige Dutzend Männer kämpften miteinander verbissen auf dem Boden, zwischen mannshohen Findlingen, wiehernden und auskeilenden Pferden und zersägten Eschen. Eine Schar Berittener sprengte mit gezogenen Schwertern heran und hieb die Fremden nieder. Schreiend zogen sich die Krieger zu den Männern auf die Pferde und ließen sich mitschleppen; hinter ihnen verklang das Wimmern und Heulen. Die Straße durch den Wald schien frei zu sein, als Artus in einem Kahlschlag sein Pferd wendete.

»Ein grausiges Gemetzel«, rief er. »Und vor dem Tor warten sie schon auf uns. Weiter! Kay wird uns unterstützen.«

Einige Dutzend Sachsen und Jüten rannten ihnen nach, als sie an niedergebrannten, schwelenden Gebäuden vorbei auf das geschlossene Tor zuritten. Die Türme starrten von Bewaffneten und Bogenschützen, die mit Steinbrocken, Wurfspeeren und Pfeilen zwischen den Belagerern ein vernichtendes Durcheinander anrichteten. Artus gab mit Lanze und Schild Signale; aus der Stadt erklangen langgezogene Hörnerrufe. Das Reiterheer fächerte sich auseinander und stürzte sich in einen Kampf, der länger als vier Stunden dauerte. Das Nordtor flog auf, die letzten Angreifer flüchteten durch Obstgärten und über die Erdwälle; Reiter aus Carlisle, auf frischen Pferden, galoppierten ihnen nach und erschlugen sie. Erst am Abend öffneten sich für die Sieger die anderen Stadttore.

Zwei Tage nach dem neunten Sieg lief Artus' kleine Flotte in den Fjord ein, segelte und ruderte flußaufwärts und machte fest. Die Kapitäne berichteten: Von den Schiffen der Sachsen, Jüten und denen aus Scandia waren nur wenige auf Südkurs gesehen worden. Aber später entdeckten die Späher das Versteck der Fremden. Man hatte es überfallen, zwei Schiffe verbrannt, einige Dutzend Kinder und Frauen gefangen und die Truhen mit dem Kriegsschatz erbeutet. Während die Bewohner Carlisles und die Bauern der Umgebung die Toten zusammentrugen, zählten und begruben, schleppte sich der ärmliche Zug der Gefangenen vom Flußsteg zur Stadt hinauf. 470 Fremde waren erschlagen worden.

Als Troncas of Caer Laverock in seinem Zelt erwachte, versuchte er seinen Traum festzuhalten; im Dunst des Erinnerns ritt sein Vater kämpfend und tötend zwischen Buchenstämmen, Findlingen und Moospolstern auf die Brandung des Fjords zu, in der Schiffe mit gerefften Segeln dümpelten. Troncas richtete sich auf und holte tief Luft. In seinen Haaren, in der *Zihara*, dem leinenen Nachtgewand, und an seiner Haut schmeckte er einen verwirrend gemischten Geruch nach Gebratenem, säuerlichem Wein und Salbölen von Crysaides Haut. Kälte kroch vom Zeltleinen und vom Boden heran; im Glutkorb schwelte nur noch, faustgroß, dunkelrot glimmende Kohle. Troncas starrte in die Dunkelheit und begann seine Gedanken zusammenzufügen.

Seit ein Teil von Salah al-Dins Heer nach Norden gezogen war, um sich gegen Friedrich Barbarossa zu stellen, hatten immer wieder Kämpfe zwischen Muslimen und Franken stattgefunden. Oft siegten die christlichen Ritter, aber es war ihnen nicht gelungen, die Mauern und die tapfere Besatzung zu überwinden – auch wenn Friedrich von Schwaben es mit langen Leitern versuchte und der Erzbischof von Besançon einen monströsen Rammbock einsetzte. In weniger als fünfzig Tagen ging das christliche Jahr zu Ende. Über die kleinen Schlachten berichteten Krieger und Späher im Lager; von Beha ed-Din hatte Troncas erfahren, daß in beiden Lagern Krankheiten und Hunger herrschten und die herbstliche Seuche viele Franken qualvoll getötet hatte – hier, zwischen den Zelten, war davon wenig zu spüren. Mitunter kämpften sich muslimische Nachschubschiffe in den Hafen Akkons durch, aber obwohl Sultan Salah al-Dins aus dem Norden zurückkehrende Krieger das Frankenlager um Akkon fast völlig eingekesselt hatten, trug sich der Sultan mit dem Gedanken, dieses Lager bald zum Hügel Kharruba zu verlegen; die Schalen der Kriegswaage verharrten, unschlüssig schwankend, in gleicher Höhe.

Troncas schob die Hände zwischen die Schenkel, um die Fingerspitzen zu wärmen. Draußen im Sand knirschten die Schritte der Lagerwachen. Hunde bellten, Nachtvögel stießen erschreckte Laute aus, in der Ferne schrie jämmerlich ein Esel. Troncas begann zu verstehen, warum er sich nutzlos fühlte, sich nach Bewegung, harten Ritten und Kampf sehnte, nach seiner Heimat über dem Fjord: Er war mutlos geworden, verwöhnt von der gefährlichen muslimischen Gastfreundschaft, spürte seidene oder goldene Fesseln und das Bedürfnis, die lange Geschichte des Königs Artus samt den tugendhaften und unbesiegbaren Rittern der Tafelrunde zu Ende zu bringen. Seine Augen wurden feucht; in Wirklichkeit fühlte er das beginnende Grauen der Verlassenheit.

Vom Meer bis zu den schneebedeckten Berggipfeln herrschte Westwind, der rötlichen Staub und Sand prasselnd gegen die Zelte peitschte. Mitten in seiner Erzählung stockte Troncas, deutete nach Sonnenuntergang und sagte leise:

»Horch, Beha!« Undeutliche Geräusche brachte der Wind mit sich: Schreie, Wiehern, dumpfe Trommeln, unzusammenhängende Trompetenstöße, Gebrüll zwischen den Zelten. »Da geht etwas vor! Sind es … meine Leute?«

Beha ed-Din sprang auf. Crysaides Gesicht zeigte verständnisloses Erschrecken. Ein Schreibsklave verschüttete Tusche auf den Boden. Beha schrie:

»Hinaus! Zu den Waffen! Bringt euch in Sicherheit!« Er deutete kurz auf die Puppe, die Troncas' Rüstung und Waffen trug. »Bleib bei uns, Ritter, und sieh zu, wie wir den Sultan schützen können – wenn's nicht ein dummer Scherz ist.«

Er rannte aus dem Zelt, daß die Lederschnüre flatterten. Troncas handelte ohne zu denken, packte die Stiefel, zwängte die Füße hinein und griff nach Schild und Schwertgehänge. Er zog die Waffe aus der Scheide und rief:

»Bleib hier, Crysaide. Versteck dich irgendwo. Ich bin in der Zeltgasse.«

Sie nickte stumm. Troncas folgte den Schreibern und prallte zurück. Eisiger Wind wirbelte Staubschleier zwischen Männern, Pferden und Zelten auf. Bewaffnete Muslime rannten an ihm vorbei. Einige Krieger ritten auf ungesattelten Pferden. Dürres Laub und Sandkörper schlugen in Troncas' Gesicht und an den bloßen Hals. Er hob schützend den Schild, den Lärm hörte er jetzt lauter und schärfer; er unterschied einzelne Schreie, Befehle, Flüche und die unverkennbaren Laute eines Angriffs von Hunderten gepanzerter Ritter. Sein kleines Zelt stand weit entfernt von Graben, Dornenwall, Palisaden und Toren; er blieb verwirrt stehen, drehte den Kopf hin und her und fühlte die tödliche Schwere seiner geschliffenen Waffe. Mit langen Schritten rannte und sprang er zu jener breiten Lagergasse, die übersichtlich breit und gerade vom Westtor zur Zeltstadt des Sultans führte. Dutzende, nein: einige hundert Ritter hatten das Westtor gestürmt und donnerten im Kampfgalopp heran. Sie schleuderten Fackeln in die Zelte rechts und links der Mittelgasse, fällten die Lanzen und spornten die Pferde, Wind und Sandwolken im Rücken. Pfeile schwirrten von rechts und links, trafen Pferde und Männer, prallten mißtönend an Schilden und Panzerungen ab oder verwundeten die Christenritter. Der Wind fachte jedes Flämmchen zu hochlodernden Flammen an, die binnen weniger Atemzüge die trockenen Zeltleinwände wie Zunder brennen ließen. Troncas hob das Schwert und legte die Schneide auf die rechte Schulter; er schrie gegen das Geräuschgemenge an:

»Beim heiligen Gral! Soll ich mit meinen Rittern Muslime erschlagen, oder muß ich mein Zelt verteidigen?«

Beißender Staub ließ seine Augen tränen. Er hörte das metallische Schnappen von Armbrustfedern und die klirrenden Einschläge der gefiederten Bolzen. Er wandte sich kurz um; aus dem Spalt des Zeltvorhangs spähte angsterfüllt Crysaide.

»Allah!« ächzte er. »Carpe diem. Ich muß den Tag nützen.«

Mit Augenmaß und ohne mein Überleben und meine Rückkehr

zu einem aussichtslosen Unterfangen zu machen, dachte er, hob den Schild, lachte in Crysaides aufgerissene Augen und rannte geradeaus. Als er die breite Lagergasse erreichte, kam er neben dem Gepanzerten an der Spitze des eingedrungenen Keils zu stehen. Trotz der Staubwolken, des Rauchs brennender Zelte und der glühenden Leinwandfetzen sah er, daß von rechts die berittene Leibwache des Sultans herangaloppierte, daß gezielte und ungezielte Pfeile den Ritter und seinen Schild trafen, daß der Schild das Wappen des Erzbischofs von Canterbury trug und das Pferd sich aufbäumte und auf den Hinterbeinen schwenkte; eine rauhe, laute Stimme kam unter dem halb offenen Visier hervor:

»Wir können nicht siegen, aber wir haben sie erschreckt. Zurück!«

Schwirrender Pfeilhagel, ein Wald schlanker Wurfspieße, einige Reiter, die vom Schwung des Galopps am Anführer der Christen vorbeipreschten, Flammen und Geschrei; ein Ritter in dunkelblauer Brünne verhielt, schien Troncas anzustarren und schwenkte die Lanze, von deren handlangem Stichblatt gerinnendes Blut tropfte, im Viertelkreis herum, zielte auf etwas neben Troncas. Blitzschnell blickte er zur Seite und sah Crysaide, die sich an die Stütze des Vordachs klammerte und so schutzlos wirkte wie ein unschuldiger Gedanke. Die Rädersporen des Frankenritters ratschten durch die blutige Spur an der Flanke des halb gepanzerten Hengstes. Das Tier machte dumpf wiehernd drei Sätze, und die Lanzenspitze fuhr auf Troncas oder Crysaide zu.

Er vergaß Luft zu holen, riß den Schwertarm hoch und hielt den Schild schräg. Die Lanze traf den Schildrand und glitt in die Höhe, der Schaft kippte nach oben. Troncas' waagrechter Schwerthieb traf den Frankenritter unterhalb der Brustrinne, zerschnitt Lederbänder und Kettenpanzerringe, die Schwertspitze zeichnete eine blutige Spur über der Leber des Angreifers, dessen Kopf durch den jähen Halt nach hinten gerissen wurde. Troncas glaubte einen vertrauten Laut zu hören und sah, wie sich ein Pfeil unter der Vinteile genau durch den Kehlkopf des Ritters bohrte und aus dem zerfetzten Kettengewebe im Nacken wieder austrat. Die Lanze polterte zu Boden, der Schild fiel und rollte zwei Dutzend Schritt weit, dann kippte der Ritter nach links aus dem Sattel und schlug klirrend in den groben Sand der Zeltgasse.

Troncas wirbelte herum, Schild und Schwert in Kampfhaltung. Er sah nur muslimische Reiter und Fußkämpfer, die an ihm vorbeirannten. Einer von ihnen warf sich in die Zügel des Reittiers, ein anderer drosch wie rasend mit einem fränkischen Kampfhammer auf den Sterbenden oder Toten ein. Crysaide ließ die Zeltstange los, rannte zu Troncas und warf die Arme um seine Schultern. Troncas rauschte das Blut in den Ohren; er glaubte erkennen zu können, daß die Überlebenden dieses Überfalls mit großen Verlusten von den Muslimen zurückgejagt wurden.

»Kaum einer ist fremder als ich in diesem Lager«, sagte er und bohrte die Schwertspitze in den Sand. Um ihn und Crysaide herum tobten Sturm, Kampf, Flammen und Dampf. »Es wird Zeit, daß sich dies und jenes ändert.«

»Was soll sich ändern, mein armes Ritterlein?«

Er legte den Arm, der das Schwert hielt, um ihre Schultern.

»Bist du die Geliebte im Harâm ... des Chronisten?«

Crysaide wehrte sich nicht gegen seine Umarmung und schüttelte stumm den Kopf.

»Die anderen: ja. Ich nicht. Er berührt mich, überall. Er ist zu alt, um es mit allen treiben zu können, selbst wenn er wollte.«

»Aber ich, ich will dich, Crysaide!« Troncas sah und hörte sich um; die Kämpfe hatten sich dorthin verlagert, woher schneidend der Sandsturm pfiff. »Was immer daraus wird – weder du noch ich kennen die Zukunft.«

Sie legte das Kinn schwer auf seine Schulter.

»Was immer daraus wird, Ritter. Aber nicht heute. Irgendwann. Nicht heut nacht.« Ihre Blicke irrten ab; Kriegsknechte begannen den toten Ritter zu entkleiden, warfen die Teile der Rüstung auf einen Haufen und führten das auskeilende Pferd weg, dessen schäumendes Maul und die Flanken bluteten. Troncas zog Crysaide zu seinem Zelt. Sie riß sich los und rannte zur kleinen Sultan-Zeltstadt im Mittelpunkt des Lagers; Troncas zuckte ratlos mit den Schultern, hob das Schwert, ließ den Schild sinken und stapfte völlig verwirrt zum Zelt zurück. Die sinkende Sonne übertünchte Zelte, Staubschleier und ferne Schneeberge mit wüstem, rotem Licht, in dem jede Bewegung eine gänzlich andere Bedeutung anzunehmen schien.

Eisig kalter Wind raschelte in den braunen, splitternden Palmenwedeln. Am 28. Shawwal, für Troncas bedeutete es den 28. November, ritt er in einer Gruppe muslimischer Bogenschützen auf Tel Kharruba zu, wo tausende Sklaven, Krieger und Gespanne das neue Lager fertig bauten. Vor fünf Tagen, nachdem Salah al-Dins Bogenschützen lange genug die Zelte der Franken mit Brandpfeilen beschossen hatten, hatte eine Schar von mehr als zweihundert Rittern die berittenen Schützen verfolgt und war in den sorgfältig aufgebauten Hinterhalt geraten; vielleicht achtzig Krieger, unter ihnen der Befehlshaber des französischen Heeres und der Schatzmeister des Königs Philipp Augustus, überlebten als Gefangene. Im halb aufgelösten Lager von Tel Kaisân ließ der Sultan die Ritter bewirten und mit Mänteln aus Pelzen beschenken; Troncas und Beha ed-Din sahen verwundert und bewundernd den Großmut des Sultans. Er befahl, die Männer, die gegen hohes Lösegeld freigelassen werden würden, am nächsten Tag unter starker Bewachung nach Damascus zu bringen. Zuvor wurde ihnen gestattet, von einem Briefboten aus dem eigenen Lager Kleidung und andere notwendige Dinge holen zu lassen. Troncas seufzte: Salah al-Dins Verhalten schien ebenso unberechenbar wie der Fortgang der Kämpfe. Der Arîf, Anführer der Bogenschützen, wandte sich im Sattel halb herum und rief:

»Die Franken sind abermals durchgebrochen. Allah verdamme sie! Beim alten Lager.«

»Also auf der Straße nach Haifa.« Troncas deutete nach Westen. »Sie glauben, daß sie dort Essen kaufen können.«

»Auch in Haifa herrschen Hunger und Krankheit, und alle frieren. Sie werden nichts finden.« Der Reiter, ebenso eng in seinen Mantel eingewickelt wie Troncas, galoppierte zur Spitze des Zuges. Auf einem Karren, dessen Radfelgen im Staub mahlten, lagen einige zerlegte Zelte und Troncas' Ausrüstung. Er hob den Kopf und sah, im schneidenden Wind blinzelnd, weit voraus die Rauchsäulen und die neu eingegrabenen Palisaden des Lagers am Hügel Kharruba. Ebenso grau und trostlos wie das Land im Winter schienen Mut und Kampflust beider Heere zu sein, dachte Troncas. Sechs Monde lang hockte er schon in Salah al-Dins Lager und fragte sich, wie sein Leben im Frühling aussehen mochte; Beha ed-Din, sein Gönner, wußte die Antwort selbst nicht oder verweigerte sie.

Hinter einer zerklüfteten, zwanzig Ellen hohen und fünfzig Schritt langen Felsplatte, die Teil einer Befestigungslinie war, bauten die Reiter zwischen fast entblätterten Palmen die Zelte auf, und Troncas schleppte die karge Einrichtung vom Wagen ins Zelt. Fünfzig Schritt entfernt, an der breitesten Gasse, stand das große Zelt Beha ed-Dins auf einer trockenen Sandfläche, umgeben von den Behausungen der Diener und Sklavinnen im Harâm des Chronisten.

Einen Siebentag lang sah Troncas sich im Lager um, half beim Aufbau und langweilte sich. Crysaide sah er nicht ein einziges Mal. Nachts, allein mit dem Glutkorb und einer Grille, die in einer wärmenden Falte den Herbst überlebt hatte und bisweilen verhalten nach einem Weibchen zirpte, dachte er an den duftenden Körper und die großen, verschreckten Augen der jungen Frau – und an die schwere Jugend des Königs Artus. Am achten Nachmittag bat ihn Beha ed-Din zum Mahl und zum Berichten in sein warmes, helles Zelt.

Das Essen war vorbei – Gazellenbraten, schwarzes Bohnenmus und Kichererbsenbrei, gewürztes Fladenbrot, Minzetee, Feigen, Datteln und süßer, gelber Reis, gefolgt von kleinen Kuchen mit getrockneten Weinbeeren und gerösteten Pistazienkernen. Vor Beha ed-Din kauerte eine schwarzhaarige Sklavin und hielt ein Tablett mit silbernen Pokalen. Die Schreiber lehnten, die Beine untergeschlagen, an den dicken Zeltstangen und raschelten mit Papier. Beha ed-Din nahm ein Trinkgefäß, nickte und deutete auf Troncas; die Sklavin stand auf und glitt über die Schicht der Teppiche barfuß zum Kissenberg, auf dem Troncas saß.

»Es ist ungemischter Wein, Ritter. Er wärmt den Bauch, die Zehen und die Finger. Er beflügelt, in Maßen genossen, die Gedanken.« Er kostete davon und zuckte mit den Schultern. »Obwohl – selbst wenn die Gedanken klar sind, gebricht's mitunter an der Kraft. Der Sultan, langes Leben schenke ihm Allah, ist wieder von einer Kolik befallen, und sein linkes Auge schmerzt. Schwäche nistet in beiden Heeren, Hunger wütet unter Akkons Besatzung. Und al-Kadisiya – Jerusalem – ist ferner denn je. Sind wenigstens deine Gedanken und Erinnerungen stark und nahe genug?«

Troncas nickte langsam, drehte den langen Stiel des Pokals in den Fingern und sagte:

»Bei der zehnten Schlacht des Artus sind sie, bei Merlin, Morganna und Gwenhwyfar-Guinevere.«

»Und vielleicht bei der Antwort auf meine Frage, was so viele barbarische Gallier mit Schiffen über das Meer an eure Küsten trieb. War es Machthunger? Armut? Verzweiflung? Die Schiffe müssen damals viel kleiner gewesen sein, und das Segeln gefährlicher.«

»So war es.« Troncas roch an dem schwarzroten Wein und fragte sich, wo Crysaide war. Die andere Sklavin begann geröstete Pistazien zu schälen. »Im fernen Osten des Festlandes, so hat man es damals Artus berichtet, ritten große Heere krummbeiniger Krieger auf sattellosen Pferden nach Westen. Sie trieben unzählige Flüchtlinge vor sich her und hinterließen Mord, Schändung, Verwüstung und Mord. Sie kamen, lange vor Artus' Geburt, bis zur westlichen Grenze Armoricas und wurden dort vernichtend geschlagen. Aber vor ihnen wichen ganze Völkerstämme aus und wanderten nach Norden und Süden, vertrieben andere aus der Heimat, in unzählbar vielen Kämpfen, die während eines Jahrhunderts geführt wurden.

Diese zuletzt Vertriebenen waren es schließlich, die Schiffe bauten und nach Westen segelten – zur Insel Britannien.«

Beha ed-Din wühlte in der Silberschale, bis er eine geröstete Mandel gefunden hatte. »Heute wissen wir es besser: Attila, der Herrscher der Hunnen aus Asien, schob wie eine Meereswoge die Gallier vor sich her, und noch immer verändert sich das Angesicht der Welt. Völker kommen und gehen und kämpfen gegeneinander um Land, Salz oder Gottesgräber.«

»Beständig sind nur Hader, Streit, Kämpfe, Krankheit und Tod.« Troncas fühlte, wie sich die Wärme des Weins in seinem Körper ausbreitete. »Artus, zu dem auch nach diesem Sieg mutige junge Männer kamen, blieb nichts anderes übrig, als weiterhin Brücken und Straßen zu bauen, Türme und Mauern zu errichten und mit dem Heer und der kleinen Flotte zu üben. Mitunter, so berichten die Chronisten, fand er Zeit für Jagden und Frauen, für zärtliche und leidenschaftliche Nächte, die wir heute ›niedere Minne‹ nennen.«

Er kostete vom Wein und lächelte. Erinnerungen, die nur ihm gehörten, leuchteten jäh auf und erloschen wie Sternsplitter, vermischten sich für Augenblicke mit seinem Wissen über Artus und dessen Leben als König. Zögernd hob er den Kopf, sah in Beha ed-Dins dunkle Augen und glaubte darin viel Weisheit, abwartende Zurückhaltung und einen Funken Freundschaft zu erkennen. Er zerbiß geröstete Mandeln und Pistazienkerne, schluckte sie hinunter und leerte den Pokal. Al-Cohol, ›das Süße‹, half ihm bei der Rückschau und beim Zusammenfügen der Worte.

Unter einem wolkenlosen Himmel, dessen Blau lange Züge von südwärts ziehenden Rauchschwalben und Strandläufern striemten, ritten die Freunde durch die Wälder im Nordosten Viroconiums. Alle hatten sich Artus angeschlossen, und keiner trug etwas anderes als Jagdwaffen. Mit dem Gold des endenden Sommers, das die Blätter der Eschen, Buchen und Weiden ränderte, wetteiferten die Farben der Gewänder von mehr als drei Dutzend

Männern und Frauen. Von Weiß über Silber, Rot und Gold bis zu Schwarz, vom Weiß der Schimmel zum Schwarz der Rappen ließen die Strahlen der Morgensonne alle Dinge strahlen und funkeln, selbst die geschliffenen Spitzen der Jagdpfeile. Neben Artus hechelte der weiße Hund. Cafal war so groß wie ein junges Kalb; Dux Ector hatte ihn zur Jagd ausgebildet.

Merlin ritt an Artus' Seite heran und rief:

»So könnte es alle Tage sein, mein Freund! Der Preis dafür sind unsere Toten und die der Jüten, Angeln und Sachsen.«

»Der Tag ist nicht fern, an dem ich Friedenskönig bin, Zauberer!« rief Artus zurück. »Jeder Tag bringt uns diesem Ziel näher.«

Mairead aus Burh Viroc ritt neben Artus auf einem Rappen, dessen Fell den gleichen blauen Schimmer zeigte wie ihr langes Haar. Gordion, Kilydd und Gawain waren hinter ihnen, Kay, Kehydius und Nerovens trabten an der Spitze des Gefolges. Wenn die lange Jagd erfolgreich war, würden die Bewohner Burh Virocs im Winter keinen Mangel an kalten Braten und Wildschweinschinken leiden.

»Es ist schön, König, zu jagen, wenn andernorts die Steinmetzen schuften!« rief der schwarze Blamore von hinten. Artus wandte sich um und brüllte zurück:

»Auf Avallon bauen sie Türme, Häuser und Hafen.« Er winkte mit dem Jagdspeer. »Und überall errichten sie Mauern und Türme. Und ich fang an, an meinen Traum zu glauben!«

»Dein Traum?« Merlin lachte. »Er heißt noch immer – Camelot?«

»Noch immer, o Merlin. Camelot, die weiße Stadt.«

»Und wo wirst du sie bauen?«

»Ich hab schon angefangen damit. Laß dich in Erstaunen versetzen!«

»Es wäre das erstemal, glaub mir.« Merlin lächelte auf die Art, die Überraschungen versprach. Irgendwo weit voraus, auf einem von lilafarbenem Heidekraut überwucherten Hügel, hatten Bauern und Jäger das kleine Jagdlager aufgeschlagen. Für die Dauer eines langen und tiefen Augenblicks waren viele Dörfer und Städte schutzlos, weil alle mächtigen Männer mit Artus jagten. Je näher sie dem Jagdgebiet kamen, desto mehr zogen sich die Gruppen auseinander; Hornsignale und der Rauch der Bratenfeuer würden sie zusammenrufen.

Lanzeloth vom See führte einen kleinen Trupp an, Perceval einen anderen, Gaheris den dritten. Uriens Sohn Owain, der sich rühmte, wilde Eber im Schlaf aufzustöbern, ritt mit Gildas und Huail, Gildas' Bruder. Die Nachhut, der sich die Jäger und Treiber angeschlossen hatten, führten Boso, Lantymer und Amasis an. Einige Pferdegespanne knarrten hinter ihnen. Mit flatternden Fähnchen an den Jagdspießen folgten Tristan, Sir Ector und Bedevere mit ihren Gefährtinnen. Am frühen Nachmittag bildeten alle Männer, zu Fuß und auf Pferderücken, eine weit auseinandergezogene Kette und drangen in den Wald ein. Die Tageshelligkeit schwand; die Jagd begann.

Sie dauerte vier Tage lang. Hasen, Rehwild und Hirsche, Sauen und Keiler, zwei Bären, Füchse und Wölfe wurden von den Pfeilen und Lanzen erlegt; abends und nachts loderten Fackeln und Feuer, leerten sich Bierfässer und Weinkrüge, spielten Barden bis zum Morgengrauen auf Harfen, Flöten, Trommeln und Cornu-Hörnern. Merlin versicherte lachend, daß die Waldfeen, das Kleine Volk und alle Erdgeister bei den Druiden ob des Lärmens um Rat nachsuchen würden, wie sie die Eindringlinge aus ihrem feuchtmoosigen Halbdunkel vertreiben könnten. Lanzeloth schwor lachend, die halbnackte Seonaid in den Armen, sie zur Frau zu nehmen und trotzdem mutig und angstlos zu kämpfen; für Artus, Britannien und viele gute Jahre.

Die Jagdbeute war gewaltig und füllte die Kästen der Wagen. Füchse, Rabenvögel und Wildschweine fraßen die Innereien der Tiere. Ein Teil des Fleisches wurde auf Rosten, an Spießen und in der dicken Hülle aus Lehm gebraten, die abgezogenen Häute stapelten sich zwischen dicken Schichten aus körnigem Meersalz. Weitab vom schmalsten Wildpfad ritt Artus, Mairead vor sich auf dem Pferderücken, ohne Ziel, auf den fernen hellen Schimmer zu, der eine Lichtung verhieß. Der Weg führte in Windungen hügelan; der Rapphengst schnaubte unwillig.

»Warum hast du Merlin nicht sagen wollen, daß Burh Viroc zu deinem Camelot werden soll?« fragte Mairead und streckte die Arme aus, um tiefhängende Zweige wegzuschieben. Artus lachte leise.

»Ich glaube, er ahnt es. Vielleicht weiß er es schon. Aber ich folge seinem Rat: Es wird viele Orte geben, die diesen Namen tragen.«

»Und alle wirst du selbst bauen, Liebster?«

»Nicht nur für mich, Mairead; es sollen Zeichen sein für alle Britannier. Zeichen für eine neue Zeit. Wurzeln für unseren Frieden.«

»Ist er noch fern, der Friede für uns alle? Er hat uns so viel gekostet; verwundete, verstümmelte und tote Männer, verheerte Herden, verwüstete Dörfer!«

»Ich weiß es nicht«, sagte Artus und streichelte ihre Brust unter dem ledernen Wams. »Für jeden, den ich und meine Krieger erschlagen, ziehen zwei andere in die nächste Schlacht.«

Langsam ritten sie weiter, durch einen Wald schlanker Kiefern, bis die Stämme auseinanderwichen. Gras und Dornenranken der kleinen Lichtung waren abgefressen, obwohl kein Tier zu sehen war. Sechs Ellen hohe Steinkeile wuchsen aus dem dunkelgrünen Boden hervor. In ihrer Mitte stand eine riesenhafte Eiche, deren Stamm und Wurzeln zwischen wuchtigen Steinen ein Geflecht und Geschlinge wulstiger Knoten bildeten, von Moos und Fadenzöpfen bedeckt. Aus der Rinde und dem dunklen Holz waren Gesichter und Tierschädel herausgewachsen oder von Waldgeistern hervorgeschnitzt worden; aus Augen wie Astlöchern starrten sie Artus und Mairead an, drei oder vier Dutzend Antlitze, als habe der Baum viele Steine, Menschen und Tiere verschluckt und sie sähen zwischen Wurzelknoten, Spalten und Rissen hervor. Artus hielt den Rappen an; das Tier scheute und wehrte sich gegen die Trense.

»Was ist das, Artus? Ein Werk Merlins?«

Er schüttelte den Kopf, glitt zu Boden und führte das Pferd näher. Zögernd sagte er:

»Nein. Merlin würde mich nicht erschrecken wollen.«

Schweigend musterten sie die Gesichter. Ganz nahe hämmerte ein Schwarzspecht; es war fast windstill. Ihnen war bewußt, daß sie einen Ort betraten, der schon vor der Zeit der römischen Legionen uralt gewesen war. Einige Äste der Eiche waren abgestorben. Andere zeigten Spuren von Blitzeinschlägen. Artus führte schweigend das Pferd um den zerklüfteten Stamm herum. Alle Menschen und Tiere drückten trotz des wuchernden Mooses Elend und Schmerz aus, starrten ihn und Mairead aus elenden Augen an, die Münder und Lefzen qualvoll verzogen, von unten zwischen den Wurzelknollen, von oben herunter, wo die mächtigen Äste sich spreizten. Es war totenstill; ein Eichelhäher lärmte einen Bogenschuß weit entfernt.

»Gehen wir weg«, flüsterte Mairead. »Hier wohnen Geister und Elfen.«

»Vielleicht wollen sie uns etwas sagen.« Artus legte die Hand an den Dolchgriff. »Warte.«

Er betrachtete ein Gesicht nach dem anderen. Zwischen den Stämmen der Lichtung kroch über dem Boden dünner Nebel heran und umspielte die hochliegenden Wurzeln. Schattenhaft weiß glaubte Artus eine Gestalt unter den abwärts gekrümmten Ästen zu sehen, eine Frau im bodenlangen, weißen Gewand. Sie hob langsam die Arme und deutete auf das Pferd, das unter Artus' Griff zitterte und die Vorderläufe hochriß. Mairead klammerte sich an die Mähne und den Bauchgurt und regte sich nicht. Plötzlich schienen alle Baumgesichter zum Leben zu erwachen und die weiße Erscheinung anzustarren, deren Umrisse im Nebel zerflossen. Artus' Hand tastete nach einem Götterstein und fühlte zitternd dessen rauhe Oberfläche.

»Die Weiße Frau«, flüsterte Mairead. Ihr Atem ging stoßweise. »Sie bringt uns Unglück ...«

»Sie will uns etwas sagen«, murmelte Artus. Seltsame, nie gehörte Schreie hallten durch den Wald, die Wipfel rauschten, obwohl kein Wind zu spüren war. Artus fühlte kalte Schwäche in den Knien und sah zu, wie Sonnenstrahlen über die Wipfel krochen und den Nebel aufzulösen begannen, und mit ihm zugleich zerwaberte die weiße Gestalt. Mühsam beruhigte Artus den Rappen und blickte in Maireads Gesicht hinauf. Sie war aschgrau und zitterte. Die Holzgesichter und Schädel verloren ihr geisterhaftes Aussehen und waren nichts anderes mehr als Rinde, Moos und Schnitzwerk. Die Vogelschreie klangen plötzlich wieder vertraut.

»Es war nur ein Sommernebel, Liebste«, sagte Artus und zog sich auf den Pferderücken. »Nicht einmal Merlin hat je die Weiße Frau gesehen.«

Er wendete das Pferd und legte den Arm um Mairead. Sie ritten langsam von der Lichtung ins Halbdunkel des Waldes zurück. Mairead zitterte am ganzen Körper und schwieg, bis sie das Lager erreicht hatten. Es schien, als sei das kalte Waldesdunkel unbemerkt in ihre Herzen gekrochen.

Am nächsten Tag schickte Artus einen Boten zu den Schiffen von Avallon. Mehr als einen Zehntag lang brieten und pökelten die Bewohner der Stadt die Jagdbeute und schabten Fett und Haar von den Fellen; danach verschwanden die Häute in der stinkenden Gerberlohe. Während die Zimmerleute in der größten Halle der wieder aufgebauten römischen Stadtburg in Burh Viroc statt der vielen eckigen Tische einen Rundtisch zimmerten, mit einer glattgeschliffenen Platte und so vielen Beinen wie ein Tausendfüßler, ritten Artus, Merlin und Kay zum kleinen Hafen des Fjords von Carlisle. Dux Ector, Lanzeloth und Bedwyr begleiteten sie, mit einigen Lanzknechten und schwer beladenen Packpferden.

Sieben Schiffe, fast überladen mit Balken und Werkzeugen, Arbeitern und Handwerkern, lagen neben schweren Fischerbooten im Schlick der trockengefallenen Flußmündung. Es roch nach Moder und totem Fisch, Möwen stritten sich am Ufer zeternd um Beute. Die Pferde wurden zurückgelassen; mühsam balancierten die Männer sich und die Ausrüstung über knarrende Bretter hinunter an Bord. Die Flut lief ein paar Stunden später auf, und die Mannschaften ruderten die Schiffe bis zum Kap, an dem nördlicher Wind die schlaffen Segel füllte. Die Insel schien nur einen Steinwurf weit entfernt, aber es dauerte Artus viel zu lang, sie von Norden her halb zu umrunden. Sie segelten mit nördlichem Wind entlang wilder Felsabstürze, deren Fuß von der Gischt der Brandung umspült wurde und von deren Simsen sich kreischende Wasservögel in die Wellen stürzten.

Fremdartige Bäume mit tiefgrünen Kronen wuchsen hinter den Buchten; mitunter kamen große Flächen jenseits der Strände in Sicht, die wie saftige Weiden aussahen. Ein fremdartiger Geruch nach großen Blüten oder reifen Früchten wehte aufs Meer hinaus. Die Römer hatten die Insel *Mona* genannt, die Iren sagten *Dun Skáith*, einige Mönche wußten zu erzählen, daß der heilige Patrick sich auf der Insel aufgehalten hatte. Merlin und Morganna hatten einen Stein gefunden, in den das Bild dreier menschlicher Beine so eingemeißelt war, als ob sie innerhalb eines Kreises laufen würden, so wie im Griff des Schwertes. Die Schiffe brauchten einige Stunden, um den schmalen Steinwall des Hafens zu erreichen.

»Du siehst, Herr, was wir geschaffen haben«, sagte der Steuermann. »So wie ihr, du und Merlin, es befohlen habt.«

Beim Näherkommen, auf den Kämmen der lang schwingenden Wellen, konnte Artus behäbig breite Mauern sehen, niedrige Rundtürme unterschiedlichen Durchmessers, einige unfertige Langhäuser mit schweren Dachstühlen, alles aus rötlichen Inselsteinen errichtet und an wenigen Stellen lehmverputzt und dick mit Kalk bestrichen, hoch über den Flutmarken. Hinter roten Steinmauern erkannte er das Laub junger Apfelbäume, vom Meereswind bewegt.

»Ich seh's«, rief er. »Eine schöne, grüne Insel für Morganna und ihre Freundinnen!«

Die Fremden, deren Schiffe mit der Strömung an der Westküste Britanniens entlangsegelten und in die Fjorde einfuhren, waren nie auf Avallon gelandet; sie fuhren an der leeren Ostküste der Insel vorbei. Merlin deutete auf die wuchtigen Bauwerke und rief gegen den Wind:

»Ich hab lange mit Morganna gestritten. Sie und ihre Leute sind ohne unseren Schutz. Aber sie beharrt darauf, uns zu helfen und zuzusehen, wie die Türme wachsen.«

»Ich werde wohl vor den Winterstürmen einige Dutzend Männer hierherschicken müssen; mit Schafen, Rindern und genug Korn.« Kay winkte zu den Arbeitern an den hölzernen Spundwänden hinüber. Auf einer gewundenen Straße, die von einem schmalen Tordurchbruch zu der Felsbarriere hinunterführte, wo sich ein längliches Inselchen mit der Hauptinsel verband, kam ihnen eine Gruppe Frauen entgegen. »Zwei, drei Schiffe, Artus, mit guten Mannschaften und – stark bewaffnet.«

»Tu das, Verwalter meiner Burgen«, sagte Artus. Zwei Schiffe fuhren mit dem Bug auf den winzigen Sandstrand, die anderen fanden Platz an den eingerammten Baumstämmen. Tauschlingen flogen an Land, Säcke und Packen polterten auf die salzüberkrusteten Bretter. Artus kletterte aus dem Schiff und ging zum Ende des Damms; dort betrachtete er, während er auf Morganna wartete, die Mündung des Flüßchens, die kleine Hafenburg und das daran angebaute Kloster, das die Namen des heiligen Patrick und der heiligen Bridget trug. Buchmann Bruder Dugald eilte die Straße herunter und winkte mit beiden Armen. Merlin ließ aufatmend einen schweren Ledersack fallen und breitete die Arme aus. Morganna begrüßte lachend ihren Vater; als sie ihn umarmte, fühlte Artus einen Stich, der nahe bei seinem Herzen schmerzte. In wenigen Jahren würde die kaum Vierzehnjährige zu einer schönen, großen Frau gereift sein.

»Voller Freude sehe ich«, rief Merlin und deutete auf die Gebäude, »wie die wolkenhohen Türme der Zeit, die mächtigen Hallen der Träume und die Tore der Erinnerungen wachsen!«

»Bis zu diesem Tag wird viel Zeit vergehn, Väterchen«, rief Morganna. Sie trug das Haar in Zöpfen, die zu einer schwarzen

Krone gewunden und aufgesteckt waren. »Kommt alle mit mir hinüber in den dicken Turm. Den einzigen, in dem man schon gut wohnen kann.«

An vielen Mauern und Türmen aus rotem Sandstein standen Gerüste voller Holzeimer und Steinbrocken. Vielleicht siebzig Männer, innerhalb und außerhalb der Gebäude, strömten zusammen, um den jungen *Dux bellorum* zu begrüßen. Köche und Küchenmägde schleppten die Nahrungsmittel unter das Dach eines Langhauses; zwei kleinere Häuser waren für Artus' Begleiter vorbereitet worden. Er folgte Merlin und Morganna auf breiten Steinstufen in den dritten Stock des Turms und zeigte, wie überrascht er von der einfachen, warmen Einrichtung war. Durch schmale Fenster in der vier Ellen dicken Mauer und der Turmplattform blickte er aufs Meer, die Brandung um das Inselchen und hinüber nach Britannien; er glaubte den Rauch der Kaminfeuer von Carlisle erkennen zu können.

»Ist es nicht zu einsam, Tochter?« Merlin setzte sich auf die Felle über einem großen Scherensessel. »In den langen Monden der Winterstürme? Die Brandung muß bis hier herauf spritzen!«

»Nicht ein einziges Mal, Vater.« Morgannas Dienerinnen, sieben Frauen und Mädchen, schenkten vom mitgebrachten Wein aus; er war im Schiff zu kalt und trüb geworden. »Die Heiligen schützen uns, und auch Manannan mac Lyr, der irische Meeresgott. Sie haben auch unser Korn und die Äpfelbäume wachsen und reifen lassen. Aber mit dem letzten Schiff komm ich nach Caer Myrddin zurück. Dort will ich den Winter verbringen.«

Zwischen mannshohen Hecken, die den Wind brachen, erstreckten sich große Stoppelfelder. Morganna berichtete, wie sie das Unterholz für den Vorrat an Feuerholz zersägt und zerhackt, den Rest verbrannt und zur Aussaat mit dem Ochsengespann den Boden aufgerissen hatten. Die Kornernte hatte einen staunenswert hohen Ertrag gebracht, und der Küchengarten im Windschutz hoher Mauern war ebenso fruchtbar. Außer den eigenen Booten war nicht ein einziges Schiff der Fremden zu sehen gewesen. Hasen, Watvogeleier, Beeren, Bucheckern und Pilze gab es, armlange Fische, Schlehen, Haselnüsse und den Honig der versteckten Bienenwaben, und bald auch Äpfel und Birnen. In die Täler und Moore des menschenleeren Inselinneren führten nur Tierpfade; keiner der Männer war bisher dorthin vorgedrungen, obwohl es Zeichen früherer Siedler gab. Auch Avallon würde viele Schafe ernähren können, und später viele Menschen.

»Eines Tages«, sagte Artus und gähnte, »wenn alle Schlachten geschlagen sind, werde ich Britannien mit anderen Augen betrachten können.«

»Mit den Augen des siegreichen Hochkönigs!« sagte Merlin. Artus zog grinsend die Schultern hoch und sah zu, wie sich die schweren Vorhänge im Abendwind blähten. Die Brandung rauschte um das vorgelagerte Inselchen und brach sich an den Klippen; er erkannte staunend die Geräusche wieder, die ihm in vielen Träumen begegnet waren, fern der Küste.

»Sie werden nichts anderes sehen. Aber vielleicht erkennen sie mehr, wenn Zeit ist und Muße, um Avallon zu umsegeln, in die Flußmündungen zu spähen und auf den Sandstränden in der Sonne zu liegen.«

»Vielleicht bin ich dann Herrin von Avallon.« Morganna schenkte ihm ein langes Lächeln, wie ein festes Versprechen. »Bis dahin kenn ich alles und kann dir alles zeigen.«

»Versprichst du's, Morganna?«

Sie nickte und blickte Merlin von der Seite an. »Ich hab immer gehalten, was ich versprochen hab. Erinnerst du dich nicht?«

Artus schloß die Augen und dachte an Merlins Camelot und die glücklichen Jahre in Caer Myrddin. »Ja, ich erinnere mich«, sagte er leise.

Später, auf der Turmplattform, legte er den Kopf in den Nacken und blickte zum Himmel. Die Sterne leuchteten, die Mondsichel schwebte über dem Meereshorizont, und dünner Nebel schien die Insel einzuhüllen, lautlos wie mit Manannan mac Lyrs Tarnmantel, dem Lengel. So wisperten es die Legenden. Lautlos zogen Sternensplitter ihre gleißenden Bahnen über der Insel des Friedens. In neun Schlachten, dachte er schmerzlich, war er Sieger geblieben, zusammen mit zwei Dutzend Kriegern, die er Freunde nennen konnte, aber er wußte, daß der Krieg um Britannien noch lange nicht beendet und der Friede fern war. In seinem Herzen herrschten Müdigkeit und Leere; Catriona hatte sich endgültig einem Älteren zugewandt, und Mairead, die ihn begehrte wie er ihren leidenschaftlichen, schönen Körper, liebte er nicht.

Durch das Zischen der zerstäubenden Brandung hörte er leichte Schritte. Morganna blieb vor der Brüstung stehen und schob ihren Arm in seine Armbeuge.

»Du hast befohlen, Artus, Vater Merlin hat die Pläne gemacht, und ich will alles tun, daß Avallon so schön wird wie dein Camelot. Ein Hafen voller Ruhe und bunter Blumen und Apfelblüten. Kühl im Sommer, warm im Winter, bewohnt von klugen Frauen und Männern.« Sie lachte leise und lehnte sich an ihn. »Häuser und Gärten, in denen Wunden wie von druidischer Zauberei heilen; Wunden des Körpers und des Herzens.« Sie sprach leise, wie beschwörend. »Weißt du, junger König, daß der Sonnengott Lugh hier geboren wurde? Und der Gott des Nebels, des Windes und der Stürme, Lyr, mit dem Bart und den Haaren aus Tang, und auch Manannan, sein Sohn? Und daß in tiefen Höhlen winzige Männer Schwerter und Dolche schmieden?«

»Das alles wußte ich nicht«, murmelte Artus. »Du und Merlin – ihr habt hohe Ziele, Morgan.« Er sah sie an. Ihre goldfarbenen Augen leuchteten im Sternenlicht.

»Das will ich auch für alle Dörfer und Städte: Inseln im wüsten Land der Brände, der Kämpfe und des Blutvergießens.« Er stützte sich schwer auf den grobkörnigen Stein. »Ich werde für eure, für deine Insel tun, was ich kann. Erinnerst du dich? Auch ich habe meine Versprechen immer gehalten.«

Morganna klatschte in die Hände und zog Artus zur Falltür. »Ja, ich erinnere mich. An alles, mein junger König.«

Noch gab es kein Bad nach römischer Art. Artus wusch sich in einem Holztrog und schlief in einem weichen, warmen Bett, bis ihn Merlin weckte. Als Artus versuchte, den letzten Zipfel des Traums festzuhalten, glaubte er sich an zwei Frauen zu erinnern, schön wie Göttinnen, mit denen er durch silberne Wellen zu den Gestaden eines Traum-Armoricas segelte.

»Um den Hafen besser zu schützen«, sagte Merlin zu Dux Ector, der einen langen Faden Honig in der Milchschale verrührte, »sollte ein wehrhafter Turm auf dem Inselchen gebaut werden. Mit ein paar wuchtigen Mauern.«

Kay zuckte mit den Schultern und richtete den Blick zwischen den Apfelbäumen hindurch auf das Eiland.

»Welche Männer, welche Steinbrecher und Maurer sollen deinen Turm bauen, o Merlin? Überall im Land gibt's mehr Mauerbauer als Bauern.«

»Vielleicht im milden Winter«, sagte Artus. »Meine Krieger, die in diesen Monden nicht zu kämpfen brauchen.«

Artus war lange vor jener halb gesplitterten Steintafel stehengeblieben, die in die Klostermauer eingepaßt worden war. Das uralte Zeichen des Dreibeins im Ring wiederholte sich im Knauf seines Schwertes Caliburn. Auch Merlin, der voll Verwunderung beide Abbildungen – Caliburn und das Gemeißelte – verglichen hatte, wußte keine Erklärung, und sei sie noch so wundersam oder weit hergeholt.

»Es könnte eine lustige Zeit werden.« Lanzeloth wischte seinen Napf leer und kaute auf dem tropfenden Brotstück. »An einem Tag Steine schichten, am anderen jagen wir im Inneren der Insel.«

»Bei der bissigen Brandung!« Bedwyr schlug mit der flachen Hand auf den Tisch. »Du hast recht, Lance! Aber aus dem Bauen und Jagen wird erst dann etwas, wenn wir mit ein paar hundert Männern landen. Wagst du's, Artus, dazu den Befehl zu geben?«

Artus schüttelte den Kopf. Sein Blick ging zwischen Morganna und Merlin hin und her. »Nein. Noch nicht. Es ist noch zu früh dazu – es dauert zu lange, euch zusammenzurufen.«

»Ein kluger Entschluß«, sagte Merlin. »Jede Lanze, jedes Schwert zählt in den Königreichen der großen Insel drüben.«

Sie berieten von Mittag bis in die Abendstunden. Ohne Unterbrechung hörten sie die Geräusche und die Rufe der Arbeiter, die das erste große Dach winterfest machten. Die Schiffe würden segeln, solange es das Meer erlaubte, und Schafe, Milchkühe, Werkzeug und Nahrungsmittel nach Avallon bringen, soviel, wie für die Arbeiter an Morgannas Häusern und Türmen gebraucht wurde. Eine Handvoll zusätzlicher Helfer würde sich noch finden lassen, denn es war noch nicht notwendig, dieses friedliche Stückchen Insel zu verteidigen. Als es dunkelte und zugleich mit dem Westwind dünne Nebelschwaden vom Meer herankrochen, breitete Morganna die Arme aus und rief:

»Kommt in den Turm. Wir setzen uns an den Kamin, trinken Wein und halten weiter Rat.«

Merlin stand auf und blinzelte in die Sonne, die dunkelrot und wie breitgedrückt hinter den Horizont sank. Er lachte in sich hinein. »Halten wir Rat über die Jahre, die uns bevorstehen. Es wird vieles so kommen, wie wir es uns vorstellen – und vieles ganz anders.«

Der Winter brachte Regenstürme und ungewöhnliche Kälte, doch auch beruhigende Nachrichten von Artus' vielen Spähern. Die Sachsen jener Landesteile, aus denen sie nicht mehr vertrieben werden konnten, schienen friedlich zu bleiben. Viel Schnee fiel in den hochgelegenen Teilen des Landes, und Wildschweine verwüsteten Äcker und Gärten. Aus Resten erbeuteter Schiffe und mit gutem Holz ließ Artus eineinhalb Dutzend neuer Schiffe zimmern und Männer anwerben, die mit Segel, Riemen und Ruder umgehen konnten. Während der frostigen Tage wuchsen Mauern, Dachstühle, Türme und Häuser nur langsam, aber auf dem harten Boden der Weiden und Äcker konnten seine berittenen Krieger die blutige Kunst und das harte Handwerk des Kämpfens üben.

Bedwyr und Lanzeloth erdachten nach römischem Vorbild Feldzeichen für die verschiedenen Gruppen des Heeres: ausgestopfte

Adler mit ausgespannten Schwingen an langen Lanzenschäften, schwarze Bärenschädel mit steinernen, hervorquellenden Augen und schwarzem Haar aus Fell, Fuchsköpfe und Fuchsschwänze, geweihgeschmückte Hirschschädel oder aufgereihte kleine Schilde mit langen Stoffbändern. Artus ritt von Caerleon nach Carlisle und nach Burh Viroc, blieb in jeder Stadt länger als einen Mond und schickte jeden Mann, den er nicht brauchte, zu seiner Familie zurück, mit dem Befehl, sich nach fünf oder vier Monden in einer dieser Städte unter seinem Feldzeichen einzufinden. Fast sechs Monde lang erlebten die Herzogtümer und die kleinen Königreiche einen kalten, schneereichen und regnerischen Frieden; als aber das Frühlingshochwasser der drei Flüsse zurückgegangen war, die zu einem Fluß vereint in den Forth-Fjord mündeten, erschienen vor den Sümpfen die Schiffe der Angeln und Jüten und entließen Scharen bewaffneter Männer ans Ufer eines weglosen, feuchten Stücks Piktenland, das sie Tryfwyd oder Tribruit nannten.

Wieder sammelte Artus sein Heer und ließ es nach Norden reiten und marschieren, durch König Loths Land, überquerte die Reste des Antoniuswalls und den Fluß Camelon und schlug die Eindringlinge vernichtend: Seine Freunde, Reiter mit den Feldzeichen neben sich, führten die Krieger an und kämpften wie die Rasenden. Die wenigen Überlebenden flohen an die Sände in der Tiefe des Fjords und in den Schlamm des Ebbstrandes. Dort holten sie die Reiter ein, erschlugen sie oder nahmen sie gefangen. Artus ließ einen Teil des Heeres zurück und ritt, mit einem Umweg, nach Burh Viroc. Er brachte die Krieger von Fürst Leodegrane Craggan und deren Beute zurück und erfreute sich an Guineveres grauäugiger, goldhaariger Schönheit, wenn sie für ihn, Lantymer und Lanzeloth die Weinpokale füllte. Artus lud Leodegrane und Guinevere nach Caerleon ein und brach einen Tag darauf nach Burh Viroc auf, zu Mairead und dem großen Rundtisch, an dem er und seine Freunde zum erstenmal tafeln wollten.

6. KAPITEL

In dem Sultan Salah al-Din vom letzten Sieg des Artus und vom langen Frieden in Britannien erfährt, von der Krönung des Hochkönigs – und von der Ankunft König Richards I. vor Akkon

Seit drei Stunden fiel fast unhörbar dünner Regen auf das Lager des Sultans, der erste Regen des Jahres 1191 oder des Jahres 586 nach muslimischer Zeitrechnung, der die Kälte des Winters brach. Die Späher hatten bittere Nachrichten für Troncas aus dem Lager der Ifrandsch ans Ohr des Sultans gebracht: Erzbischof Balduin war an der Seuche gestorben, kurz darauf der Deutsche, Friedrich von Schwaben. Ein kraftvoll vorgetragener Sturm mit der »Katze«, einer mächtigen Greifleiter, auf die Stadtmauern scheiterte am letzten Tag des Jahres.

»Kein *Shulch*, keine *Hudna*, Crysaide.« Troncas hob stöhnend die Arme zum Zeltdach. »Kein Friede, kein Waffenstillstand. Welche altbekannte Trübsal hält dieses neue Jahr für uns bereit?«

Crysaide, schmaler und hohlwangig seit ihrer Fieberkrankheit, zuckte mit den Schultern. »Niemand weiß es. Nicht einmal der Große, Allah schenke ihm Unsterblichkeit.«

Gut vierzig Tage nach dem Jahreswechsel hatten Salah al-Dins Truppen den Belagerungsring durchbrochen. Sie konnten mühsam die erschöpften Verteidiger Akkons ersetzen; ein neuer Befehlshaber, genug Nahrungsmittel und neue Truppen zogen in die Stadt ein, dennoch blieb Amir Qara-Qûsh als Oberster Verteidiger in den Mauern Akkons. Der Sultan mußte große Teile des kampfesmüden Heeres gegen ausgeruhte Krieger austauschen, und so trafen die Kriegertruppen Alam ad-Din Sulaimân ibn Gandars, die von Magd ad-Din ibn Izz ad-Din Farruhsha aus Baalbek und andere Truppen kleiner muslimischer Herrscher vor Akkon ein. Während die »böse Nachbarin« und »Gottes Höchsteigene Schlinge« unaufhörlich die Mauern und den »Turm der Fliegen« beschossen und riesige Steine in die Stadt schleuderten, errichteten die Muslime abermals einen Halbkreis aus Lagern um die Belagerten und Belagerer. Auch ins Lager von Tel Kharruba zogen viele Krieger mit ihrer reichen Ausrüstung und großen Vorräten aller Art ein; bald durfte sich jedermann sattessen.

»Unsterblichkeit? Die vielen Tausende, auf beiden Seiten, haben sich einmal einen würdigen, gottgefälligen Tod gewünscht«, sagte Troncas und löffelte mit dem Rest des Fladenbrots seine Breischale leer. »Wann geht das Kämpfen zu Ende? Und wie viele werden ihr Leben vor den Mauern Jerusalems lassen?«

»Auch das weiß niemand.« Crysaide trank süßen Minzeaufguß. »Beha ed-Din will mit dir reden.«

»Ich hab ihn schon zehn Tage nicht gesehen.« Mit seinem Dolch schnitt Troncas eine dicke Scheibe vom harten Schafskäse herunter. »Weißt du, was er von mir erwartet – außer dem Bericht über Artus?«

»Nichts weiß ich, nur, daß der Sultan mit einer Kolik in seinem Zelt liegt. Sein linkes Auge schmerzt. Der Hakîm ist bei ihm. Seine jüngsten Söhne wollten sehen, wie es ist, wenn der Qadi fränkische Gefangene köpft; der Sultan ist ärgerlich geworden und hat's verboten.«

Troncas schüttelte den Kopf. Zwischen zwei Bissen sagte er:

»Edelmut, oder weil er ans Lösegeld gedacht hat? Ich verstehe diese Welt schon lange nicht mehr. Wann soll ich zu Beha ed-Din gehen?«

»In einer Stunde. Wenn der Regen aufgehört hat.«

Der Tag, an dem der Fastenmond Ramadan begann, kam näher. Dann würden die Muslime erst nach Sonnenuntergang essen dürfen. Troncas nahm zwei Brotfladen und eine doppelt so dicke Scheibe Käse aus dem Essenskorb und wickelte sie in ein leidlich trockenes Tuch. Regenwasser rann an einer Zeltstange herunter und bildete eine Pfütze. »Sag ihm, daß ich in einer Stunde in seinem Zelt bin.«

Crysaide warf ihm einen unergründlichen Blick zu, deckte den Korb ab und wandte sich zum Zelteingang.

»Ich glaube, daß Beha ed-Dins Wünsche deine Langeweile beenden werden. Er tut, als wäre es ein großes Geheimnis.«

»Alles ist besser als das Hocken in einem nassen Zelt«, sagte Troncas leise. Er grinste. »Vielleicht braucht er mich, um den Franken in unserer Sprache zu erklären, warum sie enthauptet werden sollen.«

Sie sah ihn erschrocken an und riß hastig den triefenden Ledervorhang auf.

Drei berittene Bogenschützen aus Beha ed-Dins Leibwache begleiteten Troncas im Sattel leichtgebauter Pferde, von denen keines einen gepanzerten Ritter lange hätte tragen können. Troncas war nur durch das Kettenhemd geschützt, trug seinen Helm, den Dolchgurt und das Schwertgehänge. Die Morgensonne ließ unzählige Tropfen an den Enden der Palmrispen und den Blättern des immergrünen Buschwerks funkeln; eine Tamariske sah aus, als wäre jedes Blattende mit einem Edelstein behängt. Hundert Galoppsprünge, nachdem die Reiter das Palisadentor hinter sich gelassen hatte, begann Troncas in der Wärme des Tagesgestirns zu schwitzen. Er schlug den Mantel zurück und sagte:

»Ihr kennt mich lange genug. Keine Sorge, ich flüchte nicht zu den Ifrandsch.«

»Ich bin Arîf Usamah«, sagte der Anführer und zeigte auf einen Sandhügel weit südlich jener Stelle, an der sonst die Schiffe der

Franken im seichten Wasser ankerten. »Man nennt mich el-Gâzi, den Helden. Wenn du flüchtest, sagt Beha ed-Din, sollen wir dich töten.«

Troncas lachte ihm ins Gesicht.

»Sein Vertrauen ehrt mich. Bin selbst ein Held, o Usamah, Anführer von hundert Männern. Die Christen würden mich erschlagen, als Verräter, glaube ich.«

Die Männer hatten die gespannten Bogen über den Schultern, in den Köchern raschelten die gefiederten Pfeilenden. Die Pferde schienen den Galopp ebenso zu genießen wie Troncas. Er saß lanzengerade im Sattel, und nicht ein Stückchen Haut, kein Muskel schmerzte; seine Übungen im Zelt, das Walken und Kneten des schwarzen Achmad, das reichliche Essen und die unzähligen Stunden Schlaf hatten seinen Körper gekräftigt. Der braune Wallach fiel von selbst aus dem Galopp in Trab, peitschte mit dem Schweif und schüttelte den langen Hals mit der hellen Mähne. Auf dem höchsten Punkt des Hügels hielten die Reiter an. Usamah zeigte auf einige Reiter und Gräben, in denen Troncas Muslimkrieger erkannte. Langsam drehten sich die Flügel der Windmühle; aus dem hölzernen Inneren drangen knarrende, knirschende Geräusche.

»Scharfäugige. Späher. Ihr sagt: Spione.« Usamah lachte grimmig. »Manchmal schicken die Ungläubigen ihre Knechte zum Holzsammeln über den Graben. Wir geben ihnen Brot, Nüsse und Hammelbraten. Sie sagen uns alles, was die Ritter im Lager treiben.«

»Es ist wahr. Beha ed-Din und der Sultan scheinen vieles, wenn nicht alles zu wissen.« Troncas dachte an die Brieftauben, die zwischen dem muslimischen Lager und den Türmen Akkons hin und her flogen und Botschaften übermittelten. Von den Mauerzinnen war deutlich zu sehen, was im Lager geschah. »Wir werden ihr Wissen kaum vermehren können.«

»Viele Tropfen machen einen Fluß, Ritter.«

Für die Bogenschützen war er kein Feind, auch kein Gefangener. Seit sie gesehen hatten, daß er gegen seine eigenen Leute gekämpft hatte, schienen sie ihm innerhalb enger Grenzen zu vertrauen. Sie spähten über die Palisaden, und langsam fügten sich viele kleine Beobachtungen zu einem unvollkommenen Bild zusammen, das trotz dieser Einschränkungen grausig genug war:

Viele Pferde der Ritter waren geschlachtet worden; jetzt briet ihr Fleisch über der Glut des Treibholzes. Die einfachen Krieger nagten die Knochen ab und versuchten Gräser und Blätter herunterzuwürgen. Die Kaufleute aus Pisa, von denen das Heer mit Nahrungsmitteln versorgt werden sollte, blieben trotz der Bannflüche der Prälaten geizig und goldgierig. Ein Ei oder dreizehn Bohnen kosteten einen Silberpfennig, hundert Golddinare ein Sack Korn. Der Tag war fast windstill; trotzdem rollten schwere Brecher heran und warfen Treibgut hoch auf die Strände. Kein Segel zeigte sich auf dem Meer. Die muslimischen Reiter galoppierten lachend an den Knechten und Frauen vorbei, die außerhalb des Lagers nach Eßbarem suchten. Troncas sah einen Teil des Umzugs der Mönche, die einem Priester im Gewand der Meßfeier durch die gewundenen Lagergassen folgten. Einige Mönche geißelten sich, eine Trommel schlug einen knöchernen Takt, die Fetzen eines Liedes klangen zu den Spähern.

»Was singen sie?« fragte Messud, der an der Bogensehne zupfte. Troncas übersetzte:

»In Gottes Namen fahren wir ins Heilige Land.« Er wartete eine Zeitlang. »Gott hat uns bis hierher geführt ... Gott hat es so gewollt: Deus le vult.«

Messud senkte den Kopf.

»Bis hierher. Mitten zwischen die wahren Gläubigen, wo sie den Tod, den sie suchen, finden werden.«

Troncas antwortete nicht. Arîf Usamah zog am Zügel und schnalzte. Sie verließen den Hügel und ritten auf die feuchte Ebene hinaus, in der erste Frühlingshalme zu sprossen begannen.

»Sie reden alle davon, daß die zwei Könige kommen werden«, rief Usamah, als sie gegenüber der Stadt, im Osten von Wall und Palisaden, angekommen waren. »Kennst du sie? Den furchtbaren

Artus mit einem unzählbar großen Ritterheer? Oder mindere Herren, solche wie die dort?«

»Die Könige von Frankreich und England«, sagte Troncas. »Den Philipp Augustus kenne ich nicht, aber König Richard den Ersten. Wirklich, ein großer König. Er wird den Befehl über all die Zerstrittenen haben, und dann mag es sein, daß Akkon fällt. Es geschieht, was Gott will – euer Allah oder unser Gott. Amen.«

Er wandte die Blicke nicht vom Lager.

»Der Weg nach al-Kadisiya ist lang«, sagte Usamah und spuckte aus. »Unsere Übermacht ist gewaltig. Sie werden alle sterben, Inshallah.«

»So Gott will.« Troncas hängte das Zügelende an den Sattelknauf und sah eine Weile zu, wie die Verteidiger ihre Pfeile ins Lager schossen, wie nach dem Krachen der Schleudermaschinen einzelne Steinbrocken oder große Steinhagel hin und her flogen, wie brennende Krüge voll griechischen Feuers ihre Rauchspuren zogen und die Brände mit Sand gelöscht wurden, dann folgte er dem Anführer nach Norden, an einen Abschnitt des Strandes, an dem ein Trupp Muslime aus dem dritten Kriegslager wartete.

Einen Mond lang, jeden zweiten Tag, ritt Troncas mit den Spähern. Er war als Sprachenkundiger bei den Befragungen ausgezehrter Kriegsknechte dabei, aß am Tag im geheimen Nüsse und Pistazienkerne, die er gesammelt hatte, und, manchmal in Beha ed-Dins Zelt, nach Sonnenuntergang die erste kräftige Mahlzeit. Als Usamah und er am Sonnabend nach Ostern, am 23. Tag des ersten Rabi, zugesehen hatten, wie sechs Schiffe unter französischen Fahnen ankerten und entladen wurden, wußte er, daß König Philipp Augustus gekommen war; er errechete nicht ohne Mühe den 20. April. Der Jubel des Freudenfests im Christenlager war bis nach Tel Kharruba zu hören. Wieder berichteten Späher, die es von Halbverhungerten wußten, daß der französische König außer Mehl, Fleisch und Wein auch eine gute Nachricht mitgebracht hatte: In wenigen Wochen würde König Richard, von Cypern kommend, mit vielen Schiffen am Sandstrand landen.

Crysaide und Zubaida entzündeten kupferne Öllämpchen und setzten sich im Hintergrund des Zelts nieder. Beha ed-Din nickte Troncas auffordernd zu; es war wie eine zögerliche Verbeugung.

»Tauche abermals in die Tiefe der Königslegende, Effendi Ritter, wie in einen Brunnenschacht, in dessen Wasser sich der klare Himmel spiegelt: Berichte weiter von Artus. Die Zeit wird knapp, wir ahnen es. Der Sultan ist begierig, seine gut versteckte Furcht zu besiegen und zu wissen, mit wem er es zu tun haben wird.«

»Mit Richard, dessen Vorgänger versucht hat, alles Volk glauben zu lassen, er sei der legitime Nachfahre und Erbe von Hochkönig Artus«, sagte Troncas. »Aber in den Annalen Britanniens liest man nichts davon.«

»Du kennst sie?« meinte Beha ed-Din versonnen. Die Schreibsklaven blickten Troncas erwartungsvoll an. Troncas holte tief Luft und sagte sich, daß Beha ed-Din seine Fragen später beantworten würde; leise begann er zu sprechen.

Die Reiterführer Lamorak, Amasis, Boso und der junge Gaheris, Gawains Bruder, erstritten einen Sieg für Artus am Berg Agned bei Burh oder Caer Eydinn, wieder im Piktenland westlich des Forth-Fjords. Das Jahr 499 begann, das Jahr 123 vor der Hedschra für deine Aufzeichnungen, o Amir des ätzenden Mißtrauens, und die Späher im Land der schwarzen Schafe berichteten nach Burh Viroc, Caerleon und Carlisle, daß zwischen den Winterstürmen überaus viele Gruppen von Fremden, manche davon unbemerkt, ins Land einsickerten und einen Berg mit zwei Gipfeln in eine Festung auszubauen begannen, nahe Alcluith, vier römische Meilen oder zwei Farsach flußaufwärts, überall von Wasser umgeben, so daß niemand mit Brandpfeilen die Schiffe der Jüten und Angeln erreichen konnte.«

»Wer kennt diesen Berg mit zwei Gipfeln?« fragte Artus. Die weißen Wände und das wuchtige Gefach des Dachstuhls schluckten seine Worte. »Wer kann uns berichten, wie es dort aussieht und ob wir siegen können?«

Dux Ector und Lanzeloth vom See hoben die Arme. Die Heeresführer saßen an dem großen Rundtisch in der Halle von Burh Viroc, tranken Milch, Bier und Würzwein. Feuchter Wind winselte um die Mauern und riß fauchend Rauch und Funken aus den Kloben im Kamin. Vor Artus lag das blitzende Schwert mit dem rätselhaften Dreibein-Zeichen im Knauf, viele Talglämpchen brannten auf dem Tisch, an der Kante des inneren Ringes. Artus deutete mit dem Becher auf den weißhaarigen Dux Ector.

»Rede, Freund. Sag uns, wie wir diese Festung erobern können.«

»Es ist ein Heiligtum, eine völlig verfallene Burg aus der Vorzeit unserer Geschichte, mein junger König, so alt wie die Göttersteine, die Steinringe und die Gräber der Riesen. Druiden haben Menschen dort geopfert, Römer bauten Mauern, Hügelkastelle und Anlegestege in den Fluß. Davon ist heute nur noch wenig übrig.«

»Ich war dort, Artus. Zweimal.« Lanzeloth stand halb auf und setzte sich schwer im Scherenstuhl zurück. »Wenn wir diesen Felsen aus glashartem Stein stürmen, wird es schwer. Die Fremden und wir müssen inmitten uralter Gräber, noch älterer Göttersteine, furchterregender Zeichen und den Resten römischer Tore, Mauern und Türme kämpfen. Unsere Krieger erschrecken vor diesen gräßlichen Zeichen der vergessenen Erinnerungen.« Er lachte bitter. »Den Fremden aber bedeuten sie nichts; das ist ihre Stärke. Und wir müssen hügelaufwärts kämpfen.«

»Meine zwölfte Schlacht.« Artus stützte das Kinn in die Faust und blickte reihum in die Gesichter der Freunde. »Eine betrunkene Druidin hat mir geweissagt, daß es ein Dutzend Siege braucht, um gekrönt zu werden.«

Merlin nickte Huail zu. Gildas' Bruder hob die Hand.

»Gildas redete lange mit mir. Wir werden neben dir reiten, Artus, und um den Sieg beten, mit dem Kreuz und dem Bild Mariens neben deinem Feldzeichen.«

»Danke, Huail. Danke auch deinem Bruder. Ich werde jede Hilfe brauchen, selbst die Speerschleudern, mit denen Kilydd die Fußkämpfer üben läßt.«

»So ist es. Dieses Mal werden unsere Reiter wenig ausrichten können«, sagte Kehydius laut. »Wann willst du aufbrechen, Artus?«

Artus zuckte mit den Schultern. »Wenn unsere Späher berichten, daß alle Schiffe und alle Eindringlinge sich am Berg Badon versammelt haben. Wenn sie sich sicher zu fühlen beginnen.«

»Ein kluger Entschluß«, sagte Merlin, beugte sich zu Ector hinüber und begann auf einem knisternden Schreibleder zu zeichnen. Artus und seine Anführer waren nach den ersten Späherberichten von bösen Ahnungen geplagt worden; jetzt wußten sie es besser. Wenn schon in den letzten sturmfreien Zehntagen des alten Jahres sich die Schiffe der Angeln und Sachsen um das nördliche Ende Britanniens herum bis zum Clyde-Fjord wagten, schienen die Fremden sich auf die Schlacht der Schlachten vorzubereiten. Vielleicht zogen, versteckt im Regen, Nebel und Schneetreiben, schon jetzt bewaffnete Horden durch das Land zum *Mons Badonis*, um den Neuankömmlingen zu helfen, durch Landschaften, die noch keine Namen hatten und in denen sich nur Schäfer und Jäger zurechtfanden. Merlin warf die fettige Kohle auf den Tisch und hob die dünne Tierhaut.

»Deine Schiffe, die kleine Flotte, Artus – wir reiten auf der alten Straße bis zum Ufer des Fjords oder des Flusses. Dort müssen wir uns mit den Schiffsführern treffen.«

»All unsere Schiffe liegen bei Carlisle.« Bedwyr schien sich an seinem leeren Pokal festzuhalten. »Der Berg mit den zwei Gipfeln ist von Wasser umgeben, ein Inselberg. Schick morgen Boten zu den Schiffen.«

»Du befiehlst über vier Dutzend Schiffe, samt denen, die zwischen Avallon und Carlisles Hafen segeln.« Kay hielt vier Finger hoch. »Wir sollten über Waffen und Ausrüstung reden, Dux bellorum!«

»Das tun wir jetzt«, sagte Artus. »Morgen schicke ich meine Boten zu den Schiffen, die auf Befehle warten.«

Die Freunde waren seit langer Zeit vollständig versammelt; nur Gildas war in Caerleon geblieben. Artus hatte, in Maireads Armen, einige Nächte lang darüber nachgedacht, ob er die wachsende Stadt zukünftig in Camelot umbenennen sollte, in *Artus' Camelot*, aber er hatte sich dagegen entschieden: Die rechte Zeit dafür war erst nach der letzten Schlacht und seiner Krönung.

»Im Winter kämpfen weder wir noch die Sachsen und Angeln«, sagte Nerovens. Er sah zu, wie die Dienerinnen die Krüge leerschenkten und durch volle Kannen und Krüge ersetzten, die sie zwischen die Lämpchen stellten. »Also haben wir drei, vier Monde Zeit, uns vorzubereiten.«

»Nicht so viel Zeit, Artus!« Blamore hob beide Fäuste. »Ein paar von uns sollten nach Norden galoppieren, jetzt, im Winter!«

»Jetzt, im kalten, regnerischen Winter.« Artus legte den Kopf auf die Unterarme. Nur Merlin, Ector, Lanzeloth und Tristan neben ihm verstanden, was er murmelte. »Ich bin mitten in einer Geschichte, in einer Legende. In vielen Jahren, wenn wir längst zu Staub zerfallen sind, wird ein Schreiber so tun, als wäre er mit uns geritten. Er wird schreiben, was sein wird, in der großen, letzten Schlacht und danach.«

Er hob den Kopf und begegnete den lachenden Gesichtern Oweins, Tristans und Amasis'. Lamorak rief:

»So ist's recht, König Artus! Eines Tages werden die Schreiber viel über uns schreiben. Von lauter Heldentaten! Von Siegen und Abenteuern, unseren Wunden und Narben. Von schönen Frauen, die sich uns schmelzend hingaben.«

»Und von wahnhafter Größe einiger Lanzenreiter«, rief Merlin. »Keinen Übermut, Freunde! Vor uns erstreckt sich ein grausiges Land und ein blutiger langer Frühling.«

»Hast recht, Merlinus.« Ectors Arm hob sich. Er wies auf die weit offenen Türen. Diener schleppten Holzschüsseln herbei, auf denen Hirschbraten, fetttriefende Wildschweinschenkel, goldgelb knusprige Enten und Gänse dampften. Der Geruch abkühlenden Würzweins breitete sich aus. Ector rammte die Dolchspitze in die Tischplatte und klatschte in die Hände. »Mit vollem Bauch läßt sich alles besser bereden, Freunde!«

»Genießt den kalten Winter!« rief Boso. »Der nasse Frühling wird viele von uns verwunden und einige für immer töten!«

Die Krieger des runden Tisches aßen und tranken maßvoll; jene, denen das Land um den Berg Badon unbekannt war, erfuhren von Merlin, wie schwierig die Kämpfe sein würden. Viele Pläne wurden gemacht, einige entsprangen dem Übermut der Trunkenheit, andere versprachen viele Mühen und möglichen Sieg. Aber um Mittnacht, als aus kalten Wolken senkrecht der Regen auf die Dächer Burh Virocs herunterbrach, waren sich alle einig.

Siegten in dieser gewaltigen Schlacht die Britannier, so gab es dort, woher die Eindringlinge kamen, nur noch Kinder und Greise. Für viele – wie viele? – Jahre, vielleicht auch Jahrzehnte, würde der Sieg dem geschundenen Land den ersehnten Frieden bringen. Die Krieger konnten heimkehren und Äcker bestellen, Häuser bauen und Aquaeducte, Kinder zeugen und Mauern errichten und viele friedliche Jahre genießen.

Als Merlin, Bedwyr, Ector und Artus hintereinander durch das hohe Tor in Caer Myrddin einritten, glaubten sie, den Strand einer Insel inmitten der tobenden Zeit zu betreten. Ruhe umfing sie, Helligkeit, Wärme und Geborgenheit erfüllten jeden Raum. Aurelia und Morganna hatten sie erwartet und empfingen sie mit heißem Essen, schwarzem Bier und weißen Laken, die vor Frische auf den Betten knisterten. Merlins Camelot war von Gerüchen erfüllt, von geheimnisvollen Dämpfen aus der Küche und den Bädern, von Wispern und unterdrücktem Gelächter aus den Vorratshäusern.

»Ihr wollt unsere Sinne verwirren, nicht wahr?« Merlin hob Aurelia hoch und schwenkte sie im Kreis. »Kräuter? Wurzeln? Samen? Was dampft und dörrt ihr hier?«

»Von allem etwas; das beste, was die Druiden und Schäfer kennen«, rief Morganna. Artus sah sie an und verschränkte die Arme. Einen langen Augenblick war sie ihm fremd gewesen. Sie war noch ein wenig gewachsen und voll erblüht. Ein wissendes Lächeln breitete sich auf ihrem Gesicht aus, das schmaler, strenger geworden war. Sie umarmte zuerst Ector, dann Artus, und flüsterte an seiner Schulter:

»Selbst Vater wird sich verwundern, wieviel Erfahrung und Wissen wir zusammengetragen und in große Gedankenkrüge gefüllt haben. Kommt alle ins Trockene, zum Feuer, zum Essen!«

Artus erkannte jeden Ziegel, jeden Balken der Einrichtung wieder, aber innerhalb der verstärkten Mauern waren seit seinem Weggang einige Vorratshäuser und zweistöckige Wohnbauten errichtet worden; ihre Dächer waren mit Schieferplatten gedeckt. Jeder Baum, jeder Strauch war ein gutes Stück gewachsen. Auch den großen Tisch vor dem Kamin bedeckten Tücher aus gebleichtem Leinen. Morgannas Dienerinnen – die Frauen, die Artus auf Avallon gesehen hatte – halfen der Hausherrin und tischten Essen und Getränke auf. Seit sich das Tor Camelots geschlossen hatte, hatte Artus alle Gedanken und Befürchtungen vergessen, als ob sie ausgesperrt worden wären. Die zwölfte Schlacht schien bedeutungslos in der Zukunft zu liegen. Trotz Flammen und Glut, die aus der Halle die Luft durch den Rauchfang sogen, dünsteten die Bodendielen, die Wände und die gekalkten Balken der Zwischendecke hundert verschiedene Gerüche aus. Merlin legte den Arm um Aurelias Schultern und streichelte Morgannas Wange.

»Eigentlich bin ich an deiner Geruchsverwirrung schuld, Artus«, sagte er im Ton eines Verschwörers. »Seit mein Vater zu verstehen begann, daß Kräuter, Blätter und Wurzeln, Blüten, Zapfen und vielerlei Absude oder Auszüge im warmen Öl Wunden heilen, Schmerzen stillen und viele Übel beseitigen können, sammle ich dieses Wissen. Meine Zuträger sind alte Schäfer und junge Druidinnen, alte Druiden und viele Zeilen in den Büchern der Mönche; Morganna hat meine selbstgewählte Aufgabe übernommen.«

»Weil mein Vater unentwegt durchs Land reiten muß«, sagte Morganna mit einem strengen Lächeln, »und dir beim Bauen und bei den Schlachten hilft.«

Ehe Artus etwas entgegnen konnte, sagte Merlin:

»Jeder, der mit offenen Augen durchs Land reitet, sieht Kranke,

Schwärende, solche mit allerlei Brüchen und Sterbende, denen der kleine Rest Leben eine schmerzliche Last ist.«

»Auf die Weise, wie du Uther Pendragons letzte Jahre erträglich gemacht hast, willst du jedem Britannier helfen?« Artus lachte ungläubig. Merlin schüttelte den Kopf.

»Das ist niemals zu schaffen. Nicht allen, aber so vielen wie möglich. Denk allein an unsere verwundeten Krieger!« Er zeigte auf die Tür zur Küche, in der einige Dienerinnen arbeiteten. »Druiden und Druidinnen, kluge Frauen, junge Schäfer – alle können das Heilen lernen.«

»Sie könnten es lernen«, brummte Ector. »Werden sie's auch tun?«

Artus sog die duftgeschwängerte Luft tief in die Lungen und blinzelte. Er vermochte keinen Geruch mehr vom anderen zu unterscheiden, aber jeder Atemzug rief Erinnerungen an seine Jugend im Piktendorf hervor: Moder, Pilze, wachsende Pflanzen, taubenetzte Waldkräuter, reife Brombeeren, Verwesendes oder Blühendes, Kräutersud und warme Honigmilch. Er nahm einen langen Schluck Schwarzbier und sagte:

»Ich werde es ihnen befehlen, Ector. Aber ob mir alle Schäfer und Druiden Britanniens gehorchen ... ob sie's können – da hab ich große Zweifel, selbst als Hochkönig.«

»Der längste Weg, Söhnchen«, sagte Merlin, »fängt mit dem ersten Schritt an.«

»Wahr gesprochen!« Ector lachte dröhnend. Artus sah, daß sich Merlin und Aurelia an den Händen hielten und Morgannas schöne Mutter an der Tischkante ihr Bein über Merlins Schenkel legte. Ector packte den Krug. »Und mein nächtlicher Rausch fängt mit dem zweiten Becher an.«

Morganna füllte Artus' Becher, blickte in seine Augen und merkte nicht, daß das Gefäß überschäumte. Leise sagte sie:

»Ruh dich aus, mein Prinz. Denk nicht an Kampf. Ich denke auch nicht an den Turm der Zeit und Vaters Tor der Träume auf Avallon, ans Haus des Heilens – wir warten auf das Ende der Winterstürme.«

»Ich versuch's.« Er lächelte. »Ich versprech's dir, Morgan.«

Spät nachts ging Artus durch vertraute Korridore und über Treppen, deren sämtliche Stufen er wiedererkannte, ins Bad. Camelot schien voller Frauen in langen Gewändern zu sein: Sie waren umgeben von Duftwolken, wenn sie durchs Halbdunkel huschten. Durch die weit offene Tür einer Kammer sah Artus lange Reihen schwarzer und grünlicher Tonkrüge in Mauernischen, auf Fachbrettern und auf dem Holzboden stehen, mit Wachs verschlossen, an denen beschriftete Fetzen aus Birkenrinde und Pergament hingen. Der Mischgeruch, der in den Gang wehte, ließ ihn taumeln. Vier-, fünfmal sog er die lastenden, schweren Düfte ein, dann stieg er die Treppen hinauf zu seinem alten Zimmerchen unter den schenkeldicken Eichenbalken des Daches. Unaufhörlich strömte Regen senkrecht aus dem schwarzen, sturmdurchwehten Himmel.

Auf dem Tischchen neben dem Bett brannte ein Wolldocht in einer Nußölschale, daneben standen Becher und drei Krüge: Wasser, Bier und Wein vom Kontinent. Artus zog Laken und Felldecke bis zum Kinn, wo die Härchen der Fuchsfelle kitzelten, verschränkte die Unterarme im Nacken und lauschte dem Regen und den plätschernden Rinnsalen aus den Traufen. Er gähnte und merkte nicht, daß ihn die Düfte, die bekannten und fremdartigen Gerüche, herb und süßlich, erregend und beruhigend, binnen weniger Atemzüge einschläferten.

Er wachte auf. Feuchte Kälte zog durchs offene Fensterchen herein, sog die Dünste hinaus und ließ das erbärmliche Flämmchen zucken. Draußen beherrschte dunkelsilbriges Grau den nassen Himmel. Artus wandte den Kopf: Morganna stand mit gelöstem Haar, in einen hellen Mantel gehüllt, neben dem Bett. Die Silber- und Goldstickerei an den Säumen schimmerte matt; ihre goldfarbenen Augen leuchteten wie die eines Hermelins im Fackelschein. Langsam öffnete sie den Mantel und ließ ihn über den Rücken und an den Hüften herabgleiten. Ihre Blicke trafen ihn wie sorgsam geschliffene Pfeilspitzen.

»Rück zur Seite, mein Prinz«, flüsterte sie. Ihre Stimme klang heiser, gepreßt. »Es war vorherbestimmt, seit du mich auf deiner Schulter getragen hast. Morgause ist deine erste Freundin, ich werde deine Freundin für immer sein, danach.«

Artus starrte sie an, ließ seine Blicke über ihren Körper gleiten, vom schlanken Hals über die vollen Brüste mit kastanienbraunen Höfen, den flachen Bauch und die langen Schenkel, die dunklen Härchen der Scham; er schob sich zur Seite und fragte krächzend:

»Warum, Morganna? Es fällt leicht, dich zu begehren. Aber ich liebe dich nicht. Oder ... wie eine Schwester. Oder ... ganz anders. Ich weiß es nicht.«

Sie setzte sich neben ihn, schwang die langen Beine herum und streckte sich aus. Ihr Lächeln war unergründlich, ihre Stimme schien heitere Weisheit auszudrücken, als ihre Finger über sein Gesicht und durch sein Haar tasteten.

»Ich werde dich in Gedanken begleiten, mein Artus, so zuverlässig wie deine Reiterfreunde. Es gibt keinen Besseren, der mich zur Frau machen kann. Ich werde nicht deine Königin sein, aber wir werden jede Stunde genießen; wir werden lächeln, wenn wir uns begegnen.« Sie beugte sich über Artus. »Wir kennen einander, junger Hochkönig, aber nicht als Liebende. Freundschaft dauert über das Grab hinaus. Liebe ist flüchtig wie Frühlingswolken.«

Artus kam in kleinen, atemlosen Schritten zu sich. Der Regen vor dem Fenster war wie ein traumgrauer Fall aus Wolkenstaub. Artus hielt Morgannas Oberarme und wandte den Kopf, als sich ihre dunkle Haarflut über seinen Kopf ergoß und ihm den Atem nahm.

»Flüchtig wie Wolken? Was tun wir, Morgan?«

»Das Richtige, Artus. Der Augenblick ist richtig, die Zeit war überreif.«

Die Stunden waren zärtlich und wild, kühl und leidenschaftlich; sie redeten flüsternd von Dingen, die sie niemals einem anderen anvertraut hätten. Nach dem ersten Schauder der Unsicherheit war Morganna von sahniger Bedachtsamkeit, verständnisvoller als Catriona, leidenschaftlicher als Mairead, klüger als Merlin, frohgemuter als Bedwyr, Lanzeloth und Gawain, zärtlicher als Artus' Amme Malwynn im Piktendorf; Morganna die Einzigartige, Merlins kluge Tochter, deren Verstand mit ihrem Körper feiner spielte als der beste Harfenist auf seinen Saiten. Bevor sie sich wieder, mit schwer gewordenen Hüften, in den wallenden Mantel hüllte, flüsterte sie rauh:

»Ich bleibe deine Freundin, erschöpfter junger König. Bleib du mein Freund. Ich komme wieder. Bald.«

Artus legte die Hand auf seine Brust. Sie schien wund zu sein. Er blickte in Morgannas goldfarbene Augen, auf die geschwollenen Lippen, und glaubte unerklärbare Dinge zu sehen. Die junge Herrin Avallons schien die Zukunft zu kennen, anders als er. Er fand seine Stimme wieder und sagte:

»Ja. Komm wieder. Du mußt die Zweifel des jungen Königs besiegen helfen. Ich bin unsicher und mutig, wo ich überlegen sein sollte.« Er sah zu, wie Morganna sich bedächtig in den Mantel hüllte. »Ich bin wie Caliburn, aber andere so, scheint es, führen das Schwert.«

Morganna raffte die Säume vor der Kehle zusammen und wandte sich halb um. Ihre Knöchel und die schlanken Fesseln sahen unter dem Silbersaum hervor.

»Du führst das Schwert wie ein Hochkönig, mein geliebter Freund.« Jedes Wort war wie eine lindernde Berührung. »Deine Wunden, des Körpers und des Herzens, heile ich. In Camelot oder auf Avallon.«

Einige Atemzüge lang schien sie, wie er, auf das eintönige Rauschen des Regens zu lauschen. Artus lächelte und sagte:

»Zu dir komme ich, Morgan, wenn ich verwundet bin.« Er richtete sich halb auf und streckte die Hände nach ihr aus. »Wenn man mich auf zwei Schilden trägt, mußt du mich mit den Tränken deiner Druidinnen heilen.«

Morganna senkte den Kopf und hielt die Mantelsäume vor der Brust geschlossen. Die Spitzen der blauschwarzen Haarflut schwankten. »Dich verwundet kein Feind, mein zärtlicher Artus.«

Sie wandte sich zur Tür. »Morgen reden wir über die brüchigen Stufen der Zukunft.«

»Morgen reite ich nach Caerleon.«

»Morgen und noch sechs Tage«, sie schüttelte den Kopf, »gehörst du deinen Freunden. Am Tag den anderen; des Nachts nur mir.«

Leise knarrend schloß sich die Tür. Graue Helligkeit kroch durch die Spalten der Läden in den Raum, gerade so viel, daß Artus die Umrisse erkennen konnte. Jedes Wort, jede Geste der Sechzehnjährigen wiederholte sich in seinen Gedanken. Wie kam es, fragte er sich, daß ihre Sicherheit so groß schien wie die ihres Vaters? Hatte sie Merlins Klugheit und das Wissen seines Vaters ebenso geerbt wie die Erinnerungen an das Römische Reich ihrer Mutter? Im nutzlosen Grübeln begannen seine Gedanken langsamer als Schnecken zu kriechen; er gähnte und schloß die Augen.

Am fünften Tag führten Schwertmann Gordion und Lanzenreiter Amasis fünfzig von Artus' besten Reiterkriegern nach Myrddins Camelot. Sie sollten das umliegende Land sichern und zum Schutz des ummauerten Gutshofs hier lagern; für Abwechslung in der Küche würden sie sorgen, indem sie in den Wäldern Rotwild jagten. Merlin, Ector und Artus berieten sich mit Amasis und Gordion und wählten einige Boten aus. Artus schwor sich, daß die Eindringlinge niemals wieder britannische Ufersiedlungen und Dörfer verwüsten würden. Späher beobachteten die Schiffe der Angeln und Jüten und was die Fremden auf dem Berg Badon taten: Kein Mann in Artus' Heer sollte überrascht werden, auch nicht, wenn Krieger aus den Siedlungen der östlichen Küsten nach Norden wanderten, um die Anzahl der äxteschwingenden Eindringlinge zu vergrößern.

Die Nächte gehörten Morganna und Artus. Sie vertieften in Zärtlichkeit und Leidenschaft ihre Freundschaft und entdeckten zu jeder Stunde neue, aufregende Ähnlichkeiten: Einmal meinte Morganna, daß sie im gleichen Wimpernschlag dasselbe dachten, wie Geschwister oder gar Zwillinge. Artus erfreute sich an der Schönheit ihres Körpers, der ebenso makellos war wie ihr Verstand. Aber es gelang ihm nicht, sie zu lieben – und sie wollte es nicht. Sie redeten über das Königtum Britanniens, über Avallon und jene Grabhügel, Steinsetzungen, Steinkreise und Geisterstätten, die von fremden Wesen, Halbgöttern oder dem Kleinen Volk in wesenlos gewordener Vergangenheit gebaut worden waren – nur in Britannien oder auch im Land der Gallier, in der Bretagne? Zu welchem Zweck? Und sie sprachen von kommenden Jahren und Ereignissen, vom Frieden und von Schiffen, von Artus' Königin und deren Söhnen, die sich das Land erhoffte, und von Merlin, der einen Sohn ersehnte, an den er, wie damals sein Vater Gwertheyrn, sein Wissen weitergeben konnte. Unter den knackenden Dachbalken, gewärmt von Pelzen und der Wand des Rauchfangs, entdeckten sie immer wieder ihre Körper und versuchten, den Gedanken ähnlich, sich im gleichen Maß einander zu nähern und anzugleichen; am achten Morgen schieden sie traurig in meerestiefer Freundschaft voneinander, so, als wären sie Liebende.

Zu Beginn des fünften Mondes überfiel, enterte und zerstörte die Flotte des *Dux bellorum* die zurücksegelnden Schiffe der Fremden. Der Umstand, daß die Schiffe kaum bemannt und ungenügend mit Vorräten beladen waren, bedeutete nichts anderes, als daß die Eindringlinge gekommen waren, um zu kämpfen und zu bleiben. Das sagten auch die wenigen Überlebenden der Schiffskämpfe an der Mündung des Fjords. Aus vier Richtungen waren die Teile des Heeres, davon die Hälfte Berittene, nach Norden gezogen und näherten sich auf der gut erhaltenen und ausgebesserten Römerstraße dem Antoniuswall, wo sie von eigenen Leuten und einem wohlausgerüsteten Lager erwartet wurden.

Einen Steinwurf vor Artus, der einen jungen Rappen ritt – den erfahrenen alten Hengst schonte er –, trug der schwarzhaarige Blamore das neue Feldzeichen des Kriegsführers. Um die große Spitze einer Lanze wand sich, aus vergoldeter Bronze, rotbemaltem Holz und versilberten Schuppen, der geflügelte Drache Pendragons mit Krallenfüßen und Mordzähnen. Hinter Blamore ritten Bruder Gildas und Huail, auf deren großen Schilden das Kreuz und das Bildnis der Gottesmutter leuchteten. Vierhundert schwer bewaffnete Reiter, die von Artus' Freunden angeführt wurden, folgten ihm in zwanzig weit auseinandergezogenen Kolonnen. Die Blumen und Blütenkränze, mit denen Bauern und Siedler entlang der Straßen die Krieger geschmückt hatten, begannen zu welken; in den Pausen knabberten die Pferde daran.

Mehr als zweitausendeinhundert Männer waren in sieben Städten zusammengetroffen. Nachdem Artus sie gerufen hatte. Nachdem sich die Krieger im Lager ausgeruht hatten, ritt ein Teil von ihnen, durch die Reste des nördlichsten Walls, den die römischen Legionen errichtet hatten und den die wuchernde Natur zurückerobert hatte, gründlicher, als es die Pikten und Scotti je vermocht hätten. Einige Späher galoppierten heran und berichteten; einen Tag danach sah Artus zum erstenmal den Berg Badon, den Steg, an dem zwei fremde Schiffe lagen, und den hastig aufgeschütteten Damm, der zum südlichen Ufer der fjordähnlichen Wasserfläche führte. Die Flanken des Berges hatten sich in eine befestigte Stadt verwandelt, in der – das sagten die Späher – mehr als fünfzehnmal hundert Männer hausten. Im Wasser trieben Baumstämme, aus zahlreichen Feuern stiegen Rauchsäulen auf, und Artus sah vom Hochufer fremde Krieger, die augenscheinlich eine Belagerung erwarteten.

»O Artus«, sagte Gawain, »deine zwölfte Schlacht wird wohl die Entscheidung bringen. So viele Gegner! Und ein Schlachtfeld für Nixen, Nöcks und Nachtkrieger.«

»Unsere zwölfte Schlacht, Freund.« Sie sahen kleine Herden Ziegen und Schafe, ein Dutzend Rinder und große Haufen Gras und Heu an den Hängen des Berges. »Sie haben sich gut vorbereitet.«

»Unsere Schiffe werden den Sieg nicht allein herbeiführen können.« Kehydius stieg ab, tätschelte den Hals seines Schimmels und stützte sich schwer auf die Lanze. »Zuerst sollten wir sie umzingeln, und zwar so, daß sie nicht durchbrechen können.«

»Das werden wir mit Hilfe der Flotte tun«, sagte Artus. »Schickt eure Leute nach Westen, Nerovens und Blamore. Die besten Bogenschützen auf die Schiffe, mit Brandpfeilen. Zwei tapfere Männer, oder drei, vier – unsere oder ihre –, können den Damm sperren.«

Die Dammkrone war kaum breiter als vier Ellen. In den nächsten Tagen ruderten die Besatzungen die Schiffe flußaufwärts, setzten viele Männer und wenige Pferde über und hielten sich außerhalb der Schußweite der Fremden. Flüchtige Lager wurden aufgeschlagen. Artus hetzte entlang der Ufer und gab seine Befehle. Eine Gruppe Waghalsiger setzte in einer mondlosen Nacht den Landesteg und die beiden Schiffe der Fremden in Brand und schoß Brandpfeile in die Heuhaufen, die bis in die Morgenstunden brannten und qualmten. Der erste Vorstoß über den Damm rief alle Fremden zu den Waffen, und ihre Anzahl, von den Spähern mehr geschätzt als gezählt, war beängstigend. Mit Merlin, Bedwyr und Lanzeloth beriet Artus, ob ihr erster Angriff beim Licht der haardünnen Mondsichel sinnvoll sei: Sie entschieden sich dafür.

Die Schiffsmasten waren gelegt worden, die Segel an Land zusammengerollt. Nasse Felle bedeckten die Decksplanken, als fünfhundert oder mehr Männer auf Schiffen an den Fuß des Berges ruderten und angriffen. Fußkämpfer schützten mit Schilden die Bogenschützen, ein Trupp drang über den Damm vor, und die Speerschleuderer warfen einen Hagel tödlicher Geschosse auf die Krieger, die über die Bergflanken herabströmten. Die Nacht war erfüllt von blakenden Fackeln, Geschrei, blitzenden Speerschneiden, dem Heulen der Pfeile und dem Knistern vieler Brände, vom Wimmern der Ertrinkenden. Um Mittnacht zogen sich Artus' Krieger zurück, und im ersten Morgenlicht sahen sie viele Leichen, die der Fluß gemächlich dem Meer zutrieb. Die Verluste im britannischen Heer waren an den Fingern zweier Hände abzuzählen.

Gegen Mittag des folgenden Tages, als die Ebbe die Wasser senkte, drangen Hunderte vom Berg Badon vor, wateten durch den Schlick und griffen mit ungeahnter Wut und Heftigkeit an. An jedem Abschnitt des Ufers brachen mörderische Kämpfe aus, und während sich Fremde und Britannier gegenseitig abschlachteten, standen Gildas und Huail mit den Schilden neben Artus' eingerammten Feldzeichen und beteten laut. Artus und seine Freunde fegten die sterbenden Verteidiger vom Damm, hieben einige Dutzend Männer am Fuß des Hanges nieder und rannten zum Ufer zurück, während die Werfer mit den Speerschleudern ihre Geschosse auf jeden schleuderten, der sich hinter den roh geschichteten Mauern sehen ließ.

Am zweiten Morgen, noch vor dem ersten Frühlicht, ruderten Artus' Schiffe von allen Seiten heran. Von jedem Schiff stürmten zwei Dutzend Krieger hügelaufwärts, rannten ohne Angriffsschreie zwischen den stürzenden Mauern den Bergfuß herauf und trafen auf den wütenden Widerstand der Eroberer. Plötzlich hallte die östliche Bergflanke wider vom Lärm Hunderter Einzelkämpfe. Schwerter klirrten auf metallbeschlagenen Schilden, Äxte schlugen auf Stein, Männer brüllten, Lanzenschäfte brachen, und durch dünne Nebelstreifen heulten die Pfeile. Artus stürmte an der Spitze seiner Anführer einen Hang und fand sich zwischen den Steinen einer Rundmauer wieder. Wie die Stacheln eines Igels richteten sich die Lanzen seiner Krieger aus, die Schilde wurden hochgerissen, und Pfeile schwirrten von den Bogensehnen. Im Westen des Berges Badon sah Artus drei Schiffe heransegeln.

»Wer ist das?« brüllte er. Lanzeloth wehrte einen fremden Krieger ab und schrie:

»Meeresfischer. Von Caer Laverock. Mit Feuerschiffen!«

Die erbeuteten Schiffe waren anscheinend mit Holz, Heu und Teilen von Baumkronen beladen. Der Westwind trieb sie und einige Fischerboote zum Westhang des Berges. Ein Steinbrocken zerbarst auf Artus' Schild, ein Pfeilhagel prasselte auf sie nieder, als sie den Schutz der Steinwälle verließen und weiter hügelan vordrangen.

Von den Ufern krachten und dröhnten die Kriegstrommeln, und wenn sie schwiegen, schallte düsterer Hörnerklang über das Wasser. Während lange Reihen waffenschwingender Krieger als Ersatz für die Uferwachen zu den Befestigungen herunterrannten, warfen Artus' Männer einen Teil der Mauern um, zündeten die Unterkünfte an und hasteten zurück zu den Schiffen, von denen aus die Bogenschützen und Speerschleuderer viele Fremde töteten. Die Leichen der Erschlagenen trieben meerwärts, wurden an der engsten Stelle des Flusses aufgefischt und ans Ufer geschafft.

Die Fischer aus Caer Laverock rammten die Schiffe in den Uferschlick und warfen brennende Fackeln in die Ladung. Wenige Atemzüge später breiteten sich lange Flammen aus, loderten in die Segel und setzten die aufgetürmte Ladung in Brand. Rußige Ascheflocken und dicker Rauch, grau, schwarz und erstickend, kroch mit dem Wind am westlichen Berghang hinauf und trieb die Verteidiger auf die gegenüberliegende Seite, an der die brennenden Pfeile trokkene Dächer und Wände aus Flechtwerk entzündeten.

Den gesamten Tag über brannten die Häuser an den Hügelflanken. Unbemerkt schlichen britannische Krieger, die schwer an ihren Waffen schleppten, durch dünnen Rauch an einem Dutzend Stellen an Land, wo sie sich zwischen den rußgeschwärzten Mauern der Hütten und in Gräben verbargen. Caer Laverocks Fischer retteten viele Krieger vor der Überzahl ihrer Gegner oder setzten sie an anderen Stellen ab. Stunde um Stunde, bis tief in die Nacht hinein, gingen die Kämpfe weiter, während die letzten Büsche und Bäume der Westflanke ein Raub der Flammen wurden. Nach Mittnacht gelang es einer Gruppe der Fremden, entlang des halb zertrümmerten Stegs und des Dammes vom Inselberg zu flüchten; niemand kannte ihre Anzahl.

Am dritten Tag stürmten Reiter in gestrecktem Galopp, die Lanzen gefällt, über den Damm. Bronzene Hörner gellten von den Ufern, Trommelschläge krachten und polterten. Gleichzeitig mit Artus und seinen Berittenen griffen die Männer an, die sich verborgen gehalten hatten. Hinter den Reitern kamen die Schiffe und bohrten den Bug in das lehmige Ufer des Berges. Nach den Reitern drangen Fußkämpfer über die schmale Aufschüttung, und von allen Seiten heulten Pfeile, trafen Wurflanzen und Steinbrocken die Eindringlinge. Mit wirbelnden Äxten und Schwertern, deren Schneiden im ersten Sonnenlicht blitzten, stürmten die Britannier den Berg und kämpften sich Schritt um Schritt höher hinauf, zwischen Mauern und Steinbrocken, den Leichen der Verteidiger und den eigenen Toten, zwischen zerbrochenen Waffen, Baumwurzeln und erschlagenen Schafen und Ziegen. Das blutige Gemetzel stieg am Berg hoch wie eine Springflut, und die Leichen häuften sich. Am Ufer krochen Verwundete umher, die von den Fischern geborgen und über die Wasserfläche gerudert wurden; diejenigen, die noch gehen konnten, schleppten andere in den Schutz der Lager. Artus und seine Getreuen drangen durch Asche, Glutreste und aufflackernde Feuer auf der Westseite zu einem der Doppelgipfel vor und trieben die Fremden die Hänge hinunter, den Reihen der britannischen Kämpfer entgegen. Am frühen Abend ließen die letzten Fremden die Waffen fallen und setzten sich blutend und erschöpft auf den zertrampelten Boden.

Artus ließ die Gefangenen drei große, tiefe Vierecke graben und die Toten zusammentragen. 963 Sachsen, Angeln und Jüten waren getötet worden oder starben bis zum Abend des nächsten Tages, bis alle Toten, auch die mehr als hundert eigenen Krieger, in den Gräbern lagen und die schwarzen Schwärme der Raben krächzend verschwunden waren. Nur wenige Britannier waren unverletzt geblieben; viele trugen Binden und blutige Umschläge, unzählige kleine Wunden verschorften unter der tropfenden Salbe. Im Lager, am frühen Abend, schrak Artus aus einem unruhigen Schlaf auf und erkannte Lantymer und Perceval, die ihn geweckt hatten.

»Es sind Krieger aus Gwynedd gekommen. Du wirst ihre Anführerin begrüßen wollen.«

»Anführerin? Seit wann kämpft eine Frau …?«

Während er sich ankleidete und die Bänder der Stiefel knotete, berichtete Lantymer, daß flußabwärts, am südlichen Ufer, eine große Rotte der Eindringlinge ein Dorf überfallen und geplündert hatte. Es waren jene Männer, denen die Flucht durch das Wasser geglückt war. Sie trafen auf Fußkrieger und Berittene, die Fürst Leodegrane geschickt hatte und die auf dem Weg von flüchtenden Dörflern angehalten und zur Hilfe gerufen worden waren. Artus ging mit wenigen langen Schritten aus dem dunklen Zelt ins Licht der Lagerfeuer und erkannte blinzelnd inmitten seiner Freunde in der hochgewachsenen Frau die goldhaarige Guinevere.

»Kriegerfürstin Gwenhwyfar!« rief er. »Du hast mir geholfen, die wichtigste Schlacht zu gewinnen, die zwölfte.«

»Mit den Kriegern meines Vaters, Dux Artus.« Sie streckte die Hand aus und packte sein Handgelenk. Erst jetzt sah er die eisernen Schuppen an ihrer Lederkleidung und den Griff des Schwerts, das sie über der Schulter trug. Ihr Haar, zum dicken Zopf geflochten, lag straff und schweißfeucht am Kopf. »Wir sind zur rechten Stunde gekommen, um das Dorf zu retten. Meine Krieger haben mutig gekämpft. Viele Sachsen und Angeln sind im Fluß ertrunken.«

»Leodegranes Männer ruhen sich im Lager aus.« Lantymer deutete auf die Zelte. »Hundert Reiter hast du zurückgeschickt; wir haben genug Platz.«

»Tausend tote Eindringlinge«, sagte Artus, nahm Guineveres Hand und führte sie ins Zelt. Ihre Gegenwart und besonders die Erkenntnis, daß sie drei Dutzend Krieger anführte, verwirrten ihn. »Wir hoffen und beten, daß sich die Wahrsagungen erfüllen. Daß die vielen Toten der letzte Preis für den Frieden waren.«

»Auf dem Weg nach Caerleon sollst du bei uns einkehren«, sagte Guinevere. »Mein Vater bittet dich darum.«

Artus nickte und senkte den Kopf. Noch vermochte er Guineveres herausfordernden Blicken und Gesten nicht standzuhalten. Er setzte sich auf den Rand des Strohlagers und sagte:

»Wir werden kommen. Reite voraus, mit einem Teil des Heeres zusammen, und warte auf mich.«

»Das werde ich tun, Dux Artus.«

Tag um Tag verringerte sich die Zahl der Krieger in den Lagern. An drei Stellen, wo die neuen Palisaden und Wälle auf den Resten römischer Kastelle standen, errichteten die Männer kleine, durch

Gräben und Wälle geschützte Befestigungen, die übrigen Reste des Kriegszugs wurden aufgeladen oder verbrannt. Artus und sieben seiner Freunde verließen als letzte das leere Schlachtfeld am Berg Badon; als sie an den steinbedeckten Gräbern der mehr als tausend Toten vorbeiritten, sahen sie schon Gräser und Unkraut aus der feuchten Erde sprießen.

Ohne Hast ritt Artus mit dem letzten Teil des zurückkehrenden Heeres von Stadt zu Stadt und nahm vorläufigen Abschied von jenen Kriegern, die aus diesen Siedlungen und der nächsten Umgebung gekommen waren. Bei ihm waren nur die Krieger aus Caerleon, als er in Burh Viroc einritt. In der Mitte des Stadtplatzes, im Schatten der Bäume, deren letzte Blüten welkten, stieg er vom Pferd. Ein Graubärtiger näherte sich, senkte den Kopf und hielt den Zaum von Artus' Rappen. Artus erkannte Maireads Vater.

»Herr«, sagte der Feinschmied leise, mit aschfahlem Gesicht. »Deine schöne Geliebte, meine Tochter ...« Seine Stimme brach. Artus beendete den Satz; dreimal hatte der gleiche Schreckenstraum ihn schweißgebadet aus dem Schlaf gerissen.

»Mairead ist tot?« Er zog den Mann, der starr wie eine Steinsäule dastand, an seine Schulter. »Was ist geschehen?«

Kalter, hoffnungsloser Schmerz nagte an seinem Herzen. Wie aus weiter Ferne, aber mit endgültiger Deutlichkeit, verstand er die nächsten Worte.

»Ja. Tot. Im Schlaf verblutet, Herr Artus. Eine frühe Geburt. Einen halben Tag später starb euer Kind. Dein kleiner Sohn, Herr.«

Artus zwang sich dazu, den Kopf zu drehen und in die Augen des Schmieds zu blicken, goldfarben wie die lebensfrohen Augen seiner Tochter Mairead. Als er die Tränen zwischen den Bartstoppeln des Alten rinnen sah, fühlte Artus, daß seine Augen brannten und daß er zu weinen begann, so hemmungslos wie nie zuvor. Selbst auf den Trümmern des Schiffsstegs am Berg Badon, nach dem Ende der Schlächterei, hatte er dieses abgrundtiefe Elend nicht gespürt.

7. KAPITEL

Das vom weißen Falken erzählt, von Crysaides Rose,
vom wiedererwachten Kampfesmut und der Landung eines
Erben des Hochkönigs Artus

Vielleicht, o Amir des überaus aufmerksamen Zuhörens, kämpfte Artus seine zwölfte Schlacht an der Stelle, von der ich erzählte. Oder aber an einem anderen Ort Britanniens. Die Chronisten sind darüber uneins; übereinstimmend aber schreiben sie, daß Artus damals dreiundzwanzig Jahre alt und im Frühsommer des Jahres 449 die letzte Schlacht geschlagen wurde. Vielleicht war jener Meeresfischer der Urahn eines meiner unbekannten Großväter. Im Gegensatz zu denen, die im mäßig bewegten Fluß fischten, fuhr sein kleines Boot hinaus aufs Meer, und wie jedermann weiß, ist das Meer voller stürmischer und nasser Gefahren. Aber seit dieser zwölften Schlacht herrschte Friede in Britannien; ein Friede der sächsischen und jütischen Furcht, der Todesangst aller Angeln der östlichen Küste. Seuchen, Hagelstürme, Gewitter, Frost und Mißernten zogen über das Land – aber es schien, als sei damals in ganz Germanien der letzte Baum gefällt und zu Schiffsplanken zersägt worden.«

Beha ed-Din beugte sich vor und bedeutete Crysaide, seinen und Troncas' Becher mit dem schwarzroten Wein aus Damascus zu füllen. »Wie lange dauerte diese glückhafte Zeit, rosenzüngiger Fürst des Entsinnens?«

»Bruder Gildas, der neben Artus' Drachen-Feldzeichen das Kreuz des wahren Glaubens trug, schrieb es auf: Fast vier Jahrzehnte. Achtunddreißig Jahre. Andere schrieben: zweiundvierzig volle Jahre!«

»Also bis Artus vielleicht sechzig Jahre zählte.«

»So ist es.« Troncas nahm gähnend einen tiefen Schluck. Der Wein rann wie ein Brei aus zermahlener Glut durch seine Kehle. »Und alle anderen wurden älter, gleich ihm. Seine Lanzenreiter-Freunde, Guinevere, Merlin und Morganna. Alle.«

Nach einer langen Weile, weit nach Mittnacht – im Harâm Beha ed-Dins herrschte ebenso tiefes Schweigen wie in den muslimischen Lagern um Akkon –, als die Becher geleert und bis auf eines alle Öllämpchen erloschen waren, stand Beha ed-Din auf. Crysaide zuckte zusammen und öffnete erschrocken die Augen. Die Schreiber raschelten gähnend Streusand über die beschriebenen Blätter. Auch Troncas stemmte sich stöhnend in die Höhe; seine Schenkel und die Knie schmerzten.

»Abermals danke ich dir, Effendi Troncas«, murmelte der Chronist. »Nimm dieses Wissen mit, wenn es denn deine schläfrigen Gedanken zu besänftigen vermag: Das Mißtrauen Salah al-Dins und mein mangelndes Vertrauen sind besänftigt. Du wirst nicht im Sattel meines Pferdes zu flüchten versuchen. Du begehrst Crysaide, weil sie eine Frau ist, aber du liebst sie nicht. Wenn du dich an der Schönheit ihres Körpers erfreuen willst, schenke ich sie dir; prüfe deine Leidenschaft, die zehn Monde lang ohne Ziel war. Entscheide dich. Ich darf eine Bitte aussprechen?«

Troncas nickte; er war todmüde und verstand die Bedeutung dieser Worte nur unvollständig. Beha ed-Din und er preßten gleichzeitig die Fäuste gegen den unteren Teil des Rückgrats und blickten einander mit müden Augen an.

»Mein Herr, der Sultan«, Beha ed-Dins Stimme sank zur Stufe unbezweifelbarer Bedeutsamkeit ab, »wird deine bewundernswerten Dienste zu brauchen geruhen, wenn Ereignisse eintreten, die seine Entschlußkraft auf das Äußerste fordern. Er läßt dich bitten, bei uns zu bleiben. Mehr als elf Monde bist du in unserem Lager, und daß du von leidenschaftlichen Umarmungen, greller Geilheit und schmeichelnder Zärtlichkeit träumst, wissen wir.« Beha ed-Din gähnte, Tränen erschienen in den Augenwinkeln. »Diesen alltäglichen, gewöhnlichen Dingen soll Genüge getan werden, wie es der Prophet feinsinnig auszudrücken wußte. Schlafe wohl, Ritter, bereite dich darauf vor, mir vom langen Frieden, von den Rittern der Tafelrunde und der vermutlich sinn- und nutzlosen Suche nach dem Gral zu berichten – mein Wohlwollen und, in gewisser Weise, auch die Obhut in der Gnade meines Sultans sind dir gewiß.«

»Ich danke.« Troncas taumelte vor Müdigkeit. »Was werde ich tun, wenn das alles«, sein rechter Arm beschrieb eine halbwegs umfassende Geste, »vorbei ist? Wenn die Franken oder die Muslime gesiegt oder verloren haben? Wenn Hunderte und Tausende gestorben sind?«

»Das alles, mein bartloser Freund«, Beha ed-Din verbeugte sich, »liegt sicher und unerforschlich in Allahs Hand.«

Auch Troncas verneigte sich ein wenig. Crysaide starrte abwartend, mit steigender Unsicherheit, in sein Gesicht.

»Eine Antwort, die mich zittern, verzweifeln und hoffen läßt, Amir.« Troncas wandte sich zum Gehen und streckte die Hand nach dem Zeltvorhang aus. »Manchmal wünschte ich, ich hätte niemals im Gefolge König Richards mein Kaff von Caer Laverock verlassen.«

Er stolperte aus dem warmen Zelt, hinaus in den lautlosen Regen, über den verschlammten Ziegenpfad zu seiner Behausung, in der er nach kurzer Zeit einsam einschlief, hilflos den Träumen aus archaischer Vergangenheit und fragwürdiger, ebenso roher Gegenwart ausgeliefert.

Aufgeregtes Lärmen, schon kurz nach Sonnenaufgang, erscholl aus dem weiten Halbkreis des Christenlagers. Die ersten Blicke zeigten den drei Spähern, daß der französische König mit seinen ausgeruhten Rittern und Knechten binnen weniger Tage Unordnung, Not und die ärgsten Auswirkungen der Krankheiten beseitigt hatte. Die Bordwände der Schiffe ragten weit über die Grenze des Muschelbewuchses aus dem Wasser; zwischen dem Meerestor in den Palisaden und der Landestelle bewegten sich lange Reihen schwer schleppender Männer, die selbst Ballastkiesel auf Wagen und Schlitten ins Lager zerrten; Philipp hatte die Geschosse in Messina geladen. Usamah stieß Troncas an, deutete auf einen halb mannsgroßen Schleuderstein, der sich in der Luft drehte, und zerkaute einen Fluch im dunklen Bart.

»Ich sage dir, Effendi Troncas, daß wir euch alle unweigerlich niedergemacht oder vertrieben haben werden, wenn das Jahr halb herum ist.«

»Du und Messud – eure Großmut wird mich überleben lassen. Hoffentlich!« Während am Ufer gewaltige Mengen Abfälle in großen Feuern stinkend verbrannten, ging Tag und Nacht die wütende Belagerung weiter. Troncas grinste und sah ins Lager hinein. Im Morgenwind entfalteten sich mit dumpfen Lauten die Fahnen der Franzosen; die Feldzeichen und Rüstungen glänzten. »Wenn König Richard, der Engländer, die muslimischen Lager überrennt, werd' im Gegenzug ich euch retten.«

»Ihr Franken könnt nicht einmal auf euer Geflügel achtgeben, bei Allahs Güte!«

»Es ist unsere zurückhaltende Art, dem Sultan Geschenke zu machen.« Troncas stimmte in das Gelächter der Späher ein. Am 28. Tag des Rabi, fünf Tage nach seiner Ankunft, war König Philipp zur Falkenjagd ausgeritten, seinen weißen Lieblingsvogel auf der Hand. Ein Hase hatte sich gezeigt, der ungewöhnlich große Falke flog auf und kreiste höher, als sich das Tier zwischen die Felsen flüchtete; nach einer Weile, während der er unschlüssig über dem Lagerrand rüttelte, strich der Beizvogel zu den Mauern Akkons ab und wurde von den höhnisch jubelnden Verteidigern eingefangen; der Fang galt als günstiges Vorzeichen für den großen Sieg über die Franken.

Immer wieder gelang es kleinen Booten, im Schutz der Nacht Akkons Hafen zu verlassen und an den ankernden Wachschiffen vorbeizurudern: Mit einem solchen Schnellruderer brachten die Verteidiger den Falken zum Zelt des Sultans. Tausend Dinare bot Philipp als Lösegeld, aber Salah al-Din behielt das herrliche Tier. Messud hob den Zügel an und sagte:

»Genug gesehen. Sie schuften wie die Besessenen, die Gottlosen, seit sie wieder satt zu essen haben.«

»Zurück ins Lager?« Troncas zuckte, als er die verwüsteten Zinnen und die mürbe geschossenen Mauern sah, mit den Schultern. »Wir können nichts ändern – nur davon berichten.«

Das ausgeplünderte Land zwischen den Lagern schien menschenleer, trotz des wuchernden Grüns. Aber abseits der Straßen galoppierten zu jeder Stunde Muslimboten, abrückende und ankommende Heeresteile, Frankenritter und Bogenschützen hin und her, auf der Suche nach Verpflegungskarawanen oder Gegnern, die auf leichte Art zu überfallen waren. Troncas folgte Messud langsamer den bewachsenen Dünenhang abwärts und lehnte sich im Sattel zurück.

»Man munkelt, daß der Sultan auf deinen König wartet, Frankenritter«, rief Usamah und zügelte sein Pferd. Troncas ritt an seine Seite.

»Um einen würdigen Gegner bekämpfen zu können, Arîf?«

»Er will vielleicht Frieden schließen«, sagte der Anführer. »Ihm ist vom Mut, von der Kampfeswut und von der … Ritterlichkeit deines Richard berichtet worden. Vom tapferen Herzen des Löwenkönigs. Er soll dem Sultan ähnlicher sein, als diesem lieb ist.«

»Weil ich Salah al-Din bisher nur von ferne gesehen habe, kann ich wenig dazu sagen«, meinte Troncas. »Ich weiß, daß der König wie ein Löwe kämpft und großen Edelmut zeigt, obwohl er jünger als der Sultan ist. Ich hab ihn im fernen England und im Frankenland kämpfen sehen, am Hof seiner Mutter.«

Usamah starrte ihn von der Seite an und sagte mit schmalen Lippen: »Du würdest gegen ihn kämpfen, Ritter?«

»Niemals.« Troncas schüttelte den Kopf und stieß ein freudloses Lachen aus. »Ich hab ihm den Lehnseid geschworen. Ich müßte gegen euch kämpfen. Ich vertraue darauf, daß mich Beha ed-Din vor der großen Schlacht in Ketten legen läßt.«

»Das kannst du leichter haben, als du denkst«, sagte Usamah kurz und galoppierte an. Troncas stellte sich in den Steigbügeln auf, betrachtete schweigend die Umgebung und spürte tief in seinem Herzen, wie die graue Furcht vor Armageddon wuchs und schwoll, vor der grauenvollen Entscheidungsschlacht zwischen den Riesenheeren, endgültig wie das Jüngste Gericht. Im Mahlstrom dieses Gemetzels würde sich auch sein Schicksal erfüllen; er zweifelte keinen Herzschlag lang daran.

Über große Schlachten, über mühsam errungenen Frieden und die Mühen, ein Land zu regieren, brauche ich dir nichts zu erzählen, o Beha ed-Din«, sagte Troncas. »Artus wagte es nicht zu glauben, Unruhe beherrschte ihn und seine Freunde, die Fürsten und kleinen Könige – die Kraft der gallischen Eroberer war gebrochen. Aber für wie lange Zeit? Der Sommer und der Herbst vergingen, die Winterstürme setzten ein, kein fremdes Schiff ließ sich blicken, und die Angeln und Sachsen, die an Britanniens Küsten siedelten, verhielten sich still. Artus' Krieger fetteten die Schneiden ihrer Waffen ein und bestellten ihre Felder, weideten die Herden, besserten Straßen, Brücken und allerlei Mauern und Türme aus und lobten die Entschlossenheit und den Mut des *Dux bellorum*. Merlin ritt durchs Land und lud alle Fürsten, die Artus als Nachfolger Uther Pendragons gewählt hatten, zu Pfingsten nach Caerleon ein, zur Wahl des jungen Königs Artus im Saal Ehangwen der von Meister Glwyddin umgebauten und vergrößerten Stadtburg. Einige Schiffe voller Siedler, auch aus Klein-Britannien, landeten im Hafen Avallons, und während Morgannas Häuser und Türme und Bruder Dugalds Kloster größer und schöner gebaut wurden, in der reinen Luft des warmen Meeres zwischen Irland und Britannien, begannen die ersten Familien das Inselchen in Besitz zu nehmen.«

In der Umgebung des Lagers rankten sich Rosen an den Südseiten der Steine und Felsen. Kinder und Sklavinnen hatten viele kleine Blüten gesammelt; ihr Duft und die Farben jener Blumen der Verschwiegenheit erfüllten Beha ed-Dins Zelt.

»War es denn so, o Ritter?« sagte der Chronist, als das Rascheln der Federn auf dem Papier verstummte, »daß nunmehr der lang ersehnte Friede über euer Land gekommen war?«

»Ja. Achtunddreißig lange, schöne Jahre dauerte er. Obwohl es fast siebenhundert Jahre her ist, redet noch heute jeder von König Artus' langem Frieden, von den Rittern der Tafelrunde im prächtigen Camelot und von der Gralssuche. Die karge Wahrheit von damals wurde zu blumigen Märchen von heute. Ewiger Ruhm wurde Artus und den Seinen zuteil! Jedes Märchen, jede Sage oder Legende hat einen wahren Kern. Diese vier friedlichen Jahrzehnte müssen den Menschen vorgekommen sein wie das Paradies. Und so fügte jede Erzählung zur Wahrheit etwas Wunderbares hinzu, etwas Ersehntes und Herbeigebetetes; aus wohlfeiler Wirklichkeits-Bronze wurde glühendes Märchengold, o Amir.«

Beha ed-Din lächelte, hauchte die Ringe an seiner Rechten an und polierte sie an seinem bodenlangen Gewand. Seine Finger bewegten sich in einer flatternden, rätselhaften Geste.

»Deine Selbstzweifel, erzählungsreicher Nutznießer meiner kärglichen Gastfreundschaft, will ich nicht schüren. Wenn es zur Mutter der Schlachten kommt, wird man dich nicht auf dem Schlachtfeld treffen. Amerada al-Atirs fürstliches Zelt gehört schon in dieser wortreichen Nacht dir, mit Dienern und Vorräten; nutze es klug.« Er hob beide Arme und lachte. »Danke mir nicht, denn Allah verteilt jene Geschenke. Aber berichte nun, auf daß sich die raschelnden Seiten unseres Kitab füllen, ohne unangemessene Umschweifung, was in der Zeit bis zur letzten Schlacht des Artus geschah auf deiner wunderlichen Insel.«

»Es wird mir nicht möglich sein, Amir, vierzig Jahre in vierzig Sätzen zu schildern; bei Camlann wurde Artus zu Tode verwundet und ging ein in seine eigene Legende.«

Beha ed-Din nickte Crysaide zu und lehnte sich zurück. Die junge Frau hielt einen langen, dornigen Rosenzweig mit einer halb geöffneten Blüte in den Fingern, reichte Troncas die Rose und kauerte sich neben ihn in die Kissen.

»Ich bin deine Dienerin, Ritter«, sagte sie leise, »und ich soll in deinem Harîm für Ordnung sorgen.«

Troncas blickte lange in ihre großen Mandelaugen, sah ebenso lange in Beha ed-Dins Gesicht und brummte:

»Ihr versteht es wahrlich, mich mit Wohltaten so zu überhäufen, daß ich ersticke.«

»So hole unter der Last minderwertiger Zuwendungen tief Luft«, sagte Beha ed-Din ungerührt, »und berichte uns, wie's weiterging.«

Artus, Merlin und Aurelia, Bedwyr und Lanzeloth setzten mit einer kleinen, schwer beladenen Flotte nach Avallon über. Von Morgause und dem Hof König Loths aus Lothian brachte ein Bote seltsame Nachrichten: Morgause hatte einen Knaben zur Welt gebracht, der in der Art der Christen und auf die alte druidische Weise getauft und den Namen Mordred erhalten hatte. Bei der Geburt war sein schwarzes Kopfhaar sechs Finger lang gewesen, zwei Zehntage lang leuchteten auf seiner Brust und dem Rücken zwei große Feuermale, in denen man piktische und druidische Geisterzeichen erkannt zu haben glaubte; nach einem Mond waren sie verschwunden. Merlin und Aurelia richteten den großen, weißgeschlämmten Turm ein. Morganna und Artus ritten, vom riesigen Cafal begleitet, auf schmalen Wegen ins Innere der Insel und vertieften in leidenschaftlicher Einsamkeit unter schattigen Ästen unbekannter Bäume ihre Freundschaft. Danach, in langen Sommernächten, ließen sie sich im Kloster aus alten Büchern vorlesen; Bruder Dugald hatte beschlossen – beim heiligen Patrick, der seligen Bridget und allen Heiligen! –, als Abt dieses Klosters hier begraben zu werden, zuvor aber zusammen mit vielen Brüdern seine Klause zum schönsten Kloster Britanniens auszubauen. Lanzeloth und Artus segelten nach

Caer Laverock und Carlisle und ritten gemächlich, auf wiederhergestellten Römerstraßen, nach Burh Viroc. Mit mehr Siedlern und Handwerkern, die, befreit von der Last der Erwartung zukünftiger Waffengänge, pflügten, arbeiteten und Handel trieben, wurde das ehemalige Viroconium mehr und mehr zu Artus' Traumstadt Camelot. Dunkle Erinnerungen trieben Artus nach einem Siebentag aus Burh Viroc hinaus in den Inselsommer, dessen lauter, farbensprühender Reichtum sich um ihn und Freund Lanzeloth auffaltete: Myriaden Käfer, Fliegen, Schmetterlinge und Hummeln in der heißen Luft, unzählige kleine Tiere im Gebüsch, Füchse, Bären und Rotwild an den Waldrändern, wogende Kornfelder und erdduftende, vom Pflug aufgebrochene Äcker, Herden fetter Rinder und scheckiger Schafe, und darüber, im herrlichen Blau des Himmels, weiße Wolken und mächtige Gewittertürme.

Jeder erkannte den jungen König und bewirtete ihn und den hellhaarigen Lanzenreiter, brachte Bier, Essen, bot Nachtlager und mannbare Töchter an; Schäfer, Jäger, einige Späher und Boten, Bauern und halbnackte Männer, deren Haut rot und sonnenverbrannt war, die Straßen und Brücken ausbesserten und bauten, feuerhaarige, bloßfüßige Druidinnen, die an Lagerfeuern von Inselgeheimnissen erzählten, Beerenwein in Holzschalen füllten, den riesigen Hund mit halbroh gebratenen Eichhörnchen, Ratten und Iltissen fütterten und die beiden Reiter lachend verführten, nächtliche Eulen und Käuzchen, Wundersalben und Bäder und Schwimmen in Seen unter dem wechselnden Antlitz des Sommermondes, rauschende Winde in Eichenwipfeln und die Kreise und Vierecke der aufragenden Göttersteine – von der friedlichen Schönheit des Landes gesättigt, fernab wundenreicher, knochenbrechender Schlachten, ritten Lanzeloth und Artus durch ausgedehntes, bewirtschaftetes Land in den Gutshof des Fürsten Leodegrane Craggan ein.

Die Nacht war fast unerträglich heiß. Aus dem Sternbild des Löwen fuhren kreideweiße Sternsplitter durch das wolkenlose Firmament und verglühten lautlos zwischen den kaltstarren Sternen. Artus war die knarrenden Bohlen der Treppe hinaufgestiegen und lag, nach einem kühlen Bad, auf Fellen und Decken unter dem Leinenlaken auf der Plattform des Haupthauses, blickte zur breiten Erntesichel des weißen Mondes und spürte, wie sich die Gedanken zwischen den Gestirnen verloren. In der dämmerigen Tiefe des Gutshofs zerbrach ein Tonbecher, jemand lachte, eine Balkentür schlug. Die vertrauten Geräusche ließen Artus einschlummern; als er aufwachte und blinzelnd um sich blickte, sah er Guinevere vor der Turmbrüstung stehen. Sie hatte einen Silberkrug und zwei Becher auf den Sandstein gestellt, ihr Haar war in viele dünne Zöpfe geflochten.

Artus beobachtete sie starr. Ihm war, als sähe er sie zum erstenmal. Der dünne Stoff des knöchellangen Kleides spannte sich über den schmalen Hüften und den Brüsten, der Mond leuchtete über ihrem Kopf wie eine Druidenkrone. Seine Blicke schienen sie zu schmerzen; langsam drehte sie sich um und kam barfuß über die warmen Steinplatten näher. Sie ging, als zöge Artus sie an der Hand, und kauerte sich neben ihn.

»Kriegerfürstin«, flüsterte Artus. »Du hast mich geweckt, o Gwenhwyfar mit der Mondsichel im Haar; es ist wunderbar, aufzuwachen und dich zu sehen.«

Ihre grauen Augen waren halb so dunkel wie die Nacht. Sie verschränkte die Finger in seiner Hand und sagte, unergründlich lächelnd:

»Dux bellorum, seit ich das erstemal deinen Becher füllte, hab ich mich im Blau deiner Augen verloren. Wie eine, die im tiefen Meer ertrinkt.«

Er starrte sie reglos an, spürte den Druck ihrer Finger und glaubte zu träumen. Ihre Worte trafen ihn wie Dolchstiche. Über den Mond schoben sich düstere Schatten. Artus zitterte innerlich, fröstelte und schwitzte und glaubte zu fühlen, daß die Zeit langsamer verging. Sternenlicht schimmerte auf Guineveres Haut, und ihr warmer Körper verströmte einen sinnverwirrenden Duft nach Frühlingsblüten und süßem Schweiß. Guinevere flüsterte:

»Dich begehren alle Frauen, Artus. Wo ist die eine, die du begehrst?«

»Ich hab sie nie gefunden«, murmelte er. Guinevere stand auf und holte den Wein. »Aber ... ich hab sie auch nie gesucht.«

Sie reichte ihm den Becher. Die Zeit verging wieder im gewohnten Maß, der Mond gewann seinen Glanz zurück. Guinevere setzte sich neben ihn und lehnte sich an seine Schulter.

»Wenn du nur willst, Artus, hast du deine Königin gefunden.«

»Lanzeloth hat mich beschworen«, sagte er heiser, »einen ganzen Tag und eine Nacht lang. Er hat gewußt, daß ich dich fragen will.«

Seine Finger zitterten, als er trinken wollte. Er stellte den Becher neben sich und tastete nach Guineveres Gesicht. Als er sie küßte, begannen die Sterne über ihnen zu taumeln; Artus vermochte an nichts anderes zu denken als an eine Folge einzigartiger Ereignisse, eine unzerreißbare Kette goldener Glieder, die hier ihren Anfang hatte. Guineveres langer Kuß ließ ihn erkennen, daß sie ihn ebenso begehrte wie er sie. Sie löste das Lederband des Halsausschnitts, streifte das Kleid von den Schultern und sagte:

»Du hast gesiegt, ohne zu kämpfen, Artus. Wenn die Sonne aufgeht, wissen wir beide, daß es für immer sein wird.«

»Du hast mich verzaubert, Kriegerfürstin. Fließt Druidenblut in deinen Adern?«

»Auch das Blut von Druidinnen, Prinz.« Sie lachte. »Von Römern, Pikten, Iren und Sachsen; von allen ein paar Tropfen durch die vielen Jahre meiner Familie.«

Er legte die Arme um sie und erlebte das Gefühl einer bisher nicht gekannten Gewißheit: Guinevere würde an seiner Seite sitzen, wenn ihn die Fürsten wählten, und an allen Tagen und Jahren, die darauf folgten.

Am Morgen ritt er mit Fürst Leodegrane durch die reifenden Kornfelder, dachte an wenig anderes als an Guineveres Haar und sagte dem Vater der Kriegerfürstin, daß er Guinevere von seinen Rittern und in gebührender Pracht abholen und nach Caerleon geleiten lassen würde.

Alle Fürsten, all die kleinen Könige und Stammesfürsten waren in Caerleon zusammengekommen. Obwohl die Stadt außerhalb der Mauern gewachsen war, faßte sie noch immer nicht die Fürsten und ihren Troß und quoll über; alle Bauernhöfe und viele Zeltlager waren überfüllt. Ochsen, Hammel und Geflügel drehten sich auf Spießen über der Glut, Fische, Wild und Schweineviertel schmorten auf den Rosten. Bei den Steinöfen, die wie große Bienenkörbe aussahen, roch es nach Sauerteig und frischem Brot, von den Giebeln flatterten farbige Bänder. Der große runde Saal Ehangwen in der Stadtburg war geschmückt, Baumeister Glwyddin hatte eine Wand hinter den Königssesseln durchbrochen und eine lange Treppe zum Postament bauen lassen. Artus und Fürst Leodegrane begrüßten die Fürsten, deren Söhne und Töchter, ritten Artus' Mutter und Sangive entgegen und geleiteten sie zur Stadtburg; meist war Guinevere an Artus' Seite. Ihre grauäugige, goldhaarige Schönheit zog jeden Mann, jede Frau in ihren Bann, obwohl sie das Heiratsalter längst überschritten hatte; sie war nur drei Jahre jünger als der *Dux bellorum*. Merlins Mißtrauen verging rasch, denn alle Fürsten hießen Artus' Wahl gut. Sie würden ihn zum König wählen, auch deshalb, weil er ihnen in zwölf Schlachten die Mühen und Verantwortung der Kriegsführung erspart hatte. Am Pfingstsonntag, nach der Heiligen Messe, die Gildas und Huail feierten, kam die Versammlung der Fürsten im Ehangwensaal zusammen und wählte Artus und Guinevere zu Britanniens König und Königin. Als Merlin ihnen die schmalen Goldreife aufsetzte und Artus den Königsstab Uther Pendragons reichte, brachen die Versammelten in einen Jubel aus, der Mauern und Dach erschütterte. Zuerst leisteten alle Freunde Artus', die prächtig gerüsteten Lanzenreiter, ihren Treueschwur; die Fürsten, Stammeshäuptlinge und Könige erneuerten ihr Gelöbnis. Die Tore wurden geöffnet, ein Fest begann mit Trommeln, Hörnern und Harfenklang.

Jeder Saal und jeder Garten der Stadtburg war voller Tische, Bänke, Sessel und Schemel; Berge von Gebratenem, Gebackenem und Gesottenem, geöffnete Weinfässer und ungezählte Krüge Bier warteten auf die Gäste. Noch um Mittnacht, als Artus und Guinevere sich erschöpft und glücklich auf den Laken des Nachtlagers ausstreckten, hörten sie das fröhliche Lärmen der Trunkenen. Es schien das beste Zeichen für das erste Jahr ohne Kämpfe und Schlachten zu sein, für den Beginn eines langen Friedens.

Als nach dem spätnächtlichen Sommergewitter zugleich mit dem Erlöschen der Sterne ein kühler Wind die Vorhänge blähte, hörte Artus nach dem leisen Donnergrollen das rumpelnde Knirschen tief in der Erde, tiefer als die Fundamente der Stadtburg. Auf der Ebene peitschte ein unhörbarer Sturm Gräser, Buschwerk und Kornhalme; schlangengleich bewegten sich die Kriechzweige des Heidekrauts, als langsam die Menhire und Himmelssteine aus dem Boden herauszitterten. Das Erdreich riß auf und gab weiße Totenschädel und Gebeine frei, die sich in den Morgennebeln zusammenfügten, kniend nach Osten verneigten und aufstanden, zerbrochene Waffen in den Knochenhänden. Merlin, Morganna und eine hochschwangere Druidin, ihr Haar in feurigen Locken, schritten zwischen offenen Gräbern und riesenhaften Felsnadeln dahin, und hinter ihnen sammelte sich das klappernde und rasselnde Geisterheer und marschierte zu einem endlos weiten Ebbestrand, an dessen schlammigem Horizont eine Flotte fremder Schiffe wartete. Artus verstand den wilden Schlachtgesang, der den schmerzend lauten Lärm des Knochenheeres übertönte:

Mehr und bessere Eigenschaften als jeder Mensch muß der König haben! Auch ein König kann nicht stets der Beste sein, auch ihm hat das Schicksal manche Fehler, Schwächen und Laster zugemessen. Davon aber darf das Volk nichts erfahren, denn dort, wo der König Schwäche erkennen läßt, wird ein Stärkerer ihm den Kronreif rauben. Der König darf niemals zum Söldner seiner Herrschaft werden, das Volk muß ihn nicht lieben, darf ihn aber auch nicht hassen; es ist gut, wenn man ihn achtet, und manchmal ist es besser, wenn er gefürchtet wird.

Die Göttersteine wuchsen in die schwarzen Wolken hinein, aus denen Blitze in abgestorbene Bäume schlugen und sie in lodernde

Fackeln verwandelten. Die Flammen umgaben einen See, dessen Wellen rot und träge über einen Damm rollten, der den See vom Meer trennte. Aus dem Wasser tauchte eine Frau auf und setzte aus Bruchstücken ein Schwert zusammen, in dem Artus Caliburn erkannte. Als sie es hob, umflatterte ein Schwarm krächzender Raben die Schneide der Waffe. Sie deutete mit dem Schwert auf hohe Türme, kantig, rund oder gedrungen, in deren Eingängen Merlin, Morganna und die Schwangere verschwanden. Durch ein anderes Tor drängten sich die Knochenkrieger, und obwohl es Tausende waren, hatten sie alle in einem Langhaus Platz. Donnernd schlossen sich die Portale. Merlin stand auf dem Turm der Zeit und rief mit hallender Stimme:

Wenn es sein muß, wird der kluge König sein Wort und seine Schwüre brechen. Wenn es zum Schaden des Königtums und des Landes ist, gilt kein Eid mehr als ein Wort im Heulen des Sturms. Kaum je gelang es einem Herrscher, sich an seine edlen Vorsätze zu halten. Nur wenn alle Fürsten und Anführer allezeit dem Volk gerechte und aller Ehren würdige Beispiele geben, wird das Volk nicht murren. Ein großes Ziel vereint alle, doch wenn die Schlachten geschlagen sind, erinnert sich bald keiner mehr an das Ziel. Gib acht, König, denn Untreue, Betrug und pöbelhafte Gewöhnlichkeit lauern hinter jedem Haus.

Die Bilder und ihre Bedeutung wechselten in blitzartiger Folge. Der Turm der Zeit und das Tor der Vergänglichkeit veränderten ihre Größe und ihr Aussehen. Neben Merlin stand sein Sohn; er sah aus wie der junge Zauberer, hinter ihnen erschien Gwertheyrn, Merlins Vater im goldenen Gewand der Ewigkeit. Ein blutiger Reigen begann sich schneller und grausiger zu drehen: mörderische Zweikämpfe, Morganna, geschändet und verblutend, Mordred mit Feuermalen auf Schild und Stirn ritt auf fahlem Pferd, blutbespritzt, gegen Lanzeloth, Gawain und Bedwyr an, die zu Greisen geworden waren. Selbstvergessen lächelnd, den Säugling auf dem Arm, drehte sich Mairead im langsamen Tanz zwischen schwelenden Feuern; Piktenchöre ächzten dumpfe Lieder von Mord, Tod und Landnahme. Catriona zog Guinevere aus der Dunkelheit und deutete auf ihn, auf Artus, der blutüberströmt an einem Eichenstamm lehnte. Durch die zuckende Wirrnis nächtlicher Schrecken dröhnten Stimmen.

König! Werde nie dein eigener Söldner! Brich den Eid, König, so es sein muß! Die Welt ist schlecht, bekämpfe die Schlechtigkeit, König! Falsche Milde verwöhnt, ein starkes Gesetz gilt für alle. Erwarte den Sturm auf dem stillen Meer und den Hinterhalt in der Ruhe des Alltags! Dein Glück mußt du in stetem Kampf erwerben. Gib dein Schwert zurück, wenn du dein Ende erkennst, König!

Eisiger Wind fuhr über die dunklen Bilder, die Flammen knatterten waagrecht. Unkenntliche Gestalten rannten hin und her. Brecher zerstäubten an den Felsen Avallons und erschütterten die Türme mit dem Herzschlag von Riesen. Jeder Blitz zerschmetterte Mauern, Türme, Säulen und Schiffe im kochenden Meer. Ein erstickendes Gewicht, wie die Hand eines Gottes aus dem Gewölk, legte sich auf Artus. Eiseskälte traf seine Stirn. Die Stimmen Merlins, Morgannas, Maireads, Morgauses und Guineveres riefen durcheinander, und bis auf ihre Worte verstand er nichts. Er bäumte sich auf und öffnete die Augen, erkannte mühsam ein blutfarbenes Morgenrot, von fernen Blitzen zerfurcht; durch leisen Donner hörte er die schreckerfüllte Stimme Guineveres, flehend und zittrig:

»Artus! Liebster! Wach auf, der Traum bringt dich um!«

Er holte keuchend Luft, wandte den Kopf und sah unter dem kühlenden, nassen Tuch in Guineveres weit aufgerissene Augen. Ihre Lippen zitterten. Wasser tropfte auf seine Schenkel, er blinzelte, hob die Hände und starrte sie an, als wären sie blutig vom langen Traumgemetzel.

»Alle meine Ängste.« Er hustete und fand mühsam seine Stimme wieder. »Die Furcht der Kinderjahre. Die Angst, zu versagen. Ein malmendes Gemenge, o Yenifer, das ich nicht vergessen kann. Merlins weise Warnungen! Alles ist im Traum wiedergekommen.«

Sein Körper war naß, das Haar klebte am Kopf. Der kalte Schweiß roch nach Furcht und Krankheit. Guinevere nahm das Tuch von seiner Stirn und küßte ihn.

»Es war nur ein Traum, mein Liebster.« Sie zitterte ebenso wie er. Die ersten Sonnenstrahlen zuckten wie Pfeile durch die tropfende Dämmerung; Vogelgezwitscher erfüllte die Stille. »Du hast geflucht, geschrien und um dich geschlagen, furchtbar gestöhnt. Was hast du gesehen in der Stunde? Das Gewitter ... es ging leicht und leise über Caerleon hinweg.«

Er schluckte und war darüber verwundert, daß sie beide nackt, die Laken zerwühlt, die Kissen und die Decken ums Bett verstreut waren. Mühsam suchte er Worte zusammen.

»Bring uns unvermischten Wein, Yenifer. Ich erzähl' dir alles. Schnell, bevor ich's vergeß'.«

Er trank wie ein Verdurstender, lehnte sich gegen das geschnitzte Kopfteil des Lagers und stieß die Worte hervor, als erbräche er sie. Guinevere lauschte schweigend, trank mit winzigen Schlucken den blutroten Wein und hielt seine Hand; sie achteten nicht auf das Blenden der Sonnenstrahlen. Als Artus erschöpft geendet hatte, sagte sie leise:

»Es ist nicht der erste Traum, der dein Herz zerfleischt und zerschlissen hat wie die Brandung an Dundagils Meeresfelsen.«

Er schüttelte den Kopf und wählte mit Mühe seine Worte. »Er zeigte mir furchtbare Dinge. Merlin hat mich gelehrt, daß ein Traum ein Kettenglied zwischen Vergangenheit und Heute ist. Daß ich die Zukunft erträumte, davon hab ich nichts gewußt.«

Nach einigen Atemzügen sagte er:

»Wenn der Friede mit solch wüsten Träumen beginnt – was werd ich träumen, wenn er endet? Wenn ich wieder gegen die Sachsen ziehen muß?«

Guinevere fuhr durch sein feuchtes Haar, legte die Handflächen an seine Wangen und versenkte ihren grauen, prüfenden Blick in seine Augen. Das Sonnenlicht traf ihre Körper, seine Augen erstrahlten in leuchtendem Blau.

»Wir haben's uns geschworen, Artus: Was immer geschieht, ich bin bei dir. An deiner Seite. An der Spitze deiner Freunde.«

Er stand auf, ging zum Fensterchen und schloß den triefenden Laden. Seine Hand packte den Weinkrug. Im jähen Halbdunkel des

Raumes lag Guinevere, die ihn unverwandt anblickte, wie ein fleischgewordener Treueschwur.

»Die römischen Götter, unsere alten Druidengötter, der neue Herr Jesus Christus – mögen sie uns helfen, den Eid nie brechen zu müssen, Yenifer.« Er kniete auf dem Rand der Bettstatt und stützte sich schwer auf. »Im Traum schrie Merlin, daß Eide und Schwüre auch gebrochen werden müssen.«

»Du liebst Merlin, nicht wahr?«

»Ich liebe ihn wie den weisen Vater, der sich mir verweigerte. Ich liebe ihn und meine Freunde wegen ihrer Treue, ihres zuverlässigen Muts, ihrer Bereitschaft, mit ihren Schilden die Lanzen aufzufangen, die mir gelten.« Sein Blick irrte ab, er füllte die Becher und schmetterte den leeren Krug zu Boden. »Dich, Yenifer, liebe ich, weil ... weil ich weiß, daß du viele Frauen sein kannst: Freundin wie Morganna. Kampfgenosse wie Lanzeloth und die anderen. Freund wie Merlin. Mutter meiner Kinder. Schweigsame Bewahrerin meiner Träume und Gedanken. Meine stolze, schöne Königin. Schwester des abgrundtiefen Vertrauens. Und noch mehr – darüber reden wir, wenn es an der Zeit ist.«

»Das alles, König, will ich sein. Hab Geduld, wenn ich dies und das noch lernen muß.« Sie zog ihn mit einem wissenden Lächeln an ihre Seite. »Gib uns ein wenig Zeit. Komm in meine Arme und schlaf.«

»Ja.« Er nahm einen tiefen Schluck und atmete schwer. Die Betäubung des Weins senkte sich wie ein dunkles, nasses Fell über ihn. »Schlafen. Mit wohligen Träumen, weit in den Tag hinein. Vergessen wir nicht, was wir uns geschworen haben.«

Sie schlang die Arme um ihn, ihr Mund suchte seine Lippen, sie preßte die Brüste an ihn und flüsterte:

»Ich vergesse es niemals, König.«

An König Artus dachte Ritter Troncas nicht mehr, als der schwarze, meisterhaft zugerittene Hengst, eine von Beha ed-Dins überaus großmütigen Leihgaben, den Grat der Düne erklettert hatte, den besten Aussichtspunkt auf das Meer, Akkon und das Lager der Franken. Troncas war verwirrt; seine Freude und sein Mißtrauen hielten einander die Waage. Er trug sein funkelndes, gefettetes Kettenhemd und den Helm, Dolchgurt und Schwertgehänge. Die übrige Bekleidung war die eines muslimischen Bogenschützen. Weder Usamah noch Messud hatten ihn heute begleitet – vielleicht kam der Befehl vom Sultan: Mochte es eine Prüfung sein oder ehrliches Vertrauen, aber seit dem Morgen ritt er allein in dem breiten, halbkreisförmigen Landstrich, in dem lauter seltsame Dinge geschahen. Christen begruben, ohne von Muslimkriegern belästigt zu werden, ihre Toten. Muslime ritten hin und her und beschossen Frankenritter, die sich aus ihrem Lager hinausgewagt hatten. Die Belagerung ging mit unverminderter Wut weiter. Fränkische Bergleute trieben Stollen unter die Mauern und Türme, die Verteidiger verwüsteten mit griechischem Feuer die Eingänge dieser Stollen, und ihre christlichen Gefangenen gruben Gegenstollen; im Halbrund um die Stadt wütete brennender, rauchender, tosender Kampf, obwohl Bauern im leeren Land ihre Felder bestellten und das Obst von den Bäumen ernteten. Plötzlicher Lärm, undeutliches Geschrei und eine Unterbrechung des aufgeregten Treibens machten Troncas aufmerksam. Alle Laute und Geräusche kamen aus einer Entfernung, die größer war als eine britannische Meile oder eine Viertel Farsach.

Troncas stieg aus dem Sattel, streichelte den langen Hals des Hengstes und blickte aufs Meer hinaus. Eine Flotte näherte sich!

Am Morgen des 13. Dschumada, dem 8. Juni 1191, Sonnabend nach Pfingsten, begann Troncas, als er die Segel sah, lautlos zu zählen: fünfundzwanzig mächtige, besegelte Galeeren! Im Lager schrillten Trompeten, außerhalb der Palisaden begannen Feuer zu brennen, als könnten sie die Freude der hungernden Belagerer flammend und rauchend ausdrücken.

»König Richard«, murmelte er, schlang die Zügelenden um das rechte Handgelenk und setzte sich in den kühlen Sand der Düne.

»Von Zypern. Richard Löwenherz. Cœur de Lion. Endlich. Und – was nun?«

Troncas kannte den König. Er war nur ein Ritterlein in Richards Gefolge, aber er hatte seiner Krönung beigewohnt, hatte ihn auf dem langen Ritt durch Britannien begleitet und ihn am Hof Alienors beobachten können, dort, wo seine Mutter – welch eine Frau! – versuchte, Richard so bedeutend zu machen wie König Artus. Barden sangen vom langen Frieden, von Guineveres Entführung und ihrer Untreue, von den Rittern der Tafelrunde und von der Gralssuche, der auch er sich ohne viel Hoffnung angeschlossen hatte. In wenigen Stunden würden die Schiffe Richards hier landen, und …

»Und Richard wird alles an sich reißen. Alle sagen's, und ich weiß es, weil ich's erlebt hab: Die Neugierde wird ihn zwingen, Saladin von Angesicht zu Angesicht zu sehen. Die Belagerung wird er bald beenden – mit einem Sieg, wie ich glaube.«

Der Hengst spielte unruhig mit den Ohren. Troncas blickte nach links, zu den näher kommenden Schiffen. Richard würde ihn erkennen. Für alle anderen im Christenlager galt er seit einem Jahr als tot. Wenn er eine Stunde oder zwei wartete und zum Strandabschnitt ritt, an dem die Schiffe landeten, erfüllte er seinen Treueeid und reihte sich in die Schar derer ein, die das Königreich Jerusalem zurückerobern wollten. Es war das gleiche, als wählte er Elend und Tod in einem Land, das ihm fremd und unendlich weit von seiner Heimat war. Ritt er nach rechts, ins Lager des Sultans, verriet er seine eigenen Leute und mißachtete in verbrecherischer Überheblichkeit die sanften, tödlichen Zwänge der Gastfreundschaft. Er streckte die Beine aus, wartete und fragte in die warme Luft hinein: »Was würde Merlin raten?«

Gewohnt kräftiger Westwind trieb die Galeeren in langsam wechselnder Formation näher. In Troncas' Gedanken zeichnete sich die Bilderfolge ab, in der die Mönche von Glastonbury angeblich das wahre Grab König Artus' und seiner schönen Guinevere geöffnet hatten, und die fahle Ungläubigkeit auf den Gesichtern derer, die dieser befremdlichen Graböffnung beiwohnten; er sagte hart:

»Nein, Troncas of Caer Laverock. Denk an alles, laß dir Zeit. In Britannien würde dir die Entscheidung leicht fallen – nicht hier. Reite zurück zu Crysaide und Beha ed-Din, um seine Zweifel zu mindern!«

Er zog sich in den Sattel, nahm mit einem langen Blick alle Einzelheiten der Umgebung in sich auf und lenkte das Pferd die windabgewandte Seite der Düne hinunter. In langsamem Kantergalopp ritt er zum Lager und sagte dem Pferdeknecht, daß er einen Boten zu Beha ed-Din schicken sollte; die lang ersehnte Mutter aller Schlachten stehe kurz bevor. In seinem Zelt stand er vor seiner Rüstung, mit hochgezogenen Schultern. Weder Jesus Christus noch Allah halfen bei der Überlegung, was als nächstes geschah – sie schienen ebenso wenig zu wissen wie er.

»Eines ist sicher, Troncas!« Er vertauschte die Reiterstiefel gegen weiches Schuhwerk und mühte sich aus dem Kettenhemd. »Die Langeweile endet; bald!«

DRITTES BUCH

Akkons Fall und die Wahrheit über König Artus

Vor Akkon: 16. Juni (23. Tag des zweiten Dschumadi 587) bis 15. Juli A. D. 1191 (9. Tag des ersten Rabi 587), sowie 21. August A. D. 1191 (28. Tag im Ragab 587)

Britannien: Frühling A. D. 501 bis Herbst A. D. 542

1. KAPITEL

Das vom langen Frieden Britanniens und Königin Guineveres Kampf gegen Fürst Meliagraunx berichtet, und vom zögerlichen Krieg des Königs Richard Löwenherz gegen Sultan Salah al-Din

Troncas lehnte müde im Sessel und erfreute sich an Crysaides Bewegungen; im stillen verglich er sie mit dem Bild, das er von Gwenhwyfar-Guinevere hatte, mit dem Krönungsschmuck der Lorbeerblätter am königlichen Goldreif. Warmer Brodem zog durch die Öffnungen um die Zeltstangen und saugte kühle Nachtluft, die nach Meer und Blüten roch, durch den halb offenen Eingang ins Zelt. Beha ed-Din, ein Leibwächter und beide Schreiber hatten den Ritter besucht, und Crysaide verteilte die Leckerbissen aus dem mitgebrachten Essenskorb. Aus einem der Nachbarzelte drang Musik durch die Wände aus Leinen und Leder: Handtrommel, Naj-Flöte, al-Aût und Winkelharfe begleiteten eine zornige Stimme, deren Worte Troncas nicht verstand. Beha ed-Din hob die Hand und blinzelte, als im Luftzug die Ölflämmchen zu tanzen begannen.

»Länger als sieben Tage wütet dein König nun vor den Mauern. Hast du dich schon entschlossen, o Frankenritter, der seine Versprechen halten will, ob du zu ihm flüchtest oder in unserem Lager bleibst?«

Troncas schüttelte langsam den Kopf. »Ich weiß es nicht, Qa'id. Zu lange bin ich in eurer Obhut. Noch vor sechs, sieben Monden war ich entschlossen, in Richards Heer zurückzukehren. Jetzt überlasse ich diesen Entschluß … ich weiß nicht, wem. Ich lauf euch nicht weg, o Amîr gezuckerter Mandeln und zähneschmerzenden Früchtebackwerks.«

»Bevor ich dir von dem Boten erzähle, den König Löwenherz geschickt hat – wirst du mir berichten, wie es kam, daß man ihn für einen Nachkommen des mächtigen, unvergessenen Artus hält?« Beha ed-Din hob die Brauen und runzelte die Stirn.

Crysaide brachte den Schreibern Wasser mit Zitronensaft, dem Leibwächter verdünnten Wein, dem Chronisten kalten Sud, gemischt mit wenig Wein. Troncas erhielt unverdünnten Wein aus einem erbeuteten cyprischen Schiff. Während Troncas den Becher hob, warf er einen Blick auf die Handvoll roter Rosen mit halb geöffneten Blüten, die in einem weißglasierten Tonkrug steckten; ihr Duft überlagerte alle anderen Gerüche im Zeltinnern.

»Und bevor ich dir von den Mönchen Glastonburys berichte, o Aufmerksamer«, sagte Troncas, »schreitet meine Erzählung rückwärts bis in die Zeit nach der Krönung von Artus und Guinevere, in die ersten Friedensjahre nach dem blutigen zwölften Sieg. Das Königspaar, umgeben von allen Lanzenrittern, ritt von Dorf zu Dorf durch Britannien und, wie jene Chroniken schrieben, ›verhalf dem Gesetz zur Gültigkeit, ließ Mauern, Brücken und Straßen bauen, krönte Burh Viroc mit neuem Namen und strahlender Schönheit: Artus' Camelot wurde zum weißen Symbol des Landes, in das der Friede eingezogen war.‹ Dux Ectors Sohn Kay, der ›Dapifer‹, blieb verantwortlich für alle Bauwerke im gesamten Land, auch für die Türme und den Hafen Avallons, bis hin zu jedem neu aufgebauten römischen Kastell. Merlin, der seinen Sohn abwechselnd zu Avallon, Caer Myrddin und Myrddins Camelot erziehen ließ, ritt entlang anderer Straßen. Alle Freunde Artus', die Lanzenreiter und Anführer, vom greisen Gordion und dem weißbärtigen Kilydd bis zum jungen Huail, begleiteten das Königspaar.«

Troncas genoß die schwere Süße des Weins, holte tief Luft und lächelte in Crysaides Augen. »Es muß ein Bild überzeugender Schönheit und Macht gewesen sein, ähnlich dem farbigen Reiterheer deines Sultans.«

»Der deine einzigartigen Dienste, sage ich, bald, vielleicht schon morgen, erbitten lassen wird.« Beha ed-Din schlug die Beine übereinander. »Sprich weiter, Qa'id des Nicht-Vergessens.«

Jedermann liebte die strahlende junge Königin an Artus' Seite. Jedermann bewunderte die großen, gestriegelten und wohlgenährten Pferde, die verschiedenfarbigen Wamse, Mäntel, Schilde und die Fähnlein an den Lanzen der Männer, die mit Artus ritten, jagten und an der runden Tafel in Caerleon und Camelot saßen. Cafal, der riesige weiße Hund, lief an Artus Seite; damals erzählten sich die abergläubischen Bauern, daß Cafal den schwarzen Wildeber Twrch Trwyth durch alle Wälder Britanniens hetzte. Mitunter, in langen Abständen, wagten sich einzelne Schiffe an Britanniens Strände, aber die kleinen Teile des Heeres, die in zwei Dutzend Dörfern und Städtchen lagerten, vertrieben die Eindringlinge. Jedermann fühlte sich geschützt vom König und seinen berittenen Freunden und geborgen durch das Gesetz, das nötigenfalls mit blitzenden Waffen gesprochen wurde. Artus überredete oder strafte einzelne Fürsten und kleine Könige, wenn sie versuchten, sich fremden Besitzes zu bemächtigen. Merlin durchstreifte unerkannt das Land an dessen Grenzen und Küsten. So verstrich ein Jahr ums andere, der starke Königssohn aber – oder die schöne Königstochter – wurde nicht geboren. Nach vier Jahren war Guinevere noch immer nicht schwanger.

Wie Uther Pendragon versammelte Artus in jedem Frühling, zu Ostern, alle Fürsten und deren Gefolge in Camelot. Agwyd, hinkend und halb blind, und Kay schafften Met, Bier und Wein herbei und schufen Schlafstätten für einige hundert Männer. Sie beredeten in langen Nächten die Fragen des Friedens – in den Jahren der Kriege hatte es keine langen Reden gebraucht. Reiterspiele, trunkene Nächte, Heiraten, eifersüchtige Streitereien und Kämpfe mit stumpfen Waffen zwischen Masten mit flatternden Fahnen und funkelnden Feldzeichen füllten die Tage aus; an den Abenden tanzten die Anführer mit den schönsten Mädchen und machten sie in den warmen Vorsommernächten zu Frauen und jungen Müttern; man sah Druidinnen, Fürstentöchter und Königswitwen in den Armen junger Krieger. Mutige Männer kamen in die Stadt und baten den freigebigen König, in seine Dienste treten zu dürfen.

In die Erleichterung, die viele tausend Bauern, Schäfer, Jäger, Waldarbeiter und Handwerker genossen, kroch, kaum bemerkt, der bleiche Wurm einer wortlosen, ahnungsvollen Erwartung fernen Schreckens. Das Volk hatte noch nie so lange friedvolle Jahre erlebt, erinnerte sich nicht mehr an die Zeit der Römer, dachte an die Vergangenheit aus Kampf, Schlachten und Krieg, die schon morgen wieder beginnen mochten, oder in ein paar Monden, oder im nächsten Jahr.

Alle Stämme, Fürsten und Könige Britanniens schienen geeint. Neid auf die Schönheit Guineveres, auf Artus' Macht und die Entschlossenheit der erfahrenen Anführer, piktische Langeweile und Scotti-Unbehagen begannen zu keimen, trotz der wachsenden Zahl der Klöster und der segensreichen Ausbreitung des Christenglaubens. Dann kehrte Merlin, von dem Artus nur wenige, kurze Botschaften erhalten hatte, unerwartet in einer mondlosen Nacht zurück nach Camelot.

In der dämmrigen Halle saßen sie am Rundtisch. Nur ein Brotkorb, einige Becher und Krüge, kalter Braten und ein Brett voll Ziegen- und Schafskäse standen auf der weißgescheuerten Platte, nur einige Kienspäne brannten in eisernen Fäusten, die aus den Wänden ragten. Es war spät, Stille herrschte in Camelot, im Baum klagte ein Käuzchen. Irgendwo in der Stadtburg zirpte eine Harfensaite. Gawain verrührte alten Met im Wasserkrug und füllte die Becher der Freunde.

»Daran hat keiner von uns zu denken gewagt. Vielleicht Merlin?

Ich glaube, auch er dachte nie, daß der Friede Langeweile mit sich brächte.«

»Ich hab mich seit dem Berg Badon nicht eine Stunde gelangweilt«, brummte Nerovens. »Ich vermisse weder Kampf noch Tod.«

»Die Römer haben zwei, drei Jahrhunderte gebraucht, um ihre Straßen und Brücken zu bauen.« Artus strich salzige Butter auf einen Brotbrocken und spießte ein Stück Käse auf. »Unsere britannischen Haus- und Brückenbauer müßten fünfhundert Jahre zimmern und schuften, bis wir wieder dort sind, wo die Legionen damals waren.«

»Auch wenn's nur dreißig oder fünfzig Jahre dauert, Liebster.« Guinevere strich mit beiden Händen ihr Haar auf die Schultern zurück. »So viel Schönes hast du ... habt ihr gebaut, bauen lassen ...«

Von der entgegengesetzten Seite des Tisches erklang ein Harfenakkord. Eine Hand erschien aus dem Halbdunkel, ein ringgeschmückter Finger deutete auf einige Lämpchen, ein leises, schwefelgelbes Feuer entstand in der Luft, dann züngelten vier, fünf Flammen aus den Dochten. Merlin saß, das Bein übergeschlagen, im Scherensessel und hielt Nerovens' Harfe im Arm. Das bartlose Gesicht des Fünfundfünfzigjährigen schien schmaler, das kurze Haar weißer geworden zu sein; Merlin trug ein Leinenhemd, ein ledernes Wams und einen Reitrock aus Wollstoff, in farbigen Vierecken gewebt. Seine Fingerkuppen strichen über die Harfensaiten; die Stimme hallte dunkel und deutlich mit kleinen Echos durch den Saal. Artus drückte Guineveres Hand und lächelte. Lanzeloth stützte das Kinn in die Hand. Seit Merlin wußte, daß der Knabe Myrddin, der in Avallon aufwuchs, wirklich das Kind von ihm und Gwendolyne war, schien sein Selbstbewußtsein wieder so kalt und scharf geworden zu sein wie Caliburns Schneiden.

»Tausend Dörfer hab ich gesehen, o König. Entlang aller Ufer bin ich geritten, ich war bei allen Steinkreisen und Götterkreisen, und überall schien Friede zu sein. Die Herden sind fett, die stinkenden Bauern kaum weniger, Kornfeld um Kornfeld wächst, Flachs und Gärten, Apfelbäume blühen und tragen schwer. Breithüftige Frauen und schönbrüstige Mädchen sind schwanger, in großer Zahl; eingefettet hängen die Waffen an den Deckenbalken.«

Die Töne der Saiten schwirrten durch die Luft wie Feuerfunken. Merlin hob die Hand. »Aber der Wurm, der winzige rote Drache des Neids und der Unvernunft, er saugt an den Adern gar mancher Fürsten. Zwei Namen nenne ich – nur euch, Freunde: Meliagraunx, Stammesfürst der Verica von Clust und König Urien von Gorre. Sie züchten Unheil in ihren schwarzen Piktenherzen. Und über unbedeutende Fürstlein, o ihr Herren, über Britannier in Armorica, weiß ich, daß sie von Camelot gehört haben und uns den Reichtum und die makellose Schönheit neiden.«

Merlin stand auf und kam langsam um die weiße Rundung des Tisches herum. Nach einem Dutzend Schritten drehte er sich halb um und schnippte mit den Fingern; die Ölflämmchen erloschen. »Noch ist Ruhe im Land, König. Noch warten sie auf euren Sohn, eure Tochter, o Königin.«

»Sie sollen warten«, Artus stand auf und breitete die Arme aus. »Du hast in meinen Träumen große Weisheiten von deinem Turm ins Land hinausgeschrien, mein Vater! Gut, daß du wieder bei uns bist, alter, kluger Myrddin.«

Sie umarmten sich. Merlin hob die Schwurhand.

»Die Worte müssen auf Schwanenschwingen in deinen Traum geflogen sein. Morganna sendet dir viel freundschaftliche Liebe. Nun, ich bleib bei euch, bis ich dich zum Hochkönig gemacht und, wenn der neue Gott und all die alten, verborgenen Götter es so wollen, bis wir die letzte Schlacht schlagen.«

»Und bis zu diesem Tag, Merlin?« sagte Lanzeloth leise.

»Bis dahin: Bei Afallennau, dem Vater aller Apfelbäume – wir haben für den Frieden gekämpft, und nun bauen wir weiter daran. Nichts sonst, nichts anderes. Beredet und beschworen, König?«

»Oft und lange beredet und mit Blut beschworen, Zauberer!«

Merlin schwang sich auf den Tisch und baumelte mit den Beinen.

Seine Stimme sank in geisterhafte Tiefe; als er in die Gesichter der Freunde starrte, schienen seine grünen Augen zu glühen wie die seiner Eulen. »Es sind Tausende verkrüppelt worden und gestorben, oder als Beute der Raben verscharrt. Unsere Körper und unsere Herzen tragen stolze Narben, o König. Für uns ist es leicht geworden, Friede zu wahren. Wären wir dazu nicht fähig, würden die Schiffe unseres Fleißes, unseres Kampfesmuts über den eisstarrenden Rand der Wirklichkeit ins Nirgendwo und Nirgendwann stürzen.«

Artus nickte ihm zu, zog Guinevere an sich und spürte unter dem Druck ihrer Brust die harten Schläge ihres Herzens.

»Sie sollen nicht stürzen, Merlin. Was wir tun, geschieht für unsere Söhne und Töchter und deren Nachkommen.«

Merlin zupfte spielerisch an den Saiten und reichte Nerovens lächelnd das Instrument.

»Und mein Sohn Myrddin-Merlin wird euren Sohn, o schönste Königin, ebenso beraten wie ich deinen Mann!«

Troncas wischte die Tränen der Müdigkeit aus den Augenwinkeln und stemmte sich halb aus dem Sessel hoch. »Eine Handvoll Jahre weniger als sieben Jahrhunderte danach, o Gevatter der Neugierde, sagt man, ritt ein anderer britannischer König – auf ärmlichere Weise, prunklos, von weniger treuen Blutsfreunden als damals Artus geschützt, durch England. Es war Heinrich, oder Henri, der Zweite, zweiter Gatte Alienors von Aquitaine und Vater des jetzigen Königs Richard Löwenherz. Mit ihm beginnt ein anderer, ähnlicher Teil meiner Geschichte, ohne den niemand diesen furchtbaren Krieger mit dem Mut mehrerer rasender Löwinnen zu verstehen vermag, der seit einem Zehntag Akkon belagert. Am glanzvollen Hof der Königin Alienor – einer Frau, sage ich, wie sie nur einmal in jedem Jahrhundert geboren wird und die schon fast ein Jahrhundert lang lebt – saß ich am unteren Ende der langen Tafel und erlebte die Wiederauferstehung des Hochkönigs Artus, seiner edlen Reiterfürsten und aller Sagen, Märchen und Legenden, die das Volk und fahrende Sänger erfunden hatten. Aber das ist, am Fuße dieser müden Nacht, eine andere Geschichte.«

Beha ed-Din winkte seine Schreibsklaven aus dem Zelt, kniff mit den Fingerspitzen seine Oberschenkel und stand gähnend auf.

»Morgen, glaube ich, wird keine Zeit für Erzählungen sein. Du sollst zuhören, vielleicht übersetzen, aber vor allem die Wahrheitstreue des Boten prüfen; der Sultan wird das Wort an dich richten – bereite dich darauf vor und erscheine vor dem Großen in unseren Gewändern.« Beha ed-Din verbeugte sich zum erstenmal tief vor Troncas, bedeutete dem Leibwächter, das Zelt zu verlassen, und flüsterte in Troncas' Ohr:

»Die schöne Crysaide. Ihr Körper schwelt vor Leidenschaft. Sie, eine von vielen Djawari des Sultans, wird sich deinem Begehren unterwerfen, Frankenritter. Hoffe nicht darauf, daß sie dich zu lieben beginnt wie jene Frauen es bei deinem Vater taten – ergötze dich an ihr und sei damit zufrieden.«

Troncas starrte ihn an und schluckte. Eine Djaria war eine Sklavin, die ihr Herr als Konkubine gebrauchte. *Djawari*, das war die Mehrzahl. Troncas sagte leise:

»Ich bin weder Artus noch Löwenherz. Die Djaria Crysaide ist nicht Morganna oder Guinevere. Man wird sehen, bei Gott – bei Allah – was auch immer.«

»Dem Allerbarmer, dessen Blick huldvoll auf dir ruht.« Beha ed-Dins Grinsen wandelte sich zu einer schäbigen Grimasse. »Nur lallende Blöde betrachten zuckerumsponnene Nüsse, bis sie an den Fingern kleben: beiß hinein! Zerkaue sie mit den großen englischen Zähnen, o Zaudernder.«

»Dein Rat, Amîr, wertvoller als alle verschwundenen Schatztruhen des Artus, wiegt schwerer als Rosenduft.« Troncas wartete lächelnd, bis Beha ed-Din das Zelt verlassen und Crysaide den Eingang verschnürt hatte.

Troncas spürte den rasenden Herzschlag bis in die Schläfen. Langsam beruhigte sich sein keuchender Atem. Er stützte sich auf den Ellbogen und strich eine feuchte Haarsträhne aus Crysaides Stirn. In ihrer Halsgrube glitzerten Schweißtröpfchen. Ohne die Augen zu öffnen, flüsterte Crysaide stockend:

»Ich bin erschöpft, Troncas. Du warst so wild, unersättlich. Hast du sie ausgekostet, die ... niedrige Minne, so wie ich?«

»Niedere Minne.« Er fand das richtige Wort, wischte den Schweiß aus dem Gesicht und vom Nacken und lachte. »Ich erinnere mich zwar an Artus und Guinevere, an König Heinrich und Löwenherz, aber ich kann mich nicht mehr an meine letzte Liebesnacht erinnern.« Er zuckte mit den Schultern. »Sie muß ein paar Jahrzehnte her sein.«

Er schob die Hand unter Crysaides Kopf und küßte die Spitzen ihrer Brüste. Sie streckte sich aus und schlug die Schenkel übereinander. »Sind eure Frauen anders als wir? Schöner und mit mehr Leidenschaft? Hast du sie mehr begehrt als mich?«

Troncas' Finger glitten über ihre Haut. Er seufzte leise und zögerte mit der Antwort.

»Anders? Vielleicht. Ihr entfernt alle Körperhaare und nehmt Öle und Salben, die duftend den Atem rauben. Leidenschaftlicher? Eine rast und schreit vor Begierde, die andere scheint zu schlafen, wenn sie sich hingibt. Ich hab nicht viele Frauen besessen, außer damals, als ich jung war und der Knappe eines Ritters. Wir halten keine Djawari.«

Sie nickte schweigend und hielt seine Hand auf ihrer Brust fest. Troncas setzte sich auf und betrachtete den ausgestreckten Körper auf dem Kissenlager, noch angespannter als vor Stunden, während sie sich vor ihm in einem gesummten Tanz der Gewänder entledigt hatte; neugierig, gierig, begierig. Leise sagte er:

»Du bist die Schönste, Crysaide. Und die leidenschaftlichste, an die ich mich erinnere.«

Crysaide legte die Arme um seine Brust und biß in sein Ohrläppchen. Troncas spürte den Druck der Brüste auf den Schultern und atmete tief ein.

»Ich hab dich schon begehrt, als du halbtot im Zelt gelegen

bist«, sagte sie. Mit jedem Wort nahm ihre Stimme an Sicherheit zu. »Aber ich werde dich nicht lieben können, weil … ich und du, wir wissen nicht, was morgen sein wird.«

Er zuckte zusammen, drehte sich halb herum und schob die Finger in ihr hüftlanges Haar, das vom Schweiß der Leidenschaft feucht war und nach Weihrauch und Rosenöl roch. Die Bedeutung ihrer Worte traf ihn wie Keulenhiebe, aber ihr Blick bewies, daß sie all ihre Kühnheit zusammennahm. Troncas senkte den Kopf.

»Zumindest bist du klüger als die Frauen der Ifrandsch«, murmelte er. Dann ächzte er: »Du hast wohl recht damit. Niemand weiß es. Valet, o ihr kurzen, duftenden Stunden der Leidenschaft!«

Ihre Fingerkuppen strichen durch sein Haar, sie lächelte und schüttelte den Kopf, dann kitzelte sie mit der Zungenspitze seine Lippen.

»Davon hab ich nichts gesagt.« Sie lehnte sich in seinem Arm zurück und hob auffordernd die Brüste. »Du sollst meine Schönheit genießen, und mich wirst du mit deiner kundigen Kraft erfreuen. Bis … bis man uns trennt.«

Er hielt sie fest, blickte sehr tief in ihre Augen und wischte mit dem Knöchel des Zeigefingers die kleinen Tränen aus ihren Augenwinkeln.

Weit nach Mittnacht, als Troncas den ersten Morgennebel vor den Sternen durch die Zeltdachöffnung sah, verführten ihn Crysaides Finger und Lippen, und ihr Körper ließ ihn in eine Umarmung gleiten, deren zärtliche Leichtigkeit ihn erstaunte, ebenso wie die Dauer. Nachdem sie sich gewaschen hatten, schmiegte sich Crysaide in seinen Arm und murmelte schläfrig:

»Erzähl mir von deinem König Richard. Vielleicht verlier ich dann meine Angst vor ihm und seinen Rittern. Sie schänden, morden und brandschatzen, heißt es überall.«

»Löwenherz hat Schänden und Morden verboten. Er ist ein großzügiger Edelmann, und am Hof seiner Mutter hat er Schönheit und Musik, Dichtkunst und Großmut kennengelernt.«

»Seine Mutter, ist sie auch eine Königin?«

»Alienor von Aquitaine hatte von ihrem Großvater, Wilhelm dem Troubadour – also dem Minnesänger –, und vom Vater, Wilhelm dem Zehnten, ein riesiges Land geerbt. Sie war Gattin zweier Könige und brachte zehn Kinder zur Welt. Marie und Alix hatten den König Frankreichs zum Vater, der vor vielleicht einem Jahrzehnt starb. Dem zweiten Henri Plantagenet von Anjou, dem Ginsterverzierten, König Britanniens – oder Englands –, zehn Jahre jünger als die Königin, gebar sie acht Kinder: Wilhelm, Heinrich, Mathilde und dann Richard. Gottfried, auch Geoffrey genannt, Alienor, Jeanne und Johann folgten. Mutter Alienor ist jetzt zweiundachtzig Herbste, oder gar etliche Jahre älter.

Vor zwei Jahren starb Henri, der Vater von Richard Löwenherz, und Richard wurde am dritten September desselben Jahres feierlich gekrönt, in London, der größten Stadt meines Landes, als Richard der Erste.«

Träge wallten Erinnerungen heran: Nachdem Troncas seine Mutter im Kloster untergebracht hatte, wo er sie in guter Obhut wußte, war er mit den Zuchtpferden zur nächsten Stadt geritten und hatte vier von ihnen verkauft. Ritter MacLeod, dessen Knappe er zuletzt gewesen war und der ihn zum Ritter hatte schlagen lassen, half ihm. Mit dem Silber, das er in seinen Gurt und in den Mantel eingenäht hatte, konnte er einige Zeit leben. Er ritt durch England, arbeitete bei Bauern, gewann bei unbedeutenden Wettkämpfen und besuchte Freunde seines Vaters, lernte Waffenkunst und den rechten Kampf, las in alten Chroniken und ließ sich vorlesen; schließlich bezahlte er für sich und zwei Pferde an einem ruhigen Tag die Überfahrt nach Barfleur. Von dort aus ritt er in die Bretagne.

»Ich gehörte bald zu Richards ritterlichem Gefolge, weil ich in Richards Auftrag mit Guilleaume le Marechal seine Mutter aus der Gefangenschaft befreien sollte, denn Heinrich der Zweite, der viel Streit mit seinen heranwachsenden Söhnen hatte und ein verbitterter, einsamer Mann wurde, hatte Alienor in England eingekerkert. Mit Richard ritt und segelte ich von England nach Frankreich, segelte nach Cypern und zuletzt hierher; den Schluß dieses Kapitels kennst du. Aber niemals werde ich die Tage in Poitiers vergessen, der Lieblingsstadt der Aquitanier, wo wir alle fröhlich und glücklich waren.«

Crysaide schwieg, und Troncas merkte, wie seine Gedanken zerflossen und schüttere Erinnerungen auftauchten: 1180 war der achte Ludwig, Frankreichs König, gestorben; das eigene Gesinde plünderte ihn bis aufs Schlafhemd aus. Drei Jahre danach starb der junge, erstgeborene Heinrich, der Bruder Richards. Troncas of Caer Laverock, seit einem Jahrzehnt in Diensten Königin Alienors und Richards, ritt mit Guilleaume de Marechal – der Richard 1173 zum Ritter geschlagen hatte –, von Poitiers nach Dieppe und setzte nach England über. Vor Richards Krönungszug nach Westminster und danach, im September 1189, dolmetschte er für seinen Herrn, der kaum ein Wort Britannisch sprach. Er war auch dabei, als die Mönche von Glastonbury zu Beginn des folgenden Jahres die Gebeine von Artus und Guinevere ausgruben – die vermeintlichen Gebeine und eine Strähne von Guineveres Goldhaar.

Crysaide atmete tief und murmelte Unverständliches. Ihr Kopf rutschte aus seiner Armbeuge. Im grauen Halblicht sah Troncas, daß sie eingeschlafen war. Behutsam zog er das schwere Laken über sich und seine samthäutige Djaria.

Zum erstenmal, seit er sich im Muslimlager frei bewegen konnte, sah Troncas Sultan Al-Malik al-Nasir Salah al-Din Abu'l-Muzaffer Yussuf ibu Ayyub ibn Shahi aus der Nähe. Ein großer Abschnitt des Zelt-Vorderteils war hochgeklappt worden, entlang der Wände standen bewaffnete Wachen, die Geräusche des Lagers drangen herein; Troncas saß neben Beha ed-Din und dessen Leibwächtern. Auf den Teppichen vor den Sesseln des Sultans und Malik el-Adils, seines Bruders, lagen zwei Männer auf den Knien. Troncas sah nur ihre Kleidung und die Hinterköpfe; langes, braunes Haar und schwarzes Kraushaar, zwei Fingerbreit kurz.

»Der Bote deines Königs«, flüsterte Beha. »Und sein Dolmetsch, ein dunkelhäutiger almohadischer Gefangener, dem Richard vertraut, erstaunlicherweise.«

Von Messud und Arîf Usamah, den Spähern, hatte Troncas erfahren, daß die Ifrandsch nach Richards Ankunft Freudenfeuer entzündet und seine Männer mit Trompetenstößen gefeiert hatten. Richard selbst schleppte halbnackt und schweißübergossen mit seinen Männern die schweren Teile der Wurfmaschinen eine Meile weit durch den Sand und half den Knechten beim Zusammenbauen. Binnen weniger Tage setzte sich die Belagerung mit dem Ungestüm englischer Normannen wieder fort, und Richard brach abermals in einem seiner Wechselfieberanfälle zusammen, die ihn schon auf Cypern heimgesucht hatten.

»Steht auf«, sagte der Sultan. »Redet. Euch schickt Richard, der König von England und einer Hälfte des Frankenlandes?«

Beha stieß Troncas an, deutete mit den Zeigefingern an die Ohren, an die Schläfen und auf den Mund. Troncas nickte und rutschte einen Schritt vor. Er erkannte Richards Abgesandten wieder und hoffte, dieser sähe ihn nicht, obwohl er Muslimgewänder trug. Der Frankenritter sprach, der Mann aus dem Reich der Almohaden übersetzte; der Sultan und Malik lauschten. Der Almohade gebrauchte die richtigen Worte. Troncas hörte zu und dachte an Richard Löwenherz auf dessen Fieberlager.

»Der König, den man Löwenherz nennt, oder Lionheart, Cœur de Lion, Cor di Leone oder Corleone, bietet dem Großen Sultan ein Treffen, eine Unterredung an, ein Zwiegespräch von Ritter zu Ritter. Richard der Erste von England hofft inbrünstig, den Berühmtesten aller Muslime von Angesicht zu Angesicht zu sehen; er hofft – obwohl ihn üble Fieberträume plagen –, daß er und der Sultan, dem Gott ein unbeschwertes und langes Leben schenken möge, er hofft, obwohl sie Feinde sind, ein friedliches Ende der Belagerung und einen Vertrag über Jerusalem, die Heiligste Stadt der Christen, bereden zu können.«

Salah al-Din war mittelgroß und eher schmächtig, oder vielmehr sehnig und zäh, was Troncas unter den Prunkgewändern nicht erkannte; sein ergrautes, volles Haar lag in dicken Locken um den Kopf. Der glänzende schwarze Bart, sagte sich Troncas, war ohne Zweifel gefärbt. Die dunklen Augen unter dichten Brauen ähnelten denen Beha ed-Dins: kluge, schnelle Augen eines Mannes von bedürfnisloser kurdischer Einfachheit. Das linke, gerötete Auge schien von einer Krankheit befallen zu sein. Yussuf Salah al-Din, der den schnellen Ritt in kalter Luft und die Falkenjagd liebte, hatte es fertiggebracht, die widerstrebenden Eigenheiten vieler muslimischer Amirs, Effendis und Würdenträger zu bündeln. Er war mächtiger als alle Könige zusammen, von denen Troncas wußte. Salah al-Din hob die Hand, an der wenige goldene Ringe blinkten.

»Auch ich bin begierig, den mächtigsten und mutigsten Krieger der Ifrandsch zu treffen. Sagt ihm das. Aber eine Zusammenkunft ist für Feinde, die auch Könige sind, noch nicht ratsam. Ich werde indessen meinem Bruder Al-Malik al-Adil erlauben, mit König Richard zusammenzutreffen. Sag ihm, Ifrandsch, daß ich viel über ihn erfahren habe; wenn es an der Zeit ist, Inshallah!, werde ich mit ihm reden, vielleicht an den Hängen eines Wadis mit dem edlen Falken jagen.«

Der Sultan wandte leicht den Kopf. Ein langer Blick traf Beha und Troncas, einer jener Blicke, die einen Mann durchdringen und an einen Stein nageln konnten. Zum zweitenmal verstand Troncas, wieviel Macht Salah al-Din in den Händen hielt. Der Sultan neigte den Kopf, betrachtete mit offenem Lächeln den Boten und den Dolmetsch und sagte:

»Drei Tage, ich beschwör's bei den Huris des Paradieses, sollen die Waffen schweigen.«

»Sie werden schweigen, o Bruder.« Al-Malik legte die Hände zusammen. Salah al-Din nickte und sprach weiter.

»Die Zusammenkunft zwischen euch soll, in gebührendem Abstand zu Bogenschützen und Panzerrittern, im flachen Land zwischen unseren Lagern stattfinden. Arnaldia, so nennt ihr das Fieber, das auch mich mitunter befällt, hat euren König in seinen Mörderfingern; wenn er genesen ist, werden wir ein wenig klarer in die nächsten Atemzüge der Zukunft hineinhorchen können. Ihr seid, so lange ihr wollt, meine Gäste.«

»O Sultan und Herr«, sagte Tjard von Beaumont und richtete sich auf. Seine Blicke gingen zwischen dem Dunkelhäutigen und dem Paar auf den hochlehnigen Sesseln hin und her. »Ritterlichkeit und Freigebigkeit, so wie wir sie verstehen, sind Teile deines Rufes, der uns auf dem Weg ins Heilige Land begleitet hat, der dir vorauseilt, schneller als Brieftauben, Falken oder Adlerschwingen. Es herrschen Krankheit, Wirrnis, Abfall vom Glauben und arge Not in unserem Lager – laßt uns dorthin zurückkehren. Heimkehren, hätt' ich fast gesagt.«

»Euer Wunsch soll erfüllt sein«, sagte der Sultan. »Reitet zurück, im Frieden Allahs.«

Der Almohade sank auf die Knie, berührte mit der Stirn den Teppich und stand auf. Salah al-Din deutete auf die gesattelten Pferde und die Wachen, die sich vor dem Zelt drängten. Die Abgesandten verließen rückwärtsgehend das große Zeit; Beha fragte leise:

»Hat der Schwarze richtig übersetzt?«

»Ich hätte es nicht besser gekonnt, o Amir«, sagte Troncas. »Aber ich weiß, daß Richard, der vom Krankenbett aus die Belagerung leitet, dreimal so viel leisten kann wie der französische König oder ein anderer. Er ist, und das schwöre ich bei meiner Ritterehre, beim Gral und der Tafelrunde, der größte Krieger, den ich je erlebt hab.«

Mein Vater hat es mir erzählt. Angeblich hat es der Freund des Artus und Chronist, Gildas, in seiner Historie ›vom Untergang und der Eroberung Britanniens‹ bestätigt, daß der Anführer der Meeresfischer von Caer Laverock oder einer von dessen Söhnen zu einem von Artus' wichtigen Anführern gemacht worden ist. Abt Gildas starb in der Bretagne, nachdem er die Abtei Rhuis gegründet hatte. In den Büchern, die Geoffrey von Monmouth hinterlassen hat – er starb ungefähr zwei Jahre vor meiner Geburt –, war nichts zu finden von Urgroßvätern oder Sohnessöhnen, deren Geschlechter-Stammbaum von der Schlacht am Berg Badon bis in die Zeit meines Vaters reicht.« Troncas warf die Hände mit einer Geste der Gleichgültigkeit in die Höhe und lachte leise. »Auch das Zeichen meines Vaters William war ein Fisch. Ob ich also ein Nachfahre jener frühen ›Ritter der Tafelrunde‹ bin, weiß ich nicht. Richard Löwenherz, der selbst das Schwert Caliburn des Artus besitzt, hat mich, halb im Scherz, zum Ritter der Tafelrunde gemacht.«

»Das ist ein wenig zu verwirrend, Troncas«, sagte Beha ed-Din und wiegte den Kopf. Steile Falten erschienen über seinem Nasenrücken. »Du – einer der Tafelrunde? Die Gebeine des Königs und der Königin? Das Schwert mit der unzerstörbaren Klinge?«

»Eines nach dem anderen, Amir.« Troncas ordnete die Kissen unter seinen Schenkeln. »Es ist unwichtig, ob ich ein Nachfahre des längst vergessenen Meeresfischers aus Caer Laverock bin. Ich bin und bleibe ein britannischer Ritter im Gefolge König Richards. Ein anderer Chronist, William aus Malmesbury, hat viel über einen kleinen Ort im Westen meines Landes geschrieben, wo 1148 auf Ruinenfundamenten eine große Abtei gebaut wurde: Glastonbury. Die Abtei brannte ab, und unter den Gewölben entdeckten die Mönche beim neuen Aufbau tatsächlich ein Grab. Ich war Zeuge, als sie es öffneten, aber ich sage dir, ich glaube fest, daß die Mönche nur Schwindler waren, denen es um Geld für Mauern und Dachstuhl ging – und um den Besuch vieler Pilger. Im Steingrab lagen die Gebeine eines Mannes und einer Frau. Und eine dünne Strähne von Haar, das aussah, als sei es vor ein paar Tagen vom Kopf einer goldhaarigen Frau abgeschnitten und in Asche gelegt worden. Und ein Kreuz sah ich, aus Blei, mit Resten von Gold, in das Buchstaben eingeschlagen waren.«

»Ein Metall, unwürdig eures heiligen Zeichens.« Beha ed-Din kicherte. »Was haben dir diese Buchstaben und Worte erzählt?«

»HIC IACET SEPULTUS«, hab ich lesen können, »INCLITUS REX ARTURIUS IN INSULA AVALONIA.«

»Diese Sprache, wie könnte ich sie verstehen.«

»Es ist Latein, die Sprache der christlichen Priester und Gelehrten. ›Hier liegt der berühmte König Artus auf der Insel Avallon‹, heißt es. O Amir, ich kenne Eisenrost und Blei; dieser Fund ist ebenso gefälscht wie das Schwert des Königs. Einmal hab ich's gesehen. Es ist so gefertigt, wie man ein halbes Jahrtausend später das Schwert Caliburn geschmiedet hätte. Mit lateinischen Buchstaben in der Blutrinne und geschliffenen Edelsteinen am Griff. Aber viele glaubten an Wunder, weil sie es nicht anders wollten.« Troncas hob die Schultern. »Würde ich behaupten, mein Vorfahre wäre einer von Artus' Lanzenreitern gewesen, so wäre dies die dritte Lüge oder Fälschung, die einem Dümmeren als mir offensichtlich wäre.«

»Also bist du ein geschliffenes Schwert der Wahrhaftigkeit?«

»Ich habe keinen Vorteil davon, wenn ich dich und den Sultan belüge«, sagte Troncas und lachte kurz. »Was ich von Artus weiß, berichte ich, und wenn ich etwas vergesse, was mir später einfällt, dann füge ich es hinzu.«

Beha ed-Din schnippte Schalen gerösteter Pistazienkerne aus dem Zelteingang.

»So treibe denn, o großer Erinnerer, die Lämmer, Mutterschafe und Böcke deiner überaus trefflichen Gedanken von den Dünen der Ereignislosigkeit zurück auf die Sommerweide vergangener Abenteuer.« Beha klatschte in die Hände. Die Schreiber tunkten die Federn in die Tinte und hoben die Köpfe. »Warum entführten Artus' Feinde seine goldhaarige Gemahlin?«

»Es war nicht so, wie du denkst, Beha ed-Din.«

»Dann berichte, wie es war.«

Troncas hatte sein Gesicht in die Hände gestützt. Jetzt hob er den Kopf, blinzelte in Beha ed-Dins Augen und begann zu berichten.

»Ich erzähl's dir in gebotener Kürze, o Amir: König Richards Vater, der Zweite Heinrich, hatte drei Männer als Zeugen zu Abt Henry de Sully nach Glastonbury geschickt; ein Zufall brachte es mit sich, daß ich den Gerald von Wales begleitet habe. Auch Ralph von Coggeshall und Adam von Domerham erschienen erst nach dem Tod Heinrichs II. Wenig war unter der Eichenholz-Grabplatte beim vagen Licht rußender Fackeln zu sehen. Dennoch habe ich erkennen können, daß die Schrift auf dem bleiernen Kreuz nicht jener glich, die ich auf uralten Grabsteinen mit dem Finger nachgefahren hab, auf den wenigen Funden, die aus der Zeit des wahren Artus stammen mochten. Heinrich II. hatte Geld zum Neuaufbau des Klosters gestiftet und war beunruhigt über die Prophezeiung, Artus würde wiederauferstehen und den Thron zurückerobern; bevor Entscheidendes geschehen konnte, segnete Heinrich II. das Zeitliche.«

Zweiundvierzig Tage nach Ostern, während Artus und Merlin längst nach Avallon übergesetzt hatten, glitt ein erschöpfter, staubbedeckter Bote im Burghof Camelots vom Pferd. Das Tier schäumte, zitterte und kämpfte mit rasselndem Keuchen um Luft. Guinevere lief aus der Halle in den Sonnenschein und stolperte auf den Stufen. Der Bote sank schwer auf die Knie und stützte sich auf die Steinplatten.

»Keygan! Du kommst von Vater Leodegrane Craggan?« rief Guinevere. Er nickte schwer und richtete sich auf.

»Aus Cador, Königin! Er hat mich zu dir und König Artus geschickt. Er ist sicher, daß er sterben wird.« Keygan stemmte sich mühsam auf die Füße. »Du und deine Krieger, ihr sollt kommen, um die letzten Dinge zu besprechen.«

Lanzeloth und Perceval hoben den Boten auf. Guinevere legte Keygan die Hand auf die Schulter und sagte:

»Wir reiten noch heute. Es geht um die Herrschaft, die ich behalten werde.« Zwei Knechte führten das zitternde Pferd weg; Guinevere nahm Keygans Hand und zog ihn in den Eingang. »Lanzeloth, sag den anderen Freunden, daß sie sich bereit machen sollen. Du und Kay, ihr sorgt hier für Ordnung. Schickt einen Boten zu Artus nach Avallon.«

»Wir bringen dich sicher ins Herz deines Landes, Herrin.«

Zwei Stunden später führten Nerovens, Ironside und Blamore die Reiter an, die in Dreierreihen ritten, die Königin in der Mitte des Zugs. Auch die Lanzenspitzen Bedwyrs und Gaheris' waren mit frischem Grün geschmückt. Boso und Lantymer ritten am Ende der fünfzehnköpfigen Gruppe. Die Pferdehufe trommelten leise im Sand und klapperten auf den flachen Steinen der Römerstraße.

Merlins Späher, Artus' Lanzenritter und eine Handvoll einsichtiger Fürsten hatten König und Königin schon vor Jahren gewarnt: Je stärker ein König wurde, desto mehr versuchte er im Übermut, den Schwachen etwas wegzunehmen. Dies galt für die *Bretwalda* der Sachsen ebenso wie für britannische Könige. Der Wolf riß den kranken oder alten Bock, der Falke schlug die flügellahme Taube. Der Nachbar, bisher scheinbar ein Freund, überfiel das Land des geschwächten Nachbarn; sein Ziel war mehr Land, mehr Macht, mehr Abgaben der Bauern und Hirten. Solcherart war die Furcht, die Guinevere und die Lanzenreiter nach Norden trieb.

Im letzten Licht der Abenddämmerung näherten sie sich in gestrecktem Galopp dem einzigen Licht, das zwischen den Stämmen des Waldes zu sehen war. Ein Königsgut lag ein paar Pfeilschüsse vom Kreuzweg entfernt, an dem die lange Straße nach Caer Eidyn begann. Amasis ritt voran, um den Bauern aufzufordern, den Stall und die Scheune vorzubereiten.

»Das Land ist sicher, Königin«, meinte Gaheris und senkte die Lanze unter einem tiefhängenden Ast. »Wir werden eine ruhige Nacht haben.«

»Drei Tagesritte bis zum Sterbelager des Fürsten.« Guinevere deutete in das letzte rote Glühen der Nachtwolken. »In unserem Fürstentum ist es Brauch, daß die erstgeborene Tochter bestimmt, wer nach ihr herrscht. Ich also! Bevor sich einer den Weg mit dem Schwert bahnt, muß ich an der Seite meines Vaters sein.«

Vor ihnen schwankten Fackelflammen. Hunde hatten zu kläffen begonnen, die Pferde fielen in Trab und in Schritt, als das Plätschern im Brunnentrog lauter wurde. Amasis stieg ab und führte Guineveres Grauschimmel am Zügel zur Tränke; Sagramore half ihr vom Pferderücken. Der Bauer, der Becher und einen Krug voll warmer Milch trug, lief auf Guinevere zu, seine Frau folgte mit Brot und einer Schale grobkörnigem Salz.

»Wir haben nur wenig Platz für dein Nachtlager, Königin, aber wir sorgen für deinen guten Schlaf!« rief der Bärtige. »Mit trockenem Stroh und frischen Decken.«

»Ich brauche nur wenige Stunden.« Guinevere trank, tauchte das Brotstück ins körnige Salz und biß hinein. »Im Morgengrauen reiten wir weiter.«

Kurze Zeit später streckte sie sich im hinteren Teil des Langhauses aus. Lantymer und der Bauer schliefen vor der steinernen Türschwelle, die anderen Ritter wickelten sich in der Scheune in ihre Mäntel. Eine Stunde vor dem ersten Tageslicht weckte sie alle das wütende Gebell der Hunde und, einige Atemzüge danach, das Krähen der Hähne.

Guinevere schob sich zwischen den Bauern und Lantymer und sah sich einem weiten Halbkreis knisternder Fackelflammen gegenüber. Vor dem Dach, das den Hauseingang schützte, stand ein mittelgroßer, gedrungener Mann mit feuerrotem Haar und einem wilden Bart von gleicher Farbe. Unter den Tränensäcken, über dem Bart, starrten Guinevere zwei blaue Wolfsschädel an; winzige piktische Stichbilder.

»Beim heiligen Ninian!« sagte Guinevere. »Du bist es also, Meliagraunx aus Clust, Fürst der Verica. Was ist so eilig, daß du uns alle weckst?«

»Dein Vater rief mich. Meine besten Krieger sollen dich zu ihm bringen. Wir rasten in meinen Dörfern, Königin, wo frische Pferde auf uns warten.«

Guinevere und Lantymer hielten die Schwerter in den Händen, aber die Waffen steckten in den Scheiden. Meliagraunx, dessen handbreiter Gürtel eine lederne Reiterhose umschloß, drehte sich halb herum. Auch er hatte das Schwert waagrecht vor seinen Knien gepackt; die Stichbilder in seinen Wangen schienen zu leben. Etliche Berichte, denen man glauben konnte, sprachen davon, daß Meliagraunx seine Freude daran fand, Mägde und junge Frauen nicht durch Verführung, sondern mit Gewalt zu nehmen. Vielleicht zwei

Dutzend bewaffnete Krieger standen vor dem Haus, ihre Pferde hinter sich. Guinevere war sicher, daß eine gleich große Zahl hinter dem Haus und der Scheune wartete. Sie sagte scharf:

»Meine Krieger und Lanzknechte schützen mich gut, Fürst. Es lauern keine mordenden Sachsen entlang dieser Straßen.«

»Ich gehorche gern dem Wunsch deines Vaters, Königin.«

Sie entsann sich, während die Bauernfamilie im Haus mit Schalen und Krügen klapperte, der beiden letzten Osternfeste. Ihr und Artus waren Meliagraunx' prahlerische, begehrliche Worte hinterbracht worden, und auch bestimmte Zeichen kommender Gewalttätigkeit waren zu sehen gewesen: ungewöhnlich viele verglühende Sternensplitter, eine Mondverfinsterung und der Einsturz einer Gruppe Göttersteine, die davor wie ein großes Tor ausgesehen hatte.

»Ich gehorche ihm auch«, sagte sie. »Wir reiten, sobald die Sonne aufgegangen ist.«

»In einer Stunde, Königin. Neben dir zu reiten ist mehr als Ehre für mich.«

»Du kennst die Straßen besser als ich, Fürst«, sagte sie und versuchte, die Schroffheit in ihrer Stimme zu unterdrücken. »Du sollst mit deinen Kämpfern weit vor uns reiten.«

Er verbeugte sich spöttisch; seine farblos blauen Augen tasteten über ihren Körper, als sähe er sie ohne Kleider und Gürtel. Der Bauer bewirtete den Fürst und die Königin und alle Reiter, mehr als drei Dutzend. Lantymer entschädigte ihn mit einem kleinen Beutel voller Silberscheiben, zog sich auf den Rücken seines Grauschimmels und lenkte das Tier an Guineveres linke Seite.

Sie ritten mit wenigen, kurzen Pausen nach Norden und nach dem nächsten Kreuzweg nach Westen, auf das Herz von Powys zu. Die Lanzenreiter der Königin erwarteten schweigend eine gefährliche List des rothaarigen Fürsten; ihr Mißtrauen nahm ständig zu. Meliagraunx, der stundenlang an der Spitze des Zuges dahingaloppiert war, ließ sich zurückfallen und sprengte an Guineveres rechter Seite durch das Land der karg bewachsenen Hügel. Er lachte in Lanzeloths Gesicht und rief:

»So will ich's! Die schönste Fürstin des Landes reitet neben mir! Bald sind wir in weichen Betten, Guinevere.«

»Ich hab nicht um deine Begleitung gebeten, kleiner Fürst«, sagte sie laut. »Wage es nicht, mich und meine Krieger anzurühren.«

»Nur meine Augen berühren dich, Schönste. Leidenschaftlicher als mein brennender Blick kann kein anderer Mann sein.« Meliagraunx lachte dröhnend, Lantymer zog das Schwert halb aus der Scheide und rief:

»Ich hab andere Männer wegen leiserer Schmähungen getötet, Fürst!«

»Nicht mich, Lanzenreiter. Nicht mich!« Meliagraunx hieb seinem schwarzen Hengst die Absätze in die Flanken, warf Guinevere einen Blick zu, der sie erröten ließ, und galoppierte nach vorn. Lantymer sagte:

»Ich weiß, daß Lanzeloth bald voller Unruhe und Wut unserer Spur folgt. Wir sollten besser umkehren. Oder die Männer des Fürsten niederschlagen, obwohl ihrer drei auf einen von uns kommen. Ich wittere Gefahr, Hinterlist und Kampf, meine Königin. Dort vorn seh ich Rauch; bald sind wir in seinem Fürstentum.«

Guinevere ließ den Zügel los und streckte den Arm aus, berührte das Handgelenk des Lanzenreiters und rief:

»Es ist eine Sache zwischen mir, Fürst Leodegranes Tochter, und dem Erben des hölzernen Throns von Clust. Er will mich. Er ist so wahnsinnig, sich gegen Artus zu stellen. Ich werde ihn hinhalten, bis Artus kommt und ihn tötet.«

»In diesem Siebentag oder Zehntag kannst du geschändet und entehrt sein, Königin!« Lantymer stieß das Schwert wütend in die Scheide zurück. »Befiehl, daß wir uns stellen und kämpfen.«

Guinevere schüttelte den Kopf und zeigte auf die breite Lücke zwischen den Stämmen der Bachweiden und Eschen. Dort gabelte sich der Weg; die ausgetretenen Pfade führten um einen Hügel herum, den hohe Palisaden abstuften. Kantige Mauern und drei Türme aus Stein und Holz ragten auf, vier Rauchsäulen drehten sich zu den Wolken. Einige Atemzüge später öffnete sich, ohne daß sich ein Mensch zeigte, ein eisenbeschlagenes Tor, dessen Balken zugespitzt waren wie scharfe Dolche. Vor dem Burghof und dem Tor breitete sich eine dreieckige, leere Fläche aus. Amasis sagte scharf zu Lantymer, der links von Guinevere ritt:

»Das ist die Falle dieses Bastards.« Er langte über die Schulter und packte den Schildgriff. »Wir brechen nach rechts aus. Wartet noch.«

»Ich geb den Befehl«, rief Guinivere unterdrückt und nickte Lantymer zu. Die Reiter verständigten sich leise untereinander, trabten durch die langgestreckte Lichtung und folgten Meliagraunx und dessen Männern. Langsam zog Guinevere das Schwert, ebenso bedachtsam stellten die Reiter die langen Lanzen senkrecht. Als Amasis die Weggabelung erreichte, rief die Königin:

»Nach rechts, im Galopp!«

Die Reiter hieben die Hacken in die Flanken der Pferde, hoben die Schilde und wichen nach rechts aus. Das Geräusch trommelnder Hufe wurde lauter. Meliagraunx riß am Zügel, wandte sich um, einige seiner Krieger prallten aufeinander, Pferde wieherten grell und keilten aus; als letzter Reiter der königlichen Truppe galoppierte Lamorak an der untersten Palisadenwand entlang. Von einem Rundturm erscholl lautes Wutgeschrei und Gelächter. Zwei Dutzend Galoppsprünge führte der Weg fast geradeaus, dann krümmte er sich nach links, senkte sich in die Schlucht zwischen altersschwarzen Palisaden und schwang sich um den Hügel herum. Guinevere sah ein, daß sie und die Krieger geradewegs zum Tor und zur Gabelung zurückritten; sie schwenkte das Schwert über dem Kopf und trieb das Pferd an.

Dicht vor dem Tor prallten die Krieger aufeinander. Ein wüster Kampf brach aus; Lanzenspitzen rammten sich in Schilde, Schwerter klirrten aufeinander, Wutgeschrei, Wiehern, die Geräusche brechender Lanzenschäfte, zerspellter Schildränder, das Aufheulen verwundeter Männer, die Schreie der Anführer und das fauchende Heulen der Pfeile von den Türmen mischten sich zu einem lauten

Durcheinander. Guineveres Krieger stachen und hieben wild um sich, aber Meliagraunx und seine Männer waren allzusehr in der Überzahl. Im Rücken der Krieger, die von den Pferden abgeworfen worden waren, flog ein Portal auf. Von drei Seiten rannten Fußkämpfer aus den Eingängen der Türme und Mauern und trieben die Reiter Schritt um Schritt zurück, auf das Tor zu. Einige Männer packten die Zügel von Guineveres Reittier, Speerspitzen richteten sich auf sie, eisengespickte Keulen schlugen ihr Schwert zur Seite. Drei Krieger rissen sie vom Pferd und schleppten sie zum Portal des schlanken, höheren Turms. Dröhnend schloß sich das Tor, eiserne Riegel klirrten; während der kurzen Stille einer Kampfpause war nur das schrille Gelächter Meliagraunx' zu hören.

Die verwundeten Krieger der Königin waren hinter die wuchtigen, niedrigen Wehrmauern zurückgewichen, mit einigen ihrer Pferde und den Saumtieren. Vor dem Tor lag ein erschlagener Lanzknecht. Amasis und Lantymer stemmten sich gegen die Torflügel. Der schenkeldicke Sperrbalken krachte in die Eisenwinkel; das Holz des Tors zitterte unter dem Einschlag zweier Wurfspeere, die Meliagraunx' Krieger geschleudert hatten.

»Seine Falle ist zugeschlagen«, keuchte Lantymer und wischte sich Blut von der Stirn. »Unsere Königin ist in der Hand dieses piktischen Wahnsinnigen.«

Erschöpftes, zustimmendes Murmeln antwortete Blamore, als er sagte: »Und wenn wir auszubrechen versuchen, wird es unser Tod sein.«

»König Artus und Lanzeloth sind sicherlich auf dem Weg. Ihre Wut ist unermeßlich«, sagte Nerovens. Jeder Lanzenreiter war von Wunden gezeichnet, deren Blut trocknete, ebenso wie die Schmutzflecken. »Uns werden sie aushungern und nicht schlafen lassen – aber unsere Königin …!«

Sie starrten einander in ohnmächtiger Wut an, während sie darüber nachdachten, wie sie trotz der Übermacht im richtigen Augenblick ausbrechen könnten.

2. KAPITEL

In dem Troncas versucht, Vergangenes und Gegenwärtiges klar zu durchschauen und miteinander zu verbinden, und in dem der Sultan seinem größten Feind hilft

Arîf Usamah hängte den Arm um den verschwitzten, staubigen Pferdehals, sah unter dem funkelnden Helmrand und buschigen Brauen hinauf zu Troncas und sagte:

»Bibiandamus, oder so ähnlich, edarmos, krass muriamur, das schreien die Ifrandsch, während sie tiefe Stollen unter die Mauern treiben, halb verhungert, wie sie sind.«

Troncas grinste. »Das ist lateinisch, soviel versteh ich gerade noch: *Bibamus, edamus, cras moriemur!* Laßt uns fressen und saufen, denn morgen sind wir tot. Was berichten die Späher – darüber hinaus?«

»Die Ifrandsch fressen und saufen nicht!« Usamah lachte schnarrend. »Haben nichts zu fressen! Dein Löwenherz hat den Boten zurückgeschickt, zum Sultan; er erbat allerlei Arznei wegen seiner Krankheit und hat wertvolle Geschenke überbringen lassen; hochherzig nannte sie der Große. Und dann hat Salah al-Din herzhaft lachen müssen, und ziemlich lange: Löwenherz und seine Mannen hätten Falken und andere Jagdvögel mitgebracht, die unter der Schiffsreise sehr gelitten und daher viel Hunger haben. Hühner und

Hühnchen brauchen sie, um wieder flatternd jagen zu können – ob der Sultan den Vögeln helfen möge? Er schickte deinem König und den anderen Hungernden viel gebratenes Geflügel und anderes Essen, von dem die Falken wohl das wenigste gekröpft haben.« Wieder grinste der Bogenschütze, dann kicherte er. »Nachdem der Bote, mit reichlich frischen Früchten und Zuckerwerk versehen, zurückgeritten war, gab Löwenherz einen wertvollen Gefangenen frei. Auch eine Art von Dank, Effendi Ritter.«

»Immerhin!« Troncas grinste leutselig. »Je mehr meine Leute fressen und saufen, desto früher brechen eure Mauern zusammen, trotz *Arnaldia*, dem Fieber, das Haare und Fingernägel ausfallen läßt. Laßt uns freundlicher miteinander reden, o Qa'id der Scharfäugigkeit. Welche Heldentaten hat König Richard vom Krankenlager aus in diesen wenigen Tagen vollbracht?«

»Ich sag's dir, o außerordentlicher Nutznießer unserer Gastfreundschaft.« Troncas' Pferd ließ aufgeregt die Ohren spielen. »Euer Heer hat sich neu gegliedert. Drei Blöcke, in der Mitte ein Fahnenturm auf Rädern, euer Feldzeichen also, die Panzerritter in der Mitte, das Meer zur Linken. Wenn die ersten Reihen vom Kampf erschöpft sind, wird die zweite Reihe hervortreten. Alle warten auf das Signal. Obwohl wir noch nicht unsere Kräfte gemessen haben, hat Salah al-Din verstanden, daß die nächste Schlacht die Dumpfheit unserer Körper beseitigen wird. Ein hartes Versprechen. Aber noch reden Trommeln, Trompeten und unser Kriegsgeschrei! Noch ist es still; wanken erst einmal die Mauern, fallen sie und erschlagen euch. Dann wird der Sultan die Franken zu Paaren treiben. Aber er hat von vielen Männern gehört, welch ein furchtbarer Kämpfer dein König ist.« Er lachte und wischte sich die Tränen aus den Augenwinkeln. »Falls er je gesundet. Allah aber läßt den Lohn dessen, der Gutes tut, nicht verlorengehen.«

Troncas beugte sich weit aus dem Sattel, schlug Usamah auf die Schulter und sagte:

»Ich und du, Späher, wir sollten den Kampf der Mächtigen nicht zu unserem Krieg machen. Ich reite ins Lager, zur schönen Muslima

Crysaide, und zu Beha ed-Din, und solange nicht die Mutter aller Blutbäder ihr männertötendes Haupt erhebt, erzähl ich ihm allerlei Berichtenswertes vom Urgroßvater der wehrhaften Könige meines Insellandes. Vielleicht macht es Allah oder unser Gott möglich, daß Richard und Salah al-Din einen Frieden schließen. Dann wirst du mit mir viel Wein trinken, o Usamah, und danach soll uns die duftende Leidenschaft seidenhäutiger Sklavinnen erfreuen. Wollen wir es so halten, Arîf?«

»Inshallah«, sagte der Bogenschütze und strich über den Turban, der um den unteren Rand des Helms geschlungen war. »So Gott will. Man wird sehen. Reiten wir zusammen?«

»Reiten wir. Ein karger Beweis deiner reiterlichen Freundschaft. Vielleicht meinst du's ehrlich.«

Troncas wartete, bis Usamah mit pfeilraschelndem Köcher im Sattel saß; im kräfteschonenden Kantergalopp ritten sie durch menschenleeres Niemandsland bis zum Lagertor.

Das Licht der frühabendlichen Sonne drang rötlich und zäh durch die trockene Wachsleinwand der Zeltbespannung. Als sich Crysaide neben der Flechtwerkpuppe mit Troncas' Rüstung, Schild und Helm umwandte, schoben sich die Bilder vor seinem inneren Auge übereinander, verschwammen und lösten sich wieder.

Troncas zog, im Schauder eines plötzlichen Fröstelns, die Schultern hoch. Er war sicher, Wirklichkeit nicht mit ferner Vergangenheit zu vermischen; trotzdem erblickte er aufeinanderfolgende Bilder von seltsamer Klarheit, aus denen sich eine schmale, trittfeste Brücke über die Jahre spannte:

Aus Artus' bunt gewandeten Lanzenreitern waren gepanzerte, schwerbewaffnete Ritter geworden, in schnell verstreichenden vier oder fünf Jahrhunderten: Die Hufe ihrer schweren Pferde waren mit Eisen beschlagen, die Kämpfer, von schweren Kettenhemden mit Kapuzen geschützt, saßen in hochlehnigen Sätteln, ihre eisenbedeckten Stiefel mit Sporen steckten in Steigbügeln. Mantel, Schild und Schabracken zeigten die Wappen der Geschlechter, die ihre bleichen Wurzeln in jenen Jahren haben mochten, in denen Artus, Lanzeloth und Guinevere gelebt hatten. Und auch die ersten ritterlichen Gesetze waren vielleicht damals ausgesprochen, beschworen und sogar geschrieben worden. Die Art der Waffen hatte sich kaum geändert, und nicht anders als damals waren heute Kampf und Schmerz, Sieg, Verwundung und Tod.

»Bring mir Wein und Rosen, Crysaide, daß ich mich ins Heute zurückriechen kann«, sagte er leise. »Und setz dich zu mir, bis Beha ed-Din kommt und meinen Verstand auswringt wie ein nasses Tuch.«

Sie setzte sich auf sein Knie und legte den Arm um seine Schulter. Troncas hatte sich wieder einen Traum merken können, und die jähe Erkenntnis diesseits der Traumbilder sagte ihm, daß Crysaide auf Befehl des Chronisten handelte, obwohl sie es selbst nicht wußte: Ihr schöner, geschmeidiger Körper und ihre Leidenschaft, die sie wie eine willige Sklavin offenbarte, waren die Belohnung dafür, daß er dem Amir und dem Sultan die Furcht vor Artus' zermalmenden Panzerrittern nahm. Und Crysaide war die Versicherung dagegen, daß er vor dem Ende seiner Berichte und Erzählungen aus dem muslimischen Lager floh – was er nicht zu tun beabsichtigte.

»Ist Artus' Königin wirklich entführt, eingekerkert und von Meliagraunx geschändet worden?« fragte sie flüsternd. Er schüttelte den Kopf, seine Hand glitt unter den Saum und streichelte ihre Schulter.

»Niemand weiß es wirklich; mehr als sechshundert Jahre ist's her«, sagte er. »Drei Dutzend Chronisten haben hundert Geschichten zugefügt, zwölf Dutzend Gedichte, Legenden, Volkssagen und Märchen hefteten sich an die Hufe von Artus' Rappen. Ich erzähl's, wie es vielleicht war, wie es hätte sein können, nach all dem, was wir von damals wissen. Von Morganna, die Artus aus der Ferne liebte, von Morgause, der Mutter starker Krieger, von Artus und Guinevere, von Lanzeloth und dem finsteren, halb wahnsinnigen Fürsten Meliagraunx.«

Ramadan, die Zeit, in der der Erzengel Gabriel dem Propheten

Allahs, Mohammad, den Text des Qur'an offenbart hatte, war längst zu Ende gegangen. Die muslimischen Lager hatten sich gefüllt. Ein Heer aus Sindschar, je eines aus Ägypten und Mossul; die Stadtherren von Schaizar und Hama wollten frische Truppen schicken. Die Namen bedeuteten Troncas wenig, aber auch er fühlte, daß alle Heerführer die Entscheidung vorbereiteten.

»Die Krieger, die du Kreuzfahrer nennst, sollen ihr Lager inzwischen besser befestigt haben als eine steinerne Burg«, sagte Crysaide. Ihre Haut schien unter seinen Berührungen zu glühen. »So gut, daß Salah al-Din niemals siegen kann.«

Während der winterlichen Regenfälle hatten die Franken um ihre Zelte tiefe Gräben ausgeschachtet und dahinter einen massigen Wall aus Erdreich und Steinen aufgeworfen und mit Palisaden bewehrt. Gleichzeitig waren die Gassen und die Abstände zwischen den Zelten verbreitert worden, so daß mehr Ordnung und Sauberkeit herrschten. Troncas nickte und sagte:

»Das größere Heer, die besseren Kämpfer – sie gewinnen stets.«

Jedesmal, wenn die fränkischen Ritter eine Mauerbresche geschlagen hatten, gaben die Verteidiger Signale, und Salah al-Din ließ seine Krieger angreifen. Auf diese Weise konnte die Belagerung unterbrochen werden, und die Verteidiger vermochten sich zu erholen. Fremde Schiffe beherrschten das Meer um Akkon; nur selten kamen muslimische Verpflegungsschiffe in den hart verteidigten Hafen.

»Werdet ihr gewinnen?« fragte Crysaide, legte den Kopf in den Nacken und schloß die Augen. »Nimmst du mich dann mit auf deine Insel, siegreicher Troncas, als Djaria?«

»Nur Gott kennt den Sieger«, murmelte Troncas. »Ich glaube, du würdest erfrieren in England.«

»Artus' Freunde Kay und Gawain trafen den König auf dem Steg nahe Carlisle, an dem das Schiff aus Avallon festmachte. Sie hatten bewährte junge Krieger und viele frische Pferde mitgebracht und folgten den Boten, die meist erschöpft vom Pferderücken fielen, wenn sie einander ablösten. Artus kochte vor Wut, beherrschte sich mannhaft und rief sich Merlins Worte ins Gedächtnis zurück: *In deiner Wut sollst du gegen die Feinde zur Waffe greifen. Es ist besser, draufgängerisch zu sein als bedächtig; Meliagraunx will dich töten, um Hochkönig zu werden. Er wird Guinevere zwingen wollen, an seiner Seite zu herrschen. Schon ist die Königin in seiner Gewalt – zeig ihm, daß deine Herrschaft auf Macht gebaut ist, nicht auf Weinerlichkeit.«*

Beha ed-Din stieß einen leisen, langgezogenen Seufzer aus und sagte in betroffenem Tonfall:

»Obwohl solch ein Verrat bitterer ist als Galle und Aloe, hat Artus seinen Thron, alles in allem, einfacher verteidigt als unser Sultan. Möge ihm der Allerbarmende ein langes, machterfülltes Leben schenken! Und möge er die Macht über die Heere der wahren Gläubigen behalten.«

»Du wirst es mir erklären, o Chronist, wenn ich meinen Bericht beendet habe.« Troncas lehnte sich zurück, verschränkte die Finger ineinander und begann zu sprechen.

Wenige Stunden, bevor Artus die Wegzeichen-Steine erreichte, hörte er weit hinter sich rasend schnelles Hufgetrappel. Jemand schrie seinen Namen. Artus hob den Arm und hielt die Lanze quer über den Kopf, bevor er die Zügel des schweißnaß dampfenden Pferdes straffte. Hinter ihm hielten die Lanzenreiter an; es mochten zwölf Dutzend sein, die nach und nach die kleine Gruppe der Freunde verstärkt hatten. Artus drehte sich halb herum, erkannte den weizenhaarigen Lanzeloth vom See und rief:

»Da kommt Lanzeloth! Ich habe die Zeichen erkannt. Vielleicht sind die Krieger des Fürsten gierig auf den Kampf – aber Meliagraunx will den Zweikampf mit mir.«

»Den Kampf mit dir, und er will siegen«, rief Gawain.

Artus senkte den Speer und nickte schwer. Die Reiter hatten die lange Lichtung erreicht und sahen die Befestigungen und Türme des abgestuften Hügels. Lanzeloth erreichte das Ende des Zugs, preschte an seinen Freunden vorbei und hielt das erschöpfte Tier neben Artus an.

»Ich hab gehofft, dich einholen zu können«, keuchte er. »Ich werde die Königin befreien, mein Freund!«

»Meliagraunx will mich töten.« Artus schüttelte den Kopf. Die Bronzeteile des Helms schlugen gegeneinander. »Nur mich. Er will den Thron, Caliburn und Guinevere. Nicht dich, Lanzeloth.«

»Trotzdem: Ich bin hier und helfe euch.«

»Weiter! In die Burg!« brüllte ein Lanzenreiter von hinten. Artus rief: »Meliagraunx wird sich mir stellen – halte du seine Krieger davon ab, uns anzugreifen.«

Lanzeloth setzte den Helm auf und knotete das Kinnband. Sein Schimmel dampfte und ließ den Kopf hängen.

»Ich tu's, und wenn's mein Leben kostet.«

Artus hob die Lanze. Nach einem zweiten Zeichen ritten sie langsam und wachsam, Schilde und Waffen bereit, entlang der Waldränder, aber kein Stammesangehöriger der Verica griff an. Als sie nahe genug an die Palisaden herangekommen waren, sahen sie die Bewaffneten auf den Türmen und hinter den zugespitzten Baumstämmen lauern. Das Eingangstor stand weit offen; in der Mittagshitze stieg der Rauch der Herdfeuer senkrecht auf. Kay und Gawain ritten an Artus' Seiten.

»Der piktische Bastard ist nicht ganz ehrlos.« Gawain knurrte einen Fluch. »Sieht so aus, als würde er sich zum Kampf stellen.«

»Näher heran«, sagte Artus. »Bald wissen wir's.«

Seine Kinnmuskeln schmerzten, ein anderer Schmerz trieb ihm glühende Nadeln in die Schläfen. Einen Steinwurf vor den verwitterten und verrußten Torflügeln hielt er an und fällte die Lanze, bis ihre Spitze den Boden berührte. Es waren vielleicht sieben Dutzend Krieger, deren Augen ihn anstarrten. Hufschläge ertönten, dann ritt Meliagraunx auf einem breitbrüstigen Grauschimmel in den Hof und in Artus' Blickfeld. Er hob den Schild, darunter sah Artus das eiserne Gewebe eines gallischen Kettenhemdes.

»Deine Königin hab ich dir schon genommen, Artus«, brüllte er. »Dein Leben nehm ich jetzt. Wirst du kämpfen?«

Artus sagte leise zu Gawain: »Wenn ich unterliege, stürmt ihr die Gebäude. Zuerst befreit ihr Guinevere und die Freunde. Die Krieger erschlagt ihr, alle anderen werden versklavt und verkauft, in alle Teile Britanniens. Brennt die Gebäude nieder, macht alles dem Erdboden gleich.«

»Du hast unser Wort, König«, flüsterte Kay. Artus holte tief Luft und rief:

»Überleg's dir ein paar Atemzüge lang, Verräter. Schone das Leben deiner Männer. Wir zwei kämpfen. Tötest du mich, wird keiner der Deinen überleben. Gib auf, und sie bleiben freie Männer.«

Langsam ritt er auf Meliagraunx zu. Auch sein Gegner senkte die Lanze und schrie: »Auf deine feige Gerechtigkeit verzichte ich! Kämpf um deinen Thron, kleiner Britannierkönig!«

Er hämmerte dem Schimmel die Fersen in die Flanken. Das Tier machte einige Galoppsprünge, ebenso Artus' Rappe. Die Lanzen hoben sich, die Schilde glitten hoch, die Männer preschten aufeinander zu und zielten mit den aufblitzenden Schneiden. Knirschend und mit voller Wucht bohrten sich die Lanzenschneiden in die Schilde, die Arme wurden zur Seite gerissen; weder Artus noch Meliagraunx ließen die Schilde los. Die Lanzen brachen in langen Splittern und klapperten gegen eine niedrige Mauer, als die Kämpfer sie fallenließen. Gleichzeitig zogen beide die Schwerter und zwangen die Pferde in Wirbel aus Drehungen und steilen Sprüngen. Die Schwerter hämmerten dreieckige Stücke aus den Schildrändern, während sich Meliagraunx und Artus keuchend und mit lauten Angriffsschreien umeinander bewegten. Die Lanzenreiter verteilten sich entlang der Wälle, die Bogenschützen legten Pfeile auf die Sehnen. Die Schwertschneiden funkelten in der Sonne; Hieb folgte auf Hieb, bis Meliagraunx vom Pferderücken rutschte, ins Gras fiel und blitzschnell wieder auf den Beinen war.

Hinter der Rundmauer erscholl Gebrüll; niemand hörte darauf. Artus ließ den Zügel los, sprang zu Boden und lief auf Meliagraunx zu. Jeden Hieb, der einen Kämpfer verwundete, begleiteten wüste Schreie von den Türmen und Mauern; mitunter zog sich ein Gefangener hoch und spähte fluchend über den Mauerrand.

Zuerst warf Artus den zerhauenen, zersplitterten Schild weg. Das Schwert Caliburn hämmerte Scharten in die Waffe des Fürsten, aber Meliagraunx kämpfte schnell und geschickt, wich aus, duckte sich und entging um Haaresbreite einem halben Dutzend summender Schwertschläge, die ihn getötet hätten. Langsam wich er zurück und näherte sich einer Bohlentür. Hinter der Rundmauer schrien die gefangenen Lanzenreiter. Gawain ritt mit gezogenem Schwert zur Tür und sprang vom Pferd. Mit schweren Gegenständen versuchten die Eingeschlossenen, die Tore aufzubrechen. Klirrend schlugen die Klingen gegeneinander, die schwitzenden Kämpfer feuerten sich selbst mit ächzenden Rufen an. Mit gräßlichem Kreischen glitt Metall über Metall. Beide Männer bluteten aus Dutzenden kleiner Schnitte und Stichwunden, umkreisten einander lauernd, gleitend und springend; schließlich schüttelte auch Meliagraunx die Schildtrümmer vom Handgelenk. Einen Herzschlag lang war er unvorsichtig. Artus' Schwertspitze zertrennte die Ketten, von denen die Eisenplatte über Meliagraunx' Gürtel gehalten wurde. Die Spitze schlitzte das Kettenhemd auf und riß eine drei Handbreit lange Wunde. Der Fürst sprang zurück und ließ für einen Augenblick das Schwert sinken.

»Ich komme, Guinevere!« schrie er.

Artus führte einen halbkreisförmigen, waagrechten Schlag, sprang brüllend auf Meliagraunx zu und trennte dessen Kopf halb vom Hals; aus zwei Adern sprudelte in kurzen Stößen das Blut über den schwankenden Körper. Der Sterbende knickte in den Knien ein, schwankte hin und her und fiel nach vorn. Artus sprang zur Seite, stieß das blutige Schwert in die Höhe und schrie mit umkippender Stimme:

»Ich bin hier, Guinevere! Du bist frei!«

Kay ritt neben ihn, schützte ihn mit dem Schild und brüllte zu den Kriegern des Fürsten hinauf:

»Werft die Waffen weg! Oder ihr sterbt alle! Kommt unbewaffnet herunter!«

Gawain und ein paar andere Reiter sprengten die Tore auf, zerrten und rissen an den Riegeln, schlugen sie mit Schwertknäufen und Kampfäxten zur Seite. Die Bohlentüren sprangen nach außen auf, die Krieger stürmten ins Innere und keuchten die Treppen hinauf. Überall waren Gebrüll, Krachen und Splittern. Artus wirbelte herum, Kay deutete auf die Türöffnung, und als Artus, von der Stirn bis zu den Knien blutüberströmt, die Stufen erreichte, tappte Guinevere schwankend ins Licht. Sie ließ den Dolch aus ihrer rechten Hand fallen, breitete unendlich die Arme aus und fing Artus auf, als er taumelnd die Stufen hinaufstolperte, das Schwert fallenließ und die zitternden Arme um ihre Schultern warf.

Die Sonne senkte sich im Rücken des langen Zugs hinter die Palisaden und Stufen des Hügels. Ihr rötliches Licht, durch lodernde Wolkenmassen gefiltert, mischte sich mit den weißgelben Flammen des Brandes. Kinder und Frauen, Jünglinge und Männer, von Ochsen gezogene Karren mit aufgetürmten Lasten und die Lanzenreiter des Königs wälzten sich durch die Waldlichtung nach Osten. Dahinter trieben die Hirten des Besiegten ihre Herden über den Kahlschlag. Die Wehrtürme und die Dachstühle des Dorfes brannten, eine Wolke aus schwarzem Qualm brodelte zum Himmel. Dampf und Rauch schlugen aus dem Holzstoß, dessen Flammen Meliagraunx' Körper und die Leichen der vier Krieger fraßen, die mit Schwertern und Kampfbeilen einen Fluchtweg zu schlagen versucht hatten und trotz besinnungslosen Kampfes getötet worden waren.

Königin Guinevere und König Artus führten den Zug der Gefangenen an, von denen viele gefesselt waren. Auf einem Karren waren die Truhen festgebunden, in denen der Schatz des Meliagraunx klirrte. Vielleicht zwei Dutzend schweigender junger Frauen kauerten auf schaukelnden Karren. Der Ausdruck ihrer Gesichter war kaum zu deuten; zwischen Verzweiflung, Erleichterung und keimender Hoffnung. Die Pferde gingen Hals an Hals, Guinevere und Artus hielten einander an den Händen.

Eine Stunde oder länger ritten sie schweigend. Irgendwann sagte Artus, der sich erschöpft auf dem Pferderücken krümmte:

»Es wird lange ein Rätsel bleiben, welcher böse Geist den Fürsten getrieben hat.«

»Mich hat er mit einem Mettrunk betäubt, den mir die zitternden Mägde gebracht haben.« Sie deutete auf die Karren, deren Scheibenräder unerträglich laut knarrten. »Die Frauen hat er eingesperrt wie … wie Lämmer. Du wirst sie mit guten Männern zusammentun, ja?«

Langsam nickte Artus. Seine Finger drückten Guineveres Hand, bis er fühlte, daß sein Griff schmerzte. Er schloß die Augen.

»Drei Messer und Dolche hatte ich versteckt, Liebster«, sagte Guinevere. »Mir war, als als hätt' ich die ganzen Stunden geschlafen. Ich hab gewußt, daß du kommst. Bevor er mich mit Gewalt genommen hätte, wäre er tot gewesen. Oder ich hätte nachher mein Herz durchbohrt.«

Artus holte tief Luft, wandte sich halb herum und sagte leise: »Wir haben ein halbes Dutzend Pferde zuschanden geritten. Lantymer fing an, auf den Schultern der anderen, über die Mauer zu klettern. Die besten Männer wären gestorben; nicht im ehrlichen Kampf.« Er deutete nach vorn und wischte sich den Schweiß von der Stirn. »Die Fürsten müssen mich zum Hochkönig wählen, um alle anderen Machtgierigen abzuschrecken. Und wir alle, du und ich, werden uns noch besser schützen müssen, Kriegerkönigin.«

»Wenn ich älter und klüger geworden bin, erkenne ich solche Fallen besser – und viel früher.«

Artus nickte. Lanzeloth und Ironside trabten heran, pralle Ledersäcke vor sich über den Pferdehälsen. Ironside sagte dumpf:

»Der Fürst hat einen großen Schatz angehäuft, König. Wenn wir Zeit haben, den Inhalt von acht Truhen zu untersuchen, werden wir sehen, woher er das Gold und Silber hatte.«

»Merlin wird uns helfen«, brummte Artus. »Er weiß alles. Wir reiten zum Vater der Königin. Jeder hofft, daß er noch lebt, wenn wir dort einreiten – ihr anderen bringt die Königsbeute nach Camelot.«

»Dorthin reiten wir, König«, sagte Ironside und zügelte das Pferd. »Hinter dem Kreuzweg, nach Powys im Westen.«

Artus setzte sich aufrecht, wechselte einen Blick mit Guinevere und hob den Arm.

»Zum sterbenden Fürsten, zu Leodegrane«, sagte er leise.

Der Duft von gerösteten Haselnüssen, gärendem Met und frisch gesägtem Holz zog durch alle Räume der Stadtburg. Im Halbschatten, unter den mächtigen Ästen des Walnußbaums, der wohl noch von den Römern gepflanzt worden war, legte König Artus die Füße auf einen Schemel, verschränkte die Arme im Nacken und blinzelte in die Sonnenstrahlen, die auf Guineveres Haar leuchteten. Das herbstliche Laub schien zu lodern, Mückenschwärme tanzten zwischen den Zweigen, und Dux Ector sagte mit zittriger Stimme:

»Sprich weiter, Merlin. Wenig von dem, was du voraussagst, kann mir noch schaden.«

Merlin richtete den Blick ins Geäst und zupfte an dem grausilbernen Kinnbart. »Als du fünf oder sechs Jahre alt warst, Artus, gab es drei Nächte, die niemand vergessen wird. Unzählbar viele Sternensplitter leuchteten wie rasend schnelle Brandpfeile zwischen den Gestirnen.« Er schwieg eine Weile und erinnerte sich an lang Zurückliegendes. »Greisenhafte Druiden, die bei den Steinkreisen leben und sich an meinen Vater erinnern, haben es mir erzählt: In dreimal elf Jahren wiederholt sich das rätselhafte Geschehen in den Sternen. Mit den Spitzen der Steinkreise haben's die Alten ausgerechnet.«

»Also dann, wenn Artus achtunddreißig Sommer zählt«, sagte Guinevere. Merlin sah sie an und stimmte mit einem Nicken zu. Ihre Hände lagen auf ihrem prallen Leib; seit sechs Monden war sie schwanger. »Das ist in … sieben Jahren.«

»Es sind heilige Zahlen«, murmelte Lanzeloth. Wieder nickte Merlin und sprach weiter.

»In sieben Jahren werden sie dich zum Hochkönig krönen, Freund Artus. Jahrelang werd ich das Volk auf diese Himmelszeichen vorbereiten.«

»Mit Myrddin, deinem Sohn?« Lanzeloth lachte und füllte die Becher.

»Dem Sohn der wunderschönen, klugen Gwendolyne, der mehr lernen soll, als sein Vater weiß«, sagte Merlin. Mit Aurelia in Caer Myrddin hatte er vor drei Jahren und einigen Monden Ganieda gezeugt, des jungen Myrddins Stiefschwester; die Frauen wußten voneinander, hatte Merlin erzählt. Wie viele Söhne oder Töchter unerkannt in Britannien oder Armorica heranwuchsen, wußte nicht einmal er. »Mein Vater, ich und Jung-Myrddin – im Turm der Zeit zu Avallon werden dereinst drei Merlin-Zauberer in einer Gruft liegen. Übereinander!«

Er stimmte ein schallendes Gelächter an, das Lanzeloth, Artus, Ector und Guinevere ansteckte und ihnen zeigte, daß Merlins Lust als Nebelwanderer, hinter Masken, am Lagerfeuer von Druidinnen und zur Linken des Königspaares ungebrochen war.

Artus' Gedanken schweiften ab; er dachte an Mutter Ygraine, Schwester Sangive, an Mordred und Meliagraunx, Guineveres Bruder Moray, den neuen Fürst von Craggan, an die große Schar der Lanzenritter, an Morgause, die Mutter junger Krieger, und zuletzt an Morganna am Tor der Träume zu Avallon, der Apfel- und Kirscheninsel. Leise sagte er:

»Sechs Jahre also. Viel kann geschehen in dieser Zeit. Wenn du an meiner Stelle herrschst, Guinevere, wenn ihr – Lanzeloth, Merlin, Kay und die anderen – das Königtum beschützt, will ich in die Bretagne segeln und mich dort umschauen.«

»Ja, Liebster.« Guinevere lächelte in sich gekehrt. Mit beiden gespreizten Händen streichelte sie die Wölbung ihres Bauches. »Als reitende oder segelnde Kriegerfürstin tauge ich mindestens ein Jahr lang nichts.«

»Sorge dich nicht, Artus«, sagte Merlin und schwenkte den Becher. »Sechs Jahre sind eine kurze Zeit, wenn die Jugend geschwunden ist; wer wüßte es besser als Ector und ich. Sechs Jahre können unheilvoll lang sein, wenn man so jung ist wie ihr. Beneidenswert!«

Artus hob den Blick. Auf dem weißen Stein des Hofes, auf dem der alte Cafal seine Knochen und den Bauch wärmte, bewegte duftender Herbstwind die Schatten. Während der ersten Jahre, in denen er Morganna in Corbenig liebte, in seiner Burg auf Avallon, und Guinevere auf andere Weise, in Caerleon, Camelot oder im Moos neben flüsternden Quellen im Eichenhain, waren seine Traumnächte voller Gedankendolche gewesen. Er fühlte weder Schuld noch Beschämung: Morganna war die Freundin, Guinevere die Königin. Stand die eigenhändig ergriffene Macht über dem ungeschriebenen Recht? hatte Abt Gildas ihn einst gefragt. Es war seine Entscheidung, so zu handeln. Camelot war jetzt und hier, und Avallon war weit. Er blickte in Guineveres graue Augen und sagte:

»Wir gehen einen beschwerlichen Weg durch das Leben, sagen alle, selbst Gildas. Die Unsterblichkeit der Seele ist das Ziel, sagen die Heiligen Patrick, Bridget und Ninian. Mir scheint, daß dieses Ziel noch viele Tagesritte weit entfernt ist. Also gehen wir entschlossen weiter auf dem Weg, der das Ziel dieses Lebens ist.« Er begegnete verwirrten Blicken und solchen des Nichtverstehens. »Der Weg ist das Ziel. Kein trauriges Siechtum! Laßt uns in Waffen, im Reiten sterben!«

»Was willst du uns damit sagen, König?« fragte Dux Ector brummig. Artus zuckte mit den Schultern und leerte den Becher.

»Nicht mehr, als ich erkannt hab in meinem einfachen königlichen Verstand.«

Die Schatten waren gewandert. Cafal schnappte im Schlaf nach Beute. Merlin hauchte die Fingerringe an, polierte sie am Wollhemd und legte den Kopf schräg. Aus halb geschlossenen Augen starrte er Artus lange an; als einziger schien er den König verstanden zu haben.

Seit Artus das Schwert aus dem Stein gezogen hatte, sicherlich aber seit dem Sieg nach der Dreitageschlacht am Berg Badon, zogen Friede und Wohlstand wie warmer, dünner Regen über Wälder, fruchtbare Felder und Äcker. Mehr Menschen als je zuvor durften in Würde sterben, in ihren Betten oder in den Armen der Familie. Niemand verhungerte. Zwar – noch immer ertranken Fischer, rafften Seuchen und Fieber die Menschen dahin, töteten verborgene Krankheiten, unheilbare Geschwüre oder blitzschlagartiges Dahinscheiden die Britannier, aber – abseits unwichtiger Stammesfehden – kein Mann wurde verwundet, verstümmelt oder im Kampf gegen die Eindringlinge erschlagen. Die Mönche predigten und beredeten dieses Friedenswunder in allen Teilen des Landes. Und stets erfuhren selbst jene Unzähligen minderen Verstandes, daß so viele Jahre der Sicherheit, des Wohlstands, guter Ernten und gerechter Gesetze für jedermann nur einen Namen hatten: König Artus.

Der König und seine Lanzenreiter durchstreiften das Land, ließen Mauern, Straßen, Brücken und Türme bauen und Mühlsteine, Baumstämme und Nägel herbeischaffen. Sie töteten Räuber, hielten die Sachsen und Angeln hinter sicheren Grenzen und verkörperten Recht und Gesetz. Wenn Gesetz und Recht Genüge getan worden war, schnallten sie das Schwertgehänge ab und widmeten sich fürstlichen Freuden: Frauen und Met, Bier und Bädern, Wettkämpfen mit stumpfen Schwertern und Lanzen, Harfenspiel und Bardensang, dem Anhören uralter Reime und neuer Spottgedichte. Jedes Morgenrot, selbst im regnerischen Britannien, versprach einen guten Tag, auch wenn er voller Mühsal war.

»Und so, wie tausendmal tausend Regentropfen selbst tief eingemeißelte Runen und Bilder im harten Stein verwischen«, sagte Merlin zum weißen Bedwyr, als sie sich unverabredet auf einer windumwehten Klippe nahe Tintagel trafen, »wird jeder Zehntag unseres Friedens zu einem unvergeßlichen Wort einer Sage. Knarrend und ächzend dreht sich das Rad der Zeit weiter; wir alle sind schon jetzt Legende!«

»O lahmende Lust!« Bedwyr knüpfte das pralle Ziegenfell vom Brustgurt des Schimmels. Der Trinkschlauch war voll mit kühlem Wein, den Händler aus der Bretagne gebracht hatten. »Schon heute? Du, ich und Artus? Wie soll das enden?«

»Es endet, wie es soll.« Merlin nahm einen staunenswert tiefen Schluck, holte keuchend Luft, rülpste laut und lachte. »Wie es das Schicksal will. Kein Siechtum, weißer Reiter! Laßt uns trunken sterben, in den weichen Armen einer schönen Frau, die vor Leidenschaft schwitzt.«

Bedwyr starrte das Mundstück des halb geleerten Ziegenbalgs an, als sähe er in eine düstere Höhle des hart arbeitenden Kleinen Volks.

»Myrddin! Weissager! Zauberer! Vater unbekannter Kinderhorden! Ist das die Klugheit, die du mir offenbarst? Ist das alles? Wo bleiben Zauberschwerter, weiße und feuerrote Drachen, himmelreichende Grabhügel und die vielbeschworene Romanitas?«

Merlin deutete mit wedelnden Fingern zu den abertausend flirrenden Blitzen auf den Wellen tief unter ihnen.

»Dort bleiben sie. In den Wellen zwischen den Speichen des Zeit-Rades. Wir alle gehen dahin, o Bedwyr. Was von uns bleibt, Lanzenreiter, wird eine Zukunft weisen, in der wir nicht mehr sind als grauer Staub undeutlicher Erinnerungen und fehlerhaften Entsinnens. Vielleicht eine Zeile im Bardensang. Vielleicht nichts.«

Bedwyr nahm einen Schluck, rammte mit der Faust den hölzernen Verschluß ins knöcherne Mundstück und sah lange schweigend auf das mäßig bewegte Meer, ehe er Merlin den Ziegenbalg zurückgab.

»Also hatte Artus recht, als er vom Weg als einzigem Ziel sprach.«

»Was hätte er anderes sagen können.« Merlin zurrte den Knoten des Lederbandes fest und griff nach dem Zügel Bedwyrs. »Ich habe ihn erzogen, gebildet und geführt. Ich liebe ihn, aber er wäre eine königliche Waise geblieben ohne mich. All das, Bedwyr, tun wir für dieses Land.«

»Ich weiß. Deine Worte werde ich lange bedenken.«

»Erst übermorgen.« Merlin wendete sein Pferd und zwang Bedwyrs Schimmel, ihm zu folgen. Bedwyr ließ verwundert den Zügel los. »Einige Nächte werden wir zwischen Lagerfeuern, weisen Eulen, sinnverwirrenden Zaubersprüchen und ebensolchem Met an der Seite weißhäutiger Druidinnen verbringen.« Er lachte laut und spuckte in Richtung der sonnenüberglänzten Wellen. »Schlecht ist's, zu Fuß gehen zu müssen, besser ist's zu reiten, und am feinsten reitet es sich mit Merlin!«

Merlin hielt sein Gesicht in den Wind. Bedwyr verbeugte sich grinsend. »Ich folge dir, weiser Zauberer. Möge meine Druidin taufrisch und leidenschaftlich sein.«

Sie stoben im vorsichtigen Galopp über das windzerzauste, niedrige Gras den langen Hang hinunter. Merlin schrie:

»Wenn sie fett, alt und dumm wären – wäre ich dann hier?«

Schwerlich, alter Schuft, dachte Bedwyr und klammerte sich in den geflochtenen Griff in der Mähne des Schimmels. »Es ist gut, mit dir zu reiten; es wäre besser um diese Welt bestellt, wenn jeder einen Freund wie dich hätte.«

Beha ed-Din hatte drei Finger über seine Lippen gelegt. Mit dem Daumen kratzte er durch seinen Kinnbart. Der Blick, mit dem er Troncas und Crysaide musterte, war wie zwei Lanzenspitzen. Nur noch das rußende Lämpchen zwischen den Schreibsklaven brannte. Troncas schob die Hände unter Crysaides Kopf und bettete sie behutsam auf ein seidenes Kissen, dessen Goldstickerei verhalten glomm und nach Narde und Zimt roch. Troncas flüsterte:

»So Gott will, Inshallah, wird man in hundert Jahren von Sultan Salah al-Din ebenso reden, schreiben und singen wie von Artus. Vielleicht auch von König Löwenherz. Nicht von dir und mir, o Qa'id beschwerlicher Aufzeichnungen. Wir wissen's nicht, wir werden es nie erfahren. Ich hab versucht, deine Nachdenklichkeit erhellend zu klären, vielleicht auch meine eigene, denn für mich ist es ebenso lang her, worüber ich rede, wie für dich. Aber so ist es wohl überall und immerdar: Das Volk in seinen Herdfeuer-Geschichten,

Barden und Sänger, Chronisten und Musikanten – aus einer aufdringlich summenden Fliege macht das Rad der Zeit eine goldflirrende Karawane seltsamer Wahrheiten.«

Er feuchtete mit einem Schluck Lippen und Zunge an. Crysaide begann leise zu schnarchen. Beha ed-Din schlug lautlos die Handflächen zusammen und wartete mit der Antwort, bis die Schreiber das Zelt verlassen hatten.

»Ich weiß, was ich schreiben lasse. Vielleicht bleibt meine Chronik erhalten, die wirklicher und wesenhafter ist als deine Berichte.«

»Vielleicht. Aber nun weißt du, wovor ihr euch fürchtet. Vor gewaltigen, herrlichen, machtvollen Gestalten aus einer fernen Vergangenheit.«

»Gewaltig. Machtvoll. Stark in der Einigkeit. Wenn dein König so kämpft, als erinnere er sich an Artus, als wäre er sein Erbe, zittre ich schon jetzt, Effendi der Sterne und des fragwürdigen Meeresfisches.«

Troncas streckte das Bein aus. Die rechte Wade war eingeschlafen. Crysaide rührte sich nicht.

»Ich habe gelernt, Amir, daß das Wort mächtiger sein kann als das Schwert. Das Gedicht, das Ghâzel, vernichtender als Gift. Das Lied tödlicher als Lanze oder Pfeil. Die Angst vor dem Gegner lähmender als das Heer des Feindes. Das Wort der Christenpriester, das mich hierher führte, entscheidender als die Erkenntnis, daß man zu Hause ebenso mutig für das Kreuz und das himmlische Jerusalem kämpfen kann wie in deinem Land, Qa'id des Verständnisses. Zur Hälfte kämpfen wir gegen wirkliche Feinde, zur anderen Hälfte gegen nebelhafte Ängste in unseren zaghaften Herzen, gegen Nebel, Schatten und Traumgestalten, die sich in die Wirklichkeit unserer Tage hineingewagt haben.«

Beha ed-Din kreuzte die Arme über der Brust, verbeugte sich – es war kaum mehr als ein langsames Nicken – und drehte sich vor dem Zeltausgang um.

»Allah schicke dir milde Träume, ohne die Dschinni heldenmordender Schlaflosigkeit.« Er hob die Hand. »Noch eine Frage, o unermüdlicher Erzähler feinsinniger, wahrhaftiger Legenden: Bist du ein Gläubiger? Unterwirfst du dich allen Regeln und Riten des Propheten Jesus? Betest du wie wir mehrmals am Tag? Fünfmal? Richtest du deine Gebete an jenen Gott, dessen Name bei uns Allah ist? Reitest du auf den Spuren des Heiligen Grals, wie so viele deiner ritterlichen Kameraden?«

Troncas war aufgestanden. Vom Gesäß bis zu den Zehen schmerzte jeder Muskel. Langsam schüttelte er den Kopf und sagte leise und stockend:

»Ich, der kleine, arme Troncas mit dem Fisch im Schild, werde den Gral wohl nicht finden. Ich glaube an unseren Gott, weil es einen Gott gibt, an den ich glauben muß. Viele ritterliche Gesetze hab ich gebrochen, brechen müssen – es hätte sonst mein Leben gekostet. Irgendwann, wenn ich sehr alt bin, werde ich in Ruhe alles bedenken können. Frag mich nicht, Beha, denn ich kenne die Antwort selbst nicht.«

Er sah hinunter auf die schwarze Haarflut und den wollüstig gewölbten Hügel der Hüften Crysaides, zog den Kopf zwischen die Schultern und atmete schwer. In Beha ed-Dins Blicken glaubte er besonnene Traurigkeit zu erkennen. Der Chronist sagte leise:

»Denk ruhig über alles nach. Morgen abend, nach dem letzten Gebetsruf, wird der Sultan dir eine schwierige Aufgabe stellen. Er und ich – ich im Besonderen! – glauben, daß du der einzige Ifrandsch bist, der sie lösen kann.«

Er berührte die Stirn, den Mund und das Herz und schlüpfte aus dem Zelt hinaus in die Dunkelheit und die nächtliche Kühle. Troncas folgte ihm, blieb zwei Schritte vor dem Zelt stehen und starrte in den schwarzen, erbarmungslosen Sternenhimmel. Abermals fühlte er sich ausgestoßen, gefährdet, hilflos und unbedeutend wie eine Handvoll Sandkörner im messerscharfen Kamm einer Düne.

3. KAPITEL

In dem, unerwartet und von keinem Chronisten verzeichnet, ein nächtliches Treffen geschildert wird und in dem Ritter Troncas von der wahrhaftigen Tafelrunde berichtet

Arîf Usamah schien vergnügt über das zu sein, was seine Späher dem Großen Sultan und, mit einigem zeitlichen Abstand, Beha ed-Din und erst danach Troncas aus dem Christenlager berichten konnten: Der Patriarch Heraklios war gestorben; seine Nachfolger stritten miteinander, und ebenso erbittert stritt man um die Krone. Richard Löwenherz unterstützte Guido von Lusignan, König Philipp hielt zu Konrad von Montferrat. Die Kaufleute aus Pisa halfen Richards Partei, und eine Flotte aus Genua bot Philipp ihre Unterstützung an. Als Philipp Mitte Juni die Stadt mit aller Wucht angreifen wollte, verweigerte sich ihm der kranke Richard, weil er um seine Beute fürchtete, wenn er nicht mitkämpfte. Der Angriff war kein Erfolg; Salah al-Dins Gegenangriff schlugen die Christen nur mit Mühe zurück. Erbschaftsstreitigkeiten um Flandern brachten zwischen Philipp und Richard weiteren Verdruß. Am dritten Juli versuchte Salah al-Dins Neffe Taki vergeblich, ins Lager einzudringen, gerade als die Christen eine Bresche in die Mauer schlugen, und nun lachte Usamah nicht mehr: Einen Tag danach erfuhr der Sultan, daß die Besatzung Akkas an die

Aufgabe der Stadt dachte; voller Entsetzen versuchte er, vergeblich, die vielen Anführer seines Heeres zu einem entschlossenen Angriff mit allen Kriegern zu überreden.

Zwei Bogenschützen führten Troncas zum Zelt des Sultans, hoben die schweren Bahnen des Eingangs auf und bedeuteten ihm einzutreten. Das Rund des Zeltes war leer; Salah al-Din saß reglos auf dem prächtigen Sitz und winkte Troncas näher. Troncas kniete sieben Schritt vor den Pantoffelspitzen des Herrschers nieder und berührte mit der Stirn den Teppich, den obersten auf einer dicken Lage anderer Teppiche.

»Steh auf und setz dich vor mich, Ritter.« Seine Arabisch war volltönend, aber er sprach, als sei seine Zunge die Spitze eines Dolchs. Troncas gehorchte wortlos. Eine Sklavin huschte auf nackten Sohlen herein, kniete vor Troncas nieder und stellte ein Tablett mit silbernem Geschirr für Kräutersud ab. »Vergessen wir für eine Weile die Paradiesranken wohltönend gefügter Redewendungen. Du weißt, daß die tapfere Besatzung Akkas vertrauenswürdige Boten in euer Lager geschickt hat, um wegen der Übergabe zu reden. Aber dein König hat alle Bedingungen für einen Frieden verworfen. Zur gleichen Zeit haben seine Abgesandten mich um die Erlaubnis gebeten, daß er Schnee und Früchte kaufen dürfe; wegen seines Fiebers, wie ich glaube. Sie haben gesagt, er will nur mit mir die Bedingungen für einen ehrenvollen Frieden aushandeln.«

»Einiges von dem, Herr, was du sagst, wußte ich schon«, sagte Troncas. »Warum aber hast du mich rufen lassen?«

»Weißt du, was vor hundert Jahren geschah, als ihr Christen die Mauern al-Kadisiyas, also Jerusalems, erobert habt? Hat es dir Beha ed-Din nicht gesagt?«

Troncas schüttelte den Kopf. »Nein. Darüber sprachen wir nicht.«

»Trotz feierlicher Schwüre und Absprachen haben eure Ritter in den Gassen alle muslimischen Kinder, Frauen, Männer und Greise abgeschlachtet. Tausende wehrloser Muslime! Die Juden flüchteten in ihr Gotteshaus, und die Ritter haben es angezündet. Alle verbrannten, starben qualvoll und elendiglich. Diese Menschen hatten mit dem Kampf nichts zu tun gehabt. Die Gassen voller Leichen, die im eigenen Blut schwammen; die Ritter wateten darin bis zu den Knien.« Er blickte Troncas herausfordernd an. »Ich will nicht, daß die Bewohner der Stadt dort drüben das gleiche Schicksal trifft.«

»Ich soll Richard um Milde bitten?«

»Du sollst zu ihm reiten und ihm ein Treffen mit mir anbieten. Mit mir allein, nachts, so daß er und ich das Gesicht wahren können. Ohne Waffen, mit wenigen Begleitern. Und du wirst übersetzen – zwischen unseren Heeren, im Niemandsland.«

Troncas saß auf den kühlen Teppichen, blickte in das Gesicht des Sultans und sah über dem gefärbten Bart die Falten und Runzeln. Salah al-Din wirkte tief besorgt, alt und erschöpft.

»Das werde ich gern tun, Herr«, sagte Troncas und zupfte an den zu weiten Ärmeln des Hemdes. »In muslimischen Gewändern, als dein Gefangener. König Richard erkennt mich mit einem Blick, zweifellos. Wann soll ich reiten?«

»Ich habe Arîf Usamah befohlen, dir zu helfen. Ich will mich morgen nacht mit deinem König treffen.«

»So werde ich morgen früh ins Lager der Ifrandsch reiten.« Troncas stellte den Becher zurück und verbeugte sich. »Gibt es einen Ort, an dem du dich sicher fühlst und an dem auch Löwenherz keine Falle fürchten muß?«

»Sag ihm: Der Sultan, der ihm lebende und gebratene Hähnchen, Früchte, Obst und Wein geschickt hat, ist, wie er, ein Mann der Ehre. Ich schwöre, sag es ihm, daß er sicher ist. Er soll allein kommen, nur mit dir. Was die Mächtigen bereden, bedarf keiner Zeugen.«

»Also habe ich freie Hand, Herr der Heere?«

Salah al-Dins Lachen war von ätzender Bitterkeit. »Welcher Heere? Nun … du hast freie Hand, innerhalb der Grenzen deiner fränkischen Ritterehre.« Er nickte knapp. »Berede alles, was du brauchst, mit meinem alten Freund, dem Wißbegierigen, mit Beha ed-Din. Er wird sicherlich heute wieder Gast in deinem Zelt sein, Ritter?«

Troncas stand auf und verneigte sich, ohne die Blicke von Salah al-Din zu lösen. »So war es abgemacht, Großer Sultan.«

Mit einer gleitenden Geste deutete Salah zum Zelteingang.

»Allah ist groß! Der unendlich Hocherhabene, er möge unseren Versuch mit mildem Sinn gutheißen.«

Noch einmal verbeugte sich Troncas, dann schlüpfte er hinaus und schloß geblendet die Augen. Die Sonne des zweiten Dschumada stach herunter und sog die Feuchtigkeit aus dem Land; zwischen den Zelten schwelte die Luft wie vor einem Glutofen.

Eine unwirkliche, hitzegetränkte Stille lag an diesem Abend über dem Land zwischen der Küste und den Bergen. Jede Bewegung rief einen Schweißausbruch hervor, bei Menschen ebenso wie bei Tieren. Rauch der Feuer und Bratengeruch zogen in Schwaden durch die Zeltgassen. Beha ed-Dins Zeigefinger stach zum Himmel; in beschwörendem Ton sagte der Chronist:

»Totenruhe vor einem Sturm, Ritter. Große Dinge schlummern in den heißen Nachtstunden, und Zehntausende schleifen jetzt ihre Waffen. So wie jene Lanzenreiter an den runden Tischen des Friedenskönigs. Du hast mir erklärt, daß ein Lanzenreiter kein Ritter ist, und schon lange kein Ritter der Tafelrunde. Ist dieses Ritter-Sein nur ein Ding des Namens? Ein Zeichen, eine Bezeichnung unter den vielen, die Allah zur Verwirrung in unseren Köpfen hat entstehen lassen?«

»Die Ritter der Tafelrunde, o Qa'id, sind der Ausdruck einer Lebensweise, die schwer, wenn nicht unmöglich zu führen ist. Dichter, Schreiber, Barden oder Troubadoure, deren Wanderziel der Hof von Alienor zu Poitiers war, erfanden das Wort.« Troncas wischte mit dem feuchten Tuch, das nach Myrrhe duftete, tropfenden Schweiß aus den Achselhöhlen. »Zuerst – und vielleicht dachten Merlin oder Artus aus einem wenig würdevollen oder gar heiligmäßigem Grund daran – gab es wohl die runden Tische in

Caerleon und Burh Viroc-Camelot. Viele Männer und Frauen konnten daran sitzen, ohne sich die Hälse zu verrenken, wenn sie miteinander reden wollten.«

»Das ist«, sagte Beha ed-Din ohne Betonung und nickte dem einzelnen Schreibsklaven zu, »in fränkischen Ländern möglich; wir Muslime sind nur vor Allahs Augen gleich, nicht aber an einer Speisetafel.«

»Du willst wissen, wie es war.« Troncas wickelte das nasse Tuch vom Wasserbecher und leerte ihn. Er schüttelte sich. »Ich weiß es nicht anders; unzählige Namen für unzählbare Dinge haben ihre Geschichte, die oft länger ist als das Leben der Menschen, die diese Worte gebraucht haben.«

»Wie wahr, Effendi der Erklärungen.« Beha ed-Din litt ebenso unter der schwülen Hitze wie jeder im Lager. »Mit Einwürfen, unwürdig des erfahrenen Beschreibers, werde ich dich nicht mehr unterbrechen.«

»Am Anfang einer Legende, die sich selbst bestätigte und alle ihre Worte verdichtete, stand ein runder Tisch ohne Ehrenplätze, an dem alle Gäste einander gleich waren. Artus saß ebenso oft an runden Tischen wie an viereckigen, langen oder kurzen, und in Caerleon – und später in Camelot – setzten er und Guinevere sich auf die erhöhten Königssitze. Der Dichter Chrétien, also Christian oder Chréstian de Troyes, vor vielleicht zwanzig Jahren, rezitierte in Poitiers aus seinen Werken und sang uns von zehn Rittern an der runden Tafel, später von dreißig Gewappneten, die in Artus' Gemeinschaft aufgenommen worden waren – er erdachte und sang dies sechs Jahrhunderte nach Artus Tod.

Andere Barden sprachen und sangen von zwanzig Dutzend oder neunzig Rittern, von hundert oder gar eintausendsechshundert Rittern – alle Gepanzerten hätten an einem einzigen Tisch gesessen und gegessen, geredet und getrunken. Aber die Sagen um König Artus und jene Ritter, die aus den Gedanken der Barden erschaffen wurden, aus Vorstellungskraft und der Gabe, fehlerhaftes Gesagtes in schöne Reime zu verwandeln, sind zweierlei. Durch Zeit und mannigfache Erfindungen sind aus Artus' Reiterkriegern jene gut ausgebildeten Männer vor Akkon geworden, gegen die ihr kämpft, o Qa'id.«

Beha ed-Din dachte nach, einige Atemzüge lang, dann brummte er: »Kann es sein, daß sich die Heere der Muslime vor Rittern fürchten, die nur in den Liedern der Minnesänger reiten?«

»Wenn sich die Muslime vor Artus fürchten, der die Ritter anführt – ja. Vielleicht.« Troncas faltete das Tuch auseinander, schwenkte es und legte es zusammen. »Artus ist längst Asche. Aber die Ritter leben: Einer sitzt vor dir. Die anderen bringen Akkons Mauern zum Einstürzen.«

Nach einigem Zögern redete Troncas weiter.

»Immer wieder ist es mir erzählt worden. Vieles weiß ich von meinem Vater, viel von Ritter MacLeod, der mich kämpfen lehrte. Als später die ersten Reiterkrieger – sie mögen noch denen von Artus geglichen haben – in die Welt hinausritten und viel Fremdes kennenlernten, trafen sie auch auf eure Vorfahren. Sie verglichen die strohgedeckten Lehmhütten voller Wanzen und Flöhe zu Hause mit euren Zelten, euren Palästen. Vieles von dem, was sie sahen und erlebten, nahmen sie mit in ihre Heimat. Und so fanden sie die Rose und den Sattel, Hufeisen, Sporen und Steigbügel, bessere Kettenhemden, bessere Waffen, feinere Sitten und Bräuche. Sie lernten, sich zu waschen, zu scheren und andere unverständliche Verrichtungen mehr.

Mit sieben Jahren wurden die Jungen als Pagen zu einem anderen Ritter gebracht. Dort hat man ihnen manchmal Schreiben und Lesen beigebracht; ich hatte ein anderes Leben in diesem Alter, und ich mußte auch nicht Harfespielen lernen. Tanz und Gesang, nun ja – ich kenne nur Bessere als ausgerechnet mich. Höfisches Benehmen lernten die Jungen, halfen im Keller, in der Küche, im Stall. Sie bedienten ihren Ritter tagsüber und nachts, bei jeder Kleinigkeit. Aber während der Junge diente, lernte er reiten und kämpfen, auf die harte Art.

Er mußte alles lernen, um zu überleben. Man prüfte ihn viele Male, bis er dem Bild stark ähnelte, das die Ritter von sich so gern gesehen hätten: Mit Luchsaugen, Drachenstirn, Löwenherz und dem Mut des Tigers. Ehrlichkeit, Höflichkeit, Nächstenliebe und Großzügigkeit sind angeblich seine Tugenden. Ein Versprechen nicht zu halten oder zu lügen ist unehrenhaft, wie auch das Bogenschießen. Hohen und Niederen gegenüber soll er sich edel und gesittet verhalten. Und wenn er dies alles und mehr zu seiner zweiten Natur gemacht hatte, schlug man ihn mit drei leichten Schwerthieben nach durchwachter und durchbeteter Nacht zum Ritter.«

»Und jene großzügigen Edlen haben also in Jerusalem die Gassen mit Blut, Eingeweiden und abgeschlagenen Gliedern gefüllt?« sagte Beha ed-Din. Er verbarg sein Erstaunen nur unvollkommen.

»So ist es. Wenn er einen Besitz hat, müssen die Bauern für sein teures Pferd, die teure Rüstung und seine großzügige Bewirtung vieler durstiger und hungriger Gäste schuften.«

Der Sklave hörte auf zu schreiben und schien langsam den Inhalt seiner Zeilen zu verstehen.

»Und weil das Leben eines Ritters viele Dinare kostet, giert er nach reicher Beute und verdingt sich so wie du im Gefolge des Königs, als Söldner zum Kriegsdienst. Ist es so – letzten Endes?« sagte Beha ed-Din.

»Nicht anders. Wenn du bedenkst«, Troncas lächelte und fächelte sich mit dem triefenden Tuch Luft zu, »daß ich seit Ostern des verstrichenen Jahres von meinem König nicht einen Sou bekommen habe – dann, o Amir, bin ich reich entlohnt: Ich habe überlebt.«

Troncas, gefolgt von Usamah und Messud, beide nur mit Dolchen bewaffnet, ritt einen Schimmelwallach. Weithin sichtbar trug er den Schild vor der Brust, und an seiner Lanze flatterte ein langes, weißes Tuch. Er trabte auf die hölzernen Tortürme zu, deren dicker Lehmbewurf ausgetrocknet war und in großen Fladen abfiel. Eine Bohlenbrücke führte über den wasserleeren Graben, die Hufe der Pferde polterten hohl. Die Wachen hatten die Reiter im flachen Gelände längst gesehen; Troncas hob den Schild, schwenkte die Lanze und rief:

»Ich bin Troncas von Caer Laverock, Gefolgsmann von König Richard, Gefangener des Sultans. Er schickt mich, als Bote und Überbringer von Geschenken.«

»Der König hat nach dir gefragt«, rief der Wächter. Trotzdem richteten sich ein Dutzend Bogen auf Troncas. »Deine Begleiter – gehören sie auch zu uns? Saladin hat viele Gefangene.«

»Es sind Muslimkrieger.« Troncas hängte den Schild ans Sattelhorn. Usamah, mit undeutbarem Gesichtsausdruck, ritt näher und gab ihm den schweren Korb. »Sie werden hier warten. Zwei Stunden Freiheit hat mir der Sultan geschenkt. Laßt mich ins Lager.«

»Sie warten, hier oder weiter draußen. Du darfst herein.«

Troncas hängte sich den zweiten Korb in den Arm und sagte zu Usamah:

»Wartet zwei Stunden, längstens. Wenn ich nicht zurückkomme, ist es nicht meine Schuld. Ich hab dem Großen Sultan mein Ritterwort gegeben. Aber der König wird mich gehen lassen.«

»Geh nur, Effendi«, sagte Usamah leise. »Wir warten.«

Das eisenbeschlagene Tor knarrte gerade so weit auf, daß Troncas mit Mühe zwischen den Flügeln hindurchreiten konnte. Eben noch hatte er undeutlich den Lärm der Belagerung wahrgenommen, jetzt hörte und sah er wieder Akkons riesige Mauern. Wie ein Steinschlag im Gewitter schlug ihm dröhnender Lärm entgegen, Geschrei, Wiehern, Kreischen, das Prasseln herabfallender Steinbrocken, ächzende Schleudern, dazwischen das sirrende Fauchen von Pfeilen; sein Pferd scheute. Er hatte Mühe, es zu beruhigen.

»Das Zelt von König Richard!« brüllte er eine Frau an. Sie deutete zum Meer, zu den Hafentürmen. Dort glaubte Troncas die Fahne mit den drei Löwen zu erkennen. Rechts von Troncas und der zerwühlten, unratübersäten Zeltgasse standen die Ballisten und Speerschleudern, die unaufhörlich arbeiteten. Brände flackerten zwischen den Zelten, in Holzstapeln, an den Mauern aufwärts und aus Löchern der geschwärzten Quaderflächen. Troncas ritt so weit links wie möglich, entlang des Innenwalls, wich rennenden und schleppenden Knechten aus und stieß immer wieder auf große Gruppen kampfbereiter Ritter und gepanzerter, gesattelter Pferde. Der Gestank und die lärmerfüllte Hitze waren wie Höllenfeuer. Er ritt in einen dreifachen Kreis aus großen Zelten hinein, auf das Königszelt zu. Hier breitete sich jene Ordnung aus, von der Troncas auf die Anwesenheit seines Königs schloß.

»Bringt die Körbe zu König Richard«, rief er. »Gleich fallen mir die Arme ab.«

Einige der Ritter, die sein Schildwappen sahen, erkannten ihn und riefen: »Wieder zurück, Troncas?«

Knechte hoben die Körbe herunter. »Mit der weißen Fahne?«

»Seit vierzehn Monden muslimischer Gefangener«, sagte er und stieg aus dem Sattel. »Liegt König Richard noch im Fieber? Ich bin Bote, für zwei Stunden frei auf Ehrenwort.«

»Er ist halbwegs gesundet.« Einige Ritter begleiteten ihn zum Zelt, schlugen ihm, mit klirrenden Rüstungsteilen, schwer auf den Rücken und die Schultern. Er stellte die Lanze an eine Zeltverspannung. Ein Lanzknecht öffnete den Zeltvorhang im Schatten des Lederdachs. Troncas trat ein und wartete, bis die Körbe neben ihm im Sand standen, dann beugte er das Knie und sagte:

»Ich lebe noch, mein König. Aber ich bin Gefangener Eures Gegners, des Sultans. Sehe ich Euch in guter Gesundheit?«

Löwenherz erkannte ihn sofort und stand, wie es schien, mühsam aus einem Scherensessel auf, der hinter einem Feldtisch voller Pergamentrollen stand. Troncas setzte den Schild ab. Der König, der einen dünnen, knöchellangen Morgenmantel trug, kam hinter der Tischplatte hervor, umarmte Troncas und hielt ihn an den Oberarmen vor sich fest.

»Wohlgenährt und ausgeschlafen siehst du aus, mein Ritter«, sagte er. »Riechst nach köstlichen Muslim-Salben. Den Bart geschoren! Was ist in den Körben? Skorpione, Nattern und Kröten? Nein! Salah al-Din ist ein Mann von Ehre und Großzügigkeit.«

»Es sind Leckerbissen, vom Feinsten. Er sendet Euch wieder

Geschenke, nahrhafte Meisterwerke seines Kochs. Und mich sendet er als Boten einer Sache von größter Verschwiegenheit. Darf ich reden, mein König?«

»Setz dich. Einen Pokal Wein! Rede, britannischer Freund.«

Troncas setzte sich und musterte Löwenherz. Der Vierunddreißigjährige trug noch immer seine goldfarbenen Locken bis zu den breiten Schultern, an deren Haut das dünne Gewebe klebte. Unter der Sonnenbräune des Gesichts sah Troncas die Spuren des Fiebers, aber die Blicke aus grauen Augen funkelten im Licht des Zeltinneren bernsteinfarben; herausfordernd, kühn und wachsam. Löwenherz, eine Handbreit größer als Troncas, schien vor Tatendrang zu bersten, die Finger lagen kaum länger als einen Atemzug ruhig auf dem Tisch. Wieder staunte er über die wuchtigen Muskeln der Schultern und Arme und der Oberschenkel. Troncas wartete, bis Löwenherz den goldenen Pokal hob.

»Sultan Salah al-Din bittet Euch um eine verschwiegene Unterredung. Es geht um die Übergabe von Akkon, Herr. Nur Ihr, er und ich als Sprachenkundiger. Ohne Waffen, mit wenig Begleitung. Ich habe in der Mitte zwischen den Lagern einen Brunnen ausgespäht, von einigen Palmen umgeben, mit freiem Blick nach allen Seiten. Salah al-Din will nicht, daß Ihr oder er – woran ihm viel gelegen ist – das Gesicht verliert. Als Zeichen seiner Ehrenhaftigkeit hat er mir, wie er sagte, unbedeutende Kleinigkeiten mitgegeben. Seid überzeugt: Sie sind alles andere als wertlos.«

»Das Treffen kann er haben.« Auch die Stimme hatte unter dem Fieber kaum gelitten; noch immer trug sie weit und war gut für ein Lied zur Harfe. »Wann?«

»Heute um Mittnacht, mein König.«

»Du bist sicher, daß es keine Falle ist?«

»Auf dieser Welt gibt's keine Sicherheit, solange man lebt.« Troncas nippte am sauren Wein aus Cypern. »Wenn es denn eine Falle ist, würde ich Euch verteidigen. Aber ich erzähl Euch, warum ich dem Ehrenwort des Sultans glaube ...«

»Rede, Troncas von Caer Laverock!«

Troncas beeilte sich, zu berichten, was er für wichtig hielt. Die Zeit raste dahin. Im Zelt, dessen Wand das Lärmen der Belagerung dämpfte, erzählte er vom Blutbad in Jerusalem vor hundert Jahren, von Salah al-Dins Alter, seinen schwer lösbaren Aufgaben, von der Zeit der milden Gefangenschaft und vom nächtlichen Treffpunkt. Der König hörte schweigend zu; dreimal murmelte er seinen Kriegsruf »Saint George Aie!« und füllte seinen Pokal auf.

»Sei eine halbe Stunde vor Mittnacht am Osttor, Troncas! Ich werde dort sein, mit drei Rittern. Schilde, aber keine Waffen. Genügend Fackeln! Ich erwarte dich und zwei, drei Begleiter. Der edle Sultan mag mit ein paar Männern bei den Palmen warten!«

»Ich werde dort sein, mein König.« Troncas stand auf und griff nach dem Schild, dann verbeugte er sich. »Viele Muslimkrieger, halbwegs auch ihre Anführer, und sogar der Sultan selbst – sie glauben, daß Ihr der Erbe von König Artus seid und ein Heer von unermeßlich vielen Todesmutigen anführt.«

»Du weißt, Ritter, was davon zu halten ist.« König Richard begann herzhaft zu lachen und hieb die Faust auf den Tisch. »Mich stört's nicht! Auch Artus hat große Schlachten fern von der Insel und Avallon geschlagen.«

»Die letzte, Herr König, ging trübe, blutig und wenig heldenhaft zu Ende.«

Mit eisernem Griff packte Richard Löwenherz Troncas am Handgelenk und geleitete ihn zum Zeltausgang.

»Ich sage: Akkon fällt bald. Nur ein göttliches Wunder rettet die Stadt. Aber Gott kennt die Seinen; darauf vertrauen wir.«

Ein Ritter reichte Troncas den Zügel. Im Sonnenlicht, unter den struppigen Bögen der hellen Brauen, leuchteten die Bernsteinaugen. Wieder schlug der Blick, selbstbewußt wie jede Geste des Königs, Troncas in unbegreiflichen Bann. Er sagte leise:

»Der Sultan denkt: Bald vertreibe ich das Christenheer. Allah ist mit den Standhaften. Darauf vertraut er.«

Er stieg in den Sattel, packte die Lanze und ritt zwischen schwirrenden Steinbrocken, heulenden Pfeilen und aufgeregten

Männern zum Osttor. Er nickte Usamah und Messud zu und trabte davon. Einmal drehte er sich um und prägte sich das Bild der ummauerten Stadt und des Belagerungshalbkreises ein: So mochte es aussehen, wenn die Heere Gottes gegen die Heere der Finsternis in der letzten Schlacht dieser Welt antraten.

Als er durch den Spalt zwischen Felsen und Palisaden ritt, endete gerade das Mittagsgebet. Troncas stieg ab und gab die Zügel in Messuds Hand. Arîf Usamah sagte mit ernstem Gesicht:

»Ich glaube, daß der Sultan dich bald rufen lassen wird. Es ist besser, daß du nicht in der Reihe der Bittsteller vor seinem Zelt warten mußt. Ich sag's dem Anführer, er sagt's dem Sultan.«

»Sag dem Anführer, daß ich dich und Messud bei mir haben will, heute nacht.« Troncas klatschte seinem Pferd die Hand auf die Kruppe. »Ihr wißt, daß wir nicht darüber sprechen dürfen.«

Messud und Usamah nickten, Messud führte die Pferde weg. Troncas ging durch die Lagergassen, die sich nach dem Gebet langsam füllten, zu seinem Zelt. Er spürte die gleiche Art der inneren Unruhe und Spannung wie im Lager der Kreuzfahrer, nur fehlten hier der Lärm und die Gewalttätigkeit. Er schlüpfte in die duftende Kühle des Zelts, entledigte sich des Obergewandes, schnallte die Sporen ab und streifte die Stiefel von den Füßen. Crysaide hatte feuchte und trockene Tücher bereitgelegt; er vergrub sein Gesicht in ein kaltes Tuch und stöhnte wohlig auf.

»König Richard! König Artus! Salah al-Din!« Ihm schwindelte, er holte tief Luft und glaubte den Schweiß tropfen zu hören. »Drei große Könige. Könnte ich ihre Gedanken lesen ... vielleicht würde ich erschrecken. Ob Salah al-Din meint, er ist dem Artus ähnlich?«

In Wirklichkeit fügten viele Barden unendlich viel zu den Gestalten hinzu. Sie schrieben und sangen von Guineveres Schönheit und der Farbe ihrer Augen, ohne sie je gesehen zu haben. Die Namen vieler Lanzenreiter, die Artus nun umgaben, stammten weder aus Wales noch aus Schottland, nicht einmal aus der Zeit des Hochkönigs, sondern von Männern, die Alienor von Aquitaine gekannt hatte oder die gleichen Alters wie sie waren: de Troyes, Robert de Boron, Geoffrey of Monmouth oder Caradoc of Llancarvan, Wace mit dem *Roman de Brut* und andere, die Troncas nicht kannte, oder solche, von denen er nicht einmal gehört hatte. Er nahm das Tuch herunter, seine Blicke tasteten durch das leere Zelt, dann lachte er leise.

»So wird es wohl auch den drei großen Königen ergehen, so oder ähnlich. Allerlei Chronisten werden Wahres und Erfundenes von ihnen und über sie der Nachwelt mitteilen.«

Auch Artus und Merlin waren kaum mehr gewesen als Umrisse, mit Kohle auf eine weiße Platte gezeichnet. Jeder, der vorbeikam, fügte eine Farbe, einen Schnörkel, eine Kleinigkeit hinzu, bis nach einiger Zeit farbige, lebensechte Bilder daraus geworden waren: Die Tafelrunde, Guineveres Ehebruch mit Lanzeloth, der unsterbliche Zauberer, in Wirklichkeit Großvater, Vater und Sohn, oder Morganna, die Geliebte des Hochkönigs. Troncas war überzeugt, daß auch Beha ed-Din zu all seinen Bildern und Geschichten eigene Schnörkel und muslimische Farben hinzufügen würde; vielleicht gefiel es ihm, auf andere Weise Gegenwart und Vergangenheit zu vermengen.

Das Spiel der Flammen vieler Feuer und Fackeln bildete einen Halbkreis um Akkon und zeichnete rötliche Schleier auf die nassen Mauern. Troncas hob den Arm und zügelte sein Pferd. Im Lager arbeitete mitten in der Nacht nur die große Maschine, die halb mannsgroße Steinbrocken und Quaderteile nach Akkon hineinschleuderte. Das Tor war geschlossen, hinter den Palisaden standen fackeltragende Wachen. Auch Troncas, Messud und Usamah trugen Fackeln mit weit ausgestreckten Armen, so daß tropfendes Pech die Pferde nicht verwunden konnte.

»Wie ich's versprochen habe«, rief Troncas. »Ritter Troncas von Caer Laverock, unbewaffnet, mit zwei Begleitern.«

Das Knarren, mit dem sich beide Torflügel öffneten, ließ die Pferde scheuen. Ein Gepanzerter auf einem Rappen ritt ins Licht, ihm folgten König Richard und drei Ritter, alle helmlos und unbewaffnet. Zwei junge Ritter, an deren Namen sich Troncas nicht erinnerte, zündeten ihre Fackeln an der seinen an. Die Rüstungen, geputzt und poliert zu reinem Schwanenweiß, funkelten wie Silber.

»Hier bin ich, Ritter.« König Richard hatte seinen Bart zwei Finger kurz geschoren, sein Gesicht glänzte von Salböl, und in den Augen brach sich honigfarben das Fackellicht. »Reiten wir? Ich vertraue auf das Ehrenwort dessen, der mit mir reden will.«

»Wir haben sein Ehrenwort«, sagte Troncas und wendete sein Pferd. »Kommt, edle Herren.«

Im Mondlicht, unter dem gewaltigen Sternenhimmel, ritten sie in langsamem Galopp auf das Wäldchen zu, an dessen Rand ein Reiter mit der Fackelflamme Kreise ins Dunkel zeichnete. Troncas wandte unablässig den Kopf, aber rechts und links des kleinen Trupps vermochte er kein verräterisches Aufblitzen von Waffen zu erkennen, sah er keinen anderen Reiter. Auf Steinwurfweite an das Wäldchen herangekommen, zeigte König Richard auf den Reiter, der zwischen den Palmenstämmen hervorritt und sagte:

»Bleibt zurück, ihr Herren. Sag's deinen Begleitern, edler Troncas.«

Troncas nickte Usamah zu, ritt an die linke Seite des Königs und sah zu, wie der Wächter Salah al-Din eine Fackel aushändigte und zu Messud trabte. Der Sultan kam langsam näher, seine Blicke hefteten sich auf Richard Löwenherz, der sich grüßend verneigte und dann den gepanzerten Arm hob. Leise begann er:

»Sage dem großen Sultan Salah al-Din: Ich danke für seine überaus großzügigen Geschenke. Ich werde versuchen, mich seiner Freigebigkeit würdig zu zeigen. Noch mehr erfreut es mein Herz, ihn von Angesicht zu Angesicht sehen zu dürfen.«

Während Troncas übersetzte, ließen Löwenherz und Salah al-Din die Augen nicht voneinander. Löwenherz packte das Handgelenk des Sultans und verbeugte sich abermals. Nur das Prusten der Pferde, leiser Hufschlag und knarzendes Leder waren zu hören, und die Grillen im Wäldchen. Salah al-Din lächelte, sah Troncas an und sagte:

»Meine ärmlichen Gaben sind eine Beleidigung für deinen König. Sag's ihm. Legenden eilten ihm voraus, und jetzt sehe ich, daß die Wahrheit sie übertrifft. Mich verwundert und ehrt es, gegen einen so mächtigen Gegner kein Treffen in Waffen verloren zu haben. Frag ihn: Wie steht es um Akka?«

Um Akkon stand es schlecht, sagte Richard, obwohl die Besatzung ausnahmslos aus Helden bestand. Scheich Qara-Qûsh, der Befehlshaber der Stadt, leistete unbegreifliche Arbeit. Aber König Richard war sicher, ohne die Heldentaten und den unbeugsamen Kampfesmut der Belagerten schmälern zu wollen: Spätestens nach einem Mond würden die Christen in die Stadt eindringen. Wenn nicht die Belagerer lange vorher eine ehrenvolle Übergabe vorschlugen.

Troncas blieb eine halbe Pferdelänge hinter dem Sultan und dem König, als sie begannen, die Pferde im Schritt um das Brunnenwäldchen herumgehen zu lassen. Während er übersetzte, erkannte er, daß sie voneinander beeindruckt waren, der Sultan fast noch mehr als Richard. Plötzlich glaubte Troncas einige der Gründe zu erkennen, die den Sultan dazu gebracht haben mochten, jenen Feind zu beschenken und zu schonen, von dessen mißlicher Lage das Muslimheer viele Vorteile gehabt hätte. Waren die Gedanken, daß Salah al-Din den König als ebenbürtig erachtete, oder daß er sich wünschte, einen solchen Sohn zu haben – »von schrecklicher Körperkraft, erprobtem Mut, unbezähmbarer Gemütsart und dem Ruf, unbesiegbar zu sein«, hatte Beha ed-Din geschrieben –, oder daß Salah al-Din in schwarzen Träumen erkannt hatte, den Kampf zu verlieren, waren solche Gedanken allzu fern aller Wege des Verstehens?

»Sag ihm«, bat der Sultan, »daß mein Bruder und Nachfolger Malik al-Dil mit ihm über Vorschläge geredet hat, die wenig Sinn enthalten und Allahs Segen entbehren. Richards Schwester, ohne Zweifel eine Zierde der Christenheit, sollte mir die Stadt Akka und alle Besitzungen der Ifrandsch als Mitgift bringen, und dafür sollte Malik Jerusalem erhalten und alles Land, das wir zurückerobert haben.«

»König und Königin von Jerusalem; diesen Titel sollen sie tragen«, sagte Richard. Er schien sicher zu sein, daß der Sultan diese Wendung gutheißen würde. »Alle Gefangenen sollen zurückgegeben werden.«

»Auch daß dein König den Tempelrittern und jenen, die sich Spitalritter nennen, ihren Besitz zurückgeben will, würde jeden Muslim entsetzen. Man würde mich erdrosseln, wenn ich dies erlauben würde.«

Richard erwiderte lachend: »Aus dem Königspaar wird nichts! Mein Schwesterchen, die Witwe wurde, als der König von Sizilien starb, weigert sich, einen Muslim zu heiraten. Wenn also Malik meine Schwester zur Frau nehmen will, muß er den Glauben wechseln.«

»Mein Bruder wird daran sicherlich nicht einmal in wüsten Träumen denken.« Salah al-Din ließ sich von Richards Lachen anstecken. »Um Christen und Muslime miteinander zu versöhnen, braucht es mehr als die Schönheit einer Frau.«

Sultan Salah al-Din versuchte zu erfragen, woher die Uneinigkeit im Lager der Christen kam, und Richard gab sein Bestes, es zu erklären. Troncas verhedderte sich beim Übersetzen in den Bestimmungen eines Abkommens von Messina und dem Verlangen nach Cypern, dem Anspruch auf Flandern und der Darstellung des Haders zwischen Richard und Philipp, und als sie die Baumgruppe einmal umrundet hatten, erlosch Salah al-Dins Wissensdurst über die Wirrungen zwischen den christlichen Belagerern. König Richard hob wie im Schwur den Arm.

»Wenn wir uns wieder treffen, wird es in Waffen sein – als Gegner, irgendwo dort unter den Mauern oder auf dem Weg nach Jerusalem. Sag's ihm.« Die Fackeln waren halb heruntergebrannt, der Rauch stank. Salah al-Din starrte in Richards Gesicht, als könne er darin die Zukunft erkennen. »Aber wir werden als Ehrenmänner, getreu den Ritterschwüren, in gegenseitiger Achtung kämpfen.«

»Die Unschuldigen werden wir schonen«, antwortete der Sultan. »Allah weiß, wer den Sieg erringt. Wir hoffen auf ihn, den Hochgelobten, der das Leben der Kämpfenden erhalten möge – hüben wie drüben. Lebt wohl, Frankenkönig. Es war vielleicht nicht unser letztes Treffen.«

Troncas übersetzte. König Richard nickte. Sein Gesicht zeigte Verständnis und Achtung. Troncas erkannte das Lächeln wieder, das gleiche, das in Poitiers die Frauen verzaubert, die Sänger belohnt und die Turniergegner versöhnt hatte. Jetzt galt es dem mächtigsten Mann aller Muslime.

»So werden wir es halten, Großer Sultan. Kampf muß sein, aber wir hassen einander nicht. Lebt wohl, Salah al-Din!«

Wieder umgriffen sie grüßend die Handgelenke des anderen. Salah al-Din sagte:

»Geleite ihn zu seinem Lager, Ritter Troncas. Du hast ohne Fehler in beiden Zungen vorzüglich geredet. Über die Belohnung werde ich nachsinnen.«

Troncas verneigte sich. Arîf Usamah gab ihm eine frische Fackel. Die Gruppe ritt schweigend zum Lager und teilte sich einen Pfeilschuß vor den Tortürmen. König Richard hielt sein Pferd an und rief:

»Wenn Akkon gefallen ist, Troncas, soll dich der Sultan freilassen. Dann kämpfen wir wieder zusammen, bis wir in Jerusalem einreiten.«

»Inshallah, sagen die Muslime.« Troncas winkte und senkte den Kopf. »Das heißt: Wenn Gott es so will, Herr König.«

Er sah zu, wie Richard und seine Begleitung durch das Tor ritten, und winkte den beiden Bogenschützen. Vor ihnen schlossen sich die schweren Torflügel mit metallklirrendem Krachen.

Schweigend trabte Troncas zwischen den Spähern, deren Fackeln knisternd herunterbrannten. Er nutzte den Ritt zur Klärung der ungeordneten Gedanken, die hinter seiner Stirn brodelten. Er versuchte im Geschehen der vergangenen Stunden etwas Begreifbares zu erkennen.

Seit Troncas im Dezember 1189 im Gefolge König Richards

England verlassen hatte, spätestens im August des folgenden Jahres in Marseille, von dessen Hafen Richard nach Genova reiste, wußte Troncas mit unumstößlicher Gewißheit, daß Richard eine einzigartige Begabung besaß: Mit der Sicherheit eines Schlafwandelnden erkannte er Zuverlässigkeit und Fähigkeiten eines jeden Menschen, dem er zu vertrauen gedachte. Es war, als könne er tief ins Herz der Menschen sehen und deren Gedanken lesen. Hatte Richard auch die Gedanken Salah al-Dins durchschaut? Troncas kannte Richard nicht nur als harfespielenden Sänger und Turniersieger, sondern ebensogut als Kämpfer, dem Frauenliebe offensichtlich nichts bedeutete. Die »schwarze Galle« seines Vorfahren Fulco Nerra, Anfälle jähen Zorns und todeswütiger Unbeherrschtheit, die im Aufschrei »Oc e No!«, »Ja oder Nein!« gipfelten, trieben Richard in die Schlacht um Messina. Er schenkte König Tancred in Catania das Artus-Schwert Caliburn, das inzwischen in *Excalibur* umbenannt worden war, überlebte die Stürme bei Creta, führte die Eroberung der Stadt Amathos auf Cypern und den Kampf beim cypriotischen Tremythos an; sein Wüten entschied jeden Kampf. Wenn Richard sagte, daß Akkon in wenigen Tagen erobert sein würde, so fiel es Troncas leicht, dem König fast bedingungslos zu glauben. Richard war offenkundig jetzt mit dem Schicksal im Bunde, nicht anders als König Artus in den friedvollen Jahren Britanniens. Mitten im Leben aber umgab sie alle der Tod; sie waren umgeben von Hunger, Seuchen, Verwundungen oder Gefangenschaft. Auch Sultan Salah al-Dins Leben war in Allahs Hand.

»Gleich schläfst du ein, Effendi der Worte«, sagte Usamah und schwenkte den Fackelstumpf. »Du begrübelst die Niederlage der Ungläubigen?«

Troncas hob den Kopf. Sie hielten vor der Palisadenwand des muslimischen Lagers. Troncas begegnete einem lauernden Blick des Spähers.

»Da ist so viel zu begrübeln, Arîf. Ich bin todmüde, schaffe vielleicht einen Teil davon. Allah schenke dir verheerende Träume.«

Usamah grinste niederträchtig. »Tod allen Ungläubigen!«

Der Diener half beim Auskleiden. Warmes Wasser, nasse und trockene Tücher lagen bereit, die Vorhänge des Schlafzelts waren einladend zur Seite gerafft. Crysaide kauerte vor einem niedrigen Tisch, der mit silbernen Schalen voller Essen, Krügen und Bechern überfüllt war. Troncas säuberte sich, die Zusätze im Wasser und der Duft in den Tüchern vertrieben den Geruch nach Schweiß und Pferd. Er streckte die Arme aus und schlüpfte in die weiten Ärmel des Schlafmantels. Der Stoff war weich und jede Falte wie ein zaghaftes Streicheln. Mit jedem Schritt nahm die Müdigkeit zu. Er zog an den Schleifen der Bänder, die Vorhänge glitten übereinander. Crysaide stand lächelnd auf, gefüllte Becher in den Händen.

»Von Behas Diener weiß ich, daß du gefährliche Dinge getan hast, im Dunklen, dort draußen.«

Er nahm einen Becher. »Da gab es nichts Gefährliches. Mächtige Männer haben kleine und ein paar große Worte miteinander gewechselt.«

»Es geht um die Eroberung der Stadt, nicht wahr? Bist du nicht hungrig?«

Er leerte, nach einem prüfenden Schluck, den Becher; es war jenes Gemisch aus Wein, Obstsaft, unbekanntem Gewürz und einem einschläfernden Kräutersud. Troncas schüttelte langsam den Kopf, ließ nachschenken und setzte sich schwer auf einen gepolsterten Schemel.

»Es ging um Sieg und Niederlage. Und um viele, die im Kampf sterben werden. Es ist große Unruhe, bei den Heeren und in den Herzen des Sultans und der Christenkönige.« Er nahm Crysaides Hand und streichelte ihre Finger. »Ich kann nicht glauben, daß sie sich friedlich einigen.«

»Wird der Sultan siegen?«

Crysaide setzte sich auf seine Knie. Troncas hob ratlos die ausgestreckten Arme, zuckte dann mit den Schultern. »Es wird keinen Sieg geben und keine wirkliche Niederlage. Ich sage: Bald ist Akkon erobert.«

»Und danach wirst du mit dem Enkel des unsterblichen Königs

Artus gegen uns kämpfen, gegen Usamah und Beha ed-Din. Und ich muß vor dir und deinen Gepanzerten fliehen.«

Seine Blicke glitten von ihrem Gesicht den Hals hinunter und zu den Brüsten, deren Spitzen sich durch den weißen Stoff drückten. Er legte den Arm um Crysaides Hüften und murmelte:

»Auf eigentümliche Weise bin ich sicher, daß ich nicht kämpfen werde. Weder für Richard noch gegen ihn; ich bin Salahs Gefangener. Dort draußen, in der Nachthitze, gehen seltsame Dämonen um. Der feste Glaube wankt, Mutlosigkeit befällt einmal diese, dann jene Seite, niemand ist seiner selbst gewiß. Alles ist wirr. Morgen, wenn ich geschlafen hab, kann ich vielleicht meine Gedanken ordnen.«

»Niemand wird uns wecken, Troncas. Unser Lager hab ich bereitet.«

»Dann laß uns schlafen«, sagte er und bezwang ein Gähnen. »Mitunter ist des Todes kleiner Gevatter eine Wohltat.«

Crysaide stand auf, zog ihn hoch und zur Schlafstatt. Er ließ sich zurücksinken und sah aus halb geschlossenen Augen zu, wie sie sämtliche Lämpchen löschte bis auf eines, das aus Kupfer war und in einer großen, wassergefüllten Schale schwamm. Sie füllte die Becher, trug sie zum Kopfende des Lagers und entkleidete sich langsam mit schmeichelnden und aufreizenden Bewegungen. Wenn ihre gespreizten Hände durch das Haar kämmten, ertönte ein Knistern, viel leiser als Grillengezirp, und einzelne Haare richteten sich starr auf; jede Geste sah Troncas wie durch einen grauen Schleier, dessen Fäden in großer Traurigkeit gewoben worden waren.

In tiefster Dunkelheit schraken sie auf, und noch als sie verwirrt zu erkennen versuchten, was sie geweckt hatte, verwandelten sich die Stoffbahnen des Zelts in eine unirdisch weiße Fläche, deren Leuchten einige Herzschläge lang blendete. Die Schatten der Stangen, Seile und Nachbarzelte hafteten lange auf der Innenseite der Lider. Das Knattern des Blitzes und drei, vier Donnerschläge, die ineinander verschmolzen, machten Troncas und Crysaide halb taub. Der

Schein des nächsten Blitzes zeigte Troncas den Körper, neben ihm ausgestreckt, weiß und begehrenswert, das Gesicht vom Haar schnörkelhaft umrahmt, die Augen geschlossen. Troncas lehnte sich über Crysaide, sie öffnete seinem Knie die kühlen Schenkel und biß in seine Lippen, als er sie küßte.

Wenige Atemzüge lang preßte sie ihre Brüste an ihn, ihre Beine umschlangen seinen Rücken, dann riß keuchende Begehrlichkeit, die sich Troncas im Wechsel von Blitz und Donner mitteilte, ihre letzte Scheu weg. Er hörte nicht mehr auf seine Gedanken, seine Hände und Lippen wanderten über den Körper, der sich ihm entgegenbäumte. Die Haut glühte, Schauer fuhren darüber, sie vereinigten sich in schweißfeuchter Raserei, die einem Rausch glich, einer unausweichlichen und unstillbaren Begierde. Troncas, dessen Glied stark und hart blieb wie der Schaft einer Waffe, nahm Crysaide halb unbewußt, in allen Stellungen, derer er sich wundersamerweise entsann; es schien, als habe sich seine Ausdauer vervielfacht. Das Morgengewitter blieb zwischen Meer und Bergen, drehte sich über dem Land, entlud sich mit hundert Blitzen und tausendfachem Donner, der das lustvolle Stöhnen, Wimmern und Keuchen verschluckte. Als Troncas die Augen öffnete, vom Rauschen einer gewaltigen Woge überrascht, kauerte Crysaide auf seinen Schenkeln, ihr Körper hob und senkte sich, sie beugte sich, mit verzücktem, schweißübergossenem Gesicht, zu ihm her und weit zurück, so daß seine Finger die gespannten Sehnen ihrer Schenkel ertasteten; das nasse Haar peitschte seine Füße und sein Gesicht.

Vereinzelte Regentropfen hämmerten auf die ausgetrockneten Zelte ein. Kurz darauf rauschten Regengüsse vom Himmel, das dumpfe Knattern und Prasseln wandelte sich zum gleichmäßigen Rauschen, das anschwoll und leiser wurde, und nun waren wieder einzelne Laute des Lagers zu unterscheiden. Sie waren wie aus einer anderen Welt. Feuer strömte durch Troncas' Adern und erfaßte sein Glied; er verströmte sich in wilden Stößen. Crysaides Körper erstarrte zu Stein, war plötzlich schwer wie eine Statue und brach zuckend auf Troncas' Brust zusammen, ohne ihn aus dem Schoß freizugeben. Leiser Donner grummelte, ferne Blitze flackerten. Der Regen brandete mit dem Rauschen von Meereswogen, Wasser bildete tiefe Einbuchtungen im Zeltdach und plätscherte über die Seitenwände. Troncas spürte seinen Herzschlag, der rasendem Trommelschlag glich, so wie der Herzschlag Crysaides auf seiner rechten Brust.

Durch triefende Öffnungen und von den durchnäßten Zeltbahnen her kam feuchte Kühle ins Innere. Crysaide glitt murmelnd von Troncas herunter. Aus den Enden ihrer Haarsträhnen tropfte Schweiß. Sie hob zitternd die Becher, aus denen sie nachts nicht getrunken hatten. Schweigend, die Blicke ineinander gebohrt wie Dolche, tranken sie den schalen Sud, streckten sich nebeneinander aus und schliefen ein.

4. KAPITEL

Worin Troncas von den wahren Rittern der Tafelrunde erzählt und von deren Aventiuren, und worin ihn Beha ed-Din über den heiligen Gral befragt

Das Gewitter, das drei Stunden nach Sonnenaufgang mit einem doppelten Regenbogen endete, hatte alles verändert und vielen Dingen, wie man raunte und flüsterte, eine hoffnungsfrohe Bedeutung verliehen. Die Regenbogen blieben eine halbe Stunde lang am Himmel und spannten sich von Akkon bis nach Haifa. Allah hatte ein Siegeszeichen gegeben, sagte Beha ed-Din, als er mit den Schreibern nach dem Mittagsgebet ins Zelt kam. Troncas und Crysaide hatten sich, taumelnd nach dem abgrundtiefen Schlaf, im nächstgelegenen Lagerbad waschen, kneten und walken und mit kalten Güssen ein zweitesmal wecken lassen. Sie hatten die Speisen der vergangenen Nacht gegessen und erkannten inzwischen ihre Umgebung wieder, ohne schwefelgelbe oder purpurne Rahmen und ohne zweimal hinsehen zu müssen.

»Voll des Lobes ist der Sultan«, sagte Beha ed-Din, setzte sich und klatschte in die Hände. Der Zeltvorhang teilte sich, und vier Kinder, vielleicht zehn, zwölf Jahre alt, schleppten eine Truhe aus Flechtwerk herein. Sie setzten sie vor Troncas auf den dicken Grasmatten ab, verneigten sich und blieben davor stehen; zwei Knaben und zwei Mädchen, zart, schön, kostbar gekleidet und mit furchtsamen Blicken. Beha deutete auf die Truhe, dann auf die Kinder und sprach weiter.

»Er sendet Geschenke. Gewänder, unbedeutenden Schmuck und vier Diener, die du nach Gutdünken behandeln sollst. Die Knaben zur Lust, die Mädchen zum Dienen, oder umgekehrt oder ähnlich. Salah al-Din, der Große, versichert dich seiner Freundschaft und Milde, und er preist deine Fähigkeit. Wie Honig, Nachtigallenschlag und Schwertspitze, sagte er, sei deine Zunge.«

»Der Geschenke bin ich unwürdig«, sagte Troncas. »Ich tat's gern, gestern nacht. Was die Vier angeht, o Amir sultanesker Grüße, so siehst du mich verwirrt. Mit Kindern hab ich's nie getrieben, mein Sinn steht auch nicht danach, und schon gar nicht mit Knaben.« Er grinste beschwichtigend in die vier ängstlichen Gesichter. »Ich werde mich damit begnügen, mich und Crysaide von ihnen bedienen zu lassen.« Er rief: »Schönste, Crysaide!«

Der Vorhang teilte sich. Crysaide kam herein, sank vor Beha auf das Knie und sah Troncas an.

»Die Vier sind unsere neuen Diener. Sie werden die Geschenke«, er deutete auf die Truhe und nickte, »in dein Nebenzelt tragen und dir helfen, sie auszupacken. Beha ed-Din, der Qa'id der Neugierde, und ich, wir werden dort fortfahren, wo wir aufgehört haben: bei König Artus, der Tafelrunde und dem heiligen Gral.«

»Um das Kitab zu beenden, das Buch der Erinnerungen.« Beha ed-Din schien gleichermaßen ungeduldig und besorgt. »Wieder weilt Musa ibn Maimûn, der Arzt, am Lager Salah al-Dins. Der Große ist unpäßlich. Viele Anführer sind störrisch, und dem Heer gebricht es an Entschlossenheit, möglichst viele Ifrandsch zu töten.«

»Daran hat das Gewitter nichts geändert?«

»Gießt du solchen gallebitteren Spott auch über die Mannen deines Königs mit den rotgoldenen Locken aus?« Crysaide half den Kindern, die Truhe aus dem Hauptraum zu tragen, und schloß die Vorhänge. Troncas nickte, Beha ed-Din hob die Brauen und bewegte die Finger, als wären sie voll klebrigen Honigs. »Würden wir über die Schlachten reden, in denen wir euch hätten besiegen und eure Leichen ins Meer werfen können, säßen wir im Winter noch beieinander. Reden wir also über die Tafelrunde, über das Wahre in Erzählungen, Troubadourliedern, Bardensang und dem Raunen des ungebildeten Volks.«

»Sei nachsichtig, o Chronist, denn noch tanzen meine Gedanken wie ein Mückenschwarm – vor dem Gewitter.«

»Das Gewitter, der tiefe Schlaf und die liebreizende Crysaide haben daran nichts geändert?« Beha ed-Dins Gesichtsausdruck blieb versonnen. Troncas führte eine unzufriedene Geste aus.

»Nur wenig, o Wissensdurstiger.«

»Ich muß dir von der Gegenwart berichten, Beha ed-Din, um dir die Vergangenheit glaubwürdig schildern zu können. Vor einer Handvoll Jahren lebte ich am Hof von Poitiers an dem Flüßchen Vienne, als Gast der Königin Alienor und als junger Ritter im Gefolge ihres Sohnes Richard, demselben Richard Löwenherz, der heute die Stadt belagert.« Troncas schloß die Augen und lächelte. »Schon lange bevor Richard geboren wurde, war Poitiers die Lieblingsstadt der Herzöge von Aquitaine; dorthin zog es Troubadoure, Dichter und Barden – und einer davon war Christian von Troyes, Chrétien de Troyes. Er war es, der die Ritter der Tafelrunde erschuf und ihre Suche nach dem heiligen Gral. Vor Alienor trug er seine langen Gedichte vor; sie heißen *Erec*, *Lancelot* und *Contes del graal*. Und so fügte er, im Gedenken an Artus' Lanzenreiter, Bestandteile unseres christlichen Glaubens zu den ritterlichen Gesetzen hinzu und häufte Geheimnisse auf jene Erinnerungen, die ich dir geschildert habe, Amir Beha.«

O ummauertes Poitiers an der plätschernden Vienne, Sitz der Königin der Troubadoure, dachte Troncas, o Alienor, mit der Blume in der rechten Hand und dem Jagdfalken auf der anderen Faust! Nirgendwo hat sich Troncas so wohl gefühlt wie in den Gassen der Stadt, vor der prächtigen Fassade der Kirche Notre-Dame-la-Grande, im stillen Halbdunkel der Kirche, im Schatten des Glockenturms Saint-Porchaire oder in der Kühle der ausgedehnten Bauwerke, Gärten und Höfe des Herzogspalasts.

Es schien, als sei Poitiers eine steinumgürtete Insel der Schönheit; zweifellos waren Palast und Stadt ein Mittelpunkt des ritterlichen und höfischen Lebens. Keltische Barden sangen von Hochkönig Artus, Troubadoure und *Conteurs* dichteten und spielten von der höfischen Minne zwischen Rittern und Damen. Hier hörte auch Chrétien de Troyes zum erstenmal von den Taten des Königs aus einer längst entschwundenen Zeit; er hob diesen Schatz und verwandelte ihn in Dichtung. Er war es, der den Barden des britannischen Sagenkreises lauschte und aus deren zauberischen Kesseln, märchenhaften Trinkschalen oder dem Kelch, in dem das Blut der Wunden Jesu Christi aufgefangen wurde – vor zwölf Jahrhunderten! –, den Gral erdichtete.

Als ob er alles erst vor wenigen Monden erlebt hätte, entsann sich Troncas. Der Gral, oder Graal: Einem Einsiedler erschien Joseph aus Arimathia, der Hüter des Kelches, aus dem Jesus beim letzten Abendmahl trank. Gral bedeutet aber auch: *cratalis*, in Lateinisch für Schüssel oder Topf, oder *gradalis*, ein Stufenkelch mit großem Fuß. Unzählige Mythen ranken sich um magische Schüsseln oder Kessel, lange schon bevor Chrétien darüber schrieb. Da der Gral wahrscheinlich nie gefunden werden würde, weil so unendlich viel Zeit vergangen ist, bedeutete schon die Suche danach eine Auszeichnung für den Suchenden. Jene Gralsritter, die auszogen, ihn zu finden, mußten auf langen, gefahrvollen Umwegen und Irrfahrten durch Kampf, Leid und gegen lebensbedrohende Widerstände reiten. Auf diesem Weg sammelten sie Erfahrungen und unterwarfen sich strengen Regeln, die sie bisher nie gekannt hatten.

Sie lernten, Verzicht zu üben und Verantwortung zu tragen. Die Suche nach dem Gral war Suche nach Vollkommenheit; die Barden vor Chrétien de Troyes und einige andere Dichter aus seiner Zeit, von denen Troncas wußte, deren Namen er aber nicht kannte, veredelten Artus' Reiter zu gralssuchenden Rittern. Lanzeloth, Perceval, Galahad oder Gawain wurden siebenhundert Jahre nach ihrem Schlachtentod wieder zum Leben erweckt.

Und wie stets, wenn Legenden neu geboren wurden, begannen Schößlinge auszutreiben, Ranken zu wuchern, Blüten zu knospen und Blumen zu duften. *Caer Wydr*, Gralsburgen, unvorstellbar schwere Prüfungen, gläserne Städte und Festungen, Schwerterbrücken, Gralsbotinnen, weise Eremiten und Reisen von endloser Länge, zu Land und auf dem Meer – all das und mehr fügten die Dichter zu den Gralslegenden hinzu.

O Poitiers! Wo sinnbetörendes Sonnenlicht und milde Winde herrschten und die geistvollen Spiele der Fürsten, Ritter und Frauen begleiteten, mit klaren Weinen, Musik und klangvollem Gesang, wo Kampf scheinbar nur in ritterlichen Turnieren stattfand, wo heitere Feste die Wochen unterbrachen und alles, was niedrig und schmutzig war, außerhalb der Mauern blieb: Seuche, Ungeziefer, Hunger und Räuberei. In Poitiers, wo Troncas zum erstenmal in seinem Leben seidene Hemden trug und die Brüder kennenlernte, den jungen Heinrich, *el Jove Rey*, und Richard, den Lieblingssohn Alienors mit dem hellroten Haar – bis zum Juni 1183, dem Tag, an dem Heinrich der Jüngere als beinahe Dreißigjähriger starb. Sechs Jahre danach kehrte Troncas an der Seite Guillaume le Maréchals nach England zurück und erlebte 1189 Richards Krönung in London.

Drei Monde nach dem Tod des alten Agwyd und des Pferdemanns Kilydd, im hochsommerlichen Heumond, wurde Artus und Guinevere der Thronfolger Lohot geboren. Einundzwanzig Schiffe legten am Ufer und an den Stegen von Carlisle an, um Artus und viele seiner Lanzenritter in die Bretagne überzusetzen. Agravain, Sagramore, Persant und Pelleas, junge Krieger aus dem Gefolge Guineveres begleiteten ihn, dazu Ironside, Gawain, Kehydius, Bedwyr und andere. Mortlach und Blaine, die Eltern des Reiters Lantymer, hatten den König auf ihr Gut eingeladen. Sie hatten vor zweieinhalb Dutzend Jahren ihr Land an die Sachsen verloren, waren nach Armorica geflüchtet und hatten es dort zu großen Ländereien und Wohlstand gebracht.

Nördliche Winde blähten die Segel und trieben die Schiffe in langer Reihe an der zerklüfteten Westküste entlang und im weiten Bogen, vorbei an Avallon, nach Süden. Die Krieger und Knechte vertrugen die ruhige Seefahrt ebenso gut wie die Reitpferde in den schweren Begleitschiffen. Auf einigen Schiffen fuhren Barden mit und unterhielten die Reiter, wenn sie rudern und beim Segelsetzen helfen mußten. Meereskundige führten die Schiffe um den weiten Landvorsprung von Cornwall und in einer Vollmondnacht zu den Ufern der Bretagne. Als das Abendrot aufglühte, wandte Artus den Kopf und sah zu, wie die Inselküste im roten Halbdunkel verschwand: Sein Freund Kay und Königin Guinevere hüteten Lohot und das Königtum. Merlin half ihnen, Dux Ector, Gaheris und Tristan schützten Camelot und Caerleon mit ihren kleinen Heeren.

Die Schiffe liefen mit der einsetzenden, ungewohnt starken Flut in eine Flußmündung ein und warteten an den Ankersteinen zerrend auf stärkeren Wind.

»Heute«, sagte Troncas, heißt der Fluß die *Rance*, und ein Kloster oder eine Abtei, *Saint Malo*, thront an der Mündung.«

Die Schiffe sanken in den Schlick, die nächste Flut und Nordwestwind schoben sie weit ins Innere der »blauen Bretagne«. Artus ging mit Lasttieren und Vorräten an Land; bewaffnete und sprachenkundige Boten führten die zwölf Dutzend Reiter, deren junge Diener und die schwer beladenen Saumtiere durch das Land der germanischen Franken. Es wurde ein leichter und meist schneller, fröhlicher Ritt; Meereswind, der nach Salz schmeckte, milderte die Hitze der Sommersonne, und tiefer im Landesinneren trugen die warmen Winde die Gerüche abgeernteter Getreidefelder, reifenden Weins und durchglühter Weiden mit sich. Die Nachricht, daß König Artus mit vielen seiner Tapferen auf schmalen Straßen durch Dörfchen und an Weilern und Wehrtürmen vorbeiritt, sprach sich schnell herum: Oft standen Bewohner der nahen Orte an der Straße und schenkten den Reitern Wein, Früchte oder gebratene Hühner; weit geöffnet waren die Mieder der jungen Frauen. Nach neun Tagen galoppierte Graf Mortlach auf einem stämmigen Rotfuchs winkend und mit Freudenrufen auf die Anführer zu.

Beha ed-Din hob die Hände und setzte sich, mit leisem Ächzen, übertrieben gerade hin, drückte den Rücken durch und stand zögernd auf. Die Schreiber raschelten mit Streusand auf dem Papier, ließen die Holztafeln sinken und schlenkerten mit den Fingern.

»An den Stellen, an denen sich die Adern deiner Erzählung verzweigen, wie Fäden, aus denen der Seilschläger eine Kordel oder ein Tau flicht – an diesen Stellen ist es schwer, die Vergangenheit zu verstehen. Vielleicht vermag ein Dichter Artus und seine Ritter in der heutigen Zeit wiederzuerwecken und auf die Gralssuche zu schicken. Ich werde nachts, wenn das Heer und der Sultan mich nicht brauchen, darüber nachsinnen.«

»Ich geb's zu«, sagte Troncas leise. »Wie soll ich dir etwas erklären, das ich selbst kaum verstehe.«

Lautlos öffnete sich der Doppelvorhang, der zu Crysaides Schlafraum führte. Beha ed-Din wandte den Kopf und hob die Brauen; der Anblick schien ihn zu überraschen. Crysaide hielt drei voll aufgeblühte Rosen in den Händen, verbeugte sich, ohne zu lächeln, vor dem Chronisten und reichte Troncas die Blumen.

»Danke, Schönste.« Troncas sah sich nach einem Behältnis um. »Rosen? Warum? Wofür? Gerade jetzt?«

»Ich hab dir so oft zugehört«, sagte sie. »Sie sollen dich an Poitiers erinnern, an deine kurze Zeit der Rosen und der Lieder. Und an die Blitze heut morgen.«

»Ich bin gerührt, Crysaide«, sagte Troncas. »Heut nacht erzähl ich dir mehr von diesen Jahren.«

Troncas steckte die Stiele in einen schlanken Tonkrug und ritzte sich an einem Dorn den Finger. »Rosen, o Amir. Anerkennung für die Versuche, gesungene Lieder und erlebte Schönheit in magere Worte zu verwandeln.«

»Dieser Gral ...« Beha ed-Din schickte die Schreiber hinaus. »Er ist euer Wort für vieles. Erlösung, Vollendung, für das Streben, das eigene Schicksal zu bestimmen, und auch dafür – wie bei uns wahren Gläubigen! –, jene Vollkommenheit zu erreichen, die den Weg ins Paradies öffnet, vor Allahs Antlitz und zu den Huris? Habe ich recht?«

»Der Gral ist das Wort für dies alles.« Troncas leckte über seine trockenen Lippen. »Und für vieles mehr.«

Crysaide brachte ihm einen Becher gemischten Weins. Er nahm kleine Schlucke und betrachtete die Schwarzhaarige, als sähe er sie zum erstenmal; seine Gedanken weilten andernorts. Ebenso fern wie König Artus' Ritt durch die nördliche Bretagne waren die Geschehnisse in den Ländern der Friesen, Sachsen, Jüten und Franken, bei den Galliern und Germanen, wie Rom die vielen Volksstämme des Festlandes genannt hatte. Weder aus den Schriften Gildas noch denen Geoffreys von Monmouth oder Williams von Malmesbury hatte Troncas etwas davon erfahren können; in Poitiers hatte er zum erstenmal den Namen des Königs Chlodwig vom Frankenland gehört.

Mitten in der Nacht wachte er auf, ohne daß ihn Gewitter, Lärm oder Kampf geweckt hatte, und nach wenigen Atemzügen gelang es ihm, den Faden wieder aufzuspulen, dessen Ende er vor dem Einschlafen mit Mühe hatte packen können: Im Osten der Bretagne dehnte sich unter der Herrschaft Chlodwigs, in den Jahren der letzten Artus-Schlachten, das erstarkende Reich der Franken aus. Chlodwig besiegte einen Stamm, der den nachrömischen Namen Alemannen trug, und versuchte vergeblich, im Süden des Frankenlandes die Burgunder zu besiegen. Viele Völker, so stand es in den Klostertexten, weit östlich auf der schier endlosen Fläche des Kontinents, drangen vor, vermischten sich und wichen zurück; niemand besaß wirkliches Wissen über die Gebiete, aus denen jene Nachrichten gekommen waren. Zur selben Zeit, in der Artus beim Berg Badon siegte, hatten Kelten und Waliser in Armorica-Klein Britannien Fuß gefaßt und säten zum erstenmal ein Korn aus, das *Roggen* genannt wurde. Etliche Jahre nach dem Ritt des Königs zu Graf Mortlach, oder gleichzeitig, oder später, eroberte Chlodwig ein großes Stück Land, das den Goten gehört hatte. Das Reich der Franken entstand und wurde nach dem Tod König Chlodwigs unter seine vier Söhnen aufgeteilt. Die Bretagne, so schien es, blieb für viele Jahre unter der Herrschaft zahlreicher einst walisisch-keltischer Fürsten oder kleiner Könige.

»Wir hoffen auf Allah, den Hochgelobten, daß er unsere Herzen antreiben möge, um zu beruhigen, was sie erregt. Solange das Meer dem Feind Verstärkung herbeiführt und die Ufer ihn nicht zurückstoßen, leiden unsere Länder ständig unter ihm, plagt fortwährend die Krankheit unsere Herzen, die uns durch seinen Schaden befallen hat! Wo ist das Ehrgefühl der Muslime? Wo ist der Stolz der Gläubigen, der Eifer der Treuen?«

Salah al-Dins Stimme hallte über den Versammlungsplatz. Er stand auf der Plattform des Turms, von dem sonst der Muezzin zum Gebet rief. Die Muslimkrieger standen Kopf an Kopf, bis weit in die Lagergassen hinein. Troncas lehnte neben Beha ed-Din an der Stange eines Zeltvordachs und lauschte dem Aufruf des Sultans. Die Stimme des Heerführers gewann an Schärfe.

»Wir sind von tödlichem Staunen ergriffen über die gegenseitige Hilfe der Ungläubigen und unsere eigene Trägheit. Keiner hört die Mahnung, keiner greift ein, um das Verbogene geradezubiegen. Seht doch, wie sich die Franken vereinigen! Wieviel Geld haben sie ausgegeben, wieviel Beute haben sie gemacht! Nicht ein einziger Wehrhafter, kein König, kein einfacher Mann, ist in ihren Ländern zurückgeblieben. Sie haben wenig darüber nachgedacht, Leben und Seele hinzugeben, um ihre Religion zu verteidigen!«

Die Muslime scharten sich um ihre Anführer und rasselten mit den Waffen. Sie spürten ebenso wie Troncas, daß der Sultan den Sieg herbeiflehte. Jetzt rief er:

»Wir Muslime sind lau und schwächlich geworden, faul und nachlässig, wir liegen in ohnmächtiger Betäubung da und haben jeglichen Eifer und Mut verloren! Aber wir vertrauen auf Allah, aufrichtigen Sinns und in tiefer Ergebenheit. Wenn er es will, gehen die Ungläubigen zugrunde, und wir leben sicher und wohlbehalten.«

Salah al-Din hob beide Arme und schrie jetzt:

»Wir müssen kämpfen! Wir müssen die Ungläubigen von Akka wegtreiben und zerstreuen, in alle Winde! In einer großen Schlacht und mit vielen Angriffen! Die Tapferen auf den Mauern und in Akka hungern, sind verzweifelt, stehen gegen eine Übermacht, die mit rasender Kraft kämpft! Ihr, meine unvergleichlichen Krieger, helft ihnen!

Ich und Bruder Al-Malik al-Adil führen euch an!«

Die Krieger jubelten und schwenkten die Waffen. Beha und Troncas traten ein paar Schritte zurück, dann rief Beha:

»Ich habe schon viel lauteres Kriegsgeschrei gehört, Effendi Ritter.« Er setzte ein zaghaftes Lächeln auf. »Vielleicht hat dein König doch recht. Aber die Zahl unserer Tapferen ist doppelt so groß. Wir werden gewinnen.«

Troncas sah zu, wie die Muslimkrieger auseinandergingen. In keinem Gesicht sah er den Ausdruck verwegener Angriffslust oder wenigstens des Hasses auf die Ungläubigen. Es war der sechste Juli, der erste Tag des zweiten Dschumadi. Er legte die Hand auf Beha ed-Dins Schulter und grinste traurig.

»Gestern war ich mit meinen Freunden, die mir die Seuche an den Hals wünschen, vor dem Lager der Ifrandsch. Inzwischen ist es mir fast gleichgültig geworden, welches Heer gewinnt; seit fast fünfzehn Monden bin ich weder wie Fisch noch wie Fleisch. Aber – die Mauerbreschen werden größer, die Stollen unter den Mauern tiefer, und unsere Geschütze schleudern ohne Unterbrechung Steine in die Stadt. Obwohl ich Engländer bin, wächst mein Mitleid mit den Eingeschlossenen.«

Beha nickte und lächelte schwach.

»Ihr Ifrandsch seht in jedem Busch, der zur Unzeit blüht, ein Wunder. Wir aber hoffen auf Allah. Wenn ich nicht irre, steht geschrieben: Das Recht ist stets bei den stärkeren Heeren.«

»Inshallah.« Troncas hob die Brauen und deutete vage in die Richtung seines Zeltes. »Wann reden wir wieder miteinander?«

»Nach eurem Späherritt. Heute abend.«

Troncas verbeugte sich knapp und wartete, bis ein Dutzend berittene Bogenschützen an ihm vorbeigeprescht waren. Dann folgte er ihnen mit entschlossenen Schritten, so, als könne gemessene Eile etwas an Sieg oder Niederlage ändern.

Als Troncas das Pferd auf der runden Kuppe der Düne zügelte, dem besten Platz, um über Wall und Palisaden hinweg große Teile des Lagers einzusehen, nach einigen langen Blicken auf das gewohnte Schauspiel der Belagerung, schweifte sein Blick hinaus aufs Meer. Schon einmal hatten sie einem erschöpften Schwimmer aus dem Wasser geholfen, ihn in einen Mantel gewickelt und ins Lager gebracht. Heute lag das Meer wie eine geschliffene Fläche aus dunklem Smaragd, und nur ein einsames Fischerboot dümpelte weit draußen. Arîf Usamah zeigte auf die gezackten, tiefen Rinnen an den dunkelgelben Flanken der Erhebung, neben den Hufen der Tiere.

»Wenn dein König wüßte, was wir hier sehen und dort berichten, hätte er uns längst vertrieben, Ritter.«

»Ich sage dir, daß wir ihm gleichgültiger sind als drei Fliegen unter dem Schweif seines Pferdes. Was könnten wir ändern?« sagte Troncas. »Nur ein Wunder hält die Mauern noch zusammen.«

Die Belagerer waren, alles in allem, in zwei Gruppen geteilt. Knechte, einige Frauen, wenige Ritter und Gefangene schleppten Steinblöcke, Wasserkrüge, Essen und Schweißtücher herbei und schufteten an den Schleudern. Seit einem Zehntag waren auch nachts die malmenden Geräusche zu hören. Stein schlug auf Stein, Quader und Bruchsteine barsten, Splitter und Bruchstücke polterten senkrecht herunter. Hin und wieder flammte das unlöschbare griechische Feuer auf, schwärzte nicht nur die Mauern und ließ das Gestein bersten, sondern schuf lodernde Bereiche in der Stadt: Dachstühle glühten weiß und rot, brachen ein und verschmorten, brennende Menschen rannten kreischend durch die widerhallenden Gassen. Vielleicht fanden die Ritter im Lager ein paar Stunden unruhigen Schlaf, aber in Akkon war auch nachts nicht daran zu denken.

Sämtliche Gräben und Wälle, nicht anders als die wenigen Tore, die Palisaden, die im Süden und Norden der Stadt so weit ins Meer hinaus eingerammt waren, daß weder Fußkämpfer noch Reiter einen Weg durch das tiefe Wasser fanden, hatte König Richard in vorbildliche Ordnung bringen lassen. Vier große Schiffe, unerreichbar für jeden Brandpfeil, saßen auf dem Strand auf; sie hatten ausgeruhte Männer, Verpflegung, einige Pferde und körbeweise Pfeile, Lanzen und Armbrustbolzen angelandet.

»Die Mauern! Sie sehen gräßlich aus«, murmelte Messud. »Du weißt, daß fast alles Kriegsgerät unseres Küstenlandes – Ägypten, al-Kadisiya und Aleppo – in den Gewölben Akkas liegt? Daß unter dem Befehl ad-Din Qara-Qûshs die besten Amire kämpfen? Selbst Ali al-Mashtûb verteidigt Akka, o Ungläubiger.«

»Keine Schmeicheleien, Späher.« Troncas räusperte sich und richtete die Blicke auf das Land zwischen Wall und Palisaden und dem fernen Muslimlager. Es war fast menschenleer. Das konnte nur bedeuten, daß sich Salah al-Dins Heere trotz ihrer Unentschlossenheit zum Kampf sammelten. »Ihr Mut, glaube ich – den ich bewundre –, wäre einer besseren Sache dienlicher. Vielleicht läßt euch Allah den Sieg vermeiden. Aber – ihr seht es selbst.«

»Die Ifrandsch sind mit den Dschinni der Verwüstung im Bunde«, knurrte Usamah. »Viele Söhne werden zu Waisen, wenn wir versuchen, eure Wälle zu überwinden.«

»Ja«, sagte Troncas düster. »Ihr seid gewohnt, auf ebenem Land und in Wüsten zu siegen. Unsere Heimat starrt von Mauern, Wehrtürmen, Burggräben und uneinnehmbaren Steinwänden. Soll heißen: Im Belagern und Zerstören fein gefügten Mauerwerks haben wir mehr Erfahrung.«

Und, dachte er, mehr Geduld und Ausdauer.

Es fehlte dem Sultan an wenigem, sicherlich nicht an Geld, um jeden Krieger und, wenn er starb, dessen Witwe und Kinder zu entlohnen und zu entschädigen. Das Heer, kaum anders als das der Christen, bestand aus Dutzenden von Teilen, die nur ihrem Amir gehorchten. Der Gehorsam der Amire dem Sultan gegenüber schien weniger streng ausgeprägt zu sein, und überdies konnten sie sich zu jeder Stunde des Tages zurückziehen, irgendwohin. Richard Löwenherz und Philipp aber waren eingeschlossen und sahen sich der Umzingelung unzähliger Muslime gegenüber. Diese Gewißheit ersetzte mitunter Löwenmut und Kampferfahrung. Überdies: *Deus le vult!* und *Saint George Aie!*, Richards Angriffsschrei, versetzten die in Eisen Gekleideten und selbst die gepanzerten Pferde in die Stille jener eisigen Stunde, in der Furcht, Überlebenswille, Angst und Schmerzempfindlichkeit ausgelöscht waren. Eine seltsame Sicherheit, nicht sterben und nur siegen zu können, beherrschte die Ritter. Troncas kannte dieses Gefühl, und es hatte ihn auch vor fünfzehn Monden beim Brunnenwäldchen verwirrt, als er dem Tod näher gewesen war denn je zuvor.

»Es hat sich nichts geändert vor Akkon«, sagte er. »Kein schwimmender Bote mehr. Die letzten Brieftauben scheint Qara-Qûsh geröstet und gegessen zu haben.«

»Wir reiten nach Norden«, sagte Usamah. Seine Stimme war heiser; er begann einzusehen, daß Allahs segensreiche Hände nicht auf den mächtigen Mauern der Stadt ruhten. »Dort wird das Heer des Bruders angreifen. Sehen wir nach, ob wir eine schwache Stelle in den Wällen finden.«

Troncas schnalzte mit der Zunge. Der Schimmel stellte die Ohren auf und riß den Kopf in den Nacken. »Schwerlich, o Gâzi! Richard gibt sich keine solche Blöße.«

Am Boden der Rinnen, die der Gewitterregen gefräst hatte, war der Sand naß, und die Hufe der Pferde rissen tiefe Spuren in den Dünenhang, als die Späher nacheinander hinunterritten und sich in den Sätteln weit zurücklehnten. In langsamem Galopp, weit außerhalb der Reichweite von Pfeilen und Armbrustbolzen, ritten sie durch das wellige Land. Die Feuchtigkeit hatte unzählbar viele Pflanzen und ausgedehnte Grasflächen hervorgezaubert. Es schien, als habe sich die ausgeplünderte Umgebung Akkons für die letzte Schlacht geschmückt.

»Der zweite Heinrich, Löwenherzens Vater, hörte wohl zum erstenmal am Hof seiner Gattin Alienor von König Artus. Geoffrey von Monmouth beschrieb Artus, unwidersprochen, auf fast göttliche Weise, als Hochkönig, Überkönig, weitestgereisten aller Gralsritter: Artus segelte nach Gallien, besiegte die Angelsachsen, danach das langbärtige Schiffsvolk mit den Drachenbooten und die Gallier, schließlich versetzte er den römischen Kaiser, angeblich in Rom, in furchtbaren Schrecken. Er verschwand schwer verwundet aus seinem letzten Kampf, und Merlin erweckte ihn, damit er zusammen mit den Bretonen – und den tausendmal tausend Rittern der Neuen Tafelrunde – unsere britannische Insel zurückerobere. Artus, der unsterbliche Hochkönig!« Troncas hob die Hände von den Schenkeln und ließ sie schwer herunterfallen. »Heinrich liebte diese Sage und ließ ausrufen, er habe einen Brief des Königs Artus erhalten, das Schreiben beantwortet und daraufhin im Kloster Glastonbury graben lassen. Das Volk hatte Burh Viroc, Artus' schönes Camelot, längst vergessen und Glastonbury fälschlicherweise zu Avallon gemacht. Das Gerücht, die Mönche hätten das Schwert Caliburn gefunden, verbreitete sich schnell, und auf dem rätselhaften Weg über seinen Vater kam das Schwert in den Besitz Richards – er verschenkte es, wie ich berichtet hab, an König Tancred.

Auch auf diese Art, durch kalte, zweckdienliche Nachdenklichkeit eines Mächtigen, entstehen Legenden, Märchen und Sagen, o Qa'id des geduldigen Lauschens.«

»Im sommerlich-sonnigen, reichen Land Bretagne hast du gestern die Hufspur deines Artus' verloren«, sagte Beha ed-Din. »Findest du sie im Herbstgestöber des Entsinnens wieder?«

»Zuverlässig, aber mit der gebotenen Schwierigkeit«, sagte Troncas. Crysaide hatte ihr Haar gebürstet, bis es glatt und bläulich schimmerte und dicht am Kopf anlag, und es im Nacken mit einem silbernen Ring zusammengefaßt. Ihre Augen ließen Troncas nicht los, ihre Blicke drückten Hingabe und Bewunderung aus; er hoffte, sich nicht zu irren.

»Was mag Artus mit seiner farbenfrohen Reiterschar unternommen haben? Was täten wir, Beha? Reiten, Wein trinken, sich im Kampf miteinander messen, vielleicht im Meer schwimmen und sich wundern, wie Wasser, Salz und Sonne die Haut bräunen und von eitrigen Pickeln befreien? Mit schönen Frauen scherzen, den keltischen Barden zuhören, die in zehnmal tausend Versen die Vergangenheit heraufbeschwören? Wilde Sauen hetzen und Ochsen am Spieß braten?« Troncas grinste und zuckte mit den Schultern. »Oder: Mit den Fürsten beraten, wie sie in Zeiten ohne Ordnung und Macht überleben? Bauernjungfern und Mägde beminnen, beschlafen und beschwängern?«

Er lachte und streckte die Hand nach Wein aus. »Das taten sie, das würden wir tun, jeder andere Mann auch, und es war gut so.«

Er hob die Hand und sagte leiser, beschwörender: »Vielleicht, nein, höchstwahrscheinlich war Artus ein besonderer Mann. Aber er war ein Mann, ein Fürst, ein früher Ritter. Die Barden sangen's, und ich weiß es mit Gewißheit. Die Monde des Sommers, Herbstes und Winters in der Bretagne müssen Artus erschienen sein wie das Paradies. Wenn die Dichter damals schon vom Gral gesungen hätten: wie die Fundstelle des Grals, der Wunden heilt, Hungernde und Dürstende sättigt und die Würdigen unsterblich macht. Weit weg vom britannischen Regen, den verwanzten Bauernkaten und der dumpfen Gläubigkeit seiner Untertanen an alles und nichts, mit ihrer Furcht vor herunterstürzendem Himmel, Zwillingsgeburten und unsichtbaren Gnomen.«

»Ich müßte scheußlichen Sud trinken, der das Kreischen meines Magens und der sultanlichen Eingeweide mildert«, brummte Beha ed-Din. »Wäre ich jünger, würde ich davon träumen, mit etlichen meiner Djawari auf träge schaukelnden Kamelstuten deinen König durch friedliches Land zu begleiten. Trink, Effendi Troncas, wenn es der Erinnerungsfindung hilft!«

Troncas betrachtete den leeren Becher, als wäre es der Gral oder wenigstens ein silbernes Versprechen dieses Kelchs. Dann zuckte er mit den Schultern und redete weniger heftig weiter.

»Wie dem auch sei, wie auch immer, kurzum: Auch das Paradies hat Mauern, Tore und ernüchternde Endlichkeit. Sie ritten zurück, durch das Land der befriedeten Alemannen, fanden irgendwie zu ihren Schiffen und segelten, als der Wind günstig stand, zurück an Britanniens Küste. Artus und ein paar Getreue gingen auf der Apfelbaum-Insel Avallon an Land, wo Artus seine geliebte Freundin Morganna traf.«

An drei Seiten war die Stadt von Rauch umgeben, dessen Säulen und Schleier sich über den Mauerkronen vereinigten und in einer gewaltigen Spirale schräg in den Himmel trieben. Die Wolke von unbestimmbarer Farbe schluckte die ersten Strahlen der Sonne. Akkons Mauern schienen zu wanken wie ein betrunkener Fels, aber Troncas wußte, daß es die wabernde Hitze war, die diesen Eindruck schuf. Er galoppierte eine Pferdelänge hinter Arîf Usamah und Messud, deren Schatten endlos lang neben ihnen über das taufeuchte Gras glitten. Die Späher sahen, was sie zu sehen erwartet hatten: Kein Ifrandsch hatte das halbkreisförmige Lager verlassen. Hinter den Hügeln, vor den anderen Zeltlagern der Muslime, begannen sich die Krieger zu versammeln. Von allen Seiten schleuderten, Stunde um Stunde, die Maschinen ihre zerstörerischen Geschosse gegen die Mauern und über die geschwärzten Kronen, in denen breite Stücke fehlten. Auch die Nachtwachen in Akkon, sagte sich Troncas, hatten seit drei vollen Tagen nicht geschlafen. Die Verteidiger wurden zermürbt; ihre Zahl, die viel geringer war als die der Belagernden, verteilte sich auf die Mauern, die Katapulte, die Schanzwerke, Schiffe und Galeeren.

Troncas zügelte das Pferd auf einer Anhöhe weit im Norden der Stadt und rief:

»Ich kenne meine Leute, Usamah! Es wird ernst! Seht die Fahnen und die vielen Lanzenspitzen – in ein paar Stunden besetzen sie die Wälle und greifen mit allen Männern die Stadt an.«

Messud riß sein Pferd herum, schirmte die Augen ab und drehte sich. Er sah über die zugespitzten Palisadenpfähle einen kleinen Ausschnitt des Lagers. Dort herrschte aufgeregte Betriebsamkeit; einzelne, aber unverständliche Schreie erreichten die Späher.

»Zurück zum Strand, zu unserer Düne«, sagte er scharf. »Wenn es Qara-Qûsh ganz schlecht geht, gibt er ein Signal. Einen langen Trommelwirbel, mit den großen Pauken. Und wahrscheinlich schickt er einen mutigen Schwimmer.«

»Was wir sehen, kann Beha ed-Din von seinem Berg nicht erkennen. Zu weit entfernt, zu klein«, rief Usamah. »Also: zum Strand.«

Sie gaben die Zügel frei und setzten die Sporen ein. Die Morgenluft war kühl, vom Meer kam frischer Wind. Die Pferde fielen in einen langgestreckten Galopp, in weitem Bogen an den Lagerwällen vorbei, am Hafenturm und den Masten der fremden Schiffe und keuchend in den alten Spuren den Hang der Düne hinauf, aus den fleckigen Schatten einiger Akazien ins Morgenlicht.

Von hier war der beginnende Untergang Akkons am genauesten zu erkennen. Einzelne Gruppen gepanzerter Ritter, meist ohne Pferde, sammelten sich um ihre Anführer. Unablässig dröhnten die Balken der Ballisten gegen die Widerlager, beschrieben Steinbrocken ihre steilen Bahnen. Troncas sah die helle Fahne Richards; der König ritt hinter dem Fahnenträger durch die Lagergassen, führte große Gesten und Armbewegungen aus und schien Befehle zu geben. Troncas wußte, daß die Muslime von der Kampfeswut und der Kraft der Ritter beeindruckt waren. Die bedingungslose Bereitschaft, im Kampf zu töten und getötet zu werden, entsetzte sie. Er stellte sich in den Steigbügeln auf und sagte:

»Zwei Stunden, nicht mehr. Dann greifen die Christen die letzten Breschen an. Mit jedem, der ein Schwert oder einen Kriegshammer halten kann.«

Usamah zog eine wütende Grimasse. Mit seltsamer Betonung sagte er: »Beha ed-Din ist vielleicht in seinem Zelt auf dem Tel al-Ajadijja. Kann sein, daß auch der Sultan und sein Bruder bei ihm sind. Reite zu ihnen und sag, was wir gesehen haben.«

»Wenn die Ungläubigen stürmen, müssen wir angreifen und sie zu ihren eigenen Wällen locken.« Messud rückte den Köcher zurecht. »Wir beobachten alles von hier aus. Reite, Effendi!«

Troncas nickte, hob die Hand und lenkte das Pferd durch den nachrutschenden Sand hinunter. Er senkte den Kopf, um nicht geblendet zu werden, und ritt in scharfem Galopp auf den Hügel zu, auf dem sich gegen den fahlblauen Himmel ein großes und mehrere kleine Zelte abhoben. Beha ed-Din sah ihn kommen, winkte flüchtig und blickte zur Stadt. Ein Dutzend Unterführer in Waffen umstanden ihn und redeten leise miteinander. Knechte hielten die Pferde an den Zügeln. Vor dem offenen Zelt sprang Troncas aus dem Sattel, holte tief Luft und sagte:

»Usamah und Messud spähen ins Lager. Die Franken bereiten sich auf den Sturm vor, Amir! Schick Boten zum Sultan! In zwei Stunden, vielleicht eher, brechen die Tore Akkons.«

»Ich seh's. Du treibst keinen Scherz mit meinem Entsetzen.«

Troncas schüttelte den Kopf. »Ich kenne Richard. Er reitet durchs Lager und befiehlt den Angriff.«

»Wir sind bereit, Ritter«, murmelte Beha ed-Din. »Du hast unser Heer gesehen. Es herrscht Einigkeit über den Angriff; wir werden kämpfen.« Er wandte sich an die Naqîb. Jeder der Anführer befehligte ein Dutzend Arîf, rund tausend Krieger. »Geht, meine Freunde. Reitet zum Sultan und sagt ihm, daß Allah die Stunde einer großen Schlacht um Akka bestimmt hat. Er soll zum Angriff blasen lassen.«

Die Männer schlugen die Fäuste an die Brust und rannten zu ihren Pferden. Beha ed-Din sagte leise:

»Du wirst bei mir bleiben und die Qual des Zusehens teilen. Bitte. Zum Kämpfen bin ich zu alt, aber nicht zum Beobachten und Beschreiben. Hol Wein und Schemel aus dem Zelt.«

Eine halbe Stunde später reichte der Schatten des Vorzelts weit genug. Troncas und Beha ed-Din blickten nach Akkon, dann zum näher gelegenen Lager, schließlich zu den Truppen von Salah al-Dins Bruder, und wieder nach den anderen Zielen. Reiter und Fußsoldaten verließen in kleinen und großen Gruppen das Lager, schlossen sich außerhalb der Tore zusammen. Ihre Waffen und das Gold der Kriegstrompeten funkelten. Mitten unter ihnen, von vierundvierzig Kriegern geschützt, ritt der Sultan. Die Männer trugen Bogen und Köcher, Lanzen und Wurfspeere, Dolche und die langen Schwerter, deren Schneiden gekrümmt waren. Abermals vielleicht eine halbe Stunde, nachdem der letzte Reiter das Lager verlassen hatte, war das Heer zu einer geraden Formation auseinandergezogen, dreißig, fünfzig Mann tief, zweieinhalb Farsach lang, in Nord-Süd-Richtung hinter den Hügeln halb vor den Augen der Franken verborgen.

Beha ed-Dins Gesicht war aschfahl. Ab und zu krümmte er sich, hustete und atmete schwer.

»Ist dir nicht gut, Herr?« sagte Troncas. »Kann ich helfen?«

»Dasselbe Leiden wie der Sultan.« Beha ed-Din richtete sich auf und legte den Kopf in den Nacken. »Ich bin wirklich zu alt zum Kämpfen. Meine Eingeweide brennen. Bringst du mir den Trunk im Silberkrug?«

»Sofort, Amir.«

Troncas wandte sich ab, zögerte, ging ins Zelt. Die Bilder in der Ebene waren ein farbenfrohes Fest für die Augen. Auf den Erdwällen des Belagerungskreises erschienen Armbrustschützen, Bogenschützen und gepanzerte Ritter; ihre Kursite, die wappenbestickten Waffenröcke, die Fahnen und Feldzeichen leuchteten in den Sonnenstrahlen ebenso wie die Rüstungen, Helme und Waffen. Dahinter ragten, wie ein Berg, dessen Steilhänge in Bewegung geraten waren, Akkons furchtbare Mauern auf. Troncas goß die lauwarme

Brühe, gelb wie Urin, in den Becher und steckte den Saughalm hinein. Der Aufguß des Hakîm roch entsetzlich. Beha ed-Din nickte dankend, schloß die Augen und trank mit sichtlicher Anstrengung die Arznei. Langsam schien sich die Verkrampfung seines Körpers zu lösen.

»Allah straft den allzu langsam Genesenden mit bitterem Trunk«, sagte Beha ed-Din und schnappte nach Luft. »Bald werden wir ein großes Kämpfen und Töten sehen. Inshallah.«

Trompetensignale hallten zitternd über die Köpfe der Zehntausend. Die vordersten Reihen der berittenen Bogenschützen rückten vor, schmale Gassen erschienen im Heer, wie Risse oder Schnitte in einem unerhört farbigen Teppich. Salah al-Din und Bruder Malik, von ihren Beschützern flankiert, galoppierten durch das Heer, ließen die Pferde mit wirbelnden Vorderhufen aufsteigen und feuerten die Krieger an; die Muster des Teppichs lösten sich in fingerkleine und winzige Figuren auf, die nicht mehr zu unterscheiden waren. Unaufhörlich, leiser oder schärfer, je nachdem wohin der Wind die Töne trieb, gellten die Trompeten. Zwischen den niedrigen Erhebungen näherte sich der breite Streifen, zu Teppichfetzen zerteilt, den Wällen. Während die Entfernung schrumpfte, krümmten sich die äußeren Flügel langsam zum Halbkreis.

Der Lärm der Belagerung ging in einem dumpfem Dröhnen unter, das aus der Tiefe der Erde zu kommen schien. Dennoch hörten Troncas und Beha ed-Din das Signal der Trommeln von den zerbrochenen Mauerkronen. Die Belagerten riefen in höchster Not um Hilfe, nach dem Heer des Sultans. Das Heer kam und schob sich über das Grün des Grases und kleiner Büsche, hinterließ graugelb aufgewühlte und niedergetretene Erde. Mißmutig schlürfend leerte Beha den Becher und knetete seinen Bauch.

»Es hilft, wie immer«, sagte er, scheinbar überrascht, und rülpste. »Danke, Ritter.«

Troncas glaubte zu spüren, wie der Hügel bebte. Er setzte sich. Die Trommeln waren verstummt, aber noch immer kreischten die Kriegstrompeten. Schweigend sah Troncas zu, wie sich das Heer zu einem riesigen Halbkreis zusammenzog und bis auf Pfeilschußentfernung an die Gräben, Wälle und Palisaden herandrängte. Unzählbar viele Schilde bildeten winzige Farbtupfer. Einige Atemzüge später erfüllten dahinrasende Wolken aus Strichen und kleinen Blitzen die Luft; auf den geschliffenen Spitzen der Pfeile und Armbrustbolzen blitzte Sonnenlicht. Die Verteidiger schossen auf die Angreifenden.

Eine große, furchtbare, lange Schlacht begann. Beha ed-Din und Troncas vermochten einzelne Szenen nicht mehr zu unterscheiden. Salah al-Din sprengte von einer Abteilung zur anderen und feuerte die Männer an. Troncas glaubte, den Ruf »Für den Glauben!« hören zu können; er kannte den Schrei aus Behas Erzählungen. Angriff wechselte mit Rückzug, Vordringen mit Flucht. Einzelne Keile der Muslimkrieger drangen über Stege aus Leichen von Männern und Pferden durch die Gräben vor und wüteten unter den Verteidigern auf den Wällen.

Die Franken sammelten sich an den bedrohten Stellen und warfen die Muslime zurück. Mindestens dreimal sah Troncas, wie Al-Malik seine Reiterabteilungen in die Schlacht führte; es schien, als könnten sie, indem sie viele Verteidiger töteten, über die Wälle kommen. Weißgraue Rauchstreifen der Brandpfeile endeten zwischen den Zelten. Unter den zahllosen Stiefeln und Hufen verwandelte sich die trockene Erde in Staub, der zwischen den Kämpfenden aufwallte und, während das gleißende Tagesgestirn dem Zenit entgegenstieg, höher und höher wolkte und brodelte. Gegen Mittag hatte er große Teile des umkämpften Halbkreises verhüllt, aber der Meereswind drängte alles, Gestank, Staub, Gedröhne, Geschrei, Rauch und Dampf, in auseinanderquellenden Fladen in die Höhe und nach Osten, bis zu erkennen war, daß die wütenden Angriffe der Muslime die Belagerung unterbrochen hatten. Die Verteidiger konnten Atem holen und die gröbsten Schäden ausbessern, aber all diese unendlich tapferen Versuche, fand Troncas, glichen dem Ansinnen, aus feuchtem Sand im Ebbstrand ein Gebäude mit vielen Türmen zu errichten.

Im beginnenden Abend zogen sich viele Haufen der Muslime zurück, schleppten Verwundete und Tote auf ihren Schultern und auf den Pferderücken zum Lager. Einmal wandte sich Troncas um, in mehrfachem Schrecken erstarrt: Shayzar, Beha ed-Dins Vertrauter und Leibdiener, ritt hügelan und führte Behas Pferd am langen Zügel mit sich. Er hängte dem eigenen Tier und Troncas' Grauschimmel schwere Freßsäcke um die Hälse und kauerte sich an einen Zeltpfosten.

Salah al-Din wagte, wie es schien, einen letzten Durchbruch an einer Stelle, die ihm schwach genug erschien. Das malmende Tosen und Lärmen war von Stunde zu Stunde leiser geworden, das Licht, das den Staub zu entflammen schien, wurde brauner, roter und mißfarbener. Gepanzerte Ritter, von denen viele schwer verwundet wurden, trieben Salah al-Dins beste Krieger vom Wall hinunter, zwischen gekippten und halb verbrannten Palisaden und über den leichengefüllten Graben zurück. Im Lager sang der Gebetsrufer das späte Abendgebet aus; während die Sonne über dem Meer inmitten eines Wunders aus Formen, Farben und Strahlenbalken sank, endete die Schlacht des elften Juli.

Nach einem lastenden Schweigen, das Dutzende Atemzüge andauerte, sagte Beha ed-Din leise:

»Keine Niederlage, kein Sieg; da ist wenig Hoffnung. Ich reite ins Lager, werde mein Gebet verrichten und niederschreiben lassen, was mich bewegte. Willst du heut nacht kommen und mir das eine und das andere von Artus erzählen? Deine Berichte werden mich, hoff ich, ein wenig ablenken.«

Troncas stand auf. Seine Beine und Hüften waren taub, sein Magen knurrte. Er winkte; Shayzar nickte und brachte die Pferde.

»Ich war fast sicher«, sagte Troncas in ebenso vertraulichem Tonfall, »daß eure Übermacht die Franken zermalmen könnte. Aber ich habe die Ritter unterschätzt.«

Er half Beha ed-Din in den Sattel, nickte dem Diener zu und schob seinen Fuß in den Steigbügel. »Ich komme, Amir. Eine, zwei Stunden vor Mittnacht. Ich habe, während wir dem Elend zusehen mußten, die Spinnfäden der Erinnerungen wieder umeinander gewickelt. Schick einen Boten, wenn du verhindert, zu traurig oder zu müde bist.«

»Allahs Allweisheit will uns mit dieser Niederlage etwas zu verstehen geben.« Beha ed-Din wartete, bis der Diener die Krüge ausgeleert und alles andere in einen Ledersack gesteckt hatte. »Wer bin ich, daß ich wüßte, warum uns der Einzige so straft.«

Am Fuß des Tels begannen die Pferde zu traben. Neben langen Reihen erschöpfter Krieger, die ihre Verwundeten und Toten trugen und deren Panzer und Kleider blutbefleckt waren, folgte ihnen Troncas im Schritt. Er war verwirrt und wußte nicht, ob er sich über den halben Sieg der Franken oder die halbe Niederlage der Muslime freuen sollte oder ob tiefe Enttäuschung, worüber auch immer, die kommenden Stunden überschatten würde.

5. KAPITEL

In dessen Verlauf geschildert wird,
warum viele alte Fürsten und Könige den 38jährigen Artus
zum Hochkönig wählen, und wie Akkon in aussichtsloser Lage
den fremden Belagerern übergeben wird

Die Nächte des späten Herbstes, deren einzigartige Bedeutung der Druide ausgerechnet und von denen Merlin gesprochen hatte, kamen näher. König Artus hatte längst Boten zu allen Fürsten und Königen geschickt und sie nach Camelot, nicht nach Caerleon, eingeladen, wo er sie auffordern würde, ihn zum Hochkönig zu krönen. Merlin und alle Druiden, die er landauf, landab kannte – und er schien viele zu kennen –, bereiteten das Volk auf die nächtlichen Zeichen vor, auf unzählige Sternensplitter, die zwischen den Gestirnen verglühen und das Leuchten des Mondes überstrahlen würden. Artus zählte achtunddreißig Sommer, und der kupferne Schimmer seines schwarzen Haares, den Guinevere so liebte, war ausgelöscht. Grau durchzog seinen kurzgeschorenen Bart und mischte sich ins Schläfenhaar.

Merlin legte die Hände auf den Tisch und schien die Ringe zu zählen, dann blickte er in den Pokal und murmelte etwas, das wie ein Zauberspruch klang.

»Nicht nur du, Artus, bist älter geworden. Ich nicht weniger. Und auch die Männer, die dich wählen, sind alt, grau und voller langsamer Gedanken.«

»Ich weiß das, o Merlin«, sagte Artus. Äußerlich war Merlin kaum verändert; Haar und Bart waren schneeweiß geworden, das Haar gelichtet und ungewohnt kurz. »Dreiundsechzig bist du?«

Merlin hob den silbernen Pokal und nickte, dann grinste er kühn. »Wohl wahr. Aber jedermann sagt, ich wäre schlimmstenfalls sechzig. Den Unterschied merke ich nicht.«

»Du nicht, aber jeder andere«, brummte Dux Ector.

Seit mehr als einem Mond kamen die Lanzenritter, Artus' treue Freunde und Heerführer, aus allen vier Himmelsrichtungen nach Camelot. Einige begleiteten die Krieger und den Anhang kleiner Fürsten. Es gab keine Eile, denn Artus hatte in Camelot und rund um die weißen Mauern der Stadt Zelte, Scheunen und Unterstände bauen lassen, mit Wegen und kleinen Plätzen aus Sand und Kies dazwischen. Die Ereignisse waren seit langem angekündigt worden, so daß Barden und Sänger Zeit gefunden hatten, bis aus Avallon und Irland und aus dem Piktenland anzureisen, mit alten Harfen und neuen Liedern.

»Es soll ein großes Fest werden«, sagte Artus. Ich will es, und alle anderen wollen es auch. Mehr als zwölf Jahre Ruhe und Friede! Wir wollen es feiern.«

»Du sollst gefeiert werden, Freund.« Merlin setzte das leere Trinkgefäß ab. Fast alle Scherensessel, die den großen runden Tisch umstanden, waren leer. »Selbst der Nachthimmel wird die Stunde deiner großen Wahl feiern.«

»Er wird jeden Bewohner der Insel zu Tode erschrecken.«

Merlin nickte bedächtig. »Auch das, Dux. Die Sachsen und all die anderen Eindringlinge erkennen auf diese Weise, daß die Macht bei Artus in harten Händen ist.«

Artus betrachtete seine Handflächen und zuckte mit den Schultern. »Noch sind die Muskeln hart. Aber an niemandem geht die Zeit vorbei, ohne seine Kraft zu vermindern. Lohot ist noch viel zu jung, sechseinhalb, und Amhar drei Jahre. Wie lange wird uns diese Ruhe noch vergönnt sein?«

»Denk noch nicht an deine Thronfolger«, rief Merlin. »Du wirst noch mit siebzig dein Caliburn schwingen.«

»Liest du diese Gewißheit auch in den Sternen?« Ector ließ seine Blicke um die leere Runde des Tisches kreisen. »Oder murmelt das Kleine Volk Nacht um Nacht diese Zahlen?«

»Dereinst werde ich euch mitnehmen«, sagte Merlin brummig, mit einem winzigen Grinsen. »In den Turm der Träume, wo sich das Rad der Zeit dreht. Dort lehre ich euch, Dinge zu verstehen, an die ihr heut noch nicht denkt.«

Es stand gut um Merlin. Die Mutter seines Sohnes, Gwendolyne, hatte ihm eine Tochter geboren, Morganna lebte zufrieden zwischen Kräutergärten, Apfelhainen und des greisen Bruders Dugalds gelehrten Mönchen im Kreis ihrer fürstlichen Freundinnen, auf Avallon; Morgause hatte ihre und König Loths Söhne zur Wahl nach Camelot geschickt; sie selbst wollte mit kleinem Gefolge kommen, wenn es ihre Krankheit zuließ. Merlins Sohn Myrddin sollte Artus' Sohn Lohot ebenso beraten wie der Vater seinen Freund, den König; so war es abgemacht, und dies hatte er den engsten Freunden anvertraut.

»Heute denke ich an das große Treffen in Camelot.« Artus langte nach dem Krug und goß Wein in die Pokale. »Und ein wenig auch an die Zeit in der Bretagne.«

Als Artus Loth von Lothian und Morgause begrüßte, dachte er an Merlins Rad der Zeit und lächelte: Auch sein ehemaliger Vormund war gealtert, stieg ächzend vom Pferd und half seiner Gattin, deren schwerhüftige Gestalt Artus schon erkannt hatte, als sie auf dem wuchtigen Rappen heranritt. Er umarmte sie lachend und dachte an seine und ihre schlanke Jugend.

»Die Königsburg hat nicht genug Platz für alle meine alten Freunde!« Er hängte sich bei ihnen ein und zog sie zur Treppe. »Die schönsten Zimmer warten auf euch.«

»Mordred folgt uns mit seinem Erzieher und mit den Lanzknechten«, sagte Morgause, ein stolzes Lächeln im Gesicht. »Die Kleinen sollen gute Freunde werden. Wirst du ihn hier aufnehmen und ihn alles lehren, was er braucht?«

»Besprecht das mit Guinevere und Kay.« Artus entsann sich bestimmter Gerüchte, die ihm zugetragen worden waren; Mordred schnitt dabei nicht lobenswert ab. »Er mag ruhig kommen. Es wird ihm an Herzlichkeit, Platz und Essen nicht fehlen.«

Um Mittag ging ein kühler Wind, der mächtige Herbstwolken über den tiefblauen Himmel drängte; ein herrlicher Tag für langen Ritt und fröhliche Ankunft. In Camelot zogen Staub, Kornspreu, Bratendüfte und Geruch nach frischem Brot durch die breiten Straßen. Das Laub der Walnußbäume, Kastanien und Eschen hatte sich gefärbt, die Häuser und Zelte füllten sich, auf den Weiden standen die Pferde der Gäste.

Gawain und Gaheris begrüßten den Vater Loth; auch sie trugen Narben und tiefe Spuren der Kämpfe und Jahre. Maelgwyn von Gwynedd reiste auf hochrädrigen Karren an, aber eine der längsten Reisen hatte König Edum von Manau Guotodin hinter sich, als Artus und Guinevere ihm mit Wein und schäumendem Bier im Hof der Burg entgegenkamen. Guineveres Bruder Moray von Craggan ritt, mit Dodinas, Ouanna und Ladinas im Gefolge, in Camelot ein; er kam als beschworener Nachfolger des Fürsten Leodegrane von Cador, an dessen Sterbelager er, Artus und Guinevere nach ihrer Entführung gesessen hatten.

Einige Tage lang verging keine Stunde, in der nicht ein Fürst bejubelt und begrüßt durch ein Stadttor ritt, mit kleinem oder großem Gefolge. Die Fürsten von Gwent, Buellt, Brycheiniog, von Dumnonia und Elmet bestaunten die helle Pracht und Weite der Stadt ebenso wie Magach von Powys und Bau von Dyfed. Corrian aus Camboglana, ein piktischer Fürst, kam mit einem wild aussehenden Haufen seiner Krieger; der Anblick der Badebecken in der Stadtburg entsetzte die Männer mit den blauen Stichbildern.

Alle Dörfer und Städte hatten genug Tribut geschickt; alle Speicher, Kammern und Keller waren gefüllt. Der Betsaal des Klosters, auf römischen Fundamenten errichtet, war geschmückt. Artus und Guinevere, Amhar auf dem Arm der Königin und Lohot an der Hand des Vaters, gingen abends von Tisch zu Tisch; manche Nacht taumelten sie erschöpft und trunken auf die Schlaflager. Von fernher kamen Bauern, Jäger und Hirten, um die Fürsten und Artus zu bestaunen. Sie waren von den Lanzenreitern eingeladen worden, schliefen in sauberen Zelten und aßen und tranken von allem, was das Land hergab: Klafterlange Tische und Platten schienen sich unter Fisch und Wildbret, Gebratenem, Eingesalzenem und Lufttrocknetem zu biegen, unter Reihen schwerer Krüge und Schalen. Obst gab es, Pilze und gebratene Ochsenviertel, Wildschweine und Hammel am Spieß, Beeren und Lauch, Bohnen- und Erbsenbrei und verschiedene Suppen aus großen, genieteten Kupferkesseln.

Die älteren Krieger lehrten die jüngeren reiten und Waffen gebrauchen, es gab Wettrennen, Wettreiten und kämpferischen Wettstreit im Lanzenreiten und Bogenschießen.

Merlin, der Nebelwanderer, bewegte sich durch die ständig wachsende Menge wie ein hungriger Wolf. Manchmal nahm er Lohot und Myrddin an die Hand, den Königssohn und Merlins Sohn, beide fast gleich alt, und machte sie mit weißbärtigen alten Männern und rothaarigen, weißhäutigen Frauen bekannt: Druiden und Druidinnen. Kay und Schwertmann Gordion, ein rüstiger Greis, redeten mit Kehydius, Nerovens und Bedwyr, deren Ritte weit bis an die Grenzen der Sachsen und an jede Stelle der zerklüfteten Küste Britanniens geführt hatten. Owein und Boso hatten Abt Gildas abgeholt. Er war mit einem Schiff aus Irland gekommen; dort herrschte König Ainmericus, der ihn eingeladen hatte, ein Kloster zu errichten – Gildas ließ es sich nicht nehmen, in der Kirche von Camelot das Meßopfer zu feiern und zu predigen.

Agravain, Brandiles, Pelleas und Persant versammelten sich bei ihrer einstigen Kriegerfürstin und deren Bruder und tranken mit Guinevere viel Met und Wein. Lanzeloth und Lamorak, Sagramore und Perceval führten auf abgesteckten Bahnen den Britanniern kunstvolle Scheinkämpfe vor und zeigten die Fähigkeit ihrer Kampfrösser und ihre eigene Waffenkunst. Abends sang Nerovens mit den Barden, und Ironside schlug den Takt auf der großen Trommel, in der Halle, die wie ein Kriegslager war: Durch alle Eingänge drängten Besucher herein und stolzierten Gäste hinaus. Selbst ein Dutzend Schiffsführer des Ostens und Westens waren eingetroffen und erzählten den schaudernden Landbewohnern von mörderischen Stürmen, Riesenwellen und Meeresungeheuern. Eines Nachts trat Merlin zu Guinevere und Artus, die sich aus dem Lärm und der Hitze auf den Wohnturm geflüchtet hatten.

»Sie nennen euren Sohn schon *Llacheu*, die weisen Naturkundigen. *Llacheu*, Liebling der Druiden, euer schöner Erstgeborener.« Er deutete zum Himmel. »Bald wird das Jubeln gedämpfter sein.«

»O Merlin«, sagte Guinevere leise. Die Mondsichel begann über den Himmel zu wandern. »Weil wir es wissen, fürchten wir uns nicht. Und – mir gefällt leise Fröhlichkeit besser als Geschrei.«

»Es scheint, daß keiner fehlt, den ich eingeladen habe.« Artus legte den Arm um Guinevere. »Und jeder von denen, die an meiner Seite gekämpft haben, sagt, daß er mir weiterhin die Treue hält. Sie werden mich also zum Hochkönig bestimmen. Trotz allem, Merlin – da ist etwas, wovor ich mich zu fürchten beginne.« Er richtete seinen Blick auf den Mond. »Und es sind nicht die Sternensplitter!«

»Es ist die gleiche Furcht, die ich spüre«, murmelte Merlin und schüttelte sich. Er blickte in Guineveres weit aufgerissene Augen. »Wer kommt nach uns? Was folgt auf uns? Andere, mächtigere Eroberer? Regenfluten, die viele Ernten verderben? Verrat? Schlimmeres?«

»Das sind die schwarzen Albe meiner Träume«, sagte Artus. »Fremde Könige, die in meiner letzten Schlacht siegen. Der Tod hat einen Traumnamen: Uryann aus Gorry.«

Merlin runzelte die Stirn, leise sagte er: »Es gibt kein Land Gorry. Niemand kennt einen König, der Uryann heißt.« Er legte die

Hand auf Guineveres Arm. »Sorge dafür, Schönste, daß er besser träumt.«

Ihr Lächeln blieb unbestimmt. »Ich versuch's in so vielen Nächten.«

Kurz nacheinander erschienen dort, wohin sie zufällig blickten, drei lange, grellweiße Lichtbahnen und erloschen zwischen den Sternen. Artus sagte heiser:

»Es beginnt!«

»Die Zeichen mehren sich.« Merlin hob die Arme. Im Mondlicht schimmerten die Ringe an seinen Fingern. »Ruf die Fürsten in drei Tagen zusammen, auf dem Platz vor der Burg; jeder soll das Wunder der Sternensplitter sehen!«

Artus legte den Kopf in den Nacken. Seine Blicke schienen sich in der Unergründlichkeit des Firmaments zu verlieren. Er schwieg lange und zog Guinevere an sich.

»Das Nachtwunder im Herbstmond«, sagte er. »Wenn es ein Zeichen für Friede und wachsenden Reichtum ist, dann haben wir nicht vergeblich zwölf Schlachten geschlagen.«

Am folgenden Nachmittag rief Artus alle seine Lanzenreiter in den Saal des runden Tisches, der mit Leinentüchern bedeckt war. Becher und Pokale aus Silber und Gold – Beutestücke, Geschenke aus der Bretagne, Erzeugnisse der Feinschmiede Camelots, Erbstücke von Uther Pendragon –, gefüllte Krüge, Brotkörbe und Schalen voller Essen standen auf dem hellen Gewebe. Vor Artus' Sessel hatten die jungen Diener eine Truhe abgestellt, die kunstvoll beschnitzt, in den Königsfarben bemalt und mit Blattgold verziert war; sie blieb ungeöffnet, während Artus und Guinevere die Freunde begrüßten. Zwei Dutzend Krieger hatten schließlich am Tisch Platz genommen und ließen von den Dienerinnen der Königin ihre Trinkgefäße füllen.

Guinevere setzte sich, Artus blieb hinter dem lederbespannten Sessel stehen und musterte eine Weile schweigend die Gesichter der Freunde; er lächelte und sagte:

»Ihr seid die ältesten Freunde, die ich habe, die mutigsten Krieger, die ehrlichsten Verwalter der königlichen Macht. Ich rede nicht von den Fürsten und Königen, die mich gewählt haben – in zwei Tagen versammeln sie sich hier, und dann sage ich vielen Fürsten das gleiche. Ihr reitet durchs Land und kennt die Menschen. Einige von euch sind selbst Fürsten, haben Land und Untertanen. Die größere Zahl der Lanzenritter ist ohne viel Besitz; ich will jedem ein Zeichen meiner Freundschaft geben, eine Belohnung für Freundschaft, Mut im Kampf, Ehrlichkeit und für eure Fröhlichkeit.« Er öffnete die Truhe und erwiderte Guineveres Blick. »Ich und ihr alle, die Fürsten und Könige, die mich einst zum Dux bellorum gewählt haben, wir mußten es erleben: Jeder wird älter, an jedem frißt der Wurm der Zeit. Ich belohne euch mit dem wenigen, das ich verschenken kann.«

Die Lanzenreiter murmelten Zustimmung und hoben die Becher. Artus nahm eine schwere Halskette aus der Truhe und sprach weiter.

»Wer es braucht, erhält ein Dorf mit so viel Land, wie er bewirtschaften kann, mit Bauern und Gesinde; für dieses Königslehen hat er die Verantwortung. Ihr braucht nichts anderes zu tun als bisher. Aber im Alter habt ihr einen Besitz, der euch und die Euren gut ernährt. Kay, ich und ein paar Eingeweihte haben die Orte ausgesucht, verteilt über Britannien und Avallon. Als Dankeszeichen des Königs – und hier etwas Gold für eure Hälse.«

Artus verteilte die Ketten, hängte sie den Freunden um und schloß den schweren Schmuck in ihren Nacken, während Kay und Guinevere die Namen der Dörfer und der Lanzenritter vorlasen; jedesmal gab es laute Zustimmung, Gelächter oder spöttische Reden. Wein und Bier gluckerten in die Pokale. Lantymer hielt Artus' Hand fest und rief:

»Ich hab schon eine Kette von dir, König!«

»Nimm die zweite«, riet Amasis lachend. »Für die brauchst du dein Schwert nicht zu ziehen!«

»Für deinen Weiler, den Wehrtum und das Fischerdorf auch

nicht«, sagte Artus und ließ den goldenen Verschluß klicken. »Oder willst du mit Lamorak tauschen? Ihm schenke ich einen kahlen, stürmischen Berg im Norden.«

Die Krieger brachen in Gelächter aus, die Becher klirrten gegeneinander. Fast zwei Dutzend kleine Ländereien hatten neue Herren bekommen. Merlin, Artus und Kay hatten die Größe der Ländereien festgesetzt und wußten, daß die Bauern ihre neuen Herren längst kannten und ihnen vertrauten. Die Lanzenritter würden ihren Besitz pflegen und überall dort, wo sie befahlen, für Ordnung, sichere Straßen und Brücken sorgen. Artus beendete den Rundgang, sah in die Truhe und klappte den Deckel zu.

»Leer!« rief er. »Der König ist arm.«

Er setzte sich und trank den Männern zu. Seine innere Unruhe schwand ein wenig, als er Zufriedenheit in den Gesichtern der Krieger sah. Augenscheinlich fühlte sich niemand übergangen oder zu gering beschenkt. Jetzt, da er für seine Freunde so gut gesorgt hatte, wie er es vermochte, hielt er einen vordringlichen Teil seiner Macht für gesichert, nämlich einem königlichen Gesetz zur Gültigkeit für jedermann verholfen zu haben. Von der Stärke jener römischen Gesetzgebung waren König und Land noch weit entfernt. Er wandte sich halb um und suchte nach Zustimmung in Guineveres Gesicht.

»Weder dein Gold, Liebster, noch das Geschenk von Menschen, Wäldern und Land wird dem König unverbrüchliche Treue für immer sichern können.«

»Ich weiß es.« Er füllte den Becher mit kaltem Brunnenwasser auf. »Es wird immer wieder ein Meliagraunx oder ein wirklicher König von Gorry sein Schwert ziehen.«

»Das wußten schon Ambrosianus und dein Vater Uther.« Guinevere legte die Hand in seinen Nacken und küßte ihn. »Aber dein Schlaf wird von heute an ruhiger und tiefer sein.«

Sein Handrücken streifte ihre Brust.

»Ruhiger und tiefer, ja. Aber kürzer oder sehr kurz – heut nacht, Herrin meines Herzens.«

Sie errötete nicht; ihre Augen schlossen sich halb. Vielleicht erinnerte sie sich an die erste Nacht auf der Turmplattform in Craggan, dachte Artus. Ihm schoß ein ferner Nachklang an die letzte Liebesnacht mit Morganna durch den Sinn; im Wohnturm zu Avallon.

Erst in einer Stunde würde der Mond hinter der Stadtmauer und dem Blattwerk der Bäume hervorkriechen. In der Mitte des runden Tisches, den das Gesinde auf den Platz geschleppt und zusammengesetzt hatte, loderte ein Feuer in einem rotglühenden Eisenkorb. Auf der blankgescheuerten Tischplatte standen Kupferlampen, in denen siedendes Öl brannte, das nach zu stark gerösteten Nüssen roch. Für Artus' und Guineveres Sessel war eine vier Handbreit hohe Plattform gezimmert worden; Bärenfelle bedeckten, an mehreren Stellen festgenagelt, Sitzfläche, Arm- und Rückenlehnen. Viele Fürsten, hinter denen die Söhne und die ältesten Krieger und Ratgeber standen, saßen bereits an ihren Plätzen, andere standen in Gruppen um Fackelträger herum und redeten miteinander. Aus weit geöffneten Fenstern, dem Halbdunkel zwischen Baumstämmen und von den Türmen der Burg ertönten Harfen und Flöten, Rasseln und flacher Trommelschlag. Hinter einer Absperrung aus Pfählen und Seilen drängten sich Besucher, Stadtbewohner, Fremde und staunende Hirten, Holzschläger und Fischer; das Gedränge und Geschiebe nahm bisweilen ab, schmale Gassen öffneten sich, durch die dampfendes Essen herbeigeschleppt wurde. Es roch nach hundert verschiedenen schwelenden, dampfenden, gluckernden und gewürzten Dingen: nach Traubenwein, Bier, Met und Beerenwein, Würztrunk und Kräutersud, fünfzehn Arten von Braten, sieben Arten Fisch, drei Suppen und viel heißem Schweiß. Zwischen den Fürsten und kleinen Königen stolzierten die Lanzenreiter – die neuen Grafen, Landbesitzer, die narbigen, vom König beschenkten und ausgezeichneten kleinen Landherren: gebadet, geschoren, gewalkt und geknetet, in den feinsten Gewändern, Stiefeln, Reiterhosen und Röcken, geschmückt mit eingestickten Wappentieren, die auch auf ihren Schilden zu sehen waren, waffenlos, aber im Glanz alter und neuer Ringe, Armreifen und Halsketten, mit kurzen Bärten und gepflegtem Haar. Merlin, die schöne rothaarige Gwendolyne im Arm, flüsterte Guinevere und Artus zu:

»Heute entstehen Legenden, o ihr beiden mit den umschatteten Augen. Legenden vom herrlichen Camelot! Sagen und Mären vom gerechtesten und schönsten Königspaar.« Seine Hand wanderte über Gwendolynes Rücken; sie schnappte mit einem kaum unterdrückten Schrei nach Luft. »Von den prächtigen, todesmutigen und waffengewandten Lanzenreitern in all ihrer männlichen Schönheit, die trefflich dazu geeignet ist, auch die letzte Jungfrau Camelots von der Last unangemessener Schamhaftigkeit jäh zu befreien. O glückliches Britannien – wenigstens für diese Nacht!«

»Du bist ein Schurke mit losem Mundwerk, weißhaariger Myrddin!« rief Artus unterdrückt. Er lachte. »Nicht nur deswegen lieben dich alle. Am meisten ...«

»Am meisten wir beide, Druidinnenverführer!« Guinevere nahm Gwendolynes Hand und zog sie ins Getümmel. »Komm. Lassen wir die alternden Männer die Webfäden ihrer schlimmen Jugend auftrennen.«

Sie verschwanden im Gewühl der Menschen und Fackeln. Artus trug eine weiße römische Tunica und den rot-purpurnen Mantel Uther Pendragons. Schlagartig wurde Merlin ernst und sagte:

»Sprich wenig, Herrscher. Überlege jedes Wort. Abende und Nächte wie diese wecken flammenden Neid. Sprich nicht vom strahlenden Königtum, sondern von grauen Sorgen und schwarzer Thron-Verzweiflung. Mach dich klein, dann haben sie's leicht, dir eine Größe zuzubilligen, von der sie glauben, sie wäre ihr Geschenk für den König, der ihnen alle Arbeit abnimmt.«

Artus umklammerte Merlins Oberarm. Vorübergehend schien die lautlose Drohung der Sternensplitternacht vergessen. »Dies hab ich nachts begrübelt. Du sprichst es deutlich aus. Wollen wir's wagen? Jetzt?«

»Jetzt. Bevor sie satt und betrunken sind.«

Artus nickte und ging zu seinem Sitz. Einige Atemzüge danach half er Guinevere über die Stufen. Merlin blieb auf dem Boden, bis beide vor den Sesseln standen, dann stellte er sich außerhalb der vielen Flammen zwischen König und Königin. Artus hob den Arm und schwenkte ihn durch die Luft: Die große Trommel rief mit ihrem baucherschütternden Dröhnen zur Ruhe.

Artus Stimme hallte über den Platz.

»Ihr Könige und Fürsten! Nehmt eure Plätze ein! Nachdem wir mit wenigen Worten über das Schicksal eines armen Kriegerkönigs entschieden haben, beginnt das karge Fest der zersplitternden Sterne. Wein und Bier sollen nachher fließen. Setzt euch, und dann hört meine Worte.«

Er wartete, stehend und geduldig. Dreißig Männer, die sich ihrer Wichtigkeit bewußt waren, setzten sich nach und nach. Greise, die man führte, alte, aber rüstige Männer wie Loth und Ector, Männer mittleren Alters; eine befremdliche Vielfalt von Kleidern, Lederhemden und -gurten, pelzbesetzten Säumen, haarlosen und langbärtigen Schädeln, schweren Kupfer-, Bronze-, Silber- und Goldplatten vor der Brust umgab ihn. Er bedeutete ihnen, sich zu setzen und zu schweigen. Schließlich setzten sich Guinevere und Artus.

»Ihr habt mich, Edle, in früher Jugend zum Kriegsführer, zum Dux bellorum bestimmt und, als meine schwer errungenen Erfolge zu sehen waren, zum König gewählt. Ich bitte euch, diese Bestimmung zu erweitern – ich will zum Hochkönig gewählt werden.«

Merlin trat ins Licht, hob den Arm und rief:

»Obwohl ihr Fürsten und Könige es längst wißt, will ich euch erklären, warum wir Britannier – ein armes, geschundenes Volk seit dem Rückzug der Römer, ein Volk, das gegen eine Flut von Eindringlingen kämpft – warum wir einen Hochkönig wählen müssen.«

Er redete nicht lange, aber jedes Wort war wie ein Hieb auf das Fell der Trommel. Er sprach von untrüglichen Zeichen, die Artus zum Schicksal des Landes machten, seit der ersten von zwölf Schlachten. Immer wieder deutete er, wie unabsichtlich, zu den

Sternen. Nach den ersten Worten breiteten sich Schweigen und Stille auf dem Platz bis zu den Mauern der Häuser aus; die Harfen und Flöten schwiegen. Plötzlich unterbrach er sich, legte die Hand auf Artus' Schulter und wartete, bis die Stille unerträglich zu werden begann.

»Artus ist euer Gewissen, euer Schwertarm und der Arbeiter, der für euch – und für uns alle! – Straßen, Brücken, Wehrtürme und Grenzmauern baut. Seine Narben, seine Tage voller Mühe, seine schlaflosen Nächte sind euer Gewinn. Wenn ihr einst glaubt, er sei alt und zahnlos geworden und sein Schwertarm erlahmt wie sein Mut, dann sollt ihr seinen Nachfolger wählen. Vielleicht wird es Lohot sein, vielleicht ein anderer. Heute wählt ihr ihn, und ich sage euch: Ihr wählt ihn für dreißig Jahre! Seht zum Himmel!«

Nach einigen Atemzügen, als sich die Augen von den Flammen entwöhnt hatten, sahen alle, die in die Sterne starrten, daß Merlins Prophezeiungen wahr geworden waren.

Die Sterne zersplitterten im schwarzen Nichts.

Der Mond erschien und leuchtete durch die höchsten Zweige und Blätter der Kronen. Zwischen den Sternen sah man unzählbar viele Lichter, die auf die Menschen in Camelot herabzustürzen schienen, aber stets jäh verlöschten, bevor sie treffen konnten. Aus dem Schweigen und der Stille wurde angstvolle Bewegungslosigkeit. Starr standen alle Menschen da, hin und wieder ächzte oder wimmerte jemand, die Furcht wurde fast greifbar. Auch Artus sah dieses beängstigende Schauspiel; die kurzen und langen Lichtbahnen waren wie ein Schwarm lautlos dahinjagender Pfeile, die jäh entstanden und ebenso unvermittelt erloschen. Er schloß einige Herzschläge lang die Augen, glaubte sein Herz hämmern zu hören, stand auf und zwang sich zu reden.

»Die Sterne geben ein Zeichen. Ich fürchte mich vor der Bedeutung ebenso wie ihr.« Mühelos schien der Klang seiner Stimme bis zur Stadtmauer zu reichen. Die gleißende Flut der leuchtenden Pfeile wurde drohender. »Aber ich werde die Grenzen bewachen, wie bis zum heutigen Tag. Meine Krieger, die ihr mit eurem Tribut ernährt und kleidet, schützen auch die Bretagne und unsere Häfen. Das Zeichen der Sterne erschreckt mich und zeigt, wie eine Schwertspitze, auf mein Herz. Die Macht, die ihr mir geben sollt, fürchte ich wie jeder, der aus der Schwäche seines Herzens die Stärke seiner Waffen macht. Ich habe von Merlin und Uther Gerechtigkeit gelernt, und so soll es bleiben.« Artus setzte sich. Sein Herzschlag pochte rasend schnell; er fühlte, wie ihn langsam die Übelkeit ergriff. »Auch wenn es keine dreißig Jahre sind, wie Merlin sagt.«

König Loth von Lothian stand auf und brüllte:

»So ist es. Alles ist richtig, alles ist wahr. Ich sage: Er wird Hochkönig, und wir unterstellen uns ihm!«

Moray von Craggan stand auf, hob den Arm und schien sich unter dem Ansturm der Sternensplitter zu ducken.

»Wählt ihn! Leistet den Treueschwur! Ich tu's!«

»Ich auch!« schrie Maelgwyn aus Gwynedd.

»Auch ich. Los! Erhebt euch, Könige!« brüllte heiser Gwyl von Elmet. König Urian von Rheged sprang auf und schrie:

»Artus soll Hochkönig sein. Braucht er unsere Krieger, dann rennen und reiten sie!«

Die Anspannung wich, aber nur im beleuchteten Kreis des runden Tisches. Tief hockte die Furcht in den Herzen aller, die zum Himmel blickten. Nein, nicht aller, denn die Druiden, Druidinnen und Merlin – wenn schon sonst niemand in Britannien – wußten, daß die Welt nicht in dieser Nacht unterging. Der Anblick war und blieb furchterregend. Hunderte und Tausende flammender Zeichen stürzten sich zwischen den Sternen und am Mond vorbei zu Tode, leuchteten lautlos, flammten auf und erloschen, schienen ihre Bahnen zu kreuzen; wilder und schauriger als jedes laute Gewitter mit knisternden Blitzen: Die Nacht aller Nächte. Nur wenige der Alten schienen sich an die Nacht vor dreimal elf Jahren zu erinnern. Sie schwiegen und saßen da wie aus Eichenstämmen geschnitzt; in ihren aufgerissenen Augen spiegelten sich schwach die weißen Lichter, die über den Himmel zuckten, so gerade wie mit einem Richtscheit gezogen.

»Bringt es hinter euch, ihr Fürsten!« rief Merlin. »Tut eure Meinung kund!«

»Ich will die Zustimmung eines jeden von euch!« donnerte Artus. Kalter Schweiß rieselte zwischen seinen Schulterblättern. In seinem Magen krampfte sich etwas zusammen, wie eine Wurzel, die einen kopfgroßen schwarzen Kiesel umwucherte. »Hebt die Arme.«

Alle Arme hoben sich.

Jedermann auf dem Platz, der nicht von Angst stumm ins Firmament blickte, sah es. Guinevere beugte sich weit aus ihrem Sessel, ihre Finger umschlossen Artus' Hände; sie sagte so leise, daß nur er ihre Worte verstehen konnte:

»Alle wollen es, Liebster. Du bist ihr Hochkönig. Ich bin deine Königin; vermagst du dir meine Freude vorzustellen?«

Er nickte, blickte in ihr Gesicht, richtete dann seine Augen wieder auf das Schauspiel, das für ihn und jeden anderen einzigartig war. Immer wieder glaubte er, daß ihn eines der lautlos gleißenden Geschosse erschlagen, ihn oder die Stadt oder das Land zermalmen würde. Er zwang sich, den Kopf zu senken und zu drehen. Er blickte wieder in Guineveres Gesicht, das im Licht der lebenden Fackeln und Ölflammen im wabernden Wechsel aus dem Halbdunkel hervortrat, sah in die grauen Augen, deren Mitte wie glimmender Bernstein leuchtete. Plötzlich schienen es nicht vierundzwanzig, sondern vier, acht oder sechzehn Dutzend Arme zu sein, die sich hoben und deren Finger in das kalt lodernde Firmament deuteten.

»Ich hab's verstanden, Guinevere«, murmelte er. »Ich bin ihr Hochkönig. Versteh du mich: Ich bin noch immer ein geprügeltes Kind im Piktendorf, ein Geschöpf dieses ... seltsamen Merlin.« Er hob die Schultern und klammerte sich an Guineveres Hände und Handgelenke, versuchte etwas zu ergreifen, das seine Aufgabe leichter machte, seine Berufung zum Hochkönig. Er atmete schwer und sagte düster: »Dreißig Jahre oder weniger. Ich weiß nicht, was mich erwartet. Aber ich will und werde mein Bestes tun, wie bisher.«

»Weil sie das wissen oder ahnen oder fest daran glauben, an

dich«, sagte Merlin an seinem rechten Ohr, »haben sie dich gewählt. Artus, den Hochkönig.«

Artus senkte den Kopf und sagte unüberhörbar:

»Dux bellorum, König, Hochkönig: Ich bin derselbe Mann, den ihr damals gewählt habt. Vielleicht wachse ich mit einer Aufgabe, die ich, den Göttern sei Lob, noch nicht kenne.« Er stand auf, breitete die Arme aus und rief: »Freunde! Fürsten! Könige! Ganz Britannien dankt euch. Ihr vertraut mir, und ich zeige euch, daß ich des Vertrauens würdig bin. Die Sterne bekräftigen unsere Eide und Schwüre! Über ganz Britannien flammt der Himmel! Ein Zeichen der Götter: Wir hoffen, daß der Friede, mehr als sieben Jahre alt, andauern wird!«

Er holte tief Luft und rief: »Ich, meine Lanzenreiter und ihre Krieger, wir werden für den Frieden kämpfen und dafür, daß wir die Herren des Landes bleiben!«

Er fiel schwer in den Sessel und nahm Guineveres Hand. Merlin deutete zwischen den Baumwipfeln schräg aufwärts. Der Mond, der in diesen Nächten den Himmel beherrschte, war zur bedeutungslosen Sichel geschrumpft; der Strahlenhagel der Sternensplitter durchfuhr uneingeschränkt furchterregend die Nacht.

Zögerlich und widerstrebend wandten die Menschen in Camelot ihre Augen vom gleißenden Hagel der nächtlichen Erscheinungen ab und griffen zu Bechern, Brotfladen, Hühnerbeinen und Bratenscheiben. Immer wieder hoben sie die Köpfe und starrten in den Himmel. Nicht jeder vermochte, so bald sich der Himmel färbte, den nächtlichen Schrecken abzustreifen oder abzuschütteln. Die Stunden krochen in dieser ausgehenden Nacht scheinbar langsamer als sonst dahin, und erst im Morgengrauen wurde die Zahl der strahlenden Schauer geringer und weniger grell; die ersten Sonnenstrahlen zeigten die erkalteten Reste der Nacht und einen menschenleeren Platz.

Jeder Fürst, jeder kleine König, der Camelot verließ, beteuerte gegenüber dem Hochkönig, wie ungern er die strahlende, gastfreundliche Stadt verließ. Selbst mit kleinen Stammeshäuptlingen redete Artus bei Bier und Met lange darüber, wie sinnloser Streit untereinander zu vermeiden war, und daß sein königliches Gesetz gleichermaßen für Bauern und Fürsten galt. Kaum einer sprach von den nächtlichen Erscheinungen und von seiner eigenen Furcht, aber jeder nahm das Wissen mit, daß jeder Britannier, jeder andere Bewohner der Insel dieses Zeichen als Bestätigung des Hochkönigtums gesehen hatte. Artus schüttelte zahlreiche Handgelenke und begann sich zu fragen, was er als Hochkönig besser oder anders machen sollte als bisher.

Artus und Merlin gaben König Loth von Lothian und seiner Gattin das Geleit bis zum Kreuzweg. Als der letzte Mann des Gefolges im Wald verschwunden war, hörte Artus zu winken auf.

»Diese Nacht wird zweifellos dein Königtum stärken«, sagte Merlin leise und nestelte gedankenvoll eine Klette aus der Pferdemähne. »Aber sie kann weder an den Jahreszeiten etwas ändern noch daran, daß unbekannte Krieger aus dem Osten die Sachsen und andere Germanen oder Alemannen ins Meer treiben.«

»Diese Nacht, Merlin! Ich hab mich gefürchtet wie nie in meinem Leben, obwohl du mich lange darauf vorbereitet hast.« Langsam ritten sie nebeneinander zur Stadt zurück. »Vergessen wir, daß wir älter werden – nur wenig werde ich ändern können.«

»Die Lanzenreiter müssen weiterhin mit ihren Kriegern bereit bleiben.«

»Sie haben Land und brauchen nicht zu hungern. Auch starke Pferde können sie züchten. Es gibt keinen Waffenschmied weniger.« Artus blickte die Fahnen auf den Tortürmen an, die im Herbstwind knatterten. »Wenn wir die Grenzen nicht verteidigen müssen, werde ich Lohots Thronfolge vorbereiten, sehr langsam und überaus gründlich, und deinen Rat beherzigen.«

»Welchen meiner vielen Ratschläge?«

»Meine Späher häufiger fragen. Sie werden mir wohl irgendwann berichten, daß ein anderer König mir die Macht entreißen will. Oder ein großes Heer vieler kleiner Könige.«

»Das mußt du tun. Ich werde dir helfen.«

»Aber du wolltest doch am Ende …«

Merlin lachte laut; das Pferd machte erschrocken einen Satz.

»Das Ende meines Lebens ist noch lange nicht da. Im Turm der Zeit auf Avallon, da bin ich in Zukunft häufiger zu finden. Aber auch dort erfahre ich, was im Land vor sich geht. Deine Aufgabe ist es, zu erkennen, von wem dir Gefahr droht. Denn wer den Hochkönig angreift, bedroht Britannien.«

»Sieben Jahre Ruhe an den Grenzen.« Artus blickte Merlin von der Seite an. Im weißen Morgenlicht sah er die Altersspuren im Gesicht des Nebelwanderers. »Das ist ein großes Geschenk der Götter. Oder des Christengottes. Der Hochkönig wird alles tun, um diesen sieben ein Jahr um das andere hinzuzufügen.«

Merlin schlug ihm auf die Schulter.

»Das ist ein Wort, wie ich's gern höre.«

Artus grinste. »Ein Hochkönigswort.«

Die Hufe klapperten auf dem Steinpflaster zwischen den Tortürmen. Artus und Merlin ritten entlang der inneren Mauer und sahen zu, wie die Überbleibsel des Treffens aufgeräumt wurden und sich andere Fürsten bereit machten, Camelot zu verlassen. Die kleine Stadt fand wieder zum Alltag zurück; von allen Seiten ertönten die Geräusche zahlreicher Arbeiter. Ein Barde sang, irgendwo klangen Harfensaiten, ein Schmied dengelte eine Erntesichel, als wäre es sein letztes Meisterstück. Artus rutschte im Hof der Burg vom Pferderücken und gab die Zügel dem Stallknecht.

»Auch einer deiner Ratschläge, Merlin«, sagte er, »den ich beherzigen werde: Lohot, Amhar und dein Myrddin sollen gemeinsam aufwachsen, wenn es irgend geht. Und auch Mordred, vielleicht. Ich hab Seltsames gehört. Also werde ich Morgause fragen.«

»Einverstanden, Artus.«

»Wenn ich Avallon besuche, und dich, wollen Bedwyr, Lanzeloth und Perceval die Drachen im Inneren der Insel jagen.«

Merlin starrte ihn entgeistert an. »Drachen? Auf Avallon?« Sein Gelächter brach sich an den Mauern. »Wenn du trotz Morganna noch Zeit dazu findest, kannst du den roten Drachen in deinem Inneren bekämpfen!«

Beha ed-Din gähnte und rieb sich die Augen. Troncas streckte die Beine aus und blinzelte ins Lampenflämmchen.

»So wenig oder viel für diese Nacht, o Amir der Müdigkeit«, sagte er. Die Anstrengung, so lange zu reden, kratzte tief in der Kehle. »Nach allem, was ich weiß, geschah dies im Jahr 507 oder 508, also vielleicht 115 Jahre vor der Hedschra. Aber wir müssen nicht wieder unterschiedliche Jahreslängen ausrechnen. Ich könnt's ohnehin nicht.« Er stand auf und dehnte seine Muskeln. »Bin ich noch immer ein Gefangener des Sultans?«

Beha nickte und stemmte sich stöhnend von den Kissen hoch.

»Du brauchst nicht zu kämpfen.« Er deutete auf den Krug mit dem magenheilenden Gebräu. »Wir werden morgen zusehen, ob dein Gott oder Allah das Wunder des endgültigen Sieges zu vollbringen hilft.«

»Wir werden es miterleben.« Troncas legte die Hand auf die Brust und verbeugte sich. Beha ed-Din gähnte abermals und murmelte:

»Ich danke dir, Ritter. Wie lange hat Hochkönig Artus diesen Frieden halten können?«

»Drei Chronisten nennen drei verschiedene Zahlen. Zwölf, achtzehn oder insgesamt noch vierunddreißig Jahre. Ich meine, daß der Friede, oder zumindest die Ruhe im Land, nach der Schlacht am Berg Badon länger dauerte. Also fast vierzig Jahre.«

»Warum bevorzugst du ausgerechnet diese Zahl?«

»Weil sich das Volk noch heute an eine so lange Zeit erinnert und an den Namen des Königs, der den Frieden erhalten oder erzwungen hat.« Troncas öffnete den Zeltvorhang. Heiße Nachtluft, geschwängert von den Lagergerüchen, drang ins Zelt. »Die Erinnerung ist viele Jahrhunderte lang mündlich weiter berichtet, besser: erzählt worden, bis ein Chronist zur Feder griff. Geoffrey von Monmouth hat diese Zahl bestätigt; 542 nach der Geburt Jesu

Christi. Aber die Geschichte von Artus ist damit noch lange nicht zu Ende.«

»Ich werde auch den Schluß von dir hören.« Beha ed-Din begleitete Troncas bis zur Kante des Vordachs. »Allah soll dein Lager lustvoll gestalten und dir erholsamen Schlaf schenken. Bei Sonnenaufgang lass' ich dich abholen.«

Troncas lächelte müde. »Allah wird mich rechtzeitig wach werden lassen.«

An den Stellen, wo sich die Lagergassen kreuzten, standen Fackeln im Sand, der von Sklaven mit Wassereimern genäßt wurde. Troncas fand zu seinem Zelt zurück und, vom schwachen Schimmer des Mondlichts geleitet, auf das Lager und zu Crysaide. Ein wilder Traum, der in Waffengeklirr und Geschrei endete, weckte ihn vor Sonnenaufgang.

6. KAPITEL

Welches das Ende der ereignisreichen Kämpfe um Akkons Mauern und Troncas' letztendliche Verzweiflung zeigt und in dem sich nach friedlichen britannischen Jahren Artus' Eintreten in die Welt der Legenden anbahnt

Arîf Usamah verbeugte sich knapp; vielleicht war es auch nur ein widerwilliges Nicken, mit dem er Troncas die Zügel eines aufgeregten Rapphengstes übergab. Zwielicht lag über dem Lager, erste Sonnenstrahlen trafen einige Wolken hoch über dem Meer und schwarze Punkte über dem Land, die sich langsam in Kreisen bewegten. Der Späher kratzte mit dem Finger weiße Schlafkristalle aus dem Augenwinkel.

»Beha ed-Din, als Berater des Sultans, hat dir befohlen … dich gebeten, mit uns zu reiten und danach, wenn wir alles gesehen haben, zu seinem Zelt zu kommen, auf dem Hügel.«

»Hoffentlich, o Erkunder weit entfernter Dinge, sind um diese Stunde deine Augen schärfer als meine.« Troncas blinzelte; jetzt erkannte er, daß die kreisenden Punkte Aasvögel waren. »Ich bin todmüde, halb blind und voller Gähnen.«

»Ein schneller Ritt weckt dich auf, Effendi der Märchen.«

»Wahrscheinlich hast du recht. Inshallah«, sagte Troncas und stellte seinen Fuß in den Steigbügel. »Reiten wir also.«

Die Muslime hatten ihre Toten aus dem Graben und von den Wällen geborgen und am Waldrand begraben. Die Geier fielen wie Steine aus dem Himmel, ließen sich flügelschlagend auf Pferdekadavern und Leichenteilen nieder und stritten sich krächzend. Troncas, Messud und Usamah ritten zur Düne und hielten die Tiere auf dem Dünenkamm an. In betroffenem Schweigen sahen sie die Bilder der Belagerung und die Veränderungen, das seit vierundzwanzig Stunden weitaus größere Maß der Verwüstungen.

»Dein König zahlt für jeden großen Mauerstein zwei oder drei Dinare«, sagte Usamah. Seine Stimme war voll Wut und Trauer. »Hat uns ein Überläufer erzählt.«

»Es geht zu Ende.«

Troncas sah die langen, dreieckigen Geröllbahnen, die zwischen den ausgezackten Mauerschluchten ins Lager führten. Einige waren so groß und glatt, daß auf ihrer Oberfläche stürmende Krieger Halt fanden. Aber am höchsten Punkt türmten die Verteidiger neue Mauern aus herausgeschlagenen und heruntergefallenen Steinen. Obwohl sich die Sonne noch hinter den Wäldern verbarg, wurden Belagerung und Verteidigung mit scheinbar ungebrochener Verbissenheit geführt; auch der Lärm war eher lauter als gestern.

»An eurem Mut hab ich nie gezweifelt, Arîf; aber Qara-Qûshs Verteidiger sind Helden. Jeder von ihnen.«

»Du sagst es.«

Einen Zehntag zuvor hatten Saif ad-Din al-Mashtub und Qara-Qûsh, ohne vom Sultan die Erlaubnis zu erbitten, die Übergabe der Stadt angeboten, gegen die Freiheit aller Muslime und derer, die zu ihnen gehörten: Sklaven, Diener und Handwerker. Die Könige Richard und Philipp hatten die ausschließliche Übergabe, die Rückgabe des Königreichs Jerusalem und des Heiligen Kreuzes sowie eine absonderlich hohe Zahl Golddinare verlangt: Der Befehlshaber brach die Verhandlungen ab, kaum daß sie begonnen hatten.

Zum erstenmal hatte Arîf Usamah ausführlich und verständig mit Troncas geredet. Auf dem Ritt zur Düne hatte er zu erklären versucht, daß Salah al-Din nicht jeden Amir zum Dschihad zwingen konnte; selbst vor Akkon, wo der Glaube mit Waffengewalt verteidigt wurde, gehorchten ihm nicht alle Befehlshaber. *Dschaisch*, das gesamte Heer, war in viele Teile aufgesplittert, und auch Usamah hatte nicht erklären können, warum die Macht des Sultans nicht bis in die letzte Schwertspitze reichte. Abermals würden die herrschenden Brüder ihr Heer nur schwer zu einem großen Angriff auf das Lager aufrütteln können.

Troncas richtete seinen Blick auf das Meer, dessen Wellen sich zugleich mit den Palisaden, Zeltspitzen und Mauern färbten. Mitten in der glitzernden Weite sah er einen Kopf, braune Schultern, dann wild um sich schlagende Arme.

»Ein Schwimmer«, sagte er und deutete auf den Näherkommenden. »Wieder ein Bote aus der Stadt.«

»Und rechts von ihm«, meinte Messud, »sehe ich ein Boot, das in höchster Eile gerudert wird.«

Das Boot, mit vielleicht einem Dutzend Männern besetzt, von denen acht mit allen Kräften ruderten, geriet fast in einen Hagel aus Schleudersteinen. Die Geschosse schlugen aus großer Höhe im Halbkreis um den Nachen ein. Als die Wassersäulen klatschend zusammensanken, drehten die Flüchtlinge um und ruderten in den geschützten Hafen zurück.

Usamah schnalzte mit der Zunge. »Wir sollten hinunterreiten und dem nassen Mann helfen.«

Troncas löste die Riemen, mit denen er den zusammengerollten Mantel hinter dem Sattel festgeschnallt hatte. Der Schwimmer hatte, unbeobachtet, einen weiten Bogen um die Schiffe der Ifrandsch gemacht und schwamm drei Pfeilschüsse weit vom letzten Schiffsheck auf das Ufer zu. Auch das Boot wurde nicht mehr beschossen. Usamah und Messud ritten in die Brandung hinein, beugten sich aus den Sätteln und packten den Schwimmer unter den Armen. Er streifte mit zitternden Händen das Wasser aus dem Haar, stolperte ins Seichte und brauchte eine Weile, bis er keuchend und abgehackt sagte:

»Bringt mich zum Sultan. Ohne seine Hilfe halten wir nur noch bis morgen durch. Er muß Wichtiges erfahren. Wir können nicht mehr.«

»Beruhige dich. Komm wieder zu Atem.« Troncas breitete den Mantel aus. »Du bist in Sicherheit.«

Als die Reiter und der erschöpfte Bote auf dem feuchten Sand standen, legte Troncas den Mantel um die Schultern des Mannes, während Messud auf einen Wink Usamahs hin abstieg und dem Schwimmer in den Sattel half.

»Sie sollen uns ein paar Pferde bringen«, sagte Usamah. »Sag ihnen, ich warte hier. Reite zum Sultan, Mann!«

»Mash'allah!« Der Mann schlug den Mantel über den Schenkeln zusammen und trabte zwischen den tiefen Schleifspuren des Treibholzes los, das die Franken für die Lagerfeuer eingesammelt hatten. Usamah und Troncas zogen die Pferde am langen Zügel zum Dünenkamm hinauf und setzten sich in den Sand. Vor ihnen ragte der zernagte Koloß der Stadt auf, zur Hälfte im feuchten, frühmorgendlichen Schatten, zur anderen Hälfte in unbarmherziger Grelle, ebenso wie der Halbring der Belagerer. Schweigend bestaunten die Späher die ungebrochene Wut der stürmenden Franken und, zwischen Morgen und Mittag, wie die rasende Hitze in den Stollen die Bastion zum Einsturz brachte. Wieder drangen mehr als zwölf Dutzend Ritter über die Trümmer vor, noch bevor sich die Staubwolken gelegt hatten.

Heute war Beha ed-Din von fünfzehn, zwanzig Schwerbewaffneten umgeben und trug selbst Halbrüstung. Zwei Dienerinnen im halb durchsichtigen Lithâm bedienten ihn mit Mus und jenem streng riechenden Sud, den er gegen die Koliken des Magens trank. Die Schatten füllten das Zelt, und auf dem Sand breiteten sich Teppiche aus. Beha deutete auf den leeren Faltschemel.

»Vielleicht ist es heute abend oder morgen zu spät«, sagte er mit brüchiger Stimme. »Es gibt kaum etwas anderes zu tun, als dem Untergang zuzusehen.«

Troncas setzte sich. Eine Sklavin füllte aus einem Krug, in dem kleine Eisstücke raschelten, einen glasierten Tonbecher. Die zweite Frau stellte ein niedriges Tischchen vor ihn und ordnete Körbe, Schalen und Brettchen darauf.

»Sie werden eure Verteidiger alle erschlagen«, sagte Troncas leise und kostete von dem kalten Trunk. »Ist es richtig, daß König Richard das Angebot der Übergabe abgelehnt hat?«

»Abgelehnt durch Forderungen, die eines Königs nicht würdig sind.« Beha sog am Trinkhalm; sein graues Gesicht verzog sich zur Grimasse. »Der Sultan und al-Mashtub durften ihre Ehre nicht verlieren.«

»Wird Salah al-Din das Lager heute angreifen?«

»Nur, wenn er viele Amire überreden kann, ihm mit allen Kriegern zu folgen. Ich weiß es nicht.«

Troncas beruhigte das Knurren seines Magens mit einigen Bissen und trank die kalte, süße Mischung, deren Zutaten ihn schneller wach werden ließen. Beha ed-Din starrte, die Ellbogen auf den Knien, wächsern im Gesicht, hinüber nach Akkon. Troncas versuchte sich vorzustellen, lustvoll neben Crysaide zu liegen, aber beide wurden abgelenkt, als ein Trupp Reiter aus dem Muslimlager hervorstob.

»Wie die Stadt Akka endet, oder anders: Wie unsere Macht über Akka verbrannt, zerhauen und ausgelöscht wird, das sehen wir«, murmelte Beha ed-Din. »Berichtest du mir, wie König Artus' Macht und sein Leben enden?«

»Aber – mir scheint, ihr fürchtet euch nicht mehr vor ihm?«

Beha hob den Arm und zeigte auf die Stadt. »Wir fürchten uns vor seinem Nachfolger. Nicht der Sultan und ich, aber die anderen. Und diejenigen, die ihn steineschleudernd erleben, haben noch mehr Grund, ihn zu fürchten.«

»Ich berichte dir vom Jahr 531«, sagte Troncas, »also dreiundzwanzig Jahre, nachdem sie Artus zum Hochkönig gewählt haben. Danach galt nur sein Befehl: Rief er zu den Waffen, kamen die Männer widerspruchslos aus allen Teilen des Reiches zu ihren Anführern, deren Namen du kennst. Befahl er, eine Brücke oder einen

Hafen zu bauen, kamen Arbeiter mit Werkzeug, ebenso wenn es galt, Schiffe und Türme, Häuser und Stadtmauern, Straßen oder Grenzwälle zu bauen.«

»Artus konnte wirklich noch einmal fast ein Vierteljahrhundert Frieden halten?«

»Noch länger. Aber in diesem Jahr geschah abermals ein Sternenwunder. Artus sah es, als er mit Morganna auf dem *Broch des Lugh* lag, dem piktischen Turm des irischen Sonnengottes auf Avallon.«

Beha ed-Din seufzte. »Neugierde, so heißt es, sei die Brunft alter Männer. Wohlan. Zwei Sternenwunder im Leben eines einzigen Königs! Ich beginne zu verstehen, daß der lebende Artus bei seinem Volk beliebt und gefürchtet war. Und er wurde einzigartig, nachdem er gestorben war.«

Troncas lachte kurz. »Er starb nicht, o Amir.«

»Nein? War er unsterblich? Ein schöner Gedanke, aber schwerlich zu glauben ...«

»Er verschwand. Er schlief, oder er schläft noch immer. Wenn seines Freundes Merlins Prophezeiung zutrifft, wird er aus dem goldenen Bett aufstehen und kämpfen, wenn die Not am größten ist.«

Nur Morgannas schwerer Atem, das Rauschen der Brandung und das Wispern des Uferwindes in den Kronen der Fruchtbäume schufen aus der Stille den Eindruck, als lagere sich ein riesiges Wesen um den Turm, das alle Laute fraß. Das Meer hatte die mondlose Nacht an die Ufer Avallons geworfen; blakende Kienspäne und Fackeln in den Häusern waren erloschen, Harfe, Flöte und Barde schwiegen. Ein Kreis aus sieben Flämmchen, von Nußöl und Blütenduft in silbernen Kännchen gespeist, erhellte das Lager aus Heukissen, Decken und den Mänteln; Artus' rotpurpurnem und Morgannas weißem, jenem mit der goldgestickten Borte. Artus küßte die weiche Spitze von Morgannas Brust, richtete sich halb auf und flüsterte:

»Du stiehlst Guinevere nichts. Unsere Liebe war früher als Guinevere. Wir beide stehlen der Zeit nur Stunden und Tage – und herrliche Nächte, viel zu selten –, die Königin muß mich zwölf Monde im Jahr ertragen.«

Sie fuhr mit den Fingerkuppen über einige seiner Narben, dann legte sie den Zeigefinger auf seine Lippen.

»Sprich nicht von den müden Drachen im Wirrwald, im Inneren Avallons. Bedwyr und Lanzeloth suchen sie.« Sie kicherte. »Sie werden sie nie finden. Vergiß auch den Drachen in deinem Herzen, stolzer Hochkönig.«

»Stolz? Ich? Worauf?«

Er mischte Apfelwein, Beerenwein und tiefroten Wein aus der Bretagne, füllte silberne Trinkschalen und kauerte sich neben Morgannas ausgestreckten, sonnenbraunen Körper.

»Auf mehr als drei Zehnjahre Friede! Sieh! Die Barden kennen zehntausend Verse, die sie von ihren Vätern, diese von deren Vätern und so fort gelernt haben. Alle singen sie's: Noch nie hat ein Häuptling das Land, die Inseln, dreißig Jahre lang befriedet.«

»Das konnte ich nur, weil mir unzählbar viele Männer geholfen haben.«

»Dein Verdienst ist, daß sie deine Freunde wurden und bis heute geblieben sind.«

Er nickte. »Alle, die noch leben. Sie und ich, wir sind alt geworden – nur du nicht, druidische Zauberin.«

»Tausend Runzeln und Falten, schwere Brüste und feiste Schenkel. Du wirst blind, mein Freund.«

»Du lügst wie ein Sachse!«

Sie log mit ihrem nach innen gekehrten Lächeln, dachte er. Morganna, die Zauberin mit den goldfarbenen Augen, sechs oder sieben Jahre weniger alt als er, und er zählte sechsundfünfzig reife Herbste. Die Jahre hatten dünne silbrige Strähnen in ihr schwarzes Haar gewebt; er war völlig grau geworden. Aber ihre Haut war glatt geblieben, der Körper schlank und begehrenswert. Sie war eine kluge Frau von ruhiger Bestimmtheit, die wie ein Mann ritt, schwamm und ins Geäst der Bäume kletterte – oder besser als ein Mann.

»Deine zauberischen Tränke und Salben, all die Öle, die Pflanzenbüschel überall ...«, sagte er, und sie sprach lächelnd weiter:

»Mit der goldenen Sichel bei Neumond, Vollmond und vor dem Morgentau geschnitten, König. Und weise geworden durch nächtelange Gespräche mit Merlin, dort drüben, im Turm der Zeit, und in der Halle deines Hauses Corbenig.«

Sie kniete vor ihm und nahm ihm die Schale aus den Fingern.

»Es ist gut, Artus, wenn ich dich mit all dem Unwichtigen verzaubern kann. Die Welt ist nicht nur Reiten, Schwertkampf und Lanzenstich.«

»Wenn ich von Lanzenstich, Schwertschwingen und Reiten müde geworden bin, mit meinen Wunden und Fragen, segle ich zu dir, Zauberin.«

So vieles war Spiegelung in dieser Nacht, einer der wenigen, die sie sich im langen Jahr schenkten. Die ruhigen Flämmchen spiegelten sich in Morgannas Augen, die Sterne im dunklen Trank der Schalen und auf den Wellen des Meeres, die Krüge, das Gold des Mantelsaums, die Gürtelschnallen, das Geschmeide an Fingern, Handgelenken und an Morgannas schlankem Nacken, und selbst der Glimmer in den Flächen der grob behauenen Steine, aus denen die schenkelhohe Brüstung des gewaltigen Turms gefügt war, funkelten matt. Morgannas kühle Finger tasteten über Artus' Rükken.

»Hier bist du gut aufgehoben, Hochkönig«, sagte sie leise. »Es ist leichter, die Wunden deines Körpers zu heilen, als die anderen, die du tief in deinem Herzen trägst.«

»Auch sie vernarben«, sagte er. »Lohot ist zu einem kraftvollen, besonnenen Mann herangewachsen, der in Caerleon wie ein Fürst herrscht und den meine alten Lanzenreiter-Freunde vortrefflich schinden; er hat sich noch in keiner Schlacht bewähren müssen. Amhar schickt aus der Bretagne Nachrichten, die mich trösten; vielleicht wird aus ihm ein königlicher Barde. Zum Dreinhaun in Schlachten scheint er nicht geschaffen zu sein.«

»Fast sechsunddreißig Sommer zählt Llacheu?«

»Ja. Älter als ich, als sie mich zum Hochkönig wählten – ach! All die Fürsten und Könige, die jetzt selbst unter steinernen Hügeln der Auferstehung entgegenschlafen! Selbst Bedwyr, Kehydius und Tristan, die Wildesten, spüren die Kerben des Alterns.« Er ließ die leere Schale fallen und umarmte sie stürmisch; ihr tiefer Kuß machte ihn viele Atemzüge lang stumm. »Du glättest die Runen meines Greisentums, Schönste. Jede Stunde bei dir …«. Er schwieg plötzlich, besann sich und sagte leise und nachdenklich:

»So vieles, was wichtig war, als wir jung waren, ist halb oder ganz vergessen. Dann kamen die langen, beschwerlichen Jahre des Schwertes. Seit dem Gemetzel am Berg Badon sind zwar nicht die Jahreszeiten der Harfen, Flöten und des Weins durchs Land und über mich gezogen, aber, bei allen Göttern!, wir hatten ein gutes Leben!« Er leerte durstig die Schale. »Es wäre vermessen, mit dem grausigen Schicksal zu hadern. Hat es Merlin gesagt oder der greise Loth von Lothian? Ich weiß es nicht. Aber: Jedes Jahr, das wir alle ohne Grenzkämpfe und Sachsenschlachten hinter uns bringen, zählt dreifach.«

Sie legte ihre Arme um ihn. Ihr kühler Körper erregte ihn, und sie sanken auf das weiche Lager. Wie ein Gewebe aus Dunkelheit legte sich Morgannas Haar um seinen Kopf. Eine kleine Ewigkeit später, in der die Sterne über das Firmament gewandert waren, saß sie hoch aufgerichtet auf seinen Schenkeln und bewegte ihren Körper in einem schwankenden, summenden Tanz, schleuderte ihr Haar in Viertelkreisen umher, bannte goldäugig seinen Blick und zog mit den Fingern seltsam erregende Spuren auf seiner Haut. Sternenlicht spiegelte sich in den feinen Linien der Schweißtröpfchen in Spalten und auf Rundungen, und als Artus, nachdem sie in seinen Armen keuchend zur erschöpften Ruhe gekommen war, mühsam die Augen öffnete und über ihre Schulter blickte, sah er den weißen Schweif des Sterns.

Schweigend wartete er, bis sie sich auseinander lösten. Als Morganna sich neben ihm ausstreckte, den Arm über seiner Brust und den Kopf in seiner Schulterbeuge, sagte er leise:

»Dieser Stern dort … deine Augen sind besser als meine. Siehst du, wie er einen Schwanz bekommt.«

»Wo? Welcher Stern.«

Er hob den Arm und beschrieb mit dem Finger einen Pfad, der von alten Sternbildern wegführte, am Gerüst des unfertigen Corbenig-Turms vorbei, und an einem der hellsten Punkte des Firmaments endete. Lange Zeit schwieg Morganna, dann wischte sie mit gekrümmten Zeigefingern ihre Augen trocken und richtete sich auf. Nach einer langen Weile sagte sie:

»Deine Augen sind noch immer scharf wie die des Habichts, Geliebter. Ein neuer Stern, mit einem geraden Schweif, wie das Kielwasser deines Schiffes, mit dem du hierherkommst.«

»Im lautlosen Gewitter von tausend Sternensplittern haben sie mich zum Herrn aller Bewaffneten gemacht. Was wird jetzt geschehen? Für wen ist dieses Zeichen?«

Sie füllte schweigend zuerst die Lämpchen mit Öl, dann die Trinkschalen mit gemischtem Wein. Ein Brecher zerstäubte zischend an der Klippe des vorgelagerten Inselchen. Nach einer Weile, in der Morganna den Kopf gesenkt hielt und in sich versunken schien, sah sie in die Sterne und flüsterte:

»Dein Zeichen, Hochkönig. Ein zweites Zeichen für dich. Morgen werden wir den Schweifstern mit Merlin bereden.«

»Wird der Stern meinen Tod verkünden?« Plötzlich fröstelte Artus im Meereswind und langte nach seinem Mantel. »Oder hundert Jahre Krieg? Oder fünfzig Jahre Friede? Oder …?«

»Ich weiß es nicht.« Sie sank neben ihm auf die Knie. Lichtflecken tanzten gemächlich auf den langen Schenkeln. »Oder elf Jahre Glücklichsein mit mir, o Artus.«

Merlin und sein Sohn Myrddin, dessen Mutter Gwendolyne, die Lanzenreiter Bedwyr, Lanzeloth und Kehydius waren, samt ihren Pferden und jungen Reiterdienern, mit Artus nach Avallon gesegelt. Im Umkreis des Hafens, des Klosters und der Hochkönigsburg Corbenig, der Türme und der vielen Langhäuser wohnten vielleicht tausend, zwölfhundert Britannier, darunter alte Druiden und junge Druidinnen, greisenhafte Baumeister, Kräuterkundige und Waisen, Klosterbrüder, die sich um Abt Dugald scharten, den nur wenige Blätter raschelnden Pergaments von der Ewigkeit trennten, und Verkrüppelte aus Artus' zwölf Schlachten, irische Flüchtlinge und einige jütische Grob- und Feinschmiede, die an Merlins Rad der Zeit arbeiteten und, nebenbei, Türangeln und Schlösser schmiedeten – ein mehrsprachiges, sorgenfreies Völkchen, für dessen Gesundheit Morganna mit ihren Freundinnen sorgte. Verstehbare Aufklärung über einen Stern, der seinen Schweif mit sich schleppte, war nirgendwo sonst zu erwarten.

»Elf Jahre würden mir reichen.« Artus wickelte den Mantel um seine Schultern und trank aus der Silberschale. »Bleib bei mir, schönste Freundin, und bewache meine Träume.«

»Ich bleibe«, sagte Morganna leise, den Blick auf den beunruhigenden Stern gerichtet. »Wohin sollte ich sonst? Du bist bei mir, in meinem Herzen, meinen Armen, in meinem Haus.«

»Was wäre ich ohne dich? Ohne Merlin, ohne meine schwertmächtigen Freunde? Ohne mein Glück?«

»Ein König wie Uther Pendragon«, sagte Morganna und legte ihre Hände an seine Wangen. »Ein toter, einst starker König, bis zuletzt. Wahrscheinlich ein unglücklicher, freudloser König.«

Er senkte, langsam nickend, den Kopf.

»Willst du schlafen, Artus, in meinen Armen, trotz des Schweifsterns?«

»Ja, ein wenig«, sagte er und zwinkerte. Der Stern verschwamm zu einem wäßrigen Nebelfleckchen. Morganna hielt ein paar Herzschläge lang die Hand vor seine Augen. »Was gäbe es Schöneres.«

Das Schwert Caliburn in seinem goldverzierten Ledergehenk lehnte aufrecht an der Brüstung des Turms. Artus warf einen langen Blick auf die Waffe, kniff die Augen zusammen und blinzelte in die Ölflämmchen, deren Zittern und Zucken ankündigte, daß sie bald verlöschen würden. Dann sah er in Morgannas schmales Gesicht, in ihre ernsten Augen und auf die lächelnden Lippen; trostvoll senkte sich die sommerliche Ruhe der Müdigkeit auf ihn.

Zum erstenmal trat Artus in Merlins viereckigen Turm, dessen grausteinernes Äußeres er seit zwanzig Jahren kannte. Decke, Wände und Boden waren weiß, das Mittagslicht, das durch die Öffnung der Treppe hereinfiel, verwandelte den Raum in das blendende Innere eines Würfels. Artus musterte schweigend die verwirrende Vielfalt der Dinge und Gegenstände, die in Fächern standen, sich auf Hölzern festklammerten, die aus den Wänden herausragten, an dünnen Ketten und Seilen von der Decke hingen oder wie Wächter aus einer anderen Welt auf den geweißten Bodendielen standen.

»Willkommen«, sagte Merlin und strich über seinen fast kahlen Schädel. Das Gesicht des mehr als Achtzigjährigen war lebhaft und jugendlich, als drehe sich für ihn das Rad der Zeit viel langsamer. »Was führt dich zu mir, alter Hochkönig?«

»Eine Handvoll Fragen, uralter Freund und Berater.«

Drei Räder gab es in diesem Raum, von denen sich keines drehte. Eines saß waagrecht, wie eine durchlöcherte Tischplatte, auf einer schmiedeeisernen Achse, die anderen hingen an Unterarmen und Fäusten aus weißbemalter Bronze, die aus der Wand herausragten.

»Setz dich in einen weichen Sessel. Rede! Frag mich. Will sich meine scheinbar alterslose Tochter von dir lossagen? Oder brauchst du einen Gebärzauber für Guinevere?«

»Weder noch. Wir haben einen Wanderstern gesehen, der einen Schweif hinter sich herschleppte. Gestern nacht, drüben, auf Morgannas Turm. Ich wüßte nicht, wen ich sonst fragen könnte – sag mir, ob es ein schlechtes oder ein gutes Zeichen ist.«

Merlin ließ aus einem schwarzen Krüglein gelben Seim in einen Kessel voll grünlichen, dampfenden Suds tropfen, rührte mit einem Stab um, der aussah, als sei er aus dem Schienbein eines Drachen geschnitzt, dann füllte er mit einer silbernen Kelle zwei Tonbecher.

»Wenn die Götter meinen, es sei ein schlechtes Zeichen, so werden wir ein gutes Zeichen herbeireden. Trink! Weckt dich auf.« Merlin setzte sich zu Artus unter eine Stange, auf der reglos ein Dutzend weißer Eulen saß; Artus fand nicht heraus, ob sie lebten oder ausgestopft waren. Von Wandbrettern und aus gemauerten

Fächern grinsten bleiche Tierschädel mit Augen aus Farbsteinen. »Ich weiß nichts davon. Werden wir den Schweifstern in der kommenden Nacht sehen?«

»Wenn's keine Wolken gibt.«

Drei Jahrzehnte trennten Merlin von seinem Sohn Myrddin. Artus nippte an dem säuerlichen Gebräu; die Ähnlichkeit des Sohnes mit dem Vater war schier beängstigend. Dieser war jung geblieben wie Morganna, jener war ebenso sehnig, schlank, knochig und schmalgesichtig wie sein Vater. Merlin schnippte mit den Fingern, und plötzlich begannen sich viele der weißen Gestalten und zauberischen Gerätschaften geräuschlos zu bewegen.

»Wenn die Druiden, die Christenpriester und deine Lanzenreiter den Bauern sagen, daß Gott den Schweifstern als Zeichen zwischen die Sterne gesetzt hat, werden sie's glauben.«

»Was sollen sie glauben?« Nach dem dritten Schluck fühlte Artus in seinem Inneren ein kaltes Feuer aufglimmen. »Daß abermals das Ende mit Seuchen, Hagel und Feuersbrünsten nahe ist? Oder daß der gerechte Hochkönig aus allen Mißernten die Scheuern füllt? Was weißt du, Merlin?«

Das Gebräu, das Artus in kleinen Schlucken trank, betäubte ihn und gaukelte seinem Körper vor, er sei Jahrzehnte jünger und kräftig wie zuvor; sein Herz schlug im gleichen Takt wie bei der Schlacht am Berg Badon. Merlin trank lächelnd; die weißen Eulen schlugen mit den Flügeln, die Räder begannen sich zu drehen, manche Kugeln, Würfel und Stäbe bewegten sich, weiße Schlangenwesen krochen über die Dielenbretter, weiße Tücher woben luftige Muster. Die bunten Meereskiesel in weißen Flechtkörben schienen sich zu drehen und umeinander zu bewegen.

»Ich weiß, daß es derlei gibt. Wie deine Sternensplitternacht. Alle dreiunddreißig, siebenundsiebzig oder hundert Jahre. Die Bedeutung? Für die Abergläubigen: das Ende der Welt. Für mich und dich? Das, was wir daraus machen. Ich werde, wie schon so oft, die Ehrfurcht vor den nächsten zehn Jahren deiner Herrschaft in die Herzen der Britannier senken.«

»Und wenn morgen nacht der Stern samt Schweif verschwunden ist?«

»Dann vergessen wir, was wir jetzt beredet haben, o Hochkönig. Dann kannst du mit Guinevere und Llacheu in die Bretagne zu Amhar segeln und viel Wein trinken.«

Die absonderlichen Teile der Einrichtung in Merlins eishellem Turm taumelten, flatterten, drehten sich, kippten und krochen, bis Merlin den Arm hob. Die gellenden Schreie der Rauchschwalben rissen ab. Unsichtbare Helfer des Kleinen Volks schienen alle Bewegungen aufzuhalten. Merlin sah schweigend zu, wie das große Rad der Zeit sich langsamer drehte und anhielt.

»Wenn wir versuchen, Himmelserscheinungen zu deuten, können wir irren oder wirklich einen Blick in die Zukunft werfen. Aber ich hab gelernt, die Macht der Gerüchte und Legenden zu benutzen.«

»Kann der Schweifstern ein Zeichen sein – für einen Gegenkönig, für Königsmord oder Krieg?«

»Für Gutes und Schlechtes, Artus. Niemand weiß es. Jeder fürchtet Himmelszeichen und andere Wunder.«

»Ich auch. Jeder sucht die Bedeutung der Zeichen.«

»Wir werden diesem Zeichen eine königliche Bedeutung geben, verlaß dich auf mich und Myrddin.« Merlin füllte die Becher aus dem rußigen Kessel. »Nachts wirst du mir den Schweifstern zeigen. Kommt hierher, nachdem ihr euch am nächtlichen Essen und an eurer Lust erfreut habt.«

Artus trank das Gebräu mit kleinen Schlucken und war einige Atemzüge lang sicher, daß Morganna und Merlin ihre Jugendlichkeit diesem Druidenwerk verdankten. Er selbst spürte wenigstens für ein paar Stunden oder Tage die belebende Wirkung. Als die Schwalben wieder zwischen den Türmen jagten, stand er auf.

»Ich reite mit Morganna zum Grabhügel«, sagte er. »Wir werden über die Bretagne reden, über Mordred und die Sachsen, und über alles, was uns bewegt.«

»Beredet das Gegenwärtige.« Merlin schob Asche über die

Glut der Kochstelle und grinste wie einer der grünäugigen Fuchsschädel. »Aber vergiß das Kommende nicht, Hochkönig.«

Sie tauschten eine kurze, herzliche Umarmung. Artus ging im Schatten durch den Baumgarten, dessen Gewächse von hohen Mauern gegen den salzigen Wind geschützt waren. Ein Adler kreiste über dem Hafen, in dem Fischer lärmend ihre Boote ausbesserten. Treppe und Eingangstor Corbenigs waren fertiggestellt, wechselnde Lagen aus dunklem Granit und hellem Sandstein. Artus hatte die Gebäude und die Bäume ebenso wachsen sehen wie Säulengänge, Kräutergärten, Weiden und Felder; er sog die köstliche Luft tief in seine Lungen und dachte im gleichen Augenblick daran, daß ihm und Morganna nur noch wenige Tage blieben.

Morgannas schöne Freundinnen sammelten Blumen und Kräuter im Küchengarten und winkten lächelnd zu Artus herüber. Kehydius', Lanzeloths und Bedwyrs Lanzen lehnten an der Mauer, die Schilde standen daneben. Morganna wartete im Innenhof bei den Pferden, ließ sich von ihm hinaufheben und rief:

»Zum erstenmal wirst du sehen, wie reich und fruchtbar Avallon ist, seit wir zu roden und zu ackern angefangen haben.«

Er nahm die Zügel, zog sich auf den Pferderücken und trabte neben Morganna durch das Hafentor. Wuchtige Mauern, die an vielen Stellen auf dem Fels der Steilufer aufsaßen, schützten die Siedlung; sie waren nicht ein einziges Mal angegriffen worden. Dahinter breiteten sich kleine Wälder, Stoppelfelder und gepflügte Äcker aus, langen Reihen von Eschen und Linden, die den Wind brachen. Ein breiter Sandweg führte in weiten Windungen, vorbei an Scheunen und niedrigen Hütten, durch die Felder. Pferde weideten im Herbstgras, Schafherden bedeckten einige Hügel wie schmutziger Schnee, Rinder hoben die Köpfe und glotzten den Reitern hinterher. Artus' Blicke glitten über die geordnete Schönheit, dann lächelte er Morganna zu.

»Du und Merlin – ihr habt auch die Insel verzaubert. Die Fruchtbarkeit der Felder, eure Herden, jedes Haus … es ist mehr als ein schönes Dorf, das vor Sauberkeit funkelt.«

Sie nickte lächelnd, antwortete aber nicht. Artus versuchte, die Begeisterung aus vielen Jahren in klare Gedanken zu fassen. Avallon schien ihm viel mehr zu sein als alle seine Teile zusammengenommen. Die Ruhe, zahlreiche Wohlgerüche und Farben, die einfache Pracht der Einrichtung, selbst die Muster der selbstgewebten Stoffe, die Holzschnitzereien und die prächtigen Arbeiten der Schmiede und Steinmetzen entfalteten zusammen mit dem weitläufigen Kloster eine einzigartige innere Schönheit, die nicht nur ihn, Artus, sondern auch jeden anderen gefangennahm; hier schienen kleine Wunder alltäglich zu werden. Er blickte wieder in Morgannas lächelndes Gesicht und sah seine Gedanken bestätigt: Sie war auf sonderbare Weise faltenlos und jung geblieben, und ihre Reife entsprach der Ausstrahlung Avallons.

»Ist Avallon schöner als Camelot?« rief Morganna durch das Trommeln der Hufe. Ihr Haar flatterte im Wind. Artus hob die Schultern und antwortete:

»Camelot ist anders. Nicht verzaubert oder zauberisch wie Avallon. Camelot ist nicht von druidischen Zauberern gebaut worden.«

Manche Barden wollten wissen, daß im Hügel auf der gegenüberliegenden Seite der Insel ein großer König aus unvorstellbar ferner Vergangenheit in seinem Grab aus riesigen Steinen schlief, von Erdreich bedeckt, mit all seinen Schätzen, Waffen und mächtigen Kriegern. Drei Stunden lang ritten Morganna und Artus auf bekannten Wegen und Pfaden, dann mußten sie auf einen Tierpfad wechseln und ritten hintereinander zur Kuppe des Hügels. Sie stiegen ab, ließen die Pferde grasen und setzten sich ins raschelnde Laub zwischen Baumwurzeln.

»Du denkst an den Schweifstern und andere Bedrohungen?« sagte Morganna und öffnete den Ziegenbalg.

»Seltsam.« Artus trank verdünnten, süßen Pflanzensud. »Erst seit heute morgen. Noch seltsamer, daß Mordred von Lothian wie ein schwarzer Dämon durch meine Gedanken reitet.«

»Ich kenne nur seinen Namen, hab ihn einmal gesehen«, sagte Morganna leise. »Was macht ihn so dämonisch?«

Artus umfaßte die Knie mit den Händen, blickte in Richtung der Siedlung und erzählte von der Zeit, während der sein Sohn Lohot, Merlins Myrddin und Morgauses Sohn Mordred gemeinsam aufgewachsen waren, gemeinsam schreiben, kämpfen und reiten gelernt hatten. Er war voller Begabung und Kraft, aber bald gab es Streit, denn Mordred wurde hochfahrend, eitel und verlogen. Er widersprach den erfahrenen Kriegern, die ihn ausbildeten, und stellte meist jenen Mägden nach, die ihn nicht leiden konnten und ihn einen häßlichen Gnom nannten. Einmal verließ er Caerleon, ritt zu seiner Mutter, die ihn zurückschickte; nach fünfzehn Monaten stahl er ein zugerittenes Pferd, ritt nach Lothian und kam niemals mehr zurück. Seither berichteten die Späher nichts Gutes über ihn.

»Das ist nichts Gesetzwidriges.« Artus lachte freudlos. »Viele junge Männer werden ruhiger, wenn sie altern. Aber nun ist er ein wenig älter als der Thronfolger und noch immer für die Leute in Lothian ein Ärgernis. Von mir redet er oft, sagt man, und er will zuerst mich und dann Lohot vom Thron fegen. Womit ich seinen Groll erworben habe, weiß niemand, am allerwenigsten ich.«

»Ist das Heer von Lothian so groß, daß es die Heere des Großkönigs besiegen kann?« Morganna hielt ihm den Trinkschlauch entgegen. Artus schüttelte den Kopf und drehte den Holzverschluß aus dem Mundstück.

»Nein. Ich fürchte Mordred auch nicht. Sein Vater ist tot, und Mordred kann der eine faule Apfel im Korb sein, der alle anderen ansteckt.«

»Ich brauche dir keinen Rat zu geben, wie du dein Königtum schützen kannst.« Sie sah zu, wie er trank, schloß die Ziegenhaut und hängte sie in die Astgabel. »Mordred ist zu schwach, und dein Befehl ruft alle Heere zusammen.«

»Mordred von Lothian, Uryann von Gorry und Maelgwyn aus Gwynedd sind jung und ehrgeizig«, sagte Artus und ließ sich nach hinten sinken. »Die Väter von Uryann und Maelgwyn haben mich gewählt, haben mir die Treue geschworen. Wie die Söhne darüber denken, hat uns kein Späher berichtet.«

Morganna beugte sich über ihn und öffnete den Knoten am Halssaum seines Hemdes. »In Caerleon und Camelot sollst du über die Drei und andere Mißhelligkeiten grübeln. In Avallon ist alles Begrübeln fehl am Platz; hier werd ich dich bezaubern.«

»Das Schweifstern-Wunder wird ihre schwarzen Herzen mit Furcht erfüllen«, murmelte Artus, streckte die Arme aus und ließ sich von ihr küssen.

Seit er als Junge auf den Wohnturm Caer Myrddins geklettert war, dachte Artus, fand er sich immer wieder auf hohen Türmen, um etwas Entscheidendes in der Ferne zu finden; es schien Teil seines Schicksals zu sein. Er saß, zwei Stunden vor Mittnacht, neben Morganna auf der Brüstung von Merlins Turm; Morganna hielt seine Hand und hörte zu, was Myrddin und Gwendolyne beredeten. Bedwyr, Kehydius und Lanzeloth starrten in den Sternenhimmel. Merlin senkte den Kopf, rieb sich den Nacken und brummte:

»Das Zeichen des Schweifsterns? Vielleicht wird im fernen Gallien ein Häuptling stärker und stärker und treibt die Sachsen in die Schiffe.«

»Oder es wachsen zukünftige Gegner in Britannien«, sagte Myrddin. »Junge Fürsten wie damals Meliagraunx, die sich nicht an die Eide ihrer Väter halten.«

»Kann es sein, daß ein Drachenei zerbricht und wir in versteckten Klüften und Höhlen einen mächtigen roten Drachen finden?« Bedwyr lachte und hieb Lanzeloth auf die Schulter. »Ewiger Eber! Ein Untier, das den größten Schatz der Menschheit bewacht und Feuer speit.«

»Für solche Drachen sind wir zu alt«, sagte Kehydius und nickte Artus zu. »Bisweilen kämpfen wir gegen kleine Drachen in unseren Nachtgedanken.«

Der Himmel war durchdringend klar und wolkenlos. Hoch im Norden, hinter den Inselbergen, wetterleuchtete es in einem niedrigen Band aus grauen Wolken. Die Männer und die beiden Frauen hörten zu reden auf und betrachteten den Schweifstern, der fast genau über ihren Köpfen schwebte. Der weiße Schweif war gewachsen und deutete nach Osten, zur sächsischen Küste und nach Gallien.

»In einem Jahrzehnt werden aus trotzigen Kindern wilde Krieger«, sagte Gwendolyne nach einer Weile. »Das Rad der Zeit hält nicht an, Hochkönig.«

»Ich weiß es.« Artus rutschte von der Brüstung und hob Morganna herunter. »Also ist es ausgemacht, Myrddin: Im ganzen Land wird es heißen, noch länger als zehn Jahre kämpft der Hochkönig weiterhin mit dem Schwert Caliburn für den Frieden Britanniens. Ich und meine Krieger aber bleiben gerüstet und ziehen – wenn hier und dort Verräter das Schwert erheben – gegen sie.«

»Bald wird jedermann im Land wissen, welche Botschaft der Schweifstern verkündet«, sagte Merlin. »Ich und Myrddin verbreiten diese Nachricht.«

»In drei Tagen, wenn kein Sturm aufkommt, setzen wir über.« Artus zog Morganna zur Treppe; auch die Reiterfürsten, nach einem letzten Blick zum Schweifstern, wandten sich um und folgten. Myrddin sagte:

»Vater und ich segeln mit euch.«

Artus und Morganna stiegen hinunter, vorbei an Merlins seltsamen Zauberspielzeugen, und gingen durch den massigen Torbogen in den Baumgarten. Im Aquaeduct plätscherte das Wasser vom Fluß, Wind ließ die Herbstblätter der Kronen rascheln, ein Käuzchen schrie, verloren in der sternübersäten Dunkelheit, und eine mächtige Welle zerstob donnernd als Brandung an den Hafenfelsen.

Das Schiff mit den Pferden und dem größeren Teil der Lasten hatte abgelegt und wurde zum nahen Südende der Insel gerudert, vorbei am Schilf der Flußmündung. Morgannas Hände lagen auf dem Handlauf der Bordwand; sie blickte die schweren Falten des Segels an.

»Sobald ich kann, komme ich wieder«, sagte Artus leise. »Es wird ein langer Winter sein in Camelot, mit vielen Boten und viel Geschriebenem.«

»Ich warte, Hochkönig.« Morgannas Augen wurden feucht, als sie sich ihm zuwandte und das Haar aus dem Gesicht strich. »Wir brauchen einander unsere Freundestreue nicht zu beweisen.«

»Nächstes Jahr wirst du so schön wie heute sein.« Artus legte die Hände auf ihre Finger. »Und Avallon wird größer, schöner und noch mehr verzaubert sein.«

»Auch Avallon wartet auf dich.« Sie lächelte. »Bis du eines Tages für immer bleibst.«

»So mag es wohl enden, irgendwann.«

»Ich werde hier sein, Geliebter.« Morganna zog seine Hände an die Lippen, küßte die Handflächen und trat langsam einige Schritte zurück. Die Tauschlingen wurden an Bord gezogen, die Ruderer stießen das Schiff mit den langen Riemen vom Steg, und der Bug schwenkte in den Wind. Artus ging ins Heck, stellte sich neben den Steuermann und blickte lange zum Ufer, bis Morganna so winzig geworden war, daß er ihr Winken nicht mehr erkennen konnte.

Es waren noch fünf goldene Dinare übrig, als Troncas nach dem letzten Stich den Faden verknotete. Er zog den Dolchgürtel um die Hüften, schloß die Schnalle und stand auf.

»Die Chronisten unserer Insel schrieben über den Schweifstern. Eure Gelehrten und Sternseher, Amir, werden ihn sicherlich gesehen haben. Aber vielleicht gab es damals auch bei euch nur wenige Weise, die schreiben und Jahreszahlen berechnen konnten.«

Beha ed-Din sah zu, wie Troncas das Geschenk des Sultans in den Beutel fallen ließ und das Lederband um den schwer gewordenen Gürtel knotete.

»Ich weiß es nicht, Ritter. Aber stets haben Sternenschauer, Schweifsterne, Verfinsterungen der Sonne und des Mondes die Herzen aller Menschen vor Furcht erstarren lassen. Daß jener Merlin den Schweifstern als Zeichen für die nimmermüde Macht des Hochkönigs ausgab, zeugt von seiner Klugheit.«

Troncas lachte kurz. »Das erkannte sicherlich auch König Artus.«

Den ganzen Tag über war gekämpft worden. Unglaubliche Gerüchte schwirrten umher wie Aasfliegen: Eine bogenschießende Christin habe von der Brustwehr des Lagers aus unzählige Muslime getötet. Saif ad-Din al-Mashtub habe abermals ohne zufriedenstellendes Ergebnis mit König Philipp über die Auslieferung der Stadt geredet und geschworen, Akka erst nach dem Tod aller Verteidiger zu übergeben.

In der Stadt wüteten Hunger, Durst und Todesangst. An einer Stelle der Verschanzung kämpften der Sultan und seine besten Truppen den halben Tag, ohne ihre Fahne mehr als drei Schritte weit ins Christenlager vorzutragen; jetzt, am Abend, zogen sich die Muslime zurück. Aber wie ein mächtiger Schatten lag die Ahnung des Untergangs über dem Land, die Gewißheit, daß alle Dinge eine schreckliche Wendung nehmen würden.

Beha ed-Din ließ sich aufs Pferd helfen, die Bewaffneten und Troncas saßen auf, und ohne die Zelte abzubauen, ritten sie im schwindenden Licht ins Lager zurück. Nachdem Troncas eine Stunde geruht hatte, kam Arîf Usamah und bat ihn, mit Messud und einigen anderen in dieser Nacht als Späher und – vielleicht – als Sprachenkundiger zu reiten. Ein Gerücht hatte für Unruhe gesorgt: Die Ifrandsch wollten das Lager des Sultans stürmen.

Usamah und Troncas bewachten in langsamem Ritt eine Linie zwischen der Düne, ihrem bevorzugten Späherplatz, und dem Lagertor; die anderen Reiter schwirrten rechts und links des Pfades durch die Nacht. An allzu vielen Stellen waren vor dem Hintergrund aus Fackeln, Feuern und brennenden Verschanzungen die Belagerer und Belagerten nur als Schattenrisse zu erkennen. Gegen Mittnacht zeigte Troncas auf die unruhige Fläche des Meeres, deren Muster im Mondlicht glitzerte. Usamah stieß Troncas an und nickte.

»Flüchtlinge aus der Stadt!« brummte er. »Wir reiten hin.«

Er steckte drei Finger zwischen die Zähne und stieß eine Reihe gellender Pfiffe aus. Nach und nach kamen die Späher zurück und folgten ihm durch die Dünen zum Strand. Das Boot hatte den Hafen unbehelligt verlassen und wurde näher gerudert; noch bevor es auf dem Sand aufsaß, sprangen einige Männer heraus und wateten auf die Späher zu.

»Ich bin Ibn al-Gawali«, rief einer. »Bringt uns ins Lager, zum Sultan.«

»Er wird euch nicht umarmen, wenn er erfährt, daß ihr aus Akka geflohen seid«, sagte Usamah und verteilte die sieben Männer auf seine Späher; langsam, mit zwei Reitern auf einem Pferd, ritten sie zum Lager. Als Troncas mit Messud und Usamah noch vor dem Morgengrauen durchs Lagertor ritt, erfuhren sie, daß die Amire Izz al-Din Arsel und Sunqur al-Ushaqi, noch bevor der Sultan geweckt worden war, auf gestohlenen Pferden das Weite gesucht hatten und daß Ibn al-Gawali gefesselt im Gefängnis lag.

7. KAPITEL

In dem der Ritter von der letzten Schlacht des Hochkönigs bei Camlann und vom Schwert Caliburn berichtet, das, wie Artus auf Avallon, im Meer schläft und auf den Tag aus Merlins Prophezeiung wartet, und darüber, was Troncas nach dem Fall Akkons erlebt

Am zehnten Juli hatte das muslimische Heer nachts das Lager der Ifrandsch umzingelt. Viele Truppen des Sultans hatten ihn verlassen, aber es waren auch einige kurdische Amire mit frischen Kriegern zu ihm gestoßen. Die Belagerer durften keinen Ausfall wagen, denn ihr Vorhaben war verraten worden. Als die Sonne aufging, stellte sich das gesamte Heer der Belagerer voll gerüstet und kampfbereit auf; es sah aus, als wollten Richard und Philipp dem Sultan die große, vielleicht endgültige Schlacht anbieten. Wieder verhandelten Belagerte und Belagerer, aber wieder konnten sie sich nicht einigen. Der Sultan erhielt durch einen Schwimmer, den Troncas und die übrigen Späher abfingen und in die Mitte des Heeres brachten, folgende Nachricht:

»Wir haben uns gegenseitig geschworen zu sterben. Solange wir noch atmen, übergeben wir Akka nicht. Seht zu, wie ihr die Ifrandsch ablenken und zur Aufgabe der Belagerung zwingen könnt! So haben wir entschieden. Hütet euch, dem Feind nachzugeben. Wir sind am Ende.«

Der Lärm, den Salah al-Dins Heer nachts verursacht hatte, ließ die Belagerer annehmen, eine neue Besatzung sei den Stadtverteidigern zur Hilfe gekommen und in Akka eingezogen. Wieder erhielt Salah al-Din Verstärkung, diesmal von turkmenischen Kriegern, wieder wurde verhandelt, abermals erzielten die Könige und der Statthalter keine Übereinkunft, und abermals waren zwei Tage und Nächte vergangen.

Nach abgrundtiefem, langem Schlaf wachte Troncas stöhnend, mit verklebten Augen und schmerzenden Muskeln auf. Das Zelt schien leer zu sein, im Lager hatte sich Totenstille ausgebreitet. Als Troncas sich im Nebenzelt erleichtert hatte und die Dinge und Gegenstände seiner Umgebung wieder richtig erkannte, sah er den Wandschirm, einen großen Badezuber und viele Tücher, sauber geschichtet, auf dem Rand seines Lagers. Das Leder eines Vorhangs raschelte, Crysaide, leichtfüßig und wohlduftend, kam herein und kniete sich neben die Kissen, die um seinen Kopf herum lagen.

»Du hast geschlafen wie tot. Nicht einmal das gewaltige Krachen und Dröhnen hat dich geweckt. Man sagt, die Erde hat lange gezittert«, sagte sie leise. »Hier, trink. Bald wird der schwarze Hammami kommen, wird dich mit belebendem Öl walken und kneten.«

Troncas' Zähne schmerzten, als er vorsichtig das kalte Gebräu trank. Er wischte mit einem nassen Tuch über sein Gesicht, hörte das Rascheln der Bartstoppeln und sagte mühsam:

»Ich brauch mehr als belebendes Öl. Kennst du die Berichte und Nachrichten ... wie lange habt ihr mich schlafen lassen?«

»Lange genug, o Troncas. Sie haben einen Vertrag geschlossen, die von Akka und die Unseren. Alle Ausrüstung, die Schiffe, die ganze Stadt, zweimal hunderttausend Dinare, dazu fünfhundert einfache Leute und hundert Würdenträger als Gefangene, dazu noch das Wahre Kreuz – das müssen sie ausliefern. Dafür dürfen alle Bewohner mit ihrer Habe, den Frauen und Kindern frei abziehen. Das ist, sagt Usamah, von Akka aus beschworen, geschrieben und gesiegelt.«

Die Überraschung erreichte Troncas in langsamen Schritten. »Was sagt der große Sultan dazu?«

»Er ist erregt und voll Zorn. Er hat alle Berater zusammengerufen, in sein Zelt. Alle Krieger sind draußen und beschützen das Lager.«

»Beha ed-Din?« Troncas stand schwankend auf, wickelte ein Tuch um die Hüften und stützte sich auf die Liege, über deren Lederbezug ein weißes Leinentuch gespannt war. »Weißt du, wo er ist?«

»Nein. Aber durch Usamah weiß er, wo du bist.«

Troncas leerte, um wachzuwerden, ohne abzusetzen den Krug, wusch sich gründlich und wartete auf den Dunkelhäutigen. Eineinhalb Stunden später vermochte er klar zu denken, bewegte entspannt und ohne Schmerz seine Arme und Beine und öffnete das Zelt. Er erinnerte sich: Heute schrieb man den 12. Juli, den 17. Tag im Dschumada. Es war früher Morgen, die Sonne verbarg sich hinter Wolken, die Luft in der Zeltgasse war kühl und rein.

»Ich glaube, ich sollte Beha ed-Din suchen«, sagte er leise. »Ob die Belagerung ihr Ende gefunden hat? Ich kann's noch nicht recht glauben.«

Er bedankte sich bei Achmad, redete mit Crysaide und ging langsam zu Beha ed-Dins Zelt. Dort erfuhr er, daß der Chronist in sehr früher Stunde zum Sultan gerufen worden war und noch immer an der Beratung teilnahm. Er erbat sich vom Stallmeister ein Pferd, band die Zügel an die Zeltstange und holte Schild, Schwert und Dolchgurt. Durch leere Lagergassen trabte er zum Tor und zur ersten Gruppe aus Muslimkriegern, die einen Pfeilschuß weit vor dem Tor unschlüssig verharrten.

Niemand gab Befehle; die Männer waren unsicher. Ratlosigkeit hatte sich im Heer ausgebreitet. Ohne rechtes Ziel ritt Troncas hin und her, suchte ein bekanntes Gesicht und stieß nach mehr als einer Stunde auf Messud, der auf die große Düne zuritt.

»Warte auf mich!« rief Troncas und hob den Schild.

Messud zügelte sein Pferd, deutete zur Stadt und sagte aufgeregt:

»Hat man's dir schon gesagt, Ifrandsch? Die Stadt soll übergeben werden.«

»Ich komme aus dem Lager«, rief Troncas. »Der Sultan berät, wie die Übergabe verhindert werden kann. Er weiß, daß dadurch beide Straßen nach al-Kadisiya ohne Schutz sind.«

»Wir können hier nichts anderes tun als zusehen«, sagte Messud und trieb seinen Rappen den Dünenhang hinauf. »Warten wir also, was Allah in seiner großen Unbegreiflichkeit über uns bringt. Und über euch.«

Troncas stieg ab und murmelte: »Inshallah!«

Die Männer schwiegen und starrten die Mauern der Stadt an. In Troncas' Magen wuchs ein steinharter Knoten, als er nach und nach, halb betäubt, die unwiderrufliche Wirklichkeit der letzten Stunden verstand. Die Steinschleudern hatten nur noch ein Ziel: die breiten, aber hinfälligen Mauern, die statt der zerhackten und verbrannten Stadttore die Belagerten von den Belagerern trennten. Bewaffnete rannten und ritten hin und her.

Auf dem mäßig bewegten Meer erschien kein einziges Schiff, nicht einmal Fischerboote von Haifa. Nach einer Stunde hörte der Beschuß plötzlich auf; von innen wurden die behelfsmäßigen Mauern abgetragen, der Schutt weggeräumt. Ritter klirrten die Mauern hinauf, schwenkten Schwerter und Fahnen.

»Die elenden Ifrandsch-Christenschweine nehmen die Stadt ein!« Messuds Stimme war flach und kratzig vor Entsetzen. Troncas murmelte:

»Der Übergabevertrag! Eure Kämpfer lassen sie herein.«

Es dauerte nicht länger als eine halbe Stunde, bis auf den verwüsteten Mauern die Zeichen des christlichen Sieges zu sehen waren. Farbige, goldbestickte Fahnen flatterten im Mittagswind; Ritter in stumpfen Rüstungen hielten sie in die Höhe. Troncas sah Kreuze, Feldzeichen und blitzende Waffen. Andere Mauerstürmer schwenkten Fackeln, die weißen Rauch verströmten. Aus dem Lager der Christen ertönte ein einziger, langgezogener Schrei aus tausenden Kehlen. Aber kein Muslim verließ die Stadt, vielmehr drängten mehr und mehr Belagerer zu den Tortürmen und durch den schmalen Durchlaß ins Innere Akkons.

Messud wandte sich um, und Tränen liefen über die Wangen in seinen Bart. »Wir haben Akka verloren. Morgen schon werden die Ungläubigen alle Straßen beherrschen. Allah! Wo sind die tapferen Verteidiger?«

»Man wird sie als Gefangene in einem Stadtviertel zusammentreiben«, meinte Troncas leise und legte die Hände auf Messuds gepanzerte Schultern. »Was soll ich sagen … Allah hat den endlos langen Kampf gegen euch entschieden.«

Messud starrte zu Boden. Sie warteten länger als eine Stunde. Noch immer drangen Christen in die Stadt ein, Knechte zogen die schwersten Quader und Steinbrocken mit Pferdegespannen von der Torstraße und aus dem Durchbruch. Troncas und Messud sahen zu, wie sich schließlich die muslimische Besatzung – oder doch ein großer Teil ihrer Krieger – aus der Stadt schleppte, das Lager durchquerte und von den eigenen Leuten begrüßt wurde; die Belagerer bildeten eine breite Gasse und schienen Standfestigkeit und Mut der abgerissenen, verwundeten und erschöpften Männer zu bewundern. Wahrscheinlich, dachte Troncas schulterzuckend, stritten sich jetzt König Philipp und König Richard um das schönere Quartier, während die päpstlichen Legaten und Äbte daran gingen, die Kirchen Akkons zu reinigen und neu zu weihen.

»Gehen wir. Ins Lager«, sagte Messud gepreßt. »Dort wartet entwürdigende Arbeit auf uns.«

Als sie durch das Tor ritten, riefen ihnen die Wachen zu, daß der Sultan befohlen habe, mit dem Verlegen des Trosses anzufangen; nach Schafr'amr an der östlichen Straße, die nach Süden führte, nach Nazareth und al-Kadisiya. Die Zelte hinter den Palisaden sollten noch einige Tage stehenbleiben.

In der Zeit der größten Hitze, am Beginn des August, schleppten Sklaven und Soldaten große Teile des Lagers mehr als eine Farsach weit nach Südosten und sperrten mit Erdwällen, Dornengestrüpp und einem Teil der Palisaden die Straße. An den Seiten des breiten Sandstreifens ragten Felsen auf und vermischten sich mit den steilen Flanken unübersteigbarer Hügel. Beha ed-Din und Troncas wichen einem hochbeladenen Karren aus und ließen eine Reihe Lastkamele an sich vorbeischaukeln.

»Ich war bei Salah al-Din«, sagte Beha ed-Din leise. Seine Stimme war ungewohnt weich. »Ich sprach ihm Trost zu; wie eine Mutter war er, der das Kind geraubt wurde. Ich hab ihn ermahnt, an die Anstrengungen zu denken, die uns an der Küste und in al-Kadisiya bevorstehen. Ich erinnerte ihn an die Muslime, die in Akka gefangen sind. Er hat befohlen, das Lager hier wieder aufzubauen.« Er blickte in die Richtung, in der Akkon lag, dann irrte sein Blick ab und verlor sich über der hitzeflirrenden Ebene. »Salah al-Din, Richard Löwenherz und König Artus. Große Könige, diese drei Krieger. Der Sultan und Artus ersehnten ein großes, friedliches Reich, in dem ein Glaube und ein Gesetz für alle gilt, und dafür kämpften sie. Löwenherz streitet, sage ich, für anderes.«

»Auch für seine Sache kämpft er. Aber an welche Vorhaben denkt der Sultan – wenn er denn etwas plant?«

»Er ist mit seinen besten Spähern und vielen Reitern vor Akka geblieben und sieht zu, was die Ungläubigen tun. Wenn sie ihn angreifen, dann macht er sie im freien Gelände nieder.« Beha ed-Din zögerte. »Wie werden die Ifrandsch die Gefangenen behandeln? Es sind, sagen die Verteidiger, mehr als dreitausend.«

Troncas zog am Zügel. Im leichten Trab folgten sie den Kamelen zur Absperrung. »König Richard ist ein Ehrenmann. Ich hab dir so viel über ihn erzählt, über seine Gerechtigkeit und sein würdevolles Benehmen; er ist ein Ritter. Er wird die Gefangenen gut behandeln und freilassen, wenn die Bedingungen eingehalten werden.«

»Überdies halten wir fünfhundert gewöhnliche und hundert wichtige oder fürstliche Ifrandsch gefangen. Aber – es sind in diesen Kämpfen so viele Grausamkeiten begangen worden«, sagte Beha ed-Din, »daß ich an die Milde deines Königs nicht mehr glauben kann.«

»Grausamkeiten von beiden Seiten, o Beha! Ich glaube an seine Ritterehre.« Troncas legte die Hand auf die Brust. »An seine Ritterlichkeit. Ich weiß, daß er sein Versprechen halten wird. Ich würde meinen Glauben an alles verlieren, an meinen Rittereid, an das Wahre Kreuz und den Gral ... und alles.«

»Allah möge dir, einem Ungläubigen, deinen Glauben erhalten. Dafür werde ich beten.«

»Das tu auch ich«, sagte Troncas und grüßte die Wachen, die vor Beha ed-Din und ihm die Straße freigaben. Vor ihnen lag jetzt die Ebene vor dem Lager am Tel Kharruba; Teile des Heeres, das auf fünfunddreißigmal tausend Mann geschrumpft war, lauerten auf jede Bewegung der Ifrandsch. »Das Zelt, das der Sultan mir und Crysaide überlassen hat, steht noch im alten Lager. Laßt ihr uns noch so viel Zeit, daß ich ausschlafen und mein Zeug packen kann?«

»Mehr als das.« Beha schirmte mit der flachen Hand das Sonnenlicht ab. »Ich reite mit dir; danach werde ich, Qâdi Beha ed-Din, wieder den Sultan und seine Amire beraten; ich bin nicht nur der Chronist unseres Kitab el-Ahlam, des Buches der Träume, sondern auch der Taten und des Lebens von Salah al-Din. Berichte mir, während wir ohne Eile durch die Hitze reiten, vom rätselhaften Verschwinden und vom letzten Schlaf des Königs Artus.«

Troncas riß überrascht den Kopf herum. »Ausgerechnet jetzt, o Amir treffsicherer Wortpfeile?«

»Ja, jetzt. Denn ich glaube vorauszusehen, daß sich nach schicklicher Zeit unsere Wege zu trennen beginnen.«

»So sei es.« Troncas schob die Stiefel tiefer in die Steigbügel. »Allah weiß es am besten.«

Ein junger Sachse, ein Halberling, den sein Stamm ausgestoßen hatte, mehr erfroren als lebendig, schlug sich bis Caerleon durch und berichtete, daß in Gallien ein Anführer namens Horsa Ohnezahn ein Heer um sich scharte und Schiffe bauen ließ: Sein Ziel war das strahlende Königreich Camelot. Als Artus davon erfuhr, schickte er nach den Winterstürmen ein Schiff über die schmalste Stelle des Meeres, mit eben diesem Sachsen und drei zuverlässigen Männern. Sie kamen einen Mond später zurück und beschworen, daß der Junge die Wahrheit gesagt habe. Der erste Horsa, Sohn des Hengist, hatte Dutzende Jahre vor Artus' Geburt die Insel verheert. Artus jagte augenblicklich Boten zu allen seinen Anführern und befahl seine Schiffe in die Mündung des Fjordes von Forth. Dort sammelte sich sein Heer, schaffte Pferde und Waffen auf die Schiffe und setzte mit gutem Westwind zum Kontinent über; Königin Guinevere und Lohot, Merlin, Kay und Kehydius regierten das Land in Camelot und Caerleon. Kundschafter ritten im Land der Friesen den Männern voraus und zeigten die Wege in das Land, in dem Horsa lebte und seine Flotte liegen hatte.«

»Artus hat die Macht Horsas zerschlagen wollen, ehe sie groß genug war, um Britannien zu schaden«, sagte Beha ed-Din und lenkte das Pferd zu einem der Brunnenwäldchen. »Es war die erste Schlacht, die er nicht auf der Insel schlug, nicht wahr?«

»Die einzige«, sagte Troncas. »Und er gewann sie.«

Einige Barden durften Artus begleiten. Sie schilderten später in tausend gesungenen Versen, daß des Königs Schiffe dreimal zwischen der Flußmündung und der gallischen Küste segeln mußten, um alle Männer und Pferde übersetzen zu können. Artus' Krieger, bis auf den kleinen Troß, waren ausnahmslos beritten. Sie drangen in der Nähe der Küste schnell nach Norden vor. Artus schickte Bedwyr als Boten zu Horsa Ohnezahn, denn er wollte lieber einen Vertrag als eine Schlacht. Bedwyr entkam, bevor Horsa ihn erschlagen konnte, schwer verwundet aus Horsas hölzerner Burg. Diese Antwort versetzte Anführer und Reiterkrieger in rasende Wut. Sie erstürmten binnen eineinhalb Monden eine Stammesburg nach der anderen, nahmen wenige Gefangene und erschlugen jeden, der sich ihnen entgegenstellte. Artus' Flotte folgte ihnen auf dem Meer, landete oder ankerte jede Nacht in Buchten, auf Inseln oder an Ufern; der König ließ Verwundete auf die Schiffe bringen und ergänzte aus deren Ladung Waffen und Ausrüstung. Nach einer Reihe erschöpfender Tage und nächtlicher Ritte erreichte Artus Horsas Hügelburg, die nach sechs Tagen trotz heldenmütiger Gegenwehr erobert wurde. Die Reiterführer Sagramore und Brandiles erschlugen Horsa Ohnezahn; seine unfertigen Schiffe an Land und die segelfähigen in den Buchten wurden verbrannt oder mit der Beute beladen. Bei Ostwind ging ein Schiffspaar nach dem anderen in See und richtete den Bugzierat nach Caer Eydin. Artus suchte zwischen den Gefangenen alle Schiffsbauer und Waffenschmiede heraus und trieb sie in Fesseln auf die Schiffe, dann verließ er mit den letzten seiner Krieger das Festland. Das Heer erwartete ihn im Lager rund um Caer Eydin, aber die meisten Gefangenen und Verwundeten – unter ihnen »Torkelnder Tod!« Bedwyr – und Horsas Schatz hatten die Heimkehrenden nach Camelot, Carlisle und Caerleon mitgenommen.

Als Artus den einzelnen Reiter auf die Spitze der Truppe zugaloppieren sah, der aufgeregt mit seinem Mantel winkte, hob er den Arm und rief seinen Gefährten zu:

»Ein Bote. Er wird uns sagen, daß Guinevere und Kay uns entgegenreiten!« Er lachte. »Mit schäumendem Bier und kühlem Wein.«

»Und mit vielen Bademägden, wie ich hoffe!« brummte Gawain.

Sie ritten langsam auf der guten Straße weiter. Jeder Mann der Einzelheere, von Artus' Reiterfürsten angeführt, war durstig, müde, verschwitzt und von Wunden bedeckt, die Reittiere ausgelaugt und ebenso schmutzbedeckt wie die Krieger, die Waffen zerschrammt und die Schilde voller tiefer Kerben.

Mehr als achthundert Reiter folgten ihm, dahinter der Troß; neun Zehntel des Reiterheers, durch die karge Hügellandschaft zwischen den Wällen. Einige Schritte vor Artus zügelte der Botenreiter sein Pferd und kippte zu Boden.

»Hochkönig!« rief er, während er sich hochstemmte, von Schaumflocken aus dem Pferdemaul bedeckt. »Drei Fürsten haben dich verraten. Ihre Heere sammeln sich, läßt dir Merlin sagen. Bei Carlisle.«

Artus stieg ab; obwohl er seit den Schweifsternnächten darauf vorbereitet war, glaubte er, sein Herz höre zu schlagen auf.

»Mordred von Lothian!« sagte er schroff. Um ihn und den Boten bildete sich ein dichter Ring Krieger. »Und Uryann von Gorry. Dazu Maelgwyn von Gwynedd. Noch einer?«

»Diese drei, Herr!«

»Was weißt du von der Königin und aus Caerleon?«

»Nur, daß sie dort in Ruhe leben. Daß sich dort Krieger sammeln.«

Langsam, wie halb erstarrt, drehte sich Artus um, hob den Kopf und sah in die schmutzigen, bärtigen Gesichter der Freunde.

»Wir reiten, ohne zu hasten, nach Carlisle!«

Einige Anführer wendeten die Pferde und trabten zu ihren Kriegern zurück. Artus faßte den Boten am Oberarm und sagte:

»Komm langsam hinter uns her; im nächsten Ort gibt's Wasser und eine Botschaft an die Königin und Merlin.«

Er ließ sich vom Boten auf den Pferderücken helfen und wartete, bis der nächste Reiter das Feldzeichen angehoben hatte. Das Heer drängte und schob sich durch das schattenlose Land, bis es dunkelte und ein Ort gefunden war, an dem es Wasser gab, und genügend Holz, um eine sättigende Brühe zu kochen.

Ohne daß es Artus sah, flatterten Brieftauben zwischen den wichtigsten Orten hin und her. Er vertraute Merlin und Guinevere und wußte: Fußkämpfer wurden zusammengezogen, und so schnell sie vorankommen konnten, marschierten sie nach Carlisle; nur wenige Männer waren unter ihnen, die noch als Jungen am Berg Badon Steinbrocken und volle Köcher geschleppt hatten. In einem weiten Bogen ging es Richtung Süden und nach Durchquerung der Tore im Hadrianswall auf der Römerstraße nach Westen. Zweimal, dreimal am Tag erreichten Boten den Heereszug, dessen Teile mittlerweile weit auseinandergezogen waren. Mit neuen Befehlen schickte Artus die Reiter zurück. Jetzt erst, zwei Tagesritte vor Carlisle, konnte er sicher sein, daß das königliche Aufgebot an Kriegern die drei Heere der Gegner besiegen konnte.

»Elf Jahre waren mir seit dem Sternzeichen vergönnt«, sagte Artus zu Gawain. »Und am Ende unseres Lebens, das siebenundsechzig Herbste zählt, müssen wir gegen Verräter kämpfen.«

»Und wir sterben in einer Schlacht, nicht in den Armen junger Frauen«, sagte Lanzeloth. »Hochverräter, diese drei!«

»Was ist an meinem Thron so begehrenswert?« murmelte Artus.

Er gab sich selbst die Antwort. Alle jene Männer, die er seit der ersten der zwölf Schlachten kannte, und jene, die danach zu ihm gekommen waren, hatten sein Alter. Einige waren etliche Jahre jünger, andere älter, und eine Reihe von ihnen war gestorben, zuletzt Bedwyr, wie er vom letzten Boten erfahren hatte. Für Uryann, Mordred und Maelgwyn breitete sich Britannien blühend und reich aus, zugleich lockend und schutzlos, nur von Greisen, einer alten Königin und Lohot regiert, den sie nicht fürchteten. Aber auch Lohot, Kehydius und Myrddin näherten sich Carlisle und dem Hafen mit den Kriegern von Caerleon.

»Seit drei Monden sind wir nicht aus dem Sattel gekommen.« Aus Percevals Achselhöhlen troff Schweiß. Viele Krieger saßen halbnackt auf den verschwitzten Pferden, die unter der Sonne des späten Sommers unerträglich stanken. Fliegenschwärme umsummten die Doppelreihen der Reiter. »Ich hab mir das Altern auch schöner vorgestellt; mit weniger Wundschorf, Durst, Mücken und Fliegen.«

»Tröste dich!« Gaheris grinste. »Die meisten von uns sind ohnehin schon begraben und wollen's nur nicht wahrhaben.«

»Ein feiner Trost«, rief Lantymer. »Übermorgen wissen wir's ganz genau.«

Noch mehr Boten, noch mehr Späher, zwei kleine Fußkämpferheere mit großem Troß – kalter Sud, Bier und Wein, kräftiges Essen – warteten abseits der Straße. Als Artus gehört hatte, daß sich Uryanns Heer, zur Hälfte Pikten, am Hafen von Carlisle sammelte, hatte er nur an die Schiffe und den Schutz Avallons gedacht; seine siegreiche Flotte hatte Befehl, sich vor der Mündung des Fjords zu sammeln und auf seine Feuerzeichen zu warten, denn mit der darauffolgenden Flut sollten sie angreifen.

Am Morgen des Tages, an dem das Heer weit außerhalb des Ortes Camlann an sieben Stellen eines großen Halbkreises zum Stillstand kam, ritt ein weißgekleideter Greis auf einem Schimmel heran. Er trug eine Lanze ohne Eisenspitze, an der drei Fähnchen festgeknotet waren. Späherreiter brachten ihn zu Artus und halfen ihm auf den Boden. Ohne den Lanzenschaft loszulassen, kniete er auf den Stoppeln des gesichelten Feldes nieder und sagte mit hoher, zittriger Stimme:

»O Hochkönig. Daß ich diesen Tag erleben muß, ist die größte Schande. Mich schicken die drei Könige. Morgen bei Sonnenaufgang wird es, sagt Mordred, einen anderen Hochkönig geben.«

Artus saß auf einem Faltstuhl vor dem Tisch, einer Holzplatte auf eingerammten Böcken. Er starrte die farbigen Zeichen der Fähnchen an, beugte sich weit vor und sagte:

»Der alte Hochkönig hat verstanden. Geh und sag ihnen: Ich, Artus, kämpfe, wann ich will. Sicherlich wird der neue Hochkönig weder Uryann oder Mordred noch Maelgwyn heißen.«

Der Alte schüttelte den Kopf. »Ich reite nicht mehr zurück, Herr. Laß mich töten, aber schick mich nicht zu den Verrätern. Mit dir hab ich am Badonberg die Sachsen besiegt, damals.«

»Damals. Vor zweiundvierzig Sommern.« Artus stand auf, hob den Alten hoch und rammte die Lanze in den Boden. »Gebt ihm Wein und ein gutes Lager für die Nacht. Wann kommt die Flut?«

Lantymer trat vor. »Mittnacht, Artus.«

Artus lehnte sich gegen den knarrenden Tisch und grinste. Er sagte zwinkernd und scheinbar voller Heiterkeit:

»Wir greifen kurz nach Mittnacht an, mit Fackeln, Trommeln und den Bläsern. Zwei Heerhaufen mit den Männern, die Carlisle kennen, zum Hafen. Fünf gegen die Heere in der Ebene. Jeder in meinem Heer, auch die Anführer, wickelt ein weißes Tuch um den rechten Arm, oder eine weiße Binde um die Stirn.« Er sah sich um.

»Viele haben die Binden noch über den Kopfwunden der Horsakämpfe, aber sie sind nicht mehr weiß. Bis dahin – folgt alle meinem Beispiel.«

Lantymer sagte verwundert: »Was willst du tun?«

»Mich waschen, den Bart scheren, wenig trinken und, wie alle alten Männer, einen tiefen Nachmittagsschlaf halten.«

Als sich das Licht der Fackelflammen, der brennenden Büsche und Strohhaufen, der zertretenen Lagerfeuer und zahlloser anderer Brände mit dem ersten Morgengrauen zu etwas Widerwärtigem vermengte, das Artus aus manchen Alpträumen wiederzuerkennen glaubte, tobten an sieben Stellen die letzten Kämpfe. Trommeln und wildes Geheul aus den bronzenen Hörnern und Trompeten versetzte alle Krieger in Furcht und Erregung. Die Besatzung des Hafens und aller Häuser und Türme war zwischen den ausgeruhten Fußkämpfern und den Schiffsbesatzungen zermalmt worden; die einsetzende Ebbe sog Hunderte Leichen ins Meer. Dort suchte sich, gegen den frühen Landwind gerudert, ein helles Schiff mit weißem Segel seinen Weg durch die verbleibenden Fahrwasser des Fjords. Artus ritt mit seinen Freunden durch die Kämpfenden, von einem seiner Feldzeichen zum anderen. Überall sah er weiße Binden und Tücher. Dodinas, Lamorak, Amasis und Lanzeloth galoppierten neben und hinter ihm, die Lanzen wirbelnd wie vor einem halben Jahrhundert. Lanzeloth brüllte:

»Rechts von dir, Hochkönig.«

Inmitten vieler Erschlagener, deren Waffen und Panzerteile sich in den Boden gebohrt hatten, lag blutüberströmt Uryann von Gorry, von zwei Lanzen in der Brust und im Bauch an den Boden gepfählt. Die Reiter rasselten weiter nach Camlann, auf eine Stelle zu, an der wie rasend inmitten träge kriechender Rauchwolken gekämpft wurde. Gawain ritt von rechts heran, Kehydius von links. Blamore hing tot oder sterbend neben dem blutigen Hals des Pferdes; sein Rücken war von Pfeilen gespickt. Jemand schrie:

»Dort ist Mordred!«

Wenige Galoppsprünge später begegneten Artus' Blicke denen Mordreds von Lothian. Seine Reiter und Fußkämpfer waren von einem wankenden Kreis aus Kriegern umringt, bei denen Artus Ladinas und Tristan erkannte. Sie wichen auseinander, als der Stoßkeil, von Artus geführt, auf Mordred eindrang. Jetzt war das Tageslicht heller als alle Fackeln und Brände. Artus fällte die Lanze, hämmerte dem schwarzen Hengst die Hacken in die Flanken und galoppierte auf Mordred zu, den runden Schild vor der Brust.

Mordred hatte kämpfen gelernt; viel zu gut. Mit dem Schild lenkte er die Speerspitze zur Seite, rutschte fast vom Pferd, mit dem Schwert drang er auf Artus ein und zwang ihn, die Lanze fallenzulassen. Artus zog Caliburn und umkreiste Mordred. Schweigend, ächzend, berstend vor Wut und Haß, schlug er zu, langsamer als der viel Jüngere, aber fintenreicher. Hundertmal klirrten die Waffen gegeneinander, mit Hieben, von denen die Schulterknochen zu bersten schienen. Caliburns Spitze und Schneiden zerschlugen Panzerteile, rissen tiefe Wunden, viele Male spürte Artus Schnitte oder Stiche, aber keinen Schmerz, und aus den Augenwinkeln sah er in einer langen Folge blitzkurzer Bilder, wie seine weißhaarigen Freunde die Männer um Mordred niederhieben: Ozanna, Ladinas, Boso und Mordreds Halbbruder Owein kämpften wie damals; schweigend, unbarmherzig und geschickt wie junge Männer.

Mordreds Schwert zuckte vor, durchborte den zerhauenen Schild und schnitt durch das eisenbeschuppte Leder eine Wunde in die Schulter. In einem Augenblick, der ruhiges Zielen und Zustoßen erlaubte, blickte Artus in Mordreds kalte, blaue Augen und erkannte, daß Mordred wußte, dies war das Ende. Artus rammte seine Klinge, von einer Bewegung der Pferde verstärkt, fast bis zur Parierstange durch Mordreds Rippen und zog Caliburn heraus.

Mordred sank auf den Pferdehals und glitt seitlich am Pferdekörper herunter. Artus schüttelte die klappernden Trümmer des Schildes vom Arm und starrte seine eigene Klinge an. Caliburn, aus dessen Mittelrinne Mordreds Blut tropfte, war nur von winzigen Scharten gezeichnet. Als Artus an sich herunterblickte, sah er die eigenen Wunden und die zerfetzte, rot getränkte Kleidung. Plötzlich spürte er seinen Körper nicht mehr, vor seinen Augen erschien die unerträgliche Helligkeit des Sonnenaufgangs und einen Herzschlag später die endgültige Finsternis der sternlosen Nacht. Er fühlte, wie sich seine Finger vom Zügel und vom Schwertgriff lösten; dann nichts mehr.

Lanzeloth und Perceval fingen ihn auf.

»Er stirbt.«

»Nein. Er wird nicht sterben. Hilf mir – zum Hafen.«

»Zum Hafen?«

»Habt ihr das weiße Schiff nicht gesehen?«

»Wir haben angreifende Pikten gesehen. Viel zu viele!«

Lanzeloth winkte die anderen herbei. Aus Speeren, Schilden, einigen Schwertgürteln fertigten sie hastig eine Liege, falteten einige Mäntel darüber und streckten Artus darauf aus. Vier Reiter zogen sich auf die Pferde, andere hoben die Lanzenschäfte an, und die Fürsten trabten über die abgeernteten Felder voller Toter und Wimmernder, den Hang und die Straße hinunter zum Steg. Überall waren Blut, Leichen und die Überbleibsel der Schlacht. Einmal rief Lanzeloth, die Stimme von Weinen entstellt:

»Artus wollte in Avallon sterben, bei Morganna. Wißt ihr es nicht mehr?«

Am Ende des Stegs stand Merlin, hochaufgerichtet und mit hohläugigem Greisengesicht, neben ihm Myrddin. Beide waren blutbespritzt, die Lederpanzer zerhauen, voller Rußspuren. Vorsichtig setzten die Reiter die Trage ab, während sie zu Boden rutschten. Merlin winkte; im Schiff erkannte Lanzeloth einige von Morgannas einstmals schönen Freundinnen und im Heck Morganna selbst.

»Maelgwyn von Gwynedd ist geflüchtet«, sagte Merlin. »Lebt unser König noch?«

»Er scheint tot zu sein«, sagte Perceval. »Oder er wird bald tot sein.«

Ein Dutzend Paar Hände griffen zu und hoben Artus auf ein Lager zwischen den Ruderbänken. Merlin und Perceval, nach kurzem Zögern auch Lanzeloth, stiegen über die Bordwand. Die Lanzknechte hatten gewartet, die Ruderriemen wie Lanzen senkrecht gestellt.

»Ich reite zu Königin Guinevere«, sagte Myrddin leise, »und sag's ihr.«

Merlin nickte. Lanzeloth reichte Gawain die Hand und zog ihn an Bord, umarmte ihn kurz. Andere Hände hoben die Tauschlingen von den Pollern. Morganna und zwei ihrer Frauen beugten sich über Artus, so daß niemand sehen konnte, was sie taten. Die Riemen klapperten am Steg und stießen das Schiff ab, der Steuermann brachte es, den Bugzierat flußabwärts, in die Strömung des Flusses. Amasis, Dodinas und Lamorak auf dem blutbesudelten Steg ließen die Schultern hängen und sahen zu, wie Morgannas Schiff mit den weißen Planken zwischen treibenden Leichen, Pferdekavavern, unkenntlichen Trümmern, halbverbrannten Teilen von Häusern und kreischend aufflatternden Möwen flußabwärts schwamm und dort, wo sich Flußwasser mit Meerwasser mischte, außer Sicht gerudert wurde.

Als sich der Fjord zu einem runden See weitete, zwischen den Ufern, an denen hochgewachsene Kiefern das Sonnenlicht einfingen, wachte Artus auf. Er fühlte keinen Schmerz, aber alle Glieder waren schwer wie Stein. Sein Blick hörte zu flackern auf, klärte sich, richtete sich geradeaus, und mühsam glaubte er Morganna zu erkennen, Merlin und Gawain, dahinter Lanzeloth und andere vertraute Gesichter. Er bewegte die Kiefer, die Zunge, dann die Lippen und hörte sich flüstern:

»Caliburn.«

Fremde Hände legten Caliburn auf seine Brust. Er war nackt, fröstelte aber nicht. Mühsam formte Artus Worte.

»Gawain, alter Freund.« Als er Luft holte, war es, als tränke er perlenden Frühlingswein. »Bitte. Nimm Caliburn. Wirf's ins Meer.

Ich kann es nicht mehr führen.« Er atmete tief. Wieder spürte er eine Leichtigkeit, die er kaum jemals erlebt hatte. »Wenn meine Söhne herrschen wollen, verschafft ihnen Merlin andere feine Schwerter.«

Als sich Gawains Hand um den Schwertgriff schloß, ertastete Artus Finger und Handgelenk und lächelte, als Morganna seine Hand zur Seite legte, in einer federleichten Bewegung. Er nahm noch das kurze Aufblitzen wahr, das die Waffe zeigte, als sie in weitem Bogen, sich überschlagend, ins Meer fiel. Morganna breitete weiße, weiche Tücher über ihn, die ihn kühlten und wärmten und das Einschlafen leichter machten.

Selbst im Schatten des Vorzelts erkannte Troncas, zum erstenmal, daß Beha ed-Din in den vergangenen Monden an Teilen des Lebens oder nur deren Sinn gezweifelt hatte und dadurch gealtert war. Nicht tiefere Falten oder mehr Weiß im Bart bestärkten ihn in dieser Erkenntnis, sondern der größere Ernst, das mildere Lächeln und eine zunehmende Kargheit der Gesten und Redewendungen, zumindest ihm gegenüber. Oder er, Troncas, hatte sich verändert, ohne es zu merken. Er verscheuchte einige hartnäckige Fliegen und sah Beha ed-Din mit vollem Blick an.

»So erzählt es die Legende, Amir des geheimnisvollen Endes. Oder genauer: Eine der vielen Artus-Legenden endet so. Nach der Schlacht von Camlann gibt er das Schwert der Weißen Frau aus seinen Träumen zurück, schläft auf der kurzen Überfahrt und lebt lange und glücklich in seinem Palast Corbenig mit Morganna. Oder er schläft im Gewölbe des Turms der Zeit, zwischen kühlen Granitplatten, und wartet, bis ihn Merlins Prophezeiung ruft. Oder man bettete Guinevere, als sie nach einsamer Trauer sehr alt starb, neben ihn. Das Volk, das auf einen König wie ihn wartete und noch immer wartet, schuf sich eigene Traumsagen. Der junge Maelgwyn von Gwynedd, glauben die Chronisten zu wissen, folgte Artus auf dem Thron, nicht Lohot und nicht Amhar. Ich vermag noch vielerlei aus dieser Zeit zu erzählen. Aber das sind andere Geschichten.«

Beha ed-Din verbeugte sich und streckte die Arme zur Zeltöffnung aus, als wolle er einen Unsichtbaren begrüßen.

»So verbringe, Ritter Troncas von Caerleon, erholsame Tage und freudsame Nächte mit der schönen Crysaide im geliehenen Zelt. Alles, auch unser Leben, ist Leihwerk Allahs, wie du weißt, selbst die Honigmilchstunde des Nichtstuns.«

»Von Caer Laverock, Chronist der Genauigkeit. Ich danke dir.« Troncas machte die Geste tiefen Dankes. »Unsicherheit tönt in diesen Tagen aus jedem Gebetsruf; weiß ich nicht weiter, lauf ich zu dir und frage.«

»Du bist stets willkommen. Das Wohl des Gastes ist heilig.« Er nickte kurz. »Die Gastfreundschaft ist ein Gebot Allahs!«

Er legte Troncas die Hände auf die Schultern, nickte scheinbar sorglos und drehte sich um. Mit langsamen Schritten, die kaum Staub aufwirbelten, ging er zum Zelt des Sultans.

Troncas zählte die Tage. Unruhe, die er nicht deuten konnte, und einfach zu erklärende Unsicherheit hingen über ihm wie eine Gewitterwolke. Dreißig Tage und Nächte lang lebte er wie ein verehrter, völlig nutzloser Gast im Lager, mit wechselnden Dienern, Dienerinnen und schweigsamen Kindersklaven in dem verschlissenen Zelt, um das herum es immer mehr Ruhe gab. Messud besuchte ihn, Usamah und viermal Beha ed-Din, der ihn dreimal als Sprachenkundigen brauchte. Crysaide hing an ihm wie eine Klette in der Pferdemähne oder wie ein hilfsbedürftiges Kind, das sich an die Eltern klammert; ihr schöner Körper und ihre Bereitwilligkeit lockten ihn tagsüber und in fast jeder Nacht. Sie half ihm, die geschenkten Goldstücke in Stiefelschäfte, Schwertgurt und zwischen Leder und Eisen seiner Rüstung einzunähen; ihm schien, als ob der Krieg zwischen Ifrandsch und Muslimen in einem anderen Land stattfände, nun, da Akkon in der Hand der Christen war. Oder als ob er mit Crysaide auf einer Insel Avallon lebte, ohne Drachen und Apfelbäume.

Jede Bewegung trieb Schweiß aus den Poren. Die heiße, reglose Luft im Schlafzelt trug zahlreiche Gerüche: Leder, Rosenduft, der Ruch der Leidenschaft, muffige Kissen und Teppiche, Balsam oder Salben auf Crysaides Haut, der stechende Schwelrauch des Ölflämmchens und das Aroma des kalten, mit Sud gemischten Würzweins überlagerten den Geruch der Hochsommerlandschaft. Crysaide legte die schweißnasse Stirn an Troncas' Schläfe und sagte leise, tief aus der Kehle summend:

»Der Sultan wird dich sicherlich freilassen, Geliebter. Vielleicht schenkt er mich dir, für deine Geschichten für das lange Kitab. Was wirst du tun?«

Sie tastete nach seiner Hand; er sagte:

»Ich weiß es nicht. Ich muß zu Löwenherz, denn ich bin sein Ritter.« Er schob ein Kissen in seinen Nacken. »Sie verhandeln schon so lange, mein König und der Sultan.«

Salah al-Din und seine Berater zögerten offensichtlich, die Vertragsbedingungen zu erfüllen, oder es gab andere Unstimmigkeiten. König Philipp und sein Heer waren aus Akkon abgezogen und, begleitet von Konrad von Montferrat, mit allem Troß nach Tyros marschiert; sicherlich hatte es Streit zwischen den Königen gegeben. Von Tyros aus würde Philipps Heer die Schiffe nach Brindisi besteigen. Jetzt hatte Richard Löwenherz den Oberbefehl über Heer und Verhandlungen. Zuerst wurden Akkons Mauern wieder aufgerichtet, stärker und mächtiger als bisher.

»Sie verhandeln schon zu lange. Aber nachher wird dein König nach al-Khadisiya ziehen und die Heilige Stadt belagern und einnehmen, wie Akka, nicht wahr?«

»Er wird es versuchen«, sagte Troncas, »der Sultan weiß es längst.«

Er begann, mit leichten Fingern Crysaides Rücken zu streicheln. Sie bog den Oberkörper durch und zuckte zusammen, als schmerze die behutsame Berührung. Troncas ließ die Hand zu den Schultern gleiten und dachte träge an die dreißig Tage und Nächte, und wie oft er bei ihr gelegen war. Vor einer Stunde, als er sie knieend nehmen wollte, hatte sie sich kopfschüttelnd geweigert, sich herumzudrehen und aufzusetzen. Crysaide entspannte sich langsam und sagte:

»Viele Fürsten der Ungläubigen waren beim Sultan, sagen sie im Lager, und sie haben mit Salah al-Din ausgehandelt, daß unsere Gefangenen frei sind, wenn er ihnen ein Drittel eurer Leute und viel Geld geschickt hat.«

»So hat es mir Beha ed-Din erzählt. Der Sultan hat ihnen das Heilige Kreuz gezeigt, die größte Kostbarkeit unseres Glaubens.« Wieder berührte Troncas ihren Rücken, wieder zuckte sie und atmete kurz und scharf ein. »Aber gestern, oder heute um Mittag, hat der Sultan das erste Drittel der Freigelassenen ins Christenlager bringen lassen.«

Troncas erinnerte sich, daß die Gefangenen an verschiedenen Orten versteckt gewesen waren. An einem Morgen hatte er viele von ihnen ins neue Lager trotten sehen, gefesselt und von Kriegern mit gespannten Bögen bewacht.

»Ich frage morgen den Qadi«, brummte Troncas. Er hielt inne und zögerte, weiterzusprechen. »Du willst mit mir gehen, nicht wahr? Es ist so, meine Schönste: An meiner Seite, hinter mir auf dem Saumpferd, im Gebirge durch kochende Hitze nach Jerusalem, wo ich gegen Muslime und steinerne Mauern kämpfe, wo ich verwundet oder getötet werde – es ist kein gutes Leben, als Sklavin mit einem Ritter der Ungläubigen zu ziehen.«

»Denk an deine Mutter!« Sie richtete sich auf, ihre Augen wurden feucht. »Dein Vater hat sie nach Britannien mitgenommen.«

»Dort bin ich ein armer Bauer. Britannien ist kalt, es regnet an neun von zehn Tagen. Aber … ich weiß es nicht. Noch immer bin ich Gefangener des Sultans, so wie du.«

Crysaide schleuderte den Zopf über die Schultern und schlug die Finger in seine Schultern, glitt über ihn und rief leise, mit drängender Stimme:

»Beha hat mich gekauft. Oder vom Sultan als Geschenk bekommen. Ich werde alles für dich tun. Ich kann kochen und putzen, besser als jede andere.» Sie küßte seine Hände. »Du nimmst mich jede Nacht, jeden Tag. Ich will, daß du bei mir liegst. Wenn du wegreitest, Troncas, bin ich wieder eine von tausend Djawari! Willst du mich nicht? Ist dir mein Gesicht wie mein Rücken – ?«

Sie stockte. Troncas küßte sie auf die Stirn, schob sie von sich weg und kam auf die Knie. Er faßte zögernd nach dem Griff des Lämpchens, hob es hoch und sagte in grobem Tonfall:

»Dreh dich um. Ich will deinen Rücken sehen.«

Ihr Blick hätte Wasser aus einem Felsen tropfen lassen. Nach einigen schweren Atemzügen wälzte sie sich herum und verbarg ihr Gesicht in den Armen. Wo sich der lange Rücken mit den Hüften traf, sah Troncas die Spuren von Hieben, die sich überkreuzten; mit einer dünnen Rute oder einem Reiterbogen. Bevor das Lämpchen seine Fingerspitzen versengen konnte, setzte er es ab. Sein Blick verweilte auf dem Körper der jungen Frau. Die Hiebe hatten die Haut nicht aufplatzen lassen, die fünf brandroten Striemen würden keine Narben zurücklassen. Troncas stand auf und öffnete Döschen und roch an kleinen Krügen, die auf einer Truhe standen; er schüttete milchiges Öl in die Handfläche und träufelte es auf Crysaides Rücken. Ihr Körper zitterte im mühsam unterdrückten Schluchzen. Plötzlich schwitzte Troncas nicht mehr. Empfindungen, Ahnungen und Gedanken, deren Bedeutung er gestern noch verworfen hatte, begannen in kalter, klarer Ruhe zu Umrissen eines Bildes zusammenzufließen, das ihn und seine Zukunft zeigte und gleichzeitig, wie ein nächtliches Fanal, wie Sternsplitterregen oder Schweifstern, unmittelbare Gefahr für sein Leben ausspie wie Artus' roter Drache. Er fing an, so behutsam wie möglich, den duftenden Balsam über die Striemen zu verteilen; mit weich gewordenen Fingerkuppen. Crysaides Rücken bewegte sich, bildete seichte Täler und flache Hügel. Sie stöhnte wohlig, wie es Troncas schien. Er aber, während er den Balsam verrieb, dachte an Löwenherz, Beha ed-Dins oder des Sultans abwegige Überlegungen, an jene fremde Welt, zu der seine Mutter nicht mehr als einen Spalt aufgerissen hatte; zum Schluß fiel sein Blick auf die Puppe, die seine Rüstung und seine Waffen trug.

Morgengrauen, morgendliche Kühle und Stille vor dem Hahnenschrei: Es war weder befohlene Leidenschaft noch sklavischer Gehorsam, der den Befehl nicht abwartete. Es schien Liebe zu sein, ein tiefer Schluck aus dem Kessel Niederer und Hoher Minne, freiwillig, dankbar für ein Verständnis, das lautlos zwischen Ritter und Sklavin, Mann und Frau, Muslima und Christ gewachsen war wie eine fremdartige Pflanze. Noch nie in seinem ganzen Leben war Troncas von einem Traum in den anderen geglitten, von wüsten Bildern, die in Blut und Sand ertränkt wurden, in die zarte Verführung durch eine Frau, die kaum zwanzig Jahre zählte. Troncas genoß jeden Herzschlag; während sich Crysaide auf seinen Schenkeln bäumte und ihn mit den Blicken einer freudig Sterbenden ansah, hielt er die Augen offen und blickte in ihre Augen, das schmale Gesicht, auf den halb aufgelösten Zopf und die Brüste, die sich schneller bewegten als seine Gedanken. Sie schwiegen beide. Als der Mu'adhdhin rief, bereitete Crysaide ein Essen, schor Troncas' Bart und half ihm in die Gewänder.

Nach einiger Überlegung schnallte er seinen Schwertgürtel über die muslimischen Gewänder und machte sich auf die Suche nach Beha ed-Din. Während er durch die Leere und die Überbleibsel des Lagers wanderte, entsann er sich bewußt das Halbtraums, aus dem ihn Crysaides verzweifelte Küsse geweckt hatten.

Nach Süden, nach Jerusalem, mit Richard Löwenherz!

Kampf, Entbehrung, das Lager, endloser Streit, Verwundung, Läuse, Seuchen, Durst und Hunger, bis Jerusalem fiel. Und dann? Rückkehr auf langem Weg nach England, wo er wartete, bis ihn der sprachenunkundige König Richard brauchte, um das Erbe des Vaters zu erkämpfen.

Nach Westen, aufs Schiff, zurück nach England!

Das Gleiche, wenn nicht gar dasselbe. Troncas war landlos, ärmer als Richards Bruder Johann. Er würde für wenig Gold, den abenteuerlichen Launen eines Lehnsherrn ausgeliefert, als gepanzerter Knecht reiten, kämpfen und zwischen Mauern schlafen, an denen Dreckwasser herunterrann.

Nach Norden, allein oder mit Crysaide?

Was war im Norden? Er kannte nichts davon. Bessere waren dort gescheitert; irgendwo schwemmte der Regen ihre Gebeine zu Tal und erschreckte Hirten und Kinder.

Nach Osten? In ein warmes Land, vom Islam beherrscht, wo seine Sprachkundigkeit ihm – wenn er Kettenhemd, Schwert, Lanze und Schild abtat – helfen mochte? Christ unter Muslimen, Fremder in unbekanntem Land, Reiter durch Wüste, Berge, Wälder aus fremden Bäumen, der Sonne entgegen, armes Ritterlein?

Ohne daß er es recht wahrgenommen hatte, stand er vor dem geöffneten Zelt Beha ed-Dins. Aus der Öffnung roch es nach dem abscheulichen Heilsud. Der Chronist hob den Kopf; er schien in Gesichtern lesen zu können und winkte Troncas hinein.

»Dein Sultan, du, Löwenherz und Philipp – und vielleicht hat es König Artus nicht anders gemacht –, ihr seid einander ähnlich wie eine Münze der anderen. Nächtliches Schachspiel der Gedanken, Tadel, Bestrafung und Auszeichnung durch die Kunst, Menschen zu überreden, zu überraschen oder zu zwingen.« Troncas bezähmte sich; er redete sehr leise. »Warum, o Amir der fragwürdigen Beziehungen, hast du diese arme Kreatur peitschen lassen? Daß sie im geliehenen Zelt für mich die Schenkel spreizt? Sie hat es auch ohne Prügel getan. Rede jetzt, Amir, denn vierzehn Monde lang hab ich geredet.«

Troncas saß auf prallen Kissen in gleicher Höhe Beha ed-Din gegenüber. Beha betrachtete ihn wie das Gerippe eines neu entdeckten Wundertieres. Bevor er antworten konnte, hob Troncas die Hand und sagte:

»Sie sollte mich, mit Hieben ermahnt, festhalten, nicht wahr? Sie sollte meine Flucht zu Löwenherz verhindern. Mit ihrem Schoß, der stetes Willkommen verhieß, sollte sie mich an euch binden! Du wolltest mir zeigen, daß du Macht über mich hast. Das wußte ich längst, und dies nahm ich dankbar an, als du dein Wort zum erstenmal an mich Hilflosen gerichtet hast.« Er legte die Hände auf die

Schenkel und sackte nach vorn. »Wozu das alles, Amir der Gehässigkeit? Ich bin ein armes Christenschwein in eurer Hand. Meinethalben könnt ihr mich töten – aber warum vergreift ihr euch an einer Frau, die nicht begreift, was wir beide seit zehn Jahren wissen?«

Hundert Herzschläge lang herrschte Schweigen. Die Männer starrten einander in die Augen. Beha ed-Din ibn Shaddad bewegte, als spiele er ein Instrument, die Finger. Sklaven huschten herein und stellten kantige Tischchen, mit Leckerbissen und gefüllten Bechern übersät, vor ihn und Troncas. Der Zeltvorhang schloß sich. Mit langem Finger, von Ringen geschmückt, deutete Beha auf das Morgenessen. Als er sprach, waren seine Worte wie Eisenlanzen, die sich in nassen Sand bohrten.

»Du mißverstehst, was Merlin vom Rad der Zeit und dessen Drehung gesagt hat. Warte, was geschehen wird zwischen dem Verehrungswürdigen und deinem König. Allah schenkte uns die Zeit; von übler Hastigkeit hieß er seinen Propheten nichts verkünden, und Eile ist ein Geschenk des Scheitans. Und – spielst du Schach? Ich bin sicher: Nein. Schätze dieses Spiel richtig ein! Der Knecht, der Crysaide geschlagen hat, tat nicht mehr, als ihre Augen zu öffnen; sie soll dich sehen, wie du bist. Nebenbei: Es gibt vielleicht zweitausend solcher Sklavinnen im Lager.«

Er füllte eine Trinkschale, tat Zucker, Milch, Honig und Gewürze hinein, rührt schweigend um und leerte den Becher mit seinem Magensud hinein. Mit verzerrtem Gesicht nahm er drei tiefe Schlucke und rülpste halblaut. Dann hob er den Kopf, und Troncas glaubte ein fadendünnes Lächeln in seinem Gesicht zu erkennen. Er wartete schweigend, aber der Groll und die Wut kochten unter seiner Haut.

»Vor wenigen Tagen sagte ich, daß sich unsere Wege zu trennen beginnen. Wahrlich! Was spricht dagegen, daß sie wieder ineinander münden wie Nebenarme eines Flüßchens? Hast du einen Entschluß getroffen? In welche Himmelsrichtung?«

»Nein.«

»So warte. Der Allerbarmende hat über Salah al-Din, über mich, über dich und selbst über die unbedeutende … Crysaide längst bestimmt.«

»Wir sind in seiner Hand. Das ist wahr.«

»Sei geduldig! Mannigfach sind viele von uns Muslimen verwandt, verschwägert, einander verpflichtet, miteinander und gegeneinander verknüpft und verfeindet. Geduldig hast du, Ritter Troncas, sechzig, siebzig Jahre aus dem Leben König Artus' berichtet; sei versichert: Jedes Wort ist geschrieben. Habe Geduld, bis ich dir helfe, zu entscheiden, ob du, mit Münzen, Geschenken und Geleitbriefen reich versehen, nach Osten, Süden, Westen oder Norden reitest. Mit oder ohne eine Frau, die dir viel, uns aber nichts bedeutet. Warte, o Ritter ferner Erinnerungen! Vertraue mir.«

»Mawla! Herr! Amir aller Qa'di! Es fällt mir schwer, wenn du deswegen Sklavinnen peitschen läßt und mich in den Nebel zukünftiger Wirrnisse zurückstößt!«

»Habe ich dein Vertrauen?«

Troncas hob die Schultern, breitete die Arme aus, zuckte verwirrt mit den Schultern und leerte in drei Zügen seine Schale. »Ich weiß es nicht. Ich weiß überhaupt nichts. Die Welt hat für mich keinen Pfad, keine Brüstung mehr. Soll ich Allah preisen oder zu unserem Gott beten? Ich bin euer Gefangener, hilflos, zornig, verwirrt, kann nicht tun, was ich will, selbst wenn's falsch wäre.« Er schlug die Hände vor das Gesicht und stöhnte: »Warum bin ich nicht in England geblieben?!«

Beha ed-Din begann zu lachen, schob ein zwei Finger breites Nuß-Zuckerwerk zwischen die Zähne und sagte undeutlich:

»Wegen Kälte, Regen und Armut, o Effendi der Legenden.«

Troncas stand auf, verbeugte sich und sagte leise:

»Ich hätte es wissen müssen. Gesetz, Macht, Bestimmung und Listenreichtum sind immer dort, wo die wirklich großen Heere stehen.«

»Eine richtige Erkenntnis. Tröste und salbe deine Sklavin. Warte. Keine Ungeduld!« Beha ed-Din lachte, aber sein Lachen klang weder zufrieden noch auffordernd. »Bald ist alles vorbei. Dann kennen du und ich die nächsten Züge auf dem Brett des königlichen Spiels.«

»Ich frage mich, sie fragt mich: Was soll ich tun?«

Beha ed-Dins Hände und Finger beschrieben rankenhafte Figuren in der Luft. »Warte. Und vertrau mir!«

Bald stand nur noch das große Zelt mitten auf der leeren Fläche des Lagers. Überall dort, wo andere Zelte gewesen waren, änderte das weiß gewordene Gras seine Farben. Es war, als gehorche jeder Verantwortliche, wo immer Troncas erschien, längst gegebenen Befehlen: Mit Crysaide ritt er in weichen Sätteln auf edlen Pferden, lehrte Crysaide reiten, wurde von scharfäugigen Kriegern beschützt, erlebte das seines Königs unwürdige Schachern um Gefangene, Geld und Geschäftigkeit mit und war am 27. Tag des Ragab nicht fern, als das gesamte fränkische Heer ausrückte.

Er und Crysaide trabten mit Usamah und Messud vom Lager zu den Kundschaftern auf dem Hügel Tel Kaisân. Sie sahen, daß die Ifrandsch, Berittene und Fußkämpfer, die Stadt verlassen hatten und sich ihrem Zeltlager am Ajadijja-Brunnen näherten. Ritter auf Pferden und Fußkämpfer bewachten eine große Menge Menschen in ihrer Mitte.

»Die Unseren! Die Gefangenen aus Akka!« schrie Usamah. Jeder Blick zeigte mehr Einzelheiten. Es gab keinen Zweifel: Mit den Gefangenen bewegte sich ein kleines Heer auf Tel Kaisân zu; Beha ed-Din hatte von mehr als dreitausend alten und jungen Männern, Frauen, Mädchen und Kindern gesprochen.

Troncas, Crysaide und die Kundschafter des Heeres sahen zu, wie die Ifrandsch vom Brunnen bei Tel al-Ajadijja, an ihren Zelten vorbei, näher kamen, wie das Heer und die Gefangenen anhielten und wie plötzlich Ritter und Kriegsknechte begannen, mit Lanzen, Schwertern und Dolchen die Menschen zu töten. Trotz der Entfernung konnte Troncas deutlich erkennen, mit welchem Feuereifer sie die knieenden, gefesselten Gefangenen abschlachteten. Zuerst war er über diesen langsamen Zug verwundert gewesen, jetzt verwandelte sich sein Erschrecken quälend langsam in Entsetzen. Er traute seinen Augen nicht, auch nicht seinen Ohren, als die Späher zu jammern und zu fluchen begannen. Usamah und Messud sprangen in die Sättel und hetzten zum Lager.

Ein Dutzend Atemzüge, nachdem das Morden angefangen hatte, sagte er leise zu Crysaide:

»Von heute an wird alles anders sein. Die Muslime werden jeden Christen töten, den sie fassen können. Schnell! Ins Lager. Nein! Zu unserem Zelt!«

Niemand behinderte sie, als Crysaide und er zum alten Lager ritten. Troncas ließ sich ins Kettenhemd helfen, raffte seine Waffen an sich und versuchte, zusammen mit Messud und anderen Kriegern, das Blutbad und Gemetzel zu verhindern. Es schien unmöglich, es war zu spät.

Bis tief in die Nacht hinein griffen die Muslime die christlichen Schlächter an, drangen aber nicht bis zu der riesigen Hinrichtungsstätte vor. Unbeteiligt, die gepanzerten Arme vor der Halbrüstung verschränkt, sah König Richard Löwenherz dem Abschlachten zu; das Jammern und die Schreie tönten bis zu den Angreifern, die rasend vor Wut waren. Als Troncas genug gesehen hatte – oder zu viel –, wandte er sich ab, warf den Bogen über die Schulter und ritt zu Crysaide. In seinem Kopf glaubte er das Schweigen zwischen den Sternen hören zu können; er vermochte nicht mehr klar zu denken.

Er setzte sich schwer auf eine Truhe und sagte tonlos:

»Das ist nicht länger mein König. Meine Eide sind erloschen. Ich bin nicht mehr sein Gefolgsmann. Allah verderbe ihn, diesen gewissenlosen Schlächter!«

Als er, für ihn endgültig, diese Worte aussprach, schäumte die Furcht in ihm hoch: Die Muslime würden sich an jedem rächen, der ihnen lebend in die Hände fiel. Also auch an ihm. Würde Beha ed-Din, würde der Sultan ihn freigeben?

In dieser Nacht und am folgenden Tag versuchte niemand, sie zu töten.

Die Träume und das Wachen dazwischen war voll verzweifeltem Ekel. Poitiers, die Troubadoure in der Aquitaine, Richards bewundernswerte Mutter, die herrlichen, lichtvollen Feste und die Absicht der Christen, als Pilger am Heiligen Grab beten zu können, Richards Lächeln, seine Lieder, all das, was ihn zum strahlenden König machte: vorbei.

In Troncas' Innerem kämpften Schäbigkeit, Rittertum, Niedertracht und schmählicher Verrat an allem, an dem wenigen, woran er noch zu glauben vermochte – es war wenig genug! –; Richard verlor diesen Kampf. Der Morgen des 29. Ragab dämmerte herauf; wieder ein Tag der Geier, Möwen und Rabenvögel.

Das Zelt war abgebaut und fortgeschafft worden. Troncas' Lanze warf einen sieben Klafter langen Schatten. Der Rücken des Saumtiers trug Vorräte, Truhen und Troncas' in Decken eingeschnürte Rüstung. Neben der Stute stand unverschleiert Crysaide, die Zügel eines schwarzen Wallachs hielt Troncas. Sein Gesicht war grau, würgende Übelkeit schüttelte ihn, seine Augen blickten stumpf; ihm schien, als sei er knapp dem Tod entronnen. Hufschlag wurde in seinem Rücken lauter.

Crysaide zog den Litham vor ihr Gesicht. Troncas drehte sich um und erkannte Messud, Arîf Usamah und Beha ed-Din. Beha stieg aus dem Sattel, kam auf Troncas zu und legte ihm die Hand auf die Schulter; er grinste verschwörerisch.

»Warte an der Straße nach Norden, Ritter Troncas. Ein Amir, al-Shafiy, führt seine Mamelucken zurück nach Aleppo. Begleitet ihn, genießt seinen Schutz. In Aleppo wirst du Unterkunft finden, Diener und eine Arbeit, die rasch zur Aufgabe werden kann. Nach Norden also, Effendi!«

Er zog einen Ring vom Mittelfinger, schob ihn auf Troncas' rechten Zeigefinger und winkte Usamah näher.

»Danke, o Amir des Abschieds«, brachte Troncas hervor. Beha

ed-Dins Grinsen verwandelte sich in ein kühles Lächeln. Er verschwendete keinen Blick an Crysaide.

»Zeig den Ring dem Qadi der Stadt. Er wird ihn erkennen und dich anhören.« Beha zog Usamah, der Troncas mit schwer zu deutendem Grinsen anstarrte, am Arm heran. »Arîf Usamah, einer unserer Besten, hat berichtet, daß deine Pfeile vier Ifrandschschweine getötet haben, als sie in Muslimblut wateten. Allahs Dank ist dir gewiß, auch der Dank des Sultans.« Er nahm einen schweren Beutel aus Usamahs Hand und reichte ihn Troncas. Troncas schüttelte den Kopf, nickte verlegen und mußte fester zupacken; der Beutel war zu schwer.

»Ich bin kein Muslim, Amir«, sagte er leise. »Ich bin nicht mehr Richards Mann. Den Gral hab ich längst vergessen. Aber ich bleibe ein Fremder in eurem Land, kenne Aleppo nicht. Was soll ich dort?«

»Warten. Auf mich. Bis wir al-Khadisiya zurückerobert haben. Bis dahin wird man deine Sprachkunde häufiger brauchen, als dir angenehm ist. Mit dem Gold, so sprach der Sultan, sollst du in England fruchtbares Land und Sklaven kaufen. Allah soll deinen Weg schützen; wenn unser Kitab fertig und mehrmals abgeschrieben ist, wirst du in deinem britannischen Wehrturm auch unsere Schrift lernen müssen. Sala'am, Ritter.«

Er verbeugte sich kurz, ließ sich von Usamah in den Sattel helfen und hob die Zügel. Arîf Usamah ließ sein Pferd hochsteigen, hob den Arm und rief:

»Tod den Ungläubigen! Aber nicht dir, Effendi nutzloser Märchen.« Er lachte herzlos, Messud schwieg und winkte mit beiden Armen vom Sattel herunter. »Deinen Bogen gebrauchst du wie einer von uns! Allah mit dir!«

Staub, Sand und dürre Grasfetzen flogen von den Pferdehufen hoch, als der Chronist und seine Begleiter davongaloppierten. Troncas ging zu Crysaide, hob den Beutel hoch und sagte:

»Versteck ihn gut. Du hast es gehört, Schönste: Wir reiten nach Norden, nach Aleppo.«

»Was wirst du in Aleppo tun?«

Er breitete die Arme aus und sah in die Ferne. Über der Ebene drehten sich Sandwirbel im Wind von den Bergen.

»Ich weiß es nicht.« Er nahm die Zügel in die Rechte, betrachtete Beha ed-Dins Ring und stellte den Fuß in den Steigbügel. »Es wird sich etwas finden. Gott ist mit den Mutigen, Schönste.«

Er setzte sich im Sattel zurecht, holte zweimal tief Luft und schnalzte scharf mit der Zunge. Seine Übelkeit löste sich auf und verging. Der Rappe schritt vorwärts und fiel in Trab, Crysaide folgte mit dem Saumtier. Sie ritten auf das Brunnenwäldchen zu, bei dem Troncas vor langer Zeit einmal fast getötet worden wäre; er erinnerte sich und zuckte mit den Schultern. Crysaide ritt neben ihm und schlug den Litham zurück. Er sah sie an und lächelte, sie gab das Lächeln mit strahlenden Augen zurück. Sie schien ihr Ziel erreicht zu haben, dachte er, aber er vermochte seines noch lange nicht zu erkennen.

»Nach Norden«, sagte er leise. »Aber wo endet der Weg?«

ANHANG

In dessen Erklärungen der Leser mehr über den »historischen« und den »literarischen« König Artus und dessen Bedeutung für Britannien-England erfährt, sowie Erläuterungen der Vielfalt von Artus-Sagen und ein Glossarium ungewohnter, selten gehörter Begriffe

Die Römer in England: Den ersten römischen Überfall in Südbritannien führte 55 v. Chr. Julius Caesar an. Ab 43 n.Chr. wurde das Land durch Aulus Plautius nach andauernder Besetzung zur römischen Provinz, um 78 bis 84 war Britannien völlig unterworfen. Agricola umschiffte die gesamte Insel, Straßenbau und Befestigungsanlagen wurden errichtet, und von 122 bis 123 entstand der sogenannte Hadrianswall vom heutigen Carlisle bis Tynemouth. Zwischen 139 und 143 errichteten die Römer neben einem ausgedehnten Netz von Straßen den Antoniuswall vom Firth (Fjord) of Clyde bis zum Firth of Forth bei Glasgow (Caer Eidyn) - Edinburgh. Ein erster bewaffneter Aufstand im Norden und Angriffe am Antoniuswall fanden schon um 150 statt, und 13 Jahre später gaben die Römer den Antoniuswall auf, zogen sich zurück und verstärkten den Hadrianswall. 208 unterwarf Severus den größten Teil des Landes, aber dieser Erfolg war nur von kurzer Dauer: Zwischen 180 und 370 griffen Stämme aus dem Norden – Pikten, Schotten und Sachsen – ständig

die Römer an. Seit 259 wurde Britannien vom gegenüberliegenden Gallien aus verwaltet, und die sogenannte Sächsische Küste der Insel wurde befestigt, ebenso um 293 erneut der Antoniuswall durch Carausius; die Wiedereroberung Britanniens fand zwischen 297 und 306 durch Constantius Chlorus statt.
Wieder griffen von 367 bis 383 verbündete Stämme des Nordens – abermals Pikten, Schotten und Sachsen – das römische Heer an beiden Wällen an. Rom, das 60 000 bis 70 000 Soldaten in Britannien eingesetzt hatte, mußte wegen der hohen Verluste frische Truppen ins Land bringen. Trotzdem kämpften sich um 397 nördliche Volksstämme über den Firth of Clyde und den Firth of Forth in den Süden vor. Um 400 erbaute der heilige Ninian, Apostel der Pikten, die Casa candida in Galloway. Zur gleichen Zeit zogen sich die Römer vom Hadrianswall zurück, und durch den Einfall germanischer Völker in Spanien und Gallien wurden die Verbindungen zwischen Rom und Britannien zertrennt. 410, nach der Plünderung Roms durch die Westgoten, wurde Britannien aus der römischen Herrschaft entlassen, da Honorius den hilfesuchenden britannischen Städten keinen militärischen Beistand mehr bieten konnte.

Zwischen 412 und 542 n. Chr.: Die Erinnerung an die »Romanitas« ging nicht verloren, nicht nur wegen des Vorhandenseins von Straßen, Brücken, Zinnbergwerken und verfallenden römischen Wällen, Kastellen und Steinbauten. Aus der römischen Zeit stammen unzählige Orts- und Provinznamen sowie Stammesbezeichnungen (siehe Karte).
Um 411 wurde ein möglicher Vorfahr von Artus, Konstantin III., erschlagen, und 425 bis 459 herrschte ein Brite namens Vortigern (Gwrtheyrn Gwrtheneu) über Britannien. 428 segelten die ersten Kriegsschiffe der Sachsen vor der britannischen Küste, und auch 446, als die Britannier Rom zum letztenmal um Hilfe baten, konnte Westrom nicht helfen: In Kent begann (448 bis 450) eine größere angelsächsische Invasion, deren Anführer Hengist sich angeblich mit Vortigern gegen die drei Nordvölker verbündete. 450 griffen

angelsächsische Schiffskrieger die Ostküste an, etwa 10 Jahre später datiert vermutlich der Anfang der Regierungszeit von Ambrosius Aurelianus. Artus wurde, wie man vermutet, 475 geboren, als sein Vater Uther Pendragon herrschte, und um 490 oder 500 von den britischen Stammeshäuptlingen des Nordens zum *Dux bellorum* gewählt. Er führte 12 Kriegszüge und beendete 500 n. Chr. den Krieg gegen die Sachsen, Jüten und Angeln, die sich seit langem an der »gallischen« Seite der Insel festgesetzt hatten, mit der dreitägigen Schlacht am Mount Badon, dem Berg Badon. Keine der vielen Legenden nimmt Bezug auf die Einnahmequelle eines arthurischen Britanniens aus den Zinn- (und anderen Metallen!) Bergwerken von Cornwall, die schon vor der Zeit der Phönizier-Punier bekannt waren; schließlich ist Zinn notwendiger Bestandteil aller Kupferbronzen.

Artus und die Ritter der Tafelrunde: Magister Geoffrey von Monmouth (einer Grafschaft in Nordwales, 1400 km^2 groß, heute ca. 425 000 Einwohner, Hauptstadt Monmouthshires), ein walisischer Kleriker, späterer Bischof von St. Asaph, 1129 bis 1155 Kanoniker im Augustinerstift Saint George zu Oxford on Thames, in Frankreich studiert, machte um 1135 n. Chr. die »moderne« Artusgeschichte, in Latein, einer kleinen Öffentlichkeit bekannt, die damals annahm, Artus habe etwa 600 Jahre zuvor gelebt. (Geoffrey schreibt: »Nach einem Büchleyn, in einer britannischen Mundart geschrieben, das mir Walter, Erzdiakon von Oxford – Historiker und Rector des College schenkte«). Später schrieb Geoffrey die *Vita Merlini* und die *Prophetiae Merlini*; um 1148 fertiggestellt. Auch diese Schriften sind Basis mancher Legenden um Artus und den »Zauberer« Merlin. Im Mittelalter entstanden auf der Basis dieser Schriften viele Dichtungen, die heute als Artusromane bekannt sind. Geoffreys *Historia Regum Britanniae* (Geschichte der britannischen Könige) verlegte Artus' Geburt nach Tintagel, schildert die geheimnisvolle Insel Avallon und die Schlacht von Camlann. Ein walisischer Dichter, Wace aus Jersey, schilderte um 1155 im *Roman de Brut* (= *Brutus)* die ritterliche Tafelrunde, die seither fester Bestandteil aller Legenden um diesen Hochkönig ist. Chrétien de Troyes (der sich Chr. li Gois = gentilis, nannte), ein französischer Dichter, führte mittelalterliche Vorstellungen der höfischen Liebe und der ritterlichen Tugenden in die Geschichte ein; seit seinen Dichtungen *Erec*, *Lancelot*, *Yvain* und *Conte de graal* (1185) sind die Begriffe Camelot und Lanzelot in buchstäblich zahllosen Artus-Geschichten eingeführt. Gegen Ende des 11. Jahrhunderts entstand (1160 bis 1186) durch den burgundischen Troubadour-Dichter Robert de Boron der Begriff des Heiligen Gral, Christus' Kelch beim letzten Abendmahl (bzw. der Kelch, in dem Christi Blut bei der Kreuzigung aufgefangen wurde). Fortan gehörte zu allen Rittern des Artus die Suche nach dem Gral und dessen wohltätigen Wirkungen. In die vorläufig endgültige Form goß – vom Verleger heftig redigiert und verändert – der englische Schriftsteller Sir Thomas Malory die Zusammenstellung vieler Legenden; *Le Morte Darthur* war die erste gedruckte, also nicht handschriftlich kopierte Version und hat seinerzeit nicht nur die Artusgeschichte weithin bekanntgemacht, sondern die geschichtlich völlig unkorrekte Darstellung verbreitet, nach der Artus britannischer König vieler Ritter in funkelnden Rüstungen war, die um die runde Tafel saßen, mühevoll Ritterehren erworben und viele Jungfrauen vor feuerspeienden, schatzbewachenden Drachen gerettet haben; viele dieser Dichtungen wurden am Hof der Alienor von Aquitaine als »Matière de Bretagne«, als Bestandteil des »Britannischen Sagenkreises« vorgetragen und verbreitet. Dort hörten auch Heinrich II. von England (1133 – 1189) und Richard Löwenherz von einem König aus der Vergangenheit, der viel Ritterliches aus der Zeit vorwegnahm, die sechs Jahrhunderte nach seinem Tod unser geschichtliches Bild der abendländischen Ritterschaft prägte.

Die Suche nach dem Heiligen Gral: Der Gral, manchmal ein kelchförmiges Gefäß oder ein keltischer Kessel, von Robert de Boron in *Joseph von Arimathia* ca. 1190 eingeführt, wurde rasch zum Symbol eines Mythos, der die abendländische Menschheit bis heute beschäftigt. Die Krieger, die um 500 n. Chr. sich König Artus unterstellten und an seiner Seite gegen die sächsische Invasion kämpften, kannten weder den Begriff des Grals noch dessen Bedeutung, die sich, so Malcolm Godwin, überaus vielschichtig, »als archetypisches Traumbild von der Suche nach den letzten Dingen erklären läßt«. Die meisten Gralslegenden sind stark von christlichen Einflüssen geprägt; stellvertretend für die Gralssuche mag die Erzählung von Perceval/Parzival sein, der nach einer gefahrvollen und langandauernden Suche schließlich, durch Gefahren und Entbehrungen »würdig« geworden und innerlich gereift, dank des Grals mit Christus die heilige Kommunion teilen darf, zuvor aber ein unfruchtbar gewordenes, verödetes Land zu neuer Blüte bringt und den Hüter des Grals von einer mysteriösen Wunde heilt. Erlösungsgeschichte, Heilsmythos, Erkenntnissuche – die Wurzeln aller Grals-Erzählungen mögen in den mündlich vorgetragenen Geschichten keltischer – bretonischer, walisischer und normannischer – Barden aus dem Umfeld der arthurischen Zeit bewahrt und weitergegeben worden sein; die Zusammenstöße der Kreuzfahrer mit der exotischen, höher entwickelten Kultur des Morgenlandes fügten diesem Thema eine zusätzliche Aura des Wunderbaren, Unerklärlichen und Romantischen hinzu. Tatsache bleibt, daß die Zeitgenossen des historischen Artus weder Kreuzritter waren noch je etwas vom Gral gehört hatten.

Wahrheit und Fiktion: Mit unendlichem Fleiß, großer Professionalität und heißem Bemühen haben sich Legionen von Geschichtswissenschaftlern, Hobbyausgräbern, Expert(Inn)en für Literatur, Schriftstellern, Dichtern, Poeten und Esoterikern in England und in aller Welt der faszinierenden Person des Artus angenommen. Bracheninterne Schätzungen sprechen von mehr als 1500 (!) Erzählungen und Romanen, die Artus als Protagonisten haben (und alle anderen einschlägigen Personen, deren Verwandtschaftsverhältnisse einen kaum überbietbaren Wirrwarr an Unverständlichkeit und Zweifel längst überschritten haben). Als für alle akzeptierbare Tatsache scheint tatsächlich festzustehen:

1. Als Sohn eines Herrschers, der Uther Pendragon (Fünf-Drachen, Drachenhaupt) oder anders geheißen haben mag, wurde ein Britannier namens Artus (in England heißt er King Arthur) zum *Dux bellorum* gewählt, und es gelang ihm, in einem vormittelalterlichen, armen Land, nach 500 n. Chr. etwa ein halbes Jahrhundert lang den Frieden zu bewahren. Artus, an dessen Existenz es wohl keine Zweifel gibt, muß zwischen 450 und 550 gelebt haben. Dies bestätigt die Chronik des heiligen Gildas, der A.s Zeitgenosse war.
2. Artus schien sich, aus welchen Gründen auch immer, an die Effizienz römischer Verwaltung (incl. Brücken-, Straßen-, Turm-, Verteidigungsanlagen-, Haus- und Hafenbau) zu erinnern oder wurde von Erziehern und Beratern an jene übersichtliche Zeit erinnert. Er schien der richtige Mann zur richtigen Stunde zu sein und hielt rund ein halbes Jahrhundert lang das Vordringen der Sachsen auf.
3. Fünfzig Jahre Friede – trotz der unnachahmlich mühseligen Lebensumstände der damaligen Zeit, in der endbronzezeitliche, druidische, christliche Elemente und die Begleitumstände eines dunklen Vor-Mittelalters die Menschen plagten, oder gerade deswegen, haben sich die Taten und Jahre dieses Mannes so unauslöschbar tief in das kollektive Erinnern der Inselbevölkerung eingegraben: Artus ist heute ebenso lebendig wie Odysseus, Ramses, Hannibal, Alexander oder andere Heroen; seiner Geschichtlichkeit verdanken wir Romane, Filme, Theaterstücke und Opern in reicher Zahl.
4. Als sich die Umrisse einer ersten Artus-Erzählung gefestigt hatten, wurde sie zum Sammelgefäß vieler möglicher und wahrscheinlicher, aber auch unwahrscheinlicher Zutaten. Namen und Herrschaftsbereiche tatsächlicher und erfundener Stammeshäuptlinge, Fürsten und Könige wurden mit ihm in Verbindung gebracht, in ganz England – das seit der frühen Steinzeit unzählbar viele rätselhafte Hinterlassenschaften beherbergt – finden sich geheimnisvolle, eingebildete oder wirkliche Landmarken, Quellen, Ruinen etc., die auf

Artus hinweisen, zufällig oder vielleicht berechtigt. Morgause, Morganna oder Morgan le Fay, Guinevere, Mordred und Merlin, ebenso archetypische Gestalten eines kollektiven Volksgedächtnisses, wurden zu Artus assoziiert, er schlug wirkliche oder erfundene Schlachten und verließ Britannien, um auf dem Kontinent unglaubliche und unglaubwürdige Heldentaten zu vollbringen (sie gehören zum »literarischen« Artus).

Unsere Geschichte versucht, seiner Zeit, deren Umständen und dem wahren »geschichtlichen« Artus gerecht zu werden.

GLOSSARIUM

Akkon: Ptolemais, St. Jean de Acre, Akko, arab: Akka.
Amir: »Emir«, Fürst, entspricht Graf oder Herzog; hochgestellter Vasall eines Fürsten, Stammesführer.
Arîf: Hauptmann; Anführer einer Truppe von 40 bis 100 Mann.

Beha ed-Din ibn Shaddad: (* Mossul 1145/539 † Aleppo 1234/632), Qadi des Heeres, Freund und Kampfgefährte des Sultans, Verfasser einer Biographie über Salah al-Din und der Chronik: »Abhandlung über den Heiligen Krieg«; nach Salah al-Dins Tod 1193 wurde er Großqadi von Aleppo.

Caledfwlch, Caliburn; später: Excalibur: Das nie rostende Schwert des König Artus, angeblich von Wieland geschmiedet, das nur Artus aus dem Stein ziehen konnte; Caledfwlch ist der altwalisische Name, Excalibur die viel spätere, romantisierende Bezeichnung. Heute Markenname eines hervorragenden Single Malt.

Dinar: Islamische mittelalterliche Münze; 4,23 Gramm Feingold; entspricht 10 Silber-Dirham. (*Denar* nannte man den »europäischen« Silber-Pfennig von rund 1,25 Gramm). Zwischen 10 und 40 *Dirham*, die islamische Silbermünze, ergaben je nach Silbergehalt einen *Dinar;* eine Haushaltssklavin kostete rund 25 Dinar.
Djaria, pl: Djawari: Eine Sklavin, die als Konkubine dienen muß.

Donjon: Der meist höchste und auffallende Wohnturm einer Burg, der Bergfried oder die Schildmauer, »Donjon« bei französischen Burgen.
Dschinn, pl: Dschinni: Geister, Dämonen mit Körpern aus Flammen und Rauch.
Dux bellorum: Den Titel »Dux« (Anführer) trugen die römischen Kommandeure in Britannien; Dux bellorum ist der Führer verschiedener Heere aus Gefolgsleuten und Freiwilligen in Kriegszeiten; sowohl Uther Pendragon als auch Artus wurden in dieses Amt gewählt bzw. berufen.

Farsah: »Farsach«, Parasange, Längenmaß, ca. 6.000 Meter.

Gâzi: Arab. für *Held.*
Ghazal, Ghasel: Arabisches Gedicht, Liebesdichtung.
Gagelwürze: Der Gagel, Myrica gale, aromatisch duftender Wildstrauch mit länglichen Blättern, die ätherische Öle und harzartige Flüssigkeit absondern. Der Extrakt ist eine Art Droge, die als Bierwürze diente; in Norwegen einst auch als Zusatz zum Rauchtabak.

Hakîm: Weltlicher arab. Arzt, Heiler, weltlicher Gelehrter oder Doktor der Wissenschaft.
Hammam, Hammami: Öffentliches Bad, Badeknecht, Bademeister.
Harîm, Harâm: Abgeschlossener Teil des Hauses, nur zu betreten von Frauen und Kindern des Hausherrn und den Frauen seiner Vasallen.
Hedschra: Die Übersiedlung oder Flucht des Propheten Muhammad von Mekka nach Medina, mithin Beginn der arabischen Zeitrechnung.
Hersenier: Am Kettenhemd befestigte Kettengewebe-Haube zum Schutz von Kopf und Hals, daran rechts schalartiger Kinn- und Mundschutz (s. Vinteile), der nach links gezogen und mit einem Riemen befestigt wurde.

Îfranğ, Ifrandsch: »Franken«; die Muslime bezeichneten so die Christen des Abendlandes, im Gegensatz zu denen aus Byzanz.
Imam, Chalifa, Chatib: Oberster Lehrer, Oberhaupt einer muslimischen Gemeinde und Prediger oder Wortführer des Stammes.
Inshallah!: Ausruf: »So Allah will!«

Kitab; Kitab el-Ahlam: Buch, »Buch der Träume«, also Ritter Troncas' Erzählungen von König Artus.
Al-Khadisiya: arab. für Jerusalem: Die Stadt, in der, durch einen Hufeindruck im Felsen dokumentiert, der Prophet Muhammad auf dem Himmelspferd Buraq in den Himmel und zu einer wunderbaren Reise ins Jenseits geritten war, ist *die* Heilige Stadt des Islam ebenso wie der Christenheit.
Komet, Nacht der Sternsplitter: Für das Jahr 531 erwähnen viele Chroniken eine Kometenerscheinung; die Sternschnuppen-Nächte entsprechen dem sog. Leonidenschwarm.

Kreuzzug, Kreuzfahrer: Kreuzzug, als Begriff im Mittelalter unbekannt, ist ein moderner Begriff; damals hießen die Unternehmungen: »Die Überfahrt«, »die Reise«, »die Pilgerfahrt« oder »der Weg nach Jerusalem«.
Kursit, das: Wappenkleid, ärmelloser Wappenrock des Ritters, mit dessen Wappen verziert, über dem Kettenhemd oder »fränkischen Koller« getragen.

Litham: Gesichtsschleier, vorgeschrieben den Frauen im muslimischen Herrschaftsbereich außerhalb des Hauses.

Merlin: Sagengestalt aus dem Kreis der arthurischen Welt.
Seine Genealogie ist verworren; es erscheint nicht unmöglich, daß Gwrtheiyr von Carmarthen sein Vater war. Merlin (gälisch: Myrddin), eine Gestalt von zauberisch-macchiavellistischer Art, zeugte Morgause, Morganna, mit Gwendolyne den Sohn Myrddin und die Töchter Ganieda und Gwendydd. Der Legende nach war

er sehr langlebig; unsere Erzählung versucht, Großvater, Vater und Sohn zu einer druidischen Persönlichkeit zusammenzuziehen und Merlin auf diese Weise »unsterblich« zu machen, also das Rad der Zeit zurückzudrehen.
Dereinst, so Geoffrey von Monmouths Prophezeiung, wenn die Gestirne ihren gesammelten Zorn über die Menschheit ausgießen, wird Gott dem Land Britannien wieder einen König Artus senden.

Monat, »Mond«: Im Gegensatz zum abendländischen Monat (und Jahr) leitet sich der morgenländische Monat vom Mondmonat zu 29 Tagen ab. Die Rückrechnung oder präzise Berechnung auf abendländische Jahresdaten ist höchst verwirrend: Das Jahr Eins im muslimischen Kalender ist der Zeitpunkt der (s.d.) *Hedschra*, die Daten des Falls von Akkon (11./12. Juli 1191) entsprechen dem 17. Dschumada 587. Das arabische Jahr ist durchschnittlich 11 Tage kürzer als unser Jahr.
Mu'adhdhin: »Muezzin«, Gebetsrufer. Der Islam schreibt, nach ritueller Reinigung, täglich fünf Verbeugungen und Gebete vor, die mit dem Gesicht nach Mekka (früher Jerusalem) ausgeführt werden.

Nawâqis und Adan: Holzbalken mit Schlegel, anstelle von Glocken verwendet. Der Adan ist auch der islamische Gebetsruf.
Nock: Eingekerbtes Endstück eines Pfeiles, wird auf die Bogensehne aufgesetzt.

Qâdi: Richter, Militärrichter.
Qa'id: Arabischer Adliger; sein Rang entspricht dem eines Barons oder eines königlichen Burgherrn.
Qur'an: Der Koran. Das heilige Buch des Islam, Niederschrift der Worte des Propheten, in Suren (Kapitel) eingeteilt.

Ramadan: Fastenmonat des liturgischen islamischen Jahres.
Richard Löwenherz, König Richard von England: (* 8.September 1157 in Oxford – † März/April (unklar) 1199 vor Chalus/Frankreich).

Sala'am: Gruß: »Friede sei mit dir!«

Salah al-Din: Die Kreuzfahrer nannten ihn Saladin; aus kurdischem Muslimgeschlecht, Sultan von Ägypten und Syrien, (1138 bis 27. Shafar 589 / 4. März 1193), eigentlich: al-Malik al-Nasir Sahal al-Din Abi l'Muzaffer Yusuf (oft: Yussuf) ibn Ayyub ibn Shahi, (ibn Ayyub = Sohn des Ayyub, Ayyub = Sohn des Shahi, al-Malik al-Nasir = »der starke König, der den Glauben schützt«). Die Chronisten (unter ihnen Beha ed-Din ibn-Shaddad) schildern ihn als schmächtigen, beherrscht-liebenswerten, meist liebeswürdigen, stillen und persönlich bescheidenen Mann, der die Jagd, das Leben in freier Luft und geistreiche Diskussionen liebte. Er war Alleinherrscher des gesamten Morgenlandes, aber nicht Kalif; nur das Kalifat, dessen befehlsgebende Macht über die Lebensspanne eines Herrschers hinausreichte, hätte dem Ausgang der Kreuzzüge eine andere Wendung geben können; S.s nachfolgender Sohn war keine Persönlichkeit von der Größe des Vaters.

Saladin hatte mit mehreren Frauen (darunter Ismat al-Din und Shamsa) bei seinem Tod – mit 55 Jahren – 17 Söhne und eine kleine Tochter. Al-Malik al-Afdal, 22, sein ältester Sohn, trat die Nachfolge S.s an. Al-Malik al-Aziz, 21, war Statthalter Ägyptens, a-Zahir herrschte in Aleppo; Khidr Toghtekin und al-Malik al-Adil, S.s Brüder, hatten mit seiner Nachfolge nichts zu tun: Nach Salah al-Dins Tod begann die Einheit des Islam zu zerfallen.

Alle Chroniken schildern glaubwürdig S.s unbedingte Treue zur orthodoxen Auslegung des Glaubens. Was alle Chronisten außerordentlich erstaunte: Im Gegensatz zu vielen königlichen und »ritterlichen« Gegnern, besonders gegenüber König Richard, verhielt sich der Sultan – eigentlich unbegreiflich, da Jerusalem im Islam die gleiche Bedeutung hat wie im Christentum – beispielhaft ritterlich, fast übertrieben edel und großzügig. Zu den Tugenden des klassischen Islam zählt indessen das Gebot der Gastfreundschaft um jeden Preis; dies vielleicht als Hinweis für S.s charakterliche Integrität.

Sattel, Sporen, Hufeisen: Während östliche Reitervölker die Erfindung des Sattels längst kannten, vermochte sich diese unentbehrliche Reithilfe in Mitteleuropa erst gegen 900 n. Chr. durchzusetzen. Die Erfindung der Hufeisen und Sporen fällt etwa in die gleiche Zeit; da sich die hörnernen Hufe der Reittiere nicht abnutzten, konnte länger und auf hartem Untergrund geritten werden. Die Lanzenreiter König Artus' saßen (wie die achaimenidische, alexandrische und römische Reiterei) auf Fellen oder Reitdecken, die durch Gurte am Pferderücken befestigt waren; Kämpfe zwischen Reitern auf dem Pferd waren meist von geringer Dauer und wurden am Boden fortgesetzt.

Sherish, Sharis, Saris oder Seris: Die Stadt Jerez de la Frontera, ab 711 n.Chr. von den almoharischen Muslims benannt. Angeblich brachten Phönizier/Punier die Traubenart Xera in die Tiefebene zwischen Guadalquivir und Atlantikküste.

Tel oder Tell: Bezeichnung für Hügel.

Troncas of Caer Laverock, Ritter: * 1157 in Caer Laverock als Sohn des Kreuzfahrers William of Caer Laverock und der Muslima as-Zarah, Gefolgsmann von Richard Löwenherz, zum Zeitpunkt unserer Geschichte 35jährig.

Valz: Rille oder Rinne zwischen beiden Schneiden eines Schwertes, auch Blutrinne genannt.

Vinteile: Teil der Kettenhemd-Haube, die, waagrecht vor das Gesicht gezogen, dieses bis über die Nase schützte.

Wadi: Trockental eines periodisch wasserführenden Flusses.